MARLIES FOLKENS

Von Schwalben und Mauerseglern

ROMAN

BASTEI LÜBBE TASCHENBUCH
Band 17396

Dieser Titel ist auch als E-Book erschienen

Originalausgabe

Copyright © 2016 by Bastei Lübbe AG, Köln
Lektorat: Lena Schäfer
Titelillustration: © Johannes Wiebel | punchdesign, München,
unter Verwendung von Motiven von Shutterstock/Jurjen Veerman;
shutterstock/papillondream; shutterstock/Bildagentur Zoonar GmbH;
shutterstock/PHOTOCREO Michal Bednarek
Umschlaggestaltung: Johannes Wiebel, punchdesign, München
Satz: two-up, Düsseldorf
Gesetzt aus der Caslon
Druck und Verarbeitung: GGP Media GmbH, Pößneck
Printed in Germany
ISBN 978-3-404-17396-9

3 5 7 6 4 2

Sie finden uns im Internet unter www.luebbe.de
Bitte beachten Sie auch: www.lesejury.de

Ein verlagsneues Buch kostet in Deutschland und Österreich jeweils überall
dasselbe. Damit die kulturelle Vielfalt erhalten und für die Leser bezahlbar bleibt,
gibt es die gesetzliche Buchpreisbindung. Ob im Internet, in der Großbuchhandlung, beim lokalen Buchhändler, im Dorf oder in der Großstadt – überall
bekommen Sie Ihre verlagsneuen Bücher zum selben Preis.

Für meine Mutter – Für meine Töchter

I

Januar 1949

So also fühlt es sich an, wenn man stirbt, dachte Elli, schloss die Augen, horchte in sich hinein und wartete auf den Tod.

Seit sie denken konnte, hatte sie sich vor diesem Moment gefürchtet. Nicht etwa davor, tot zu sein, denn sie glaubte, nur samtene Stille würde sie dann umgeben. Nein, was sie ängstigte, war das Sterben selbst. Schon als kleines Mädchen hatte sie sich ausgemalt, wie es wohl war, wenn das letzte bisschen Leben aus dem Körper entweicht. Ob es wehtat, hatte sie sich gefragt, und ob das Sterben eine Qual war, gegen die man mit letzter Kraft ankämpfen würde.

Wenn man vorher lange Zeit krank gewesen war, so wie ihr Großvater, der reiche Diekmann, dann war es sicherlich ein qualvoller Kampf. Er habe sich so sehr ans Leben geklammert, dass es Tage gedauert habe, bis er endlich eingeschlafen sei, hatte Mutter erzählt.

»Ruhig und friedlich ist er eingeschlafen«, hatte der Pastor in der Beerdigungspredigt gesagt.

Und Elli hatte flüsternd gefragt, was daran so ungewöhnlich sei, dass jemand einschlafe, schließlich gehe sie ja auch jeden Abend ins Bett und würde doch am nächsten Morgen wieder aufwachen.

Papa, der sie auf dem Weg von der Kirche zum Friedhof an die Hand genommen hatte, war stehen geblieben, hatte sich zu ihr heruntergebeugt und ihr Gesicht in seine rauen Hände genommen. Sie sah jetzt noch vor sich, wie seine Augen lächelten, auch wenn sein Gesicht ernst war.

»Er wacht aber nicht mehr auf, Elli, er ist gestorben. Er ist von uns gegangen. Er wird nie wieder aufwachen.«

»Morgen früh, wenn Gott will, wirst du wieder geweckt«, murmelte Elli.

Das hatte Georg immer gesungen. Georg, Georg, Georg!

Nein, nicht weiterdenken!

Wie immer, wenn sie sich dabei ertappte, die Erinnerung zu nah an sich heranzulassen, verbot sie sich sofort jeden Gedanken an ihn. Aber diesmal war es anders. Schlimmer konnte die Sehnsucht nicht mehr werden. Und so ließ sie zum ersten Mal seit Monaten die Erinnerung an Georg zu.

Elli hörte hölzerne Wagenräder knarren, sie spürte den warmen Wind in ihrem Haar, roch den Duft des frischen Heus. Goldene Lichtflecken tanzten hinter ihren geschlossenen Augenlidern. Hoch über ihr sangen Lerchen ihr endloses Lied, und Schwalben jagten zwitschernd nach Fliegen.

Nein, hör auf damit!, warnte etwas in ihr, aber Elli ließ sich in die Vergangenheit fallen.

»Morgen früh, wenn Gott will …« Sie konnte noch immer Georgs Stimme hören. Wie er gesungen hatte, ganz leise, den Arm um ihre Schultern, die Lippen an ihrem Ohr. Nur für sie.

Auf dem Nachhauseweg vom Heufahren war das gewesen. Sie hatten dicht aneinandergedrängt oben auf dem Leiterwagen gesessen, auf dem sonnenwarmen Heu, das sie den ganzen Nachmittag aufgeladen hatten. Alle hatten geholfen, Hannes, Sigi, Martha, sogar der kleine Bernie, der vor Müdigkeit vom Wagen gefallen wäre, wenn ihn Sigi nicht festgehalten hätte. Er hielt die Zügel fest umklammert, aber sein Kopf sackte immer wieder auf die Brust oder fiel nach hinten gegen das hölzerne Gatter am Wagen. Kein Wunder, dass er so müde war, sie waren den ganzen Nachmittag auf der Wiese gewesen, und er hatte mitgearbeitet wie ein Großer, dabei war er damals erst zwölf oder dreizehn.

Vorn, neben den Pferden, die gemächlich den Feldweg entlangtrotteten, ging der alte Hinnerk, der vom Bauern den Auftrag bekommen hatte, die jungen Leute ein bisschen im Auge zu behalten. Seine Mütze hatte er in den Nacken geschoben, und er kaute zufrieden auf seiner kalten Pfeife herum.

Noch immer fühlte Elli Georgs Arm um ihre Schultern und seine braun gebrannte Hand auf ihrem Oberarm. Sie sah ihn deutlich vor sich, erinnerte sich an jede Kleinigkeit, jedes Detail. Die schwarzen Locken, die ihm in die Stirn fielen, waren voller Heu, die dunkelbraunen Augen wurden von langen, tiefschwarzen Wimpern beschattet. Die Nase war ein wenig zu lang, der Mund mit den vollen Lippen verbarg ein Gebiss, in dem die Zähne nicht genug Platz zu haben schienen. Sein Gesicht war staubig und noch dunkler als sonst, durchzogen von hellen Streifen, wo der Schweiß den Heustaub mitgerissen hatte, bis er sich in der kleinen Kuhle unterhalb seines Adamsapfels sammelte. Das alte blaue Hemd von Hannes hatte er aufgeknöpft und die Ärmel hochgekrempelt wegen der Hitze, und die graue Hose von Papa wurde von Hosenträgern gehalten, weil sie ihm viel zu weit war.

»Schlaf nun selig und süß, schau im Traum 's Paradies ...«, hatte er gesungen mit seiner warmen, weichen Stimme. Nur für sie. Und dann hatte er sie geküsst.

Elli wusste noch genau, dass ihr Herz in der Brust vor Glück wehgetan hatte und das Atmen ihr schwergefallen war, aber an das Glücksgefühl selbst hatte sie keine Erinnerung mehr. Nur der Schmerz war noch immer da. Er saß jetzt in ihrer Kehle und schnürte sie zu.

Elli lag mit angezogenen Beinen auf der Seite, die Arme fest um den Bauch geschlungen, den Blick zum Fenster gerichtet. Die kahlen Äste der Kastanie vor dem Haus begannen sich gegen den Himmel abzuzeichnen. Die nächtlichen Schatten verkrochen sich in den Ecken des Zimmers, und ein Sammelsurium von

Möbeln war zu erahnen: der Kleiderschrank mit den gedrechselten Säulen und einem Aufsatz mit geschnitzten Ornamenten, daneben die Frisierkommode mit dem gesprungenen Spiegel, auf deren Marmorplatte eine Waschschüssel und ein Krug mit Wasser standen. Vor dem Sekretär aus Mutters Aussteuer, dessen Furnier inzwischen überall abplatzte, stand ein Stuhl mit geflochtener Sitzfläche. Über der Lehne hing das Kleid, das Elli gestern Abend hastig ausgezogen hatte, ehe sie ins Bett gekrochen war. Gestern Abend erst. Das schien so nah und war doch Ewigkeiten entfernt. Zeit hatte alle Bedeutung verloren in Ellis Welt aus Angst und Schmerz, Erbrochenem und Blut.

Aber jetzt schien es vorbei zu sein. Sie fühlte sich ganz leicht, und es tat nicht mehr weh. Vielleicht war sie aber auch schon über die Schmerzen hinaus. War das das Geheimnis des Sterbens, dass man, kurz bevor es so weit war, alles hinter sich ließ und einen Moment der Klarheit hatte, in dem man auf sein Leben zurückblicken konnte?

All die Männer aus der Nachbarschaft, ihr Onkel, die Jungs aus ihrer Schule; all jene, die im Krieg gefallen waren, erschossen, erschlagen, verblutet, in den Städten von Bomben zerfetzt, verbrannt oder auf der Flucht verhungert und verdurstet: Ob sie alle wohl noch die Zeit gehabt hatten, innezuhalten und zu fühlen, wie sie starben?

Aber wenn jemand einen Unfall hatte, ging dann nicht alles so schnell, dass er gar nicht merkte, wie er starb? Wenn jemand aus großer Höhe abstürzte, zum Beispiel. Wenn der Boden auf ihn zuschoss, bis er endlich mit einem Schlag auf den Pflastersteinen aufprallte. Und wenn er dann zwischen den Trümmern lag und nach Luft ringend mit weit geöffneten Augen in den Himmel starrte und die Mauersegler sehen konnte, die zwischen den hohen Hauswänden hin und her schossen. Und wenn das Letzte, was er hörte, ihre schrillen Schreie waren. Vielleicht war es dann gar nicht so schlimm, zu sterben.

Der Himmel hinter den Fensterscheiben nahm allmählich ein samtenes Blau an, das die Sterne einen nach dem anderen in sich aufsog. Nicht mehr lange bis zum Tagesanbruch.

Elli fühlte, wie der Schmerz zurückkam und sie von Neuem überrollte.

2

»Ich bin wieder da!«, rief Elli, während sie das alte Damenfahrrad durch das offene Tor in die Dreschdiele schob. Sie zwängte sich vorsichtig an dem hölzernen Leiterwagen vorbei und lehnte es neben der Tür zum Vorflur an die Wand.

»Papa?«, rief sie, den Blick nach oben zum Heuboden gerichtet, und noch einmal: »Papa? Ich bin wieder da!«

Niemand antwortete.

Elli nahm die alte Lederschultasche vom Gepäckträger und betrat den schmalen, düsteren Vorflur, der die Dreschdiele mit dem Stall und dem Wohnhaus verband. Dort zog sie die Galoschen von den Schuhen und stellte sie neben die lange Reihe von Gummistiefeln und Holzschuhen. Sie ging an der zweiflügligen Tür zum Wohnflur vorbei, durch deren bunte Glasscheiben ein wenig Licht fiel, und öffnete die Küchentür.

»Ich bin wieder da«, sagte Elli noch einmal.

Ihre Mutter saß am Küchentisch und schälte Äpfel. Zwischen der Tischkante und ihrem Schoß klemmte eine alte Emailleschüssel, in die sie die Schalen in langen Spiralen fallen ließ. Dann nahm sie den fertig geschälten Apfel, viertelte ihn und schnitt das Kerngehäuse heraus.

»Du bist spät dran, Elli. Ich habe schon auf dich gewartet«, sagte ihre Mutter scharf und warf einen schnellen Blick auf die Wanduhr über dem Herd, während sie die Apfelstücke in feine Blätter schnitt. »Zieh dir schnell den Mantel aus, dann kannst du mir helfen.«

»Tut mir leid, Mutter«, entschuldigte sich Elli. »Ich bin noch ein Stück mit Martha mitgefahren.«

»War irgendetwas?«

»Nein, heute war alles ruhig. Keine Tiefflieger zu sehen. Martha und ich haben nur getratscht und die Zeit dabei vergessen.«

Seit sie und ihre Freundin Martha vor ein paar Wochen auf dem Nachhauseweg von einem amerikanischen Flugzeug beschossen worden waren, bestanden ihre Eltern darauf, dass die Mädchen den zehn Kilometer langen Schulweg so schnell wie möglich hinter sich brachten und nicht trödelten.

»Darf ich einen?« Elli zeigte auf die geschnittenen Äpfel. Ihre Mutter nickte nur. Elli nahm sich aus der großen braunen Keramikschüssel auf dem Tisch ein Apfelstück heraus und biss hinein.

»Bah, sind die sauer!«, sagte sie und verzog das Gesicht.

»Das sind grüne Boskop. Kochäpfel. Die müssen so sauer sein. Das solltet ihr doch eigentlich auf dieser Haushaltsschule lernen!« Willa Bruns schnaubte verächtlich.

Elli wandte sich ab, um ihr Lächeln zu verbergen, und trat durch die zweite Küchentür in den großen Wohnflur, von dem die Türen in die beiden Stuben und die Schlafkammer ihrer Eltern abgingen. Sie hängte ihren Mantel an die Garderobe und nahm ihr Kopftuch ab. Nach einem prüfenden Blick in den Spiegel griff sie nach dem Kamm, der auf der Ablage darunter lag, und fuhr sich damit ein paar Mal energisch durch die Haare.

Martha hat es gut mit ihren dunkelroten Zöpfen, dachte sie neidisch. *Ich hab dieses blöde Allerweltsbraun und nur so ein paar dünne Fusseln auf dem Kopf.* Sie beugte sich vor und unterzog ihr Kinn und die Stirn einer genauen Musterung. »Aber dafür hab ich wenigstens keine Pickel«, murmelte sie und lächelte ihrem Spiegelbild aufmunternd zu.

»Die kommen sicher noch!«, rief eine helle Stimme von oben. Ihr kleiner Bruder Bernhard, den alle immer nur Bernie nannten, saß auf der obersten Treppenstufe und schaute durch das

Geländer zu ihr herunter. »Dann rufen dich alle nur Pickelfratze Bruns.« Er lachte schallend.

Elli verdrehte die Augen. »Du bist so blöd, dass es wehtut!«

»Pickelfratze, Pickelfratze!«, tönte es hinter ihr her, als Elli sich umdrehte und in die Küche zurückging.

»Bernie ärgert mich schon wieder«, sagte sie zu ihrer Mutter, die gerade nach einem weiteren Apfel griff, ihn in der Hand drehte und mit einem schnellen Schnitt eine braune Stelle entfernte.

Sie begann zu schälen: *ssssst wat wat, ssssst wat wat,* im Walzertakt. Immer ein langer Schnitt, dem zwei kurze folgten: *ssst wat wat, ssst wat wat.* Dann innehalten, den Apfel teilen, vierteln, das Kerngehäuse entfernen und das Fleisch in dünne Scheiben schneiden, immer derselbe Ablauf mit immer denselben knappen Handbewegungen.

»Du solltest mittlerweile alt und vernünftig genug sein, um dich nicht mehr von ihm ärgern zu lassen«, erwiderte ihre Mutter, ohne den Blick zu heben. »Habt ihr in der Schule etwas gegessen?«

»Nein, heute nicht. Wir waren den ganzen Tag im Garten.«

»Auf dem Herd stehen noch Dicke Bohnen vom Mittagessen für dich.«

Elli verzog das Gesicht. Bohneneintopf konnte sie nicht ausstehen.

»Darf ich mir nicht bitte einfach nur ein Brot machen? Ich hab gar nicht so viel Hunger.«

»Iss die Suppe! Wenigstens eine warme Mahlzeit am Tag braucht der Körper.«

Elli verdrehte die Augen und bewegte lautlos die Lippen zu den Worten ihrer Mutter. Dieses Lied konnte sie mitsingen.

»Werd bloß nicht unverschämt, mein Fräulein!« Willa hatte die Grimasse offenbar bemerkt, und der Blick, den sie ihrer Tochter aus hellen Raubvogelaugen über den drohenden Zeigefinger hinweg zuwarf, war eisig. »Sei lieber froh, dass du überhaupt zu essen hast. Andere Kinder …«

Den Rest des Vortrags ließ Elli an sich vorüberrauschen, während sie den Suppentopf vom Feuer zog, eine halbe Kelle von der graubraunen Pampe in einen Teller füllte und diesen zum Tisch hinübertrug. Sie wusste aus Erfahrung, dass es einfacher war, einzulenken, als sich auf Diskussionen mit ihrer Mutter einzulassen.

»Ist Papa gar nicht da?«, fragte Elli, als Willa endlich wieder schwieg, und öffnete das Brotfach im Küchenschrank. »Nein, er ist mit Hinnerk bei Gerdes drüben.« Die Lippen ihrer Mutter wurden schmal. »Eine von den Stuten fohlt, und Onkel Gerdes hat gefragt, ob Hinnerk mal nachschauen kann.«

Hinnerk, der alte Knecht vom Brunshof, galt in der Nachbarschaft als Pferdeexperte und wurde in schwierigen Fällen immer gerufen, weil es im Moment so gut wie keine Tierärzte gab.

»Oh, dann lauf ich auch gleich mal rüber.«

Elli hatte etwas von der selbst gemachten Butter auf eine Scheibe Graubrot geschmiert und eine Prise Salz darübergestreut. Sie klappte die Stulle zusammen und biss hinein. Danach schaufelte sie sich einen großen Löffel Suppe in den Mund und versuchte ihn, ohne zu kauen, hinunterzuwürgen.

»Das kommt ja gar nicht infrage. Du wirst schön hierbleiben und mir beim Apfelschälen helfen, Fräulein! Und wir müssen die Einweckgläser noch auswaschen.«

»Ach, Mutter, bitte. Nur fünf Minuten!«

»Deine fünf Minuten kenne ich. Wenn du zu Gerdes rübergehst, sehe ich dich vor dem Melken überhaupt nicht mehr. Außerdem können sie jetzt im Pferdestall nicht noch jemanden gebrauchen, der dumm im Weg herumsteht.«

»Aber …«

»Nichts aber! Und nun tu nicht so, als hättest du noch nie ein Fohlen gesehen.«

»Ach, bitte!« Elli verlegte sich aufs Betteln. »Kann Oma dir nicht vielleicht helfen?«

»Keine Widerrede, Mädchen. Iss auf, und dann hol dir eine Schüssel für die Apfelschalen. Und was Oma angeht, die kann mit ihren steifen Fingern nicht mehr sauber genug schälen.«

Und du bist ganz froh, wenn sie nicht hier bei dir in der Küche herumsitzt und an allem etwas herumzumäkeln hat, schoss es Elli durch den Kopf, während sie einen weiteren Löffel Eintopf hinunterschluckte. Manchmal fragte sie sich, wo ihre Mutter wohl in Gedanken war, wenn zwischen den hellen Augenbrauen diese steile Falte auf ihrer Stirn auftauchte. Willas Augen waren fest auf den nächsten Apfel gerichtet, den sie in der Hand drehte, doch ihr Blick schien durch ihn hindurchzugehen.

Sssst wat wat, sssst wat wat machte das Messer, das im Dreivierteltakt die Schale von dem blassen Fruchtfleisch trennte. *Sssst wat wat, sssst wat wat, sssst wat wat.*

Elli kaute an ihrem Brot und schaute der Schalenspirale zu, die sich auf die anderen in der Schüssel legte. Sie wusste, wann sie verloren hatte.

»Ich zieh mich um, und dann komm ich dir helfen«, sagte sie. »Aber ich hab Papa versprochen, vor dem Melken noch Heu abzuwerfen.«

»An dir ist ein Bauer verloren gegangen«, sagte Anton Bruns oft zu seiner Tochter, und er hatte recht damit. Im Gegensatz zu ihrem großen Bruder Hannes, der die Nase viel lieber in seine Bücher steckte, als auf dem Hof zu helfen, lebte Elli im Stall förmlich auf. Sie liebte es, die Kälber zu füttern oder die Kühe zu melken, unterhielt sich stundenlang mit dem Vater über Gott und die Welt, während sie neben ihm her über die Feldwege marschierte oder gemeinsam mit ihm die Kühe von der Weide zum Melkwagen trieb. Jetzt, Ende Oktober, waren die Kühe bereits seit einer Woche im Stall. Es war in den letzten Tagen kühl geworden, und das Gras auf den Weiden wuchs nicht mehr. Nur die Jungrinder und Bullen blieben noch bis zum ersten Schnee draußen.

Bekleidet mit ihrem Stallzeug, ihrem ältesten Rock und einer geflickten Bluse, der grauen Schürze und einem dunklen Kopftuch, ging Elli über die Dreschdiele, griff nach einer zweizinkigen Forke, die neben der Leiter bereitstand, und kletterte zum Heuboden über der Viehdiele hinauf. Seit sie nur noch einen einzigen Fremdarbeiter, den russischen Kriegsgefangenen Victor, auf dem Hof hatten, war es Ellis Aufgabe, abends das Heu durch die Luke in die Viehdiele zu werfen und danach vor den Kühen zu verteilen.

Durch die breiten Sprossenfenster an der Giebelseite warf die tief stehende Herbstsonne goldenes Licht auf das Heu, das sich noch immer den Duft des Sommers bewahrt hatte. Staub wirbelte unter Ellis Schuhen auf und tanzte dem Licht entgegen.

Elli war gern hier oben. Früher hatte sie stundenlang mit Hannes und Bernie im Heu gespielt, sie hatten Burgen und Häuser aus Brettern gebaut, die sie aus der Remise stibitzt hatten, und Tunnel ins Heu gegraben, auch wenn das streng verboten war, weil angeblich irgendwann einmal ein Kind in so einem Tunnel erstickt war. Oder sie waren von den Dachbalken in die locker aufgeschichteten Heubulten gesprungen und lachend bis zu den Armen darin versunken.

Aber das schien Ewigkeiten her zu sein. Hannes war jetzt bei der Wehrmacht, irgendwo in Belgien. Seit der große Bruder weg war, hatte Bernie sich zu einer furchtbaren Nervensäge entwickelt, und mit ihm war nichts mehr anzufangen. Und Elli selbst saß ihr Jahr in dieser blöden Haushaltsschule in Brake ab.

Missmutig nahm sie die Forke, stach in ein Bündel Heu und hob es hoch, um es zur Heuluke zu tragen, als sie plötzlich ein Geräusch hörte. Es kam aus der hintersten Ecke des Heubodens, die tief im Schatten lag, und es klang, als versuchte jemand krampfhaft, ein Husten zu unterdrücken.

Elli blieb stocksteif stehen und hielt den Atem an. Ihr Herz schlug bis zum Hals, während sie lauschte.

Jetzt war wieder alles still.

Vermutlich nur eine der Katzen, beruhigte sie sich und schüttelte den Kopf über ihre eigene Schreckhaftigkeit. Doch gerade, als sie weitergehen wollte, hörte sie es wieder. Diesmal war es eindeutig. Dahinten, in der Dunkelheit unter dem Dach, war jemand.

»Hallo?«, rief sie heiser, legte das Bündel Heu vor sich auf den Holzboden, packte die Heugabel fest mit beiden Händen und hielt sie wie eine Waffe vor sich. »Ist da jemand?«

Keine Antwort. Kein Geräusch.

»Bernie?«

Immer noch Stille.

»Bernie, bist du das?« Elli horchte einen Augenblick angestrengt. »Komm schon, sag was! Wenn du mich erschrecken wolltest, herzlichen Glückwunsch, das hast du geschafft, du blöde kleine Pestbeule!«

Aber es kam keine Antwort, nur ein unterdrücktes Keuchen war zu hören.

»Hallo? Wer ist da?« Zögernd ging sie zwei Schritte auf die dunkle Ecke zu, aus der das Geräusch gekommen war. Von dieser Position aus konnte sie vage eine Gestalt erkennen, die sich im hintersten, dunkelsten Winkel im Heu zusammengekauert hatte.

»Los! Rauskommen da! Aber sofort, sonst rufe ich die Hunde!« Sie versuchte, mutiger zu klingen, als sie sich fühlte. Dass der alte Flocki, der einzige Hund auf dem Brunshof, vor Fremden immer sofort Reißaus nahm, sagte sie wohlweislich nicht. »Und mein Vater ist unten im Stall. Und die Knechte! Ich muss nur einmal rufen, und dann …«

»Bitte«, ächzte eine männliche Stimme. »Bitte, nicht …« Ein kehliges Geräusch folgte, etwas zwischen Husten und Schluchzen, dann ein Rascheln, als die Gestalt sich langsam ein Stück auf sie zubewegte. »Ich komme ja schon.«

Elli hielt die Heugabel immer noch fest umklammert und streckte die spitzen Zinken dem Fremden entgegen, der sich aus dem Dunkel vor ihr löste. Er kroch Stück für Stück auf sie zu, erhob sich auf die Knie und legte die Hände hinter den Kopf.

»Ich geb auf …«, stieß er hervor. Er holte zitternd Luft, und ein würgendes Geräusch entrang sich seiner Kehle, während ihm die Tränen in die Augen schossen.

Einen endlosen Augenblick lang starrten die beiden sich an, dann ließ Elli die Forke langsam sinken. Trotz des trüben Lichtes erkannte sie deutlich, dass das kein Erwachsener war. Vor Elli kniete ein Junge, vielleicht sechzehn oder siebzehn Jahre alt. Über seiner blauen Matrosenuniform trug er einen dunklen Wollmantel, der vorn offen stand und ihm mindestens zwei Nummern zu groß war. Seine Kleidung war über und über mit Kleierde beschmiert, die zu hellgrauen Streifen getrocknet war.

»Was machst du denn hier?«

Ihn zu siezen kam Elli gar nicht erst in den Sinn. Der Junge sah sie nur wortlos an. Dann krümmte er sich von Schluchzern geschüttelt zusammen und verbarg sein Gesicht hinter den Ellenbogen, ohne die Hände vom Hinterkopf zu nehmen.

Ellis Angst war verschwunden. Noch nie in ihrem Leben hatte sie jemanden so verzweifelt weinen sehen. Ihr Innerstes zog sich vor Mitleid schmerzhaft zusammen.

Sie stach die Forke in den Heuhaufen neben sich und begann, ihre Schürzentaschen zu durchwühlen. Schließlich zog sie ihr Taschentuch heraus und streckte es ihm entgegen. Der Junge nahm es gar nicht wahr. Erst als Elli sich neben ihm auf die Knie niederließ und ihn an der Schulter berührte, drehte er sich zu ihr herum.

»Na, komm schon, nimm die Hände runter! Ich tu dir nichts.«

Zögernd senkte er die Arme, sah zu Elli auf und holte tief und zitternd Luft. Er ergriff das Taschentuch, das sie ihm noch immer hinhielt, wischte sich damit die Augen und putzte sich gehorsam die Nase. Einen Moment schien er unschlüssig, was er jetzt damit machen sollte, dann steckte er es in seine Manteltasche.

»Besser?« Elli lächelte ihm zu, erhob sich und streckte ihm eine Hand entgegen.

»Ja«, antwortete er heiser. »Besser, danke.« Er griff nach ihrer Hand und zog sich mühsam hoch. »Mir ist nur schwindlig.«

Als er schwankend vor ihr stand, stellte sie fest, dass er nicht viel größer war als sie selbst und dünn wie ein Kleiderhaken. Seine Wangen mit den dunklen Bartstoppeln waren eingefallen, sodass die Wangenknochen deutlich hervortraten, und bläuliche Ringe lagen unter seinen dunklen Augen. Ein paar Mal holte er tief Luft.

»Ich glaube, ich setze mich lieber wieder«, sagte er dann und ließ sich auf den Boden sinken.

»Alles in Ordnung?«, fragte Elli.

Der Fremde nickte. »Ja. Geht schon wieder.« Einen Moment lang schloss er die Augen und atmete tief ein und aus. »Ich hab nur so furchtbaren Durst.«

Ellis Entschluss war sofort gefasst.

»Warte hier, ich hol dir was zu trinken«, sagte sie entschieden.

So schnell und leise sie konnte, stieg sie die Leiter hinunter und lief über die Dreschdiele. Sie hatte Glück, noch war niemand zu sehen, weder im Kälberstall noch in der Milchkammer. Sachte zog sie die Tür zum Kuhstall ein Stückchen auf. Dort war nur Victor, der hinter den Kühen ausmistete. Der alte Hinnerk und Papa waren vermutlich immer noch bei den Nachbarn. Elli schlüpfte in die Milchkammer, griff nach einer der kleinen Literkannen, die zum Trocknen an der Wand hingen, und stellte sie unter den Wasserhahn.

Einen Augenblick lang überlegte sie, dem fremden Jungen auch noch etwas zu essen zu besorgen, aber in der Küche war ihre Mutter vermutlich noch immer mit den Äpfeln beschäftigt.

Später. Nach dem Abendessen.

Die kleine Milchkanne war rasch gefüllt, und Elli kehrte damit, so schnell sie konnte, zu dem Jungen auf dem Heuboden zurück.

Der Fremde lag lang ausgestreckt auf dem Rücken, die Augen geschlossen, doch als er sie kommen hörte, richtete er sich auf.

»Ich hab dir Wasser geholt«, sagte sie und reichte ihm die Kanne. »Es schmeckt vielleicht ein bisschen komisch, weil es aus dem Brunnen kommt.«

Er griff danach und begann gierig zu trinken, wobei ihm ein schmales Rinnsal den Hals hinunter in den Kragen lief.

»Langsam!«, warnte Elli. »Sonst kommt dir gleich alles wieder hoch.« Aber er setzte die Kanne nicht ab, ehe sie nicht leer war. Dann stellte er sie neben sich und wischte sich mit dem Handrücken über den Mund.

»Das hat gutgetan«, flüsterte er. »Danke!«

Seine Augen suchten ihre, und eine kleine Ewigkeit hielten sich ihre Blicke aneinander fest.

»Also sag schon, wo kommst du her?«, fragte Elli schließlich in die Stille hinein. Sie setzte sich neben ihn auf den heubedeckten Boden.

»Aus Wilhelmshaven. Eigentlich aus Köln. In Wilhelmshaven war ich als Marinehelfer bei der Flak.«

Als sie begriff, wurden Ellis Augen groß vor Entsetzen.

»O Gott, du bist doch nicht etwa desertiert?«, stieß sie hervor.

Das Gesicht des jungen Mannes verzerrte sich, und er drehte sich weg.

Elli wartete geduldig, bis er sich so weit beruhigt hatte, dass er stockend und leise erzählen konnte. Davon, dass er seit fast einem Jahr zusammen mit anderen Hitlerjungen an einer Flakstellung der Marine in Wilhelmshaven stationiert gewesen war, wo sie eine der schweren Flugabwehrkanonen bedient hatten, die den Hafen vor den Luftangriffen der Alliierten verteidigen sollten. Seine Zeit sei so gut wie vorbei gewesen. Er habe eigentlich jeden Tag mit seinem Marschbefehl an die Front gerechnet. Und dann sei dieser Angriff gekommen. Flieger über Flieger, Bomben über Bomben. So viele wie nie zuvor. Die halbe Nacht lang, bis die ganze Stadt lichterloh gebrannt habe. Das hätten sie von ihrer Stellung aus genau sehen können, er und die vier anderen Flakhelfer. Der ganze Himmel voller Rauch und Feuer. Und darüber glitzernd und funkelnd lauter Weihnachtsbäume. So hatten sie die Zielmarkierungen genannt, die den Bombern den Weg weisen sollten. Und dann, ganz plötzlich, ein Sirren und Pfeifen, so hoch und schrill, dass es in den Ohren wehgetan habe, gefolgt von einem gewaltigen Krachen.

»Es hat mich einfach von den Füßen gerissen. Bin durch die Luft geflogen, die Arme hoch über dem Kopf. Irgendwo aufs Pflaster aufgeschlagen. Lauter Steine prasselten auf mich runter. Meine Ohren dröhnten, und ich sah nur noch weiße Flecken. Keine Ahnung, wie lange ich da gelegen habe. Irgendwann hab ich mich aufgerappelt und bin zu den anderen zurückgekrochen. Das Geschütz war umgefallen. Nur noch verbogenes Blech, von der Bombe zerfetzt. Und dann sah ich Ewald. Er lag in einer Pfütze neben dem Geschütz. Sein Kopf … o Gott, sein Kopf … seine Augen …«

Der Junge hielt sich den Mund zu und atmete ein paar Mal tief ein und aus.

»Seine Stirn, seine Haare … alles weg. Ein blutiges Loch. Nur seine Augen … die Augen, die waren noch da. Starrten mich an … Ich seh den Blick noch …«

Wieder brauchte er einen Moment, ehe er weiterreden konnte.

»Ich sehe immerzu seine Augen, die mich anstarren. Dann weiß ich nur noch, dass ich gerannt bin. Immer weiter und weiter, nur gerannt. Stundenlang.«

Er brach ab, zog Ellis Taschentuch aus der Manteltasche und benutzte es erneut. Elli konnte sehen, dass seine Schultern zuckten.

»Und dann?«

»Irgendwann, als meine Beine nicht mehr wollten, hab ich mich in einem Schuppen versteckt. Dann wieder weiter. Immer querfeldein oder über Feldwege. Wenn ich nicht mehr konnte, hab ich mich verkrochen und gehofft und gebetet, dass mich niemand findet. Vier Tage lang ging das so, und seit gestern Abend bin ich hier.« Er zeigte auf sein Versteck in der hintersten Ecke des Heubodens.

»Und was soll jetzt werden?«, fragte Elli nach einer Weile leise.

»Keine Ahnung, ich weiß es nicht.« Der junge Mann zog hilflos die Schultern hoch. »Wenn die Feldjäger mich erwischen, stellen sie mich sofort an die Wand, so viel ist sicher.« Er fuhr sich mit der Rechten durch die strähnigen schwarzen Locken, die ihm tief in die Stirn fielen, und biss sich auf die aufgeplatzten Lippen. »Da reden sie bei der Hitlerjugend immer davon, wie ruhmreich es wäre, für Volk und Vaterland sein Leben zu opfern. Schwachsinn!« Er spuckte die Worte förmlich aus. »Was ist denn so ruhmreich daran, wenn dein Schädel aufplatzt und das Hirn über die Pflastersteine spritzt? Niemand sagt dir, wie es wirklich ist, wenn um dich herum die Hölle losbricht.«

Elli holte tief Luft. »Ja, wenn die Hölle losbricht …«

Sie spürte, wie plötzlich wieder die Bilder in ihr hochschossen, die sie nachts in ihre Träume verfolgten. Sie sah die schmale Klinkerstraße kurz hinter Ovelgönne, sah Martha auf dem Rad neben sich, wie sie lachend den Kopf schüttelte, dass ihre roten Zöpfe flogen. Hörte das Motorengeräusch, das immer lauter und lauter wurde. Blickte in das verzerrte Gesicht ihrer Freundin, die etwas schrie, was Elli nicht verstehen konnte. Links von ihr wurden Grassoden von peitschenden Geschossen hochgerissen und flogen durch die Luft. Martha sprang vom Fahrrad, das scheppernd umfiel, und ließ sich kopfüber in den nächsten Graben fallen. Wie sie selber vom Rad gekommen war, wusste Elli nicht. Plötzlich stand sie stocksteif mitten auf der Straße. Ihre Knie schlotterten, die Zähne schlugen aufeinander, aber sie konnte sich nicht bewegen. Kugeln schlugen neben ihr in die Klinker, die Splitter flogen um ihre nackten Beine. Elli hörte Martha schreien, immer lauter und immer schriller, aber sie war wie gelähmt, konnte keinen Muskel rühren, starrte nur nach oben auf das Flugzeug. Sie fühlte, wie eine Hand ihren Arm packte und an ihr zerrte. Marthas Stimme gellte in ihren Ohren. »Tiefflieger! Tiefflieger!« Sie sah die Freundin neben sich, triefnass und schmutzig bis zu den Haarspitzen. Las die Todesangst in ihren Augen und ließ sich endlich von ihr in den Graben ziehen.

Dann war der Flieger so plötzlich verschwunden, wie er gekommen war. Eng aneinandergeklammert hatten die beiden Mädchen zitternd in dem Graben gekauert, bis zu den Schultern im schlammigen, eiskalten Wasser. Sie hatten kaum zu atmen gewagt und mit gesenkten Köpfen gelauscht, ob das Motorengeräusch vielleicht zurückkäme. Es hatte Stunden gedauert, bis sie sich getraut hatten, nach Hause zu fahren.

Elli schaute den Jungen an, der neben ihr auf dem Heuboden saß. Oh ja, sie wusste genau, wie es sich anfühlte, wenn die Hölle losbrach.

Unten in der Dreschdiele klappte eine Tür.

»Muschen? Bist du noch da oben?«, rief die Stimme ihres Vaters.

Elli legte einen Zeigefinger an ihre Lippen und warf dem Fremden einen eindringlichen Blick zu. Dann stand sie auf und nahm die Forke zur Hand. »Ja, Papa, ich bin hier! Ich muss nur noch eben Heu abwerfen, ich komme gleich zum Melken runter!«

»Beeil dich, es wird doch schon dunkel. Siehst du da oben überhaupt noch was?«

»Ja, Papa, das geht schon noch. Ich mach schnell.«

Die Tür schlug wieder zu.

»Versteck dich lieber wieder!«, flüsterte Elli. »Ich muss jetzt die Bodenluke aufmachen.«

So schnell sie konnte, schaufelte sie das Heu durch die Luke in die Viehdiele hinunter. Dann verschloss sie die Holzklappe wieder sorgfältig.

»Ich muss jetzt runter und beim Melken helfen«, sagte sie in das Halbdunkel, wo sie den jungen Mann vermutete. »Aber ich komm später noch mal wieder und bringe dir was zu essen und zu trinken.«

Sie konnte seine Gegenwart spüren, noch ehe er sie berührte. Er griff nach ihrer Hand und hielt sie fest.

»Warum tust du das?«, fragte er.

Weil ich auch weiß, wie sich die Hölle anfühlt, wollte sie sagen, aber sie brachte den Satz nicht heraus. Verlegen zog sie die Schultern hoch und lächelte.

Einen Moment lang herrschte Stille, aber sie spürte, wie seine Hand die ihre drückte.

»Ich kenne nicht einmal deinen Namen«, flüsterte er.

»Ich heiße Elli.«

»Und mein Name ist Georg, Georg Weber.«

3

Jemanden aus einer plötzlichen Gefühlsregung heraus retten zu
wollen, war die eine Sache. Es dann auch wirklich in die Tat
umzusetzen, war etwas völlig anderes. Das musste Elli noch am
selben Abend feststellen.

Während des Melkens dachte sie fieberhaft darüber nach, wie
sie unauffällig etwas zu essen und zu trinken und ein paar Decken für Georg beschaffen könnte.

Fürs Erste musste es reichen, ihm Brote zu machen. Das
würde am schnellsten und einfachsten gehen. Schwarzbrot mit
Leberwurst oder der fetten Dauerwurst vielleicht. Davon würde
er wenigstens satt werden.

Und zu trinken? Vielleicht könnte sie aus dem Keller eine
Flasche Johannisbeersaft holen. Sie wusste genau, wo Mutter
ihn versteckt hatte. Es waren nur noch wenige Flaschen übrig.
Seit der Zucker so knapp war, hatten sie keinen mehr einko-
chen können. Aber wenn Georg das Brunnenwasser mit dem
Saft vermischte, wäre der Geschmack nach Eisen vielleicht nicht
mehr so schlimm. Das Wasser schmeckte, als hätte man sich auf
die Zunge gebissen und der ganze Mund wäre voller Blut, sagte
Hannes immer.

Tief in Gedanken versunken kraulte Elli der schwarzen Färse
neben sich die Schwanzwurzel. Die junge Kuh drückte das Kreuz
durch und hob den Schwanz ein wenig an. Elli klopfte gegen
ihren Schenkel. »Nun geh doch mal einen Schritt zur Seite!«

Vom schmalen Gropengang, der hinter den Kühen entlangführte, holte sie einen dreibeinigen Melkschemel, stellte ihn zwischen die Färse und die alte Liese und setzte sich. Mit einem
Tuch wischte sie der alten Liese die Zitzen ab, ehe sie zu mel-

ken begann. Elli genoss die Wärme, die das Tier ausströmte, und lehnte ihre Stirn an das kurze weiße Fell von Lieses Bauch, während sie sich den Zinkeimer zwischen die Beine klemmte und nach dem Euter griff.

Eigentlich hatten die Kühe keine Namen, aber die alte Liese war eine Ausnahme. Sie war genauso alt wie Elli selbst, fünfzehn Jahre, sechzehn im März, aber weil sie so lammfromm war und immer noch jedes Jahr ein gesundes Kalb auf die Welt brachte, blieb sie auf dem Brunshof, auch wenn sie nicht mehr so viel Milch gab wie früher.

Georg brauchte etwas zum Anziehen, überlegte Elli, während sie nach den Zitzen der Kuh griff und die Milch in scharfem Strahl in den Eimer schoss. Die Uniform musste weg. Vermutlich würden ihm Hannes' Sachen einigermaßen passen, aber die lagen im Kleiderschrank in seiner Kammer, in der jetzt Bernie schlief. Wie sollte sie da nur hineinkommen, ohne dass er etwas mitbekommen und sofort zu Mutter laufen und petzen würde?

Elli stöhnte. Bernie! Was, wenn der kleine Schnüffler auf den Heuboden ging?

Sowieso, der Heuboden! Dort konnte Georg nicht bleiben. Ständig musste jemand dort hinauf, und im Winter würde es da oben, direkt unter dem Dach, bitterkalt werden. Nur, wo sollte er dann hin? Elli kaute auf ihrer Unterlippe und schloss die Augen, während sie weiter mechanisch die Hände bewegte.

»Du wirst ihr noch die Zitzen abreißen.« Die Stimme ihres Vaters riss sie aus ihren Gedanken. »Da kommt doch schon gar nichts mehr!«

Anton Bruns stand hinter der alten Liese und schubberte mit den Fingernägeln über die Haut an den Hüftknochen, woraufhin die alte Kuh den Kopf nach hinten drehte, so weit es die Kette zuließ, und zufrieden durch die Nüstern schnaubte.

»Was macht sie nur mit dir, Liese?«, fragte der Bauer und lachte leise.

Ellis Vater war jetzt fast dreiundvierzig Jahre alt und noch immer ein gut aussehender Mann. In die dichten dunklen Haare, die er jeden Morgen mit Brillantine sorgfältig nach hinten frisierte, mischten sich inzwischen silberne Fäden, besonders an den schmalen Schläfen wurde er grau. Aber seine klugen himmelblauen Augen waren hellwach, und sein Lächeln hatte trotz des gestutzten Bärtchens über der Oberlippe etwas Jungenhaftes.

Er führte den Brunshof seit mittlerweile vier Jahren, seit sein jüngerer Bruder Johann gefallen war und der Familienbetrieb keinen Erben mehr hatte. Damals war Anton mit seiner Familie von Schwei, wo er einen Hof gepachtet hatte, nach Frieschenmoor zurückgekehrt. Ein halbes Jahr später hatte sich sein Vater aufs Altenteil zurückgezogen und half seitdem nur noch gelegentlich im Stall. Jetzt war Anton Bruns der Bauer, und sein Vater Gustav hatte versprochen, ihm freie Hand zu lassen und sich nicht einzumischen, als er ihm den Hof übergeben hatte.

»Wo bist du heute bloß mit deinen Gedanken, Muschen?«, fragte Ellis Vater, holte seinen Tabaksbeutel aus der Hosentasche und nahm ein Zigarettenpapier heraus. Geschickt drehte er sich eine dünne Zigarette, die er mit einem Sturmfeuerzeug anzündete, und zog den Rauch tief in die Lunge. Mit den Fingerspitzen zog er einen Tabakfaden von seiner Zunge, während die Zigarette fest zwischen den gelb verfärbten Fingern klemmte. »Wir müssen sehen, dass wir fertig werden. In einer halben Stunde kommt der Milchwagen.«

Elli senkte den Kopf. »Ja, Papa. Ich beeil mich.«

Sie nahm den Milcheimer am Henkel und erhob sich hastig. Um ein Haar hätte sie ihn umgestoßen.

Anton warf ihr einen kurzen prüfenden Blick zu. »Ist etwas?«

»Nein, was soll denn sein?«, antworte sie leichthin, trat auf den Gropengang und schob sich an ihrem Vater vorbei, wobei sie seinem Blick auswich.

In der Milchkammer schüttete Elli die warme Milch langsam durch einen großen Filter in eine der Milchkannen.

»Du musst lernen, entschieden besser zu lügen, und zwar ganz schnell«, sagte sie zu sich selbst, während sie zusah, wie der Spiegel der Flüssigkeit immer weiter sank und schließlich nur ein kleiner Rest Milchschaum auf dem Filter stehen blieb.

Die letzten vier Kühe ließ Elli ihren Vater und Victor allein melken. Sie ging in die Küche, um zusammen mit ihrer Mutter das Abendbrot vorzubereiten.

Elli legte eine Torfsode auf die Glut im Küchenofen, stellte die große gusseiserne Pfanne auf die Kochstelle, gab Schmalz hinein und begann, kalte Kartoffeln vom Vortag hineinzuschneiden. Auf die zweite Kochstelle kam der gefüllte Wasserkessel. Ihre Mutter schnitt in der Zwischenzeit Graubrot und Schwarzbrot in Scheiben und stellte Dauerwurst und Käse auf den Tisch.

»Was meinst du, soll ich noch ein Glas Gurken aus dem Keller holen?«, fragte Elli, ohne aufzusehen, und versuchte dabei, so beiläufig wie möglich zu klingen.

»Ja, mach das«, antwortete ihre Mutter, während sie den Tisch deckte.

Elli ging in den Wohnflur und öffnete die Kellertür, drehte den Lichtschalter und stieg die steile Treppe hinunter. Auf langen Holzborden standen hier dicht an dicht die Gläser, in denen ihre Mutter und sie Obst und Gemüse einweckt hatten: Erbsen, Möhren, süßsaure Gurken und Kürbisstücke und jede Menge Bohnen. Weiter hinten waren die Gläser mit Äpfeln, Pflaumen und Birnen. Neben dem hintersten Regal standen zwei große Steinguttöpfe mit Sauerkraut auf dem Boden, hinter denen ihre Mutter die letzten Flaschen Johannisbeersaft versteckt hatte.

Ein Anflug von schlechtem Gewissen ließ Elli kurz zögern, dann nahm sie eine der Flaschen und ein Glas süßsaure Gurken und stieg eilig die Treppe wieder hinauf.

Aber wohin jetzt damit? Elli brauchte einen Platz, um die

Flasche zu verstecken. Später, wenn sie zu dem Jungen auf dem Heuboden zurückkehren würde, musste sie sie unauffällig an sich nehmen können. Ihr Blick wanderte suchend über das Möbelsammelsurium im Wohnflur, wo ein Teil der Schränke stand, die ihre Mutter als Mitgift mit in die Ehe gebracht hatte.

Der alte Wäscheschrank neben der Tür zur guten Stube? Nein, da quietschten die Türen. Bei der schwarzen Vitrine, die zwischen der Stuben- und der Schlafzimmertür stand, klemmte das Schloss und ließ sich nur schwer öffnen.

Ellis Blick fiel auf das alte Klavier neben der Kellertür, das Mutter von ihrem Vater geerbt hatte, ein nussbaumfurniertes Monstrum mit geschnitzten Ornamenten und Kerzenhaltern aus Messing. Niemand im Haus konnte darauf spielen. Das Klavier war seit Jahren nicht mehr gestimmt worden und hatte beim Umzug von Schwei hierher sehr gelitten. An einigen Stellen hob sich das Furnier in Wellen vom darunterliegenden Holz ab. Eigentlich war es nichts als ein nutzloser Staubfänger, aber Willa Bruns schien sehr daran zu hängen. Die Flasche mit dem Johannisbeersaft passte jedenfalls genau in die Lücke zwischen dem Klavier und der Wand dahinter.

Eilig brachte Elli die Gurken in die Küche, rührte die Bratkartoffeln noch einmal um und warf einen Blick auf die Uhr.

»Soll ich Oma und Opa schon zum Essen rufen?«, fragte sie. »Die Männer müssten ja auch gleich reinkommen.«

Ihre Mutter war damit beschäftigt, Schinken in feine Würfel zu schneiden. »Ja, mach nur!«, sagte sie, ohne aufzuschauen. »Und sag auch gleich Bernie Bescheid. Der sitzt in der Stube und hört Radio.«

Elli verdrehte die Augen. Das war wieder mal typisch. Egal, was es zu tun gab, Bernie fand einen Weg, sich zu drücken, und kam immer irgendwie damit durch. Aber sie hätte es nie gewagt, sich bei ihrer Mutter darüber zu beklagen, dass Bernie bevorzugt wurde. Mutter würde vermutlich in scharfem Ton darauf hinweisen, dass Elli ja schon beinahe erwachsen und Bernie noch ein Kind von gerade mal zehn Jahren sei. Das wäre also überhaupt nicht vergleichbar. Und dann würde Mutter eine ganze Liste mit Dingen aufzählen, die Elli noch zu erledigen hatte.

Wortlos ging sie zurück in den Wohnflur und steckte den Kopf durch die Tür zur kleinen Stube, die der Küchentür gegenüberlag. Auf der Anrichte neben dem Volksempfänger brannte eine kleine Lampe, sonst war der Raum völlig dunkel. Von ihrem Bruder war nichts zu sehen. Das Radio knisterte und rauschte.

»Bernie! Hast du schon wieder daran herumgedreht?«, rief Elli. »Du weißt doch, dass du den Volksempfänger nicht anfassen sollst, weil der sonst kaputtgeht!«

Sie betrat die Stube und schaltete das Radio aus. Helles Lachen kam unter dem Tisch hervor.

»Ach, da bist du«, sagte Elli. »Na, komm schon, es gibt Abendbrot!«

Mit diesen Worten drehte sie sich um und verließ die Wohnstube. Eiligen Schrittes lief sie die Treppe hinauf, wo ihre Großeltern zwei Zimmer als Altenteil bewohnten. Elli klopfte an die Tür zu ihrer kleinen Wohnküche und öffnete sie.

»Ach, Elli«, sagte ihre Großmutter, die auf dem Sofa neben dem verdunkelten Fenster saß und im Schein der Stehlampe strickte, während ihr Großvater in der Zeitung las. »Ich dachte, du kommst wohl heute Nachmittag zum Teetrinken herauf.«

»Tut mir leid, Oma, aber wir haben den Rest Äpfel eingemacht. Und danach …« Elli stockte kurz, als sie an den Jungen auf dem Heuboden dachte. »Danach bin ich im Stall gewesen.«

Mathilde Bruns, die von allen nur Tilly gerufen wurde, schüttelte missbilligend den Kopf. »Wenn sie mir Bescheid gesagt hätte, wäre ich runtergekommen. Ich hätte doch helfen können.«

Mit *sie* meinte Tilly Ellis Mutter Willa. Tilly Bruns nannte nie ihren Namen, sagte immer nur *sie*, wenn sie von ihrer Schwiegertochter sprach.

»Ach, Mutter hat es bestimmt nicht böse gemeint. Sie wollte nur nicht, dass du dich extra die Treppe hinunterquälst.« Elli bemühte sich um einen fröhlichen Tonfall und fragte sich gleichzeitig, warum sie ihre Mutter eigentlich immer wieder in Schutz nahm. »Es waren ja nur ein paar Gläser, die wir eingekocht haben. Das hätte sich gar nicht gelohnt.«

»Komm, lass gut sein, Tilly.« Gustav Bruns griff über den Tisch und legte seine Hand auf die seiner Frau. »Die Deern kann doch nichts dafür.«

»Nein, Elli ist ein gutes Mädchen.« Tilly Bruns lächelte und streckte ihre Hand der Enkeltochter entgegen.

Elli ergriff sie und lächelte zurück. »Ich soll Bescheid sagen, dass das Essen auf dem Tisch steht«, sagte sie. »Kommt ihr runter?«

Gustav warf seiner Frau einen schnellen Blick zu. »Sag deiner Mutter, dass wir gleich kommen«, sagte er.

Elli nickte und ging hinaus.

Gegenüber von Omas und Opas Wohnküche war die Tür zu Bernies und Hannes' Zimmer.

Jetzt oder nie!, dachte Elli, holte tief Luft, drückte die Klinke hinunter und machte die Tür vorsichtig auf. Sie knarrte etwas, wenn man sie zu schnell öffnete. Elli schlüpfte ins Zimmer, zog die Tür hinter sich zu und tastete nach der Nachttischlampe neben Bernies Bett. Sie hoffte, dass niemand den Lichtschein bemerken würde, der durchs Fenster nach draußen fiel. Ihr blieb keine Zeit, die Rollos herunterzulassen. Hastig öffnete sie Hannes' Schrank, zog wahllos ein paar Kleidungsstücke heraus und warf sie auf Hannes' Bett. Eines der Hemden wickelte sie um das Kleiderbündel und verknotete die Ärmel. Einen Moment lang dachte sie daran, auch den Bettüberwurf als Decke für Georg mitzunehmen, verwarf die Idee aber gleich wieder. Wenn der weg wäre, würde das ja sofort auffallen. Sie war schon im Begriff, den Raum wieder zu verlassen, als ihr etwas einfiel und sie

Hannes' Schrank erneut zu durchwühlen begann. Hier irgendwo musste Hannes' letztes Weihnachtsgeschenk sein. Endlich fand sie unter seinen Socken das Ledermäppchen mit der kleinen Dynamo-Taschenlampe und stopfte es in das Bündel unter ihrem Arm. Hannes würde verstehen, warum sie die Lampe nehmen musste. Zumindest hoffte sie das.

Sie löschte das Licht und lauschte angestrengt an der Tür. Alles war still. Vorsichtig drückte sie die Klinke hinunter und schob die Tür einen Spaltbreit auf. In diesem Moment wurde die Tür gegenüber geöffnet, und Ellis Großeltern kamen heraus.

Elli wagte nicht zu atmen und hielt die Klinke fest umklammert. Aber Gustav und Tilly unterhielten sich leise miteinander und bemerkten offensichtlich weder den Türspalt noch ihre Enkeltochter dahinter.

Es schien eine Ewigkeit zu dauern, bis die beiden alten Leute die steile Treppe hinuntergestiegen waren. Ellis Herzschlag dröhnte in ihren Ohren. Hastig verließ sie das Zimmer der Brüder und lief zu ihrer eigenen Kammer hinüber, wo sie das Kleiderbündel von der Tür aus aufs Bett warf, um dann, so schnell sie konnte, die Treppe nach unten zu hetzen.

Als sie die Küche betrat, hatten sich bereits alle bis auf ihre Mutter um den großen Küchentisch versammelt. Willa stand neben Hinnerks Stuhl und goss ihm Tee ein.

»Wo bleibst du denn, Mädchen?«, schimpfte sie. »Jetzt sind die Bratkartoffeln angebrannt!«

»Entschuldigung«, sagte Elli betreten. »Ich hab mir nur noch schnell ein Taschentuch geholt.«

»Und es dauert so lange, bis du Taschentücher findest?« Willa schüttelte den Kopf.

Elli antwortete nicht, sondern zog mit hochrotem Kopf ihren Stuhl zurück und setzte sich. Sie nahm sich einen Löffel von den angebrannten Bratkartoffeln, stocherte darin herum und gab sich alle Mühe, wenigstens ein paar Bissen herunterzubekommen. Von der Unterhaltung am Abendbrottisch bekam sie nichts mit. Sie war viel zu sehr damit beschäftigt, zu überlegen, wie sie es anstellen sollte, Brote zu schmieren und die Sachen für Georg unauffällig auf den Heuboden zu bringen.

Ungeduldig wartete sie darauf, dass ihr Vater seinen Tabak herausholte, um sich eine Zigarette zu drehen. Das war für alle das Zeichen, dass das Abendessen beendet war. Victor und Hinnerk erhoben sich, wünschten eine gute Nacht und gingen durch die Küchentür zum Vorflur hinaus in die Viehdiele. Sie würden jetzt noch einen letzten Rundgang durch die Ställe machen und schauen, ob alles in Ordnung war, um danach in der Knechtekammer neben dem Pferdestall zu Bett zu gehen.

Auch Ellis Vater stand auf.

»So, Bernie! Abmarsch!«, sagte er zu seinem Jüngsten. »Kannst noch eine halbe Stunde lesen, aber dann wird geschlafen. Morgen ist auch noch ein Tag.«

Bernie zog eine Flunsch. »Ich will aber noch mit euch Radio hören!«

»Kinder mit 'nem Willen kriegen was auf die Brillen«, sagte Anton Bruns, aber er lachte dabei. »Nichts da, morgen ist Schule! Los, ab nach oben!«

Maulend erhob sich Bernie von seinem Stuhl und schlich betont langsam aus der Küche.

»Kommt ihr noch mit rüber in die Stube?«, fragte Anton in Richtung seiner Eltern, aber sein Vater winkte ab. »Nein, lass mal, min Jung. Ich muss meine Zeitung noch zu Ende lesen, und dann gehen wir früh ins Bett, nicht wahr, Tilly?«

Tilly schob ihre dünne Nickelbrille hoch und nickte.

Elli hatte begonnen, den Tisch abzuräumen. »Ich geh auch gleich nach oben, wenn ich hier fertig bin, Papa«, sagte sie. »Ich hab den ganzen Tag schon ein bisschen Kopfschmerzen gehabt und gehe heute lieber früh ins Bett.«

»Nanu, wirst du krank?«

»Nein! Ich glaub nicht. Morgen ist es bestimmt wieder weg.«

Elli wich dem fragenden Blick ihres Vaters aus, nahm die Teller und trug sie zum Spülstein hinüber. »Lass nur, Mutter«, sagte sie. »Ich mach hier schon alles fertig.«

Ihre Mutter, die gerade heißes Wasser aus dem Kessel in den Spülstein goss, warf ihr unter hochgezogenen Augenbrauen einen fragenden Blick zu. Sie schien eine spitze Bemerkung auf den Lippen zu haben, dann aber lächelte sie, nahm die Schürze ab und hängte sie an den Haken neben dem Herd. Mit einer schnellen Bewegung fuhr sie über ihr farblos-blondes Haar und prüfte, ob der kleine Knoten in ihrem Nacken sich nicht auflöste, ehe sie sich in der Tür noch einmal umwandte.

»Vielleicht solltest du dich zum Schlafen mit dem Kopf auf eine Wolljacke legen. Das hilft gegen Kopfschmerzen.«

Eine halbe Stunde später hatte Elli alles Geschirr abgewaschen, abgetrocknet und in den Küchenschrank geräumt. Der Packen Butterbrote, den sie geschmiert hatte, war in Pergamentpapier eingeschlagen und lag auf dem Küchentisch.

Wenn das mal bis morgen Mittag reicht!, dachte sie zweifelnd, während sie das Paket musterte. Vor der Schule würde sie es nicht schaffen, dem Jungen noch etwas zu essen zu bringen.

Sie löschte das Licht in der Küche, steckte noch kurz den Kopf in die kleine Stube und sagte den Eltern Gute Nacht. Auf dem Weg zur Treppe holte sie die Saftflasche aus dem Versteck, ging dann geräuschvoll hinauf, damit es auch jeder hörte, und verschwand in ihrer Schlafkammer.

Reglos saß Elli auf ihrem Bett und versuchte, trotz des wilden Herzklopfens, das ihr in den Ohren dröhnte, in die Dunkelheit zu lauschen. Schließlich holte sie tief Luft, steckte Saftflasche und Brotpaket mit in das Kleiderbündel, das sie sich unter den Arm klemmte, und schlich auf Zehenspitzen aus dem Zimmer.

Alles war ruhig.

Elli wusste genau, welche Treppenstufe immer etwas knarrte, wenn man darauftrat, und überging sie wohlweislich. Aus der Stube unten schallte leise Musik, ihre Eltern hörten das Wunschkonzert. Elli glaubte, Zarah Leanders Stimme zu erkennen, als sie an der Wohnstube vorbeischlich und die Küchentür öffnete. Es war stockdunkel, aber sie wagte es nicht, Licht zu machen, sondern ertastete ihren Weg durch die Küche, dann durch den Vorflur und von da aus weiter in den Kälberstall. Erst hier schaltete sie das Licht ein.

Der alte Flocki, der es sich im Stroh in einem der leeren Kälberkofen gemütlich gemacht hatte, hob den Kopf, als sie vorbeiging. Er winselte leise, sein Schweif klopfte auf den Boden, und er machte Anstalten, aufzustehen. Elli beugte sich über die hölzerne Wand des Verschlags und tätschelte ihm den Kopf.

»Nein«, flüsterte Elli. »Du bleibst schön liegen! Mach Platz, Flocki!«

Der alte Hund ließ sich schwerfällig wieder im Stroh nieder und legte seinen Kopf auf die Vorderpfoten.

Elli lief weiter zur Milchkammer, wo sie eine der kleinen Milchkannen mit Wasser füllte und mitnahm. Im dunklen Vorflur blieb sie einen Moment lang stehen und lauschte an der Tür zur Küche, aber alles war still. Das Bündel fest unter den Arm geklemmt, den Holzgriff der Kanne in der Linken, tastete sie sich mit der Rechten an der Wand entlang bis zur Dreschdiele. Der Schein der kleinen Glühbirne neben der Tür reichte kaum bis zur Heubodenleiter. Vorsichtig tastete sich Elli im Dunkeln die Leiter hinauf, erst oben zog sie die Taschenlampe aus dem Bündel und begann an der kleinen Kurbel zu drehen.

Bis sie Georg gefunden hatte, verging eine Weile. Er lag ganz hinten im Heu, zusammengerollt auf der Seite. Seine Augen waren einen kleinen Spalt weit geöffnet und glitzerten im schwachen Schein der Taschenlampe. Eine Schrecksekunde lang glaubte Elli, er sei tot. Aber dann sah sie, dass sich sein Brustkorb hob und senkte. Er schlief tief und fest.

Sie ließ sich neben ihm auf die Knie nieder, berührte ihn an der Schulter und rief leise seinen Namen. Es dauerte einen Moment, bis er wach wurde. Elli drehte erneut die kleine Kurbel an der Taschenlampe, und das Licht, das schon fast erloschen war, flammte wieder auf.

»Alles in Ordnung?«, fragte sie.

Georg räusperte sich und hustete.

»Ich weiß nicht«, sagte er mit rauer Stimme. »Sobald ich mich hinlege, schlafe ich ein. Keine Ahnung, warum.«

»Iss erst mal was, dann geht es dir bald besser.«

Sie packte die Brote aus und reichte sie ihm. Während er gierig darüber herfiel, goss sie einen Teil des Saftes in die Kanne mit dem Wasser und hielt sie ihm hin. Dann setzte sie sich neben ihn, umschlang die Knie mit den Armen und sah ihm beim Essen zu. Immer wenn die Taschenlampe auszugehen drohte, kurbelte sie ein paar Mal.

»Ich gehe jetzt besser wieder nach unten«, meinte sie schließlich und stand auf. »Du solltest zum Schlafen hinter den großen Heuhaufen kriechen, da wird dich niemand finden. Morgen ist Sonnabend. Ich muss zur Schule, aber ich bin mittags wieder da. Sobald meine Eltern Mittagsstunde machen, komme ich wieder und bring dir was Warmes zu essen und vor allem ein paar Decken. Ich hoffe, das geht heute Nacht auch so.«

Sie wartete nicht darauf, dass Georg antwortete. »Du musst nur weit genug ins Heu hineinkriechen und dich gut damit zudecken, dann wird dir nicht kalt. Ich hab dir ein paar Sachen zum Anziehen mitgebracht, die sind von meinem Bruder. Ich hoffe, sie passen dir einigermaßen. Du musst aus der Uniform raus. Und die Taschenlampe lass ich dir auch hier. Vielleicht brauchst du sie ja, wenn du … na ja … neben dem Schweinestall ist jedenfalls das Plumpsklo … Hauptsache, es sieht dich niemand!«

Sie streckte ihm die Hand mit der Taschenlampe entgegen.

Georg zögerte, ehe er danach griff, und erhob sich ebenfalls.

»Ich weiß gar nicht, was ich sagen soll«, murmelte er.

»Dann sag am besten gar nichts. Oder einfach Danke!«

»Danke! Danke, Elli. Ich mach es wieder gut. Eines Tages werde ich es wiedergutmachen.«

Einen Moment lang war Elli so verlegen, dass sie nichts zu erwidern wusste.

»Kannst du mir vielleicht Licht machen, damit ich die Leiter finde?«, fragte sie leise.

Georg drehte an der kleinen Kurbel der Taschenlampe, während er neben ihr her zur Leiter ging, die über den Rand des Heubodens ragte.

»Und sei morgen früh ganz leise!«, schärfte sie ihm noch ein. »Ich weiß nicht, wer dann raufkommt, um Heu abzuwerfen. Gute Nacht! Bis morgen!«

Einen Augenblick schien es Elli, als wolle Georg sie umarmen, aber dann zögerte er und gab ihr stattdessen die Hand. »Gute Nacht, Elli!«

Sie lächelte ihm zu und kletterte zur Dreschdiele hinunter.

Als sie sich an der Tür zum Vorflur noch einmal umsah, glaubte sie, Georgs Silhouette noch immer oben an der Leiter stehen zu sehen.

Elli schlief schlecht in dieser Nacht. Immer wieder schreckte sie aus Albträumen voller Tiefflieger und Bombenexplosionen hoch. Als um sechs Uhr ihr Wecker klingelte, fühlte sie sich wie gerädert.

Beim Frühstück war sie so gereizt, dass sie sich mit Bernie wegen irgendeiner dummen Bemerkung stritt, die sie normalerweise mit einem Achselzucken abgetan hätte.

Während sie mit dem Rad zur Schule fuhren, hatte sie große Mühe, dem Geplapper ihrer Freundin Martha zu folgen, die sich lang und breit über einen Jungen aus der Nachbarschaft ausließ, auf den sie anscheinend ein Auge geworfen hatte. Elli antwortete einsilbig und ausweichend, bis Martha irgendwann fragte, was denn nur heute mit ihr los sei.

»Gar nichts!«, schnappte Elli. »Ich hab nur Kopfschmerzen. Und ganz schlecht geschlafen.«

Nein, Martha konnte sie unmöglich in ihr Geheimnis einweihen. Sie war sicherlich ein nettes Mädchen und kam für Elli dem, was man eine Freundin nannte, am nächsten. Aber Martha konnte einfach nie ihren Mund halten. Wenn doch nur Hannes da wäre!

Dass Elli in der Hauswirtschaftsschule nicht aufpasste, war nicht ungewöhnlich, aber an diesem Samstag war sie so unaufmerksam, dass es sogar der Lehrerin auffiel. In Gedanken war sie die ganze Zeit bei Georg auf dem Heuboden und malte sich in immer lebhafteren Farben aus, was in der Zwischenzeit alles passiert sein könnte, während sie untätig in Brake in der Schule herumsaß und zwei Stunden lang zuhören musste, weshalb Arier so viel wertvoller seien als alle anderen Rassen.

Als die Schule endlich vorbei war, trat Elli trotz des Regens, der ihr von einem kalten Gegenwind ins Gesicht gepeitscht wurde, so fest in die Pedale ihres Fahrrades, dass Martha kaum hinterherkam. In Frieschenmoor angekommen, rief sie der Freundin ein flüchtiges »Wir sehen uns Montag!« über die Schulter zu und bog dann in die Hofeinfahrt ein, ohne eine Antwort abzuwarten.

Sie wich den Pfützen auf dem gepflasterten Hof aus, fuhr durch das weit geöffnete Tor direkt in die Dreschdiele hinein und sprang vom Rad.

»Ich bin wieder da!«, rief sie viel lauter als sonst. Ihr Blick wanderte zum Heuboden hinauf, aber dort oben rührte sich nichts. Trotzdem hoffte sie, dass Georg sie gehört hatte.

Die Tür zum Pferdestall öffnete sich, und der alte Hinnerk

steckte seinen Kopf mit der unvermeidlichen Prinz-Heinrich-Mütze heraus.

»Was hast du denn zu bölken?«, fragte er und nahm seine kurze Pfeife aus dem Mund. »Machst ja die ganzen Viecher scheu!«

»Gar nichts«, antwortete Elli. »Ich wollte nur Bescheid sagen, dass ich wieder da bin.«

»Guck mal besser, ob es nicht bald Mittag gibt, Deern!«, brummte der Knecht kopfschüttelnd und verschwand wieder im Pferdestall.

»Ich sag dir Bescheid, wenn es Essen gibt«, erwiderte Elli erleichtert.

Georg war nicht gefunden worden, sonst hätte der Knecht anders reagiert. Die Anspannung der letzten Stunden fiel mit einem Schlag von ihr ab. Eilig stellte sie ihr Rad ab und lief in die Küche.

»Was gibt es denn heute Leckeres?«, fragte sie gut gelaunt, hob den Deckel von dem großen schwarzen Topf an und sah hinein.

»Wurzeldick«, erwiderte Willa Bruns, die in einem zweiten Topf rührte. »Ich mache gerade Apfelmus dazu. Hilf mir schnell, den Tisch zu decken, und dann kannst du alle zum Mittagessen rufen.«

Nach dem Essen, als sich die Erwachsenen zur Mittagsstunde hingelegt hatten, füllte Elli eilig einen Henkelmann mit Eintopf und goss Milch in eine der Steingutflaschen. Zusammen mit ein paar Scheiben Brot, die sie schnell noch vom Graubrotlaib abschnitt, packte sie beides in einen Korb und ging hinaus in die Dreschdiele.

Eine der Pferdedecken musste erst einmal für Georg reichen, hatte sie sich in der Schule überlegt. Und davon lag ein ganzer Stapel gleich vorne im Pferdestall auf der Futterkiste.

Den Korb in der linken Hand und die Decke über die Schulter geworfen, kletterte sie vorsichtig die Leiter zum Heuboden

40

hinauf. Im trüben Licht, das durch die Fenster fiel, sah sie eine Gestalt im Heu sitzen und ging darauf zu.

Aber es war nicht Georg, es war ihr Vater.

Als er Elli sah, griff er neben sich, stand auf und kam ihr entgegen. In der Hand hielt er die kleine Milchkanne, in der Elli das Brunnenwasser geholt hatte, und ein Stück Pergamentpapier.

In Ellis Magen bildete sich ein dicker Knoten.

»Eigentlich hatte ich Bernie erwartet, nicht dich«, sagte Anton Bruns. »Ich wollte ihn fragen, was er sich dabei denkt, heimlich Brot und Saft und Gott weiß was sonst noch für Zeug hier raufzuschleppen, und ob er glaubt, dass keinem auffällt, wenn so viel Brot fehlt. Aber ganz so einfach scheint die Sache ja nicht zu sein. Und jetzt wirst du mir erzählen, was hier vor sich geht! Was ist in dem Korb, und wofür soll die Decke gut sein?«

Elli spürte ihre Knie weich werden.

»Also? Ich höre!« Antons Ton wurde schärfer.

»Ich … ich …« Elli schluckte. »Ich hab jemanden auf dem Heuboden versteckt.«

Jetzt war es heraus. Elli fühlte, wie ihr die Tränen in die Augen schossen, aber sie wollte auf keinen Fall weinen und blinzelte mehrmals.

Ihr Vater zog die Augenbrauen zusammen. »Du hast was?!«

»Ich hab ihn gestern hier oben gefunden, halb verdurstet und verhungert. Er tat mir so leid«, stammelte Elli.

»Wer tat dir so leid?« Anton schien nicht zu verstehen.

»Warte, ich hol ihn!«, rief Elli. Jetzt, wo es kein Zurück mehr gab, wo sie sich jemandem anvertraut hatte, fühlte sie sich grenzenlos erleichtert.

Es dauerte eine Weile, bis sie Georg gefunden hatte. Er saß zusammengekauert in der hintersten Ecke des Heubodens, mit dem Rücken an der Wand zum Wohnhaus. Obwohl er die Arme vor der Brust verschränkt hatte, konnte Elli sehen, dass er eines von Hannes' Hemden trug.

»Komm, Georg!«, sagte sie leise. »Es wird uns schon keiner den Kopf abreißen.«

Er starrte sie nur aus verständnislosen Augen an, schien sie gar nicht zu erkennen. Die Kiefermuskeln zuckten und mahlten, aber er sagte kein Wort. Er zitterte am ganzen Körper. Erst als sie seine Hand nahm, ließ das Zittern nach, er stand auf und ließ sich von ihr aus seinem Versteck ziehen.

»Papa, das ist Georg!«

Elli hielt noch immer Georgs Hand, als sie bei ihrem Vater ankamen.

Antons Blick wanderte von Georg zu Elli und wieder zu Georg zurück. »Ach du lieber Gott! Jetzt sag mir bitte, dass das nicht wahr ist!« Er schlug sich die Hand vor den Mund und schüttelte ungläubig den Kopf, während er Georg anstarrte. Schließlich rieb er sich das Kinn und seufzte laut.

»Bist du Jude?«, fragte er.

Georg schüttelte nur den Kopf und schwieg.

»Er ist bei den Flakhelfern in Wilhelmshaven gewesen und desertiert«, erklärte Elli.

»Ach, desertiert ist er! Das macht es auch nicht wirklich einfacher!«, schnaubte Anton. »Warum hast du mir nichts erzählt, Elli?«, fragte er dann leiser.

»Ich dachte …«

»Nein! Nein, du hast nicht gedacht. Gar nicht! Nicht mal eine Sekunde lang.«

Anton drehte sich um, machte zwei Schritte auf den Rand des Heubodens zu und trat gegen die leere Milchkanne, die dort auf dem Boden stand. Scheppernd flog sie gegen die Wand unterhalb der Fenster.

»Was glaubst du eigentlich, was du da tust?«, rief er. »Weißt du, in welche Gefahr du uns gebracht hast? Uns alle? Was glaubst du wohl, was mit Leuten passiert, die erwischt werden, wie sie jemandem auf der Flucht helfen? Abgeschossenen Amifliegern,

Juden oder Deserteuren, ganz egal! Wenn wir großes Glück haben, landen wir nur im Gefängnis. Wenn wir Pech haben, stellen sie uns direkt neben ihn an die Wand!« Anton deutete auf Georg.

Elli hielt Georgs Hand fest umklammert. Sie blinzelte und schluckte, konnte aber nicht verhindern, dass sich ein leiser Schluchzer aus ihrer Kehle löste.

»Und irgendwann nächste Woche kommt der Kontrolleur, ich weiß nur noch nicht, an welchem Tag«, knurrte Anton.

»Es ist nicht Ellis Schuld, sie wollte mir nur helfen«, stieß Georg hervor. »Ich verschwinde sofort wieder.«

»Blödsinn! Tünkram! Hanebüchener Unfug! Georg ist dein Name, nicht wahr?«

Der junge Mann nickte.

»Was glaubst du denn, wie weit du kommen würdest, Georg? Allein? Zu Fuß? Um diese Jahreszeit? Und wo willst du hin? Nach Oldenburg? Nach Bremen? Zurück nach Hause? Da suchen sie doch zuerst nach dir. Nein, Junge! Wenn ich dich hier wegschicke, dann kann ich dir genauso gut gleich selbst die Kehle durchschneiden und dich im nächsten Moorloch versenken. Nein! Halt einfach den Mund! Wir müssen in Ruhe überlegen, was wir jetzt machen.«

Eine ganze Weile stand Anton Bruns vor dem Fenster und starrte hinaus in das graue Licht. »Ich brauch jetzt eine Zigarette«, murmelte er. »Und am besten noch einen Schnaps dazu.«

Schließlich seufzte der Bauer. »Das kann ich nicht allein entscheiden. Und das will ich auch gar nicht. Davon sind wir alle betroffen.« Er drehte sich zu Elli und Georg um, die noch immer unbewegt dicht nebeneinanderstanden und sich an den Händen hielten.

»Elli, lauf zu Opa!«, befahl Anton entschlossen. »Erzähl ihm, dass die Braune kalbt, und frag ihn, ob er mal eben mit in den Stall kommen könnte. Und dann bringst du ihn in Hinnerks

Kammer. Und du, Freundchen«, sagte er zu Georg, »du kommst mit mir, wir werden uns jetzt mal in Ruhe unterhalten!«

Georg zog scharf die Luft ein und wich einen halben Schritt zurück, ohne dabei Ellis Hand loszulassen.

Anton zog eine Augenbraue hoch. »Brauchst keine Angst vor mir zu haben, min Jung! Wie alt bist du? Sechzehn? Siebzehn? Ich hab einen Sohn, der ungefähr in deinem Alter ist. Wenn er irgendwann nicht weiterweiß, dann hoffe ich, dass ihm auch jemand hilft zu überleben, damit er zurück nach Hause kommt.«

Eine Viertelstunde später klopfte Elli an die Tür zur Knechtekammer.

»Ich bin's, Elli!«, rief sie. »Und Opa ist bei mir.«

Anton zog die beiden in die kleine Kammer und schloss die Tür hinter ihnen. Georg saß auf Hinnerks Bettkante, der Knecht lehnte mit dem Rücken am Kleiderschrank gegenüber und stopfte sich Tabak in die kurze Pfeife.

»Was ist hier denn los?«, fragte Gustav Bruns. »Und wer ist der Jung?«

»Das lass dir mal besser von Elli erklären, Papa!«, sagte Anton und setzte sich auf das zweite Bett. »Na los, Muschen, erzähl!«

Elli berichtete erst stockend, dann immer flüssiger, wie sie Georg gefunden und auf dem Heuboden versteckt und wie ihr Vater sie schließlich erwischt hatte.

Als sie ihren Bericht beendet hatte, war nichts zu hören als das Knistern von Hinnerks Pfeife.

»Und nu?«, presste der Knecht schließlich zwischen den zusammengebissenen Zähnen hervor.

»Tja«, sagte Anton. »Das ist genau die Frage. Was machen wir jetzt?«

Er drückte das Kreuz durch, holte seinen Tabak heraus und begann, sich eine seiner dünnen Zigaretten zu drehen.

»Eigentlich gibt es nur drei Möglichkeiten: Wir könnten die Feldjäger holen …« Elli wollte protestieren, aber Antons Handbewegung ließ sie verstummen. »Warte! Lass mich ausreden, Elli!« Er steckte sich die Zigarette in den Mundwinkel und zündete sie an. »Wenn wir die Feldjäger holen, stellen sie ihn an die Wand. Lassen wir ihn laufen, dann hat er vielleicht noch eine Woche, ehe sie ihn irgendwo schnappen und erschießen. Und danach geht es uns an den Kragen, weil wir nichts gemeldet haben.«

Anton sah durch den Rauch seiner Zigarette zu Georg hinüber, der mit gesenktem Kopf auf Hinnerks Bett saß. Den Blick starr auf den Fußboden gerichtet, vermied er es, irgendjemanden anzusehen.

Ellis Vater hustete, ließ den Zigarettenstummel fallen und trat die Glut mit seinem Arbeitsstiefel aus. »Das ist wie die Wahl zwischen Pest und Cholera. Egal, wie wir es machen, wir schicken den Jungen in den Tod.« Er schnaubte. »Was mich angeht, ich will sein Blut nicht an meinen Händen kleben haben. Er ist ja noch ein halbes Kind. Also bleibt uns nur die dritte Möglichkeit: Wir werden ihn verstecken müssen.«

Der alte Gustav Bruns, der sich neben seinen Sohn gesetzt hatte, musterte ihn eine ganze Weile, ehe er schließlich nickte. »Und zwar vermutlich bis der Krieg vorbei ist. Na ja, das wird ja so lange nun auch nicht mehr dauern, wie man hört.«

Elli bemerkte den warnenden Blick, den ihr Vater dem Großvater zuwarf.

»Glaub mir, Jung!«, sagte Gustav, beugte sich zu ihm hinüber und legte ihm eine Hand aufs Bein. »Dass du heimlich Radio London anmachst, ist wirklich nichts, weswegen du dir Sorgen machen musst – verglichen mit dieser Sache hier. Aber wo bringen wir den Jungen jetzt unter? Auf dem alten Köterhof vielleicht?«

»Kann er denn nicht hierbleiben?«, platzte es aus Elli heraus.

»Wie stellst du dir das vor? Wo sollen wir ihn hier verstecken? Wieder auf dem Heuboden?«, fragte Anton. »Und wenn ihn jemand von den Nachbarn sieht? Oder der Kontrolleur von der Landesbauernschaft?«

Bedächtig zog Hinnerk die Pfeife zwischen den bräunlich verfärbten Zähnen hervor und klopfte sie an der Sohle seines Stiefels aus.

»Im Gegenteil, die müssen alle mitkriegen, dass der Junge hier ist«, sagte er entschieden und zog seinen Tabaksbeutel aus der Jackentasche, um die Pfeife neu zu stopfen. »Kann doch ein Flüchtling sein. Frerichs haben schon eine Familie einquartiert bekommen. Kommt bei uns sicher auch bald.« Er drückte den Tabak mit dem Daumen fest und entzündete ihn. »Kann ja der Sohn von meiner Cousine sein. Aus ... wo kamst du noch mal her?«, fragte er Georg.

Georg hob den Kopf. »Aus Köln, ich komme aus Köln«, flüsterte er.

»Ja, der Sohn von meiner Cousine Gertrud aus Köln. Und die sind ausgebombt und ausgebrannt. Da konnte er nicht bleiben, und da hab ich hier gefragt, und weil wir so knapp mit Leuten sind ...«

»... arbeitet er für Kost und Logis.« Anton nickte. »Das könnte klappen. Seit wann hast du denn eine Cousine in Köln?«

Der Knecht grinste breit. »Hab ich gar nicht! Aber das weiß ja keiner.«

»Und warum ist er nicht bei der Wehrmacht? Großer und kräftiger Bursche, wie er ist?«, warf Gustav ein.

»Er hat's an der Lunge«, sagte Hinnerk sofort. »Geschlossene TB gehabt. Hat als Kind fast nur im Bett gelegen, da wollten sie ihn nicht! Könnte ja auch sein, dass er sonst irgendwann offene TB kriegt.«

Anton lachte kopfschüttelnd. »Dir glaub ich nie wieder auch nur ein einziges Wort, Hinnerk!«

Der Knecht steckte die Daumen in die Hosenträger und grinste selbstzufrieden, während er an seiner Pfeife zog.

»Am besten, ich spann gleich mal den Wallach vor den kleinen Wagen, dann hol ich dich heut Abend in Ovelgönne vom Zug ab. Auf dem Hinweg liegst du unten im Wagen mit einer Decke überm Kopf, und auf dem Rückweg sitzt du schön neben mir auf dem Bock«, meinte er zu Georg und klopfte ihm auf die Schulter. »Das wird schon klappen, Kopf hoch!«

Georg hob den Blick und sah den Knecht verwundert an.

»Ein Koffer wäre noch gut, den er mitbringen kann«, sagte Hinnerk beim Hinausgehen. »Muss ja nichts drin sein.«

»Und? Was sagst du, Papa? Bist du einverstanden?«, fragte Anton und wandte sich zu seinem Vater um.

»Das ist deine Entscheidung, Anton. Du bist der Bauer. Ich werde den Teufel tun, dir da reinzureden. Wichtig ist natürlich, dass alle den Mund halten, die Bescheid wissen. Vor allem Bernie darf davon nichts mitkriegen. Der rennt sonst wohlmöglich noch zu seinem Jungscharführer und erzählt ihm alles. Keiner darf sich verplappern, auch du nicht, min Deern!« Opa Bruns erhob drohend den Zeigefinger.

»Bestimmt nicht!« Elli schüttelte den Kopf.

»Wir riskieren alle unseren Hals für dich, junger Mann. Dass dir das klar ist«, sagte Gustav zu Georg und stand auf. »Ich hoffe bloß, dass du das auch wert bist!«

Georgs Gesicht verzerrte sich, dann nickte er ruckartig und blinzelte, als müsste er gegen die Tränen ankämpfen.

»Ist schon gut, Jung!«, sagte der alte Mann. »Elli hat schon immer ein gutes Auge für Menschen gehabt. Und sie hat ja anscheinend einen richtigen Narren an dir gefressen. Nun enttäusch sie bloß nicht!«

Gustav lächelte seiner Enkeltochter, der das Blut in die Wangen geschossen war, augenzwinkernd zu und meinte, er wolle doch mal gucken, ob Tilly schon Tee gekocht habe.

»Jetzt lass uns mal überlegen, wie wir deinen Eltern Bescheid geben, wo du bist, dass es dir gut geht und dass du nach Hause kommst, sobald es geht«, sagte Anton und drehte sich noch eine Zigarette.

Elli beobachtete, wie ganz plötzlich eine Veränderung in Georg vorging. Seine Lippen wurden schmal, der Rücken versteifte sich, und zwischen den dunklen Augenbrauen bildete sich eine dreieckige Falte.

»Ich hab kein Zuhause mehr«, sagte der Junge steif. »Wir sind ausgebombt worden. Meine Eltern sind tot.« Es klang traurig, aber Elli glaubte, noch etwas anderes in seiner Stimme zu hören. Es klang nach Bitterkeit und Wut.

4

JANUAR 1949

Wie schnell man doch das Lügen lernt, dachte Elli. *Mit jedem Mal geht es leichter.*

Immer und immer wieder hatte sie in den vergangenen Monaten die gleiche Frage gehört: »Ist irgendwas?«

Und immer die gleiche Antwort gegeben: »Nein, es ist nichts, was soll denn sein?«

Es hatte Momente gegeben, da hatte sie beinahe selbst daran geglaubt. Dann war sie morgens aufgestanden, genau wie früher immer, hatte sich angezogen, war in den Stall hinuntergegangen, hatte sich mit ihrem Zinkeimer auf einen Schemel zwischen die Kühe gesetzt und sich beim Melken mit der Stirn an den Bauch der Kuh gelehnt. Eingelullt von den monotonen Bewegungen, war sie dann ruhiger und ruhiger geworden, bis ihr Kopf schließlich ganz leer war. Kein Grübeln mehr, keine Vorwürfe, keine Reue und kein Schmerz. Nichts. Nur die Schwärze hinter den geschlossenen Augenlidern, das stetige Atmen des Tieres und das immer gleiche Auf und Ab ihrer Hände.

Aber irgendwann kam dann wieder diese Frage, die sie aus ihrem weichen Dämmerzustand in die bittere Wirklichkeit zurückholte: »Ist irgendwas?« Der Ton wurde immer drängender, je öfter die Frage gestellt wurde.

»Nein, was soll denn sein?«, lautete die immer gleiche müde Antwort.

Diese ständige bleierne Müdigkeit, wann hatte die angefangen? Irgendwann im Sommer? Oder im Herbst?

Elli wusste es nicht. Zeit hatte keine Bedeutung mehr. Seit

jenem furchtbaren Tag ging jeder darauffolgende in den nächsten über, ohne eine Spur zu hinterlassen. Die Zeit lief im Kreis um jenen Tag im Juni herum, als der Umschlag aus Köln mit der Post gekommen war. Sie sah das monströse Ding aus braunem Packpapier mit der sorgfältig aufgemalten Adresse noch vor sich auf dem Tisch liegen, sah, wie die Briefe herausfielen, alle ihre Briefe, und wie die Hand des Vaters ihr das Stück Zeitungspapier entgegenstreckte. Merkwürdig, dass sie sich daran so deutlich erinnern konnte. Und danach an nichts mehr.

»Das Leben geht weiter«, sagten sie alle. »Du musst nach vorn sehen. Die Zeit heilt alle Wunden.« Aber das war eine Lüge. Wie konnte die Zeit Wunden heilen, wenn sie sich nur im Kreis drehte und die kaum vernarbten Wunden immer neu aufgerissen wurden?

Für alle anderen ging das Leben weiter, aber Elli blieb in der Vergangenheit zurück, wo die Tage ineinanderflossen und sie wie in einem Strudel immer nur zu diesem Sommertag gespült wurde, den sie wieder und wieder durchlebte und durchlitt. Elli blieb dort gefangen, und die Entfernung zu den Menschen um sie herum wuchs immer weiter. Auch wenn sie sich unerträglich einsam und verlassen fühlte, war sie doch gleichzeitig davon überzeugt, dass sie es nicht anders verdient hatte. Nach dem, was sie getan hatte, war das nur die gerechte Strafe.

Egal, wohin sie auch sah, was sie auch tat, alles erinnerte sie an Georg. Wie sollten ihre Wunden da heilen können?

Und immer wieder diese Frage: »Was hast du denn nur? Wenn du doch reden würdest!«

Aber wie sollte sie reden, wenn das, was ihr auf der Seele lag, so schwer wog, dass sie nicht einmal selbst daran zu denken wagte, so schwer, dass sie sich eisern jeden Gedanken daran verbot?

Auch heute Abend hatten die Augen ihres Vaters wieder voller Sorge auf ihr geruht, während sie zusammen in der kleinen Stube gesessen und Radio gehört hatten. »Ist irgendwas?«

»Nein, Papa, was soll schon sein?«, hatte sie geantwortet und versucht zu lächeln. »Ich muss wohl was Falsches gegessen haben. Ich gehe besser gleich ins Bett.«

Sie war aufgestanden und hatte sich ganz gerade aufgerichtet, auch wenn sie versucht war, sich vor Leibschmerzen zu krümmen. Aber es durfte doch niemand etwas merken.

»Kannst morgen liegen bleiben, Muschen«, erwiderte ihr Vater. »Schlaf dich aus!«

Aber an Schlaf war nicht zu denken. Schon seit Stunden hatte sie Schmerzen. Es hatte morgens beim Füttern der Kälber mit einem Ziehen angefangen, als ob sie »Besuch von Tante Rosa« bekommen würde. Aber aus dem Ziehen war dann ein scharfes Stechen geworden, und sie hatte sich auf den Heuboden setzen müssen, weil sie mit einem Mal keine Luft mehr bekommen hatte. Wie lange sie dort zusammengekrümmt gekauert hatte, die Arme fest um den Leib geschlungen, wusste sie nicht zu sagen. Der Schmerz war wieder abgeebbt und ließ sie für ein paar Stunden im Glauben, sich alles nur eingebildet zu haben. Aber dann kehrte er zurück, zunächst nicht so schlimm wie zuvor, doch schließlich beinahe unerträglich.

Aber es war doch noch zu früh. Viel zu früh …

Vielleicht war das ja die Lösung?

Und gleichzeitig die gerechte Strafe für sie.

5

»Vor allem bei der Stute musst du immer gut aufpassen!«, erklärte Elli, die die dunkelbraune Lotte am Halfter festhielt. Sie stand mit Georg in einer der beiden Boxen im Pferdestall. »Die beißt! Im Gegensatz zu Kühen haben Pferde oben und unten scharfe Zähne. Die beißt dir glatt die Finger ab, wenn du ihr zu nahe kommst.«

Georg zog erschrocken die Hand zurück, die er gerade nach der Stute ausgestreckt hatte.

Elli lachte. »So schlimm ist sie nun auch wieder nicht. Du musst einfach nur ein bisschen vorsichtig sein.«

»Ich bin ja vorsichtig!« Auch Georg lachte, aber es klang gezwungen. »Aber das ist alles so ungewohnt für mich. Ich bin noch nie so nah an ein Pferd herangekommen, von Kühen mal ganz zu schweigen. Und meine Finger würde ich gern noch ein bisschen behalten.«

»Wenn du sie fütterst, dann bist du ihr bester Freund.«

»Da wäre ich nicht so sicher.«

»Probier es einfach aus!«

Elli reichte ihm ein paar von den Möhren, die sie in der Hand hielt. Die Stute verdrehte die Augen, um die Leckerbissen nicht aus dem Blick zu verlieren, und schnaubte.

»So, und jetzt auf die flache Hand damit. Da kann gar nichts passieren. Nur nicht die Finger krumm machen, sonst hält sie die auch noch für Möhren. Und vor allem die Hand ganz ruhig halten.«

»Sonst noch was?«, fragte Georg, während er sich bemühte, eine Möhre, die voller Wurmlöcher war, ganz ruhig unter Lottes Maul zu halten, genau wie Elli es ihm gesagt hatte

Die Stute schnaubte, ehe sie die Möhre ganz vorsichtig mit den Lippen aufnahm und dann krachend und knirschend zerbiss.

Elli zog den Kopf des Pferdes am Halfter in ihre Richtung.

»Fühl mal«, sagte sie und streichelte mit der flachen Hand über die Nüstern der Stute. »Wie warmer Samt.«

»Riecht aber etwas anders«, sagte Georg lachend, traute sich jedoch, Ellis Bewegung nachzuahmen und Lotte vorsichtig über die Nase zu streichen. »Hübsche Augen hat sie«, fügte er hinzu.

Seit einer Woche war er jetzt bei Bruns auf dem Hof, und Elli beobachtete amüsiert, wie er immer noch ein bisschen zaghaft das Pferd streichelte.

War es wirklich erst am letzten Sonnabend gewesen, dass er wie ein Häuflein Elend in der Knechtekammer gesessen hatte? Es war unglaublich, welche Veränderung in dieser einen Woche mit ihm vorgegangen war.

Jetzt stand er hier neben ihr, trug Hannes' Stallzeug, dazu ein paar alte Gummistiefel von Ellis Vater und eine Arbeitsjacke, die einmal Opa Bruns gehört hatte, mit einer Körperhaltung, als sei das ein Abendanzug. Die dunklen Ringe unter seinen Augen konnte man nur noch erahnen, und er schien sogar schon wieder etwas an Gewicht zugelegt zu haben.

Elli dachte daran, wie er eine Woche zuvor hinter Hinnerk in die Küche gekommen war, den kleinen Pappkoffer in der Hand, den sie am Nachmittag heimlich vom Spitzboden geholt hatte. Mit gesenktem Kopf stand er neben dem Knecht, der die Geschichte von der ausgebombten Cousine mit der großen Familie in Köln zum Besten gab, verbunden mit der Bitte, den kränklichen Jungen aufzunehmen. Georg hob während Hinnerks Erzählung nicht ein einziges Mal den Kopf, aber Elli, die mit klopfendem Herzen am Kohleherd stand, entging nicht, wie er sich verstohlen aus den Augenwinkeln umsah.

Er setzte sich ans Fenster, auf Hannes' leeren Platz, ein Teller wurde vor ihn gestellt, gefüllt mit dem Eintopf vom Mittagessen. Georg aß langsam und mit Bedacht, Löffel um Löffel, zwei ganze Teller voll, und dann noch einen halben hinterher. Er sprach kein Wort, saß ganz still da und vermied es, Ellis Blick zu begegnen.

Erst als Anton den Tabak hervorholte und sich die Zigarette drehte, die das Abendessen beendete, hob er den Kopf und sah Ellis Mutter an, die am Kopfende des Tisches saß.

»Danke, Frau Bruns! Vielen Dank für das Essen!«, sagte er zu ihr.

Willa Bruns musterte ihn aus ihren hellen, scharfen Augen, die Brauen zusammengezogen, sodass sich die steile Falte dazwischen bildete. Dann, ganz plötzlich, wurde ihr Blick weich, die Falte verschwand, und sie lächelte.

»Schön, wenn es dir geschmeckt hat, mein Junge«, antwortete die Bäuerin freundlich.

Sie war die Erste, bei der das Eis brach. Elli beobachtete genau, wie die Raubvogelaugen ihrer Mutter an Wärme gewannen, als sie den fremden jungen Mann betrachtete, und wie ihr Lächeln sie um Jahre jünger wirken ließ. Es versetzte Elli einen merkwürdigen Stich, und sie war beinahe eifersüchtig auf Georg, den Willa mit einer liebevollen Innigkeit betrachtete, die ihre Tochter nicht von ihr kannte. Und irgendwo, tief in ihrem Inneren, widerstrebte es Elli auch, dass Georg irgendjemand anderen als sie selbst so voller Dankbarkeit anschaute.

Für die Nacht bauten Victor und Georg in der Knechtekammer ein Feldbett auf, aber eine Dauerlösung konnte das nicht sein, denn das winzige Zimmer war nun so vollgestellt, dass die drei Männer buchstäblich übereinanderklettern mussten, um sich schlafen zu legen.

Als Elli am folgenden Sonntagmorgen zum Füttern und Melken in den Stall ging, kam Hinnerk auf sie zu und schob Georg in ihre Richtung.

»Sieh zu, dass du ihm hier alles zeigst und beibringst. Ich hab zu so 'nem Tünkram keine Zeit!«, brummte er. Damit drehte er sich um, winkte Victor zu sich und ging mit ihm auf den Hof hinaus.

Ein bisschen verlegen standen Georg und Elli sich gegenüber.

»Und jetzt?«, fragte Georg schließlich.

»Du hast es ja gehört, ich soll dir alles zeigen«, antwortete Elli. »Na ja, den Heuboden kennst du ja schon, den können wir auslassen.« Sie lachte.

Georg blieb ernst, verzog das Gesicht aber zu einem gezwungenen Lächeln. »Vielleicht sollten wir nicht darüber reden ...«

»Nein, sollten wir nicht. Du hast recht. Entschuldigung! Wir fangen mit dem Kuhstall und den Kälbern an.«

Die ganze Woche über verbrachten Georg und Elli beinahe jede freie Minute miteinander. Wenn es regnete, wie häufig in dieser Woche, zeigte Elli Georg die Ställe und das Haus. Georg begleitete Elli auf Schritt und Tritt, und sie zeigte ihm genau, was zu tun war. Er bemühte sich, ihre Anweisungen zu befolgen, doch häufig gestaltete sich das schwierig, denn er schien schwere Arbeit nicht gewohnt zu sein. Hinzu kam, dass er ganz offensichtlich Angst vor den Kühen und Pferden hatte, auch wenn er sich große Mühe gab, das nicht zu zeigen.

An den Tagen, an denen Elli bereits gegen Mittag aus der Schule kam, half sie immer zuerst ihrer Mutter in der Küche, und auch dort leistete Georg ihr Gesellschaft. Irgendwann holte er sich ebenfalls ein Schälmesser und begann zu Ellis Verblüffung, flink und geschickt Kartoffeln zu schälen. Das habe er schon früher oft gemacht, erklärte er. Er habe seiner Mutter immer gern beim Kochen geholfen.

Willa, die neben Elli am Tisch saß, zog die Augenbrauen hoch, schüttelte den Kopf und murmelte etwas Unverständliches. Dann legte sie ihr Messer auf den Tisch, erhob sich und ging zum Ausguss hinüber, wo sie geräuschvoll Wasser in den großen Kartoffeltopf laufen ließ.

»Was hat sie denn?«, fragte Georg Elli flüsternd, als Willa ihnen den Rücken zukehrte.

»Keiner der Männer würde je auf den Gedanken kommen, den Frauen beim Kartoffelschälen zu helfen«, gab Elli ebenso leise zurück.

»Soll ich besser aufhören?«

Elli schüttelte den Kopf. »Dann hätte Mutter was gesagt.«

Nachmittags, bevor sie in den Stall gingen, schauten Georg und Elli meistens noch bei den alten Bruns zum Teetrinken vorbei.

Als sie zum ersten Mal durch den Wohnflur zur Treppe ins Obergeschoss gingen, blieb Georg wie angewurzelt vor dem Klavier neben der Kellertür stehen.

»Ihr habt ein Klavier?«, fragte er und berührte den Deckel mit den Fingerspitzen. Fast sah es aus, als streichelte er das Holz.

»Ja, aber es ist kaputt. Es klingt ganz schrecklich«, erwiderte Elli. »Als wir umgezogen sind, ist es …«

»Darf ich?«, fiel ihr Georg ins Wort, der gar nicht zugehört hatte.

»Kannst du denn spielen?«

»Ich hab mal Stunden gehabt … früher. Ist lange her.«

Vorsichtig und langsam hob er den Deckel an, dessen Scharniere protestierend quietschten, und betrachtete einen Moment die Tasten, ehe er sich vorbeugte und ein paar leise Akkorde anschlug.

Georg verzog das Gesicht. »Kaputt ist es nicht. Glaube ich jedenfalls nicht. Aber furchtbar verstimmt.«

Wieder schlug er ein paar Akkorde an, diesmal etwas lauter. Elli kannte die Melodie aus dem Konfirmationsunterricht. Ein Kirchenlied: *Lobe den Herren.*

»Weißt du, wo der Stimmschlüssel ist?«

»Der Stimmschlüssel?«, fragte Elli. »Keine Ahnung! Ich glaube nicht, dass wir so was haben.«

»Bernie!«, zeterte Willa aus der Küche. »Hab ich dir nicht schon hundert Mal gesagt, du sollst das Klavier in Ruhe lassen?«

Im gleichen Moment öffnete sich die Stubentür, und Bernie steckte seinen blonden Kopf heraus.

»Wer macht denn hier so einen Krach?«, fragte er und trat auf den Flur neben seine Mutter, die gerade aus der Küche gekommen war.

»Ach, ihr seid das«, sagte Willa.

»Ich hab gar nichts gemacht!«, rief Bernie mit erhobenen Händen. »Ich hab nur Radio in der Stube gehört.«

Georg hatte sich aufgerichtet und war einen halben Schritt vom Klavier zurückgetreten. »Tut mir leid, Frau Bruns«, sagte er. »Ich wollte nicht …«

Zu Ellis Verblüffung lächelte ihre Mutter. »Schon gut, Georg! Wenn du möchtest, kannst du gern spielen. Aber nicht gerade in der Mittagsstunde.«

Damit drehte sie sich um und ging wieder in die Küche zurück, während Elli und Georg die Treppe hinaufstiegen und an die Tür der Großeltern klopften.

Kurz darauf saßen sie nebeneinander auf dem alten braunen Küchensofa am Fenster, während Tilly Bruns aus ihrem Vorratsschrank eine Blechdose mit Zuckerzwieback holte, die sie vor Georg und ihre Enkeltochter auf den Tisch stellte. Dann ließ sie sich in ihren Sessel sinken, griff nach dem Strickzeug, das stets auf dem Beistelltischchen lag, und fragte mit einem freundlichen Blick über den Rand ihrer Nickelbrille, was es denn Neues gebe. Gustav, der am Kopfende des Tisches saß und die Zeitung vor sich aufgeschlagen hatte, brummte kopfschüttelnd, dass ja seit gestern nicht viel Neues passiert sein könne. Und während Elli und Georg Zucker und Sahne in ihren Tee rührten, begann Tilly zu erzählen.

Meist sprach sie von früher, von der Zeit als sie selbst noch ein junges Mädchen gewesen war. Und von ihren Geschwistern, den älteren Brüdern, mit denen sie auf alle Bäume geklettert war, obwohl sich das für ein Mädchen natürlich nicht gehörte. Aber sie sei eben selbst ein halber Junge gewesen und ihre Mutter auch nicht so streng und verbiestert wie *sie*, wie Ellis Mutter, die ihren Kindern ja überhaupt kein Vergnügen gönne.

Während Tilly erzählte, hing Georg wie gebannt an ihren Lippen und rührte geistesabwesend in seinem Tee. Aber nicht nur das sah Elli, sondern auch, dass ihr Großvater ihr über den Rand seiner Brille hinweg lächelnd zuzwinkerte.

All das ging Elli durch den Kopf, als sie zusah, wie Georg der Stute Möhre um Möhre gab und ihr zwischendurch immer wieder langsam und vorsichtig über die Nüstern strich.

»Ich würde morgen gern in die Kirche gehen«, sagte Georg unvermittelt, ohne den Blick von dem Pferd zu wenden. »Würdest du mitkommen, Elli? Ich kenne doch den Weg nicht.«

»In die Kirche?«, fragte Elli verwundert.

»Ja sicher, es ist doch Sonntag.«

»Das schon, aber warum willst du in die Kirche?«

»Geht man nicht sonntags in die Kirche?«

»Na ja, wir eher nicht!« Elli zuckte mit den Schultern. »Eigentlich gehen wir nur bei Hochzeiten oder Beerdigungen in die Kirche.«

»Oh«, sagte er leise und nickte. Er zog aus seiner Jackentasche eine weitere Möhre und hielt sie der Stute hin. Von seinem Gesicht ließ sich keinerlei Regung ablesen, kein Zorn, keine Enttäuschung, nichts. Es war ausdruckslos, wie versteinert.

»Aber«, sagte Elli schließlich, »wenn dir so viel daran liegt, können wir natürlich gehen.«

»Ja«, murmelte er. »Es liegt mir viel daran. Wirklich sehr viel. Ich muss so etwas wie ein Versprechen einlösen.«

Er wandte ihr sein Gesicht zu. Seine dunkelbraunen Augen strahlten. »Ich habe eine Menge, wofür ich Danke sagen sollte.«

Auch wenn es am nächsten Vormittag regnete und ein heftiger Nordwestwind die letzten Blätter von den Birken an der Straße riss, war Georg so fest entschlossen, zur Kirche zu fahren, dass Elli es nicht über sich brachte, ihn darum zu bitten, sein Vorhaben lieber noch um eine Woche zu verschieben.

Ihr Vater war zunächst strikt dagegen gewesen, die beiden allein fahren zu lassen, hatte aber schließlich eingelenkt. Bevor sich Elli und Georg mit dem Rad auf den Weg machten, schärfte Anton Bruns ihnen noch einmal ein, sehr vorsichtig zu sein.

»Vor allem verplappert euch nicht«, sagte er mit Nachdruck. Er ging neben ihnen her, während sie die Fahrräder durch die lang gestreckte Dreschdiele des Gulfhauses schoben. »Möglicherweise ist Egon Behrens in der Kirche, der Ortsbauernführer«, setzte er für Georg erklärend hinzu. »Ich war Freitag bei ihm auf dem Hof, um ihm Bescheid zu sagen, dass du hier bist.« Anton griff in seine Hosentasche, holte seinen Tabak heraus und begann, sich eine Zigarette zu drehen. »Ich hab ihm die Geschichte mit Hinnerks ausgebombter Cousine erzählt. Und damit er nicht auf den Gedanken kommt, nachzufragen, warum du nicht bei der Wehrmacht bist, hab ich die Geschichte mit der Tuberkulose erzählt. Außerdem hab ich gesagt, dass du nicht der Hellste wärst, aber ein guter Arbeiter, und ich dich darum auf dem Hof behalten würde.« Er zündete die Zigarette an und nahm einen tiefen Zug. »Also stell dich lieber dumm, wenn er da sein sollte. Er ist neugierig und versucht gern, die Leute ein bisschen auszuhorchen.«

Ellis Vater verzog den Mund zu einem halbherzigen Grinsen. »Passt ganz genau auf, was ihr sagt und zu wem!«, sagte er nachdrücklich. Mit den Fingern der Rechten strich er seiner Tochter über die Wange. »Hörst du, Muschen?«

»Ja, Papa!« Elli sah an seinem Blick, wie besorgt er war.

Der Weg zur Kirche führte zunächst ein Stück über die Straße nach Ovelgönne, bevor sie in Richtung Strückhausen abbogen und schließlich nebeneinander über die schmale Klinkerallee auf die Kirche zufuhren. Noch immer hingen regenschwere Wolken tief über dem Land, und der Wind, der von der See herüberkam und ihnen in den Nacken blies, war schneidend kalt. Wenigstens hatte es für den Moment aufgehört zu regnen.

Ein richtiges Kirchdorf gab es in Strückhausen nicht. Nur die Pastorei, eine Gastwirtschaft, in der nach jeder Beerdigung die Kaffeetafel stattfand, und zwei kleine Bauernhöfe drängten sich um die kleine Kirche.

Von der Straße aus war das Gotteshaus kaum zu sehen, denn über das lang gestreckte Kirchenschiff mit dem dicken Mauerwerk und den schmalen Fenstern erhob sich kein Glockenturm. Nur eine kleine Turmspitze gab es, die direkt aus dem Kirchendach zu wachsen schien. Die einzige Glocke befand sich in einem Anbau an der Giebelseite, unter dessen Gewölbe sich der Eingang der Kirche befand.

Als sie die Fahrräder am Tor zum Friedhof abstellten, hörte die Glocke gerade auf zu läuten, und es gelang ihnen, direkt vor dem alten Küster, der aus der Glockenstube kam, durch die niedrige Tür in die Kirche zu schlüpfen.

Bis auf vier ältere Frauen in den vordersten Bänken auf der linken Seite und ein paar Jungs, die im nächsten Frühling konfirmiert werden würden, auf der rechten war die Kirche leer.

Georg knetete die graue Schirmmütze, die er beim Radfahren getragen hatte, in den Händen, während er neben Elli her unter dem Orgelboden hindurch in den Kirchenraum ging, der sich hell nach oben öffnete. Er ließ den Blick durch die Kirche schweifen, über das bemalte Holz der Empore, über den Altar und zu den Fenstern hoch. Es schien, als suche er etwas. Weit hinten, neben dem geschnitzten Kopfteil einer Bank, blieb er stehen, bekreuzigte sich, den Blick fest auf den Altar gerichtet, und machte etwas, das für Elli wie eine Mischung aus einem tiefen Knicks und einer Verbeugung aussah. Dann betrat er die Kirchenbank, senkte den Kopf und stand mit geschlossenen Augen und gefalteten Händen eine Weile stumm da, ehe er sich setzte.

Elli nickte nur kurz und setzte sich dann neben ihn. »Wir haben Glück!«, flüsterte sie ihm zu. »Bauer Behrens scheint heute nicht da zu sein.«

Georg nickte und legte den Zeigefinger auf die Lippen. Der Pastor war aus einer Seitentür getreten, segnete seine sehr überschaubare Gemeinde, und der Gottesdienst begann.

Pastor Meiners gehörte zur Strückhauser Kirche wie die merkwürdige Kirchturmspitze. Gleich nach dem Studium vor bald vierzig Jahren hatte er als ganz junger Pfarrer hier seine erste Stelle angetreten und war geblieben. Schon Ellis Eltern hatte er getraut, ihre Brüder und sie getauft und Hannes und sie konfirmiert. Er kannte jeden in der Gemeinde und wusste auch über die Angelegenheiten derer, die kaum je in die Kirche kamen, erstaunlich gut Bescheid. Kein Wunder, dass Elli während des Gottesdienstes seine klugen blauen Augen hinter der dicken Brille immer wieder auf sich und ihren Begleiter gerichtet sah, auch wenn er die Anwesenheit des fremden jungen Mannes mit keinem Wort erwähnte.

»So, zum Abschluss singen wir *Nun danket alle Gott*, und es heißt ›mit Händen, Mund und Herzen‹. Wehe, ich höre einen von euch singen ›mit Händen und mit Füßen!‹« Pastor Meiners drohte mit dem Finger in Richtung der Konfirmanden. »Ich höre das! Auch wenn ich selber singe.«

Er gab einen Ton vor und begann mit seinem kräftigen Bass zu singen. Etwas zögernd fielen die zittrigen, hohen Stimmen der alten Frauen mit ein, und auch einer der Jungs vorn bequemte sich mitzubrummeln, während die beiden anderen die Köpfe zusammensteckten und leise zu tuscheln begannen.

Elli sang nicht. Man hatte ihr bei den Heimabenden des BDM ein paar Mal ziemlich deutlich zu verstehen gegeben, dass sie besser den Mund halten sollte, weil sie einfach keinen Ton richtig traf. Sie war ganz froh, dass die Treffen jetzt in Kriegszeiten nicht mehr so regelmäßig stattfanden wie früher.

Mit gesenktem Kopf saß Elli ganz still da und ließ ihren Gedanken freien Lauf, während sie ihre im Schoß gefalteten Hände musterte und schließlich begann, mit den Nägeln an einer fast verheilten Schürfwunde am Handrücken zu knibbeln und zu kratzen.

»Der ewigreiche Gott …«, erklang es aus den Reihen vor ihr.

Sie fragte sich, warum Georg nun so unbedingt in die Kirche gemusst hatte, um Gott zu danken. Eine blöde Idee, da hatte Papa wirklich recht. Als ob man zum Beten eine Kirche bräuchte! Angeblich hörte Gott einem doch überall zu. Vielleicht hatte es damit zu tun, dass Georg katholisch war, womöglich war sein Gebet mehr wert, wenn es in einer Kirche gesprochen wurde. Elli hatte sich sowieso gewundert, dass er überhaupt in Erwägung gezogen hatte, einen evangelischen Gottesdienst zu besuchen. Falls Georg auch am nächsten Sonntag wieder in die Kirche gehen wollte, würde Elli versuchen, es ihm irgendwie auszureden.

Sie war so tief in Gedanken, dass sie das leise Summen neben sich zunächst gar nicht einordnen konnte.

»Woll uns bei unserm Leben …«

Es dauerte einen Moment, ehe Elli begriff, dass es Georg war, der da leise mitsang.

Jetzt räusperte er sich ein Mal, dann noch ein zweites Mal, schien einen Moment zu zögern, um schließlich doch den Mund zu öffnen und zu singen, zuerst leise, dann mit zunehmender Selbstsicherheit.

»Ein immer fröhlich Herz
und edlen Frieden geben …«

Elli drehte ein klein wenig den Kopf in seine Richtung und beobachtete ihn aus den Augenwinkeln.

Georg saß ganz gerade auf der vorderen Kante der Holzbank, den Rücken nicht angelehnt. Er schien nach vorn auf den Altar zu blicken, aber Elli entging nicht, dass seine Augen sich verschleierten, ehe er sie ganz schloss. Der Anflug eines Lächelns spielte um seine Mundwinkel.

Der junge Mann sang immer freier, und je lauter er sang, desto voller und größer wurde seine Stimme. Sie füllte die ganze Kirche aus mit ihrem warmen, satten Klang. Ob sie nun hoch oder tief war, vermochte Elli nicht zu sagen, aber sie spürte, wie sich auf ihren Armen und in ihrem Nacken alle Härchen aufstellten.

»Und uns in seiner Gnad
erhalten fort und fort …«

Georg schien meilenweit weg zu sein, in eine eigene Welt versunken, zu der sie keinen Zugang hatte. Er sprach zu seinem Gott mit seinem Gesang, und Elli hörte gebannt und mit offenem Mund zu. Noch nie hatte sie jemanden so singen hören.

»Und uns aus aller Not
erlösen hier und dort …«

In der dritten Strophe begann Georg plötzlich, eine Gegenstimme zu Pastor Meiners zu singen, die weit über der Melodie lag. Hoch hinauf jubelte seine Stimme, ohne im Mindesten an Kraft oder Volumen zu verlieren. Sie gewann eher noch an Glanz hinzu. Es schien Elli, als wolle er die Grenzen seiner Stimme ausloten.

»Lob, Ehr und Preis sei Gott,
dem Vater und dem Sohne …«

Auf einmal stellte Elli fest, dass außer dem Pastor und Georg niemand mehr sang und alle Köpfe ihr und Georg zugewandt waren.

Ihr schoss das Blut in die Wangen, und sie versuchte, Georg unauffällig mit dem Ellenbogen anzustoßen. Schließlich griff sie sogar nach seiner Hand, aber Georg sang unbeirrt auch noch die dritte Strophe zu Ende. Dabei hielt er ihre Hand fest in seiner.

Erst als der letzte Ton verklungen war, schien er aus einem Traum aufzuwachen und drehte sich zu Elli um.

»Entschuldige!«, flüsterte er, sein Gesicht war aschfahl. »Das wollte ich nicht, ich hab mich mitreißen lassen.«

Vor dem Altar stand Pastor Meiners, schob die dicke Hornbrille die Nase hoch, strich sich mit einem jungenhaften Lächeln das weiße Haar aus der Stirn und hob dann zum Segen die Hände.

»Der Herr segne und behüte dich, der Herr lasse leuchten sein Angesicht über dir und sei dir gnädig, der Herr hebe sein Angesicht auf dich und gebe dir Frieden. Amen!«, rief er, machte dabei das Kreuzzeichen und entließ seine kleine Gemeinde.

Elli sprang auf die Füße und wollte Georg eilig mit sich aus der Kirche ziehen, aber ein energisches »Elli! Elli Bruns! Warte mal eben!« von Pastor Meiners ließ sie innehalten.

Der alte Pfarrer gab noch den alten Damen die Hand und schob sie, während er ihnen einen schönen Sonntag wünschte, freundlich, aber bestimmt an Georg und Elli vorbei in Richtung Kirchentür. Dann drehte er sich um und ging, die Rechte ausgestreckt, auf Georg zu.

»So«, sagte er strahlend. »Das ist also der junge Mann aus Köln, der bei Bruns untergekommen ist.«

Elli schluckte und starrte ihn an.

Der Pastor lachte dröhnend. »Nun guck nicht so, Deern!«, sagte er. »Du kennst das doch hier in der Bauerschaft. Wenn hier endlich mal was passiert, wird es immer sofort rumerzählt. Gestern waren die Behrens zum Teetrinken bei mir, und von denen hab ich die ganze Geschichte gehört.«

Dann wandte Pastor Meiners sich wieder an Georg, dessen Rechte in seinen Pranken fast verschwand. »Aus Köln. Das war doch richtig, oder?«, fragte er. »Willkommen hier bei uns, mein Junge! Hättest es schlechter treffen können als bei Bruns.«

Georg nickte nur.

»Meine Güte, du kannst aber singen! So was hören wir hier nicht alle Tage, was, Elli?« Und ohne eine Antwort abzuwarten, fuhr der Pastor fort: »Normalerweise kriegen die Leute bei uns in der Kirche die Zähne ja nicht auseinander! Schon gar nicht, wenn es keine Orgelmusik gibt.« Er seufzte. »Es ist schon ein Jammer, so ohne Orgel. Aber jetzt hab ich deinen Namen gar nicht mitbekommen.«

»Georg. Ich heiße Georg Weber«, antwortete der junge Mann heiser.

»Georg also! Wo hast du denn so gut singen gelernt, Georg?«

Elli konnte sehen, wie sich Georgs Kehlkopf beim Schlucken mehrfach auf und ab bewegte.

»Ich hab viel im Kirchenchor gesungen. Früher. Aber das ist schon lange her.«

»Für einen Kirchenchor haben wir seit Jahren nicht mehr genug junge Leute hier gehabt. Schade ist das! Aber in der Stadt geht so was natürlich eher.« Pastor Meiners seufzte erneut. »Wir haben ja nicht mal mehr jemanden für die Orgel. Früher hat meine Frau immer im Gottesdienst gespielt, aber dann wurde sie krank und konnte es nicht mehr. Vor einem Jahr ist sie gestorben.«

Georg schien etwas sagen zu wollen, aber der alte Pfarrer bemerkte es anscheinend nicht, denn er fuhr unbeirrt fort: »Für die Feiertagsgottesdienste versuche ich immer, jemanden aus den umliegenden Gemeinden oder aus Brake zu bekommen, und für Beerdigungen und Hochzeiten ebenso. Aber die normalen Gottesdienste? Dabei haben wir so eine schöne alte Orgel.« Bekümmert schüttelte Pastor Meiners den Kopf und blickte nach oben, wo im trüben Licht die Orgelpfeifen glänzten.

Georg folgte seinem Blick und räusperte sich. »Vielleicht könnte ich ja …«, begann er zögernd. »Ich meine, wenn ich darf.«

»Was könntest du, Junge?«

»Ich könnte … Ich meine, ich hab früher schon Orgel gespielt«, stammelte er. »Ich könnte vielleicht …«

»Du kannst Orgel spielen?« Ein strahlendes Lächeln flog über das Gesicht des alten Pastors, und er schob seine stets rutschende Brille wieder die Nase hinauf.

Georg nickte. »Eigentlich eher Klavier, aber ein bisschen Orgelunterricht hatte ich auch. Ich müsste natürlich üben, damit ich wieder reinkomme. Aber …«

»Junge, dich schickt der Himmel!« Pastor Meiners lachte und schlug Georg mit der Hand auf die Schulter. »Spaziert hier herein, singt wie ein Engel und spielt auch noch Orgel. Wenn das kein Wunder ist!«

Es dauerte eine ganze Weile, bis sich Elli und Georg wieder auf den Rückweg nach Frieschenmoor machen konnten. Der Pastor wollte Georg unbedingt noch die Orgel zeigen, und so kletterten alle drei die schmale Treppe zum Orgelboden hinauf. Während Pastor Meiners eine Geschichte nach der anderen zum Besten gab, dabei immer wieder nach oben auf die Orgelpfeifen deutete, ihren Klang in den höchsten Tönen lobte und die Schnitzereien pries, schaltete Georg das Gebläse ein und setzte sich ans Manual, wo er begann, die verschiedenen Register auszuprobieren.

Elli hatte von Minute zu Minute stärker das Gefühl, auf glühenden Kohlen zu sitzen, und schließlich drängte sie darauf, nach Hause zu fahren. Ihre Eltern würden sich mittlerweile bestimmt Sorgen machen, sagte sie, und sie beide würden Ärger bekommen, wenn sie so spät zurückkämen.

Nach einem Blick auf die Uhr gab der alte Meiners ihr recht. Es sei ja schon fast Mittag, meinte er erschrocken. Er begleitete die beiden zu ihren Fahrrädern, wo er Georg die Hand schüttelte, sich bedankte und ihm das Versprechen abnahm, in den nächsten Tagen in der Pastorei vorbeizukommen. Bis dahin würde er die Noten seiner Frau zusammensuchen und für ihn bereitlegen. Elli trug er auf, zu Hause schöne Grüße zu bestellen, und dann schärfte er ihnen noch ein, auf dem Weg vorsichtig zu sein. Sie sahen den Pastor noch winkend auf der Straße stehen, als sie von der Kirchenallee in die Hauptstraße abbogen.

Auf der Fahrt zurück war Georg so aufgedreht, wie Elli ihn noch nie erlebt hatte. Er redete und lachte, seine Augen leuchteten, und er war sichtlich bester Laune. Doch dann verstummte er plötzlich und schien sehr nachdenklich.

»Der Pastor hat recht. Es ist wirklich wie ein Wunder!«, meinte er schließlich.

»Ein Wunder?«, fragte Elli.

»Ja«, sagte er und suchte einen Augenblick nach Worten, ehe er fortfuhr. »Kennst du das, wenn man einen furchtbaren Albtraum hat und einfach nicht aufwachen kann? Der Traum wird immer schlimmer und immer wirklicher, je länger er dauert. Und dann schlägt man auf einmal die Augen auf, und alles ist gut. Die Sonne scheint durchs Fenster, und alles ist in Ordnung. All die Wünsche und Träume, die ich schon fast aufgegeben hatte und für die ich so oft gebetet habe, sind auf einmal in Erfüllung gegangen.«

»Ich versteh dich nicht! Welche Wünsche und Träume denn?« Er lächelte sie an, und sie sah, dass seine Augen glänzten. »Ist egal, Elli. Ist nicht wichtig! Wichtig ist einzig und allein, dass Gott mir nicht böse ist.«

»Gott?«, fragte sie verständnislos und zog die Augenbrauen zusammen. »Ich hab keine Ahnung, wovon du redest. Aus welchem Grund sollte Gott dir denn böse sein?«

»Wie ich schon sagte, Elli, es ist nicht wichtig«, wiederholte er, schüttelte den Kopf und fuhr schweigend weiter.

Elli betrachtete ihn von der Seite. Er hatte den Kragen von Hannes' alter Winterjacke hochgestellt und die graue Schirmmütze gegen den Wind tief in die Stirn gezogen. Seine schwarzen Locken kringelten sich unter ihrem Rand hervor. Die Augen hielt er unverwandt auf die Straße gerichtet, aber Elli sah, wie seine Wangenmuskeln arbeiteten.

Doch, es war wichtig! Für Georg war es sogar sehr wichtig! Es musste wichtig sein! Auf dem ganzen Weg nach Hause überlegte Elli fieberhaft, mit welchen Worten und bei welcher Gelegenheit sie Georg fragen könnte, welchen Grund Gott haben sollte, auf ihn böse zu sein.

Ellis Vater stand im Tor zur Dreschdiele und sah ihnen entgegen, als sie zehn Minuten später wieder in die Hofeinfahrt einbogen. In der Hand hielt er einen Reisigbesen, mit dem er wohl gerade die Diele gefegt hatte, die unvermeidliche Selbstgedrehte klemmte zwischen seinen Fingern. Er sah zu, wie sie anhielten und vom Rad stiegen, dann steckte er die Zigarette zwischen die Lippen, schlug den Besen an der Klinkermauer des Gulfhauses aus und schnaubte: »Ihr kommt ganz schön spät, ihr beiden! Fing schon an, mir Gedanken zu machen.«

Damit drehte er sich um und ging hinein, ohne sie eines weiteren Blickes zu würdigen.

Am Nachmittag saßen alle um den Küchentisch und tranken Tee, bevor sie sich für die Stallarbeit umzogen. Dazu gab es süßen Stuten mit Butter und, weil Sonntag war, mit Zucker und Zimt bestreuten Blechkuchen.

Elli sah, dass Georg ihr gegenüber unruhig seine Finger knetete. Schließlich räusperte er sich. »Ich wollte fragen, ob etwas dagegen spricht, dass ich ab nächstem Sonntag in der Kirche Orgel spiele«, brachte er stockend hervor.

Elli las in seinen Augen die Erleichterung, dass es heraus war, und gleichzeitig die Angst vor der Reaktion.

»Du willst Orgel spielen?«, fragte Anton Bruns mit zusammengezogenen Augenbrauen. »Was soll denn der Blödsinn?« Er griff nach einem Stück Rosinenstuten. »Als ob wir hier nicht genügend anderes zu tun hätten«, brummte er, während er den Stuten dick mit Butter bestrich.

Georg sagte kein Wort. Sein Gesicht erstarrte bei Antons Antwort, er sank förmlich in sich zusammen, schlug sofort die Augen nieder und vermied es, irgendjemanden anzusehen.

Die gespannte Stille war beinahe mit Händen zu greifen.

»Aber es ist doch sonntagvormittags nun wirklich nicht so viel im Stall zu tun!«, sagte Willa Bruns scharf und sah ihrem Ehemann, der ihr gegenüber am Kopfende des Tisches saß, herausfordernd in die Augen. »Was, bitte, spricht denn dagegen, dass der Junge in die Kirche fährt, um Orgel zu spielen, wenn er es gerne möchte und der Pastor ihn darum gebeten hat?«

Anton starrte seine Frau an wie vom Donner gerührt. Elli konnte sich nicht erinnern, dass je ein scharfes Wort zwischen den beiden gefallen wäre.

»Außerdem ist es bestimmt nicht von Schaden, dem Pastor den Gefallen zu tun«, fuhr Willa fort. »Er kennt alle möglichen Leute und hat eine Menge Einfluss. Bestimmt könnte er uns helfen, falls irgendetwas …«

Elli entging nicht, dass Anton seiner Frau einen schnellen warnenden Blick zuwarf. »Du weißt, was ich meine!«, schloss sie. Ihre Augen funkelten.

Anton zog missbilligend die Brauen hoch. Er griff nach seinem Messer, zerschnitt die Stutenscheibe und klappte sie zusammen, ehe er hineinbiss und heftig kaute.

»Also gut, meinetwegen«, knurrte er schließlich. »Du kannst fahren, Georg. Aber, dass eines klar ist: Deswegen darf keine Arbeit liegen bleiben, Freundchen!« Er deutete mit dem ausgestreckten Zeigefinger auf Georg. Dann warf er Elli einen scharfen Blick zu. »Das gilt auch für dich!«

Elli nickte nur. Auch wenn sie im Gegensatz zu ihrer Mutter nicht davon überzeugt war, dass das mit dem Orgelspielen im Gottesdienst eine kluge Idee war, spürte sie doch, welche Bedeutung es für Georg hatte.

Der junge Mann hatte noch immer keinen Ton gesagt. Ungläubig starrte er Anton Bruns an, als könnte er nicht fassen, dass der Bauer tatsächlich nachgegeben hatte.

6

»Dass du aber auch so rein gar nichts gesagt hast!« Martha schüttelte den Kopf, dass ihre roten Zöpfe flogen. »Immerhin bin ich doch deine Freundin. Da muss ich das von meiner Großtante erfahren!«

Elli seufzte. Den ganzen Vormittag über war das schon so gegangen. Martha beklagte sich darüber, dass Elli ihr nichts von Georg erzählt hatte.

Marthas Großtante war wohl zusammen mit ihrer Nachbarin gestern in der Strückhauser Kirche gewesen und hatte nichts Eiligeres zu tun gehabt, als noch vor dem Mittagessen bei Marthas Großmutter vorbeizufahren, um brühwarm zu erzählen, dass Bruns jetzt einen »jungen Mann aus dem Rheinland« da hätten. Und was für einen! Dunkelhaarig und gut aussehend sei er. Sähe irgendwie ein bisschen südländisch aus, sei aber wohl ein Deutscher, wie man hörte. Und gesungen habe er in der Kirche, so etwas habe sie überhaupt noch nie gehört. Das habe geklungen wie im Radio, ganz wunderschön.

»Und wie lange ist er jetzt schon bei euch?«, fragte Martha, die neben Elli herradelte. Es war früher Nachmittag, und die Mädchen befanden sich auf dem Nachhauseweg von der Haushaltsschule.

»Sonnabend vor einer Woche ist er gekommen.«

»Eine ganze Woche schon!«, rief Martha empört. »Und du sagst keinen Ton!«

»Was hätte ich denn sagen sollen?« Elli schüttelte den Kopf. »Als ob das nun so was Besonderes wäre! Frerichs haben doch auch Flüchtlinge einquartiert bekommen.«

»Aber die haben kein Geheimnis daraus gemacht!«

»Haben wir auch nicht«, beeilte sich Elli zu versichern. »Ich hab es nur einfach nicht für so wichtig gehalten.«

»Pah! Nicht so wichtig!«, rief Martha und lachte. »Blödsinn! Hattest wohl Angst, dass ihn dir jemand vor der Nase wegschnappt.«

»So ein Quatsch!«, schimpfte Elli und trat in die Pedale. Martha musste ja nicht unbedingt mitbekommen, dass ihr das Blut in die Wangen geschossen war.

Kurz vor der Einfahrt zum Brunshof drehte Elli den Kopf und wollte schon ihr gewohntes »Bis morgen früh, Martha!« rufen, als sie feststellte, dass Martha sich ebenfalls anschickte abzubiegen.

»Ist noch irgendwas?«, fragte Elli.

»Ich sollte noch nachfragen, ob von euch jemand übermorgen helfen könnte, wenn wir die Jungbullen aufstallen«, antwortete Martha und lächelte zuckersüß.

Die Mädchen stiegen vor dem Tor von den Fahrrädern und schoben sie in die Dreschdiele. Die bissige Antwort, die Elli auf der Zunge lag, schluckte sie hinunter. Natürlich war der Grund nur vorgeschoben. Martha war neugierig und wollte sich den fremden jungen Mann ansehen, das war Elli völlig klar. Sie beobachtete, wie Martha sich verstohlen umschaute und sich in die Haare griff, während sie ihr Fahrrad abstellte. Elli spürte Ärger in sich hochkochen.

»Die werden wohl alle drin sein«, sagte sie kühl. »Es ist ja schon fast Vesperzeit. Da kannst du meinen Vater gleich fragen.«

»Wie? Oh ja, natürlich!« Martha setzte ihr hübschestes Lächeln auf. »Wegen der Hilfe beim Aufstallen.«

Schon an der Tür zum Vorflur hörten sie das Klavier. Es waren immer nur einzelne Töne, die angeschlagen wurden, dann war es wieder einen Moment still. Elli erkannte Georgs Stimme, die leise Anweisungen gab.

»Und jetzt noch mal ein C«, sagte er.

»Diese Taste?« Das war eindeutig Bernie.

»Nein, die links daneben.«

Und wieder erklang ein einzelnes *Pling* des Klaviers.

»Ja, genau! Und gleich noch mal diesen Ton und den übernächsten dazu.«

Wieder ein *Pling*.

»Was machen die denn da?«, murmelte Elli und blieb vor der großen Flurtür mit den bunten Glasscheiben stehen.

Die Tür klemmte und quietschte protestierend, als sie sie aufdrückte, weil sie so selten benutzt wurde. Normalerweise gingen alle Bewohner und Besucher immer durch die Küche ins Haus.

Bernie saß auf einem Stuhl vor dem Klavier. Georg stand neben ihm und hantierte mit einem langen, gebogenen Schraubenschlüssel im Inneren des Instruments herum. Als sie die Tür hörten, drehten sich beide zu den eintretenden Mädchen um.

»Elli, guck mal, wir stimmen das Klavier!«, rief Bernie. »Ich helfe Georg, und er bringt mir dafür Klavierspielen bei.«

Georg lachte. »Immer eines nach dem anderen«, sagte er grinsend. »Zuerst einmal müssen wir das Klavier wieder in Ordnung bringen. Vorher wird das nichts mit dem Unterricht.«

Elli fiel auf, dass Georg ihren kleinen Bruder nicht wie ein Kind behandelte, sondern mit ihm genauso redete wie mit einem Erwachsenen. Bernie sah strahlend zu dem jungen Mann auf, der sich an das Instrument lehnte. Ja, er himmelte ihn geradezu an. Kein Widerwort, keine patzige Bemerkung, keine Frechheiten. Elli erkannte ihn kaum wieder.

»Ich hoffe mal für euch, dass ihr gefragt habt, ob ihr das dürft! Mutter ist sehr eigen mit dem Ding«, sagte sie stirnrunzelnd.

Georg grinste noch immer. »Natürlich haben wir um Erlaubnis gefragt. Und ich hab ihr versprochen, ganz vorsichtig zu sein. Ich hab vorher noch nie ein Klavier gestimmt, nur ein paar Mal zugesehen. Aber viel schlimmer, als es jetzt ist, können wir es nicht machen, was, Bernie?« Er stieß den Jungen mit dem Ellenbogen an und lachte.

Elli hörte, wie sich Martha neben ihr leise räusperte. Sie hatte ihre Freundin, die jetzt einen halben Schritt vortrat und ihr süßestes Lächeln aufsetzte, ganz vergessen.

»Das ist Martha, Martha Diers. Wir gehen zusammen in Brake zur Schule.«, stellte Elli sie vor. »Martha, das ist Georg Weber.«

Georg stand noch immer ans Klavier gelehnt da. Elli sah, wie er Martha aufmerksam musterte, ehe er ihr Lächeln erwiderte. Seine Augen leuchteten, als er ihr zunickte und sagte: »Martha. Freut mich, Martha!« Dann lachte er leise. »Martha, Martha …«, fügte er halb singend hinzu.

Martha, die auf ihn zugegangen war und gerade im Begriff stand, ihm die Hand zu geben, zog sie irritiert wieder zurück. »Was ist denn so komisch an meinem Namen?«, fragte sie pikiert.

»Nichts«, antwortete Georg. »Gar nichts, eigentlich. Ich musste nur an etwas denken.«

»Und woran, wenn ich fragen darf?«

»An einen Vers aus einer Arie: ›Martha, Martha, du entschwandest.‹ Stammt aus einer Oper von Flotow. Tut mir leid, ich habe öfter so komische Gedankensprünge, meistens geht es um Musik.« Er gab Martha die Hand. »Aber sonst bin ich eigentlich ganz harmlos.«

Martha hielt seine Hand einen Moment fest, dann hellte sich ihr Gesicht auf, und sie strahlte ihn an.

Angesichts des allzu offensichtlichen Annäherungsversuchs ihrer Freundin hatte Elli das Gefühl, alle Muskeln in ihrem Hals zögen sich zusammen. Sie hustete. Sofort ließ Martha Georgs Hand los und trat einen halben Schritt zurück.

»Ihr habt den Stimmschlüssel also gefunden?«, fragte Elli und deutete auf den seltsamen Schraubenschlüssel, den Georg noch immer in der Linken hielt. »Wo war der denn? Ich hab den noch nie vorher gesehen.«

»Der?« Georg hob den Schlüssel hoch. »Nein, der gehört ins Pfarrhaus, ich hab ihn mir ausgeliehen. Heute Vormittag bin ich noch mal zu Pastor Meiners gefahren. Es war nicht so viel zu tun, und niemand hatte etwas dagegen«, setzte er hinzu, als er Ellis Gesicht sah. »Er hatte die Noten, von denen er gesprochen hatte, schon bereitgelegt. Er muss wohl schon auf mich gewartet haben, der Tee war fertig, als ich kam.« Er drehte den Schlüssel in den Händen. »Wir haben uns eine Weile unterhalten, und da hab ich ihn gefragt, ob er vielleicht eine Idee hätte, woher man einen Stimmschlüssel bekommen könnte. Er kramte ein bisschen herum und gab mir dann dieses gute Stück hier. Und eine Stimmgabel hatte er auch noch. Und jetzt würde ich gern noch ein bisschen weitermachen, ehe wir zum Füttern in den Stall müssen.« Georg lächelte gewinnend. »Sonst komm ich bis Sonntag nicht mehr zum Üben.«

Mit diesen Worten wandte er sich wieder dem Instrument zu.

In den folgenden Tagen sah Elli nicht viel von Georg. In jeder freien Minute saß er am Klavier, stimmte und justierte, probierte aus und verbesserte wieder. Zwischendurch versuchte er sich an den Chorälen für den nächsten Sonntag.

Bernie wich dabei kaum von seiner Seite, saß auf einem Küchenstuhl neben ihm oder sah ihm über die Schulter und stellte Fragen über Fragen, die Georg geduldig und freundlich beantwortete.

Zehn Jahre war Bernie jetzt alt, wirkte aber jünger. Es schien, als hinderten die Erwartungen, die auf ihm lasteten, ihn am Wachsen, denn er war klein und schmächtig für sein Alter. Eines Tages würde er, der jüngste Sohn, den Hof übernehmen. Niemand hatte ihn gefragt, ob er das auch wollte, das wurde einfach vorausgesetzt.

Es war immer so, dass der Jüngste erbte, wenn es mehrere Söhne gab. Dadurch sollte verhindert werden, dass die Generationen zu schnell aufeinanderfolgten, dass die Söhne schon über vierzig waren, ehe sie endlich den Betrieb übernehmen konnten, oder dass die Väter ihnen immer noch im Nacken saßen und überall mitreden wollten, weil sie sich zu jung für das Altenteil fühlten.

Bernie wäre jetzt eigentlich so weit, im Stall helfen zu können und auf dem Hof mitanzupacken, aber niemand forderte ihn dazu auf. Nicht nur Elli ging ihm lieber aus dem Weg, auch ihr Vater schien den Umgang mit seinem Jüngsten zu scheuen. Bernies Angewohnheit, jedem hinterherzuschnüffeln und alles, was er sah, sofort der Mutter zu erzählen, veranlasste alle im Haus, ihm gegenüber vorsichtig zu sein und ihn auf Abstand zu halten. Bernie saß immer zwischen allen Stühlen, gehörte nirgends richtig dazu. Auch in der Schule schien es nicht anders zu sein. Freunde hatte er nicht, jedenfalls kamen keine zu Besuch, und auch er ging niemals zum Spielen irgendwohin. Nur einmal in der Woche verließ er in seiner Pimpfuniform nachmittags das Haus, um zur Hitlerjugend zu gehen. Sonst verbrachte er die meiste Zeit in der Stube, las stundenlang oder hörte Radio. Und weil Willa nichts dazu sagte, ließen ihn die anderen gewähren.

Hübsch war Bernie nicht gerade: Seine hellblauen Raubvogelaugen und die glatten, über den Ohren kurz geschorenen blonden Haare glichen denen der Mutter. Mit dem spitzen Kinn, den schmalen Lippen und den stets spöttisch heruntergezogenen Mundwinkeln hatte er etwas Frettchenhaftes an sich. Doch wenn er mit Georg vor dem alten Klavier saß, den Kopf dicht neben seinem über die Tasten gebeugt, dann blühte Bernie auf. Seine Augen blitzten, er war aufmerksam bei der Sache, lachte viel und war überhaupt nicht wiederzuerkennen. Er schien einen richtigen Narren an Georg gefressen zu haben.

Als Bernie eines Tages beim Abendessen vorschlug, dass Georg doch eigentlich viel besser mit in seinem Zimmer schlafen könne, da sei doch viel mehr Platz als in der Knechtekammer, warfen ihm nicht nur Elli, sondern auch die Eltern einen verblüfften Blick zu. Dass Bernie so etwas Uneigennütziges vorschlug, war ihnen noch nie untergekommen. Nur zu gut erinnerte sich Elli an die ewigen Streitereien zwischen Hannes und Bernie, die oft genug damit geendet hatten, dass Hannes den kleinen Bruder in den Schwitzkasten nahm. Und sie hatte auch nicht vergessen, wie sehr sich Bernie gefreut hatte, das Jungenzimmer endlich ganz für sich zu haben, als Hannes zur Wehrmacht eingezogen worden war.

»Ich weiß nicht, ob das so eine gute Idee …«, begann Anton kopfschüttelnd einzuwenden.

»Warum denn nicht?«, unterbrach ihn Willa. »Bernie hat recht, in der Jungskammer ist mehr Platz als in der Knechtekammer. Das ist doch alles kein Zustand so.« Sie nickte Georg zu. »Morgen bringen wir deine Sachen nach oben.« Damit war die Sache für sie erledigt, und sie erhob sich, um den Tisch abzuräumen.

Elli sah, wie Bernie vor Freude strahlte und Georg, der neben ihm saß, mit dem Ellenbogen anstieß. Und sie bemerkte auch, wie Georg ihr einen verstohlenen Blick zuwarf, ehe er Bernie zulächelte.

»Du musst Bernie gegenüber vorsichtig sein! Er ist eine furchtbare Petze. Du darfst dich um Gottes willen nicht verplappern, hörst du?«

»Mach dir keine Gedanken, Elli!«, sagte Georg mit Nachdruck. »Ich bin vorsichtig. Wirklich!«

Sie fuhren nebeneinander mit dem Rad die paar Hundert Meter bis zum Diershof, wo sie helfen sollten, die einjährigen Rinder aufzustallen. Hinnerk und Anton Bruns waren schon seit dem Vormittag dort.

»Aber warum? Ich meine, warum hast du denn nichts dazu gesagt? Warum wolltest du ausgerechnet zu Bernie ins Zimmer?«

Georg seufzte. »Glaubst du, es ist so schön draußen im Stall bei Hinnerk und Victor? Hinnerk raucht wie ein Schlot. Es ist furchtbar eng, warm und stickig. Und alle beide schnarchen. Victor sogar noch schlimmer als Hinnerk.«

»Trotzdem! Hinnerk weiß Bescheid, und Victor versteht nicht so viel Deutsch, als dass er dich irgendwo verraten könnte. Bei Bernie sieht das anders aus. Wenn der irgendwas mitbekommt und bei seinem Scharführer ausplaudert, nur um sich wichtig zu machen, gar nicht auszudenken!«

»Ich weiß überhaupt nicht, was du immer gegen ihn hast. So schlimm ist er doch gar nicht«, sagte Georg beschwichtigend.

Elli verdrehte die Augen. »Du hast ja keine Ahnung! Was meinst du, wie der kleine Giftzwerg Hannes und mich früher getriezt hat? Überall musste er dabei sein, immer alles bestimmen, sonst hat er uns sofort angeschwärzt. Wir beide haben dann den Ärger gekriegt, und er hat sich eins gegrinst.«

Einen Moment lang schwieg Georg.

»Vielleicht verstehe ich ihn besser als du«, erwiderte er leise. »Er ist ein bisschen so, wie ich früher war. Irgendwie anders als die anderen. Immer ist er allein und weiß nicht, wie er es anstellen soll, irgendwo dazuzugehören.«

»Blödsinn! Der ist gar nicht anders als die anderen. Der hält sich höchstens für was Besseres.«

Georg antwortete nicht.

»Außerdem hab ich wirklich nicht den Eindruck, dass ausgerechnet du Schwierigkeiten hast, irgendwo Anschluss zu finden!«

Sofort bereute Elli ihre Worte. Sie hatten viel bissiger geklungen, als sie beabsichtigt hatte. Sie sah den Blick, den Georg ihr zuwarf. Er schien verletzt.

»Ich wollte nicht …«, begann er, aber Elli schnitt ihm das Wort ab.

»Wir müssen hier lang.« Sie deutete auf die Einfahrt zu einem birkengesäumten Kleiweg. »Lass uns später darüber reden!«

Der Diershof lag ein wenig abseits der Straße, die von Frieschenmoor nach Kötermoor und von dort weiter nach Schwei führte. Das große Gehöft war das letzte, das noch zur Nachbarschaft der Familie Bruns gehörte, dahinter fing die nächste Nachbarschaft an.

Von der Straße aus war das lang gestreckte Stallgebäude hinter den Ulmen, die bereits alle Blätter verloren hatten, gut zu erkennen. Das an den Stall angebaute Wohnhaus passte in Stil und Größe überhaupt nicht zu den anderen Gebäuden. Von einer protzigen Veranda mit Säulen, wie sie in der Gründerzeit in Mode gewesen waren, führte eine Freitreppe in den Ziergarten, der im englischen Stil angelegt war.

Früher waren Diers eine der reichsten Familien der Gegend gewesen, aber in der Weltwirtschaftskrise hatten sie sehr viel Geld verloren. Trotzdem standen noch immer über zwanzig Milchkühe in ihrem Stall, und sie bewirtschafteten mit rund fünfzig Hektar Land ungefähr doppelt so viel wie Bruns.

Nachdem der einzige Sohn von Bauer Diers in Russland verschollen war, blieb nur noch Martha. Von ihr wurde erwartet, dass sie einen jungen Mann mit nach Hause brachte, der den Hof übernehmen und führen konnte. Vielleicht, überlegte Elli, war das der Grund, weshalb sich Martha so verzweifelt jedem jungen Mann an den Hals warf, den sie zu Gesicht bekam. Marthas Vater war schon ein gutes Stück über fünfzig, und seine Knochen wollten nicht mehr so recht. Es wurde höchste Zeit, dass er den Hof übergeben konnte.

Als Elli und Georg die Viehdiele betraten, schien dort bereits der größte Teil der Arbeit getan zu sein. Die Jungbullen standen nebeneinander zwischen den hölzernen Balken und zerrten an den Stricken, mit denen sie angebunden waren. Sie warfen einander giftige Blicke zu und versuchten, sich gegenseitig mit den Hörnern zu erwischen.

Die weiblichen Einjährigen und ein paar der Färsen, wie die bereits trächtigen Zweijährigen genannt wurden, standen noch draußen im Gatter und würden als Nächstes drankommen. Etwa zehn Männer, alle in blaue oder grüne Arbeitshosen und -kittel gekleidet, standen in der Viehdiele und machten einen Moment Pause, unter ihnen auch Anton Bruns und Hinnerk. Als die Dielentür hinter Georg und Elli mit einem lauten Klappen zufiel, wandten sich ihnen alle Gesichter zu, und das lebhafte Gespräch verstummte abrupt.

»Ist schon in Ordnung«, sagte Anton zu den Männern, griff in seine Hosentasche und zog seinen Tabaksbeutel hervor. »Das ist Georg, der Sohn von Hinnerks Cousine aus Köln. Hab ich doch erzählt. Die, die ausgebombt worden sind! Der hilft jetzt bei uns für Kost und Logis.« Er begann, sich eine Zigarette zu drehen, und winkte die beiden heran. »Der Junge ist harmlos!«

Die Männer nickten den beiden Neuankömmlingen zu, nur Marthas Vater trat vor und gab sowohl Georg als auch Elli die Hand.

»Moin, Elli!«, sagte er und lächelte. »Na, min Deern, wie geht's dir?«

»Moin, Onkel Diers!«, erwiderte sie herzlich.

Alle Kinder nannten die Nachbarn *Onkel* oder *Tante* gefolgt vom jeweiligen Nachnamen. Nur bei den Verwandten wurde der Vorname benutzt. Bei Diers, bei denen Elli seit Jahren ein und aus ging, war es bei dieser Anrede geblieben.

»Elli, ich glaube, wir sind hier genug Leute. Es reicht, wenn Georg zum Helfen hierbleibt. Wir stehen uns sonst nur gegenseitig auf den Füßen herum. Du kannst ruhig zu Martha ins Haus gehen.«

»Aber ich …«

Elli sah den Blick ihres Vaters und verstummte. Sie nickte,

drehte sich um und verließ den Viehstall. Dass ein Mädchen so viel im Stall half wie sie, war nicht in allen Familien gern gesehen. Frauen und Männer hatten jeweils ihren eigenen Bereich, die Frauen den Haushalt, die Männer die Landwirtschaft. Überschneidungen gab es so gut wie gar nicht. Frauen fütterten vielleicht mal die Kälber oder halfen gelegentlich beim Melken. Aber Mädchen wie Elli, die beinahe jede freie Minute im Stall verbrachte, gab es eigentlich nur auf den kleinen Höfen, die sich keinen Knecht leisten konnten, sodass Frauen und Kinder von morgens bis abends im Stall mithelfen mussten, um den Betrieb am Laufen zu halten.

Gerade Diers hielten strikt an der Trennung zwischen den Arbeitsbereichen fest. Martha musste nie im Stall mithelfen, sie bereitete sich auf ihre Zukunft als gute Ehefrau vor, verzierte weiße Tischtücher mit Lochmusterstickereien und häkelte Einsätze für Kopfkissenbezüge, durch die man das rote Inlett sehen konnte.

Während Elli durch den Kälberstall ging, der bis auf ein Neugeborenes, das sie neugierig betrachtete, leer war, dachte sie an ihre eigene Aussteuertruhe, um die sie einen großen Bogen machte. Ehe, Mitgift und Hausrat waren etwas, an das sie noch gar keinen Gedanken verschwenden wollte, dafür war irgendwann später Zeit.

Elli zog die Tür zum Wohnhaus auf und rief ein lautes »Moin!«, das in dem breiten Flur mit den schwarzen und weißen Fliesen am Boden widerhallte.

Martha steckte den Kopf aus der Küchentür und winkte sie lächelnd hinein.

Zwei Stunden lang saß Elli mit Martha und ihrer Mutter in der großen Küche am Tisch, und während sie Tee tranken und später für die Männer Brote zum Vespern schmierten, fiel es Elli zunehmend schwerer, den vielen neugierigen Fragen der beiden auszuweichen. Wo Georg denn herkäme und was er für einer sei, wurde sie gefragt. Ob sie etwas über seine Familie wisse und wieso er ausgerechnet bei ihnen sei. Ob es denn keine anderen Verwandten gegeben habe, wo er hätte unterkommen können. Und wie es komme, dass er in der Kirche Orgel spielen werde. Elli verdrehte die Augen. Das war offensichtlich auch schon in der Nachbarschaft rum. Sie antwortete, so gut sie konnte, und versuchte, sich an alles zu erinnern, was damals in der Knechtekammer besprochen worden war.

»Elli, nun lass dir doch nicht jedes Wort einzeln aus der Nase ziehen!«, sagte Marthas Mutter und stellte ihre Teetasse auf die Untertasse zurück, dass es klapperte. »Das ist ja heute fürchterlich mit dir. Du bist doch sonst nicht so zugeknöpft!« Sie schüttelte den Kopf und sah Elli mit gerunzelter Stirn an. »Ist ja fast, als hättest du Bedenken, uns was zu erzählen.«

»Ich? Ach was! Warum sollte ich denn Bedenken haben?«, beeilte sich Elli zu versichern. Sie fühlte, wie ihr das Blut in die Ohren schoss. »So ein Blödsinn! Ich weiß nur auch nicht so genau Bescheid. Mir erzählt doch keiner was.«

Sie räusperte sich und vermied es, dem Blick der beiden Frauen zu begegnen. »Ich weiß nur, dass Hinnerk einen Brief gekriegt hat, und ein paar Tage später hat er dann Georg vom Zug abgeholt. Und seitdem ist er bei uns.«

»Und wie alt ist er? So wie er aussieht, müsste er doch schon längst an der Front sein.«, sagte Martha.

»Ich weiß nicht genau«, erwiderte Elli. »Sechzehn glaube ich.« Sie begann, unruhig auf dem Stuhl hin und her zu rutschen. »Aber das musst du ihn selbst fragen.«

Marthas Mutter lächelte. Sie war ein paar Jahre jünger als Willa Bruns. Ihr rotbraunes Haar trug sie in einem dicken Knoten im Nacken, aber bei ihr sah das nicht streng aus, weil sich ein paar vorwitzige Locken über ihren Ohren kräuselten, sodass sie beinahe wie ein junges Mädchen wirkte. Bauer Diers hatte sie geheiratet, kurz nachdem seine erste Frau gestorben war, da war Marthas Bruder noch ganz klein gewesen. Martha war ihr einziges Kind geblieben. Irgendwas war wohl bei ihrer Geburt schiefgegangen, wurde gemunkelt, darum konnte Tante Diers keine weiteren Kinder mehr bekommen. Für Elli, die früher viel Zeit bei Diers verbracht hatte, weil Martha in der Nachbarschaft eines der wenigen Mädchen in ihrem Alter war, war Marthas Mutter beinahe so etwas wie eine Freundin, und es fiel ihr nicht leicht, sie anzulügen.

Elli stand auf. »Ich geh mal schnell raus in den Stall und gucke, wie weit die Männer sind. Dann sag ich gleich Bescheid, dass Vesper auf dem Tisch steht.«

»Ich komm mit!«, rief Martha.

»Nein, brauchst du nicht.« Elli winkte ab. »Ich bin ja sofort wieder da.« Sie drückte die Flurtür auf und lief hinaus.

Im Kälberstall blieb sie einen Moment lang stehen und versuchte, ihre Gedanken zu ordnen. Das Kalb sah sie vor seinem Kofen stehen und vermutete wohl, dass es gleich gefüttert würde. Mit staksigen Schritten kam es durch das raschelnde Stroh zu ihr und ließ sich kraulen, ehe es mit dem Kopf von unten gegen Ellis Hand stieß und dabei ihre Finger ins Maul bekam. Sofort fing es begeistert an, daran zu nuckeln.

Elli seufzte. Diese ständige Lügerei fiel ihr immer noch so schwer. Sie hoffte inständig, dass sich das bald geben würde.

»Nun lass mich mal los, du kleiner Gierschlund!«, sagte sie zu dem Kalb, zog ihre Hand zurück und ging zum Wasserhahn neben der Tür, um ihre vollgesabberte Hand zu waschen.

Plötzlich hörte sie aus dem Viehstall nebenan lautes Schreien. »Anders! Nein, anders! Mehr nach links! Du musst sie zurückscheuchen!«, rief jemand.

»Was? Wie, nach links?« Das war Georgs Stimme.

In diesem Moment hörte Elli ein Rind brüllen. Irgendetwas krachte und schepperte. Dann schrien mehrere Männer durcheinander.

»He! Pass auf! Pass doch auf! Sie haut ab!«

»Zurück!«

»Willst du wohl! Hoohh!«

Wieder ein lautes Rinderbrüllen und dazwischen unverständliches Schreien.

Elli ließ den Wasserhahn laufen, hastete zur Tür und riss sie auf.

Mitten auf dem Futtergang zwischen den beiden Reihen angebundener Rinder lag eine der Färsen und schlug bei dem Versuch, wieder aufzustehen, wild mit den Beinen um sich. Offensichtlich hatte sie sich losgerissen und war völlig in Panik nach vorn auf den Futtergang gesprungen, wo sie ausgeglitten und zu Fall gekommen war.

Endlich schaffte sie es, sich aufzurappeln. Die Augen weit aufgerissen schnaubte die junge Kuh und stieß erneut ein ohrenbetäubendes, schrilles Brüllen aus. Dabei hob sie den Schwanz und entleerte in hohem Bogen Darm und Blase über die beiden Männer, die sie bei ihrem Sprung auf den Futtergang umgerissen hatte. Einer davon war Georg.

Die umstehenden Männer bildeten mit ausgebreiteten Armen einen Kreis um das vor Angst zitternde Tier und drängten es langsam von den am Boden liegenden Männern ab. Leise und beruhigend redeten Ellis Vater und die anderen Männer auf die junge Kuh ein, die zögernd zurückwich, schnaubte und sich schließlich von Bauer Diers und Hinnerk am Kopfhalfter fassen und wegführen ließ.

»Du Döskopp! Du Idiot! Du hast ja wohl gar kein Hirn im Kopp! Wie kann man nur so dösig sein? Schafft mir bloß diesen dummen Trottel aus dem Weg!«

Laut schimpfend erhob sich der Mann, der neben Georg in einer Pfütze aus Mist und Urin gelegen hatte. »Das wäre alles nicht passiert, wenn du Vollidiot nur einmal *Kschhh!* gemacht hättest! Die Kuh hatte doch viel mehr Schiss vor dir als du vor ihr, du Dämlack! Jetzt seht euch diesen Schweinkram an!« Er versuchte vergeblich, sich den Dreck von Kittel und Hose zu wischen. »Meine Güte, wie kann man sich nur so blöde anstellen? Du taugst ja wohl zu gar nichts!«

Auch Georg versuchte stöhnend, auf Hände und Knie hochzukommen.

»Nun reg dich mal nicht so auf, Klaus!«, sagte Anton Bruns beschwichtigend. Klaus Gerdes gehörte der Hof direkt neben Bruns. »Ist ja zum Glück nichts Schlimmes passiert.«

»Hätte aber passieren können! Meine Güte! Das dumme Viech hätte mich tottrampeln können!«, rief Bauer Gerdes aufgebracht. »Bloß weil dieser Trottel …«

»Er kennt das eben noch nicht mit den Tieren«, unterbrach ihn Anton und streckte Georg seine Hand entgegen, um ihm aufzuhelfen. »Hast du dir was getan, Jung?«, fragte er.

Georg blickte hoch, griff nach Antons Hand und zog sich hoch.

»Nein! Nichts passiert. Ich hab nur ein paar Schrammen«, keuchte er, als er wieder auf den Füßen stand. Trotz des Schmutzes in seinem Gesicht, konnte Elli deutlich sehen, dass er kalkweiß war.

Auch Anton war das nicht entgangen. »Wirklich nichts passiert?«

»Nein!« Georg schüttelte den Kopf. »Alles in Ordnung.«

»Ist vielleicht besser, wenn du schon mal nach Hause fährst! So dreckig, wie du bist, kannst du hier sowieso nicht mit ins Haus. Kannst dann ja schon mit Victor anfangen zu füttern. Elli, Hinnerk und ich kommen gleich nach.«

»Lass nur, Papa, ich fahr mit Georg zurück«, warf Elli ein.

Anton nickte. »Wie du willst, Muschen. Dann hol mal deinen Mantel und sag drinnen noch schnell Tschüss!«

Elli nickte und lief los.

Auf dem Fahrrad ließ sich Georg nicht viel anmerken. Allerdings sah Elli, dass er gelegentlich das Gesicht verzog.

»Die Kuh hat dich doch erwischt, nicht wahr?«, fragte sie vorsichtig.

»Ist nicht schlimm«, antwortete er ausweichend.

»Manchmal merkt man zuerst gar nicht, wie schlimm so was wirklich ist. Und von einem Bluterguss kann man wochenlang was haben.«

Georg antwortete nicht. Er war immer noch sehr blass und presste die Lippen aufeinander.

»Oder ist es wegen dem, was Bauer Gerdes gesagt hat?«

Immer noch keine Antwort.

»Das darfst du dir nicht so zu Herzen nehmen, Georg. Der poltert immer gleich rum. Niemand nimmt den wirklich ernst.«

Georg schwieg.

»Hörst du? Wirklich niemand! Der ist ein Großmaul und macht sich wichtig, sagt Papa. Jedem hätte das passieren können, dass ihm eine Kuh ausbricht.«

Nichts. Keine Antwort.

Langsam gingen Elli die Ideen aus, was sie sagen könnte, um ihn dazu zu bewegen, sein Schweigen zu brechen.

Eine Weile fuhren sie stumm nebeneinanderher.

»Und im Kuhschiet ist auch jeder schon mal gelandet«, sagte Elli schließlich. »Das ist nichts, wofür man sich schämen müsste. Ich bin als Kind mal längelang hinter den Kühen hingefallen und mit dem Kopf in einem Kuhfladen gelandet. Ich sah vielleicht aus! Ich hatte das Zeug überall, in den Haaren, in den …«

Endlich drehte Georg den Kopf in ihre Richtung und sah sie an.

»Elli, bitte! Lass es gut sein!«, sagte er gepresst.

Elli verstummte. Sie sah den Schmerz in seinen dunkelbraunen Augen. Beide schwiegen, bis sie zu Hause waren und die Fahrräder in der Dreschdiele abgestellt hatten.

»Du solltest dich gleich in der Milchkammer waschen«,

meinte Elli. »Ich hol dir aus der Küche warmes Wasser, Seife und ein Handtuch. Und was zum Umziehen. Das eingesaute Zeug wirf am besten auf den Boden, das weiche ich sofort ein, sonst geht der Kuhschiet nicht mehr raus.«

Eilig lief sie in die Küche und goss aus dem Kessel auf dem Kohleherd heißes Wasser in eine große Schüssel. Dann griff sie nach ein paar dunklen Handtüchern aus dem Wäscheschrank im Flur und brachte beides hinaus in die Milchkammer.

Georg, der ihr den Rücken zugekehrt hatte und gerade Wasser in einen Eimer laufen ließ, hörte sie wohl nicht kommen, denn er drehte sich nicht zu ihr um.

Die schmutzige Hose und das Hemd hatte er bereits ausgezogen. Als er sich das fleckige Unterhemd über den Kopf streifte, stöhnte er leise. Seine Linke tastete über den Rücken, auf dem knapp über der Hüfte ein großer Bluterguss zu sehen war.

Elli sog zischend Luft durch die Zähne ein. »Oh, die hat dich aber übel getreten«, sagte sie.

Georg drehte sich zu ihr um und wurde rot. »Ist nicht so schlimm«, stieß er hervor.

»Lass doch mal sehen.« Elli stellte die Wasserschüssel ab.

Er schüttelte nur den Kopf. »Wirklich, es ist nicht schlimm!«

»Na, nun stell dich nicht an wie ein Mädchen! Ich will doch nur gucken, wie groß der Bluterguss ist und wie tief er geht.« Sie streckte ihre Hand aus und wollte ihn berühren.

»Lass, bitte!«, sagte er leise, griff nach ihrer Hand und hielt sie fest.

Elli versuchte, sich zu befreien. Ein paar Sekunden starrten sie sich in die Augen, dann ließ er ihre Hand los.

»Was ist denn bloß los?«, flüsterte sie.

»Gar nichts«, sagte er ebenso leise. »Es ist nichts! Glaub mir doch!«

»Dann lass mich bitte einfach nachschauen, wie schlimm es ist.«

Einen Moment lang sah er in ihre Augen, dann drehte er sich um und beugte sich ein wenig vor.

Der rotblaue Abdruck des gespaltenen Hufes war deutlich zu erkennen. Aber Elli sah noch etwas anderes.

Die Haut über Georgs Hüften war über und über mit Narben bedeckt. Kleine und große, die meisten weiß, schmal und länglich, einige, die noch nicht so alt schienen, rot schimmernd. Sie verliefen alle in die gleiche Richtung.

»Was hast du denn da gemacht?«, fragte sie und streckte ihre Hand in Richtung der Narben aus. Als sie seine Haut berührte, zuckte er zusammen, als habe er einen Schlag bekommen.

»Da? Ach, die Narben meinst du«, sagte er leichthin. »Ich hatte Windpocken.«

Er bückte sich, hob die Schüssel mit dem heißen Wasser vom Boden und stellte sie in das Waschbecken vor sich. Nachdem er aus dem Eimer kaltes Wasser hinzugegossen hatte, steckte er seinen Kopf hinein und begann damit, sich den Dreck aus den Haaren zu waschen.

Elli sah fassungslos zu. Sie hätte nie für möglich gehalten, dass Georg sie je so dreist anlügen könnte wie gerade eben.

7

Januar 1949

Kleine Geheimnisse, die in der Familie blieben. Dinge, die unter den Teppich gekehrt wurden. Jeder wusste Bescheid, aber niemand sagte ein Wort. Solange niemand daran rührte und niemand danach fragte, waren sie gar nicht vorhanden. Alles war so, wie es sich gehörte. Alles in bester Ordnung.

Niemals fragte jemand, warum die vierzehnjährige Tochter von Bauer Behrens für ein paar Monate weg war. Und warum der Großknecht plötzlich verschwand und nicht wiederkam. Warum die Frau von Bauer Meierdierks so oft die Treppen hinunterfiel, ebenso wie ihre beiden Mädchen, als sie größer wurden. Immer waren sie voller blauer und grüner Flecken. Wie kam es, dass ein paar der Gerdeskinder den Bauern aus der Nachbarschaft viel ähnlicher sahen als dem eigenen Vater? Und warum bekam man die jüngste Tochter von Bauer Harms nie zu Gesicht, die nicht reden konnte und nicht richtig laufen und die immer in ihrem kleinen, abgedunkelten Zimmer saß, in einem Gitterbett, für das sie längst zu groß war? Alles, damit sie nicht abgeholt und in eines dieser Heime gebracht wurde, von denen man munkelte, dass aus ihnen niemals jemand zurückkam?

Niemand fragte. Niemand mischte sich ein.

Martin hatte das nicht wissen können, als er Elli gesagt hatte, dass man es inzwischen sehen könne. Niemand würde fragen, warum die Röcke, die sie trug, immer weiter wurden. Warum sie immer dicker wurde, obwohl sie doch immer weniger aß. Die Leute würden vielleicht hinter ihrem Rücken tuscheln, aber niemand würde sie darauf ansprechen.

Martin. Der liebe Martin! Viel zu gut für diese Welt.

Martin, der sich immer den Kopf über alles zerbrach und sich ständig Sorgen machte. Der schon mit Ende zwanzig grau wurde und ein bisschen krumm, weil ihn die Last der Trauer niederdrückte. Dessen linke Hand zerschossen war, sodass er nie wieder würde Geige spielen können. Dessen Frau und Kinder umgekommen waren, als Dresden in Flammen aufging, und der gerade, als er geglaubt hatte, es würde sich endlich alles wieder zum Guten wenden, auch noch seinen besten Freund verloren hatte.

Und immer noch dachte Martin zuerst an die anderen. Er hatte Elli gefragt, ob er ihr helfen könne, ob vielleicht er mit ihren Eltern reden solle.

So etwas war vielleicht dort möglich, wo Martin herkam, in der Stadt, aber doch nicht hier. Hier mischte sich niemand in Familienangelegenheiten ein, das war einfach ungehörig und undenkbar.

Martin gehörte nicht dazu, ihn ging das nichts an. Dass er ein Freund war, zählte nicht. Was war denn schon ein Freund?

Die Familie, die Nachbarschaft, darauf kam es an. Auf die war man angewiesen, jeder auf jeden: die Frau auf ihren Mann, die Kinder auf die Eltern, die Bauern auf die Hilfe der Nachbarn. Da schaute man lieber weg und ließ manche Dinge geschehen, um des lieben Friedens willen. Aber immer nur, solange nach außen die Regeln eingehalten wurden.

Diese Regeln waren nirgends aufgezeichnet, aber sie waren wichtiger und bindender als alles, was in den Gesetzbüchern stand. Jeder kannte sie und hielt sich daran. »Das tut man nicht«, hieß es. Oder: »Das gehört sich so!«

Solange es von außen betrachtet so aussah, als würde man sich innerhalb dieser Grenzen bewegen, konnte man darauf vertrauen, in Ruhe gelassen zu werden.

Während des Krieges und in der Zeit danach hatte jeder

Bauer vom anderen gewusst, wo der das Schwein versteckte, das schwarzgeschlachtet werden sollte, aber es wurde nicht darüber geredet. Keiner der Bauern hätte den anderen bei den Behörden angeschwärzt, aber wer sich dennoch erwischen ließ, hatte Pech gehabt. Mit Hilfe konnte er nicht rechnen.

Und wenn ein Mädchen heiraten musste, weil ein Kind unterwegs war, so war das Wichtigste, dass man ihr noch nichts ansah. Nur dann durfte sie mit weißem Kleid und mit Myrtenkranz in die Kirche gehen. Dann galt sie als ehrbar, auch wenn jeder wusste, dass sie früher mit jedem jungen Mann im Heu gewesen war. Wenn sie aber schon einen sichtbaren Bauch hatte oder, schlimmer noch, wenn das Kind schon auf der Welt war, dann galt sie als Flittchen. Und wer wollte schon ein Flittchen heiraten, das einen Bastard mit in die Ehe brachte?

Merkwürdige Regeln und Gesetze. Als Fremder brauchte man normalerweise Jahre, um sie zu verstehen und einzuhalten. Das hieß aber noch lange nicht, dass man dann dazugehörte. Bauer Behrens zum Beispiel, der frühere Ortsbauernführer, lebte schon seit über zwanzig Jahren hier, seit er seinen Hof bei einer Zwangsversteigerung gekauft hatte. Er hatte Geld und Einfluss, und er hatte sein Amt, aber trotzdem gehörte er nie wirklich dazu.

Was war nur Georgs Geheimnis gewesen, dass er es geschafft hatte, so schnell ein Teil dieser merkwürdigen Gemeinschaft zu werden? Kaum, dass er ein paar Wochen da war, gehörte er dazu. Obwohl er so ganz anders war als die Einheimischen und obwohl er so gut wie nichts von sich preisgab, war es ihm nicht nur gelungen, sich den Regeln anzupassen. Nein, Georg hatte nach und nach alle Menschen in seiner Umgebung um den Finger gewickelt.

Elli knipste die Nachttischlampe an und sah auf ihren Wecker. Halb elf. Alles war still im Haus.

Wenn sie ganz ruhig auf der Seite lag, die Beine angezogen, die Arme um den gewölbten Leib geschlungen, waren die Schmerzen auszuhalten. Nur ab und zu ein Ziehen, mehr nicht.

Es blieb noch so viel Zeit bis zum Morgen.

Die Flut würde erst morgen früh kommen, wenn die Sonne aufgegangen war, gegen acht. Kinder und Kälber wurden mit dem auflaufenden Hochwasser geboren. Jeder Bauer wusste das.

Und wenn die Ebbe ihren niedrigsten Stand hatte, folgten die Sterbenden dem Wasser hinaus.

8

Elli beugte sich vorsichtig ein wenig vor und linste über die Brüstung auf den Mittelgang der Kirche hinunter. Im Gegensatz zum Sonntag zuvor waren die vordersten Kirchenbänke gut besetzt, soweit sie es von ihrem Platz oben auf der Orgelempore aus sehen konnte.

»Das wird richtig voll heute«, sagte sie leise über die Schulter hinweg zu Georg.

Georg saß mit dem Rücken zum Manual auf der Orgelbank und blätterte in dem Notenheft, das auf seinem Schoß lag. Endlich hatte er gefunden, was er gesucht hatte, strich mit dem Daumen über den Falz in der Mitte der Seite und stellte das Heft hinter sich auf den Notenständer.

»Bist du aufgeregt?«, fragte Elli, die sich zu ihm umgedreht hatte.

»Eigentlich nicht. Nicht sehr jedenfalls. Ist nicht das erste Mal, dass ich im Gottesdienst spiele«, sagte Georg achselzuckend und lächelte ihr zu. »Ich bin nur ziemlich aus der Übung. Hoffentlich merkt keiner was, wenn ich danebenhaue!« Damit bückte er sich, öffnete die Schnürsenkel seiner dicken Stiefel und streifte sie von den Füßen.

»Könntest du mal schauen, ob der Pastor schon da ist?«, fragte er, während er die Beine über die Bank schwang und die Füße rechts und links neben die Orgelpedale stellte.

Elli sah wieder nach unten. Es dauerte nur wenige Augenblicke, bis der weiße Haarschopf von Pastor Meiners unter der Empore auftauchte. Er schaute einmal kurz zu ihr herauf, zwinkerte ihr lächelnd zu, schob seine Brille hoch und ging nach vorn zum Altar.

Elli nickte Georg zu, der sich daraufhin dem Manual zuwandte, das Kreuz durchdrückte und sich aufrichtete. Der junge Mann kniff die Lippen zusammen und legte die Hände auf die Tasten. Entschieden holte er Luft, bevor er zu spielen begann.

Elli sah ihm zu, während sie darauf wartete, dass er sie durch ein Nicken aufforderte, die Seite im Notenheft umzublättern, wie sie es vorher abgesprochen hatten.

Sie hatte ihn nicht auf die vielen Narben auf seinem Rücken angesprochen, die sie ein paar Tage zuvor gesehen hatte.

Windpocken! So ein Quatsch! Windpockennarben hatte sie selber. Die waren klein und rund, und sie waren auch nicht auf einen Bereich beschränkt, sondern über den ganzen Körper verteilt. Das, was Georg da hatte, musste eine andere Ursache haben, aber welche, das konnte sich Elli nicht vorstellen.

So viel hatte sie immerhin verstanden: Georg wollte unter keinen Umständen darüber reden, nicht einmal mit ihr. So schwer es ihr auch fiel, das musste sie hinnehmen.

Auch wenn er sie ganz offensichtlich angelogen hatte, vertraute sie Georg. Er musste gute Gründe haben, ihr nicht die Wahrheit zu sagen. Vielleicht war es ihm einfach nur peinlich, vielleicht stammten die Narben von einer Krankheit, über die man nicht sprach – so was wie Lupus oder Gürtelrose. Irgendwann würde er schon mit der Wahrheit herausrücken, davon war Elli überzeugt. Sie musste nur Geduld haben.

Georg nickte zum Zeichen für Elli.

Sie griff über seine Schulter hinweg und blätterte die Seite um. Dann stellte sie sich neben die Orgel und sah zu, wie er spielte.

Angestrengt, ganz auf die Musik konzentriert, saß er da, den Blick auf die Noten gerichtet, vollkommen in seine eigene Welt versunken. Gelegentlich verzog er das Gesicht, wahrscheinlich dann, wenn etwas nicht so klappte, wie er wollte. Vielleicht hatte er das Tempo verschleppt oder war mit seinen Wollsocken von den Pedalen abgerutscht.

Elli fiel kein einziger Fehler auf, aber das war wohl auch kein Wunder, unmusikalisch wie sie war. Sie hatte am Vortag zusammen mit Georg zwei Stunden auf dem Orgelboden zugebracht, während er versuchte, das, wie er es nannte, »vermaledeite Präludium« in den Griff zu bekommen. Ihr waren nicht einmal die Fehler aufgefallen, wegen derer er immer wieder abbrach, noch einmal von vorn begann und dabei leise vor sich hin schimpfte. Vor allem darüber, dass er keine richtigen Schuhe hatte, um mit den Pedalen zurechtzukommen.

Schließlich verklangen die letzten Akkorde, und Georg hob die Finger von den Tasten des Orgelmanuals. Sein Blick suchte ihren, und er lächelte.

»Im Namen des Vaters und des Sohnes und des Heiligen Geistes«, hörte Elli Pastor Meiners' Stimme vom Altar heraufschallen.

Georg winkte sie zu sich und bedeutete ihr, sich neben ihn auf die Orgelbank zu setzen, dann zupfte er an ihrem Ärmel und zog sie in seine Richtung.

»Meinst du, die haben was gemerkt?«, flüsterte er ihr ins Ohr.

»Was denn?«, gab sie ebenso leise zurück.

»Da waren ein paar Fehler drin.«

»Ach, Blödsinn! Wer soll denn das gemerkt haben? Wir sind hier auf dem platten Land. So verwöhnt sind wir nicht!«

Er grinste. Dann legte er seine Hand auf ihre und drückte sie.

Alle, die in der Hoffnung gekommen waren, Georg singen zu hören, wurden enttäuscht. Während er die Choräle für die Gemeinde begleitete, war er viel zu sehr damit beschäftigt, sich auf Tasten und Pedale der Orgel zu konzentrieren, als dass er hätte mitsingen können. In den Pausen zwischen den Liedern ging er noch einmal die Noten für den nächsten Choral durch. Nur während der Predigt ließ er das Notenheft in seinen Schoß sinken und lauschte den Worten des Pastors.

Zu Ellis Verwunderung erwähnte Pastor Meiners weder in der

Predigt noch danach Georg auch nur mit einem einzigen Wort. Sie hatte irgendwie erwartet, dass der Pastor seinen neuen Organisten vorstellen und sich vielleicht auch bedanken würde, aber nichts. Kein Wort.

Er sprach den Schlusssegen, und Georg begann mit dem Stück, das er für den Auszug der Gemeinde vorgesehen hatte. Hier musste Elli gleich zwei Mal die Noten umblättern, denn es war etwas länger als das Eingangsstück.

Vielleicht lag es daran, dass seine Nervosität nachgelassen hatte, jedenfalls spielte Georg bis zum Ende durch, ohne auch nur einmal das Gesicht zu verziehen.

Als er fertig war und seine Finger wieder von den Tasten nahm, warf er ihr einen strahlenden Blick zu. »Fürs erste Mal gar nicht so schlecht«, sagte er leise.

Kurze Zeit später öffnete sich die Tür zum Orgelboden, und Pastor Meiners steckte den Kopf herein. »Siehst du? Hast dir ganz umsonst Sorgen gemacht. Hat doch alles prima geklappt!«

Er ging zu Georg hinüber, der sich gerade wieder in die klobigen Stiefel zwängte, und klopfte ihm auf die Schulter. »So, jetzt sind alle raus aus der Kirche, jetzt könnt ihr auch runterkommen. Ich hatte nur zu Georg gesagt, zu Anfang sei es besser, wenn sich nicht gleich die ganze Bauerschaft auf ihn stürzt, darum sollte er oben bleiben, bis ich ihm Bescheid sage«, erklärte er Elli. »Lieber erst mal ein paar Wochen lang Ruhe in die Sache kommen lassen. Das muss sich alles erst einspielen. Müsst ihr zwei gleich nach Hause, oder habt ihr noch Zeit, eine Tasse Tee mit mir zu trinken?«

»Also, ich denke, wir sollten besser …«, begann Elli zögernd.

»Natürlich haben wir Zeit, Tee zu trinken«, schnitt ihr Georg das Wort ab. »Wir freuen uns!«

Elli war seit ihrer Konfirmation nicht mehr in der Pastorei gewesen. Der Geruch des alten Gebäudes versetzte sie sofort in die Zeit zurück, als sie einmal die Woche zum Konfirmandenunterricht hierhergekommen war. Eine Mischung aus altem Holz, Mottenkugeln, feuchtem Keller und dem kalten Rauch vom Torffeuer im Kachelofen hing in der Luft.

Pastor Meiners bat die beiden in die Küche und setzte einen Kessel mit Wasser auf, während Georg und Elli nebeneinander auf dem Küchensofa Platz nahmen. Um die Mundwinkel des alten Mannes spielte ein wohlwollendes Lächeln, als er die beiden betrachtete.

Aus dem Küchenschrank holte er drei Tassen, den Zuckertopf und Löffel und bat Elli, das doch schnell auf dem Tisch zu verteilen. Er ging währenddessen in die Speisekammer und brachte von dort einen Krug mit Sahne und eine Keksdose mit. Sorgfältig gab er fünf gehäufte Löffel Teeblätter in die Kanne, goss kochendes Wasser darüber und stellte die Kanne auf das Stövchen, das vor Georg und Elli auf dem Tisch stand.

Schließlich setzte er sich den beiden gegenüber auf einen Küchenstuhl und schob mit dem Zeigefinger seine Brille die Nase hoch. Sein Gesicht war ernst.

»Ich will gar nicht lange um den heißen Brei herumreden«, sagte er. »Egon Behrens war heute Morgen hier bei mir und hat versucht, mich ein bisschen auszuhorchen.«

Elli schluckte und warf Georg einen schnellen Blick zu.

»Ob ich vorher davon gewusst hätte, dass du herkommst, Georg, hat er gefragt, und ob ich wüsste, wie du mit Bruns zusammenhängst. Er wollte sich wohl von mir die Geschichte bestätigen lassen, die dein Vater ihm erzählt hat«, fügte der alte Mann an Elli gewandt hinzu.

Als er ihre weit aufgerissenen Augen sah, lächelte er. »Alles in Ordnung, Elli! Ich weiß Bescheid, ich bin eingeweiht.«

Er goss den Tee durch ein kleines Sieb in die Tassen. »Georg hat mir alles erzählt. Als er neulich wegen der Noten hier war, hat er sozusagen gebeichtet. Auch wenn ich natürlich keine Absolution erteilen kann. Nimmst du keinen Zucker, Junge?« Der

Pastor griff nach der Porzellanschale, in der er die Kluntjes aufbewahrte, und streckte sie dem jungen Mann entgegen.

Georg hob den Kopf. Elli bemerkte den Blick, den die beiden Männer tauschten, ehe er nickte und den Zuckertopf nahm.

Pastor Meiners lehnte sich zurück, und ein zufriedenes Lächeln breitete sich in seinem Gesicht aus, während seine blauen Augen mit freundlichem Blick auf Georg ruhten. »Von mir erfährt niemand was, da macht euch mal keine Sorgen!«, sagte er und rückte erneut seine Brille zurecht. »Was man mir im Geheimen anvertraut, das bleibt auch geheim.«

Er nahm den Löffel und rührte in seiner Teetasse. »So war ich aber zumindest auf Egon Behrens' Fragen vorbereitet«, fügte er hinzu. »Und ich konnte ihm sagen, dass Anton Bruns nicht mit mir über dich gesprochen hat, dass ich aber von Hinnerks Kölner Cousine vorher schon mal gehört hätte. Und dann hat er mich noch gefragt, ob es denn stimmen würde, dass du nicht – wie hat er es genannt – ›der Hellste‹ wärst.« Der alte Mann lachte. »Wie kommt er nur auf so einen Blödsinn? Ich hab ihm jedenfalls gesagt, dass ich nicht den Eindruck hätte, du wärst dumm. Sonst könntest du doch bestimmt nicht Klavier und Orgel spielen. Allerdings sei mir zu Ohren gekommen, dass du als Kind wohl sehr oft krank warst und deshalb nur selten zur Schule gehen konntest. Und auch jetzt wärst du gesundheitlich nicht der Festeste. Außerdem würdest du dich bei der Stallarbeit ziemlich ungeschickt anstellen. Ja, von dem Malheur beim Aufstallen bei Diers hab ich auch schon gehört.«

Der alte Meiners nahm einen großen Schluck aus der Teetasse. »Egon Behrens schien mit dieser Erklärung jedenfalls ganz zufrieden zu sein«, sagte er dann. »Ist aber trotzdem möglich, dass er sich über kurz oder lang selbst ein Bild machen will.« Er öffnete die Keksdose und hielt sie den beiden auf dem Sofa hin. Beide schüttelten den Kopf. »Dann wird er irgendwann bei euch zu Hause auftauchen, um dir auf den Zahn zu fühlen, Georg.«

Sorgsam wählte er aus der Dose den größten Haferflockenkeks aus und betrachtete ihn lächelnd, ehe er genüsslich hineinbiss. Der schmale Rand, der übrig blieb, zerbrach in seinen Fingern, und die Krümel rieselten über seinen schwarzen Anzug. »Aber ich glaube, solange ihr bei der Geschichte bleibt, braucht ihr euch keine Sorgen zu machen«, setzte Meiners zufrieden kauend und wegen des vollen Mundes etwas undeutlich hinzu, während er sich die Krümel vom Revers zupfte und in den Mund steckte.

Auf der Rückfahrt nach Frieschenmoor wechselten Elli und Georg kaum ein Wort miteinander. Es war für Anfang November noch einmal ungewöhnlich warm geworden, die Sonne schien von einem klaren, blassblauen Herbsthimmel, und die zwei radelten gemächlich nebeneinanderher.

Kurz vor Frieschenmoor hielt Elli ihr Fahrrad an und stieg ab. Georg, der zunächst weitergefahren war, wendete und blieb dann vor ihr stehen.

»Was ist denn, Elli?«

»Meinst du, wir sollen Papa erzählen, was der Pastor gesagt hat?«

Georg zuckte mit den Schultern und machte ein nachdenkliches Gesicht. »Ich weiß nicht. Warum sollten wir?« Er beugte sich vor und stützte sich mit den Unterarmen auf dem Fahrradlenker ab. »Elli, Elli«, sagte er kopfschüttelnd. »Du machst dir viel zu viele Sorgen!«

»Aber du hast doch gehört, was der Pastor gesagt hat. Der Ortsbauernführer kommt vorbei.«

»Vielleicht, hat er gesagt.«

»Aber wenn, dann kommt er deinetwegen.«

»Kommt der sonst nie?«

»Nein, nur wenn irgendwas ist. Er wohnt in Strückhausen, die Häuser da gehören nicht mehr zu unserer Nachbarschaft.«

»Aber Pastor Meiners hat auch gesagt, dass Behrens ganz zufrieden war mit der Erklärung, die er ihm gegeben hat.«

»Schon, aber …«

»Nichts aber.«

»Machst du dir denn gar keine Gedanken?«

»Nein, komischerweise nicht. Alles wird gut gehen. Ich bin ganz sicher.« Georg lächelte.

»Aber wie kannst du das? Was ist denn, wenn …«

»Schschsch, nicht!«, unterbrach er sie. »Alles wird gut.«

Georg hob das Fahrrad am Sattel hoch und wendete es. »Und jetzt lass uns weiterfahren, ich hab Hunger.«

»Deinen Glauben möchte ich haben«, murmelte Elli, als sie wieder auf die Pedale stieg.

Georg lachte. »Ja, das muss wohl mit dem Glauben zu tun haben!«

Nur sehr widerwillig fuhr Elli am Montagmorgen nach Brake zur Schule. Sie war beinahe ebenso nervös wie an dem Tag, als sie Georg auf dem Heuboden versteckt hatte, und malte sich in immer glühenderen Farben aus, was zu Hause alles geschehen konnte. Fahrig zerbrach sie zwei Teller, als sie nach dem Kochen den Tisch für alle Mädchen deckte, und erhielt dafür einen Tadel im Klassenbuch.

Sie hatte beinahe damit gerechnet, dass bei ihrer Rückkehr die Feldjäger auf dem Hof standen, aber als sie von der Moorstraße in die Hofeinfahrt einbog, war es so ruhig wie immer. Elli stellte ihr Fahrrad in der Dreschdiele ab und ging in den Pferdestall. Der alte Flocki erhob sich steifbeinig aus einem Heuhaufen, der neben einer der Pferdeboxen darauf wartete, verteilt zu werden, trottete gemächlich auf sie zu und stupste mit der Schnauze gegen ihre Hand.

»Na, hast du auch gut aufgepasst?«, fragte sie, während sie seinen Kopf tätschelte. »War irgendwas los heute?« Elli klopfte dem alten Rüden die Seite, der sich an ihre Beine schmiegte und neben ihr herlief, als sie zum Kuhstall ging.

Die Kühe lagen fast alle wiederkäuend auf dem Bauch oder der Seite. Als Elli die Tür öffnete, hoben einige den Kopf und schnaubten oder gaben ein lang gestrecktes, leises Muhen von sich. Noch war keine Fütterungszeit, sonst wäre die Aufregung der Tiere größer gewesen.

Alles war wie immer. Von den Männern war keiner hier. Gerade, als Elli sich umdrehen und zurückgehen wollte, öffnete sich die Tür zum Kälberstall am anderen Ende der Diele und Georg und Victor kamen herein.

Georg lachte über irgendetwas, das der junge Russe gerade gesagt hatte, und schüttelte dann den Kopf.

»Nein, hab ich nicht«, sagte er. Dann entdeckte er Elli und winkte ihr zu. »Hallo, da bist du ja endlich!«, rief er. »Du bist aber spät dran heute! Deine Mutter fing schon an, sich Sorgen zu machen. Es hat heute Mittag Fliegeralarm gegeben.«

»Ja, in Brake auch«, erwiderte Elli. »Martha und ich mussten noch warten, ehe wir losfahren konnten. Aber dann war alles ruhig.« Sie war so erleichtert, Georg zu sehen, dass sie einen dicken Kloß im Hals spürte. »Dann geh ich besser gleich rein und sag Bescheid, dass ich wieder da bin. War sonst irgendwas?«

»Nein. Was soll denn gewesen sein?«

»Du weißt schon: Bauer Behrens«, erwiderte sie leise.

»Elli, mach dich nicht verrückt!« Seine Hand berührte ihren Arm. »Hörst du?«

Der Unterton in seiner Stimme ließ den Kloß in ihrem Hals noch mehr anschwellen. Elli schluckte und nickte. Ihr Versuch zu lächeln misslang.

»Ich geh jetzt mal besser rein«, sagte sie, drehte sich um und ging auf die Kälberstalltür zu.

»Ach ja, dein Bruder bekommt Fronturlaub, sagte deine Mutter gerade!«, rief Georg ihr nach. »Er hat geschrieben, dass er kurz vor Weihnachten nach Hause kommt.«

9

Fast sechs Wochen waren ins Land gegangen, seit Georg auf den Brunshof gekommen war. Er hatte mit seiner Zuversicht recht behalten: Der Ortsbauernführer war nicht auf den Hof gekommen, um Georg auf den Zahn zu fühlen, und Ellis Angst davor hatte sich in der Zwischenzeit etwas gelegt. Vielleicht würde ja tatsächlich niemand nachfragen, woher Georg gekommen war, vielleicht würde wirklich alles gut werden.

Inzwischen war Alltag eingekehrt, soweit man in diesen Zeiten, in denen wegen der Bombergeschwader hoch am Himmel immer wieder die Sirenen heulten, von Alltag reden konnte.

In der ganzen Nachbarschaft war inzwischen das Vieh im Stall, und die Zeiten, wo der Bauer und Hinnerk jeden Tag einem der Nachbarn helfen mussten, waren vorüber.

Jeden Sonntag begleitete Elli Georg zur Kirche, saß neben ihm auf der Orgelbank und blätterte für ihn die Noten um, und nach dem Gottesdienst tranken sie mit dem Pastor Tee und hielten Klönschnack, ehe sie wieder nach Hause fuhren.

An den Sonntagnachmittagen fanden im Saal der Gastwirtschaft in Ovelgönne Filmvorführungen statt. Zwei Mal waren Georg und Elli schon dort gewesen, hatten im abgedunkelten Saal nebeneinandergesessen und sich einen Film angesehen. Beim dritten Mal bettelte Bernie so lange, bis Georg schließlich nachgab und Elli überredete, ihn mitzunehmen.

Vor der *Feuerzangenbowle* wurde wie immer die Wochenschau gezeigt, und Bernie, der gerade noch mit Georg herumgealbert hatte, verstummte, fasziniert von den Bildern. Nach einem Bericht über die Vereidigung des Volkssturms in Berlin, der den »heiligen Willen des deutschen Volkes zur Verteidigung des

Vaterlandes bis zum Endsieg« zeigen sollte, erschienen auf der Leinwand Bilder von angreifenden amerikanischen Fliegern, die eine Stadt irgendwo in Frankreich bombardierten. Riesige Feuerbälle stiegen über den Gebäuden auf, Menschen rannten, Mauern stürzten ein, eine Flakkanone wurde ausgerichtet und abgefeuert, und der Sprecher pries den ungeheuren Heldenmut der Flakhelfer, die die Flugzeuge dutzendweise vom Himmel holten und sich hinterher gegenseitig auf die Schultern klopften.

Elli schaute verstohlen zu Georg hinüber, der zwischen den Geschwistern saß, und sah im flackernden Licht des Projektors, dass sein Gesicht wie versteinert war, nur sein Kehlkopf bewegte sich beim Schlucken immer wieder auf und ab. Sie beugte sich zu ihm hinüber, zog an seinem Ärmel und fragte ihn ganz leise, ob sie lieber gehen sollten. Aber Georg schüttelte nur den Kopf und deutete dabei zu Bernie hinüber, der wie gebannt auf die Leinwand starrte. Dann nahm er ihre Hand und hielt sie bis zum Ende der Wochenschau fest umklammert, und das Herz klopfte ihr bis zum Hals.

Elli hielt den Stiel des Reisigbesens mit beiden Händen, und bei jedem Schritt fegte sie Stroh, Heu und Staub von rechts nach links. Immer von der Wand der Dreschdiele zum Heufach in der Mitte des Gulfhauses, wo jetzt nur noch ein kleiner Haufen des Heus vom letzten Sommer auf dem Lehmboden aufgeschichtet lag. So arbeitete sie sich Schritt für Schritt, Reihe um Reihe, voran, immer weiter auf das geöffnete Dielentor zu.

»Ihr werdet euch bestimmt gut verstehen, Hannes und du!«, sagte Elli zu Georg, der ebenfalls einen Besen in der Hand hielt. »Der wird froh sein, mal jemanden in seinem Alter zu haben, mit dem er sich über was anderes als Landwirtschaft unterhalten kann.«

Den Leiterwagen hatten die beiden hinaus auf den Hof geschoben, um mehr Platz zu haben. Durch das weit geöffnete

Dielentor fiel das Licht der Dezembersonne herein und ließ die aufgewirbelten Staubteilchen tanzen. In zwei Tagen war der Geburtstag von Anton Bruns, und wenn abends die Nachbarn zu Besuch kamen, sollte drinnen und draußen alles picobello sein, wie Willa es nannte.

»Hannes ist ein wirklich feiner Kerl, jedenfalls, wenn man ihn besser kennt. Auf den ersten Blick scheint er ziemlich zugeknöpft, aber wenn er erst mal auftaut, dann kann er ein richtiger Spaßvogel sein. Und schlau ist er! Liest den ganzen Tag, wenn er kann. Ein richtiger Bücherwurm. Er wollte unbedingt aufs Gymnasium gehen, aber Papa sagte, mehr als die Handelsschule in Brake sei nicht drin. Wenn er nichts für die Landwirtschaft übrighätte, könnte er ja eine Banklehre machen. Papa hatte ihm sogar schon eine Stelle bei der Bank in Brake gesucht, wo er nach der Handelsschule hingekonnt hätte. Aber so weit ist es dann gar nicht mehr gekommen, weil Hannes vorher einrücken musste.«

Elli hielt inne und umklammerte den Besenstiel so fest mit beiden Händen, dass ihre Fingergelenke weiß hervortraten. Rasch drehte sie sich von Georg weg, zog ein Taschentuch aus ihrer Schürzentasche, putzte sich die Nase und wischte sich mit einer schnellen Bewegung über die Augen. Dann begann sie wieder zu fegen.

»Elli?«

Sie blickte auf. Georg stand vor ihr, den Besen in der Rechten, den Kopf ein klein wenig zur Seite geneigt, und sah sie fragend an.

»Ja?« Elli bemühte sich, ihre Stimme so wie immer klingen zu lassen.

»So schlimm ist es?«, fragte er ganz leise und traf Elli damit mitten ins Herz.

Ihr Gesicht verzerrte sich, sie konnte es nicht verhindern. Schnell presste sie eine Hand vor den Mund, um ein Schluchzen zurückzuhalten. Sie musste ein paar Mal tief Luft holen, ehe sie antworten konnte.

»Ich hab Angst!« Elli fühlte, wie sich ihre Augen erneut mit Tränen füllten. »Ich hab manchmal so furchtbare Angst, dass er nicht zurückkommt.«

»Ach, Elli …«

Georg kam auf sie zu, zögerte kurz, als wäre er unschlüssig, was er jetzt tun sollte. Einen Moment lang dachte Elli, er wollte sie umarmen, aber er berührte nur ihren Arm und tätschelte ihn.

»Entschuldige!«, sagte sie. »Ich sollte mich nicht so albern anstellen und rumheulen.« Aus ihrer Schürzentasche kramte sie erneut das Taschentuch hervor und wischte sich entschlossen über die Augen. »Außerdem hab ich es versprochen!«

»Was hast du versprochen?«

»Als Hannes im Sommer zuletzt hier war, hab ich ihm fest versprechen müssen, dass ich nicht weinen würde. Das sagt sich so leicht!« Ihr Lachen klang bitterer, als sie beabsichtigt hatte.

»Du vermisst ihn sehr, nicht wahr?«, fragte Georg.

»Sicher! Er ist mein großer Bruder! Natürlich vermisse ich ihn. Andere Geschwister streiten sich oft, aber wir beide haben zusammengehalten wie Pech und Schwefel. Immer er und ich gegen alle anderen. Als ich noch klein war, hat er mich überall mit hingeschleppt, weil er ja auf mich aufpassen musste. Also immer zwei oder drei Jungs vorneweg und Hannes mit mir an der Hand hinterher, wenn wir in der Nachbarschaft Äpfel geklaut haben. Das war, als wir noch in Schwei gewohnt haben, bevor wir hierhergezogen sind. Oder wir zwei haben stundenlang im Heu gesessen, und er hat mir die Geschichten erzählt, die er gerade gelesen hatte. Karl May meistens, Winnetou und Old Shatterhand oder Kara Ben Nemsi. Und wenn mich in der Schule die Jungs geärgert haben, hat Hannes sie sich vorgeknöpft. Natürlich vermisse ich ihn. Und wie!«

Georg antwortete nicht. Er schien in Gedanken weit weg.

»Aber es gibt niemanden, keine einzige Familie, der es nicht genauso geht«, fuhr Elli fort. »Alle haben ja jemanden an der Front. Brüder, Söhne oder Väter. Alle müssen sich zusammenreißen und so weitermachen wie immer, das wird erwartet: Opfer bringen und tapfer sein. Aber manchmal ist das so schwer!«

Noch immer sagte Georg kein Wort, starrte nur auf seine Hand, die noch immer auf ihrem Arm lag. Schließlich nickte er. »Vor allem, wenn man niemanden hat, dem man erzählen kann, wie schwer es ist«, sagte er leise. Dann hob er den Blick und lächelte. »Aber jetzt hast du ja mich!«

Anton Bruns' Geburtstag fiel in diesem Jahr auf einen Samstag. Nachmittags sollten die Verwandten kommen, und am Abend wurden die Nachbarn erwartet.

Die ganze Woche über war Elli kaum in den Stall gekommen, weil ihre Mutter sie völlig mit Beschlag belegt hatte, sobald sie aus der Schule kam. Alle Böden mussten gewischt und die Fenster geputzt werden. In der großen Stube, die sonst nie benutzt wurde, klopften sie zusammen die Teppiche aus und wischten den gebohnerten Holzfußboden, bevor sie die Tische mit den gestärkten weißen Tischtüchern und Willas gutem Geschirr eindeckten. Willa warnte Bernie, ja nichts anzufassen, sonst könne er was erleben.

Nachmittags, wenn Antons Schwestern und ihre Männer kämen, würde wohl die kleine Stube reichen, meinte Willa. Versonnen wischte sie die cremefarbenen Tassen mit dem Goldrand mit einem sauberen Geschirrtuch aus, bevor sie sie auf die Untertassen stellte. Von den vier Schwestern kämen diesmal nur zwei und von denen nur eine zusammen mit ihrem Mann, der andere sei ja in Frankreich. Die anderen beiden Schwägerinnen hätten schon Bescheid gesagt, dass ihnen die Fahrt zu lang oder zu unsicher sei.

Willa seufzte. »Zum Glück kommen alle Gäste an einem Tag,

dann wird der Kuchen auf jeden Fall auch abends noch reichen. Ich hab mich schon gefragt, ob das nicht zu knapp wird mit nur fünf Torten. Schließlich sind wir abends achtzehn Personen. Aber es grenzt ja schon an ein Wunder, dass wir überhaupt die Zutaten für so viel Kuchen zusammenbekommen haben. Wie gut, dass ich noch immer so einen guten Draht zum Hotel Meyer habe, sonst wäre das nie möglich gewesen.«

Willa Bruns war vor ihrer Hochzeit in Varel im Hotel Meyer in Stellung gewesen, wie man das nannte. Dort hatte sie kochen gelernt und wie man einen großen Haushalt führt, denn sie sollte darauf vorbereitet werden, in eine der besseren Familien einzuheiraten, wie Willa nie müde wurde zu erzählen. Der Sohn des alten Meyer hatte sich Hoffnungen auf sie und die große Mitgift, die zu erwarten war, gemacht. Aber dann war alles anders gekommen, und sie hatte Anton geheiratet. Aber die gute Bekanntschaft zu Gastwirt Meyer, die war geblieben, und man half sich schon mal aus, jetzt, wo die Zeiten so schlecht waren.

Ein großes Stück Schinken, zwei extra für diesen Anlass geschlachtete Suppenhühner, ein paar Liter frische Sahne und fünf Pfund selbst gemachte Butter hatte Meyer abgeholt, als er vor ein paar Tagen vorbeigekommen war. Im Gegenzug hatte er Mehl und Zucker und vor allem ein ganzes Pfund frische Kaffeebohnen dabeigehabt. Willa hatte sie sehr vorsichtig und sorgsam in einer kupfernen Röstpfanne, die noch von ihrem Vater stammte, auf dem Küchenherd geröstet. Der Duft war durch das ganze Wohnhaus gezogen, bis hinauf in Ellis kleine Schlafkammer.

Im Kellerregal standen nebeneinander die Obst- und Sahnetorten, die es nachmittags und abends geben sollte – und dazu richtigen, echten Bohnenkaffee.

»So weit kommt es noch, dass wir dem Besuch Muckefuck anbieten!«, hatte Willa gesagt und keinen Widerspruch geduldet, ob in Kriegszeiten nicht doch Kaffeeersatz ausreichen würde. Es hatte zu Antons Geburtstag immer Kaffee gegeben, also auch an diesem. Und so hatte sie sich an den Küchentisch gesetzt und Gastwirt Meyer einen Brief geschrieben.

»Mädchen, du wirst immer hübscher«, sagte der alte Onkel Frerichs und kniff Elli in die Wange. »Warte nur, nicht mehr lange, dann geben sich die jungen Burschen hier die Klinke in die Hand, um deinen Papa zu fragen, ob sie mal mit dir zum Tanzen gehen dürfen.«

Elli mochte den alten Herrn nicht besonders, trotzdem lächelte sie höflich und nickte. Diese Kneiferei konnte er sich einfach nicht abgewöhnen, dabei war sie nun wirklich kein Kleinkind mehr. Jetzt klopfte er Bernie auf den blonden Haarschopf, der Junge wich der Hand aus und rollte mit den Augen. Offenbar ging es ihm ähnlich wie ihr, aber bevor er auf die Idee kommen konnte, etwas zu sagen, warf Elli ihm einen warnenden Blick zu.

»Nun lass die Kinder doch!«, sagte Tante Frerichs zu ihrem Mann und zwinkerte Elli zu. »Machst die Deern noch ganz verlegen.«

Angetan mit ihrer besten Schürze über ihrem dunkelgrünen Kleid, nahm Elli Tante Frerichs auf dem Flur den Mantel ab und hängte ihn an die Garderobe. Frerichs waren die Nachbarn, die am weitesten in Richtung Neustadt wohnten, und sie waren wieder mal die Letzten. Alle anderen waren bereits da.

Willa kam mit einer Kaffeekanne in der Hand aus der Küche, begrüßte die alten Frerichs und öffnete für sie die Tür zur großen Stube, aus der lautes Gelächter scholl. Die Nachbarn und Ellis Großeltern hatten sich bereits um die lange Tafel versammelt. Die Männer saßen am hinteren Ende des langen Tisches bei den Fenstern, die Frauen an der vorderen Hälfte zur Tür hin, und alle unterhielten sich angeregt.

»Du musst noch einmal kochendes Wasser aufgießen, dann kannst du mit der anderen Kanne zum Nachschenken kommen«, sagte Willa in der Tür zu Elli. »Und dann setzt du am besten gleich noch mal neues Wasser auf. Selbst wenn wir mit dem Kaffee so hinkommen, wir brauchen das nachher für den Grog.«

Elli nickte und ging in die Küche. Georg, der neben Bernie auf der Bank saß und ihm offenbar bei den Hausaufgaben half, blickte auf und lächelte ihr zu.

»Na, sind jetzt endlich alle da? Deine Mutter fing schon an, nervös zu werden.«

Elli nahm den Kessel vom Herd, ging zur Spüle hinüber, wo die große Goldrandkaffeekanne stand, und goss vorsichtig und ganz langsam Wasser in den Kaffeefilter.

»Ja«, sagte sie. »Frerichs sind endlich auch da. Die sind immer die Letzten. Das war auch früher schon so, als der Schwiegersohn noch lebte und sie sogar noch zwei junge Knechte hatten. Die werden einfach nie mit dem Melken fertig. Immer müssen alle auf sie warten.« Elli stellte den Kessel zurück auf den Herd.

»Ist ja eine richtige Menschenmenge!« Georg lachte. »Man könnte meinen, dein Vater würde siebzig. Ist das immer so?«

»Das sind nur die engsten Nachbarn. Sieben Paare. Wenn jemand siebzig wird oder Silberhochzeit feiert, dann kommen noch viel mehr Leute, glaub mir!« Elli lachte ebenfalls. »Das muss dir sicher alles ganz merkwürdig vorkommen, das ist wohl bei euch in der Stadt anders.«

Georg nickte. Sein Lächeln verblasste. »Stimmt, so viel Besuch hatten wir nie.« Schweigend blickte er auf den Bleistiftstummel, den er in den Fingern drehte.

Elli hätte sich ohrfeigen können. Was hatte sie sich nur bei dieser Bemerkung gedacht? Sie wusste doch, dass Georg niemanden mehr hatte. Warum noch Salz in die Wunde streuen?

Er sprach so gut wie nie über Köln, sein Leben dort oder seine Familie. Sein Vater war Arzt gewesen und hatte in der Innenstadt von Köln eine Praxis gehabt. Das war alles, was Elli wusste.

Sie wünschte sich, sie könnte diesen dummen Satz über die Stadt ungeschehen machen, drehte sich um und holte den pfeifenden Kessel vom Herd. Erneut goss sie kochendes Wasser in den Filter, beobachtete, wie es in dem braunen Pulver versickerte und vermied es, zu Georg und Bernie am Tisch hinüberzusehen. Die Kanne war inzwischen fast voll, gleich würde sie in der Stube nachschenken können.

»Wie sieht's aus, Bernie? Wollen wir gleich eine Runde Mau-Mau spielen?«, hörte sie Georg fragen. Seine Stimme klang genau wie immer. »Elli, spielst du mit?«

Sie warf ihm einen kurzen Blick zu. Er schien völlig unverändert, sah ihr freundlich lächelnd in die Augen.

Elli nickte. »Ich schenke schnell in der Stube den Kaffee nach, und dann hol ich die Karten!«

»Wie machst du das nur immer, Willa?«, fragte Käthi Gerdes und schnupperte an der Tasse, in die Elli gerade frischen Kaffee gegossen hatte. »Bohnenkaffee! Wie das duftet! Ich dachte, den kriegt man gar nicht mehr.«

Ein zufriedenes Lächeln umspielte Willas Mundwinkel, Elli sah es genau. »Wenn man Freunde in den richtigen Kreisen hat, die einem etwas behilflich sind, schon. Noch ein Stück Kuchen?«, hörte sie ihre Mutter in einem zuckersüßen Ton fragen, während sie sich den nächsten Tassen zuwandte, die ihr hingehalten wurden.

Das war also der Grund für den ganzen Aufwand? Für dieses eine selbstgefällige Lächeln hatten sie Hühner geschlachtet, zwei Tage gebacken, den Kaffee geröstet und all die Arbeit mit der Butter gehabt? Alles nur, damit ihre Mutter die Genugtuung hatte, Käthi Gerdes Bohnenkaffee anbieten zu können? Elli fühlte den Ärger wie einen Klumpen in ihrem Magen liegen und musste sich Mühe geben, die schwere Kaffeekanne ruhig in der zitternden Hand zu halten.

Heimlich zu buttern war verboten und wurde streng bestraft. Es war genau festgelegt, wie viel Milch jeder Hof bei der Molkerei abzuliefern hatte. Alle paar Wochen kam ein Kontrolleur vom Reichsnährstand vorbei und nahm Proben, nach denen die Menge berechnet und immer wieder neu festgesetzt wurde.

Elli hatte keine Ahnung, woher, aber ihr Vater wusste immer schon ein paar Tage im Voraus, wann die Kontrolle stattfinden würde. Im Sommer wurden die Kühe dann auf die Moorweiden getrieben, wo nur saure Gräser standen, die sie nicht gern fraßen. Und im Winter wurde die Futtermenge halbiert, damit die Kühe nur wenig Milch gaben, wenn der Kontrolleur kam. So mussten Bruns weniger Milch abliefern, als sie tatsächlich hatten, und es blieb immer Milch übrig, die sie für sich selbst verwenden konnten. Meist machten sie Butter, weil die sich gut hielt und überall als Tauschobjekt begehrt war.

Die alten Butterfässer, die auf dem Dachboden gestanden hatten und noch von Antons Großeltern stammten, hatten sie jedoch alle zum Bürgermeister bringen und verplomben lassen müssen. Willa butterte normalerweise, indem sie Sahne in zwei Flaschen mit weitem Hals füllte, sie sorgfältig verschloss, in jede Hand eine nahm und diese dann schüttelte, bis die Butter aus der Molke flockte. Aber für große Mengen war das zu mühselig.

In der Milchkammer stand eine altertümliche Waschmaschine, die Willa in solchen Fällen benutzte. Eigentlich war es nicht mehr als ein großer Metallbottich auf drei Standfüßen. Auf dem Deckel befand sich ein Motor, der über eine Welle einen Rührarm antrieb, der bis auf den Boden des Behälters hinunterreichte und dort die Wäsche in der Lauge bewegen sollte.

Anton Bruns hatte vom Schmied Lochbleche am Rührarm anbringen lassen. Wenn man jetzt die Waschmaschine mit Sahne füllte, wurde sie zu Butter geschlagen.

Elli hasste es, in der Waschmaschine Butter zu machen. Zunächst musste der Bottich sorgfältig geschrubbt und ausgewaschen werden, ehe er mit der Sahne befüllt wurde, eine Aufgabe, die immer ihr zufiel und mit der sie mindestens eine Stunde lang beschäftigt war, bevor sie überhaupt mit dem Buttern beginnen konnte. Danach rumpelte und quietschte die Maschine mehrere Stunden lang und wurde immer lauter, je mehr Fett an den Lochblechen klebte.

Zu allem Überfluss war der Hahn, durch den normalerweise die Seifenlauge abgelassen wurde, nicht ganz dicht, sodass stets ein dünnes Rinnsal von Buttermilch in eine untergestellte Schüssel tropfte, die Elli immer wieder leeren musste, um zu verhindern, dass die weiße Flüssigkeit durch die ganze Milchkammer lief.

Ohne die ganze Mühe, die vor allem Elli gehabt hatte, hätte Willa nie genug Butter gehabt, um all die Kuchen zu backen und um sie bei Meyer einzutauschen. Sie hätte nie diesen Triumph über Käthi Gerdes auskosten können.

Wie ihre Mutter jetzt am Kopfende des Tisches saß, in ihrem guten dunkelblauen Kleid mit dem schmalen weißen Spitzenkragen, die blonden Haare streng nach hinten gekämmt und in einem festen Knoten zusammengefasst! Ihre Raubvogelaugen fixierten Käthi Gerdes zu ihrer Rechten, die sich angeregt mit Marthas Mutter unterhielt. Der Anflug eines Lächelns umspielte Willas Lippen, aber ihre Augen waren schmal und bösartig. Sie beteiligte sich nicht an der Unterhaltung der beiden Frauen, schien aber aufmerksam zuzuhören. Jetzt zog sie missbilligend die Augenbrauen zusammen, bis die scharfe Falte zwischen ihnen entstand. Käthi Gerdes schien nichts davon zu bemerken. Sie lachte schallend über etwas, das Marthas Mutter gerade gesagt hatte, legte dabei den Kopf in den Nacken und lehnte sich zurück. Dann hob sie die Rechte und strich sich eine Strähne ihres welligen, hellbraunen Haars hinters Ohr. Elli fragte sich, wie alt sie wohl war. Ein paar Jahre jünger als ihre Mutter bestimmt, aber doch mindestens Mitte dreißig. Aber sie wirkte viel jünger als Willa. Ihre Haut war glatt und faltenlos, trotz ihrer vier Kinder war sie gertenschlank, und sie trug ihr Haar, in dem noch keine einzige graue Strähne zu sehen war, modisch kurz geschnitten. Sie war wirklich eine bildhübsche Frau, und sie wusste das auch genau. Elli bemerkte, wie sie ihren Blick zu den Männern am anderen Tischende hinüberschweifen ließ.

Auch Willa war das offensichtlich nicht entgangen. Ihre Augen wurden noch schmaler. Dass ihre Mutter keine hohe Meinung von der Frau im Nachbarhaus hatte, wusste Elli nur zu gut. Aber was mochte nur vorgefallen sein, dass Willa sie so abgrundtief hasste?

Der Klang ihres Namens riss Elli aus ihren Gedanken.

»Ja?«, fragte sie.

»Träumst du, Mädchen?«, fragte ihre Mutter scharf. »Tante Diers hat mit dir gesprochen!«

»Ich ... äh«, stammelte Elli und wandte sich an Marthas Mutter. »Entschuldigung, was hast du gesagt?«

Tante Diers lächelte. »Ich hab nur erzählt, dass die sich beim letzten Heimabend vom BDM beklagt haben, dass du dich so lange nicht hast blicken lassen. Martha sagte, die Leiterin sei ziemlich böse geworden. Das solltest du lieber nicht auf die leichte Schulter nehmen, immerhin ist die Teilnahme Pflicht. Nicht, dass du noch Ärger bekommst!«

»Wir hatten ziemlich viel zu tun in letzter Zeit«, warf Willa ein. »Da hab ich sie hier gebraucht, und sie konnte nicht weg. Und dann immer diese Fahrerei mit dem Fahrrad im Dunkeln! Die stellen sich das alles so einfach vor. Die Mädchen sind doch gerade erst von einem Tieflieger beschossen worden.«

»Nächste Woche soll für Weihnachten gebastelt werden. Ist wohl besser, wenn du dann mal vorbeischaust, Elli. Bestimmt beruhigen die sich dann schon wieder«, beschwichtigte Marthas Mutter.

Elli nickte und versprach, in der kommenden Woche zum Heimabend zu gehen.

»So eine Zeitverschwendung!«, schimpfte Willa. »Eine halbe Stunde mit dem Rad hinfahren, eine halbe Stunde wieder zurück, und das alles nur, um Strohsterne zu kleben, Weihnachtslieder zu singen und Strümpfe zu stricken. Das kann Elli genauso gut zu Hause, und zwar, ohne ihren Hals zu riskieren.«

»Du kannst froh sein, dass du das große Mädchen im Haus hast«, sagte Käthi Gerdes. »Elli kann dir wenigstens helfen. Meine Mädchen sind noch zu klein, um richtig mitanpacken zu können. Einmal hatten wir ja ein BDM-Mädel im Haus, als Landhelferin. Aus der Großstadt, aus Hannover kam die. Bildete sich wunders was ein, was sie alles wüsste und könnte. Und die ganze Zeit diese großen Töne von *Blut und Boden* gespuckt. Da hab ich gedacht: ›Dich krieg ich!‹ Ich hab sie beim Hühnerschlachten helfen lassen. Beim Ausnehmen ist ihr furchtbar schlecht geworden.«

Alle Frauen lachten. Nur Willa blieb ernst.

»Wir haben jetzt Flüchtlinge gekriegt«, meinte die alte Tante Frerichs, nahm die frisch gefüllte Kaffeetasse mit einem Nicken von Elli entgegen und stellte sie zurück auf die Untertasse. »Eine ganze Familie, zwei Schwestern, ihre Mutter und zwei Kinder, aus Ostpreußen geflohen, direkt vor dem Russen weg. Wohnen zu fünft in der großen Knechtekammer. Ich sag euch, da kommen noch mehr, noch viel, viel mehr. Da ist noch kein Ende abzusehen. Ihr müsst auch alle noch sehen, dass ihr Platz für Einquartierungen macht!«

»Habt ihr das von Janssens gehört?«, fragte Marthas Mutter.

Die Frauen schüttelten den Kopf.

»Beide Jungs. Erst der kleine und dann ein paar Tage später auch noch der große. Alle beide gefallen: einer in Ostpreußen und einer in Polen.«

»Bernhard Freese kommt auch nicht zurück«, warf einer der Männer ein.

Einen Moment lang war es still. Elli schenkte weiter Kaffee nach, und die Kanne leerte sich allmählich, während sie den Tisch umrundete. Löffel kratzten in Tassen. Zucker und Sahne wurden herumgereicht.

»Und euer Hannes?«, fragte Onkel Diers, Marthas Vater, und nahm den Zuckertopf von Anton entgegen. »Habt ihr was gehört?«

»Soll in zwei Wochen auf Fronturlaub kommen«, erwiderte Ellis Vater. »Er hat geschrieben.« Er zog den Tabaksbeutel aus der Tasche, bemerkte den missbilligenden Blick seiner Frau und legte ihn daraufhin auf den Tisch. »Aber nach allem, was man so aus Belgien hört, glaub ich das erst, wenn er hier vor der Tür steht.«

Anton nahm sein Benzinfeuerzeug in die Rechte und ließ es nachdenklich durch die Finger gleiten.

Klaus Gerdes räusperte sich. »Aber wenn die Wehrmacht jetzt mit den neuen Waffen kommt, die sie noch entwickeln? Dann werden sie das Ruder vielleicht doch noch mal rumreißen.«

Anton hob den Blick, sah seinen Nachbarn einen Moment lang an und schüttelte dann schweigend den Kopf.

»Mach dir doch nichts vor, Klaus!«, meldete sich der alte Gustav Bruns zu Wort, beugte sich vor und stützte die Ellenbogen auf den Tisch. »Was soll denn da noch kommen? Wenn du siehst, wie viele Bomber Tag für Tag über uns wegfliegen auf dem Weg nach Bremen, Bremerhaven und Hamburg und Gott weiß wohin? Unsere Soldaten haben da doch nichts mehr entgegenzusetzen. In Bremerhaven ist schon alles kaputt. Und wenn die Tommys nichts mehr finden, wo es sich lohnt, die Bomben raufzuschmeißen, dann werfen sie sie auf dem Rückweg über Butjadingen ab. Vor ein paar Tagen sind hinter Stollhamm etliche Sprengbomben runtergekommen. Die haben so viele, die schmeißen die einfach so aufs platte Land. Das ist denen ganz egal!« Der alte Mann schnaubte. »Nee, Klaus! Wir können nur hoffen, dass der Spuk bald ein Ende hat! Und dass wir nicht zu guter Letzt auch noch dran sind.«

Anton Bruns räusperte sich. »Ich glaube, das ist nicht das richtige Thema für heute Abend«, sagte er mit einem Blick auf Elli, die mit dem Nachschenken fertig war, aber noch immer mit der Kaffeekanne in der Hand neben dem Tisch stand. »Hast du noch einen Schluck für mich?«, fragte er und reichte ihr seine leere Tasse. »Halb voll reicht schon. Und dann mach mal Grogwasser heiß, Muschen! Da steht uns jetzt mehr der Sinn nach, glaub ich.«

»Du warst so still den ganzen Abend«, sagte Georg, als er den letzten Kuchenteller abtrocknete und auf das Tablett stellte. Inzwischen war es nach zehn, und die Geburtstagsgäste würden sich vermutlich bald auf den Heimweg machen.

Bernie war schon im Bett. Nachdem sie fast eine Stunde lang Karten gespielt und dabei darauf gewartet hatten, dass Willa die Tafel aufhob und mit dem ersten Geschirr aus der guten Stube kam, hatten die drei schnell noch jeder ein Stück von dem übrig gebliebenen Kuchen gegessen und dann mit dem Abwasch begonnen. Zu Ellis Verblüffung war Bernie Georgs Beispiel gefolgt, hatte sich wortlos ein Geschirrtuch genommen und Kuchenteller abgetrocknet, bis sie ihn vor einer halben Stunde nach oben geschickt hatte.

Auf dem Wohnflur wurde es laut. Männerstimmen lachten und sprachen durcheinander. Die große Flurtür quietschte und knarrte vernehmlich, dann entfernten sich die Männer durch den Vorflur in Richtung Kälberstall.

»Die Bauern gucken sich jetzt die Tiere an, dann gehen sie vor die Tür, vertreten sich die Beine, rauchen und reden über Politik.«, erklärte Elli, als sie Georgs fragenden Blick sah.

»Und die Frauen?«, fragte Georg. »Was machen die in der Zwischenzeit?«

»Die tratschen«, erwiderte Elli. »Über Frauensachen. Über Geburten und Krankheiten, oder wer heiraten muss und so was. Der Kram, der die Männer nicht interessiert.«

Elli trocknete sich die Hände an ihrer Schürze ab, nahm sie ab und hängte sie an den Handtuchhalter. »Vielen Dank fürs Helfen!«, sagte sie.

Georg lächelte. »Gern geschehen! Aber irgendwie bist du heute ganz anders als sonst. Ist irgendwas?« Er hängte sein Geschirrtuch zu ihrer Schürze.

Elli schüttelte den Kopf. »Ich bin nur müde.«

Es waren hundert verworrene Gedanken, die ihr im Kopf herumschwirrten. Wie sollte sie die so in Worte fassen, dass jemand sie verstehen konnte, wo sie doch selber nicht begriff, was genau sie bedrückte?

Im Flur klappte die Stubentür, und wieder waren Stimmen zu hören.

Eigentlich wäre es jetzt Ellis Aufgabe, zu den Frauen in den Wohnflur hinauszugehen, der alten Tante Frerichs wieder in den Mantel zu helfen, zu lächeln und zu knicksen, während sie allen Auf Wiedersehen sagte, aber sie brachte es nicht fertig. Sie hatte das Gefühl, das falsche Lächeln ihrer Mutter nicht ertragen zu können.

»Kommst du mit?« Ohne eine Antwort abzuwarten, zog sie Georg mit sich in den Vorflur und durch den dunklen Kälberstall in den Kuhstall, der nur von zwei Glühbirnen schwach erleuchtet war.

»Aber Elli, was …«

»Ich will nur mal schnell nach der alten Liese gucken!«, log sie. »Ich glaube, die kalbt bald.«

Vom Hof her hörten sie die Männer reden und lachen. Mit dem heißen Grog im Magen spürten sie die Kälte der Nacht vermutlich nicht.

Liese lag ganz in der Nähe des Kälberstalls zwischen den anderen Tieren und käute gemächlich wieder. Elli beugte sich hinunter und kraulte das Haarbüschel zwischen ihren Hörnern. Die alte Kuh sah vorwurfsvoll zu ihr hoch und drinste.

»Meinst du wirklich, dass sie kalbt?«, fragte Georg.

Elli schüttelte den Kopf. »Nein«, sagte sie, ohne den Blick von der Kuh zu wenden. »Ich hab es nur einfach drinnen nicht mehr ausgehalten.«

Ihre Augen brannten, und ihr Hals fühlte sich ganz rau an. Elli schluckte und räusperte sich, um den Kloß in der Kehle wieder loszuwerden, aber es half kaum. Da war so viel, was sie Georg erzählen wollte, aber sie wusste nicht, wo sie anfangen sollte.

»Das hab ich gemerkt«, sagte Georg leise und berührte ihren Arm. »Also, was ist los?«

Bevor Elli etwas sagen konnte, öffnete sich hinter ihnen die Tür zum Kälberstall einen Spaltbreit. Eine gedämpfte Frauenstimme stieß schnell und eindringlich Worte hervor: »... aber dann am Mittwoch. Mittwochmorgen, wenn die Kinder in der Schule sind. Klaus fährt nach Ovelgönne und ist frühestens gegen Mittag zurück.«

Eine Männerstimme flüsterte etwas Unverständliches.

»Aber das ist nächste Woche die einzige Möglichkeit! Ach, bitte!« Die Frauenstimme hinter der Tür verlegte sich aufs Flehen. »Wer soll denn etwas mitbekommen, wenn du sagst, dass du zu Diers rüberfährst?«

Wieder eine unverständliche Antwort.

Dann wurde die Tür aufgedrückt und gab den Blick auf Käthi Gerdes frei, die, bereits mit ihrem Mantel angetan, in den Kuhstall trat. Neben ihr, die Türklinke noch in der Hand, stand Anton Bruns und starrte in das Gesicht seiner Tochter.

10

Januar 1949

Elli schreckte aus einem wirren Traum hoch und brauchte einen Moment, bis sie wieder wusste, wo sie war.

Sie war wohl nur kurz eingenickt, denn die grünlich schimmernden Zeiger ihres Weckers auf dem Nachttisch zeigten erst halb zwei. Die Schmerzen hatten vollständig aufgehört.

Es musste blinder Alarm gewesen sein. Sie sollte jetzt aufstehen, sich waschen und ein warmes Nachthemd anziehen, vielleicht auch die dünne Strickjacke. Es war so kalt in ihrer Kammer, dass sie zitterte, trotz der dicken Federdecke, unter der sie lag. Vielleicht war es aber auch die Müdigkeit, die ihr in den Knochen steckte. Wenn sie jetzt nicht ein paar Stunden richtigen Schlaf bekäme, dann würde morgen mir ihr nichts anzufangen sein.

In ein paar Stunden würde wieder alles so sein wie immer: aufstehen und hinuntergehen, Kühe melken und lügen. Genau wie jeden Tag.

Mühsam drehte Elli sich auf die Seite und tastete nach dem Schalter der Nachttischlampe. Dann ließ sie die Füße über den Bettrand gleiten und stützte sich auf die Hände, um sich zum Sitzen aufzurichten. Ihr war ein wenig schwindlig, aber das lag vermutlich daran, dass sie seit dem Mittag nichts mehr gegessen hatte. Einfach einen Moment auf dem Bettrand sitzen, tief ein- und ausatmen, dann würde es schon wieder besser werden.

Die dicken Flanellnachthemden und die Strickjacke waren im Schrank neben der Tür. Elli hielt sich am Bettpfosten fest und zog sich auf die Füße. Ein Schritt, dann noch einer in Richtung des Schrankes. Plötzlich fühlte sie es: Etwas Warmes, Feuchtes lief ihre Beine hinunter, erst tröpfelnd, dann in einem großen Schwall, immer mehr und mehr, ohne dass sie es aufhalten konnte. Der Schlüpfer, die Strümpfe, der Unterrock, den sie noch immer trug, alles triefte. Ihre Füße standen in einer warmen Lache.

Der Sturzbach versiegte so schnell, wie er gekommen war. Elli stand wie erstarrt da und traute sich kaum, nach unten zu schauen. Aber es war kein Blut, in dem sie stand, wie sie einen Moment lang befürchtet hatte. Die Flüssigkeit war hell und klar wie Wasser, aber sie roch nicht wie Urin.

Was das war und was es bedeutete, wusste Elli nur zu gut. Erst die Fruchtblase … und dann ging es los. Sie hatte es oft genug gesehen.

Mechanisch griff sie nach dem Handtuch, das neben der Waschschüssel auf der Kommode lag, gerade noch in ihrer Reichweite, und ließ es in die Pfütze fallen. In einem halbherzigen Versuch, das Wasser aufzuwischen, das zwischen den Dielen zu versickern begann, schob sie das Handtuch mit dem rechten Fuß hin und her.

In der oberen Schublade der Kommode waren weitere Handtücher. Elli machte einen Schritt auf die Kommode zu und zog die Schublade auf. Aber dann hielt sie inne.

Wie verrückt, sich jetzt um den Fußboden Sorgen zu machen und verhindern zu wollen, dass jemand den nassen Fleck bemerkte! Als ob am Morgen dieser Fleck noch irgendeine Bedeutung haben würde.

Und dann war der Schmerz wieder da. Er begann im Rücken, krampfte ihren Bauch bis hinauf zu den Rippen zusammen und strahlte in die Beine aus, die ihr den Dienst zu versagen drohten. Elli hielt sich an der Waschkommode fest und rang nach Luft.

Endlich ließ die Wehe nach.

Elli hob den Kopf und sah ihr Gesicht im Spiegel. Im Widerschein der Nachttischlampe, die noch immer brannte, erschien es wächsern und bleich. Kalter Schweiß ließ ihre Haare an den Schläfen kleben.

»Wie schön du bist, Elli! Wie wunderschön!« Georgs Worte klangen in ihren Ohren wie beißender Hohn.

Sie spürte, wie sich der Speichel in ihrem Mund sammelte und wie sich ihr beim Versuch, ihn hinunterzuschlucken, der Magen umdrehte. Hastig zog sie eines der Handtücher aus der Schublade und hielt es sich vor den Mund, während sie würgte und hustete.

Als die Übelkeit etwas nachließ und nur noch der Geschmack von Galle in ihrem Mund zurückblieb, nahm sie alle verbliebenen Handtücher und legte sie auf den Nachttisch, für den Fall, dass ihr noch einmal schlecht werden würde. Ihre nassen Sachen zog sie aus und warf sie auf das triefende Handtuch auf dem Fußboden.

Es gelang ihr, vor der nächsten Wehe ein Nachthemd überzuziehen und wieder unter ihre Decke zu kriechen. Dort blieb sie auf der Seite liegen, die Beine an den trommelharten Bauch gezogen, unter dem Kinn ein gefaltetes Handtuch, und starrte auf die Zeiger der Uhr.

Es gab kein Zurück mehr, nichts konnte das jetzt noch aufhalten. Wenn die Nacht vorbei war, würde nichts mehr so sein wie vorher.

II

Ellis Hoffnung, ihre Mutter würde sie nach der Geburtstagsfeier für ihren Vater weniger im Haushalt einspannen und sie könnte wieder mehr Zeit im Stall verbringen, zerplatzte. In weniger als einer Woche sollte Hannes nach Hause kommen, und Willa schien sich vorgenommen zu haben, bis dahin das ganze Haus auf den Kopf zu stellen.

Hannes solle es schön zu Hause haben, wurde Willa nicht müde zu wiederholen. Alles solle so sein wie früher, wie in Friedenszeiten, vor allem satt zu essen und zu trinken müsse es geben. Sie würden einfach Weihnachten etwas früher feiern, da sei doch nun wirklich nichts dabei. Dann hätte Hannes etwas, woran er noch lange denken könnte, wenn er zurück an der Front wäre. Etwas, wovon er zehren könnte.

Niemand sprach es aus, aber Elli konnte es in den Gesichtern ihrer Eltern und Großeltern lesen: Dieser Fronturlaub sollte eine letzte schöne Erinnerung an zu Hause sein, falls Hannes fallen sollte. Ein vorgezogenes Weihnachtsfest als Henkersmahlzeit, schoss es ihr durch den Kopf.

Wenn ihre Mutter wüsste, wie oft Hannes mit Elli darüber gesprochen hatte, von zu Hause wegzugehen, und das so schnell wie möglich! Sobald er das Geld zusammenhabe, wolle er irgendwo in eine Stadt ziehen, hatte er immer wieder gesagt. Je größer, desto besser: nach Hamburg vielleicht oder nach Berlin. Dort hatte er arbeiten und nebenher Abitur machen wollen, und danach studieren. Irgendwas mit Naturwissenschaften, vielleicht Chemie oder Ingenieurwesen. Auf alle Fälle etwas, womit man richtig viel Geld verdienen konnte.

Alles, nur nicht Bauer werden oder bei der Bank in Brake versauern, weil einem nichts Besseres eingefallen war. Nur weg von hier, weit weg von dem engen, miefigen Hof und den engstirnigen Leuten mit ihren Vorurteilen. Und weg von den Eltern und ihrem eisigen Schweigen.

»Auch weg von mir?«, hatte Elli gefragt, und Hannes hatte gelacht.

»Ach Elli, du würdest doch in der Stadt eingehen wie eine Primel! So weit weg von zu Hause, von deinen Viechern und von Papa. Sonst würde ich dich mitnehmen, ganz klar. Ich würd dich einfach mit in meinen Koffer packen!«

Und dann hatte er ganz fest seinen Arm um sie gelegt und begonnen, sie durchzukitzeln.

Wenn nichts dazwischenkam, sollte in zwei oder drei Tagen geschlachtet werden, und zwar nicht nur das magere Schwein, das sie beim Reichsnährstand als Eigenverzehr angemeldet hatten, sondern auch das andere, das Anton Bruns schon seit Monaten in dem kleinen Verschlag hinter dem Hühnerstall versteckt hielt und das Willa und Elli mit Küchenabfällen fütterten.

Damit der Schlachter den Mund hielt, bekam er nicht nur ein halbes Schwein ab, sondern auch noch zehn Pfund Butter dazu. Schlachter Scholz aus Strückhausen tat das beileibe nicht für jeden, aber seine Frau war weitläufig mit Familie Bruns verwandt, und da half man sich schon mal. Trotzdem ließ er sich das Risiko gut bezahlen, denn sollte das Schwarzschlachten herauskommen, steckte er bis zum Hals mit drin.

Alles musste sorgsam vorbereitet werden, damit das Buttern und später auch das Schlachten schnell und reibungslos über die Bühne gehen konnten. Elli schrubbte die alte Waschmaschine nun schon zum dritten Mal gründlich mit der Wurzelbürste und ging dabei im Kopf noch einmal alles durch, was noch zu erledigen war. Die großen Milchsetten und Kummen zum Entrahmen der Rohmilch waren schon geputzt und standen in der Speisekammer neben der Küche bereit. Pökelsalz hatte Mutter beim Höker, dem kleinen Kaufmannsladen in Schwei, geholt, aber die Gewürze zum Wurstmachen sollte Elli morgen aus Brake mitbringen. Vielleicht konnte Georg ihr helfen, die schweren Steinguttöpfe aus dem Keller zu holen, in denen das Fleisch eingepökelt werden sollte.

Seit der Geburtstagsfeier hatte sich für Elli keine Gelegenheit ergeben, allein mit Georg zu sprechen. Sie hatte ihn zwar am Sonntag zur Kirche begleitet, aber weil das Wetter so schlecht war, waren sie schweigend und mit gesenkten Köpfen nebeneinanderher geradelt, dem stürmischen Wind und dem Regen entgegen. Oben auf dem Orgelboden hatten sie einfach nur still nebeneinandergesessen und dem alten Meiners zugehört, oder Elli hatte neben Georg gestanden, während er spielte, und für ihn die Noten umgeblättert.

Außerdem, was gab es auch schon groß zu reden? Was Elli gehört hatte, oder besser, was sie zu hören geglaubt hatte, hatte sie sicher nur falsch verstanden. Vermutlich gab es eine ganz einfache Erklärung. Außerdem ging sie das alles überhaupt nichts an. Es gehörte sich nicht, die Nase in die Angelegenheiten der Erwachsenen zu stecken.

Georg hatte mit keiner Silbe angedeutet, dass er an jenem Abend im Kuhstall etwas Ungewöhnliches bemerkt hatte. Und Elli brachte es nicht über sich, ihn zu fragen, ob er auch das Gefühl habe, dass das, was sie belauscht hatten, bedeutete, dass Käthi Gerdes und ihr Vater …

Selbst in Gedanken fiel es ihr schwer, den Satz zu vollenden.

Nein, unmöglich! Alles nur Einbildung, nichts weiter. Sie würde die Sache einfach auf sich beruhen lassen und vergessen.

Elli schrubbte den Boden des Metallbottichs noch einmal mit der Wurzelbürste, ehe sie das Seifenwasser durch den Hahn am Boden der Waschmaschine abließ und dann mit klarem Wasser aus dem Brunnen sorgfältig nachspülte.

»Das muss jetzt aber wirklich reichen!«, murmelte sie und ließ die Bürste in den leeren Eimer neben sich fallen. »Ich hab das blöde Ding doch gestern erst gründlich sauber gemacht.« Sie wischte ihre von der Seifenlauge aufgeweichten Hände an der Schürze ab und betrachtete sie. »Alle Finger platzen schon auf.«

»Führst du Selbstgespräche?«

Elli fuhr zusammen. Sie hatte nicht bemerkt, dass Georg die Tür zur Milchkammer geöffnet hatte und jetzt direkt hinter ihr stand. Er zwinkerte ihr zu und lachte.

»Nein, ich war nur in Gedanken.«

»Entschuldige, ich wollte dich nicht erschrecken. Deine Mutter will wissen, wann du fertig bist.«

Elli verdrehte die Augen. »Bin gerade eben mit dem Schrubben fertig geworden. Jetzt muss nur noch die Sahne rein, und dann kann die Maschine laufen. Was will sie denn jetzt wieder von mir?«

»Wenn ich es richtig verstanden habe, will deine Mutter Schmalzgebäck machen, und du sollst ihr dabei helfen.«

Elli stöhnte. »Ich weiß schon gar nicht mehr, wo mir der Kopf steht! Die Pökeltöpfe aus dem Keller soll ich auch noch sauber machen. Und wenn ich nachher mit raus in den Stall will, dann schimpft sie wieder. Aber heute muss ich beim Füttern und Melken helfen, weil keiner weiß, wann Papa von der Beerdigung zurückkommt. Ist Hinnerk wenigstens wieder da?«

»Nein, der ist noch bei Diers, wegen dem Pferd mit der Kolik.«

»Hoffentlich kommt der wenigstens pünktlich! Nur wir drei, Victor, du und ich, werden nie mit allem fertig, bevor die Milch abgeholt wird.«

Elli ging zu der hölzernen Bank unter dem Fenster hinüber, wo zwei Milchkannen voller Sahne standen, mit der sie die Waschmaschine füllen sollte.

»Lass nur!«, sagte Georg und nahm ihr eine der Kannen aus

der Hand. »Ich mach das schon. Ich weiß ja, wie die Maschine angemacht wird. Geh du nur rein.«

»Sicher?«

»Ja, natürlich!« Georg lachte. »Verschwinde schon!«

Er nahm den Deckel von der Kanne und goss die Sahne schwungvoll in den Bottich der Waschmaschine.

Elli warf ihm einen dankbaren Blick zu und verließ eilig die Milchkammer.

Zwei Stunden später bestreute Elli Schmalzkuchen mit Zucker und Zimt und legte sie in eine große Blechdose. Ihre Mutter rädelte aus dem ausgerollten Teig auf dem Küchentisch weitere Rauten aus, die anschließend in siedendem Schmalz ausgebacken werden sollten. Die Tür zum Wohnflur stand offen, damit auch dorthin die warme Luft aus der Küche ziehen konnte, und leise Klavierklänge drangen zu den Frauen in die Küche. Georg gab Bernie Klavierunterricht, wie er es versprochen hatte.

Die andere Küchentür, die zum Vorflur führte, öffnete sich ein Stück, und Victor steckte seinen blonden Kopf herein.

»Ist Bauer wieder da?«, fragte er in seinem gebrochenen Deutsch.

»Nein, noch nicht«, antwortete Willa. »Was ist denn los?«

»Ist wegen Kuh, die kalbt. Mir kommt komisch vor. Geht nix weiter!« Der junge Mann hielt inne und suchte einen Moment nach den richtigen Worten. »Kleine Schwarze, du weißt, die ganz vorn steht, direkt neben Kälberstall?«, fragte er an Elli gewandt. »Hinnerk hat heute Morgen schon in Pferdestall gebracht und da angebunden.«

Elli nickte.

»Hinnerk hat gesagt, ist erste Kalb, da dauert länger. Ich soll immer mal gucken, solange er ist weg. Aber geht nix weiter. Seit zwei Stunden ist Fußblase da. Mal sieht man Fuß, dann ist wieder weg. Ich weiß auch nicht.«

Victor war zwar schon seit über einem Jahr auf dem Brunshof, er war willig und fleißig, und inzwischen kannte er sich auch ganz gut aus, aber er kam nun mal aus Leningrad und war vor dem Krieg Fabrikarbeiter gewesen.

»Ist besser, wenn Hinnerk oder Bauer mal guckt, ob wirklich ist alles in Ordnung. Nicht, dass nachher Kalb ist tot und ich hab Schuld.«

Elli griff hinter ihren Rücken und zog die Schürzenschleife auf.

»Was hast du denn jetzt vor?«, fragte Willa.

»Ich fahr schnell mit dem Rad rüber zu Diers und sag Hinnerk Bescheid, was los ist«, erwiderte Elli.

»Nichts da! Du wirst dich nicht drücken und deine Arbeit hier schön zu Ende machen!« Energisch legte Willa das Teigrädchen auf den Küchentisch. »Georg kann rüberfahren. Oder noch besser Bernie!«

Die vorlaute Erwiderung, ob denn eine kalbende Kuh nicht wichtiger sei als ein paar Schmalzkuchen, die Elli schon auf der Zunge lag, schluckte sie mit Mühe hinunter. Es war unsinnig, einen Streit vom Zaun zu brechen und zu riskieren, dass ihre Mutter ihr noch mehr Arbeit aufbrummte. Besser jetzt nachgeben und später, sobald sich die Gelegenheit ergab, schnell in den Stall huschen, um nachzuschauen, ob wirklich alles in Ordnung war. Immerhin war die kleine Schwarze eine der wenigen Töchter der alten Liese, und Elli wusste, dass ihr Vater große Hoffnungen in das Tier setzte.

»Ja, Mutter«, sagte Elli gepresst, band die Schürze wieder zu und ging in den Wohnflur, um Bernie zu Diers zu schicken.

Zu Ellis Erstaunen widersprach Bernie nicht, als sie ihm sagte, er solle Hinnerk holen. Er warf nur Georg einen bittenden Blick zu. »Machen wir weiter, wenn ich wieder da bin?«

Georg nickte. »Sicher! Wenn vor dem Füttern noch Zeit ist, gern. Sonst morgen!«

Bernie sprang auf, nahm seine Jacke und lief los.

»Was ist denn passiert?«, fragte Georg.

»Eine von den Färsen kalbt, und Victor meint, da stimmt was nicht. Die Geburt geht nicht voran. Aber Mutter lässt mich nicht gehen, weil in der Küche noch so viel zu tun ist. Ich soll hierbleiben und ihr helfen.«

»Könntest du denn im Stall etwas ausrichten?«

»Das nicht, aber …«

»Dann beeil dich mit der Arbeit in der Küche, damit du schnell fertig wirst. Dann wird deine Mutter nichts dagegen haben, dass du nach draußen kommst. Ich gehe so lange zu Victor in den Stall.«

»Du kannst doch noch viel weniger ausrichten!«

»Aber ich kann sofort Bescheid geben, wenn sich etwas tut.«

Als die fertigen Schmalzkuchen endlich alle in Blechdosen verstaut waren und Willa auf Ellis vorsichtige Frage, ob sie jetzt im Stall nach dem Rechten schauen dürfe, nickte, zog Elli eilig ihr Stallzeug an und lief über die Dreschdiele zum Pferdestall. Dort kam ihr Bernie entgegen, der gerade sein Fahrrad durch das Dielentor hereinschob.

»Hinnerk kommt gleich!«, rief er. »Dem Pferd bei Diers geht es besser, und er trinkt nur noch seinen Tee aus. Wir sollen uns nicht verrückt machen, sagt er. Vor heute Abend kommt das Kalb sowieso nicht, Hochwasser ist erst gegen zehn Uhr.«

Er lehnte sein Fahrrad an die Wand. »Ist Georg noch drinnen?«, fragte er.

»Nein, der ist im Pferdestall.«

»Na ja, dann guck ich mal, ob Mutter mir ein paar Schmalzkuchen zum Probieren gibt, und komm dann auch raus. Bis gleich!« Bernie hob grüßend die Hand und verschwand im Vorflur.

Elli sah ihm verblüfft hinterher. Bernie war umgänglich wie lange nicht.

Ganz leise zog sie die Tür zum Pferdestall auf. Tiere durfte man während der Geburt auf keinen Fall erschrecken, sonst konnte Gott weiß was alles passieren, sagte Papa immer.

Elli hatte es schon als kleines Mädchen geliebt, neben ihrem Vater auf der Futterkiste im Pferdestall zu sitzen und bei einer kalbenden Kuh oder einer fohlenden Stute Wache zu halten. Stundenlang hatte sie ganz still neben ihm ausgeharrt, ihre Hand in seiner, und ihm manchmal flüsternd eine Frage gestellt, die er ihr ebenso leise beantwortete. In diesen Stunden hatte sie Papa ganz für sich gehabt und sich dabei so geborgen gefühlt wie selten.

Jetzt saß Georg auf dieser Holzkiste, den Rücken an die Wand gelehnt, das rechte Bein angezogen, die Hände gefaltet auf seinem Knie. Er wirkte merkwürdig verloren. Eine Mischung von Faszination und Ekel spiegelte sich auf seinem Gesicht wider, während er unverwandt auf die junge Kuh starrte, die ganz hinten neben der leeren Hengstbox an der Wand angebunden war. Dass Elli hereingekommen war, schien er nicht bemerkt zu haben.

Hinnerk musste am Morgen noch Streu aufgeschüttet haben, bevor er die kleine Schwarze zum Kalben hierhergebracht hatte, und er hatte es sehr gut mit dem Tier gemeint. Die Beine verschwanden fast bis zu den Sprunggelenken in der frischen, raschelnden Einstreu. Die Kuh stand breitbeinig, mit gewölbtem Rücken da, den Schwanz hielt sie abgespreizt zur Seite. Das Tau, mit dem Hinnerk den Halfter am Eisenring befestigst hatte, war straff gespannt.

Ein Huf und ein kleines Stück Bein ragten wie ein dicker Stock gespenstisch weiß aus der Scheide der Kuh heraus. Plötzlich krümmte sie den Rücken, ein tiefes, rasselndes Stöhnen entrang sich ihrer Kehle, und sie hob den Schwanz noch höher. Das Bein des Kalbes wurde etwas weiter herausgepresst, und darüber war kurz etwas Dunkles, Rundes zu erkennen. Kaum war die Wehe vorbei, rutschte das Bein zurück, und das dunkle Ding verschwand wieder.

Leise und auf Zehenspitzen, um die Kuh nicht zu erschrecken, ging Elli zu Georg hinüber, tippte ihn an und bedeutete ihm mit einer Handbewegung, ihr ein bisschen Platz zu machen. Dann setzte sie sich neben ihn.

»Wo ist Victor?«, flüsterte sie.

Georg machte eine Kopfbewegung in Richtung Kuhstall. »Wollte mit dem Misten weitermachen, damit er bis zur Fütterzeit damit fertig ist. Er sagte: ›Hinnerk schimpft sonst, und Bauer ist böse. Dann nix gibt's Abendbrot.‹« Georg imitierte den Akzent des russischen Kriegsgefangenen sehr treffend. »Aber er hat gegrinst, als er das sagte. Ich glaube, er weiß gut, was für ein Glück er hat, hier bei euch gelandet zu sein.«

»Glück?«

»Na ja, wie man hört, werden die Fremdarbeiter normalerweise nicht so gut behandelt. Dass die mit am Tisch sitzen und das Gleiche zu essen bekommen wie alle anderen auch, gibt es nicht oft.«

»Papa sagt immer, wer gut arbeiten soll, muss auch gut essen. Und Victor arbeitet gut.« Elli zuckte mit den Schultern.

»Trotzdem! Das ist nicht selbstverständlich. Genauso wenig wie es selbstverständlich ist, dass ihr mich hier versteckt. Dein Vater hat ein gutes Herz und handelt christlicher als mancher, der jeden Sonntag in die Kirche rennt.«

Georg drehte den Kopf und sah Elli in die Augen. »Ich beneide dich um ihn«, sagte er leise.

Elli schwieg. Sie wusste nichts zu erwidern. So hatte sie das noch nie gesehen, aber vermutlich hatte Georg recht. Die kalbende Kuh verlagerte ihr Gewicht, trat von einem Bein auf das andere und buckelte. Eine neue Wehe presste den gespaltenen Huf des Kalbes wieder ein Stückchen heraus, während die Kuh stöhnte.

»Ist es normal, dass das so aussieht?«, flüsterte Georg.

Elli nickte. »Ja! Wieso?«

»Ich dachte, vielleicht liegt das Kalb nicht richtig, weil das schon eine Ewigkeit so geht: Das Bein kommt ein kleines Stück heraus, und dann ist wieder nur noch der Huf zu sehen.«

»Das ist immer so. Das Kalb liegt mit den Beinen nach vorn, wie es sein muss. Man kann ja sogar schon die Schnauze sehen, wenn die Kuh presst. Aber es ist ein ziemlich großes Kalb, glaube ich. Guck dir mal an, wie groß die Klauen sind! Vielleicht dauert es deshalb so lange. Ich wollte, sie würde sich endlich hinlegen, dann ginge es schneller!«

»Armes Tier«, flüstere Georg nach einer Weile.

»Wieso armes Tier?«

»Sie quält sich so furchtbar. Schau doch mal in ihre Augen, siehst du nicht, wie viel Angst sie hat? Die hat doch keine Ahnung, was passiert, warum sie solche Schmerzen hat. Irgendetwas geschieht mit ihr, und sie weiß nicht, was oder warum.«

Aber das ist doch nur eine Kuh, die macht sich nicht so viele Gedanken! Die Worte lagen Elli auf der Zunge, doch sie schluckte sie hinunter, als sie Georgs Gesicht sah.

Während Elli noch nach den passenden Worten suchte, öffnete sich die Tür zur Dreschdiele und Hinnerk kam herein, die Prinz-Heinrich-Mütze schief auf dem Kopf und die kurze Pfeife zwischen den Zähnen.

»Ihr seid mir ja ein paar Bangbüxen!«, sagte er, klemmte die Daumen hinter die Hosenträger und lachte. Er nahm die Pfeife aus dem Mund und schlug sie am Stiefel aus. »Mich beim Tee wegzuholen! Was gibt es denn so Eiliges?«

»Die Füße gucken schon eine ganze Zeit, aber jetzt geht es nicht mehr weiter«, sagte Elli und deutete auf die Kuh. »Victor und Georg wussten nicht, was sie tun sollten, und Papa ist noch nicht wieder da.«

»Zur Not hättet ihr ja auch noch deinen Opa fragen können«,

brummte der alte Knecht. »Aber nun ist es auch egal. Ist ja sowieso gleich Fütterzeit.«

Damit steckte er die Pfeife in die Jackentasche und ging zu der kalbenden Kuh hinüber. »Na, min Lütten, was machst du denn für Sachen?«, fragte er leise. »Dann wollen wir doch mal gucken, was los ist mit dir.«

Der alte Knecht zog seine Jacke aus, krempelte die Ärmel seines karierten Arbeitshemdes hoch und begann, die junge Kuh zu untersuchen. Er kniff mit Daumen und Zeigefinger kräftig zwischen die Klauen des Kalbes, nickte befriedigt, als es den Fuß bewegte, und ging dann in den Kuhstall hinüber. Elli hörte den Wasserhahn rauschen. Als Hinnerk zurückkam, waren seine Hände triefnass. Vorsichtig schob er seine Rechte neben dem Bein des Kalbes in die Scheide der Kuh, tiefer und immer tiefer, bis der Arm beinahe bis zum Ellenbogen im Inneren des Tiers verschwunden war.

Die junge Kuh buckelte, ächzte und gab ein gequältes, heiseres Brüllen von sich. In ihren weit aufgerissenen Augen war das Weiße zu sehen. Georg schloss die Augen und drehte den Kopf zur Seite.

Hinnerk stieß zwischen zusammengebissenen Zähnen einen unverständlichen Fluch aus. Er zog seine Hand wieder hervor und wischte sich mit etwas Stroh Blut und Schleim vom Arm. Seine Miene war ernst.

»Das Kalb hat ein Bein nach hinten eingeknickt, deshalb steckt es fest!«, sagte er. »Und ich krieg es nicht zu fassen. Aber wir müssen das Kalb ganz fix rauskriegen. Noch lebt es, aber just so, die Zunge ist schon ganz blau. Elli, du musst mir helfen!«

»Was … ich?«

Hinnerk nickte. »Deine Hände sind viel schmaler als meine. Du musst das Kalb ein Stück zurückdrücken und dann versuchen, das abgeknickte Bein nach vorn zu ziehen. Ich werd von außen helfen und aufpassen, dass die Kuh sich nicht hinlegt.

Brauchst keine Angst haben, Deern, das kriegen wir schon hin. Wasch dir die Arme, und dann geht es los! Georg, hol du mal schnell die Taue von der Dreschdiele, die hängen am Haken neben dem Schweinestall. Die mit den Holzklötzen am Ende!«

Der Knecht knuffte Georg, der ziemlich blass um die Nase war, gegen die Schulter. »Du machst doch wohl nicht schlapp hier, oder, Jung?«

Georg schüttelte den Kopf, antwortete aber nicht.

»Dann ist ja gut«, brummte Hinnerk. »Und du, hol den Russenjungen her, der muss auch helfen«, rief er Elli nach, die schon auf dem Weg in den Kuhstall war.

Ein paar Minuten später standen Elli, Victor und Georg um die kalbende Kuh herum und hörten Hinnerks Anweisungen zu. Bernie war auch dabei. Er war mit ein paar Schmalzkuchen für Elli und Georg in der Hand in der Dreschdiele aufgetaucht und Georg in den Pferdestall gefolgt.

Elli hatte sich die Jacke ausgezogen und die Ärmel ihrer alten braunen Bluse bis zur Schulter hochgekrempelt. Die Haut an ihren Armen prickelte von dem eiskalten Wasser, mit dem sie sich gewaschen hatte.

»Wenn sie nicht drückt, langst du mit der Hand in die Kuh. Erst schiebst du den Kopf ein Stück zurück, schön sinnig, nicht mit Gewalt, aber sonst hast du keinen Platz. Und dann musst du mit der Hand am Kalb entlangfühlen und nach dem Fuß suchen. Wenn sie anfängt zu drücken, hältst du einfach still. Das kann ganz schön zwirbeln im Arm, aber du bist ja nicht aus Zucker, Deern. Du schaffst das schon!«

Hinnerk nickte Elli aufmunternd zu.

Elli holte tief Luft, trat hinter die Kuh und schob ihre Rechte langsam am Fuß des Kalbes vorbei ins Innere des Muttertiers. Es war warm, nass, glitschig und sehr eng, und die Hand ließ sich nur schwer vorwärtsbewegen.

Da war die runde Schnauze. Wie Hinnerk es ihr gesagt hatte, griff Elli danach, stemmte sich mit ihrem ganzen Gewicht dagegen und spürte schließlich, wie das Kalb ein Stück zurück in den Mutterleib glitt. Vorsichtig schob sie die Hand weiter. Sie fühlte ein Ohr, da war die Schulter und etwas weiter unten das abgeknickte Bein. Dann ertastete sie den Fuß, und ihre rechte Hand schloss sich oberhalb des kleinen Hufes um das Vorderbein.

Plötzlich begann die Kuh erneut zu pressen. Elli fühlte, wie die Muskeln, die das Kalb umschlossen, hart wurden und sich zusammenzogen. Ihr Arm wurde eingequetscht und gegen die Hüftknochen gedrückt. Einen Moment lang war Elli schwarz vor Augen, und sie schnappte nach Luft.

Nicht loslassen!, dachte sie und biss die Zähne zusammen. Noch immer hielt sie den Kälberfuß fest umklammert. Sie fühlte, wie die Kuh sich bewegte, hörte das heisere Brüllen des Tieres. Schmerzwellen jagten durch ihren Arm und strahlten bis in ihre Schulter aus. Elli keuchte. *Nur nicht loslassen!*

Undeutlich nahm sie wahr, dass Hinnerk, der gebückt neben der Kuh stand und seine geballten Fäuste in ihren Bauch presste, um das Kalb nach hinten zu schieben, etwas zu ihr sagte, aber sie verstand kein Wort.

Endlich ließ der Druck auf ihren Arm nach. Elli zog den Kälberfuß nach vorn, schön langsam und vorsichtig, wie Hinnerk gesagt hatte, immer weiter und weiter. Ihr Ellenbogen wurde sichtbar, dann der Unterarm und schließlich die Hand, die noch immer den kleinen Huf umklammert hielt.

Erleichtert stieß Elli die Luft aus, die sie seit einer gefühlten Ewigkeit angehalten hatte.

»Gut gemacht!«, sagte der alte Knecht und richtete sich auf. »Jetzt schnell die Taue an die Beine, und dann müssen wir ihr helfen!« Er schob Elli ein Stück zur Seite und nahm die beiden Vorderbeine des Kalbes in seine Hände.

»Nun trödel nicht, Jung, gib die Taue her!«, rief er Georg zu.

Aber Georg, der die Hanfseile in den Händen hielt, rührte sich nicht.

Hinnerk blickte über die Schulter zu dem jungen Mann, der mit kalkweißem Gesicht hinter ihm stand. »Meine Güte, wie siehst du denn aus!«, schimpfte er. »Du kippst ja gleich um! Hau bloß ab, Junge, das können wir hier jetzt gar nicht gebrauchen!«

Plötzlich gab die Kuh ein Ächzen von sich, ihre Beine knickten ein, sie sackte zusammen und blieb auf der Brust liegen. Über den Vorderbeinen des Kalbes, die aus der Kuh herausragten, war jetzt deutlich die schwarze Schnauze zu sehen, aus der graublau die Zunge hing.

»Bernie, dann gib du mir die Taue! Mach schon! Schnell!«, rief Hinnerk. Er ließ sich hinter der Färse auf die Knie nieder.

Der Junge nahm Georg die Seile aus der Hand und gab sie dem Knecht, der flink und geschickt Schlaufen hineinknotete, die er über die Beine des Kalbes streifte und zuzog.

»Georg, geh mal besser raus! Was jetzt kommt, ist kein schöner Anblick!«, sagte Hinnerk. »Nicht, dass du uns hier wirklich noch über Kopp gehst. Bernie, geh du mit ihm! Mehr als zwei Leute brauchen wir sowieso nicht zum Ziehen.«

Bernie nickte und zog Georg, der inzwischen ganz grün im Gesicht war, am Arm zur Kuhstalltür.

»Stadtvolk!«, brummelte Hinnerk. »Können nix ab!«

Dann gab er Elli und Victor jeweils ein Seil in die Hand und wies sie an, diese straff zu halten. »So! Wenn ich ›jetzt‹ sage, dann zieht ihr. Aber immer schön langsam und vorsichtig! Ihr sollt der Kuh nur helfen, nicht dem Kalb die Beine ausreißen.«

Die Färse gab ein ächzendes Stöhnen von sich, als sich die nächste Wehe ankündigte.

»Jetzt. Ziehen! Nicht so reißen, Victor! Schön sinnig!«

Der Kopf des Kalbes wurde sichtbar.

Nach ein paar Sekunden winkte Hinnerk ab. »So, und jetzt schön festhalten, bis die nächste Wehe kommt.«

Wieder das ächzende Stöhnen des Tieres, wieder das Kommando »Ziehen!«, wieder ein Abwinken, und wieder war der Kopf ein Stück weiter aus der Kuh herausgerutscht. Noch einmal und noch einmal wiederholte sich das, dann war der Kopf frei. Der Rest des Kälberkörpers glitt plötzlich ganz leicht mit einem Schwall Fruchtwasser und Blut aus der Kuh heraus und blieb im Stroh hinter ihr liegen.

»Da haben wir ja den kleinen Übeltäter!«, sagte Hinnerk und beugte sich zu dem Kalb hinunter. »Schiet!«, fluchte er. »Atmet nicht!«

Hastig entfernte er dem Kalb mit den Fingern, so gut es ging, den Schleim aus Nase und Schnauze, dann packte er zwei große Büschel Stroh und begann energisch, das Kalb damit abzureiben, während er den jungen Leuten Anweisungen zurief.

»Victor! Die Leiter von der Dreschdiele holen! Sofort! Wir müssen es hochziehen!«

Victor rannte los.

»Elli, einen Eimer kaltes Wasser! Beeil dich, Deern!«

Elli nickte und lief in den Kuhstall hinüber. Hastig griff sie sich einen der Zinkeimer, stellte ihn unter den Wasserhahn und drehte ihn so weit auf, dass das Wasser nur so in den Eimer rauschte. Von Georg und Bernie war im Kuhstall nichts zu sehen.

»Elli!«, donnerte Hinnerks Stimme aus dem Pferdestall. »Beeil dich! Wo bleibst du denn?«

»Ich komm schon!«, rief sie und lief, so schnell es mit dem vollen Eimer ging, zurück in den Pferdestall.

Hinnerk kniete noch immer neben dem reglosen Kalb und rieb es mit Stroh ab.

»Gib schon her!«, rief er, als er Elli sah, erhob sich und nahm ihr den Eimer aus der Hand. Dann begann er, das kalte Wasser über das Kalb zu gießen. »Na, nun komm!«, knurrte er mit zusammengebissenen Zähnen. »Streng dich an! Brauchst doch nur mal Luft zu holen!«

Victor hatte inzwischen die Leiter von der Dreschdiele geholt und stellte sie an die Wand. Nochmals und nochmals ergoss sich ein Schwall kalten Wassers über den schmalen Brustkorb des Kalbes, aber er bewegte sich nicht.

Elli ließ sich auf die Knie nieder, griff nach einem Strohbüschel und rieb kräftig über das nasse schwarz-weiße Fell. *Nun atme doch!*, dachte sie. *Sonst müssen wir dich noch an der Leiter aufhängen!*

Ein Kalb an den Hinterbeinen an einer Leiter aufzuhängen, damit der Schleim leichter aus der Lunge abfließen konnte, war immer der letzte Versuch, es zum Atmen zu bringen, und häufig genug klappte es nicht.

Ellis Hand lag auf der Flanke des Kalbes, und ganz plötzlich fühlte sie es: Ein Zittern lief durch den kleinen Körper, das Kalb tat ein paar unregelmäßige Atemzüge, hustete dann und bewegte den Kopf.

»Puh!«, machte Elli erleichtert. Jetzt erst wurde ihr bewusst, dass sie die ganze Zeit die Luft angehalten hatte, während sie neben dem Kalb gekniet hatte.

Hinnerk lachte. »Na, siehst du? Und ich wollte den kleinen Kerl gerade aufgeben! Dann wollen wir den Lütten mal richtig trocken machen, was, Elli?«

Er griff nach neuem Stroh und rubbelte das kurze Fell des Kalbes damit trocken. Elli folgte seinem Beispiel.

»Und was haben wir hier?« Hinnerk hob das Hinterbein des Kalbes an, um nachzusehen. »Eine junge Dame! Wer hätte das gedacht? Du bist aber ein ganz schöner Brummer, ich hätte dich glatt für einen Bullen gehalten.«

Das Kalb hustete erneut, schnaubte durch die Nase und hob den Kopf an.

»Ach, hier seid ihr!«, rief eine Stimme hinter ihnen. »Und ich hab mich schon gewundert, warum noch keiner mit Füttern angefangen hat.«

Elli blickte über ihre Schulter. In der Tür zur Dreschdiele stand ihr Vater, bekleidet mit dunklem Anzug und Wachsjacke, auf dem Kopf die gute dunkle Mütze, die er nur zu feierlichen Anlässen trug. »Na, du siehst ja prima aus!«, sagte er kopfschüttelnd zu Elli.

Sie sah an sich herunter. Ihr Vater hatte recht: Der Rock, die Schürze, die alte Bluse, alles war voller Blutflecken, nass vom Fruchtwasser und mit Kuhschiet beschmiert. Ihren rechten Arm bedeckte eine Schicht aus Schleim und Blut, die allmählich trocknete. Während der ganzen Hektik hatte sie gar nicht bemerkt, wie schmutzig sie geworden war.

»Bist du hinter den Kühen in die Mistgrope gefallen?« Anton grinste.

Elli fühlte, wie sie rot wurde. Hastig griff sie nach einem Strohbüschel, um den gröbsten Schmutz abzuwischen, rollte die hochgekrempelten Ärmel hinunter und angelte nach ihrer Stalljacke, die an einem Haken an der Wand hing.

»Lass mal, Bauer! Wäre die Deern nicht gewesen, hätten wir jetzt hier kein so schönes Kuhkalb!« Mit kurzen Worten erklärte Hinnerk dem Bauern, was vorgefallen war. »Das hätte auch ins Auge gehen können, weil ich nicht an den Fuß rangekommen bin, der nach hinten lag. Gut, dass Elli so lange, schmale Hände hat. Wenn sie später keinen Bauern abkriegt, kann sie immer noch *Mutter Griebsch* werden!« Der alte Knecht grinste und blinzelte Elli zu.

»Hebamme?« Anton lachte. »Warum nicht? Eigentlich keine schlechte Idee. Kinder werden immer geboren!« Er ging neben dem Kalb in die Hocke, das sich inzwischen so weit erholt hatte, dass es auf der Brust liegen und den Kopf hochhalten konnte.

»Sieht genau aus wie die alte Liese!«, stellte er fest. »Was meinst du, dein erstes Kalb sollte doch wohl Elli heißen, was?« Lächelnd sah er zu seiner Tochter hoch. »Hast es verdient, Muschen. Das hast du gut gemacht!«

138

Ellis Kehle wurde vor Stolz ganz eng. »Danke, Papa!«

Anton erhob sich und zog seinen Tabaksbeutel aus der Manteltasche. »Und nun lasst uns mal allmählich sehen, dass wir mit Füttern anfangen!«, sagte er, während er begann, sich eine Zigarette zu drehen. »Die Schwarze kann hier noch stehen bleiben. Wenn mit der Nachgeburt alles in Ordnung ist, kommt die morgen wieder in den Kuhstall und Elli kann beim ersten Mal Melken ihr Glück versuchen. Das Kalb kommt aber gleich in den Kälberstall rüber, was, Hinnerk?«

Der alte Knecht nickte.

»Gut, dann geh ich mal rein und zieh mich um.« Anton leckte über das Zigarettenpapier und presste die Klebestelle sorgfältig zusammen. »Wenn du die Leiter schon in der Hand hast, Victor, kannst du auch gleich Heu …« Er stockte und hob lauschend den Kopf. »Habt ihr das gehört?«

»Was denn?«, fragte Hinnerk.

»Da ruft doch einer!«

Jetzt hörte auch Elli von der Dreschdiele her eine Männerstimme, die ein lautes »Moin!« rief.

»Was zur …«, brummte Anton. »Um diese Uhrzeit? Kurz vorm Füttern? Was will der denn hier?« Er ging mit schnellen Schritten zur Dreschdielentür und zog sie auf.

Vor der Tür stand ein Mann um die fünfzig mit grauen, schütteren Haaren. Wegen seines gedrungenen Körperbaus schien er den Türrahmen vollständig auszufüllen, auch wenn er ein Stück kleiner war als Anton. Genau wie Ellis Vater trug auch er einen dunklen Anzug mit schwarzer Krawatte. Am Revers seines offenen grauen Wollmantels glänzte ein kleines goldenes Parteiabzeichen. Ellis Magen krampfte sich zusammen, als sie den Ortsbauernführer Egon Behrens erkannte.

Bauer Behrens' hellblaue Augen musterten neugierig die Anwesenden, er nickte Hinnerk zu und tippte sich an die Mütze. Dann wandte er sich an Ellis Vater und gab ihm die Hand.

»Moin, Anton!«, sagte er. »Tut mir leid, dass ich so herein-
platze. Ich wollte dich eigentlich nach der Beerdigung abpassen
und bei der Kaffeetafel noch mit dir schnacken, aber du warst ja
so schnell verschwunden.«

»Kein Wunder, wenn man im Stall eine kalbende Kuh stehen
hat! Zeig mir den Bauern, der sich dann in aller Ruhe mit an
die Kaffeetafel setzt. Natürlich hatte ich es eilig, nach Hause zu
kommen.«

Elli entging weder der angespannte Unterton ihres Vaters
noch die Tatsache, dass sein Lächeln nicht bis zu den Augen
reichte.

Egon Behrens hingegen lachte gutmütig. »Da magst du recht
haben«, gab er zu. »Aber zum Glück hast du ja zuverlässige
Leute zu Hause!« Er machte eine Kopfbewegung in Hinnerks
Richtung. »Ich will dich auch nicht lange aufhalten, Anton, aber
ich bin sozusagen von Amts wegen hier. Ich müsste eben kurz
was mit dir besprechen.«

Elli schluckte ihre aufkommende Panik hinunter, während
tausend Gedanken durch ihren Kopf schossen. Eben kurz was
besprechen? Was hatte das zu bedeuten? Es konnte eigentlich
nur mit Georg zu tun haben. Hatte sich irgendwer verplappert?
Vielleicht hatte Bernie doch irgendwo eine unbedachte Bemerkung fallen lassen und jemand hatte Nachforschungen angestellt.

Was für ein Glück, dass Georg dem Ortsbauernführer nicht
direkt in die Arme gelaufen war. Vielleicht blieb ihm noch Zeit,
sich zu verstecken. Sie musste ihn nur irgendwie …

»Elli?« Die Stimme ihres Vaters ließ sie zusammenfahren.
»Muschen, lauf doch schnell ins Haus und sag deiner Mutter,
dass Bauer Behrens da ist und was mit mir bereden möchte. Sie
soll eben eine Tasse Tee für uns kochen.«

Anton Bruns drehte sich zu Behrens um. »Oder trinkst du
lieber einen Grog? Wir haben schließlich lange genug auf dem
kalten Friedhof gestanden.«

»Ist vielleicht noch ein bisschen früh für einen Grog, was?«, erwiderte Behrens. »Aber andererseits hab ich wirklich eisige Füße gekriegt.«

»Ja, ich auch.« Ellis Vater lächelte schief. »Dann lauf schnell rein und sag Bescheid, dass wir gleich kommen, Muschen!« Er nickte ihr zu. Seine Stimme klang wie immer, aber Elli sah deutlich die winzigen Schweißperlen über seiner Oberlippe und das leichte Zittern seiner Finger, zwischen denen er die gerade gedrehte Zigarette hielt.

»Ja, Papa!«, antwortete sie heiser und ging zur Tür, die in den Kuhstall führte, während ihr Herzschlag in ihren Ohren dröhnte.

Kaum hatte sie die Tür hinter sich zugezogen, rannte sie los.

Georg! Sie musste unbedingt Georg finden. Er durfte Behrens nicht in die Arme laufen. Er musste sich verstecken, auf dem Dachboden vielleicht oder …

»Georg?«, rief sie mit gedämpfter Stimme. »Georg!«

Keine Antwort. Im Kuhstall war er nicht.

»Georg!«, wiederholte sie ein wenig lauter.

Vielleicht war Bernie noch bei ihm. Auch den Namen ihres Bruders rief sie, bekam aber keine Antwort.

Vielleicht waren sie in den Kälberstall oder ins Wohnhaus gegangen. Elli rannte weiter, riss die Tür zum Kälberstall auf, wollte wieder nach den beiden rufen, aber die Worte blieben ihr im Hals stecken.

Im Gang zwischen den Kälberboxen stand eine große weiße Pfütze, die sich langsam ausbreitete. Ein Teil der Flüssigkeit versickerte im Heu, das die Kälber aus den Futtertrögen auf den Boden geworfen hatten, während ein schmales Rinnsal gemächlich auf die Kuhstalltür zulief.

Die Tür zur Milchkammer stand sperrangelweit offen, von dorther kam ganz offenbar die weiße Flüssigkeit. Der dunkle Zementboden in dem kleinen Raum schwamm, und inmitten der Lache hockten Georg und Bernie und waren dabei, die Sauerei aufzuwischen.

»Um Gottes willen, was ist denn hier passiert?«, rief Elli entsetzt.

»Die blöde Waschmaschine ist ausgelaufen! Den Krawall, den die gemacht hat, hat man schon vom Kuhstall aus gehört. Und im Kälberstall kam uns die Sahne schon entgegengelaufen.« Georg wrang den Feudel über dem Eimer aus, der vor ihm stand. »Möglicherweise hab ich den Hahn nicht richtig zugemacht, als ich sie angeschaltet hab, und dann ist sie trockengelaufen. Ich hoffe mal, sie ist nicht kaputt. Eine schöne Sauerei!«

Er ließ den Lappen erneut in die Pfütze fallen und schob ihn mit der Hand hin und her, ehe er ihn wieder aufhob und erneut auswrang. Bernie tat es ihm nach.

»Was meinst du, Bernie, wenn wir nett fragen, holt sich Elli vielleicht auch noch einen Lappen und hilft uns.« Georg zwinkerte ihm zu. »Dann werden wir wahrscheinlich so schnell fertig, dass niemand etwas von dem Malheur mitbekommt.«

Beide lachten. Elli spürte Ärger in sich hochkochen.

»Georg, nun lass das doch!«, stieß sie hervor. »Hör auf damit!«

Etwas in ihrer Stimme musste ihn aufgeschreckt haben, denn er wurde schlagartig ernst und erhob sich.

»Was ist denn los?«, fragte er, während er auf sie zukam.

»Bauer Behrens ist hier. Hinten im Pferdestall. Wollte mit Papa sprechen. Sie werden gleich hier sein.«

Einen Moment lang starrte Georg, der noch immer den tropfenden Lappen in der Hand hielt, sie an.

»Verdammte Scheiße!«, stieß er dann hervor, betrachtete die Sauerei auf dem Boden, rührte sich aber nicht vom Fleck.

»Georg, du musst verschw...« Elli biss sich auf die Lippen. Jetzt erst wurde ihr bewusst, dass Bernie neben ihnen stand. Beinahe hätte sie sich verplappert.

»Bitte, Georg ...«, sagte sie hastig. »Du weißt, was ich meine.«

Georg blickte auf. »Behrens darf die viele Sahne nicht sehen«, sagte er. »Wenn der eins und eins zusammenzählt, dann …«

»Aber das ist doch jetzt egal! Ich mach das gleich weg«, drängte sie. »Du musst …«

Georg schüttelte den Kopf. »Nein«, unterbrach er sie. »Das hier ist wichtiger. Der darf die Waschmaschine nicht finden, sonst kommt dein Vater in Teufels Küche!«

Suchend sah er sich in der Milchkammer um. »Wir müssen die Pfütze erklären«, sagte er. »Irgendwas muss uns einfallen.« Er presste die Lippen zusammen und starrte auf die weiße Flüssigkeit zu Ellis Füßen, die sich zwischen den Kälberkofen ausbreitete.

Von jenseits der Kuhstalltür hörte man undeutlich die Stimmen der Männer, die allmählich näher kamen.

»Ich hab eine Idee!«, rief Georg plötzlich. »Bernie, gib mir zwei Futtereimer! Schnell!«

»Hä?«, sagte der Junge verständnislos. »Warum?«

»Frag nicht, mach schon!«

Bernie holte zwei der hohen Zinkeimer, mit denen die Kälber gefüttert wurden, vom Holzgestell neben sich und reichte sie Georg.

Georg nahm sie, goss hastig aus einer der Kannen ein bisschen Milch hinein und lief zu Elli in den Kälberstall. »Bernie, mach die Tür hinter dir zu! Stell dich am besten davor«, befahl er ihm. Der Junge gehorchte sofort.

Die Stimmen der Männer wurden lauter. Sie mussten die Stalltür beinahe erreicht haben.

»Geh ein Stück zur Seite!«, sagte Georg leise zu Elli. »Ich brauche mehr Platz.«

Völlig verwirrt tat sie, was er sagte.

Georg schlug die beiden Eimer gegeneinander, sodass es heftig schepperte und die Milch an ihm hochspritzte, dann ließ er sie in die Pfütze fallen und warf sich bäuchlings hinterher.

»Verfluchtes Mistvieh!«, schrie er wutentbrannt. »So eine gottverdammte Scheiße!«

Die Tür zum Kuhstall wurde aufgerissen.

»Was ist hier denn los?«, rief Ellis Vater, der in der Tür stehen
geblieben war.

»Ich bin über eine von den Katzen gestolpert. Das blöde Mist-
viech ist mir genau zwischen die Beine gelaufen, Bauer!« Georg
rappelte sich mühsam auf die Knie hoch. Er hob entschuldigend
die Arme. »Ich hab sie überhaupt nicht gesehen. Ich muss sie
wohl getreten haben, jedenfalls plötzlich schreit das Vieh wie am
Spieß. Ich hab mich vielleicht erschrocken! Bin glatt drei Schritte
zurückgesprungen. Und schon lag ich längelang auf dem Boden,
und dabei hab ich die Eimer fallen lassen. Die ganze Milch für
die Kälber! Zwei große Eimer voll! Es tut mir so leid!«

Georg entschuldigte sich wortreich. Er wiederholte immer
wieder, er habe es doch nur gut gemeint und anfangen wollen,
die Kälber zu füttern, weil die anderen noch mit der kalbenden
Kuh beschäftigt gewesen seien. Und wie leid es ihm tue, die
ganze Milch verschüttet zu haben.

Elli fiel auf, dass er plötzlich ganz anders redete als sonst.
Normalerweise sprach Georg Hochdeutsch ohne nennenswer-
ten Akzent, aber jetzt verfiel er in einen ungewohnten Singsang,
und man konnte deutlich den rheinländischen Einschlag hören.
Auch seine Ausdrucksweise war völlig anders als sonst, viel einfacher, mit knappen, kurzen Sätzen.

Das war nicht er selbst, begriff Elli, das war eine Rolle. Georg
schauspielerte. Er stellte genau das dar, was Behrens zu sehen
erwartete: den ungeschickten Jungen aus der Stadt, der sich mit
nichts auskannte. Gutwillig, aber linkisch.

Und er machte das sehr überzeugend. Elli bemerkte, wie er
alle Aufmerksamkeit des Ortsbauernführers auf sich zog. Jetzt
krempelte er umständlich sein linkes Hosenbein hoch und
stellte mit wehleidigem Unterton in der Stimme fest, dass er

bestimmt einen dicken blauen Fleck am Schienbein bekommen werde.

Behrens betrachtete ihn kopfschüttelnd.

Anton hingegen warf Elli aus den Augenwinkeln einen schnellen Blick zu, ehe er sich Georg zuwandte. »Das ist mir alles völlig egal«, schimpfte er. »Du sollst vorsichtig mit der Milch umgehen! Egal, ob es die für die Molkerei oder die für die Kälber ist. Jetzt werden wir in den nächsten Tagen die Kälbermilch knapper einteilen müssen. Schöner Mist ist das! Du machst die Schweinerei auf der Stelle weg! Bernie kann dir helfen. Wenn ich gleich zum Füttern wieder rauskomme, ist hier alles picobello sauber, sonst werden wir beide mal ein ernstes Wörtchen miteinander reden, Junge!«

Anton richtete den Blick auf Elli. »Und hatte ich nicht zu dir gesagt, dass du drinnen Bescheid sagen sollst? Was lungerst du hier denn noch rum, Deern? Marsch ins Haus!«, donnerte er.

Elli machte auf dem Absatz kehrt und lief über den Vorflur ins Wohnhaus.

In der Küche war ihre Mutter gerade dabei, für das Vesper aufzudecken. Das Teewasser kochte bereits, als Elli hereinstürmte. Hastig und in wenigen Worten versuchte sie ihrer Mutter zu erzählen, was vorgefallen war: von Behrens' unerwartetem Besuch, der ausgelaufenen Buttermaschine und von Georg, der sich der Länge nach in die Sahnepfütze geworfen hatte, damit Behrens keine Fragen stellte.

Willa, die mit verschränkten Armen an die Spüle gelehnt dastand, zog die Augenbrauen zusammen, sodass die steile Falte dazwischen sichtbar wurde, und nickte. »Gut! Ich hab zwar nicht alles verstanden, aber darüber reden wir später in Ruhe«, sagte sie knapp. »Den Grog bereite ich gleich vor. Und jetzt geh nach oben in deine Kammer, Mädchen! Wasch dich und zieh dich um, du siehst ja aus wie ein Backofenbesen!«

Elli nickte und öffnete die Tür zum Wohnflur.

»Und vergiss nicht, dein Stallzeug gleich einzuweichen!«, rief ihre Mutter ihr nach. »Die Blutflecken gehen sonst nie wieder raus!«

Als sie eine Viertelstunde später gewaschen und umgezogen wieder nach unten kam, hörte Elli schon im Flur die dröhnende Stimme des Ortsbauernführers. »Ja, ich weiß«, sagte er gerade. »Viel Platz habt ihr nicht. Aber es muss nun mal sein!«

Die Antwort ihres Vaters war zu leise, als dass Elli sie hätte verstehen können. Einen Augenblick lang blieb sie unschlüssig vor der Küchentür stehen, dann siegte die Neugier über ihre Furcht. Sie drückte die Klinke hinunter und zog die Tür ganz leise ein Stückchen auf. Niemand schien etwas zu bemerken.

Durch den schmalen Spalt konnte sie den Küchentisch sehen, an dem ihre Eltern und Bauer Behrens zusammensaßen. Der Ortsbauernführer fläzte nach hinten gelehnt auf Georgs Stuhl am Fenster und betrachtete das halb geleerte Grogglas vor sich auf dem Tisch, das er mit zwei Fingern hin und her drehte.

»Es tut mir wirklich leid«, sagte Behrens. »Immerhin habt ihr ja schon diesen Neffen von Hinnerk aufgenommen. Und der scheint nun wirklich keine Hilfe im Stall zu sein. Eher im Gegenteil, nach allem, was man so hört und sieht!« Er lachte mitleidig. »Aber alle müssen Flüchtlinge aufnehmen. Hilft nun mal nichts, wir müssen jetzt als Volksgemeinschaft zusammenrücken und für die Flüchtlinge aus Ostpreußen Platz machen. Es ist für niemanden leicht, fremde Leute im Haus zu haben.«

»Ich werde mit meinen Eltern reden«, erwiderte Anton, der Behrens gegenübersaß und dessen Gesicht von Ellis Platz aus nicht zu sehen war. »Die werden wohl auf ihre Wohnküche verzichten müssen. Und unsere gute Stube werden wir auch leer räumen.« Er drehte seinen Kopf in Willas Richtung, und Elli sah ihre Mutter nicken.

»Es ist ja auch nicht für lange«, meinte Behrens beschwichtigend. »Ein paar Monate vielleicht. Nach dem Endsieg gehen die doch alle wieder zurück in ihre Heimat.«

Anton schnaubte. Elli sah, dass Behrens die Augenbrauen hob. Auch ihrem Vater war das anscheinend nicht entgangen, denn er zog ein Taschentuch hervor und schnäuzte sich geräuschvoll die Nase. »Genau, nach dem Endsieg«, murmelte er.

Willa warf ihm einen schnellen Blick zu.

Behrens hob sein Glas und leerte es. Nachdem er es zurück auf den Tisch gestellt hatte, beugte er sich vor. »Ich hab gehört, da ist eine Großoffensive geplant«, sagte er mit wichtiger Miene. »Alles soll jetzt in die Waagschale geworfen werden für einen gewaltigen Befreiungsschlag. Es soll schon massive Truppenbewegungen nach Osten geben, wird gemunkelt.«

Anton lehnte sich zurück und zog seinen Tabak aus der Tasche. »Ach ja?«

»Ja! Die Wehrmacht wird zusammengezogen, um es dem Russen heimzuzahlen. Das ist wohl auch der Grund, weshalb keine Fronturlaube mehr genehmigt werden.«

Willa hob den Kopf und starrte den Ortsbauernführer an. »Was?«

»Alle Fronturlaube sind gestrichen«, sagte er. »Habt ihr das noch gar nicht gehört?«

Willa schüttelte den Kopf. »Aber das kann nicht sein!« Ihre Stimme klang rau, und Elli sah, dass sie aschfahl im Gesicht war.

»Doch, ganz sicher.« Egon Behrens nickte bekräftigend. »Seit Anfang Dezember schon.«

»Aber unser Hannes soll doch nach Hause kommen! Nächste Woche …« Willas Stimme überschlug sich. Sie brach ab.

»Wann habt ihr denn Bescheid gekriegt, dass er Fronturlaub bekommt?«

Willa antwortete nicht.

»Vor ungefähr vier Wochen. Im November«, sagte Anton schließlich.

»Kann natürlich sein, dass der Brief mit der Nachricht, dass er nicht kommt, verloren gegangen ist. Das kommt schon mal vor. Das muss ja nicht gleich heißen, dass …«

Willa hielt es nicht mehr auf ihrem Stuhl. Sie sprang auf und lief zur Spüle hinüber. Elli konnte sie durch den Türspalt nicht mehr sehen, aber sie hörte Geschirr klappern.

Behrens sah zu ihr hinüber, und eine Mischung aus Neugier und Mitgefühl spiegelte sich in seinem Gesicht. Schließlich seufzte er. »Schlimme Zeiten sind das«, sagte er leise und schüttelte den Kopf.

Anton räusperte sich, erwiderte aber nichts darauf.

Die drei Erwachsenen schwiegen, nur das Klappern des Geschirrs war zu hören.

»Tja, ich muss dann auch mal sehen, dass ich weiterkomme«, sagte Behrens in die Stille hinein. »Es ist schon spät geworden.« Er erhob sich und nahm seine Mütze vom Stuhl neben sich.

»Ich bring dich noch hinaus«, sagte Ellis Vater.

»Nein, mach dir keine Umstände«, erwiderte Bauer Behrens. »Ich kenne ja den Weg. Bleib du mal besser drin!« Er machte eine Kopfbewegung in Willas Richtung und gab Anton die Hand. »Tschüss, Anton! Ich melde mich noch mal wegen dem genauen Termin, wann die Flüchtlinge denn nun kommen.«

Anton nickte.

»Willa, vielen Dank für den Grog!«, setzte Behrens in ihre Richtung gewandt hinzu. »Und nichts für ungut!«

Damit setzte er seine Mütze auf, nickte Ellis Eltern noch einmal zu und ging durch die Tür zum Vorflur hinaus.

Einen Moment lang war es ganz still in der Küche, kein Wort, kein Geräusch war mehr zu hören, und Elli wollte die Küchentür schon leise wieder schließen. Da hörte sie ein merkwürdiges Wimmern.

»Er kommt nicht zurück«, flüsterte ihre Mutter. »Er kommt nie wieder.«

»Hör auf!«, sagte Anton. »Du machst dich ganz verrückt.«

»Er kommt nicht wieder zurück«, wiederholte sie.

»Du sollst das nicht sagen. Das kannst du nicht wissen.«

»Ich wollte ihm alles erklären. Wenn Hannes kommt, wollte ich ihm sagen, warum …« Elli hörte so etwas wie ein Schluchzen. »Einmal, ein einziges Mal wollte ich alles richtig machen, und jetzt …« Willas Stimme brach.

Anton seufzte. »Du musst dich zusammenreißen! Wir alle müssen das. Es bleibt uns ja gar nichts anderes übrig. Wir werden einfach abwarten und hoffen, dass Hannes heil wiederkommt. Niemandem ist damit geholfen, wenn wir uns gehen lassen.« Er ging auf Willa zu und verschwand aus Ellis Gesichtsfeld. »Hörst du? Kopf hoch!«, sagte er leise.

Dann war es wieder einen Moment lang still.

»Ich geh jetzt in den Stall. Nicht, dass Egon noch versucht, Georg auszuquetschen.«

Durch den Türspalt sah Elli den Rücken ihres Vaters auftauchen, gleich darauf verschwand er durch die andere Küchentür.

Einen Augenblick lang herrschte Stille, dann war das Wimmern wieder da. Ein jammervoller, lang gezogener Ton, der langsam anschwoll und immer höher und schriller wurde. Ein heulender Klagelaut, der durch Mark und Bein ging. Elli fühlte, wie sich in ihrem Nacken alle Haare aufstellten. Noch nie hatte sie ihre Mutter weinen gehört, geschweige denn, dass sie jemals so geschrien hätte.

Ganz langsam zog Elli die Küchentür ein Stück weiter auf.

Ihre Mutter stand noch immer vor der Spüle, krümmte sich zusammen, als habe sie Bauchkrämpfe, und wiegte sich vor und zurück. Die Augen hatte sie fest geschlossen, mit beiden Händen hielt sie sich den Mund zu und schrie und schrie und schrie.

Jede Faser ihres Verstandes befahl Elli wegzulaufen, so schnell und so weit sie nur konnte. Sich irgendwo zu verstecken, die

Finger in die Ohren zu stecken und zu hoffen, dass sie dieses fürchterliche Geräusch dann nicht mehr hören müsste. Es wäre so einfach, die Tür zuzuziehen, abzuhauen und sich einzureden, dass sie nichts gesehen oder gehört hatte.

Zu einfach.

Elli holte tief Luft und betrat die Küche. »Mama?«, sagte sie leise. Sie hatte ihre Mutter seit Ewigkeiten nicht mehr so genannt.

Willa reagierte nicht.

»Mama?«, wiederholte Elli etwas lauter und spürte, wie ihr Tränen in die Augen traten. »Mama, sag doch, was hast du denn?«

Noch immer keine Reaktion.

Elli machte ein paar Schritte auf ihre Mutter zu, streckte die Hand aus und berührte sie sanft an der Schulter. Willa zuckte zusammen, als hätte sie einen Schlag bekommen. Sie fuhr herum und starrte ihre Tochter mit weit aufgerissenen Augen an. Die Schreie verstummten.

Der Moment, in dem sich ihre Blicke trafen, kam Elli endlos vor. Sie wünschte sich, die Küche nie betreten zu haben. Es war, als hätte sie etwas Verbotenes getan oder etwas Unanständiges beobachtet, das sie nie hätte sehen dürfen.

Ganz langsam nahm Willa die zitternden Hände herunter und richtete sich auf. Sie atmete tief ein und aus. Elli sah, wie sich beim Schlucken ihr Kehlkopf bewegte. Sie wagte nicht, ihre Mutter noch einmal anzusprechen.

Dann war der Moment vorbei. Schicht um Schicht legte sich wieder der Eispanzer um Willa, der Mutter und Tochter voneinander trennte.

»Musst du nicht in den Stall?«, fragte Willa heiser.

Elli nickte. Sie brachte kein Wort heraus.

»Dann nimm den Schweineeimer mit raus!«

Willa bückte sich und holte hinter dem Vorhang unter dem

Spülstein den alten, verbeulten Emailleeimer hervor, in dem sie die Küchenabfälle für die Schweine sammelte.

Elli streckte die Hand nach dem Henkel aus, begierig, die Küche verlassen zu können, aber Willa hielt ihn fest.

»Warte, da fehlt noch was.«

Sie stellte den Eimer neben dem Küchentisch auf den Boden, auf dem noch immer die Blechdosen mit den Schmalzkuchen standen. Nacheinander öffnete sie die Dosen und schüttete den Inhalt zu den Essensresten und Kartoffelschalen in den Eimer.

»Die brauchen wir jetzt nicht mehr!«, sagte sie.

Als sie auch die letzte Dose geleert hatte, drückte sie der entsetzten Elli den Eimer in die Hand. Ihre Finger, die Ellis Handgelenk umfassten, waren eiskalt. »Und kein Wort zu deinem Vater!«

Wie sie mit dem Eimer in der Hand bis zum Schweinestall gekommen war, konnte Elli nicht sagen. Mit Tränen in den Augen schüttete sie den Inhalt des Eimers in den Trog vor den beiden Muttersauen und den Ferkeln.

Zu sehen, wie die Schmalzkuchen, die sie für Hannes gemacht hatten, von den hungrigen Tieren gefressen wurden, zerriss Elli schier das Herz. Eine Weile sah sie zu, das raue Holz des Kofens mit den Händen umklammernd, den Blick auf das magere kleine Ding gerichtet, das geschlachtet werden sollte, und weinte, bis sich alles in ihr ganz schwer und taub anfühlte. Schließlich wandte sie sich ab, wischte sich die Tränen von den Wangen und putzte sich die Nase.

Genau wie die vielen Hundert Male zuvor, die sie die Schweine gefüttert hatte, ging sie zum Wasserhahn hinüber, spülte den Eimer gründlich aus und goss das Wasser zum Futter in den Trog. Eigentlich hätte sie den Eimer anschließend in die Küche zurückbringen müssen, aber das brachte sie nicht über sich. Allein bei dem Gedanken, ihrer Mutter in die eisblauen Augen zu sehen, stieg Übelkeit in ihr auf.

Mutter hat Hannes aufgegeben.

Der Gedanke ließ Elli schwindeln. Ihre Mutter hätte niemals sagen dürfen, dass Hannes nicht zurückkommen würde. Das tat man einfach nicht, unter keinen Umständen. Genauso wenig, wie man über tödliche Krankheiten oder Unfälle sprach, als ob man sie dadurch heraufbeschwören oder gar herbeiführen könnte. Sonst sagte Mutter immer: »Beschrei es nicht!«

Und jetzt? Jetzt hatte sie ihren eigenen Sohn aufgegeben.

Elli ließ den Eimer in der Dreschdiele stehen, schlich auf Zehenspitzen durch den dunklen, stillen Vorflur, hielt vor der Küchentür kurz inne und lauschte, aber drinnen war kein Geräusch zu hören. Sie drehte sich um, zog leise die Tür zum Kälberstall auf und schlüpfte hinein.

Draußen war es inzwischen dunkel geworden, aber eine schwache Glühbirne tauchte den Stall in warmes, gelbliches Licht. Es roch nach Heu und ein wenig nach dem scharfen Putzmittel, mit dem die Kannen geschrubbt wurden.

Die Jungs hatten alles sauber gemacht. Von der Sahnepfütze auf dem Boden war nichts mehr zu sehen. Der Kälberstall war, wie ihr Vater sagen würde, picobello sauber. Alles war gefegt, und die Futtertröge der beiden älteren Kälber waren mit frischem Heu gefüllt.

Am anderen Ende des Kälberstalls, neben der Tür zum Kuhstall, war in einem der Kofen frisches Stroh aufgeschüttet, in dem das Kalb der kleinen Schwarzen kaum auszumachen war. Neben dem Verschlag saßen Georg und Anton nebeneinander auf einer hölzernen Futterkiste und sahen dem neugeborenen Kalb bei den ersten ungeschickten Versuchen zu, auf die Füße zu kommen. Sie waren in ein leises Gespräch vertieft und hatten Elli offenbar nicht bemerkt.

»Dann hab ich nur gedacht, wenn wir die Sahne schon nicht

wegkriegen, dann müssen wir sie irgendwie erklären. Und weil ich neulich tatsächlich fast über eine der Katzen gestolpert wäre, schien mir das eine gute Idee«, erklärte Georg gerade. »Es tut mir wirklich sehr leid, dass die Maschine ausgelaufen ist! Ich hätte besser aufpassen sollen«, setzte er bedrückt hinzu.

»Ach, da mach dir mal keine Gedanken, mein Junge!«, sagte Anton warm. »Hauptsache ist, dass du so schnell geschaltet hast. Das hätte böse ins Auge gehen können, wenn du nicht gewesen wärst.« Er legte seine Hand auf Georgs und drückte sie. »Das hast du wirklich gut gemacht, Georg! Ich danke dir. Wir alle stehen in deiner Schuld.«

Georg antwortete nicht. Er starrte auf Antons Hand, die seine noch immer umfasst hielt. Er blinzelte ein paar Mal und presste die Lippen aufeinander, als kämpfe er mit den Tränen.

Anton räusperte sich, zog seinen Tabak hervor und begann, sich eine Zigarette zu drehen. »Ich gebe zu, am Anfang war ich nicht begeistert, dass Elli dich gefunden hat, aber jetzt bin ich froh, wirklich sehr froh, dass du hier bei uns bist, Jung!«

Georg hob den Kopf, um zu antworten, und bemerkte dabei Elli, die leise näher herangetreten war. Auf seinem Hals zeichneten sich rote Flecken ab, und seine Ohren glühten förmlich, aber seine dunklen Augen strahlten, als sie Ellis Blick begegneten. So viel Stolz und Glück lag in ihnen, dass Elli tief Luft holen musste.

In diesem einen Moment, allein mit Georg und ihrem Papa im Stall, dem Ort, an dem sie sich immer sicher und geborgen gefühlt hatte, war alles gut.

»Und ich bin wirklich sehr froh, dass ich hier sein darf!«, sagte Georg.

12

»Nein, nein, nein! Alle einzeln! Mutter hat gesagt, wir sollen jedes Teil einzeln einpacken.« Energisch nahm Elli Bernie die Teller aus der Hand und stellte sie auf den Tisch zurück. Sie nahm einen Bogen Zeitungspapier, stellte einen der Kuchenteller von Mutters gutem Goldrandgeschirr darauf und wickelte ihn schnell und geschickt darin ein.

»So!«, sagte sie. »Und den nächsten genauso einwickeln und obendrauf stellen. Dann immer sechs zusammen noch mal in Papier einschlagen und in die Kiste damit!« Sie seufzte. »Und sei bloß vorsichtig!«, schärfte sie Bernie ein. »Wenn dir auch nur ein einziger Teller kaputtgeht, wird Mutter fuchsteufelswild und schimpft. Und mir reißt sie den Kopf ab, weil ich nicht besser aufgepasst habe.«

Bernie verzog das Gesicht zu einer Grimasse.

»Vielleicht ist es sicherer, wenn du das Silber einpackst«, schlug ihm Georg vor, der ihnen gegenüber auf der anderen Seite des Tisches stand und damit beschäftigt war, die große Kaffeekanne in mehrere Lagen Papier einzuwickeln. »Da kann nichts zerbrechen.«

Behutsam legte er die eingewickelte Kanne in die Holzkiste, die neben der Anrichte auf dem Boden stand. »So, die restlichen Teller noch, dann ist die Kiste voll, und ich kann sie nach oben bringen!« Er nahm Elli ein Päckchen mit Kuchentellern ab, die sie inzwischen eingewickelt hatte, und verstaute es vorsichtig neben der Kaffeekanne.

»Bis auf das Silber in dieser Schublade ist die Anrichte jetzt leer«, stellte Bernie fest, nachdem er nacheinander alle Türen und Schubladen geöffnet hatte. Vorsichtig nahm er die samtbezogenen Besteckkästen aus der Schublade und trug sie zum Tisch hinüber.

Elli schlug die letzten sechs Kuchenteller ein und reichte sie an Georg weiter. »Ich frag mich bloß, warum wir das jetzt machen müssen. Hätte das nicht noch bis übermorgen Zeit gehabt?«, fragte sie mit gedämpfter Stimme, stets in Sorge, dass ihre Mutter sie hören könnte. »Ich meine, wo sollen wir denn nun Weihnachten feiern, wenn wir hier die Feldbetten aufgestellt haben? Es weiß doch noch gar keiner, wann die nächsten Flüchtlinge kommen.«

»So richtig nach Feiern wird wohl keinem zumute sein, glaube ich. Weder deinen Eltern noch deinen Großeltern«, erwiderte Georg. Er bückte sich und stellte auch die letzten Teller in die Holzkiste. »Und der armen Maric schon gar nicht«, fügte er hinzu. »Der Mann gefallen, die Wohnung ausgebrannt, wochenlang unterwegs gewesen und jetzt bei wildfremden Leuten einquartiert.«

Elli schwieg. Georg hatte recht. Den Erwachsenen war sicher nicht nach Feiern zumute. Vielleicht war Mutters Eile, die gute Stube für die Flüchtlinge vorzubereiten, in Wahrheit nichts als ein Vorwand, Weihnachten gar nicht feiern zu müssen, oder jedenfalls nicht so wie sonst immer. Vielleicht glaubte sie, das würde es leichter machen, die Weihnachtsfeiertage zu ertragen.

Von Hannes war immer noch keine Nachricht gekommen, aber das war auch kein Wunder, denn Feldpost kam kaum noch durch. Ob er in Gefangenschaft geraten oder vielleicht sogar gefallen war? Elli fragte sich oft, ob es nicht möglich wäre, irgendwie bei der Wehrmacht etwas herauszubekommen, aber sie brachte es nicht über sich, ihren Vater oder gar ihre Mutter zu fragen, ob sie das schon versucht hatten.

Bernie nahm eine der langzinkigen Silbergabeln in die Hand und drehte sie im Licht. »Die sind ganz angelaufen«, sagte er.

»Meint ihr, wir müssen die noch putzen, ehe wir sie einpacken?«

»Ich weiß nicht.« Georg zuckte mit den Schultern. »Soll ich in die Küche gehen und eure Mutter fragen?«

»Nein, wir wickeln sie jetzt so in Papier ein«, entschied Elli. »Die müssen sowieso jedes Mal geputzt werden, ehe man sie benutzen kann. Ich frage mich, weshalb die ganzen Sachen aus den Schränken rausmüssen. Als ob die Flüchtlinge nicht andere Sorgen hätten, als sich Mutters Silberbesteck unter den Nagel zu reißen. Marie würde ich so was jedenfalls nicht zutrauen.«

Auch Bruns hatten inzwischen die ersten Flüchtlinge aufgenommen. Eine knappe Woche nachdem Egon Behrens bei ihnen aufgetaucht war, hatte er seine Ankündigung wahrgemacht und die junge Marie Bornbach und ihren kleinen Sohn Erich bei ihnen vorbeigebracht.

Kurz vor dem Abendbrot hatte die junge Frau mitten in der Küche gestanden, genau wie Georg ein paar Wochen zuvor, einen Koffer in der Hand, den Blick gesenkt. Sie aber hatte auf dem Arm ihren schlafenden kleinen Sohn getragen, dessen Kopf auf ihrer Schulter lag. Anton hatte sich wortlos erhoben, ihr den alten Koffer aus der Hand genommen und seinen Stuhl für sie zurückgeschoben.

Sie komme aus Königsberg, erzählte Marie Bornbach, und sei zum Glück bei den Schwiegereltern auf dem Gut gewesen, als die Stadt im August bombardiert worden war. So war ihr und dem kleinen Erich nichts passiert, aber ihre Wohnung in Königsberg war komplett ausgebrannt, und ihr war nichts anderes übrig geblieben, als bei den Schwiegereltern zu bleiben. Und dann war ihr Mann noch einmal auf Fronturlaub gekommen, weil seine Mutter so krank war. Ganz merkwürdig war das gewesen. Sie hatte ihm fest in die Hand versprechen müssen, mit dem Jungen zu ihrer Tante nach Hamburg zu fahren. Sie müsse so schnell wie möglich weg aus Ostpreußen, hatte er gesagt. Wenn erst die

Russen kämen, dann sei es zu spät. Die würden keinen Stein auf dem anderen lassen und Rache für alles nehmen. Und er könne es ihnen auch nicht verdenken, nach allem, was er in Russland gesehen habe. Das hatte ihr Mann ganz leise geflüstert. Dann hatte er geweint, und das war für Marie schlimmer gewesen und hatte ihr mehr Angst gemacht als alles andere, denn sie hatte ihn vorher noch nie weinen sehen.

Kaum zurück an der Front, war ihr Mann gefallen. Als hätte er geahnt, dass er nicht zurückkommen würde. Da hatte sie einen Koffer gepackt, den kleinen Erich genommen und war in Richtung Hamburg aufgebrochen, wie sie es ihrem Mann versprochen hatte, zuerst zu Fuß, dann mit der Eisenbahn, immer weiter nach Westen. Aber von ihrer Tante in Hamburg war keine Spur zu finden gewesen. Ausgebombt, der ganze Straßenzug weg. Da war sie weitergefahren, zu einer Cousine kurz hinter Bremen. Aber dort war kein Platz für sie und den Kleinen gewesen, und wieder war sie weitergezogen, ohne zu wissen, wohin. Schließlich waren sie in einem Flüchtlingslager gelandet, aber da hatte sie es nicht ausgehalten, alles so eng und so viele kranke Kinder mit Diphterie und Scharlach.

Marie Bornbach war neunundzwanzig, und der kleine Erich wurde im Februar drei. Sie sei so dankbar, dass sie bei Bruns unterkommen könne, betonte die junge Frau immer wieder. Wenn es irgendetwas gebe, womit sie sich nützlich machen könne, so sollten sie es bitte sagen, sie würde helfen, wo immer sie könne, sie wolle ja niemandem zur Last fallen.

In der Wohnküche der alten Bruns stellten Anton und Georg ein Feldbett für Marie Bornbach auf und für ihren kleinen Erich das alte Kinderbett, in dem zuletzt Bernie geschlafen hatte. Tisch und Sofa blieben stehen, und auf dem kleinen Herd, auf dem immer Tillys Teekessel stand, könne sie kochen, meinte Willa zu Marie Bornbach.

Aber Anton widersprach. »Das ist doch Blödsinn! Warum soll

sie für sich allein kochen, wenn doch unten sowieso der große Topf auf den Herd kommt?«

Willa sagte nichts dazu.

Also wurde der Tisch in der Küche ausgezogen und weitere Stühle um ihn herumgestellt. Das, was immer Willas Reich gewesen war, ihre Küche, in der sie nach Belieben schalten und walten konnte und in der sie allein das Sagen hatte, gehörte ihr nicht mehr. Immer, vom ersten Frühstück vor dem Melken bis zum späten Abend, war jetzt jemand bei ihr in der Küche.

Die alten Bruns kamen gleich frühmorgens und tranken ihren Tee hier. Sie hatten einen der Sessel mit hinuntergebracht, in dem Tilly den ganzen Tag saß und strickte, während Gustav ihr aus der Zeitung vorlas.

Willa schwieg dazu.

Auch Marie Bornbach und der kleine Erich aßen nicht nur in der Küche, sondern verbrachten einen Großteil ihrer Zeit dort. Erich, der sich zunächst kaum je vom Rockzipfel seiner Mutter hatte lösen wollen, taute langsam etwas auf und ließ sich nach ein paar Tagen von Tilly auf den Schoß nehmen, nachdem sie ihn mit Zuckerzwieback bestochen hatte.

»Ach, bleibt doch hier bei uns!«, rief Tilly, als Marie mit dem Kleinen nach oben gehen wollte. »Der Junge stört doch niemanden! Und er ist doch so ein lieber Kerl, nicht wahr, Erich?«

Der schmale, blonde Junge nahm den Zwieback, den sie ihm hinhielt, und nickte. Er streckte die Arme nach der alten Frau im Sessel aus und ließ sich von ihr auf ihren Schoß helfen, wo er, in ihre Arme gekuschelt, seinen Zwieback mümmelte. Daraufhin setzte sich Marie wieder auf ihren Platz am Tisch und fragte, ob sie helfen könne.

Willa nahm schweigend ein Kartoffelschälmesser aus der Schublade im Küchenschrank und reichte es ihr.

Obwohl schon beinahe drei, sprach der kleine Erich kaum. Den ganzen Tag lief er mit dem Daumen im Mund dicht hinter seiner Mutter her. Nachts wachte Elli, deren Kammer gegenüber von Maries Zimmer lag, immer wieder davon auf, dass der Kleine plötzlich hoch und schrill schrie und von seiner Mutter kaum beruhigt werden konnte.

»Er muss wohl etwas Schlimmes träumen!«, sagte Marie nur, als Elli sie danach fragte. »Woher soll man wissen, was in dem Kopf von so einem kleinen Kind vorgeht?«

»Wie gut, dass wir die beiden Schweine noch schlachten konnten, bevor Marie und Erich gekommen sind«, sagte Elli, als sie die Bratkartoffeln für das Abendessen in die große Pfanne schnitt. Ausnahmsweise war sie mit ihrer Mutter einen Moment allein in der Küche.

Georg und sie hatten spät am Nachmittag die Geschirrkisten und das Silber auf den Spitzboden getragen und von dort die alten Feldbetten mit nach unten gebracht, auf denen früher die Tagelöhner geschlafen hatten, die zur Heuernte auf den Hof gekommen waren. Zehn Betten für Flüchtlinge standen jetzt in der guten Stube an der Wand unter dem Fenster. Mehr würden beim besten Willen nicht hineinpassen.

»Ich meine«, fuhr Elli fort, »natürlich bekommen wir mehr Lebensmittelmarken, wenn mehr Flüchtlinge im Haus sind, aber da wird auch eine ganze Menge an Essen weggehen, bei so vielen Leuten.«

Willa drehte den Kopf und musterte ihre Tochter. Sie zog die Augenbrauen zusammen, und einen Moment lang blitzten ihre hellen Raubvogelaugen auf. Aber dann fiel wieder dieser Schleier über ihren Blick, und sie senkte die Augen.

Willa schwieg.

Eigentlich schwieg sie nur noch. Seit jenem Nachmittag, als die kleine Schwarze gekalbt hatte und Bauer Behrens da gewesen war, seit Willa völlig die Beherrschung verloren hatte, schwieg sie.

Zu Beginn war es Elli gar nicht so sehr aufgefallen. Sie war froh, dass ihre Mutter sie in Ruhe ließ und nicht ständig an allem, was sie tat, etwas auszusetzen hatte. Aber allmählich wurde ihr das merkwürdige Schweigen ihrer Mutter unheimlich.

Nicht, dass sie den Haushalt, das Kochen, Waschen und Saubermachen vernachlässigt hätte, nein, aber die Arbeit schien Willa viel mehr Kraft zu kosten als früher. Sie setzte sich nicht mehr an den Küchentisch, um die Zeitung zu lesen. Abends kam sie nicht mehr mit den anderen in die Stube, um Radio zu hören, sondern ging früh zu Bett. Früher, als Elli noch klein gewesen war, war Willa häufig mit zum Melken hinausgegangen, aber seit Elli regelmäßig im Stall mithalf, beschränkte sich ihre Mutter darauf, gelegentlich die Kälber zu füttern. Aber in den letzten Tagen hatte sie das Wohnhaus gar nicht mehr verlassen.

Sie tut, als ginge sie das alles gar nichts an, dachte Elli, während sie ihre Mutter aus den Augenwinkeln beobachtete, *als wäre ihr ganz egal, was um sie herum geschieht.*

Willa stand neben ihr am Herd und wartete darauf, dass das Teewasser zu kochen begann.

»Wie wollen wir das eigentlich morgen machen, Mutter? Feiern wir alle in der kleinen Stube?«, fragte Elli leise.

Im selben Moment hätte sie sich am liebsten auf die Zunge gebissen. Sie rechnete damit, sofort wieder diese steile Falte zwischen Mutters Augenbrauen erscheinen zu sehen und den scharfen Ton ihrer Stimme zu hören. Aber sie irrte sich.

»Morgen?«, fragte Willa abwesend.

»Ja, morgen. Morgen ist doch Heiligabend.«

»Und was meinst du, was wir da feiern sollten?« Willa seufzte müde, ohne den Blick vom Kessel auf dem Herd abzuwenden.

Elli war einen Moment lang wie vor den Kopf gestoßen. »Aber …« Als die Tür zum Vorflur aufging und die Männer aus dem Stall zum Abendbrot hereinkamen, verstummte sie.

Geräuschvoll wurden die Stühle hin und her gerückt, und alle ließen sich am Tisch nieder. Elli hatte keine Gelegenheit, ihrer Mutter zu antworten.

Nachdem sie abgewaschen und den Küchenboden gefegt hatten, gingen Elli und Marie in die kleine Stube hinüber, wo die alten Bruns, Anton, Bernie und Georg schon um den Volksempfänger herumsaßen. Der kleine Erich hockte mit dem Daumen im Mund auf Tillys Schoß. Nur Willas Platz auf dem Sofa war leer, vermutlich war sie wieder früh zu Bett gegangen.

»Ihr kommt spät«, sagte Anton, der neben dem Radio saß und vorsichtig am Lautstärkeregler drehte. »Das Konzert hat schon angefangen.«

»Na komm, Erich, Zeit ins Bett zu gehen«, sagte Marie und streckte die Arme nach dem Kleinen aus, der offensichtlich gegen den Schlaf ankämpfte. »Morgen kommt der Weihnachtsmann, da willst du doch munter sein.«

Ohne zu protestieren, ließ der Junge sich hochheben, winkte noch einmal zum Abschied und schlang dann die Arme um den Hals seiner Mutter. Er legte seinen Kopf an ihre Schulter, und noch während sie ihn hinaustrug, fielen ihm die Augen zu.

Elli sah den beiden nach und musste plötzlich mit den Tränen kämpfen, als sie an den kalten Blick und die harten Worte ihrer Mutter dachte.

Nein, Weihnachten einfach ganz ausfallen zu lassen wäre gemein und ungerecht. Und es war selbstsüchtig von ihrer Mutter, allen anderen im Haus das Fest zu verderben.

Als Georg schließlich gähnte und meinte, für ihn werde es auch langsam Zeit, erhob sich Elli ebenfalls, wünschte hastig allen eine gute Nacht und folgte ihm auf den Flur hinaus.

Georg stand neben dem Klavier und wartete auf sie. »Was war denn vorhin?«, fragte er im Flüsterton. »Du hast so traurig ausgesehen.«

»Nicht hier!«, erwiderte sie, griff nach seinem Arm, zog ihn mit sich in die dunkle Küche und schloss die Tür.

Im Küchenherd brannte noch das Feuer. Elli nahm den Schürhaken und entfernte damit die eisernen Ofenringe. Ein rötlicher Schimmer tanzte über die Wände und über Georgs besorgtes Gesicht.

»Also heraus mit der Sprache! Was ist los, Elli?«

Und Elli begann zu erzählen.

Noch nie hatte sie mit irgendjemandem über ihre Mutter gesprochen, über deren Kälte und Zurückweisung. Doch plötzlich war alles ganz einfach, und die Worte sprudelten nur so aus ihr heraus. Alles, was sich über die Jahre angesammelt hatte an Enttäuschung und Selbstzweifel, alles konnte sie aussprechen, alles löste sich auf und fiel von ihr ab, als sie es in Worte fasste und Georg anvertraute.

Sie sprach davon, wie allein sie sich oft fühlte. Von früher, als sie noch nicht mit den Großeltern unter einem Dach gelebt hatten, die Willa nicht ausstehen konnten. Davon, dass die Mutter zu ihr, der einzigen Tochter, viel strenger war als zu den beiden Brüdern. Und schließlich erzählte Elli, wie sie an der Küchentür gelauscht hatte, als ihre Mutter so furchtbar geschrien hatte, und dass seither alles anders war.

»Und weißt du, was das Schlimmste ist?«, schloss Elli. »Ich schäme mich so, aber manchmal wünsche ich mir, dass endlich ein Brief kommt, der ihr Gewissheit gibt. Selbst wenn das bedeutet, dass Hannes gefallen ist.«

»Nein. Wünsch dir das nicht!«, sagte Georg leise. »Wünsch dir das nicht! Dann wird es noch viel schlimmer, glaub mir, denn dann wird sie dich gar nicht mehr wahrnehmen. Sie wird sich verkriechen wie ein Tier und dich ganz allein lassen.«

Er schwieg einen Moment, tief in Gedanken. »Ich hab das schon einmal erlebt. Bei einem Freund«, sagte er schließlich noch leiser.

Elli sah ihn fragend an, aber Georg sprach nicht weiter.

Plötzlich hob er den Kopf und lächelte. »Trotz allem sollten wir versuchen, das Beste aus Weihnachten zu machen. Wenn in die kleine Stube kein Baum passt, dann werden es auch ein paar Tannenzweige tun und ein paar Kerzen auf einem Teller. Ich finde die kleine Stube sowieso viel schöner als die große. Wenn alle etwas zusammenrücken, kann es sehr feierlich werden.«

»Und wenn Mutter gar nicht feiern möchte? Wenn sie allen die Laune verdirbt? Wie soll denn das ein schönes Weihnachten werden?«, warf Elli ein.

»Morgen muss ich gleich zwei Mal Orgel spielen, weil Pastor Meiners keinen Organisten bekommen hat: vormittags im Sonntagsgottesdienst, nachmittags im Weihnachtsgottesdienst. Ich werde versuchen, deine Mutter zu überreden, nachmittags mit uns in die Kirche zu kommen. Vielleicht wird sie das auf andere Gedanken bringen.«

»Ach Georg, ich bin so froh, dass du bei uns bist!«, sagte Elli. »Was würde ich nur ohne dich tun?«

Georg griff nach ihren Händen und drückte sie ganz fest. »Elli, du bist wunderbar! Weißt du das?«

Der Weihnachtsgottesdienst in Strückhausen fand bereits nachmittags um halb vier statt, bevor auf den Bauernhöfen die Fütterzeit begann. Trotzdem war die Kirche bisher selbst an Heiligabend nie besonders voll gewesen. Elli erinnerte sich an den Gottesdienst vor zwei Jahren, zu dem sie nur gefahren war, weil ihr noch etliche Striche auf der Gottesdienstliste gefehlt hatten und sie befürchtet hatte, im Mai nicht konfirmiert zu werden. Die Kirche war nur halb voll gewesen. In den Bänken saßen zumeist die alten Frauen der Bauerschaft und ein paar Jugendliche, die auf ihre zappeligen jüngeren Geschwister aufpassen sollten. Nur wenige der Bauern hielten ihr Seelenheil für wichtiger, als pünktlich in den Stall zu kommen.

Den ganzen Tag war es frostig gewesen. Der Wind hatte gedreht und blies von Osten her eisige Böen übers Land. Die kleinen Fenster in der Viehdiele waren mit Eisblumen bedeckt.

»Gibt anderes Wetter«, hatte Hinnerk am Morgen prophezeit. »Mir tun schon alle Knochen weh. Das gibt Schnee! Noch nicht heute und wohl auch noch nicht morgen, aber auf mein Rheuma ist Verlass.« Er klopfte seine längst kalte Pfeife aus und steckte sie in die Jackentasche. »Passt doch gut, Weihnachten und Schnee. Haben wir auch nicht alle Jahre!«

Auf den Pfützen, die noch vom letzten Regen in den Schlaglöchern standen, hatte sich eine Eisschicht gebildet, die knirschend zerbrach, als sie mit den Fahrrädern darüberfuhren. Der Ostwind war inzwischen abgeflaut, und die Sonne, die es kaum über die kahlen Birkenwipfel am Straßenrand geschafft hatte, tauchte den Horizont im Südwesten in ein fahles Rot.

Nachdenklich betrachtete Elli den Rücken ihrer Mutter, die auf ihrem alten schwarzen Fahrrad neben Bernie herfuhr. Was auch immer Georg zu ihr gesagt hatte, es hatte gewirkt. Willa war tatsächlich um kurz nach drei Uhr in Mantel und Hut bei den Fahrrädern erschienen, um mit Elli, Georg und Marie Bornbach zur Kirche zu fahren. Auch Bernie war ein paar Minuten später aufgetaucht, hatte gegrinst und sich wortlos auf sein Fahrrad geschwungen. Elli vermutete, dass er einfach nur neugierig war und nichts verpassen wollte.

Die anderen hatten es vorgezogen, zu Hause zu bleiben. Den Großeltern war es zu kalt, und Tilly, die nicht mehr gern Rad fuhr, hatte sich zudem erboten, auf den kleinen Erich aufzupassen, während seine Mutter weg war. Elli hatte noch einen zaghaften Versuch unternommen, ihren Vater zu überreden, aber der hatte abgewinkt. Für so einen Tünkram hätte er keine Zeit, hatte er schroff erwidert. Die Arbeit mache sich nicht von allein, und wenn alle anderen in die Kirche rennen müssten, dann müsse eben er zu Hause bleiben, um sie zu erledigen.

An diesem Heiligabend war es anders als vor zwei Jahren. Die Kirche schien sich bereits zu füllen, obwohl die Glocke noch nicht einmal läutete, als sie auf die Kirchenallee einbogen. Auf der schmalen Klinkerstraße waren etliche Fahrradfahrer und Fußgänger unterwegs, vor der Pastorei standen mehrere Autos, und Elli und ihre Begleiter hatten Mühe, noch einen Platz für ihre Fahrräder zu finden.

Vor dem Torbogen, unter dem sich das Eingangsportal der Kirche befand, stand eine Gruppe von Leuten, die freundlich grüßten, als sie Elli und ihre Mutter erkannten. Georg verabschiedete sich kurz und lief zur Pastorei hinüber, weil er dort morgens seine Noten hatte liegen lassen.

Zu Ellis Missfallen hatte Georg Willa angeboten, mit ihnen auf den Orgelboden zu kommen, weil ihr nicht der Sinn danach stand, so viele Leute zu sehen.

»Kann ich auch mit zur Orgel hinauf?«, fragte Bernie. »Bitte! Ich wollte das schon immer mal sehen!«

»Ich glaube nicht, dass das eine gute Idee ist«, erwiderte Elli. »Es ist ziemlich eng da oben, und ich weiß nicht, ob es Georg recht wäre.«

Bernie zog ein mürrisches Gesicht und wollte gerade zu einer Antwort ansetzen, als Georg, die Noten unter den Arm geklemmt, zurückkam. »Ob mir was recht wäre?«, fragte er.

»Elli will nicht, dass ich mit nach oben auf den Orgelboden gehe«, knurrte Bernie beleidigt.

Georg lachte. »Ich fürchte, wir werden uns wohl oder übel alle neben die Orgel quetschen müssen. Pastor Meiners sagte gerade, die Kirche sei jetzt schon voll.« Er zog die schwere Kirchentür auf und ließ die anderen vorgehen.

Durch die Glasfenster der Schwingtür, die den Vorraum vom Kirchenschiff trennte, konnte Elli sehen, dass die Bänke wirklich bis auf wenige Plätze ganz hinten voll besetzt waren.

Neben dem Altar standen zwei große Tannenbäume, deren

Zweige über und über mit Lametta behängt waren. Die weißen Kerzen auf den Zweigen der Weihnachtsbäume und im Kronleuchter über dem Mittelgang tauchten die Kirche in ein warmes, gelbliches Licht.

»Wo bleibst du denn, Elli?«, hörte sie Georg fragen. Er wartete neben der Tür, die den steilen Treppenaufgang zum Orgelboden verbarg, und hielt sie für Elli auf.

Oben zog er sich flink die schweren Stiefel von den Füßen, legte die Noten zurecht und setzte sich auf die Orgelbank.

Endlich hörte die Glocke zu läuten auf. Elli trat an die Brüstung der Empore und wartete wie bei jedem Gottesdienst auf den Moment, in dem der weiße Schopf des Pastors unter ihr sichtbar wurde. Dann drehte sie sich zu Georg um und nickte ihm zu.

Im Gegensatz zu Elli schien es Georg überhaupt nicht nervös zu machen, dass auf einer schmalen Bank an der Brüstung Ellis Mutter und Marie Bornbach saßen und ihm zusahen. Ganz auf die Noten konzentriert, spielte er ein getragenes, langsames Stück, das nach Ellis Geschmack viel zu traurig für Weihnachten klang, und nickte zufrieden, als er fertig war. Lächelnd blinzelte er Elli und Bernie zu, die links und rechts neben ihm standen. Bernie, um Georg staunend zuzusehen, Elli, um die Noten umzublättern.

»Im Namen des Vaters, des Sohnes und des Heiligen Geistes«, dröhnte Pastor Meiners' dunkle Stimme durch das Kirchenschiff, und der Gottesdienst nahm seinen Anfang.

Elli fühlte, wie ihr ganz leicht zumute wurde. Die Wärme, die von den vielen Menschen und den brennenden Kerzen ausging, das silberne Funkeln des Lamettas an den Bäumen neben dem Altar, der Geruch von frisch geschlagenem Nadelholz, der in der Luft lag, das leise Geflüster aus den Bankreihen unter ihr – all das gab Elli ein warmes Gefühl der Geborgenheit und ließ ihr Herz schneller schlagen. So eine feierliche Stimmung hatte sie noch nie erlebt.

Es wurde viel gesungen an diesem Nachmittag. *Macht hoch die Tür, die Tor macht weit*, *Es ist ein Ros entsprungen* und *Vom Himmel hoch, da komm ich her* spielte Georg, und die Gemeinde sang voller Inbrunst mit, auch wenn sie immer einen halben Ton hinter der Orgel herschleppte.

Pastor Meiners las die Weihnachtsgeschichte nicht vor, das tat er nie, sondern erzählte sie auswendig. Die Bibel lag aufgeschlagen auf dem Altar hinter ihm.

Von dem Gebot der Volkszählung durch Cyrenius sprach er und wie sich alle auf den Weg gemacht hatten. Wie die Straßen sich mit immer mehr Menschen gefüllt hatten, die von Ort zu Ort zogen, auf der Suche nach Obdach oft scheiterten und auf das Mitleid anderer angewiesen waren. Wie kalt es wohl gewesen sein mochte in jener Nacht, als Maria ihr erstes Kind in einem Stall zur Welt brachte und nichts weiter hatte als eine Heukrippe, um es hineinzulegen, fragte der alte Geistliche.

Und dass es die Bauern waren, erzählte er, die Hirten auf dem Felde, die Ärmsten der Armen, die das Wunder zuerst erkannten. Zu ihnen waren die Engel gekommen, nicht zu den Mächtigen und Reichen, und hatten von Gottes Frieden gesprochen. Da hatten sich die Hirten auf den Weg gemacht, um das Wunder mit eigenen Augen zu sehen.

Pastor Meiners hielt inne, blickte zur Orgel empor und nickte.

Elli saß ganz vorn an der Brüstung, die Arme auf das hohe Geländer gelegt und das Kinn auf die gefalteten Hände gestützt. Plötzlich fühlte sie, wie jemand ihren Arm berührte.

Sie hatte gar nicht bemerkt, dass Georg von der Orgelbank hinter ihr aufgestanden war. Lautlos, wegen der dicken Socken, die er beim Orgelspielen trug, war er neben sie getreten und hatte seine Hände auf das Geländer gelegt. Auf das Nicken des Pastors hin holte er tief Luft und begann zu singen.

»Ich steh an deiner Krippen hier,
o Jesu, du mein Leben;
ich komme, bring und schenke dir,
was du mir hast gegeben ...«

Seit jenem ersten Gottesdienst im November, als Georg sich
hatte »mitreißen lassen«, wie er es damals ausgedrückt hatte,
hatte er in der Kirche nicht mehr gesungen, nicht ein einziges
Mal. Auch zu Hause bei Bruns hatte er nur Klavierspielen geübt,
niemals gesungen. Und dennoch war es, als hätte er nie etwas
anderes gemacht, so sicher schien er sich jedes einzelnen Tons
zu sein.

»Nimm hin, es ist mein Geist und Sinn,
Herz, Seel und Mut, nimm alles hin
und lass dir's wohlgefallen.«

Georgs Stimme war voll und weich und trug bis in den letzten
Winkel, obwohl er gar nicht laut sang. In der Kirche unter ihnen
war es mucksmäuschenstill. Nichts war zu hören außer Georgs
Stimme, die den großen Raum vollkommen auszufüllen schien.
Unten in den Bänken hatten sich etliche Zuhörer zum Orgel-
boden umgedreht und sahen staunend hinauf zu dem jungen
Mann, der neben Elli stand und aus voller Seele sang.

Dankbarkeit und tiefe Liebe schwangen in jedem seiner
Worte, in jedem seiner Töne mit. Er empfand das, was er sang,
aus tiefstem Herzen, und während Elli ihm zuhörte, spürte auch
sie Dankbarkeit und Liebe in sich aufsteigen. Er sang ihr aus
dem Herzen, er sang nur für sie. Sämtliche Haare auf ihren Armen und in ihrem Nacken stellten sich auf.

In der nächsten Strophe wurde Georgs Stimme vor Furcht
und Trauer, die darin mitschwangen, plötzlich ganz leise.

»Ich lag in tiefer Todesnacht,
du warest meine Sonne,
die Sonne, die mir zugebracht
Licht, Leben, Freud und Wonne.«

Georgs Hand bewegte sich auf Ellis zu. Sie nahm ihre Arme
vom Geländer, legte ihre Hand neben seine und berührte seine
Finger. Sie sah an seinen Augen, dass er lächelte, aber er blickte
nicht zu ihr herunter, ließ sich nicht ablenken, sondern fuhr mit
neu erwachter Zuversicht in der Stimme fort:

»O Sonne, die das werte Licht
des Glaubens in mir zugericht',
wie schön sind deine Strahlen!«

Er sang weiter und weiter. Noch eine dritte Strophe, und schließlich eine vierte. Aber alles, was für Elli zählte, war seine Stimme,
die nur für sie erklang, und die schmale Stelle, an der seine Hand
die ihre berührte.

Als der letzte Ton verklungen war, schloss Georg einmal kurz
die Augen, atmete tief durch und suchte dann Ellis Blick. Er
strahlte.

Unten im Kirchenraum erscholl leises Gemurmel. Natürlich
war es undenkbar, in der Kirche zu klatschen, aber offenbar hatte
Georgs Darbietung Anklang gefunden.

Pastor Meiners lächelte und nickte Georg anerkennend zu.
Dann schob er seine Hornbrille ein Stück die Nase hoch und
begann zu predigen.

Dies sei ein schlimmes Jahr gewesen, sagte er. Es gebe keine
Familie in der Gemeinde, die nicht Bekannte, Freunde oder
Verwandte verloren habe, nicht eine Familie, die vom Krieg verschont geblieben sei. Viele habe es hart getroffen, einige sehr
hart. Der ernste Blick des alten Mannes schweifte über seine

Gemeinde, ruhte auf einigen Gesichtern länger als auf anderen.

»Immer wieder werde ich gefragt, warum Gott solche Kriege zulässt. Immer dann, wenn ich bei einer Familie sitze, die einen Brief bekommen hat, dass der Ehemann oder Vater, der Bruder oder Sohn gefallen ist, stellt jemand diese Frage: Wie kann Gott so viel Leid zulassen, wenn doch die Weihnachtsbotschaft lautet ›Friede auf Erden und den Menschen ein Wohlgefallen‹? Darauf eine Antwort zu geben ist das Schwerste für mich. Ich sage dann, dass es nicht Gott ist, der in den Krieg zieht, sondern die Menschen, und dass die Menschen ihn auch beenden und Frieden schließen müssen.«

Wieder hielt Pastor Meiners inne. Elli sah, dass er Egon Behrens, der wie so häufig in der zweiten Reihe vorn am Gang saß, einen kurzen Blick zuwarf. Meiners räusperte sich, ehe er fortfuhr. »Beten wir, dass der Krieg bald ein Ende hat! Beten wir, dass die Männer an der Front unversehrt an Leib und Seele wieder nach Hause kommen! Beten wir, dass wir hier von Tieffliegern, Bomben und Panzern verschont bleiben! Bislang sind wir hier in der Marsch, was das angeht, wirklich glimpflich davongekommen. Dafür müssen wir dankbar sein. In den großen Städten haben viele nicht so viel Glück gehabt und gerade mal ihr nacktes Leben retten können, als die Bomben gefallen sind oder die Front näher gerückt ist und die Panzer durch die Straßen gerollt sind. Es wird nicht reichen, für diese Unglücklichen nur zu beten!«, rief der Pastor mit erhobener Stimme. »Jeder Einzelne hat jetzt die Pflicht zu helfen, und es soll sich bloß niemand einbilden, sich damit herausreden zu können, dass der Staat oder die Partei oder gar die Kirche für die Flüchtlinge und Heimatlosen zuständig wären. Jeder, dessen Haus noch steht und der genug zu essen hat, muss helfen!«

Über den Rand der Hornbrille, die bei seiner flammenden Rede wieder ein Stück heruntergerutscht war, musterte Pastor

Meiners seine Gemeinde mit zusammengezogenen Augenbrauen. »Ihr kennt mich alle. Ich bin keiner, der den Leuten nach dem Mund redet und ihnen Honig um den Bart schmiert. Das ist nicht meine Art. Wir haben schwere Zeiten hinter uns, aber die nächsten Wochen und Monate werden nicht leichter, da soll sich keiner vertun.«

Wieder ließ sich Meiners einen Augenblick Zeit, seine Gemeinde zu betrachten. Ein Lächeln erhellte sein Gesicht, als er mit deutlichem Wohlwollen in die Gesichter vor sich schaute. »Aber es ist nicht das erste Mal, dass wir schwere Zeiten erleben«, fuhr er mit einem bekräftigenden Nicken fort. »In der Vergangenheit haben wir gemeinsam schon einiges durchgestanden. Wenn alle in der Nachbarschaft sich gegenseitig helfen und beistehen, wie es seit alters her gute Sitte ist, muss niemand Angst haben. Genau darauf kommt es jetzt an: sich gegenseitig beizustehen. Es geht um viel mehr, als den Flüchtlingen ein paar Tage ein Dach über dem Kopf und eine warme Mahlzeit zu geben und sie dann wieder ihrer Wege ziehen zu lassen. Es geht darum, dass wir zusammenrücken, sie aufnehmen und ihnen das Gefühl geben, bei uns willkommen zu sein. Dass sie bei uns nicht nur Obdach finden können, sondern auch eine neue Heimat. Ich weiß, das ist viel verlangt! Es fällt nicht leicht, fremde Leute im Haus zu haben, auf engstem Raum mit ihnen zusammenzuwohnen und das Wenige, was man besitzt, mit ihnen zu teilen. Wir sind ja doch eher ein verschlossener und sturer Menschenschlag. Aber wir können auch eine Menge gewinnen, wenn wir über unseren eigenen Schatten springen, davon bin ich überzeugt.«

Der Pastor hielt noch einmal kurz inne und räusperte sich. »Nehmen wir nur mal als Beispiel den heutigen Heiligabend. Wie traurig wäre doch so ein Weihnachtsgottesdienst ohne Musik, ohne dass jemand die Gemeinde auf der Orgel begleitet, wenn wir die schönen alten Lieder singen. So wäre es heute gewesen, wenn nicht Familie Bruns vor ein paar Wochen einen Jungen aus Köln bei sich aufgenommen hätte. Seine Familie wurde ausgebombt, und er hilft jetzt bei Bruns im Stall mit. Als er an seinem ersten Sonntag hier den Gottesdienst besuchte, hab ich erzählt, dass wir niemanden haben, der im Gottesdienst Orgel spielt. Da hat er mich gefragt, ob er es versuchen dürfe. Natürlich hab ich nicht Nein gesagt. Und so kommt er nun schon seit etlichen Wochen jeden Sonntag pünktlich hierher und begleitet den Gottesdienst auf der Orgel – einfach nur, um mir einen Gefallen zu tun und aus Freude an der Musik. Und dabei ist er nicht mal evangelisch. Wie viel Freude er an der Musik hat, habt ihr vorhin alle hören können. Er war es, der so schön für uns gesungen hat. Da hab ich doch tatsächlich den einen oder anderen nach seinem Taschentuch greifen sehen.«

Pastor Meiners schob erneut seine Brille hoch, hob den Kopf und lächelte breit zum Orgelboden hinauf. »Da oben steht unser junger Organist. Sein Name ist Georg Weber«, rief er. »Ich glaube, ich spreche in unser aller Namen, wenn ich sage: Herzlich Willkommen hier bei uns, Georg!«

Jetzt drehte sich die ganze Gemeinde zu ihnen um. Elli, die noch immer auf ihrem Stuhl ganz vorn an der Brüstung saß, fühlte, wie ihr das Blut in die Wangen schoss, als sie so viele Augenpaare auf sich gerichtet sah.

Auch sie wandte den Blick zu Georg, und jede Kleinigkeit prägte sich ihr ein: die blaue Jacke, die Hannes gehörte und ihm an den Ärmeln ein Stück zu kurz war; seine dunkelbraunen Locken, die ihm über die Ohren, in die Stirn und über den Kragenrand des weißen Hemdes fielen; seine Augenbrauen und die lange, gerade Nase; die geschwungenen Lippen, die sich jetzt zu einem strahlenden Lächeln öffneten. Sie spürte die Wärme seiner Hand dicht neben ihrer.

Georg senkte den Kopf ein wenig, beinahe sah es aus, als würde er sich verbeugen, ehe er sich zu Elli umdrehte. Sie sah seine Augen leuchten, als er sich zu ihr herunterbeugte, um ihr zuzuflüstern: »Ich bin angekommen!«

Diesmal wartete Georg nicht auf dem Orgelboden, bis Pastor Meiners kam, um ihn abzuholen. Kaum hatte er das letzte Stück beendet, schlüpfte er eilig in seine Schuhe und verschwand durch die schmale Tür zur Treppe. Elli und die anderen folgten etwas langsamer und kletterten vorsichtig die steile, schmale Stiege hinunter.

Vor dem Zugang zum Orgelboden blieb Elli stehen und sah sich suchend nach Georg um.

Unter den Gottesdienstbesuchern, die nach und nach durch die schwere Holztür in die eisige Nacht hinaustraten, war er nicht.

Elli lugte durch die Scheiben der Glastür ins Kirchenschiff und sah ihn beim Altar neben dem Pastor stehen, der sich angeregt mit zwei Männern unterhielt. Als er Elli bemerkte, beugte sich Georg zu Meiners hinüber und sagte etwas zu ihm. Der Pastor nickte und gab den beiden Männern zum Abschied die Hand. Als sie gegangen waren, winkte er Elli zu sich. »Ich bin gleich wieder da«, sagte sie zu ihrer Mutter, die mit Bernie und Marie neben der Tür zum Orgelboden stehen geblieben war.

Willa nickte. »Ja, hol Georg mal her. Es ist schon spät«, sagte sie. »Wir sollten zusehen, dass wir nach Hause kommen. Dein Vater wird sich schon fragen, wo wir bleiben.«

Elli öffnete die Tür und ging eilig den Mittelgang entlang auf Georg und den Pastor zu.

»Frohe Weihnachten, min Deern!«, sagte Pastor Meiners und schüttelte ihr die Hand, die in seiner Rechten fast verschwand. »Wo hast du denn deine Mutter und eure junge Flüchtlingsfrau gelassen?«

»Die warten vorne am Eingang«, erwiderte Elli hastig. »Wir

173

wollen jetzt nach Hause fahren, Georg. Mutter hat gesagt, Papa wird schon auf uns warten.«

»Ach, papperlapapp!« Meiners winkte ab. »So spät ist es noch nicht. Ich würde gern noch ein paar Worte mit deiner Mutter reden.«

Damit ließ er die beiden jungen Leute stehen, ging zum Ausgang und verschwand durch die Glastür.

Elli sah ihm hinterher. »Was will er denn nur von ihr?«, murmelte sie, als die Tür hinter ihm zugefallen war.

Plötzlich keimte ein Verdacht in ihr auf, und die Angst bildete einen kalten Knoten in ihrem Magen. »Hast du ihm was erzählt?«, fragte sie mit schreckgeweiteten Augen.

Hinter ihnen war der Küster inzwischen damit beschäftigt, die Kerzen an den Bäumen zu löschen.

Georg sah sie fragend an, antwortete aber nicht.

»Ich meine, hast du ihm irgendetwas darüber erzählt, was Mutter …«

»Ja, ich hab ihm alles erzählt.«

Elli schlug die Hand vor den Mund und starrte ihn entsetzt an. »O mein Gott! Wenn das rauskommt!«

»Wenn was rauskommt?«

»Dass du dem Pastor erzählt hast, was bei uns zu Hause los ist.«

»Aber warum?«

»Das verstehst du nicht!«

Sie zog Georg am Ärmel ein Stück weiter, weg von den neugierigen Ohren des Küsters. »Hör mal, du kennst das nicht. In der Stadt mag das ja alles gehen. Aber hier …« Elli suchte nach Worten, um es zu erklären. »Hier ist das anders. Wenn etwas nicht in Ordnung ist, dann wird das innerhalb der Familie geregelt. Davon darf niemand etwas mitbekommen. Das geht keinen was an.«

»Aber …«

»Kein Aber! Niemand darf wissen, was bei uns zu Hause los ist. Nicht in der Nachbarschaft, nicht in der Gemeinde! Niemand! Versteh das doch! Wenn Mutter rauskriegt, dass du dem Pastor gesagt hast, was ich dir erzählt hab …« Bei dem Gedanken an Willas Reaktion wurde ihr ganz schlecht.

Georg sah ihr einen Moment lang forschend ins Gesicht. »Aber wenn das so ist, warum hast du mir dann alles erzählt?«

»Weil …« Elli spürte, wie ihr das Blut ins Gesicht schoss. »Weil ich dachte …«, stammelte sie. Dann verstummte sie und wandte sich ab.

»Wir müssen jetzt los«, sagte sie schroff und wollte gehen, aber Georg griff nach ihrem Arm und hielt sie zurück.

»Warum hast du es mir erzählt?«

Elli drehte sich wieder zu ihm um und starrte ihn an. *Weil du der beste Freund bist, den ich je hatte, und weil du mir längst näher bist als jeder andere in dieser Familie,* wollte sie sagen. *Weil mir alles über den Kopf gewachsen ist und ich nicht weiterwusste.* Noch viel mehr lag ihr auf der Zunge, was sie bislang nicht einmal sich selbst eingestanden hatte, aber sie brachte kein Wort heraus. Ihre Kehle war wie zugeschnürt, während sie Georg anstarrte.

»Bitte«, flüsterte sie schließlich. »Wir sollten jetzt wirklich zu den anderen gehen.«

Georg nickte. Er ließ ihren Arm los, den er noch immer festgehalten hatte. »Keine Sorge, Elli! Pastor Meiners wird nichts sagen, was dich oder mich in Schwierigkeiten bringen würde. Glaub mir, du kannst ihm vertrauen! Er weiß, was er tut.«

Elli warf ihm einen zweifelnden Blick zu und drehte sich zur Tür um. Hinter der Scheibe sah sie Bernie stehen, der sie heranwinkte. Sie beschloss, die Sache erst einmal auf sich beruhen zu lassen, und eilte den Mittelgang entlang zum Ausgang.

Bernie schien froh, nicht mehr allein warten zu müssen, während der Pastor sich mit Mutter und Marie Bornbach unterhielt. Sie standen ein Stückchen entfernt, direkt neben der Eingangstür. Elli sah Marie nicken, als der Pastor ihr die Hand gab und sich dann Willa zuwandte.

In Gedanken malte Elli sich alles Mögliche aus, was Pastor Meiners wohl mit Mutter zu bereden hätte. Sie sprachen so leise miteinander, dass Elli auch mit größter Anstrengung nichts von der Unterhaltung verstehen konnte. Außerdem hatte Bernie begonnen, Georg lautstark wegen irgendetwas Unwichtigem zu löchern. Wenn sie doch nur etwas näher herankönnte!

Auch Willa nickte gelegentlich, während Meiners auf sie einredete. Dann drehte sie plötzlich den Kopf und starrte Elli direkt in die Augen.

Da war er wieder, der eisige Raubvogelblick ihrer Mutter, die steile Falte grub sich zwischen die Augenbrauen, und ihre Lippen wurden schmal.

Egal, was Georg auch glaubte, irgendetwas musste der Pastor gesagt haben, aus dem Willa Bruns schließen konnte, dass Elli oder Georg mit ihm gesprochen hatten. Ein kalter Schauder lief Elli über den Rücken.

Noch immer redete der Pastor, und noch immer hielt Willas eisiger Blick den ihren fest. *Na warte!*, schien dieser Blick zu sagen. *Wir sprechen uns noch, mein Fräulein!*

Dann drehte Willa den Kopf und gab Pastor Meiners zum Abschied die Hand.

Ihre Fahrräder waren die letzten, die noch neben der Kirche standen. Alle anderen Gottesdienstbesucher hatten sich bereits auf den Heimweg gemacht.

Es war inzwischen stockdunkel, und am klaren Winterhimmel funkelten unzählige Sterne, zwischen denen man das schimmernde Band der Milchstraße erahnen konnte. Obwohl niemand an Heiligabend ernstlich mit Fliegeralarm rechnete, hatten nur Georg und Bernie, die vorausfuhren, das Licht am Fahrrad eingeschaltet. Elli fuhr ganz hinten, ließ den Abstand zu den anderen immer größer werden und überlegte fieberhaft, wie sie und Georg der Auseinandersetzung mit ihrer Mutter entgehen könnten, aber ihr wollte einfach keine Lösung einfallen.

Irgendwie musste sie versuchen, Mutter wenigstens heute Abend keine Gelegenheit zu geben, sie beide allein zu erwischen, um ihnen eine Standpauke zu halten. Nicht gerade am Heiligen Abend.

Als sie endlich wieder zu Hause ankamen, hatten Anton, Hinnerk und Victor bereits das Vieh gefüttert und waren dabei, die Kühe zu melken. Auch Opa Bruns half ausnahmsweise im Stall mit. Er stand in der Milchkammer und goss die Milch durch den Filter in die großen Kannen.

Während die anderen in die Küche gingen, liefen Georg und Elli eilig nach oben, um sich umzuziehen. Aber als sie im Stallzeug in der Viehdiele ankamen, war das Melken schon so gut wie erledigt, und Anton knurrte missmutig, sie könnten genauso gut wieder hineingehen, jetzt sei die Arbeit fertig und Hilfe habe er nicht mehr nötig.

Elli wollte widersprechen, aber Georg warf ihr einen schnellen Blick zu und schüttelte unmerklich den Kopf. »Das kann uns doch nur recht sein«, flüsterte er, als sie im Kälberstall außerhalb von Antons Hörweite waren. »So können wir die kleine Stube noch schmücken, ehe es Abendbrot gibt.«

»Aber …«

»Nichts aber! Nun komm schon mit, Elli! Sei keine Spielverderberin!« Er lachte und verschwand gut gelaunt pfeifend durch die Tür zum Vorflur.

Elli seufzte und folgte ihm. Sie brachte es einfach nicht übers Herz, ihm die Freude zu verderben.

Eine halbe Stunde später hatten Georg und Elli die Tannenzweige auf die beiden großen Bodenvasen verteilt und die Vasen links und rechts vom Stubenbüfett aufgestellt. Elli hatte vom Dachboden die Kiste mit dem Weihnachtsschmuck geholt und hängte Strohsterne an die Tannenzweige. Georg schälte sehr vorsichtig die silbernen Weihnachtskugeln aus dem Seidenpapier, in das Willa sie im Vorjahr eingewickelt hatte. Er hatte den Volksempfänger eingeschaltet. *O du fröhliche* tönte aus dem Lautsprecher, und Georg summte leise mit.

»Ihr solltet noch Lametta dazuhängen. Das füllt so schön!«

Elli zuckte beim Klang der Stimme zusammen. Sie hatte ihre Mutter nicht kommen hören.

Willa stand in der Tür, eine Küchenschürze über ihr gutes dunkles Kleid gebunden, in der Hand eine braune Pappschachtel. Sie betrachtete die beiden Bodenvasen und nickte. »Ja, Lametta wäre gut«, wiederholte sie und stellte die Schachtel auf den Stubentisch. »Hier sind die Kerzen, die ich besorgt habe, als es hieß, dass Hannes nach Hause kommt. Richtige rote Weihnachtsbaumkerzen.«

Sie stockte und räusperte sich. Die Finger ihrer linken Hand glitten über die Schachtel. Fast sah es aus, als streichle sie sie. »Neues Lametta ist auch da drin. Seid vorsichtig beim Aufhängen. Nicht zu nah an die Kerzenflammen!«, fügte sie in schärferem Ton hinzu.

Elli nickte nur.

»Wir werden daran denken«, sagte Georg leise, ging zum Tisch hinüber und nahm die Schachtel in die Hand. Er sah Ellis Mutter lange in die Augen und lächelte dann. »Danke!«, sagte er warm. »Vielen Dank, Frau Bruns!«

Willa nickte ihm zu. »Ist schon gut, Georg«, erwiderte sie und versuchte ein Lächeln. »Und vielleicht solltest du einfach ›Tante Bruns‹ und ›du‹ zu mir sagen, so wie die anderen jungen Leute aus der Nachbarschaft auch.«

Sie wandte sich zum Gehen. An der Tür drehte sie sich noch einmal zu ihrer vor Verblüffung sprachlosen Tochter um. »Du kannst hier weitermachen, Elli. Marie wird mir beim Abendessen helfen.«

Es wurde ein wunderbarer Weihnachtsabend, genau wie Georg vorausgesagt hatte.

Nach dem Abendbrot gingen sie alle hinüber in die kleine Stube. Es war eng und warm, wie sie dort dicht an dicht auf Sofas und Stühlen beieinandersaßen, im Schein der roten Weihnachtskerzen, deren Flackern von Zeit zu Zeit Schatten über die Wände huschen ließ. Alle zusammen sangen *Oh Tannenbaum* und *Stille Nacht, heilige Nacht*. Dann gab es die Bescherung.

Die Erwachsenen schenkten sich nichts, das war auch schon vor dem Krieg immer so gewesen. Bernie bekam zwei Karl-May-Bände, die er noch nicht hatte, und Elli eine weiße Bluse. Am meisten freute sich aber der kleine Erich, der einen Holzwagen voller Bauklötze zum Hinterherziehen auspackte, mit dem schon Hannes und Bernie gespielt hatten. Dass schon ein paar Klötze fehlten, tat seiner stillen Begeisterung keinen Abbruch. Während er an seinem linken Daumen nuckelte, räumte er erst alle Bauklötze aus und reichte sie dann einen nach dem anderen mit bittendem Blick an Georg weiter, der neben ihm auf dem Boden saß und sie geduldig wieder in den kleinen Wagen einräumte.

Marie, deren Augen verdächtig glänzten, saß neben Tilly auf dem Sofa und schaute ihrem Sohn zu. Sie griff nach Tillys Hand und drückte sie.

»Lass mal gut sein, Mädchen!«, sagte Ellis Oma herzlich. »Dein Lüttjer ist so ein lieber Junge, das hat er verdient. Und unser Bernie ist doch inzwischen schon viel zu alt, um damit zu spielen.«

Die Kerzen an den beiden Sträußen ließen sie nur halb herunterbrennen und bliesen sie dann vorsichtig aus. Damit man sie am nächsten Abend noch einmal anzünden könne, meinte Anton.

Elli kochte Tee, Tilly holte ihren Zuckerzwieback und stellte ihn auf den Tisch, und Anton schenkte den Männern einen

Schnaps ein und drehte sich eine Zigarette. Dann erzählte Bernie, wie Georg in der Kirche gesungen hatte. Wunderschön sei es gewesen, pflichtete Marie ihm bei.

»Ach«, sagte Oma Tilly. »Das hätte ich gern gehört! Wie schade!«

Georg lachte. Er stand auf, ging zum Sofa hinüber und hielt Ellis Großmutter die Hand hin. »Wenn's weiter nichts ist«, sagte er. »Das können wir ändern.«

Er zog sie mit sich in den Flur hinaus, wo er sich ans Klavier setzte und zu spielen begann. Es war immer noch verstimmt und die Akustik nicht die beste, aber Georgs Begeisterung machte diesen Mangel mehr als wett. Er sang und sang, Strophe um Strophe, Lied um Lied: Volkslieder, Weihnachtslieder, Schlager, alles Mögliche. Und er forderte die anderen auf mitzusingen.

Elli stand auf der untersten Treppenstufe und ließ ihren Blick über die anderen schweifen, die um das Klavier herumstanden. Marie hatte den kleinen Erich auf dem Arm, der seinen blonden Kopf schon an ihre Schulter lehnte und dem allmählich die Augen zufielen. Anton stand neben ihr und betrachtete sie lächelnd. Opa hielt Oma im Arm, und Elli fiel auf, wie sehr sie einander ähnelten. Omas Augen strahlten, und sie war die Einzige, die alles mitsingen konnte, was immer Georg auch anstimmte.

Georg spielte ein paar Tonleitern und baute die Verzögerung beim Übergreifen des Daumens ein, die Bernie immer machte. Er grinste breit und zwinkerte Bernie zu, der direkt neben dem Klavier stand. Ellis kleiner Bruder, sonst immer sehr empfindlich und sofort beleidigt, lachte über das ganze Gesicht und zwinkerte zurück.

Ganz hinten in der Stubentür stand Willa, am weitesten von allen anderen entfernt. Auch sie schaute von einem zum anderen, aber sie schien keinen wirklich wahrzunehmen. Als sich ihre Augen trafen, hatte Elli das Gefühl, ihr Blick ginge einfach durch sie hindurch, auf der Suche nach jemandem, der in der Runde fehlte.

Willa wandte sich ab und ging in die Stube zurück.

»Kommst du noch mit hinaus?«

Georg lehnte an der Spüle und trocknete die letzten Gläser ab, die Elli gerade abgespült hatte. Es war spät geworden.

Marie hatte Erich, der seinen Bauklotzwagen fest umklammert hielt, nach oben getragen, und auch alle anderen hatten sich nach und nach verabschiedet und waren ins Bett gegangen. Elli und Georg hatten angeboten, noch schnell die Stube aufzuräumen, und waren nun so gut wie fertig.

»Hinaus? Du meinst, nach draußen?«

Georg nickte.

»Aber es ist doch viel zu kalt!«

»Nur ganz kurz. Ach, komm schon, Elli!«

»Aber warum denn?«

»Es ist so ein toller Sternenhimmel heute. Was ist? Kommst du mit?«

Elli zuckte mit den Schultern. »Wenn dir so viel daran liegt.«

Georg lachte. »Würde ich sonst fragen?«

Elli lächelte und band ihre Schürze auf. »Aber du holst unsere Jacken.«

Bekleidet mit den Mänteln, die Georg ganz leise, um niemanden zu wecken, von der Garderobe geholt hatte, schlichen sie durch den dunklen Vorflur zur Dreschdiele, wo sie eine kleine Lampe anschalteten. Vorsichtig zog Elli die knarrende Tür auf, die zum Gemüsegarten und zur Kälberweide führte. Am Holzgatter, wo im Sommer die Kälber gefüttert wurden, blieben die beiden stehen.

Alles um sie herum war still und dunkel, über ihnen wölbte sich das sternübersäte Firmament. Eine schmale Mondsichel hing über dem Horizont. Die Luft war eiskalt, schnitt in Ellis Haut und tat beim Einatmen weh.

»O mein Gott, so einen Sternenhimmel hab ich noch nie gesehen!«, hörte Elli Georg sagen. »*Die Nacht trägt schwarze Seide und all ihre Diamanten.* Keine Ahnung, wo ich das gelesen habe, aber das trifft es genau.«

Ellis Augen brauchten einen Moment, um sich an die Dunkelheit zu gewöhnen. Erst dann konnte sie Georgs Silhouette erkennen.

»Schau! Da ist der Große Wagen und da der Kleine Wagen. Das ist der Nordstern, und dieser helle Streifen ist die Milchstraße.« Georg streckte die Rechte aus und wies mit dem Zeigefinger auf die Sterne, die er nannte. »So deutlich hab ich die in Köln nie gesehen. Aber als ich zuletzt nach Sternen geschaut habe, war auch noch keine Verdunklung. Da war es zu hell, um die Milchstraße erkennen zu können.«

Er schwieg einen Moment. »Ich wollte, wir bekämen eine Sternschnuppe zu Gesicht«, sagte er schließlich.

»Warum eine Sternschnuppe?«, fragte Elli.

»Weil ich mir dann etwas wünschen könnte.«

»Und was würdest du dir wünschen?«

»Wenn ich dir das sage, geht es doch nicht in Erfüllung.«

»Es gab ja auch keine Sternschnuppe.«

Georg lachte leise. Wieder war er eine Weile still, während sie sein zum Himmel gerichtetes Profil betrachtete. »Ich würde mir wünschen, für immer hierzubleiben«, flüsterte er schließlich. »Ich würde mir wünschen, dieser Abend ginge nie zu Ende.«

Er klang so traurig, dass sich Ellis Herz zu einem dicken Knoten zusammenzog.

»Das war der allerschönste Heiligabend, den ich je erlebt habe«, sagte Georg.

»Wirklich?«, fragte Elli verblüfft.

Sie sah ihn nicken.

»Ja, wirklich! Ich glaube, ich bin noch nie so glücklich gewesen.«

Elli fühlte, wie seine Hand nach ihrer griff und sie drückte. Er beugte sich zu ihr und küsste sie auf die Wange.

13

Auch wenn er sich selten irrte, diesmal schien Hinnerk mit seiner Wettervorhersage nicht richtigzuliegen. Zwar blieb es bis Neujahr frostig, aber Schnee fiel nicht. Anfang Januar drehte der Wind wieder auf West, und von der See her kam für ein paar Tage Regen auf, der aus bleigrauen Wolkenschleiern fiel, die so tief hingen, dass sie beinahe die kahlen Birken an der Straße zu berühren schienen.

»Wartet es nur ab!«, sagte der alte Knecht jedes Mal, wenn er aus der Stalltür sah. »Das wird ein bitterkalter Winter. Da haben wir das Ende noch lange nicht davon gesehen.« Dann nickte er wichtig, zog die Nase hoch und klopfte seine Pfeife am Stiefel aus.

Erst Mitte Januar fiel dann endlich der Schnee, den er immer wieder vorhergesagt hatte. Zwei Tage lang wollte es gar nicht mehr aufhören zu schneien. Dicke, schwere Flocken legten sich wie ein nasses Leichentuch Schicht um Schicht auf das graue Gras auf den Weiden. Dann kam ein heftiger Ostwind auf, wuchs zum Sturm an und trieb feine Eisnadeln durch die Luft, die sich hinter Bäumen und Hausecken zu lang gestreckten Verwehungen auftürmten.

Ans Radfahren war nicht mehr zu denken. Also machte sich Bernie am nächsten Morgen missmutig zu Fuß auf den Weg nach Neustadt in die Schule, dick eingemummelt in eine zu große Jacke. Er trug zwei Paar lange Wollstrümpfe übereinander, die er bis zu den Oberschenkeln hochgezogen hatte, damit sie bis unter seine kurze Hose reichten, wo sie festgeknöpft wurden. In seinen Tornister hatte er nicht nur seine Schiefertafel und sein Butterbrot gesteckt, sondern auch noch zwei Torfsoden für den Kanonenofen, der in der Ecke des einzigen Klassenraums stand.

Als auch Elli aufbrechen wollte, um zur Haushaltsschule zu fahren, hielt ihr Vater sie auf. Anton kam vom Hof herein und stampfte fest mit den Füßen auf den Lehmboden der Dreschdiele, um den Schnee von den Stiefeln abzuschütteln.

»Bleib mal besser heute zu Hause!«, sagte er. »Ich bin gerade an der Moorstraße gewesen. Der Schnee liegt so hoch, dass du unmöglich Rad fahren kannst. Und wenn du jetzt zu Fuß nach Ovelgönne läufst, kriegst du den Zug nach Brake sowieso nicht mehr.«

»Aber Martha wird doch auf mich warten!«

»Nein, wird sie nicht! Martha geht nicht mehr zur Haushaltsschule, Onkel Diers hat sie letzte Woche abgemeldet. Jetzt, wo sie so viele Flüchtlinge im Haus haben, soll sie ihrer Mutter helfen, hat er mir erzählt.« Anton griff in seine Hosentasche und zog seinen Tabaksbeutel hervor. »Ich denke, ich werde das auch so machen. Mir gefällt der Gedanke gar nicht, dass du ganz allein so lange mit dem Rad unterwegs bist. Zumindest jetzt im Winter bleibst du besser auch zu Hause. Wenn es aufs Frühjahr zugeht, sehen wir weiter. Ich schreib nachher einen Brief an die Schule.«

»Aber meinst du nicht, dass wir deswegen Ärger bekommen können?«

Anton lachte bitter. »Da wird bestimmt keiner kommen, der dich abholen und zur Schule bringen will. Die haben andere Sorgen, glaub mir.«

Elli wusste sehr genau, was ihr Vater meinte. Auch wenn nichts Genaues in der Zeitung stand, war es kein großes Geheimnis, dass der Feind immer weiter vorrückte. Im Westen wurde bereits auf deutschem Boden gekämpft, Aachen war gefallen, Trier war hart umkämpft, und im Osten rückten die Russen mit aller Macht in Ostpreußen und Schlesien ein.

»Du musst zwischen den Zeilen lesen«, sagte Opa Gustav, der am Küchentisch saß und die Zeitung studierte. »Du kannst daraus, wie sie etwas schreiben, und vor allem aus dem, was sie weglassen, mehr erfahren, als aus dem, was dort steht.«

Elli setzte sich neben ihn und hörte genau zu, was er vorlas und dazu erklärte, während sie zusammen mit den anderen Frauen Kartoffeln schälte.

Niemals stand in der Zeitung, dass es Bombenangriffe gegeben hatte, kein einziges Wort darüber, welche Städte getroffen worden waren, aber jeden Tag hörte Elli in Neustadt die Sirene heulen, wenn es wieder Fliegeralarm gab. Manchmal konnte man die winzigen Punkte mit bloßem Auge am Himmel ausmachen. Das waren dann die Geschwader, die nach Bremen zu den Werften unterwegs waren. Oft warfen sie auch auf dem Rückweg Bomben ab und versuchten, die Bahnstrecke von Bremen über Brake nach Nordenham zu treffen.

Immer öfter gab es Tieffliegerangriffe, denn gegen die Schneefläche waren jeder Lastwagen, jedes Auto, jedes Gespann und jeder Radfahrer oder Fußgänger leicht auszumachen. Als nur wenige Kilometer entfernt in Schwei die Kinder, die gerade die Dorfschule verlassen hatten, von einem Flugzeug beschossen wurden, durfte Bernie ebenso wie Elli zu Hause bleiben. Er sei sowieso einer der Letzten gewesen, die regelmäßig in der Neustädter Schule erschienen seien, sagte er achselzuckend. Ein paar Tage später wurde die Schule ganz geschlossen.

Elli machte es nichts aus, zu Hause zu bleiben. Jeden Tag, von morgens bis abends, war sie mit Georg zusammen. Sie saßen sich am Frühstückstisch gegenüber, bevor sie zusammen in den Stall hinausgingen, sie kletterten auf den Heuboden, wo Elli Georg vor Monaten gefunden hatte, warfen Heu durch die Luke und verteilten es in den Steintrögen vor den Kühen.

Elli versuchte, Georg das Melken beizubringen, aber er schaffte es nicht, selbst der geduldigsten Kuh mehr als ein paar

Spritzer Milch zu entlocken. Er lachte und sagte, er sei offenbar beim Melken ein hoffnungsloser Fall und tauge zu nichts anderem, als die Milch in die Kannen zu schütten. Und wenn Elli ihm dann den Eimer mit der frisch gemolkenen Milch in die Hand drückte, berührten sich ihre Finger für den Bruchteil einer Sekunde, und es fühlte sich an wie ein elektrischer Schlag.

Elli sprach mit niemandem darüber, genauso wenig wie über das merkwürdige Ziehen, das sie jedes Mal ganz tief im Bauch, noch unterhalb des Nabels, fühlte, wenn sich ihre Blicke trafen. Es strahlte nach oben bis in die Brust und nach unten bis in die Beine aus. Ihr Mund wurde trocken, der Hals ganz eng, und ihr war, als zöge sich ein Ring um ihre Brust zusammen, der ihr das Atmen schwer machte, wenn sie sich in Georgs dunkelbraunen Augen verlor.

Sie wandte dann schnell den Blick ab, lachte so laut, dass es in ihren eigenen Ohren schrill klang, und begann über irgendetwas Belangloses zu sprechen, um von ihrer Verlegenheit abzulenken.

Oh, und was sie Georg alles erzählte! Von der Zeit, als sie noch in Schwei gewohnt hatten, nur die Eltern, die Brüder und sie. Dort hatte der Vater von einem der großen Marschhöfe einen der Köterhöfe außerhalb des Dorfes gepachtet. Das Haus war nur klein gewesen, sie hatten nicht mehr als ein paar Kühe und ein Pferd besessen, und im Sommer hatte Anton gelegentlich auf dem Marschhof, zu dem die Köterei gehörte, beim Heuen helfen müssen. Hannes und Elli waren immer mitgegangen und hatten mit allen anderen Dorfkindern beim Einfahren des Heus geholfen.

Auch von dem großen Garten voller Obstbäume erzählte Elli, und was sie dort alles gespielt hatten. Davon, wie sie nach Frieschenmoor gezogen waren, zurück auf den Hof der Großeltern, als der Onkel gefallen war und Anton den Hof übernommen hatte.

Sie erzählte von den Nachbarn, die an der Straße hoch bis

Kötermoor und die Straße hinunter bis Strückhausen wohnten. Wer mit wem verwandt und wer zerstritten war, auf wessen Polterabend es eine Prügelei gegeben hatte und wer zum Schluss betrunken mit dem Fahrrad im Straßengraben gelandet war. Sie erzählte und erzählte, kam vom Hundertsten ins Tausendste und ertappte sich dabei, nervös mit den Fingernägeln an den verhornten Stellen in ihren Handflächen zu puhlen, während sie Georgs Blick auswich, der unverwandt auf ihr ruhte.

Irgendwann fiel Elli auf, dass immer nur sie redete, Georg aber nie von sich erzählte. Mit keinem Wort erwähnte er die Zeit, bevor er zu ihnen gekommen war. Nie sprach er von Köln oder von seiner Familie, von Freunden oder der Schule, nicht ein einziges Mal. Es war, als hätte es die Zeit, bevor er sich auf Bruns' Heuboden versteckt hatte, nie gegeben.

Egal, was die anderen auch einwandten, Georg ließ sich nicht davon abbringen, sonntags zur Kirche zu fahren, um Orgel zu spielen. Er habe es Pastor Meiners schließlich versprochen, erwiderte er nur achselzuckend. Anton erlaubte ihm, nach Strückhausen zu fahren, auch wenn ihm ganz offensichtlich nicht wohl bei dem Gedanken war, aber er bestand darauf, dass Elli zu Hause blieb.

Also stand sie jeden Sonntagvormittag in der Dreschdiele, den Reisigbesen in der Hand, und verabschiedete Georg mit einem gezwungenen Lächeln. Sobald er fort war, begann sie zu fegen. Mit jedem Schritt schwang der Besen vor ihr in einem Bogen über den Lehmboden, von rechts nach links, von rechts nach links, von rechts nach links. Immer von der Wand zum Heufach. Reihe um Reihe trieb sie Staub und Strohhalme, Heu und trockene Blätter vor sich her. So arbeitete sie sich bis zur Tür zum Schweinestall vor, immer einen Fuß vor den anderen setzend, den Besenstiel fest umklammert, um das Zittern ihrer Hände zu beruhigen, den Blick auf den Boden gerichtet, das eintönige, trockene Schaben des Reisigs im Ohr.

Meist war sie schon auf Höhe der Pferdestalltür, wenn sie endlich Georgs Klingeln auf dem Hof hörte, sich das Dielentor öffnete und er Hannes' altes Fahrrad hereinschob. Sein Blick suchte ihren, und seine Augen begannen zu leuchten.

»Ich soll dich schön grüßen!«, sagte er jedes Mal und lächelte.

Und jedes Mal spürte Elli dieses merkwürdige Ziehen in ihrem Bauch.

Ende Januar, als der Schnee ganz hoch lag, kamen weitere Flüchtlinge auf den Brunshof, die untergebracht werden mussten. Die ersten waren Frankes, eine Witwe mit ihrer Schwiegermutter und zwei halbwüchsigen Söhnen. Ihnen hatte sich auf der Flucht durch Schlesien noch eine ältere Frau angeschlossen. Ein paar Tage später kam Frau Zielke mit ihren drei kleinen Kindern, und schließlich im Februar die Meyer-Schwestern aus Ostpreußen, die oben bei Marie Bornbach in der Wohnküche der alten Bruns unterkamen. Sie schliefen nachts eng aneinandergeschmiegt auf einer Matratze, die sie tagsüber hinter dem Sofa an die Wand lehnten.

Das Haus war so voller Menschen, dass es aus allen Nähten zu platzen schien. Elli war froh, dass ihre Kammer so winzig war, dass niemand auf den Gedanken kam, auch bei ihr noch jemanden einzuquartieren.

Die Flüchtlingsfamilien, die unten in der großen Stube wohnten, spannten Wäscheleinen durch das Zimmer, an denen sie Bettlaken als Trennwände aufhängten, um wenigstens die Illusion eines eigenen Rückzugsortes zu haben. Im Gegensatz zu Marie Bornbach, die oft bei Bruns in der Küche saß, blieben die neuen Flüchtlinge lieber unter sich und verbrachten die meiste Zeit in der großen Stube. Was sie auf ihrer Flucht aus Ostpreußen und Schlesien erlebt hatten, darüber sprachen sie nur hinter vorgehaltener Hand und verstummten sofort, sobald Elli, Georg oder Bernie in die Nähe kamen. Irgendetwas

Furchtbares, Unaussprechliches musste vorgefallen sein, etwas, das Irmchen, die jüngere der Meyer-Schwestern, zum Zittern brachte, sobald sie angesprochen wurde, und das sie verstummen und erstarren ließ, wenn sie das Heulen des Fliegeralarms hörte.

Lähmende Spannung lag über dem Land. Zwei oder drei Mal am Tag, schließlich fünf bis sechs Mal, ging die Sirene in Neustadt los, und wer sich draußen aufhielt, ließ alles stehen und liegen, lief ins Haus und suchte Deckung.

Die Arbeit außerhalb des Hauses blieb liegen. Dass die Nachbarn sich gegenseitig halfen, war undenkbar, weil jeder sich scheute, den eigenen Hof zu verlassen.

Anton schüttelte den Kopf. »Wie soll das nur weitergehen? Wir müssen doch mal irgendwann Mist fahren«, hörte Elli ihn murmeln, als sie neben ihm in der Viehstalltür stand und nach draußen blickte.

Nur wenn Hinnerks Erfahrung gebraucht wurde, kam von Zeit zu Zeit einer der Nachbarn vorbei, um ihn zu einem kranken oder kalbenden Tier zu holen. Dann band der alte Knecht seine Prinz-Heinrich-Mütze mit einem Wollschal fest, schwang sich auf sein altes schwarzes Fahrrad und fuhr los.

»Wird schon nichts passieren«, sagte er. »Ist noch immer gut gegangen. Und die Viecher können ja nichts dazu, dass die Tommys die Ballerei nicht lassen können.«

Auch wenn vieles anders und schwieriger war, jetzt wo der Krieg allmählich immer näher rückte, so verlief das Leben hier auf dem Land, etliche Kilometer von der nächsten Stadt entfernt, doch noch immer nach einem alltäglichen Rhythmus, der sich von dem in Friedenszeiten nicht allzu sehr unterschied.

Zuerst wurde gefüttert, dann gemolken. Die Milch wurde zum Molkereiwagen gebracht und die Magermilch für die Kälber von dort abgeholt. Es musste gemistet und neu eingestreut werden, die Hühner, Kühe, Kälber und Schweine wollten ebenso versorgt werden wie die Arbeitspferde. Nach und nach kalbten die Kühe, und jedes Mal saßen Elli und Georg nebeneinander auf der Futterkiste im Pferdestall, unterhielten sich manchmal leise und schwiegen doch meist, während sie warteten, dass die Geburt voranschritt. Alle weiteren Kälber in diesem Winter kamen ohne große Schwierigkeiten auf die Welt. Georg wurde beim Zusehen nicht noch einmal schlecht, auch wenn Hinnerk ihn bei jedem Kalb aufs Neue damit aufzog, wie grün er doch um die Nase sei. Falls er sich darüber ärgerte, so ließ Georg es sich nicht anmerken. Er lächelte über die gutmütigen Frotzeleien, hörte dem alten Knecht aber aufmerksam zu, wenn er ihm und Elli erklärte, worauf sie beim Kalben der Kuh zu achten und wie sie das neugeborene Kalb zu behandeln hätten.

Elli verbrachte den größten Teil ihrer Zeit im Stall. Sie schob die Arbeit dort vor, um nicht drinnen im überfüllten Wohnhaus helfen zu müssen. Immer war die Küche voller Leute, und ihre Mutter stand ständig am Herd und kochte. Tilly Bruns saß in ihrem Sessel und beobachtete mit Argusaugen jeden Schritt, den die Schwiegertochter tat. Nur wenn Marie und Erich unten waren, war Ellis Oma abgelenkt. Dann betüddelte sie den kleinen Jungen, der stundenlang auf ihrem Schoß saß und sich von ihr ein Lied nach dem anderen vorsingen ließ. Jeden Tag gab es Eintopf mit Kartoffeln und Gemüse oder Bohnen und einem schmalen Streifen fetten Speck, der mitgekocht wurde, um dem Essen mehr Geschmack zu verleihen. Dazu gab es für jeden am Tisch eine Scheibe Brot.

Willa kochte für alle gemeinsam. Sie sagte, das sei einfacher und sparsamer, als wenn jede der Familien sich ihr eigenes Essen zubereiten würde. Elli vermutete indessen, dass es Willa hauptsächlich darum ging, die Kontrolle über die Lebensmittelkarten und die Vorräte zu behalten.

Was auch immer der Pastor am Heiligen Abend vor der Kirchentür zu Willa gesagt haben mochte, es hatte gewirkt. Sie hatte wieder alles im Griff, sich selbst und alle um sie herum. Ihre Haltung war kerzengerade, die graublonden Haare waren straff nach hinten gekämmt und zu einem engen Knoten gebunden, die Augen eisblau und ohne Regung. Etwas Hartes, Metallenes ging von ihr aus und umgab sie wie eine Rüstung, die ihr sowohl Schutz als auch Halt gab. Elli fröstelte, wenn sie direkt neben ihrer Mutter stand.

Von Hannes war immer noch keine Nachricht gekommen, und Willa erwähnte ihn mit keinem Wort. Ob ihre Eltern inzwischen beim Roten Kreuz Erkundigungen eingeholt oder gar einen Suchantrag gestellt hatten, wusste Elli nicht, und sie brachte nicht den Mut auf, danach zu fragen.

Im Februar wurden die Luftangriffe auf die Hafenstädte an der Weser immer heftiger. Tag und Nacht flogen die Bomberstaffeln jetzt Angriffe, und es hieß, dass die Engländer von Süden her mit Panzern auf die in Bremen und Bremerhaven zusammengezogenen Wehrmachtsverbände vorrückten, die die Werften und Marinestellungen verteidigen sollten.

Noch war es westlich der Weser weitgehend ruhig, und es wurde nicht am Boden gekämpft, aber es konnte nicht mehr lange dauern, bis der Feind über den Fluss setzte. Ebenso wie Nordenham war auch Brake mehrfach bombardiert worden. Dabei war die Fettraffinerie ganz in der Nähe der Hauswirtschaftsschule, die Elli besucht hatte, in Flammen aufgegangen.

Inzwischen mussten auch die im Jahr 1928 geborenen Jungen zur Wehrmacht einrücken, und die Sechzehnjährigen wurden in der Zeitung aufgerufen, sich dem Volkssturm anzuschließen und mit einer Binde am Arm in den Kampf für Führer, Volk und Vaterland zu ziehen.

»Es ist wirklich besser, wenn du das Haus nicht mehr verlässt und ganz außer Sicht bleibst!«, sagte Anton zu Georg. »Für unter sechzehn gehst du nicht mehr durch. Nicht auszudenken, was passiert, wenn dich die Feldjäger draußen auf der Straße erwischen!«

Nachdem Pastor Meiners ihm dasselbe gesagt hatte, gab Georg zähneknirschend nach und blieb sonntags zu Hause.

Eines Nachts schreckte Elli aus einem Albtraum hoch. Wie so oft hatte sie von jenem Tag geträumt, als Martha und sie von einem Tiefflieger beschossen worden waren. Mit klopfendem Herzen lag sie eine Weile in der Dunkelheit, ehe sie beschloss, in die Küche hinunterzugehen, um einen Schluck Wasser zu trinken und so die Bilder zu vertreiben, die sofort wieder auftauchten, wenn sie die Augen schloss.

Sie schaltete die Nachttischlampe ein. Die Zeiger des Weckers standen auf halb zwei. Elli seufzte, zog ihre Strümpfe über die nackten Füße und ging leise aus dem Zimmer und die Treppe hinunter, ohne Licht zu machen.

Sie tastete sich am Klavier entlang und um die Ecke bis zur Küchentür. Als sie unter der Tür zur kleinen Stube einen Lichtschimmer entdeckte, blieb sie mitten im dunklen Flur stehen. Die Tür war nur angelehnt.

Vorsichtig schlich Elli zur Stubentür und zog sie ein Stück weiter auf. Im Halbdunkel auf einem Stuhl vor dem Radioempfänger saß mit gekrümmtem Rücken ihr Vater und presste sein Ohr an den Lautsprecher, während er vorsichtig an den Reglern drehte. Er musste gewartet haben, bis er sicher sein konnte, dass alle im Haus schliefen, erst dann war er aufgestanden und in die Stube geschlichen, um Feindradio zu hören. Nur die dünne Schiebetür trennte ihn von den Flüchtlingen im Nebenraum.

Wie lange sie so in der Stubentür gestanden und ihren Vater beobachtet hatte, wusste Elli nicht. Schließlich hob er die Hand und schaltete das Radio aus. Er seufzte, strich sich mit der Hand durch das dunkle Haar und stand auf. Elli sah trotz des spärlichen Lichts, wie blass er war.

Jetzt erst schien er Elli wahrzunehmen, die im Nachthemd in

der Tür stand und ihn fragend ansah. Aber zu ihrer Verwunderung war er weder verblüfft noch zornig, sie dort zu sehen.

»Dresden brennt«, flüsterte er. »Die ganze Stadt steht in Flammen. Seit zwei Tagen schon!«

»Kennen wir denn jemanden in Dresden?«, fragte sie ebenso leise.

»Nein, das nicht, aber …« Er stockte einen Moment und schüttelte dann den Kopf. »Geh ins Bett, Elli! Du wirst dich noch erkälten.«

Ein paar Wochen später nahm Anton Georg beiseite und ging mit ihm auf den Hof hinaus, um unter vier Augen mit ihm zu sprechen. Elli, die die beiden durch das offene Dreschdielentor beobachtete, konnte sehen, wie ihr Vater eine Weile auf Georg einredete. Dieser schwieg offenbar, sein Gesicht war ernst und verschlossen. Er nickte gelegentlich und kaute auf seiner Unterlippe. Schließlich legte Anton dem jungen Mann eine Hand auf den Arm und fügte noch etwas hinzu, woraufhin Georg sich aufrichtete, ihn ansah und den Kopf schüttelte. Anton nickte, klopfte ihm auf die Schulter, drehte sich dann um und verschwand im Wagenschuppen. Georg blieb allein auf dem Hof zurück.

Als Elli sich später beim Kälberfüttern erkundigte, was ihr Vater denn gewollt habe, antwortete Georg zunächst ausweichend, rückte aber schließlich doch damit heraus. »Er wollte mir nur schonend beibringen, dass die Amerikaner in Köln einmarschiert sind.«

Sein unbeteiligter Tonfall erschreckte sie.

»Aber …«, begann sie, doch Georg schnitt ihr das Wort ab.

»Ich weiß gar nicht, warum er mir das überhaupt erzählt hat. Das geht mich doch alles gar nichts mehr an!«, sagte er leichthin.

Damit goss er angewärmte Magermilch in einen Futtereimer und ging damit zu einem der Kälberkofen hinüber. Er stellte den

Eimer in den Steintrog und passte auf, dass das gierige Neugeborene ihn nicht umwarf, während es trank.

Aber Elli entging weder die dreieckige Falte zwischen seinen zusammengezogenen Augenbrauen noch, dass seine Kiefermuskeln arbeiteten, während er das trinkende Kalb zwischen den Ohren kraulte.

14

»Elli, wach auf!«

Das war ganz eindeutig die Stimme ihrer Mutter, scharf und durchdringend. Selbst geflüstert war sie klar zu verstehen und hob sich deutlich von dem Stimmengewirr in Ellis Traum ab.

»Elli!«

Hoch aufragende, gesichtslose Gestalten, die von allen Seiten auf sie eindrängten, sprachen mit der Stimme ihrer Mutter.

»Wach auf, Elli! Du musst mir helfen!«

Etwas Kaltes berührte ihre Schulter und rüttelte sie.

Mit einem Keuchen schreckte Elli hoch. Sie brauchte einen Augenblick, um zu begreifen, wo sie war. Die Nachttischlampe flammte auf.

Vor ihrem Bett stand Willa, über dem Kleid trug sie ihren dunklen Mantel. Ihre Linke hielt noch immer Ellis Schulter umfasst, den Zeigefinger der Rechten hatte sie auf die Lippen gelegt. »Scht! Leise!«, zischte sie. »Du musst ganz leise sein!«

»Aber, was ist denn los?«

»Keine Zeit für Erklärungen. Zieh dich an und komm mit in die Küche! Du musst mir helfen.« Damit drehte sie sich um und verließ Ellis Kammer.

Elli sah auf ihren Wecker, es war halb vier Uhr morgens.

Ein paar Minuten später hatte sich Elli etwas übergeworfen und war auf Zehenspitzen durch das dunkle Haus nach unten geschlichen. In der Küche stand ihre Mutter, drückte ihr einen der Gartenspaten in die Hand und sagte nur einen einzigen Satz: »Wir müssen was vergraben!«

Sie griff nach der brennenden Petroleumlampe, die auf dem Küchentisch stand, und reichte sie an Elli weiter. Den vollen

Erntekorb, über den ein alter Jutesack gebreitet war, nahm Willa selbst. »Egal, was dein Vater sagt, ich will, dass das Zeug aus dem Haus ist, wenn die Tommys kommen!«, sagte sie.

Am Vorabend hatte Anton am Abendbrottisch erzählt, dass Bremen kapituliert habe und es nur noch eine Frage von Tagen sei, bis die Engländer auch bei ihnen wären. Was dann passierte, wusste keiner zu sagen.

Willa und Elli schlichen über die Dreschdiele zur Seitentür, die zum Gemüsegarten führte, vorbei am Gatter der Kälberweide und den Kartoffel- und Gemüseäckern, durch den ganzen Obstgarten bis zur Graft, dem breiten Wassergraben, der das Gehöft von den Weiden trennte. Dort, unter den Ulmen, neben den Himbeerbüschen, blieb Willa schließlich stehen und befahl Elli, die Lampe auf den Boden zu stellen.

»Wir müssen ein Loch graben«, sagte sie mit gedämpfter Stimme. »Und wir müssen uns genau merken, wo es gewesen ist.« Willa nahm den Spaten, rammte ihn entschlossen in die Erde und trat mit dem Schuh auf die Kante des Schaufelblattes.

Es wurde bereits hell, als die beiden Frauen ein Loch ausgehoben hatten, in das der Erntekorb gepasst hätte. Endlich bedeutete Willa ihrer Tochter, mit dem Graben aufzuhören. Sie legte den Jutesack unten in das Loch und zog ihn glatt wie ein Bettlaken, das sie zum Bügeln ausbreitete, ehe sie das schwere Kohlebügeleisen daraufstellte.

Ganz nach unten in das Loch kamen zwei kleine Schachteln mit den Parteiabzeichen von Anton und Gustav Bruns. Dann hielt Willa ein dickes Buch in der Hand, betrachtete es nachdenklich und ließ die Seiten durch ihre Finger gleiten, ehe sie es in das Erdloch legte.

»Eigentlich merkwürdig«, sagte sie. »Gelesen hat es niemand. Da kleben die Seiten noch zusammen.« Auf dem Buchrücken stand in goldenen Lettern *Mein Kampf*.

Als Nächstes hatte Willa ihren Schmuckkasten in der Hand.

Sie fuhr mit den Fingern über den abgewetzten Seidenbezug der kleinen Schatulle. Dann nahm sie ein dunkles Handtuch aus dem Erntekorb, wickelte die Schatulle sorgfältig darin ein und legte sie in das Erdloch.

»Vielleicht hätten wir das Silber noch vom Dachboden holen sollen«, meinte sie nachdenklich.

»Das ist ganz hinten auf dem Spitzboden«, erwiderte Elli. »Und die Kisten mit dem Porzellan stehen obendrauf. Wer soll es da finden?«

Willa nickte. »Du wirst wohl recht haben. Aber trotzdem, wenn das wegkommt, das wäre doch zu schade. Man weiß ja nie, wozu man das noch mal gebrauchen kann.«

Im Osten, in Richtung Weser, würde bald die Sonne aufgehen. Die Wolkensäume färbten sich bereits rosa. Nicht mehr lang bis zur Melkzeit, dachte Elli.

Willa bückte sich noch einmal und nahm ein Bündel Stoff aus dem Korb. Es dauerte einen Moment, bis Elli Georgs dunkelblaue Marineuniform erkannte, die er getragen hatte, als sie ihn auf dem Heuboden gefunden hatte. Sorgfältig faltete Willa die lange Hose und das Hemd mit dem Matrosenkragen zusammen und wickelte ein weiteres dunkles Handtuch darum.

Willa beugte sich hinunter und legte die Rolle auf das Päckchen mit ihrem Schmuckkasten. »Zuerst wollte ich die Uniform im Ofen verbrennen. Aber dann dachte ich, dass es doch eine Sünde wäre, so guten Stoff ins Feuer zu werfen. Da hab ich sie gewaschen und gut weggelegt. Vielleicht kann man irgendwann etwas anderes daraus schneidern.«

»Du hast es gewusst?«, stieß Elli hervor. »Ich meine, dass Georg desertiert ist?«

Willa sah ihr abschätzig in die Augen. »Ja, sicher! Ich habe die ganze Zeit genau gewusst, was los ist. In diesem Haus passiert nichts, was ich nicht weiß.« Sie nahm die Schaufel in die Hand und begann damit, Erde auf Georgs Uniform zu häufen.

Schließlich richtete sie sich auf und warf ihrer Tochter einen scharfen Blick zu. »Es wäre besser, wenn du dir das endlich ein für alle Mal hinter die Ohren schreibst.«

Nach dem Melken war Elli so müde, dass ihr beinahe im Stehen die Augen zufielen. Sie hatte am Abend zuvor noch lange über den bevorstehenden Einmarsch der Engländer nachgedacht und war erst spät eingeschlafen. Immer wieder war sie aufgewacht, bis ihre Mutter sie schließlich aus dem Bett geholt hatte. Jetzt fühlte sie sich wie gerädert.

»Ist alles in Ordnung?«, fragte Georg sie am Frühstückstisch. »Du bist so blass.«

»Ich bin nur müde«, erwiderte sie. »Ich spritze mir gleich einen Schwung kaltes Wasser ins Gesicht, dann wird es wieder gehen.«

Georg lächelte schief. »Wir haben heute Nacht wohl alle nicht so gut geschlafen.«

Elli nickte und erhob sich. »Ich geh nach oben und ziehe mich um.«

Tief in Gedanken versunken stieg sie mit bleischweren Beinen die Treppe zum ersten Stock hinauf, wandte sich nach links und wollte gerade die Tür zu ihrer Kammer öffnen, als auf der gegenüberliegenden Seite eine Tür aufgerissen wurde. Ein Arm schoss heraus, jemand packte sie am Handgelenk und zerrte sie in die Wohnküche ihrer Großeltern.

Mit unglaublicher Kraft wurde Elli in die Ecke hinter der Tür gestoßen, eine Hand legte sich auf ihren Mund und hinderte sie daran, laut aufzuschreien.

»Musst leise sein, Mädchen!«, flüsterte eine heisere Stimme direkt neben ihrem Ohr. »Musst ganz leise sein! Sonst heren sie dich!« Weit aufgerissene, angsterfüllte Augen starrten sie aus nächster Nähe an.

Es war Irmchen, die jüngere der Meyer-Schwestern, die mit

199

Marie Bornbach und ihrem Sohn das Zimmer teilten. Sie trug noch immer ihr Nachtzeug, eines der alten, gestopften Flanellhemden, die Tilly den jungen Frauen aus Ostpreußen geschenkt hatte. Irmchen und ihre Schwester Ursel hatten nicht mehr bei sich gehabt als das, was sie am Leibe trugen, als sie auf dem Brunshof angekommen waren. Irmchens kurz geschnittenes aschblondes Haar stand zerzaust und wirr von ihrem Kopf ab, ihre Augen waren rot gerändert und blutunterlaufen.

»Wirst jetzt stille sein?«, keuchte sie. »Sonst kommen sie und holen uns!« Sie holte tief Luft und gab ein zitterndes Schluchzen von sich.

Elli nickte, und Irmchen löste ihren Griff um ihr Handgelenk. Zögernd nahm sie ihre Hand von Ellis Mund.

»Mein Gott, hast du mir einen Schreck eingejagt! Was soll denn das?« Elli rieb sich das Handgelenk, auf dem sich Irmchens Fingerabdrücke weiß abzeichneten. »So was Verrücktes!«

»Sie kommen doch, nich wahr?«, stieß Irmchen abgehackt hervor. »Es stimmt doch?«

»Was meinst du denn?«

»Die Russ…« Ihre Stimme versagte.

»Nein, nicht die Russen. Mein Vater sagt, die Engländer.«

Aber Irmchen hörte gar nicht zu. »Es stimmt! Ich hab euch doch gesehen. Dich und die Bäuerin. Heute Nacht … Ihr habt im Garten was vergraben. Ich konnte nich schlafen, ich kann nie schlafen. Und da bin ich nach unten gegangen, und ich hab euch dabei gesehen. Wie ihr rausgeschlichen seid, mit einem Korb und Schaufeln. Ich hab es genau gesehen, durchs Fenster in der kleinen Stube. Ihr habt was vergraben, das die Russen nich finden sollen!«

»Nicht die …«

»Man kann nichts vergraben! Und man kann nichts verstecken!«, fiel die verwirrte junge Frau Elli ins Wort. »Die finden alles! Alles! Herst du?«

Zitternd holte sie Luft und rang die Hände. »Die Kiehe!«, ächzte sie.

»Was?«, fragte Elli verständnislos. Sie fühlte, wie Irmchens Panik auf sie übersprang, ihren Magen zum Flattern brachte und ihre Kehle ganz eng werden ließ. »Die Kiehe? Was meinst du denn? Ich versteh dich nicht!«

»Die Kiehe! Im Stall! Die Kiehe sind doch noch im Stall!« Irmchens Hände griffen nach Ellis Oberarmen und zerrten am Stoff ihrer alten Bluse.

»Du meinst die Kühe! Ja, sicher, die sind noch im Stall. Es ist ja noch gar kein Gras auf den Weiden.«

»Ihr müsst sie rausbringen auf die Weide. Ganz weit wech! So weit, dass man sie von der Straße nich sehen kann!« Irmchens Augen wurden vor Anstrengung dunkelrot und traten ein wenig hervor, während ihre Hände Ellis Arme wie ein Schraubstock umklammerten. »Wenn die Russen kommen, schießen die euch sonst alle Kiehe tot!«

Die junge Frau holte rasselnd Luft. Ihr Mund verzerrte sich. »Herst, Mädchen, du musst deinem Vater sagen, dass ihr sie alle wechbringen müsst! Wenn der Stall leer ist, dann gehen die Russen vielleicht wieder wech. Dann kommen sie vielleicht gar nich rein ins Haus. Sie gucken sich nur einmal um und gehen wieder!«

»Aber Irmchen, beruhige dich doch! Was hast du denn bloß?« Elli spürte den stechenden Schmerz in ihren Armen, wo Irmchens Hände sie umklammert hielten.

»Aber wenn die Kiehe im Stall sind, dann erschießen sie sie, eine nach der anderen. Und wenn die erste umgefallen ist und die anderen das Blut riechen, dann fangen die Kiehe an zu schreien. Immer lauter und immer lauter. Bis das Schreien dann auf einmal aufhört, weil die letzte Kuh tot ist.«

Irmchen rang nach Luft, ihr Gesicht war zu einer Grimasse verzerrt, aus den starren Augen strömten Tränen die Wangen hinunter. »Und dann kommen sie rein … in die Stube, wo wir uns versteckt haben. Und sie holen die Männer … einen nach dem anderen. Und wieder die Schüsse draußen auf dem Hof. Peng … peng … peng … peng … Und dann …«

Irmchen zitterte am ganzen Körper, ihre Hände flogen, während sie darum kämpfte, die Worte über die Lippen zu bringen. »Dann kommen sie wieder und … und dann sind die Frauen dran. Meine Mutter, meine Schwester … Zwei Männer haben sie festgehalten, und dann … und dann … Und weil ich geschrien hab, haben sie mir mit dem Gewehrkolben auf den Kopf geschlagen … Dann wurde alles dunkel, und ich weiß nichts mehr. Als ich wieder aufgewacht bin, hab ich nur immer gedacht, nun stell dich tot, sonst erschießen sie dich auch noch. Und mein Arm hat so wehgetan … Aber ich hab ganz still gelegen und mich nicht gerührt. Dann hab ich nur noch gehert, wie sie alles kurz und klein geschlagen haben. Und irgendwann war alles ganz still, und sie waren wech …«

Elli wusste nichts zu sagen, starrte nur sprachlos in das schmerzverzerrte Gesicht vor sich.

Es dauerte eine Weile, bis Irmchen weitersprechen konnte. »Und dann, als alles still war, bin ich aufgestanden und hab mich umgesehen. Alle waren tot. Meine Mutter und meine kleine Schwester, die war gerade dreizehn geworden. Draußen mein Vater und mein Großvater. Alle mit einer Kugel im Kopf. Mir hatten sie in den Arm geschossen. Haben wohl gedacht, ich bin tot, und haben mich liegen lassen.«

Irmchen schluchzte. Es klang wie ein trockenes Husten. Sie hob den Blick, und zum ersten Mal sah sie Elli wirklich in die Augen. »Und dann hab ich da gestanden zwischen all den Toten. Und ich hab gedacht: ›Lieber Gott, warum ist denn bei all diesen vielen Kugeln nich auch eine für mich dabei gewesen?‹«

Ursel Meyer stand plötzlich neben ihnen in der kleinen Wohnküche, zog ihre noch immer zitternde Schwester an sich und wiegte sie wie ein kleines Kind, bis sie etwas ruhiger geworden war. Dann zog sie sie zu der alten Matratze auf dem Boden hinüber. Sie legte sich zu ihr, nahm sie ganz fest in den Arm und strich langsam immer und immer wieder über ihre Haare, während sie leise vor sich hin summte.

»Sie wird gleich einschlafen«, raunte Ursel Elli zu. »Am besten, du gehst jetzt. Ich erklär dir später alles.«

Elli nickte, stolperte aus dem Zimmer und lief in ihre Kammer hinüber. Dort warf sie sich aufs Bett und zog die Beine bis unters Kinn, schlang die Arme darum und starrte an die Decke. Ihr war, als würden all die alten, dunklen Möbel, die an den Wänden standen, auf sie eindrängen und ihr die Luft zum Atmen nehmen. Alles drehte sich, und sie schloss schnell die Augen. Doch wie sollte sie die grausamen Bilder in ihrem Kopf vertreiben?

Irgendwann klopfte es leise, die Tür öffnete sich, und Ursel steckte ihren dunklen Lockenkopf herein. Die junge Kriegerwitwe war erst Anfang zwanzig, sah aber mit ihren tief eingefallenen Wangen und den dunklen Ringen unter den Augen deutlich älter aus. Sie setzte sich zu Elli aufs Bett.

»Irmchen ist nicht verrückt«, sagte sie. »Das darfst du nicht denken. Aber eigentlich ist das ein Wunder bei dem, was sie mitgemacht hat!«

Und dann erzählte sie, dass Irmchen mit zerrissenen, blutigen Kleidern bald zehn Kilometer querfeldein gelaufen sei, bis zu dem Dorf, in dem Ursel und ihre Schwiegermutter wohnten. Bei ihnen war noch niemand zum Plündern gewesen. Sie warteten nicht einmal mehr die Nacht ab, sondern zogen alles übereinander, was sie an Kleidung hatten, und marschierten los. Sehr schnell fanden sie einen Flüchtlingstreck, dem sie sich anschlossen. Dann liefen sie einfach immer weiter in Richtung Ostsee, immer die heranrückende Front im Nacken.

Irgendwann bekam Irmchen Fieber, und der Treck wollte sie schon zurücklassen, aber Ursel schleppte sie immer weiter mit.

203

Nachts schrie sie im Fieber, und das Einzige, was sie beruhigen konnte, war, dass man sie wie ein Kind fest in den Armen hielt. Zu dritt schliefen sie ganz dicht aneinandergedrängt, Ursel, ihre Schwiegermutter und Irmchen, bis eines Morgens die Schwiegermutter nicht mehr aufwachte. Sie konnten sie nicht beerdigen, sondern mussten sie auf der gefrorenen Erde liegen lassen. Ursel erzählte und erzählte, leise, mit ausdrucksloser Stimme. Sie schien viel mehr zu sich selbst zu sprechen als zu Elli. Von Tieffliegern und Artilleriegeschützen erzählte sie, vom Kurischen Haff und dem Eis der Ostsee, das unter den Füßen knirschte und knackte. Von kleinen Kindern, die steif gefroren tot von den Schlitten fielen, vom endlosen Warten auf die Schiffe, die sie in den Westen bringen sollten.

Elli saß daneben, starrte Ursel an und wünschte sich nichts sehnlicher, als dass sie endlich aufhören würde, weil sie kein weiteres Wort mehr ertragen konnte. Schließlich hörte sie Bernie im Flur unten, der alle zum Essen rief.

Ursel erhob sich und sah sie fragend an. »Kommst du nicht mit?«

»Doch! Sofort. Ich komm gleich nach.«

Aber kaum hatte Ursel die Tür hinter sich geschlossen, zog Elli sich das Kissen über den Kopf. Ihrer Mutter, die kurze Zeit später nach ihr sah, sagte sie, sie habe Bauchweh und wolle noch einen Moment liegen bleiben.

Während Willa so etwas sonst meistens als Nichtigkeit abtat und sagte, Elli solle sich nicht so albern anstellen, alle Frauen hätten das gelegentlich, nickte sie diesmal nur und riet ihr, sich eine Wärmflasche zu machen und mit ins Bett zu nehmen.

Als es zur Mittagsruhe im Haus ganz still wurde, schlich sich Elli hinaus in den Stall, verkroch sich ganz hinten auf dem Heuboden hinter dem großen Heuhaufen und weinte und weinte.

»Ach, hier bist du! Ich hab dich schon überall gesucht.«

Elli schrak hoch. Sie musste wohl eingenickt sein. Zusammengekauert lag sie im Heu, die Arme ganz fest um sich geschlungen.

Die Sonne fiel durch die hohen Fenster herein und warf helle Vierecke auf den Holzboden vor Ellis Füßen. Georg war vor ihr in die Hocke gegangen, und sie konnte die Wärme seiner Finger spüren, die auf ihrer Schulter lagen.

»Als deine Mutter sagte, es gehe dir nicht gut, wollte ich nach dir sehen, aber in deiner Kammer warst du nicht. Was machst du denn hier oben?« Georg blickte ihr forschend ins Gesicht. Seine Stimme war ganz dunkel vor Sorge. »Was ist los, Elli? Ist alles in Ordnung?«

Nein, wollte sie sagen. *Gar nichts ist in Ordnung.* Aber sie schwieg. Sie wollte die Bilder aus Irmchens Erzählung nicht wieder in sich aufsteigen lassen, nicht noch einmal das Gefühl haben, mit ihren Augen all die vielen Toten zu sehen. Nicht darüber nachdenken, nur nicht darüber nachdenken!

Ellis Mund war trocken, der Hals ganz rau vom Weinen, ihre Augen brannten und fühlten sich an, als habe sie Sandpapier an den Innenseiten der Lider. Außerdem war ihr so kalt, dass sie kein Gefühl mehr in den Fingern und Zehen hatte. Steif und ungelenk setzte sie sich auf und nickte. Mit klammen, zittrigen Fingern fuhr sie sich durch die Haare.

»Ja, alles in Ordnung«, sagte sie heiser und wich Georgs Blick aus.

»Wirklich?« Den Kopf ein wenig schief gelegt, sah Georg sie fragend an. Er streckte die rechte Hand aus und zog vorsichtig ein paar Heuhalme aus ihren Haaren.

»Ja, wirklich! Es geht mir gut«, sagte sie mit Nachdruck und räusperte sich. »Wie spät ist es?«

»Es muss gleich drei sein. Eine halbe Stunde noch, dann gibt es Vesper.«

Georg ließ eine Strähne ihres Haares, die sich aus dem Zopf gelöst hatte, durch seine Finger gleiten. Dann hob er die Hand, und sein Zeigefinger fuhr sanft über ihre Wange, wo die Tränen hinuntergelaufen waren. Es brannte ein wenig.

Fast fürchtete Elli, er würde sie noch einmal fragen, was denn los sei, aber er schwieg. Seine Finger strichen ganz langsam über ihr Gesicht, folgten der Tränenspur bis zum Mundwinkel und dem Kinn hinunter.

Er lächelte nicht, seine Augen hielten ihren Blick fest, sein Gesicht war ihrem ganz nah. »Wir sind Freunde, Elli«, flüsterte er. »Gute Freunde. Das weißt du.«

Die kleinen Fältchen in seinen Augenwinkeln wurden tiefer. Seine Hand, die auf ihrer Wange lag, war warm und roch ein wenig nach Kernseife. »Was auch immer es ist, ich höre dir zu. Und wenn ich kann, werde ich dir helfen. Es gibt keinen Grund, dich hier oben ganz allein zu verkriechen, hörst du?« Sein Daumen fuhr erneut über ihre Wange. »Hörst du mich? Jetzt nicht mehr!«

Elli schluckte und nickte.

»Also … Warum hast du geweint, Elli?«

Stockend und zögernd und mit vielen Unterbrechungen erzählte sie Georg, der sich neben sie ins Heu gesetzt hatte, was sie von Irmchen und Ursel gehört hatte. Irgendwann kamen ihr doch die Tränen, obwohl sie es nicht wollte. Er legte ihr einen Arm um die Schultern, und sie genoss es, seine Wärme zu fühlen und sich an ihn zu lehnen.

»Und ich hab nur immer gedacht, was, wenn hier das Gleiche passiert?«, schloss Elli. »Was, wenn die auch hier alle erschießen? Was wenn …«

»Beruhige dich, Elli«, sagte Georg.

»Aber …«

»Psst!« Er legte den Zeigefinger auf die Lippen und hob lauschend den Kopf. »Hörst du das?«

»Was soll ich hören?«

Georgs Stirn legte sich in Falten. »Da! Jetzt wieder!«

Jetzt nahm auch Elli ein leises Grollen wahr, das von draußen hereindrang und sich anhörte wie ein Unwetter in großer Entfernung. »Es donnert. Da muss ein Gewitter aufziehen. Es ist aber noch früh im Jahr dafür. Wir haben doch gerade mal Anfang Mai.«

»Das ist kein Gewitter.« Georg löste den Arm von Ellis Schultern, stand auf, streckte seine Hand aus und zog sie auf die Füße.

»Wie? Was meinst du? Kein Gewitter?«

»Da wird geschossen. Ich wette, das ist Artillerie! Komm mit!«

Nebeneinander stellten sie sich vor das hohe Fenster an der Giebelseite, durch das die helle Nachmittagssonne hereinschien. Georg versuchte mit dem Ärmel seiner blauen Arbeitsjacke, eine der blinden Scheiben so weit sauber zu bekommen, dass sie nach draußen blicken konnten.

»Ich kann nichts erkennen. Aber aus größerer Entfernung sieht man Mündungsfeuer auch normalerweise nicht. Der Schall trägt weiter. Je nachdem, wie der Wind steht, kann das von überall herkommen. Brake vielleicht oder Ovelgönne.«

»Ovelgönne? Das ist nicht weit weg. Meinst du, dass sie auch hier schießen werden?«

»Ich weiß nicht. Möglich wäre es.« In Georgs Wange zuckte ein Muskel.

»Hast du denn keine Angst?« Elli griff nach seiner Hand.

»Doch!« Er nickte, während er unverwandt aus dem Fenster sah. »Ich hab Angst. Sehr große sogar.« Er drehte den Kopf und sah Elli an. »Aber ich hab in den letzten Monaten schon so viel Angst gehabt, schlimmer kann es nicht mehr werden.«

Wie lange sie dort dicht nebeneinander vor dem Fenster gestanden und schweigend dem leisen Grollen des Geschützfeuers zugehört hatten, wusste Elli nicht. Irgendwann meinte Georg, sie sollten besser hinunter in die Küche gehen und den anderen erzählen, dass geschossen wurde.

Elli nickte. »Ich wasch mir nur noch schnell das Gesicht«, sagte sie.

Georg ging vor, während sie in die Milchkammer lief, sich das eiskalte Brunnenwasser in die Hände laufen ließ und ihr brennendes Gesicht hineintauchte.

Aber niemand schenkte ihr Beachtung, als sie ein paar Minuten später in die Küche schlüpfte. Alle waren um den Küchentisch versammelt, auf dem vom Vespern noch Brot und Marmelade zwischen halb geleerten Teetassen standen. Die ganze Familie Bruns saß am Tisch, außerdem Georg, Hinnerk, Victor und Marie Bornbach. Und mitten zwischen ihnen saß Marthas Vater.

Onkel Diers trug sein Stallzeug, hatte Fahrradklammern an den Hosenbeinen, und seine grüne Schirmmütze lag auf seinen Knien. Gerade nickte er Willa zu, die ihm Tee einschenkte.

»Nein, ihr seid die Dritten, bei denen ich bin. Und vielleicht kann von euch auch noch einer losfahren und den anderen in der Nachbarschaft Bescheid geben«, sagte er. »Immerhin muss ich irgendwann auch nach Hause zum Melken. Und meine Frauensleute machen sich bestimmt schon Sorgen!«

Anton drückte seine Zigarette aus. Er nickte. »Das bereden wir gleich. Nun erzähl erst mal!«

Bauer Diers rührte seinen Tee um, trank einen Schluck und stellte die Tasse auf den Tisch zurück. »Na ja, so viel zu erzählen gibt es da eigentlich gar nicht. Kurz vor Rodenkirchen hat wohl irgendein Idiot auf die Engländer geschossen. So einer von den ganz Linientreuen aus dem Volkssturm. Ich hab zwar den Namen schon mal gehört, aber ich kenn die Leute nicht. Na, jedenfalls, der Döskopp hat seine Jagdflinte genommen und durchs Fenster ein paar Mal auf einen Panzer gefeuert, der auf der Straße nach Nordenham unterwegs war. Ihr könnt euch vorstellen, was da los war! Die haben ihm das Haus zu Klump geschossen, aber so, dass kein Stein mehr auf dem anderen geblieben ist. Und dann haben

sie angefangen, alle Männer im Ort zu verhaften und abzutrans-
portieren.« Bauer Diers zog ein Taschentuch aus der Hosentasche und schnäuzte sich geräuschvoll die Nase.

»Haben sie sie erschossen?«

Alle Köpfe drehten sich zu Elli. Der Satz war ihr herausgeplatzt, ohne dass sie es beabsichtigt hatte. Ihre eigene Stimme
klang schrill und laut in ihren Ohren. Sie hielt sich die Hand vor
den Mund und senkte den Blick. Es war ungehörig, Erwach-
sene zu unterbrechen, diese Lektion hatte Elli nur zu gründlich
gelernt. Niemand interessierte sich dafür, was ein Kind oder ein
Jugendlicher dachte.

Onkel Diers sah zu ihr herüber und schüttelte den Kopf.
»Wie? Nein! Zu Tode ist keiner gekommen. Die Engländer haben nur alle Männer festgenommen und auf Lastwagen geladen,
von den Hitlerjungen bis zu den Großvätern. Die bringen sie
wohl alle ins Kriegsgefangenenlager. Mag der Henker wissen,
wann die wieder freikommen. Und jetzt fahren die Engländer
von Bauerschaft zu Bauerschaft und nehmen überall die Männer
fest, die sich auf der Straße zeigen. Na ja, ist eigentlich auch kein
Wunder, dass sie nervös sind.« Er griff nach seiner Teetasse und
leerte sie. »Die haben sicher Angst, dass da noch mehr sind, denen alles egal ist und die als Rache noch möglichst viele Feinde
mit in den Tod nehmen wollen, jetzt, wo es vorbei ist mit dem
Dritten Reich.«

Anton zog die Augenbrauen hoch. »Was meinst du mit ›jetzt,
wo es vorbei ist‹?«

»Habt ihr es denn noch nicht gehört? Kommt den ganzen Tag
schon im Radio. Der Führer ist gefallen!«

Plötzlich war es totenstill in der Küche, so still, dass Ellis
Atem in ihren Ohren dröhnte.

Der Führer ist gefallen. Der Führer ist tot. Sie hörte die Worte
ganz deutlich, konnte sie aber nicht begreifen.

Das war völlig unmöglich. Ein alberner Gedanke! So als

würde man behaupten, am nächsten Tag werde die Sonne nicht aufgehen. Der Führer war immer da gewesen, solange sie denken konnte. Weit weg in Berlin war er in seiner schwarzen Limousine an langen Reihen von BDM-Mädels vorbeigefahren und hatte gelächelt, während die Mädchen gewunken und »Heil! Heil!« geschrien hatten. Das war das Bild, das Elli immer vor Augen hatte, wenn sie an den Führer dachte, seit sie es als kleines Mädchen in der Wochenschau gesehen hatte.

Und dann war der Krieg gekommen und mit ihm andere Bilder. Aber es war immer dieses eine mit den jubelnden Mädchen gewesen, das die anderen, die schrecklichen, überdeckt hatte. Elli hatte glauben wollen, dass der Führer das alles nicht gewusst und nicht gewollt hatte.

Anton erhob sich, ging in die kleine Speisekammer und kam mit einer Flasche Schnaps zurück. »Jetzt sind es höchstens noch ein paar Tage, bis der Krieg aus ist. Darauf gebe ich einen aus!« Geräuschvoll stellte er die Flasche mitten zwischen die Teetassen auf den Tisch. »Hol ein paar Gläser, Muschen!«

Elli lief in die kleine Stube und holte so viele Schnapsgläser, wie sie tragen konnte.

Anton goss für alle ein, reichte die gefüllten Gläser herum und stürzte seinen Schnaps in einem Zug hinunter. »Aber diese paar Tage müssen wir erst einmal heil rumkriegen«, murmelte er.

»Was machen wir, wenn die Molkerei keinen Milchwagen mehr schickt?«, fragte Willa, die ihr Glas unberührt zur Seite stellte. »Wir können die Milch ja schlecht wegkippen.«

»Wir verfüttern sie an die Kälber«, antwortete Anton. »Wir sollten vielleicht auch noch mal Butter machen. Die hält sich eine Weile.«

»Wäre aber doch auch möglich, dass die Engländer gar nicht bis hierher kommen. Wir sind doch ziemlich weit weg vom nächsten Dorf.« Willa verschränkte die Arme vor der Brust.

»Darauf würde ich nicht wetten, Willa!« Auch Marthas Vater

hatte sein Schnapsglas in einem Zug geleert. »Um Rodenkirchen herum haben die Tommys nicht einen einzigen Hof ausgelassen, nachdem auf sie geschossen wurde. Es braucht nur wieder irgendein Idiot den Helden spielen zu wollen! Wer weiß, ob das dann noch einmal so glimpflich abläuft.« Er griff nach seiner Mütze und setzte sie auf. »Wir haben ein Bettlaken an der Straße aufgehängt, als weiße Fahne sozusagen. Vielleicht solltet ihr euch das auch überlegen.«

»Hauptsache, es ist nicht noch die Wehrmacht in der Gegend unterwegs!«, knurrte Anton. »Sonst schießen die dir das Haus womöglich zusammen, gerade weil du eine weiße Fahne rausgehängt hast.«

Onkel Diers zog in einer hilflosen Geste die Schultern hoch. »Wie du es machst, machst du es verkehrt! Uns bleibt nichts, als die Füße still zu halten und das Beste zu hoffen.« Er seufzte. »Ich werde jetzt mal wieder nach Hause fahren, ehe die Frauen noch durchdrehen, weil ich so lange weg bin. Gebt ihr bei den Nachbarn die Straße Richtung Strückhausen runter Bescheid?«

Anton, der ebenfalls aufgestanden war, nickte. »Ich geh jetzt gleich nach nebenan zu Gerdes, und Hinnerk kann später mit dem Rad losfahren und den anderen Bescheid sagen.«

Der alte Knecht nickte nur, als Ellis Vater ihm einen Blick zuwarf.

Bauer Diers gab Anton die Hand. »Ich wünsch euch viel Glück! Und falls etwas sein sollte, meldet euch!« Er nickte den Anwesenden noch einmal zu, zog die Tür zum Vorflur auf und ging nach draußen.

Anton griff nach seiner Arbeitsjacke, die über der Stuhllehne hing, und zog sie über. »Dann gehe ich jetzt mal schnell zu Gerdes rüber«, sagte er an Willa gewandt. »Ich bin gleich wieder da!«

Er hatte die Klinke der Küchentür schon in der Hand, als Elli sich ein Herz fasste und ihn fragte, ob sie ihn begleiten könne.

Der Hof von Gerdes grenzte direkt an den von Bruns. Nur

der unbefestigte Weg, der ins Moor zum verlassenen Köterhof führte, ging zwischen den beiden Hofeinfahrten von der Frieschenmoorer Straße ab. Elli lief neben ihrem Vater her und hatte Mühe, mit ihm Schritt zu halten. Noch immer war das Grollen der Artillerie deutlich zu hören, und Anton hatte es offensichtlich eilig, das kurze Stück Straße schnell hinter sich zu bringen.

»Papa?«, brach es plötzlich aus Elli heraus. »Was, wenn die Engländer bei uns auch alle Kühe totschießen?«

Anton musterte seine Tochter von der Seite. »Die Kühe totschießen? Wie kommst du denn auf so eine Idee?«

»Eine von den Flüchtlingsfrauen hat mir erzählt, dass das bei ihnen passiert ist, als die Russen kamen.«

»Da mach dir mal keine Gedanken, Muschen! Das wär das erste Mal, dass ich von so was höre.«

Elli hielt ihn am Ärmel fest und brachte ihn dazu, stehen zu bleiben. »Aber es könnte doch sein. Du hast doch Onkel Diers gehört, die sind alle furchtbar nervös. Und was, wenn die doch schießen? Was dann? Wie sollen wir denn ohne die Kühe weitermachen?«

Anton schwieg. Er zog die Stirn in Falten und sah zu Boden.

»Papa, lass uns die Rinder auf die Weide raustreiben! Bitte, nur zur Sicherheit! Alle! Ganz hinten auf eine von den Moorweiden beim Köterhof. Da führt nur der Kleiweg hin, und der Lehm ist ganz aufgeweicht. Mit dem Auto kommen die Engländer gar nicht dorthin.«

»Aber Elli, wie soll denn das gehen? Alle auf einmal raus? Und dann so weit treiben? Wir sind gar nicht genug Leute, um darauf aufzupassen, dass die uns nicht über alle Gräben gehen.«

»Wenn die Flüchtlinge helfen, dann geht das bestimmt. Gleich morgen früh nach dem Melken, wenn die Tiere gefüttert sind.«

Wieder rollte das Donnern der Artilleriegeschütze in der Ferne. Elli sah, dass ihr Vater den Kopf hob und lauschte. »Und im Köterhof könntet ihr Männer ein paar Tage unterkriechen, bis sich alles beruhigt hat. Da wärt ihr außer Sicht«, fügte sie hinzu.

Anton schwieg und sah seiner Tochter lange in die Augen, ehe sich ein schmales Lächeln auf seinen Lippen zeigte. »Es ist dir wirklich sehr ernst damit, nicht wahr?«

»Ja, Papa! So ernst war mir noch nie etwas!«

Ihr Vater zog seinen Tabaksbeutel aus der Tasche, drehte sich mit geschickten, gelb verfärbten Fingern eine dünne Zigarette und zündete sie an. Tief sog er den Rauch in die Lunge und hustete, ehe er ihr antwortete. »Also gut, Elli!«, sagte er heiser. »Dann lauf zurück und sag den anderen Bescheid, dass wir morgen früh gleich nach dem Melken alle Viecher auf die Moorweide treiben.«

Der nächste Morgen begann trüb und nebelig. Dicke Wolken drifteten von der See heran, und während im Stall gemolken wurde, fiel draußen feiner Sprühregen.

»Da werden die Kühe aber nicht gern rauswollen«, meinte Hinnerk, der von der Stalltür aus auf die Pfützen im Hof hinausschaute. »Die möchten auch lieber drinbleiben, wo sie es warm und gemütlich haben.«

»Ich dachte, die Kühe kennen das. Die stehen doch den ganzen Sommer draußen auf der Weide«, sagte Georg, der gemeinsam mit Elli das Heu vor den Kühen verteilte. »Da sollte es ihnen doch nichts ausmachen, wenn es regnet.«

Der alte Knecht lachte. »Sicher kennen die das, deshalb wollen die ja auch lieber drinbleiben.«

Er zog seine Pfeife aus dem Mund, stopfte sie neu und zündete sie wieder an. Bedächtig schüttelte er den Kopf. »Na, wenigstens ballern die draußen nicht mehr herum!« Damit wandte er der Tür den Rücken zu und verschwand im Pferdestall.

Es stimmte. Seit den Abendstunden des Vortages war alles ruhig, das Artilleriefeuer hatte aufgehört. Auch sonst war nie viel

213

Verkehr auf der Frieschenmoorer Straße, aber an diesem Morgen wirkte sie wie ausgestorben. Kein Mensch war unterwegs, nicht einmal der Milchwagen, der sonst die Kannen zur Molkerei in Strückhausen brachte, war gekommen.

Nach dem Frühstück gingen die Erwachsenen in den Viehstall und begannen, die Stricke zu lösen, mit denen die Kühe angebunden waren. Nacheinander wurden die Tiere auf den Hof hinausgetrieben. Zum Glück hatte es aufgehört zu regnen, und zwischen den Wolken blitzte von Zeit zu Zeit grelles Sonnenlicht hervor, das sich in den Pfützen spiegelte.

Alle waren mit hinausgekommen, um zu helfen. Die Frankes und die Meyer-Schwestern liefen zusammen mit Willa auf beiden Seiten neben der kleinen Herde der Muttertiere her, Georg und Elli folgten dahinter. Alle hielten Weidenruten in der Hand, mit denen sie den Tieren, die zurückblieben, gelegentlich einen leichten Schlag gegen die Beine versetzten, um sie anzutreiben. An der Wegkreuzung, über die sie die Herde treiben mussten, waren Bernie und die beiden Franke-Jungs postiert und scheuchten die neugierigen Tiere weiter. Nach ein paar Hundert Metern fügten sich die Kühe in ihr Schicksal und trotteten gemächlich hinter dem Leittier her, das Anton am Halfter vorausführte.

Die Jungrinder und die zweijährigen Färsen, die als Nächste auf die Weide kommen sollten, waren wesentlich unruhiger und versuchten mehrfach auszubrechen. Als die Herde endlich auf der zweiten Weide beim alten Köterhof angekommen war, genügte ein lautes Husten von Anton, um sie in Panik zu versetzen. Kopflos rannten sie los, den Schwanz hoch erhoben, und brachen durch den Zaun, der sie von der angrenzenden Weide trennte, auf der bereits die Kühe grasten. Die Holzpfähle flogen nur so durch die Luft.

»So ein Schiet!«, fluchte Anton. »Das kostet uns den halben Vormittag, das wieder zu reparieren.«

Aber so schlimm, wie im ersten Moment befürchtet, war der

Schaden dann doch nicht. Nur zwei der Pfähle waren abgebrochen und der Draht durchgerissen. Anton schickte Elli und Georg zum Hof zurück, um Werkzeug, Holzpfähle und eine Rolle Draht zu holen.

»Dann könnt ihr auf dem Rückweg auch gleich die Pferde mitbringen«, setzte er hinzu. »Besser, wenn die ein paar Tage hier in der Scheune stehen. Muschen, du nimmst die Stute ganz kurz am Halfter. Der Wallach ist ja eher friedlich und läuft einfach mit jedem mit, das wird Georg schon hinkriegen. Und jetzt beeilt euch!«

Inzwischen musste es schon beinahe Mittag sein. Die Sonne brach immer häufiger zwischen den hoch aufgetürmten weißgrauen Wolken hervor und trocknete die letzten Pfützen, die vom morgendlichen Regen in den tiefen Wagenspuren auf dem Weg zurückgeblieben waren. Trotz des kühlen Westwindes, der ihr in den Nacken blies, war es so warm, dass Elli die Jacke auszog und über ihre Schulter hängte. Georg und sie sprachen nicht viel, während sie eilig auf den Hof zuliefen, sie links und er rechts des aufgeweichten Weges.

Aus der Weide zu ihrer Rechten stieg plötzlich eine Lerche auf und begann ihr endloses Lied. Die Blätter der Ulmen, die die Gehöfte von Bruns und Gerdes umgaben, leuchteten in der Frühlingssonne in sattem Grün, und die Kastanie vor Ellis Fenster stand in voller Blüte.

»Siehst du das?«, rief Georg plötzlich und deutete nach vorn. »Was zur …«

Ellis Blick folgte seinem ausgestreckten Zeigefinger. Über den Bäumen an der Straße stieg ein Feuerball auf, lautlos wie ein rot glühender Luftballon. Eine Wolke aus Rauch und Feuer türmte sich hoch und immer höher auf, wurde unten düster und färbte sich oben, wo die Glut den Rauch durchbrach, rot und grellgelb, dann wieder dunkel und schließlich grau wie Asche.

Erst danach war der Knall der Explosion zu hören. Rollend,

pfeifend, scheppernd und krachend zerriss ein lang anhaltender Donner die Stille.

Elli warf sich ins Gras und hielt ihre Arme schützend über den Kopf.

Dann war wieder alles still. Sie spürte Georgs Hände auf ihren Schultern und nahm vorsichtig die Arme herunter.

»Alles in Ordnung?«, fragte Georg.

Elli nickte.

Er streckte ihr eine Hand hin und zog sie auf die Füße.

»Was, um Gottes willen, war das nur? Haben die wieder geschossen?«, fragte sie.

Georg schüttelte den Kopf. »Nein«, sagte er. »Das war was Größeres als Artillerie! Viel, viel größer! Hast du den Feuerball gesehen? Das war mindestens eine Sprengbombe, vielleicht auch mehr als eine.« Sein Kehlkopf wanderte ein paar Mal auf und ab, während er mit zusammengepressten Lippen tief ein- und ausatmete. »Wir sollten vielleicht besser zu den anderen zurückgehen«, sagte er heiser.

Elli schüttelte energisch den Kopf. »Zuerst müssen wir das Werkzeug und den Draht holen. Und außerdem ist Oma noch im Haus. Wir müssen sie und die Lütten auch hinaus aufs Moor bringen!«

Tilly Bruns, die nicht mehr so gut zu Fuß war, hatte sich erboten, im Haus auf den kleinen Erich und die beiden jüngsten Zielke-Kinder aufzupassen, während sie das Essen vorbereitete.

Bevor Georg etwas einwenden konnte, rannte Elli los. Er würde keine Chance haben, sie einzuholen, sie hatte noch immer jeden Wettlauf gewonnen. Ob beim BDM oder in der Schule, Elli hatte immer alle anderen abgehängt.

»Du rennst wie ein Hase«, hatte Hannes immer gesagt. »Nur dass du keine Haken schlägst.«

Verrückt, dass sie ausgerechnet jetzt an ihren Bruder denken musste. Einen Moment lang glaubte sie fast, Hannes und nicht

Georg wäre bei ihr. »Na, komm schon!«, hörte sie ihn rufen. »Wer zuerst beim Gatter an der Schweineweide ist!«

Und dann hatte er gelacht und war losgelaufen. Und immer, jedes Mal, hatte sie ihn überholt und ihm die Zunge herausgestreckt, während sie an ihm vorbeizog. Immer war sie als Erste beim Gatter gewesen. Sie hatte sich dagegen gelehnt, gegrinst und so getan, als hätte sie sich beim Warten auf ihn beinahe zu Tode gelangweilt. »Kommst du auch endlich? Ich warte hier schon Ewigkeiten.«

Aber diesmal hielt sie nicht am Gatter zur Schweineweide an, sondern beschleunigte auf dem letzten Stück den Moorweg entlang noch einmal, kürzte mit einem Sprung über den schmalen Jauchegraben neben dem Misthaufen ab und blieb schwer atmend auf dem Hof vor der Viehdiele stehen. Dort sah sie sich nach ihrem Begleiter um.

Zu ihrer Verblüffung stellte sie fest, dass sie Georg nicht abgehängt hatte. Er war dicht hinter ihr, sprang in diesem Moment ebenfalls über den Graben und blieb neben ihr stehen. Aber er keuchte nicht und schien kaum außer Atem zu sein.

»Du bist schnell!«, stellte er fest.

»Ja. Du aber auch!«

Er verzog das Gesicht zu einem schmalen Lächeln. »Ich war schon immer gut im Weglaufen.«

Elli war der zynische Unterton, der seinem Lächeln widersprach, nicht entgangen. Aber für Fragen war jetzt keine Zeit.

»Am besten du holst schon mal ein paar Pfähle aus dem Wagenschuppen dort hinten.« Sie deutete mit dem Finger in Richtung der Remise. »Ich weiß nicht, ob da auch Draht ist, sonst musst du in der Dreschdiele suchen. Und dann bringst du alles in den Pferdestall.«

Georg nickte.

»Und ich geh schnell rein, sag Oma Bescheid und helfe ihr, die Kinder anzuziehen.«

Tilly saß am Küchentisch und war dabei, Kartoffeln zu schälen, als Elli hereinstürzte. Sie warf ihrer Enkelin einen verblüfften Blick über ihre Nickelbrille zu. »Nanu, ihr seid aber schon früh wieder da!«, sagte sie. »Das Essen ist noch gar nicht fertig.«

Hastig erzählte Elli von der Explosion, die Georg und sie gesehen hatten. »Du musst mit zum Köterhof kommen, Oma! Wir müssen die Kleinen sofort hier wegbringen!«

Tilly nickte, während sie eine Kartoffel in der Hand drehte und ein paar dunkle Flecken rausschnitt. »Und ich hab mich schon gewundert, was da vorhin so geknallt hat«, sagte sie, ohne den Blick zu heben. »Aber ich hab mir nichts dabei gedacht. Und wo war das, sagst du?«

»Richtung Ovelgönne, denke ich«, antwortete Elli. »Genau konnte man es nicht sehen.«

»Was da bloß passiert ist?« Tilly nahm die Kartoffel, die sie gerade geschält hatte, viertelte sie und ließ sie dann in den mit Wasser gefüllten Topf vor ihr auf dem Tisch fallen.

»Oma, nun lass doch die Kartoffeln! Wir müssen zusehen, dass wir hier wegkommen!«

Tilly warf ihrer Enkelin einen zweifelnden Blick zu. »Meinst du wirklich, dass das nötig ist?« Sie nahm eine weitere Kartoffel aus dem Korb, der auf dem Stuhl neben ihrem stand, und begann, sie zu schälen. »Ich meine, was haben wir denn damit zu tun, was in Ovelgönne passiert?«

Elli starrte Tilly mit offenem Mund an. Die Sorglosigkeit ihrer Großmutter verschlug ihr einen Augenblick lang die Sprache.

»Was wir damit zu tun haben?«, rief sie schließlich. »Oma, du warst doch dabei, als Onkel Diers von dem Mann erzählt hat, der auf den Panzer geschossen hat. Du hast doch gehört, was da passiert ist! Die haben das Haus kaputt geschossen und alle Männer mitgenommen. Was, wenn bei der Explosion vorhin Engländer zu Tode gekommen sind? Was glaubst du wohl, was dann los ist?« Bei den letzten Worten überschlug sich Ellis Stimme.

Der kleine Erich, der mit den Zielke-Mädchen auf einer alten Decke neben dem Küchenschrank auf dem Boden saß und spielte, begann zu weinen.

Ihre Großmutter warf Elli einen entrüsteten Blick zu. »Sag mal, Deern, wie redest du eigentlich mit mir!«

»Ich, ich wollte … Es tut mir leid, Oma, entschuldige!« Elli verlegte sich aufs Betteln. »Oma, bitte! Nur zur Sicherheit. Lass uns die Kinder hier wegbringen!«

Als hätten sie verstanden, um was es ging, fingen jetzt auch Anni und Gerda, die vier und fünf Jahre alten Zielke-Mädchen, zu weinen an.

Tilly legte die Kartoffel und das Messer energisch auf den Tisch und stand auf. »Du machst die Lütten noch ganz verrückt, Elli!«

Elli hatte Erich schon auf den Arm genommen. »Na komm, Erich, nun hör mal auf zu weinen!«, sagte sie. »Wir machen einen kleinen Ausflug. Wir gucken mal nach, wo die Kühe jetzt sind, ja?«

Aber Erich heulte nur noch lauter.

»Gib mir den Jungen mal her!«, sagte ihre Großmutter und nahm Elli das Kind ab.

Sofort klammerte sich Erich an ihren Hals und versteckte sein Gesicht an ihrer Schulter.

»Also gut«, sagte Tilly. »Du gibst ja sonst doch keine Ruhe. Meinetwegen! Dann gehen wir eben zum Köterhof. Hol mal die Kindermäntel von der Garderobe, dann können wir die Lütten anziehen.«

Elli fiel ihrer Großmutter um den Hals und drückte sie. »Danke, Oma!«, rief sie, lief in den Flur hinaus und nahm die Jacken der Kinder von der Garderobe.

Auf dem Weg zurück in die Küche fiel ihr Blick auf den Wäscheschrank. Die Tür, die immer etwas klemmte, stand einen Spaltbreit offen, und Elli sah den Stapel weißer Bettlaken darin.

Die weiße Fahne!, schoss es ihr durch den Kopf. Niemand hatte daran gedacht, eine weiße Fahne aufzuhängen. Ihr Entschluss war sofort gefasst. Sie öffnete die protestierende Schranktür, nahm eines der sorgfältig gebügelten leinenen Bettlaken heraus und klemmte es sich unter den Arm.

Zurück in der Küche, warf sie die Kindermäntel über einen der Stühle. »Du musst die Kinder allein anziehen, Oma!«, rief sie ihrer verblüfften Großmutter zu. »Ich muss noch schnell was erledigen. Wir treffen uns gleich im Pferdestall.«

»Aber was …«

»Keine Zeit für Erklärungen! Ich mach ganz schnell und komm dann auch dahin!«, rief Elli und rannte in die Dreschdiele, das Bettlaken mit beiden Händen fest umklammert.

Im halb geöffneten Dielentor stand Georg. Die Holzpfähle und eine Drahtrolle lagen unbeachtet neben seinen Füßen. Er hielt das Tor mit einer Hand auf und spähte vorsichtig hinaus. Als Elli näher kam, legte er einen Finger auf die Lippen. »Was ist denn?«, fragte Elli mit gedämpfter Stimme.

»Hörst du das nicht? Ich glaube, das sind Motorengeräusche.«

Elli lauschte einen Moment angestrengt. »Ich hör nichts. Vielleicht hast du dir das nur eingebildet.« Sie zuckte mit den Schultern. »Oma zieht die Kleinen noch an und kommt dann auch her.«

Elli nahm das zusammengefaltete Betttuch und breitete es aus. »Wir haben ganz vergessen, eine weiße Fahne aufzuhängen. Ich lauf schnell nach vorn an die Straße und hänge das Bettlaken über das Gatter, da sieht man es sofort.«

Sie wollte durch die Tür, aber Georg hielt sie am Arm fest. »Nein, Elli, nicht!«

»Warum denn nicht? Was soll das?«

»Nicht, Elli, bleib hier! Das könnte gefährlich sein.«

»Aber nun hab dich doch nicht so, Georg! Ich bin doch sofort wieder da.«

»Elli, bitte, so hör doch!«

Sie entwand ihren Arm seinem Griff und schlüpfte durch die Tür, ehe er sie erneut festhalten konnte. Im Nu hatte sie die kurze Strecke bis zur Straße zurückgelegt und blieb wie angewurzelt stehen, das Bettlaken noch immer mit beiden Händen umklammert. Jetzt hörte sie es auch.

Motorengeräusche. Irgendein großes Fahrzeug näherte sich aus Richtung Schwei. Noch war es nicht in Sicht, aber das Geräusch kam rasch näher und wurde immer lauter und lauter.

Genau wie damals, als der Tiefflieger Martha und sie auf dem Nachhauseweg beschossen hatte, war Elli vor Angst plötzlich ganz starr. Ihre Füße waren wie festgewachsen, ihre Zunge schien viel zu groß für den Mund, Funken tanzten vor ihren Augen, und sie fühlte, wie ihre Zähne aufeinanderschlugen. Das Motorengeräusch schwoll immer weiter an, begleitet von einem hohen metallischen Rasseln, das ihr in den Ohren klirrte. Noch immer konnte Elli sich nicht rühren, sie zitterte am ganzen Körper.

Dann bog ein Panzer um die Kurve und kam genau auf sie zu.

In hoher Geschwindigkeit schoss er auf die Einfahrt zum Brunshof zu, verringerte abrupt die Fahrt und kam schließlich kurz vor Elli zum Stehen. Als der Panzer bremste, wippte das Geschützrohr bis fast zum Boden hinunter, verharrte dort für einen Sekundenbruchteil und richtete sich langsam wieder auf. Es sah aus wie eine groteske Verbeugung.

Keuchend starrte Elli in die Öffnung des Geschützes direkt vor sich. Mit beiden Händen hielt sie das Bettlaken wie einen Schutzschild vor ihre Brust.

Das Motorengeräusch war deutlich leiser geworden. Jetzt, wo der Panzer zum Stehen gekommen war, war er nicht mehr viel lauter als ein Lastwagen.

Oben neben dem Geschützrohr hob sich auf einmal ein runder Deckel, kippte zur Seite und fiel scheppernd auf die Panzerung. Ein Helm wurde sichtbar, darunter ein Gesicht, und schließlich schob sich der Oberkörper eines Soldaten in Uniform aus der Öffnung. Er rief irgendetwas Unverständliches.

Elli zuckte zusammen und krallte die Finger so fest in den Stoff, dass es wehtat.

Der Soldat deutete auf die Straße vor sich und wiederholte das, was er gerade schon einmal gesagt hatte, jetzt aber viel langsamer.

Mechanisch schüttelte Elli den Kopf.

Der Soldat beugte sich vor und rief etwas in den Innenraum des Panzers hinunter, woraufhin mit einem kurzen Stottern das Motorengeräusch aufhörte.

Noch einmal wiederholte der Soldat seine Worte, zeigte auf die Straße und sah Elli dann fragend an. Aber noch immer brachte sie kein Wort heraus.

Der Soldat blickte einen Moment lang zu ihr herunter, dann schüttelte er mitleidig den Kopf. Wieder rief er etwas, aber diesmal schien es keine Frage, sondern eine Aufforderung zu sein. Er wies auf den Hof, dann auf Elli und dann wieder auf das Haus.

Elli verstand kein einziges Wort, aber die Bedeutung seiner Geste war klar. Sie sollte zurück ins Haus gehen. Elli nickte.

Der Soldat nickte ebenfalls und lächelte ihr zu. Dann rief er etwas in den Innenraum des Panzers, der Motor sprang dröhnend wieder an, und das Fahrzeug setzte sich langsam in Bewegung. Noch immer stand der Soldat in der Luke und hob wie zum Gruß seine Hand, ehe er im Inneren des Panzers verschwand.

Dann war der Spuk vorbei.

Elli sah dem knatternden graugrünen Ungetüm hinterher, bis es hinter der nächsten Kurve verschwunden war. Dann machte sie auf dem Absatz kehrt und stolperte zum Hof zurück, das Bettlaken noch immer in den Händen.

Sie hatte die Dreschdiele noch nicht ganz erreicht, als Georg das Tor aufriss, sie bei den Schultern packte und schüttelte. »O Gott, Elli! Was hast du dir denn nur dabei gedacht?«

Ehe sie etwas antworten konnte, schlang er seine Arme um sie und presste sie an sich. »Oh Elli, meine Elli, was hast du dir nur gedacht?«

Eine Sekunde lang stand sie stocksteif da, dann klammerte sie sich an ihn und begann zu schluchzen.

Georg hielt sie fest. Seine Arme umschlangen ihre Schultern so fest, dass es schmerzte, seine Rechte streichelte ihr übers Haar. Sie fühlte seine Wange mit den Bartstoppeln rau an ihrer Schläfe liegen, dann drehte er den Kopf, und sie spürte seine Lippen auf ihren Augenbrauen.

»Elli, ich hab noch nie in meinem Leben solche Angst gehabt! Ich hab gedacht …« Georgs Stimme brach. Seine Schultern zuckten, und seine Arme pressten sie noch fester an sich.

»Ich wollte doch nur eine weiße Fahne aufhängen. Mehr nicht«, stammelte sie. »Ich weiß noch nicht einmal, was der Soldat im Panzer von mir wollte. Ich konnte doch kein Wort verstehen.«

Georg löste sich so weit von ihr, dass er ihr ins Gesicht sehen konnte. »Er wollte wissen, wohin die Straße führt. Und weißt du, was er dann noch gesagt hat?«

Elli schüttelte den Kopf.

Georgs Gesicht verzerrte sich. »Er hat gesagt, du sollst ins Haus gehen, du brauchst die Fahne nicht mehr. Die Wehrmacht hat die Waffen gestreckt. Hier ist der Krieg vorbei!«

Tränen schossen ihm in die Augen, liefen über seine Wangen und tropften auf seine blaue Arbeitsjacke. »Hörst du, Elli? Der Krieg ist vorbei!« Er lachte und weinte gleichzeitig. »Oh Elli, es ist vorbei! Es ist endlich vorbei! Und ich bin noch immer am Leben!«

Diesmal nahm Elli Georg in die Arme und hielt ihn ganz fest.

Und während sie vor dem geöffneten Dielentor in der hellen Mittagssonne standen und sich aneinander festhielten, flog die erste Schwalbe dieses Sommers an ihnen vorbei in den Stall.

15

JANUAR 1949

Elli hatte jedes Gefühl dafür verloren, wie viel Zeit inzwischen vergangen war. Das stetige Ticken der Uhr klang laut in ihren Ohren. Während der Sekundenzeiger die immer gleiche Runde über das Zifferblatt beschrieb, schienen die anderen beiden Zeiger bewegungslos zu verharren. Elli streckte die Hand aus, knipste die Nachttischlampe an und gleich wieder aus. Die phosphoreszierenden Zeiger, die sie kaum noch hatte sehen können, leuchteten wieder in bleichem Grün.

Erst vier Minuten waren vergangen. Vielleicht noch acht Minuten Ruhe, die ihr blieben. Noch unendlich viel Zeit.

Ein paar Minuten konnten endlos sein, eine ganze Ewigkeit umfassen. Elli wusste das genau, sie hatte es selbst erlebt, damals in Köln, in der Wohnküche der Pfarrei.

Sie hatte die eisigen Fliesen unter ihren nackten Füßen kaum gespürt, als sie sich zum Sofa geschlichen hatte, wo er schlief. Der Vollmond hatte durch das hohe, schmale Fenster geschienen und einen Streifen bläuliches Licht auf die Bettdecke geworfen, die er wie ein kleiner Junge bis zu den Ohren hochgezogen hatte. Georg hatte zu ihr aufgeschaut, als sie ihn an der Schulter berührt hatte, und Trauer und Scham, die sie in seinen dunklen Augen sah, hatten ihr die Kehle zugeschnürt.

»Es tut mir leid«, hatte er geflüstert. »Oh Elli, es tut mir so unendlich leid!«

Er hatte seine Arme nach ihr ausgestreckt, sie an sich gezogen und geküsst. Sie war zu ihm unter die Decke geschlüpft, und sie hatten sich aneinander festgehalten und beide geweint.

Georg hatte ihr Gesicht gestreichelt und ihre Tränen weggeküsst, hatte »Elli, mein Lieb!« geflüstert und ihr gesagt, wie schön sie sei und wie sehr er sie liebe.

Und dann hatten sie sich geliebt, so leidenschaftlich und verzweifelt und ohne jede Vorsicht, als gäbe es kein Morgen. Und als sie schließlich atemlos in seinen Armen gelegen hatte, den Kopf auf seiner Schulter, ganz eng an ihn geschmiegt, weil das Sofa so schmal war, da hatte er ihr versprochen, dass alles ein gutes Ende nehmen würde, wenn sie nur Geduld hätten. Seine Hand hatte warm und feucht auf ihrer Schulter gelegen, und seine Lippen hatten ihre Stirn berührt, als er das gesagt hatte. Es hatte sich angefühlt wie hundert kleine Küsse. Und Elli hatte ihm geglaubt. Vielleicht auch, weil sie unbedingt glauben wollte, dass alles gut werden würde.

Das Leuchten der Uhrzeiger wurde allmählich wieder schwächer, während sie dem Ticken lauschte.

Wie merkwürdig, dass sie sich an jede Sekunde jener Nacht so genau erinnern konnte, wo doch so viele andere Tage und Nächte davor oder danach längst vollständig im Nebel verschwunden waren. Andere Erinnerungen wiederum erschienen so scharf vor ihren geschlossenen Augen, dass sie wie eine Abfolge von Fotografien wirkten, wie ein Kinofilm, der jedes Mal von Neuem begann, sobald sie die Erinnerung zuließ.

Möglicherweise hatte es wirklich einen Zeitpunkt gegeben, an dem alles hätte gut werden können.

Vielleicht damals, als der Krieg gerade vorbei war. Als mit den Engländern der Sommer gekommen war und die Schwalben zwitschernd und schnarrend auf der Stromleitung vor dem Haus gesessen und im Pferdestall nach den Nestern vom Vorjahr gesucht hatten. An jenem Tag, als der Munitionszug in Ovelgönne in die Luft geflogen war und Elli den Panzer auf der Straße gesehen hatte, damals, als sie und Georg sich vor dem Dielentor umarmt hatten.

In einem Kinofilm wäre in diesem Moment das Bild dunkel geworden und in geschnörkelter Schrift das Wort »Ende« auf der Leinwand erschienen. Im Film hätte Zarah Leander Willy Birgel geküsst, und alles wäre gut gewesen. Von nun an hätten sie glücklich und zufrieden miteinander leben können, denn alles, was sie getrennt hatte, hatten sie endlich überwunden. Es gab nichts mehr, was sich noch zu erzählen gelohnt hätte.

Nur war das hier kein Film, das hier war Ellis Leben. Die Geschichte war nicht einfach zu Ende, auch wenn für den einen Moment alles perfekt schien. Das Leben ging weiter, und immer neue Hindernisse mussten überwunden werden, mit denen niemand hatte rechnen können.

Vielleicht wäre alles ganz anders gekommen, wenn der Munitionstransport in Ovelgönne nicht explodiert wäre. Die Gleise wären heil geblieben, die Züge hätten weiterfahren können nach Brake, nach Nordenham und nach Blexen, wo die Fähre nach Bremerhaven über die Weser ging. Martin wäre nie in Ovelgönne ausgestiegen und hätte nie bei Bruns nach einer Mahlzeit gefragt. Er wäre weitergefahren und hätte versucht, in Bremerhaven ein Schiff zu finden, das ihn nach Amerika mitnahm. Er wäre Georg nie begegnet.

Vielleicht hätte tatsächlich alles gut werden können, wenn Martin nie auf den Brunshof gekommen wäre, wenn er Georg nicht unterrichtet und ihm nicht den Gedanken in den Kopf gesetzt hätte, er müsse unbedingt Sänger werden. Aber noch während sie das dachte, wusste Elli, dass sie sich belog. Es lag nicht an Martin, dass alles so gekommen war.

Die Zeiger ihres Weckers waren kaum noch auszumachen. Die Frist war um, sieben Minuten vergangen. Sie fühlte das Ziehen in ihrem Rücken und im Unterleib, griff nach einem der Handtücher, die neben ihr lagen, stopfte sich einen Zipfel in den Mund und wartete auf die nächste Wehe.

16

Das Huhn starb, ohne auch nur ein einziges Krächzen von sich zu geben. Es schlug noch ein paar Mal schwach mit den Flügeln, während das Blut aus seiner aufgeschlitzten Kehle tropfte. Dann zitterten ein letztes Mal die Federn an den Schwingen, und es hing still. Die Vogelaugen starrten ausdruckslos ins Leere, und der wie zum Protest geöffnete Schnabel bewegte sich nicht mehr. Von seiner Spitze tropfte ein dünner Blutsfaden auf den Boden des Pferdestalls.

Elli rollte mit den Augen. Auch das noch!

Natürlich war das Blut neben den Eimer getropft, den sie vorsorglich unter das geschlachtete Huhn gestellt hatte. Es hing kopfüber zum Ausbluten an einem Besenstil, den Elli in das Gitter der leeren Hengstbox geklemmt hatte. Wenn sie nicht gleich alles wieder picobello sauber machte, würde Hinnerk böse werden, weil sie das Huhn drinnen aufgehängt hatte und nicht draußen auf dem Hof, wie er es ihr gesagt hatte. Der Pferdestall war gerade erst geschrubbt und alle Wände frisch gekalkt worden – auch die, an der jetzt kleine hellrote Spritzer zu sehen waren.

Nachdenklich betrachtete Elli das tote Tier. Hühnersuppe und Frikassee am Sonntag. Sie schüttelte den Kopf und lachte bitter. Und alle sollten sie satt werden von einem einzigen mageren alten Huhn.

Warum hatte es ausgerechnet heute geschlachtet werden müssen? Dafür wäre doch auch morgen noch Zeit genug gewesen. Dann hätte Elli heute mit den Männern hinaus zum Köterhof gehen können, wo die Jungrinder umgetrieben werden sollten, die noch auf der Moorwiese neben dem Köterhof standen. Nachdem sie vier Wochen auf derselben Weide gewesen waren, war das Gras bis auf wenige dünne Büschel um die violetten Disteln herum bis zu den Wurzeln abgefressen. Auf dem sauren Moorboden wuchs es sowieso nie so hoch wie auf den fetten Marschwiesen ein paar Kilometer weiter in Richtung Deich.

Ihr Vater, ihr Großvater, Hinnerk, Georg und die Jungs hatten sicher ihre liebe Mühe, die Jungtiere unter Kontrolle zu halten. Und sie, Elli, hatte zu Hause bleiben und das Huhn schlachten müssen. Gerade jetzt, wo doch ein Mann fehlte.

Als Anfang Mai im Radio gemeldet worden war, Deutschland habe kapituliert, war Victor fortgegangen. Nicht, dass er weggelaufen wäre, nein, aber er hatte gesagt, dass er jetzt, wo der Krieg vorbei sei, so schnell wie möglich wieder nach Hause wolle. Anton hatte genickt und gemeint, das könne er gut verstehen. Sie hatten ihm etwas zu essen mitgegeben und ein paar Kleidungsstücke. Hinnerk hatte ihm sogar noch etwas Geld zugesteckt, jedenfalls hatte Georg das erzählt. Alle zusammen hatten sie auf dem Hof gestanden, als er losmarschiert war. Victor hatte Anton die Hand hingestreckt, und nach kurzem Zögern hatte der Bauer sie genommen und geschüttelt.

»Wenn ich bin daheim in Leningrad, ich schreibe«, hatte Victor gesagt und ein wenig schief gelächelt. Dann war er aufgebrochen, hatte sich an der Straße noch einmal umgedreht und gewinkt, ehe er um die Kurve nach Ovelgönne verschwunden war.

Jetzt tropfte nur noch gelegentlich ein Blutstropfen von der Schnabelspitze des toten Huhns in den Eimer.

Irgendwie merkwürdig, dass Elli das Hühnerschlachten so gar nichts ausmachte. In anderen Familien übernahmen die Männer das Schlachten, weil die Frauen es nicht übers Herz brachten. Onkel Diers schlug dem Huhn auf einem Holzklotz mit der Axt den Kopf ab und brachte den Frauen dann den toten Vogel in die Küche. Aber bei Bruns war das Hühnerschlachten Frauensache. Willa hatte Elli vor einem Jahr gezeigt, wie es ging. Als sie gesehen hatte, dass Elli dem Huhn ohne Scheu mit einem schnellen

Schnitt die Kehle durchtrennte, hatte sie beschlossen, dass ihre Tochter fortan alle Hühner schlachten würde, die in den Kochtopf wandern sollten.

Aber warum ausgerechnet heute? Hatte Oma Mutter vielleicht doch etwas erzählt?

An dem Tag, als der Krieg vorbei gewesen war, als Elli dem Panzer auf der Straße begegnet war und sie Georg vor dem Dielentor umarmt hatte, hatte Tilly plötzlich in der Tür zur Viehdiele gestanden und sich geräuspert. Sie hatte Erich auf dem Arm getragen und die kleine Anni Zielke an der Hand gehalten, die die Faust ihrer Schwester fest umklammert hielt.

Georg und Elli hatten einander sofort losgelassen und ein wenig verlegen voreinander gestanden. Aber Tilly hatte gelächelt, und Elli glaubte sogar, dass sie ihr zugeblinzelt hatte.

Dennoch hatte ihre Mutter seit diesem Tag ein besonders scharfes Auge auf Elli und ließ ihr keine Gelegenheit, mit Georg allein zu sein. Elli hatte noch immer ihre Worte im Ohr: »In diesem Haus passiert nichts, was ich nicht weiß!«

Dabei wäre das gar nicht nötig gewesen. In den vier Wochen, die seither vergangen waren, hatten weder Georg noch Elli den Vorfall auch nur mit einem einzigen Wort erwähnt. Es war wie ein stillschweigendes Abkommen zwischen ihnen, dieser Grenze nicht noch einmal so gefährlich nahe zu kommen. Nur nicht dieses Gefühl zulassen, das weit über Freundschaft hinausging. Nur nicht diese Freundschaft, die Elli so wichtig geworden war und auf die sie unmöglich verzichten wollte, durch etwas Vages und Verbotenes verspielen. Sie beide benahmen sich so, als hätte es diesen Moment vor dem Dielentor nie gegeben.

Seit vier Wochen waren die Engländer jetzt die Herren im Lande, und ganz langsam kehrte in der Wesermarsch so etwas wie Normalität ein. Die Molkerei schickte wieder einen Wagen, der die vollen Milchkannen abholte und etwas dünne Magermilch für die Kälber mitbrachte. Ein Kontrolleur war gekommen, um den Viehbestand aufzunehmen und auszurechnen, was Bruns an Milch und Fleisch abzuliefern hatte. Eigentlich war alles gar nicht so viel anders als früher, nur dass die Soldaten auf der Straße andere Uniformen trugen und es keinen Fliegeralarm mehr gab.

Nur eines war völlig anders: Während in den letzten Kriegsmonaten die Straßen meist wie leer gefegt schienen, waren jetzt immer mehr Menschen unterwegs. Spätestens, wenn man die schmalen Landstraßen hinter sich ließ und auf die Hauptstraßen kam, die die größeren Ortschaften miteinander verbanden, traf man auf Flüchtlinge. Viele waren allein unterwegs, aber die meisten hatten sich zu Trecks zusammengeschlossen. Diejenigen, die aus dem Osten geflohen waren, mischten sich unter jene, die aus den zerbombten Städten kamen und jetzt irgendwo Unterkunft und Arbeit suchten. Auch immer mehr Soldaten in Wehrmachtsuniformen waren dabei. Sie hatten das Glück gehabt, nicht in Kriegsgefangenschaft zu geraten oder als unbedenklich eingestuft und sofort wieder entlassen zu werden.

Seit der Munitionszug im Bahnhof von Ovelgönne in die Luft geflogen war und einen Krater in die Gleise gerissen hatte, endete die Bahnstrecke nach Brake und Nordenham hier. Alle, die im Zug saßen, mussten aussteigen und versuchen, sich zu Fuß weiter durchzuschlagen. Was genau an jenem Maitag passiert war, aus welchem Grund die drei Waggons mit Munition und Sprengstoff explodiert waren, darüber wurde zwar spekuliert und es gab jede Menge Gerüchte, aber Genaues war nicht bekannt.

Da die Engländer nach der Explosion keine Deutschen festgenommen hätten, seien sie vermutlich selbst daran schuld gewesen, meinte Opa Bruns. Vielleicht habe einer der Soldaten eine Handgranate in einen der Waggons geworfen, oder es sei einer ihrer Panzer gewesen, der den Zug in die Luft gejagt hätte.

Ob nun so oder so, sei auch ganz egal. Hauptsache, sie würden mal langsam dafür sorgen, dass die Gleise repariert würden. Das sei ja wirklich kein Zustand so.

Das stetige *Plink-plink-plink* der Blutstropfen im Eimer unter dem Huhn war immer langsamer geworden und hatte schließlich ganz aufgehört. Doch bevor Elli begann, den Vogel zu rupfen, wollte sie noch schnell sauber machen. Wenn das Blut erst einmal getrocknet war, würde das doppelt so lang dauern.

Sie goss das Hühnerblut in der Viehdiele in den Abfluss unter dem Wasserhahn und spülte den Eimer gründlich aus, ehe sie ihn mit Wasser füllte und zurücktrug. Mit einer alten Wurzelbürste schrubbte sie die Blutspritzer von der Wand und war gerade dabei, die Flecken vom Boden zu wischen, als sie von der Dreschdiele her leise Männerstimmen hörte.

»Nanu, die sind aber früh wieder zurück«, murmelte Elli. Sie legte die Bürste neben sich auf den Boden und trocknete ihre Hände an der Schürze ab, während sie zur Tür hinüberging.

Das ging ja flott!, wollte sie sagen und hatte die Türklinke schon in der Hand, als sie plötzlich innehielt.

Jetzt waren die Stimmen aus der Diele deutlicher zu hören, und sie verstand auch, was gesprochen wurde. Aber das waren nicht Papa, Opa, Hinnerk und Georg. Da draußen waren Fremde.

»Aber wir könnten doch auch einfach fragen«, hörte Elli einen der Fremden sagen. Seine Stimme war für einen Mann sehr hoch und klang ein bisschen weinerlich.

»Um dann wieder weggeschickt zu werden?«, lautete die Antwort seines Begleiters. Seine Stimme war tiefer, rauer und bitterböse. »So wie die letzten drei Male? Immer mit derselben dummen Ausrede: ›Wir haben ja selber kaum was zu essen, wie sollen wir euch dann was geben?‹« Der Mann ahmte eine jammernde Frauenstimme nach. »Oh, ich hab diese Bettelei so satt!«, knurrte er.

»Aber klauen?«, wandte der Erste ein.

»Wenn jemand noch was zu essen hat, dann doch wohl die Bauern, oder?«

»Das schon, aber …«

»Siehst du«, schnitt der Zweite ihm das Wort ab. »Also können sie uns ruhig was abgeben. Immerhin haben wir unsere Schädel für sie hingehalten. Und wenn die freiwillig nichts rausrücken, dann müssen wir uns eben nehmen, was uns zusteht. Nun komm schon!«

Die Stimmen kamen näher.

Plötzlich fühlte Elli, wie an der Tür gezogen wurde. Einen Moment lang versuchte sie, den Türgriff festzuhalten, in der Hoffnung, die zwei Männer würden glauben, die Tür sei abgeschlossen. Doch dann wurde die Tür mit einem so heftigen Ruck aufgerissen, dass Elli der Griff aus der Hand rutschte. Die Tür flog auf, und Elli starrte direkt in das verblüffte Gesicht eines dunkelhaarigen jungen Mannes, der noch immer die Klinke in der Hand hielt.

Es waren zwei Wehrmachtssoldaten, die da in der Dreschdiele standen, ganz junge Kerle noch, kaum zwanzig Jahre alt. Ihre grauen Uniformjacken waren verschlissen und starrten vor Schmutz, und ein säuerlicher Gestank ging von den beiden aus, so als hätten sie seit Wochen kein Wasser gesehen.

Der Dunkelhaarige grinste schief, während er Elli von oben bis unten musterte. »Da schau her, doch jemand zu Hause!«, sagte er mit der tiefen, rauen Stimme desjenigen, der gesagt hatte, er habe die Bettelei satt. »Und wir dachten schon, alle Vöglein seien ausgeflogen.«

Irgendetwas in seinem Blick ließ Elli frösteln. Sie wich ein paar Schritte von der Tür zurück.

Der Soldat folgte ihr, und auch sein Begleiter betrat hinter ihm den Pferdestall. Er war etwas kleiner als der Dunkelhaarige, hatte hellblondes Haar und wasserblaue Augen, die nervös zwinkerten. Immer wieder sah er über seine Schulter hinweg nach hinten in die Dreschdiele.

»Was wollt ihr?« Ihre eigene Stimme klang schrill in Ellis Ohren.

»Wir wollen nur was zu essen. Sonst nichts«, erwiderte ihr Gegenüber zuckersüß und grinste. »Ihr werdet doch wohl für zwei tapfere deutsche Soldaten ein bisschen Brot und ein Stück Wurst übrig haben, oder?«

Direkt vor ihr blieb er stehen und starrte ihr in die Augen, ohne auch nur ein einziges Mal zu blinzeln.

Elli schluckte. Ihr Magen begann zu flattern, während die aufkommende Panik ihre Kehle immer enger werden ließ. Etwas Grausames lag in diesem Blick. Der Fremde genoss es förmlich, ihr Angst zu machen.

»Ich hab hier nichts zu essen«, stammelte sie.

»Lüg uns bloß nicht an! Wenn wir etwas nicht ausstehen können, dann, angelogen zu werden. Hörst du? Das macht man nicht!«

»Aber es stimmt. Ich hab nichts zu essen hier.«

Seine Hand schoss vor, packte ihr Handgelenk und umschloss es so fest wie ein Schraubstock. Elli schrie auf. Ganz langsam zog er sie dichter an sich heran, bis sein Gesicht nur noch Zentimeter von ihrem entfernt war. Der Gestank aus seinem Mund drehte ihr den Magen um.

»Was hab ich gerade gesagt?«, zischte er. »Du sollst mich nicht anlügen! So was macht ein deutsches Mädel nicht!«

Elli drehte den Kopf zur Seite und spürte, wie sein Atem über ihre Wange und ihren Hals strich. Ihr Blick fiel auf die Futterkiste in der Ecke. Dort, von hier aus deutlich zu sehen, lag noch immer das scharfe Messer, mit dem sie vorhin dem Huhn die Kehle durchgeschnitten hatte. Es war eines von Mutters guten Küchenmessern aus Stahl, das immer sorgfältig eingeölt werden musste, nachdem es abgewaschen worden war. Die Klinge war vom vielen Wetzen ganz dünn und so scharf wie ein Rasiermesser. Was, wenn der Soldat das Messer sehen und danach greifen würde? Was, wenn er es an ihren Hals drücken würde? Elli wusste nur zu gut, wie leicht es durch Fleisch schnitt. Sie begann zu zittern.

»Paul!« Das war die Stimme des anderen. »Paul! Was machst du denn da? Lass doch das Mädchen in Ruhe!«

Aber Paul hielt Ellis Handgelenk noch immer fest umklammert und verdrehte ihr langsam den Arm nach hinten. Ein scharfer, stechender Schmerz schoss vom Handgelenk aus durch Ellis ganzen Arm bis in ihr Schultergelenk. Sie schrie auf und keuchte, bekam aber den Arm nicht frei.

»Guck sie dir an, die kleine Schlampe, wie sie sich wehrt«, knurrte Paul. »Der gehören mal richtige Manieren beigebracht!« Er griff mit der anderen Hand in Ellis Haare und zog ihren Kopf zurück. »Du kannst ihr ruhig mal einen aufdrücken. Diese BDM-Mädels vom Land sind ganz scharf aufs Knutschen, und diese hier ist doch sogar noch ganz hübsch«, sagte Paul zu seinem Begleiter. »Nun mach schon, du Memme!«

Aber der andere Soldat schüttelte nur den Kopf.

Paul gluckste hämisch. »Da siehst du mal, was mein Freund für ein erbärmlicher Feigling ist. Dann werde ich dir wohl selbst anständige Manieren beibringen müssen.«

»Nein! Nicht!«, stieß Elli hervor, als sein Gesicht sich ihrem näherte, aber er hielt sie mit eisernem Griff fest. »Nicht, bitte!«

»Schluss damit, aber sofort!«, donnerte eine tiefe Männerstimme von der Dreschdielentür her. Paul und sein Begleiter fuhren herum.

In der Tür stand ein weiterer Soldat. Auch er trug eine abgetragene Wehrmachtsuniform ohne Rangabzeichen, aber in seiner ganzen Haltung lag so viel Autorität, dass man ihn für einen Offizier halten musste. »Was geht hier vor?«, rief er. »Lass das Mädchen los, aber sofort!«

Aber Paul dachte nicht daran. »Warum sollte ich?«

Der Mann in der Tür hob den Handstock, den er in der Rechten hielt, und ließ das Ende in seine linke Handfläche fallen. »Ganz einfach! Damit ich dir hiermit nicht das letzte bisschen Verstand aus dem Hirn prügle!«

Endlich ließ Paul Ellis Haare los. Seine Entschlossenheit schien zu schwinden, besonders, da sein Begleiter offenbar nicht gewillt war, sich mit dem Neuankömmling anzulegen. Der Blonde war bis zur Wand zurückgewichen und versuchte, unauffällig zur Tür zu gelangen.

»Aber wir sind zu zweit«, knurrte Paul.

»Na und? Glaubst du, ich habe Angst vor euch?« Der Fremde schnaubte. Es klang fast wie ein Lachen. »Lass dir eines gesagt sein, Jungchen: Ich hab vor gar nichts Angst. Es gibt auf dieser Welt einfach nichts mehr, was mir noch Angst machen könnte.« Der fremde Soldat blickte Paul starr in die Augen. »Und jetzt wirst du das Mädchen einfach loslassen und von hier verschwinden! Hinter deinem Kameraden her, der es ja anscheinend furchtbar eilig hat.«

Es stimmte. Der Blonde hatte sich inzwischen durch die Tür zur Dreschdiele davongemacht.

Paul bleckte die Zähne wie ein knurrender Hund, der im Begriff ist zuzuschnappen, ließ Ellis Handgelenk aber noch immer nicht los.

Der ältere Soldat hatte sich keinen Millimeter gerührt. »Also? Worauf wartest du noch? Eins … zwei …« Er hob drohend den Stock.

Bis drei wartete Paul nicht mehr ab. Er versetzte Elli einen heftigen Stoß in den Rücken, sodass sie nach vorn stolperte, das Gleichgewicht verlor und auf die Knie fiel. Der junge Soldat rannte an ihr und dem Fremden vorbei durch die offene Pferdestalltür in die Dreschdiele.

Einen Moment lang blieb Elli auf dem Boden liegen und

schnappte zitternd nach Luft. Ihre aufgeschürften Hände und Knie brannten wie Feuer, und sie begann vor Erleichterung und Schmerzen zu schluchzen. Sie blinzelte gegen die Tränen an, bevor sie sich etwas aufrichtete und sich mit dem Ärmel über das Gesicht wischte.

Der Fremde stützte sich auf seinen Handstock und kam langsam auf sie zu. Beim Gehen zog er das rechte Bein nach. »Alles in Ordnung, Mädchen?«, fragte er und streckte ihr eine Hand entgegen, um ihr aufzuhelfen.

Elli nickte. »Ja, alles in Ordnung! Mir ist nichts passiert.« Sie griff nach seiner ausgestreckten Hand und stand auf.

Der Soldat war gar nicht so alt, wie sie im ersten Moment gedacht hatte, vielleicht Ende zwanzig, höchstens Mitte dreißig. Sein aschblondes Haar wirkte grau, ohne es wirklich schon zu sein. Er lächelte, aber das Lächeln reichte nicht bis zu seinen dunkelblauen Augen hinauf, die sie müde und teilnahmslos betrachteten. »Was für ein glücklicher Zufall, dass ich gerade jetzt und hier nach etwas zu essen fragen wollte. Das hätte böse ausgehen können«, sagte er. Sein Lächeln vertiefte sich. »Aber vielleicht sollte ich mich erst einmal vorstellen. Mein Name ist Martin Freier.«

Auf dem großen Küchentisch stand ein tiefer Teller, den Elli nun schon zum dritten Mal für Martin Freier mit Erbseneintopf vom Mittagessen füllte. Martin aß sehr langsam und bedächtig, ganz konzentriert auf das, was er tat. Bissen um Bissen verschwand in seinem Mund, und als er endlich fertig war, wischte er den Teller mit der Kruste der Brotscheibe, die er in die Suppe gebrockt hatte, blitzblank.

Es war halb fünf, eigentlich allerhöchste Zeit, um zum Melken hinaus zu den Kühen auf die Weide zu gehen, aber noch machte niemand Anstalten aufzustehen. Ellis Vater, der kurz nach dem Vorfall im Stall gemeinsam mit den anderen Männern vom Umtreiben zurückgekommen war, saß am Kopfende des Tisches. Er lehnte sich zurück, nahm einen tiefen Zug von seiner Selbstgedrehten und betrachtete den Fremden am Tisch nachdenklich mit gerunzelter Stirn.

»Da kann Elli aber von Glück sagen, dass Sie gerade zur Stelle waren! Gar nicht auszudenken, wenn …« Anton brach ab und räusperte sich. »Nun gieß dem jungen Mann doch noch eine Tasse Tee ein, Elli!«, fuhr er mit belegter Stimme fort. »Der hat ja schon gar nichts mehr.«

»Oder sollen wir vielleicht lieber Muckefuck kochen?«, fragte Willa, die an der Spüle stand. »Wenn Sie den lieber mögen als Tee?«

Martin schüttelte den Kopf. »Nein, wirklich, machen Sie sich keine Umstände! Tee ist wunderbar! Vielen Dank!« Er schob den leeren Teller ein Stück von sich. »Ich glaube, ich habe noch nie so gute Erbsensuppe gegessen. Aber jetzt kann ich wirklich nicht mehr.«

Elli erhob sich, holte die Teekanne von der Kochstelle und schenkte allen noch einmal Tee nach. Ihr Vater winkte nach einer halben Tasse ab. »Und Sie haben die beiden Kerle vorher nicht gesehen?«, fragte er.

»Nein«, erwiderte Martin. »Aber es ist gut möglich, dass die zwei im gleichen Zug gewesen sind wie ich. An diesem kleinen Bahnhof hieß es, alle müssten aussteigen, weil die Gleise kaputt sind. Wir sollten ein Stück zu Fuß weitergehen und könnten dann in einen Zug steigen, der zur Fähre nach Bremerhaven fährt. Die anderen Leute aus dem Zug hab ich ziemlich schnell aus den Augen verloren, und dann muss ich wohl irgendwo falsch abgebogen sein.« Martin verzog das Gesicht. »Ich bin nicht so gut zu Fuß.«

»Verwundet?«, fragte Anton.

Martin nickte. »Ich bin angeschossen worden. Im Januar in Ostpreußen. Ich habe beinahe drei Monate lang im Lazarett gelegen. Als die Russen immer näher kamen, wurde es geräumt und alle Verwundeten verlegt. Der Arzt, ein blutjunger Kerl, hat jedem von uns einen Marschbefehl bis nach Hause gegeben. Auf meinem stand Dresden.« Martin senkte den Blick. Seine Miene verhärtete sich.

»Wir dachten, es wäre eine gute Idee, dass meine Frau Greta mit den Kindern wieder zu ihren Eltern zieht. Hauptsache weg aus Berlin, weg von den Bomben. In Dresden war es bis dahin verhältnismäßig ruhig gewesen. Außerdem wollte Greta unbedingt wieder arbeiten. Sie war Hebamme, und sie liebte ihren Beruf. Wenn sie Dienst hätte, würde ihre Mutter auf die Mädchen aufpassen. Sie hatte sich alles so schön ausgemalt.«

Martin schwieg einen Moment.

»Ich weiß noch genau, wie ich durch die Trümmer gehumpelt bin auf der Suche nach der Straße, in der meine Schwiegereltern gewohnt haben. Es war nichts mehr da. Nichts, was man wiedererkennen konnte. Alles bis zu den Kellern hinunter verkohlt. Und alle waren tot. Im Feuersturm umgekommen, hieß es. Im Februar, als die Stadt abbrannte. Greta, ihre Eltern, die Mädchen – alle tot.«

Wieder schwieg Martin. Er starrte mit blinden Augen auf den Teller, der vor ihm auf dem Tisch stand. Mit dem Daumen der rechten Hand rieb er die Handfläche seiner Linken. Niemand am Tisch sagte etwas.

»Als ich das begriffen hatte, habe ich es in Dresden einfach nicht mehr ausgehalten. Es war Mitte Mai, schwül und stickig warm. Über der ganzen Stadt hing ein widerlich süßlicher Geruch«, sagte er leise. »Es roch nach Tod.«

Er holte tief Luft, ehe er fortfuhr. »Überall unter dem Schutt, in den Kellern der Häuser, lagen ja noch die Leichen, die langsam verwesten. Man konnte nicht atmen, ohne diesen Geruch in Mund und Nase zu haben. Ich wollte nur noch weg, raus aus dem Gestank. Also bin ich gelaufen. Stundenlang. Ohne Ziel.

Irgendwann lief ich an Gleisen entlang, immer weiter und weiter, und dann stand da ein Zug. Ich hab gar nicht nachgedacht, bin einfach in einen Waggon geklettert und hab mich versteckt. Der Zug fuhr los, und ich blieb in meinem Versteck, bis er stehen blieb. Nachts schlich ich mich hinaus und kletterte in den nächsten Zug – egal wohin. So ging das über Tage. Von einem Zug zum nächsten, von einer Stadt zur nächsten. Nur weg. Nur weg von dem Gestank.«

Martin hob den Blick und sah in die Runde. Noch immer sagte niemand ein Wort.

»Es ist spät geworden!«, sagte er schließlich in die Stille hinein. »Ich sollte mich wohl allmählich auf den Weg machen.« Er erhob sich und griff nach dem Handstock, der an der Lehne seines Stuhles hing. »Vielen Dank für die Suppe und den Tee!«

»Warten Sie einen Moment!«, rief Anton. Er warf Hinnerk und seinem Vater einen kurzen Blick zu, ehe er fortfuhr. »Seit unser Fremdarbeiter weg ist, fehlt uns ein Knecht. Bezahlen können wir nichts, aber wenn Sie für Kost und Logis arbeiten wollen?«

Martin warf ihm einen verwunderten Blick zu. »Aber Sie kennen mich doch gar nicht.«

»Nein, das nicht.« Anton drückte den winzigen Stummel, der von seiner Zigarette übrig geblieben war, im Aschenbecher aus und erhob sich ebenfalls. »Aber sagen wir mal, ich stehe so tief in Ihrer Schuld, ich wüsste nicht, wie ich das sonst je wiedergutmachen sollte.«

Martin schüttelte langsam den Kopf. »Ich glaube nicht, dass ich viel von Nutzen sein kann«, sagte er gepresst. »Es ist ja nicht nur das Bein, die Hand ist auch kaputt. Ich kann damit nichts festhalten.« Zum Beweis hielt er seine Linke hoch, in deren Handfläche eine feuerrote, wulstige Narbe zu sehen war. Der Ringfinger und der kleine Finger waren wie bei einer Vogelkralle nach innen gekrümmt.

Anton lächelte. »Das wird schon gehen«, sagte er und streckte Martin seine Rechte entgegen. »Zumindest wollen wir es auf einen Versuch ankommen lassen.«

Und so zog Martin Freier an diesem Abend zu Hinnerk in die kleine Knechtekammer, die an den Pferdestall angrenzte. Er war, wie Hinnerk es ausdrückte, ein »ruhiger Zeitgenosse, der nicht viele Wunder machte«. Er tat, was man ihm sagte, und redete wenig. Wenn ihm die Arbeit auf dem Hof zu viel wurde, so beklagte er sich doch nie darüber.

Der Juni ging vorüber, und der Juli kam. In normalen Jahren hatten Bruns den ersten Schnitt Heu zu dieser Jahreszeit schon eingefahren, aber was war in diesem Sommer schon normal? Nicht, dass das Wetter zu schlecht gewesen wäre, aber es war einfach nicht genug Gras da, als dass sich das Mähen gelohnt hätte. Im letzten Winter war auf keinem der Höfe in Frieschenmoor Mist gefahren worden, und das machte sich jetzt bemerkbar.

Nachdem sie von zwei der großen Weiden Heu eingefahren hatten, betrachtete Anton sorgenvoll das kümmerliche Häuflein, das Hinnerk und er auf den Heuboden über dem Pferdestall gebracht hatten. »Wenn das so weitergeht, wird das nie reichen«, sagte er zu Hinnerk und strich sich kopfschüttelnd über die Bartstoppeln. »Und womit sollen wir im Winter füttern?«

Hinnerk kaute auf seiner kalten Pfeife herum. Tabak war so rar geworden, dass der alte Knecht die Pfeife schweren Herzens die meiste Zeit auslassen musste. »Da ist doch noch das Stück Andelland bei Diekmannshausen«, sagte er. »Das, was die Bäuerin geerbt hat. Können wir da nicht mähen?«

Anton seufzte. »Ihr sauberer Herr Bruder wird da sicher schon gewesen sein! Da ist bestimmt längst kein Gras mehr drauf.«

Hinnerk zuckte mit den Schultern. »Da müsste einer hinfahren und nachgucken! Ich könnte mir vorstellen, dass dem das viel zu weit ist, das Heu von hinterm Deich wegzuholen. Auf seinem fetten Kleiboden wächst bestimmt genug Gras. Der hat es gar nicht nötig, sich um das Andelgras zu kümmern.«

»Mag sein, mag nicht sein«, sagte Anton zweifelnd.

Elli, die ihrem Vater und dem alten Knecht zugehört hatte, sprang mit einem Satz vom Leiterwagen hinunter, den sie gerade mit einem alten Reisigbesen sauber gemacht hatte. »Oh, Papa, bitte, darf ich fahren?«, rief sie. »Ich war so lang nicht mehr hinter dem Deich.«

Anton schüttelte den Kopf. »Das lass mal lieber einen von uns Männern machen!«

»Ach, Papa, bitte!« Elli verlegte sich aufs Betteln. »Ich könnte doch Georg mitnehmen. Der war noch nie weiter weg vom Hof als bis zur Strückhauser Kirche. Und wenn er dabei ist, was soll dann schon passieren?«

Anton sah ihr einen Moment lang fragend in die Augen, und Elli spürte, wie ihr das Blut ins Gesicht schoss.

Anton begann zu lächeln und blinzelte ihr zu. »Also gut, Muschen! Dann fahrt ihr zwei morgen hinter den Deich und guckt nach dem Andelgras.«

Elli hatte eine alte Decke auf den Gepäckträger geschnallt und ein paar Brote, etwas Zwieback und eine Bügelverschlussflasche mit kaltem, süßem Tee eingepackt. Die Fahrt mit dem Rad bis zum Deich würde etwa eine knappe Stunde dauern, also machten sie sich gleich vormittags auf den Weg, damit sie pünktlich zum Füttern am frühen Nachmittag wieder zurück wären. Bernie war beleidigt. Er wäre auch gern mitgefahren, aber Anton wollte es nicht erlauben.

»Lass die beiden mal allein fahren!«, sagte er zu seinem Jüngsten. »Georg war doch noch nie hinterm Deich. Du kannst beim nächsten Mal mit ihm hinfahren, aber heute ist Elli dran.«

»Die sind doch sowieso die ganze Zeit zusammen!«, schimpfte Bernie, der neben Elli in der Dreschdiele stand, während Georg schon mit dem beladenen Fahrrad auf dem Hof wartete. »Elli kann ihn gar nicht in Ruhe lassen. Bestimmt ist sie verliebt!«

Elli spürte, dass ihre Ohren glühten. Sie funkelte ihren Bruder wütend an. »Du elender kleiner Giftzwerg!«, presste sie zwischen zusammengebissenen Zähnen hervor. »Wenn ich wieder …«

»Elli, komm, lass es gut sein!«, unterbrach sie ihr Vater und hob beschwichtigend die Hände. »Das gilt auch für dich, Bernie! Hör auf, sie zu ärgern! Du wirst mir gemeinsam mit den Franke-Jungs nachher beim Zaunsetzen auf der Kälberweide helfen. Und jetzt macht, dass ihr loskommt, ihr zwei, sonst wird das alles viel zu spät heute. Außerdem sieht es nach Regen aus.«

Elli und Georg fuhren nebeneinanderher über die schmalen Feldwege durch Rönnelmoor zum Jadebusen. Ein kühler Wind wehte von der Nordsee her, schüttelte die Blätter der Birken und drehte sie um, sodass man die hellen Unterseiten sehen konnte. Hoch oben am Himmel, wo der Wind viel stärker zu sein schien, trieb er aufgetürmte weißgraue Wolken vor sich her, die von Zeit zu Zeit die Sonne verdeckten. Es war nicht kalt, aber von der drückenden Hitze der letzten Wochen war nichts mehr zu spüren. Zwei Mal mussten Georg und Elli von ihren Rädern absteigen und ein Stück schieben, weil ihnen die Schlaglöcher zu groß erschienen oder nach dem Gewitterregen der letzten Nacht der Boden zu aufgeweicht zum Fahren war.

Elli genoss die Fahrt. Sie zeigte im Vorbeifahren auf die Gehöfte am Wegesrand und erzählte Georg, wer dort wohnte, mit wem die Familie verwandt war und – sofern es welche gab – in welche Skandale die Bewohner verstrickt gewesen waren. Von Zeit zu Zeit kamen ihnen Leute entgegen, die meisten zu Fuß, ein paar auf dem Fahrrad, und einmal überholten sie einen von zwei Kaltblütern gezogenen Leiterwagen, auf dem ein älterer Mann saß. Alle grüßte Elli mit einem kurzen, kehligen »Moin!«. Die Männer tippten sich an die Mützen, ein paar antworteten auf die gleiche Weise.

»Sag mal, kennst du die Leute eigentlich alle?«, fragte Georg verwundert.

»Die meisten, die hier wohnen, schon«, antwortete Elli und zuckte mit den Schultern. »Aber ich grüße immer alle. Das gehört sich so, und ich will nicht, dass ich Ärger kriege, weil jemand zu meinen Eltern sagt, ihre Tochter wüsste wohl nicht, was sich gehört.«

Schließlich kamen sie nach Schweiburg, überquerten die geklinkerte Hauptstraße und fuhren auf dem Weg zum Deich gemächlich an der kleinen Dorfkirche vorbei, die ein wenig abseits der eigentlichen Siedlung lag.

»Siehst du, hier liegt mein anderer Opa begraben, Mutters Vater. Der, dem das Klavier gehört hat«, erklärte Elli und zeigte auf die gedrungene, kleine Backsteinkirche, die sich zwischen die hohen Ulmen duckte, in deren Schatten man die Grabsteine erahnen konnte.

»Schön ist es hier«, sagte Georg und sah den Schwalben zu, die auf der Jagd nach Fliegen aus dem Dielentor der Pastorei schossen und dicht über dem Straßenpflaster Haken schlugen. »So friedlich!«

Vor dem Tor standen zwei ältere Frauen, die ihr angeregtes Gespräch unterbrachen und den beiden jungen Leuten auf den Fahrrädern neugierig entgegensahen. Georg nahm die linke Hand vom Lenker, tippte sich mit den Fingern an die Stirn, dorthin, wo der Rand der Mütze gewesen wäre, wenn er eine getragen hätte, und rief mit seiner tiefsten Stimme: »Moin, die Damen!«

Die beiden Frauen starrten ihm mit offenem Mund hinterher, und Elli sah aus den Augenwinkeln, wie sie die Köpfe zusammensteckten und zu tuscheln begannen. Georg zwinkerte ihr grinsend zu und trat so fest in die Pedale, dass Elli Mühe hatte, ihm zu folgen.

»Siehst du, ich weiß auch, was sich gehört!«, sagte er lachend, als sie ihn eingeholt hatte.

»Und du bist jetzt bestimmt für mindestens zwei Wochen das Gesprächsthema hier im Dorf!«, antwortete sie kopfschüttelnd.

»Das war's wert!« Georg begann, immer noch lächelnd, vor sich hin zu summen.

Elli hörte ihm zu und bog vor ihm nach rechts in die Straße ein, die nach ein paar Hundert Metern auf den Deich stieß und direkt an seinem Fuß entlangführte. Sie war ein bisschen enttäuscht, dass Georg nichts zum Deich sagte. Immerhin war er hier über fünf Meter hoch und erstreckte sich in beide Richtungen bis zum Horizont. Unzählige Schafe weideten darauf und hielten das dichte grüne Gras kurz.

Georg fuhr neben Elli her, den Blick auf die Straße gerichtet, aber in Gedanken schien er ganz woanders zu sein. Noch immer sang er leise vor sich hin. Gelegentlich meinte Elli einzelne Worte aufschnappen zu können, aber das meiste war so leise, dass der Text unverständlich blieb.

»Was ist das?«, fragte Elli schließlich.

»Hm?«, erwiderte er abwesend.

»Was ist das, was du da singst?«, wiederholte sie. »Das ist hübsch!«

»*Meistersinger*«, antwortete er. »Das Preislied. Ja, das ist wirklich schön!«

Er richtete sich auf, sodass er den Lenker des Fahrrades nur noch mit den Fingerspitzen berührte, und sang aus voller Kehle:

»Morgenlich leuchtend in rosigem Schein,
von Blüt' und Duft
geschwellt die Luft,
voll aller Wonnen,
nie ersonnen,
ein Garten lud mich ein …«

Elli, die neben Georg herfuhr, konnte kaum den Blick von ihm wenden, während sie ihm zuhörte.

Als die Strophe vorüber war, hielt er inne, und sie fuhren ein Stück schweigend nebeneinanderher.

Schließlich seufzte Georg. »Wir hatten das zu Hause auf Schallplatte, als ich klein war. Das und noch viele andere Opernstücke. Ich hab immer mitgesungen«, sagte er nachdenklich. »Immer die großen Tenorpartien: Lohengrin, Stolzing, Siegfried und Cavaradossi. Stell dir das vor: ein neun oder zehn Jahre alter Knirps, der laut singend und mit dem Schürhaken fuchtelnd durchs Wohnzimmer springt.« Er lachte, aber es klang nicht fröhlich. »Ganz schön bescheuert, was?«

Elli schüttelte den Kopf. »Nein, finde ich nicht!«, sagte sie entschieden. »Ich finde das gar nicht bescheuert. Was meinst du, was wir alles gespielt haben, früher.«

Einen Augenblick lang glaubte Elli, Georg wolle etwas erwidern, aber dann schien er es sich anders überlegt zu haben.

»Müssen wir da hoch?«, fragte er und deutete nach vorn, wo ein schmaler, mit einem hölzernen Tor verschlossener Weg schräg zur Deichkrone hinaufführte.

Elli nickte.

»Ja. Das da ist Sehestedt. Hinter dem Deich liegt das Stück Andelwiese, das meinem Opa gehört hat.«

Sie bogen ab, schoben die Fahrräder durch das Holzgatter, das die Deichschafe von der Straße fernhalten sollte, und verschlossen es hinter sich wieder sorgfältig. Georg stieg erneut auf sein Rad und kämpfte sich in den Pedalen stehend nach oben zur Deichkrone, Elli schob ihr Rad langsam hinterher. Als sie oben ankam, stand er reglos neben seinem Fahrrad und starrte hinunter auf die weite Bucht, die sich vor ihnen ausbreitete.

Rechts von ihnen öffnete sich die Bucht zur Nordsee hin. Dort türmten sich Quellwolken, deren unterer Rand schwer und dunkelgrau vor Regen war. Doch zwischen den Wolken war

der Himmel tiefblau, und die Sonne sandte silberhelle Licht-
schäfte hinunter, die spiegelnd über das Wasser tanzten und auf
der geriffelten Fläche des Watts gleißten. Dicht am Ufer, wo der
Schlick von grünen Quellern bewachsen war, lag der Meeres-
boden grau und silbern in der Sonne. Nur in den Prielen, die die
Strömung tief in den Schlick gerissen hatte, stand Wasser.

»O mein Gott, ist das schön!«, hörte Elli Georg flüstern.

»Ja«, sagte Elli. »Ja, das ist wirklich wunderschön!« Sie sog
tief die Luft ein, die nach Salz und Regen roch, und lächelte,
während sie sich umsah. »Aber Papa hatte recht. Es sieht sehr
nach Regen aus. Schau, die Sonne geht auf Stelzen.« Sie zeigte
auf die dunklen Wolken über der See, vor denen sich die schräg
einfallenden Sonnenstrahlen hell abhoben. »Lass uns runterge-
hen, dann können wir gucken, ob sich auf der Wiese das Mähen
lohnt.«

Sie berührte Georg sanft am Arm und schob dann ihr Fahrrad
auf dem Weg weiter, der zu den Salzwiesen hinunterführte.

Auf dem schmalen Streifen Salzwiese, der früher einmal Willas Vater gehört hatte, stand das harte, graugrüne Andelgras
einen halben Meter hoch. Anton würde sich freuen, wenn sie
ihm davon berichteten, dachte Elli, als sie die mitgebrachte Decke am Rand der Wiese ausbreitete. Dort aßen sie ihre Brote
und tranken den Tee, während sie nebeneinandersaßen, über das
Wasser schauten und sich leise unterhielten. Die Fahrräder lagen neben ihnen im Strandflieder, der bereits die ersten violetten
Knospen zeigte.

»Nicht mehr lange, und es wird aussehen, als ob ein rosa
Schleier über den Wiesen liegt«, sagte Elli, die auf dem Rücken
auf der Decke lag und in den Himmel blinzelte.

Eine Frage, die ihr in den letzten Wochen immer wieder durch
den Kopf gegangen war, über die sie sich aber nachzudenken
verbot, tauchte plötzlich wieder auf. Sie hatte Angst vor Georgs
Antwort, aber sie musste es einfach wissen. In letzter Zeit hatte

sie kaum mehr als ein paar Worte mit Georg allein wechseln
können, und sie hatte keine Ahnung, wann sich die Gelegenheit
wieder bieten würde. Unentschlossen kaute sie auf ihrer Unterlippe, während ihr das Herz bis zum Hals schlug.

»Kann ich dich mal was fragen?«, flüsterte sie schließlich.

»Sicher«, murmelte Georg neben ihr. »Was ist denn?«

Elli drehte sich vom Rücken auf die Seite und stützte den
Kopf auf den angewinkelten Arm, während sie Georg betrachtete. »Warum bist du eigentlich immer noch hier?«

»Aber wo sollte ich denn hin?«, fragte Georg undeutlich.

Er lag lang ausgestreckt neben ihr auf der Decke, die Arme
hinter dem Kopf verschränkt, die Augen geschlossen, und schien
kurz davor, einzunicken. Die Sonne hatte den Höchststand
schon überschritten, und vom Watt her schlugen kleine Wellen
einen langsamen Takt ans Ufer.

»Ich meine ja nur … Der Krieg ist vorbei. Dir kann doch jetzt
nichts mehr passieren, wenn du zurück nach Köln fahren würdest.«

Als er den Namen seiner Heimatstadt hörte, schien Georg
schlagartig wieder wach zu werden und setzte sich auf. Mit
einem Gesichtsausdruck, den Elli nicht zu deuten vermochte,
sah er zu ihr herab. Dann wandte er den Blick zum Horizont
und kniff die Augen gegen die Helligkeit zusammen. Er zog die
Knie an und umfasste sie mit beiden Armen.

»Da ist niemand, der auf mich wartet«, sagte er nach einer
langen Pause.

»Keine Großeltern? Keine Onkel und Tanten? Niemand?«

»Nein, niemand.«

»Nicht mal Freunde?«, fragte sie leise.

»Nein, nicht einmal Freunde.« Georg starrte aufs Wasser.
»Nicht so wie hier jedenfalls«, fügte er nach einer Weile hinzu.
Tief in Gedanken versunken zog er einen Grashalm aus der
Erde und zerriss ihn in kleine Stücke.

Elli schwieg.

»Es ist so schön hier am Meer«, sagte Georg schließlich. »Warum seid ihr eigentlich nicht viel öfter hier draußen?«

»Keine Ahnung. Wenn du etwas immer direkt vor der Nase hast, merkst du vielleicht gar nicht mehr, wie schön es ist. Dann brauchst du jemanden, der es nicht kennt, damit du es durch seine Augen sehen kannst.«

Georg drehte sich halb zu ihr um. Einen Moment lang betrachtete er sie, dann ließ er sich wieder neben ihr nieder, drehte sich auf die linke Seite und stützte seinen Kopf auf den angewinkelten Arm, ebenso, wie sie es auch tat. Ganz dicht lag er neben ihr, und seine Augen suchten ihren Blick. Elli sah seinen Wimpernschlag und die winzigen Fältchen, die sich in seinen Augenwinkeln bildeten.

Georg lächelte. »Du bist …«, begann er, brach dann aber ab.

Die Fingerspitzen seiner rechten Hand folgten der Linie ihres Mundes. Wo sie Ellis Lippen berührten, setzten sie ihre Haut in Flammen. Ihre Brust wurde zu eng, und sie holte tief Luft, wagte aber nicht, sich zu rühren, während das Brennen und Ziehen, das seinen Ursprung in seinen Fingerspitzen auf ihren Lippen hatte, über ihren ganzen Körper lief. Sie fühlte, wie sich die kleinen Härchen an ihren Armen aufstellten und sich am Hinterkopf die Haare, die sie in einem Zopf zusammengefasst hatte, unangenehm gegen den Zug stemmten.

Dann glitt Georgs Hand über ihre Wange in ihren Nacken, er zog sie ein Stückchen zu sich heran und küsste sie sehr vorsichtig auf die geschlossenen Lippen. Ganz weich war sein Mund, kühl wie Seide lag er auf ihrem.

Elli schloss die Augen. Das, was vorher ein Brennen gewesen war, war nun ein loderndes Feuer, das ihr Rückgrat entlangschoss und unterhalb ihres Bauchnabels endete. Bunte Flecken tanzten hinter ihren geschlossenen Augenlidern.

»Elli, du bist wunderbar!«, hörte sie ihn sagen. Es schien aus

248

weiter Ferne zu kommen. Sie öffnete die Augen wieder, und Georg lag noch immer genauso dicht neben ihr wie zuvor.

War der Himmel jemals so blau gewesen und die Sonne so hell? Hatte sie je so auf dem Wasser getanzt auf langen, dünnen Stelzen, die vom Watt bis in den Himmel reichten? Waren die Rufe der Bekassinen und Austernfischer je so laut gewesen? Und hatten die Kiebitze je so übermütige Saltos geschlagen?

Um Elli herum geschah so vieles gleichzeitig, und doch war alles ganz unwichtig. Alles, was zählte, war dieser Blick aus Georgs dunklen Augen, in denen sie zu versinken glaubte, sein Lächeln, seine Hand, die noch immer auf ihrer Wange lag und seine Stimme. Seine Stimme, die sagte: »Du bist wunderbar, Elli!«

Elli wagte kaum zu atmen, aus Angst, diesen endlosen Moment zunichtezumachen. Jede kleinste Kleinigkeit wollte sie sich einprägen und festhalten wie einen Traum, den man über das Aufwachen hinwegretten will, selbst wenn man weiß, dass das unmöglich ist.

Die Falten in Georgs Augenwinkeln vertieften sich. »Was ist denn?«, fragte er leise, während der Daumen seiner Rechten über ihre Wange strich. »War das falsch? Hätte ich das nicht tun sollen? Ich wollte es schon so lange.«

Ellis Kehle war wie zugeschnürt, und sie hatte das Gefühl, keinen Ton hervorbringen zu können. Sie schüttelte nur den Kopf, griff nach seiner Rechten und schmiegte ihr Gesicht hinein. Sie holte tief Luft und sog den Geruch seiner Haut ein. Er roch ganz warm und ein bisschen nach Kernseife. Elli schloss die Augen wieder.

Ihr drehte sich der Kopf, wirre Gedankenfetzen schossen darin umher. Es war passiert, jetzt würde nichts mehr so sein wie vorher. Mit diesem Kuss hatten sie eine Grenze überschritten, es gab kein Zurück. Aber was, wenn es ihm nicht so ernst war wie ihr? Sie wollte seine Freundschaft nicht verlieren. Jetzt, wo sie

Georg hatte, wurde ihr bewusst, wie allein sie ohne ihn gewesen war.

In diesem Moment spürte sie, wie seine Lippen ihre Stirn streiften, dann ihre Augen fanden, ihre Wange und schließlich ihren Mund. Alle Zweifel verstummten, es blieb nichts mehr zurück, außer diesen Lippen auf ihrem Mund, und seiner Hand, die auf ihrer Wange lag.

Elli schlang den Arm um Georg, schmiegte sich an ihn und erwiderte den Kuss.

Ob es an der Sonne lag, dem salzigen Wind, der ihre Wangen streichelte, oder dem einlullenden Rauschen der Wellen: Mit dem Kopf auf Georgs Schulter, der seine Arme um sie gelegt hatte, war Elli irgendwann eingenickt. Sie erwachte von seiner Stimme, ganz dicht an ihrem Ohr.

»Hm?« Schlaftrunken blinzelte Elli in den Himmel.

»Ich hab dich gefragt, ob wir schwimmen gehen wollen, du Schlafmütze.« Georg lachte, zog sie an sich und küsste sie auf die Stirn.

»Schwimmen?«, fragte Elli verständnislos.

»Ja, sicher! Schwimmen! Wir sind am Meer, die Sonne scheint, also sollten wir schwimmen gehen.«

»Ich kann nicht schwimmen.«

»Was soll das heißen, du kannst nicht schwimmen? Aber du wohnst doch beinahe direkt am Deich! Und dann kannst du nicht mal schwimmen?« Georg lachte.

»Nein«, antwortete Elli mit einer Mischung aus Verlegenheit und plötzlich aufkommendem Ärger. »Nein, ich kann es nicht. Ich hab es nie gelernt.« Sie setzte sich auf und zog die Beine an. »Eigentlich hab ich nie was wirklich Wichtiges gelernt. Vielleicht bin ich auch einfach nur viel zu dumm dazu, irgendetwas zu lernen. Nichts weiter als eine dumme Deern vom Land.«

Elli wandte ihr Gesicht ab, schloss die Augen und biss sich auf die Unterlippe. Einen Moment lang war es ganz still zwischen ihnen.

Dann hörte Elli Georg leise seufzen und fühlte, wie er seine Hand auf ihre Schulter legte. »Es tut mir leid, Elli«, sagte er leise. »Entschuldige!«

Aber sie drehte sich nicht um, schüttelte nur den Kopf. »Außerdem bin ich furchtbar feige und hab Angst vor Wasser«, stieß sie hervor und senkte den Kopf. Eine Träne rollte bis zu ihrer Nasenspitze und fiel auf ihre Bluse, als sie die Augen schloss.

»Schschsch!«, hörte sie Georg neben sich, der ihr sanft über die Haare strich. »Nicht, Elli. Bitte nicht.«

Elli spürte seine Finger über ihre Wange gleiten, er hob ihr Kinn an, und sie öffnete die Augen.

Georg kniete vor ihr und nahm ihr Gesicht in beide Hände. »Ach, Elli, ich wollte dir doch nicht wehtun! Ganz bestimmt nicht. Das musst du mir glauben!«, flüsterte er, und seine dunklen Augen suchten ihre.

Als sie nickte, zog er sie so nah an sich heran, dass seine Stirn die ihre berührte.

»Eines musst du mir versprechen, Elli. Mach dich nicht klein, hörst du? Mach dich nie wieder klein! Du hast überhaupt keinen Grund dazu. Elli, du bist der großmütigste und warmherzigste Mensch, den ich kenne. Es gibt nichts, einfach gar nichts, wofür du dich schämen müsstest!« Er sah ihr in die Augen und küsste sie. »Außerdem gibt es nichts, was du nicht lernen könntest, wenn du es willst. Stimmt's?«

Elli nickte und lächelte unter Tränen.

»Ach, Elli, meine Elli!«, flüsterte er. »Du bist wunderbar!« Er küsste sie erneut, mit einer noch nicht gekannten Leidenschaft. »Und jetzt komm! Jetzt fangen wir gleich mal damit an, dir das Schwimmen beizubringen!«

Damit stand er auf, zog sie hoch und lief Hand in Hand mit ihr zum Wasser hinunter.

Aus dem Schwimmunterricht konnte aber nichts mehr werden. Die Tide hatte sich inzwischen gewendet, das Wasser lief bereits wieder aus der Bucht hinaus, und die ersten Sandbänke tauchten auf. Elli warnte Georg davor, ins Wasser zu gehen, aber der hatte schon Schuhe und Strümpfe ausgezogen und krempelte die Hosenbeine hoch.

»Ach, komm schon, nur kurz …«

»Da sind lauter Muscheln im Schlick, du wirst dir die ganzen Füße aufschneiden. Außerdem kannst du überhaupt nicht sehen, wo die Priele sind. Und die sind tief. Da kannst du nicht mal stehen. Wenn du da reinfällst, kommst du nicht mehr hoch, so stark ist der Sog. Du wirst raus aufs Meer gezogen und ertrinkst!«

Georg lachte, als er ihr ängstliches Gesicht sah. »So schlimm wird es schon nicht sein«, sagte er.

»Doch, es ist so schlimm! Ist es wirklich. Die haben uns nicht umsonst immer eingebläut, dass wir niemals bei ablaufendem Wasser ins Watt rausgehen dürfen. Bitte, Georg, bitte nicht!«

Georg seufzte. »Also gut! Dann nur bis zu den Knien. Aber du kommst mit, keine Widerrede!«

Er ließ ihr kaum Zeit, Schuhe und Socken auszuziehen und den Rock in den Gürtel hochzustecken, bevor er sie mit sich über den schmalen Sandstreifen zog, der sie vom Schlickwatt trennte.

Das Wasser, das Ellis Füße umspülte, war warm, trüb und grau, und sie fühlte, wie der Schlamm zwischen ihren Zehen nach oben quoll und graue Wolken im Wasser bildete. »Ich würde wirklich lieber wieder zurückgehen«, sagte sie und verzog angewidert das Gesicht.

»Na komm, ein kleines Stück noch!«, rief Georg, griff nach Ellis Hand und drückte sie. »Sei ein tapferes Mädchen!«

Elli biss die Zähne zusammen, klammerte sich an seine Hand und ging vorsichtig weiter. Der Wind ließ kleine Wellen gegen ihre nackten Beine schwappen, hochspritzende Wassertropfen durchnässten ihren Rock und ließen ihn bleischwer und klamm werden.

Elli blieb stehen und wies mit dem Arm auf die andere Seite der Bucht, wo im bläulichen Dunst vage die Umrisse von Gebäuden zu sehen waren. »Schau, da hinten ist Wilhelmshaven!«, rief sie. »Das ist ein ganz schönes Stück, das du gelaufen bist.«

»Ja, ich bin weit gekommen. Wirklich weit«, murmelte er nachdenklich.

Auf dem Rückweg mussten sie sich beeilen, um rechtzeitig zum Füttern wieder zu Hause zu sein. Die Sonne war hinter den Wolken verschwunden, die inzwischen bedrohlich tief hingen, und der Wind, den sie jetzt im Rücken hatten, hatte merklich aufgefrischt.

»Und dir ist wirklich nicht kalt?«, fragte Elli zum wiederholten Mal.

Georg lachte. »Nein, wirklich nicht«, sagte er. »Ich bin schon fast wieder trocken. Außerdem könnte ich dich dasselbe fragen. Dein Rock ist nasser als meine Hose.«

Auf den letzten Metern im Watt war Georg in ein Loch getreten, ausgerutscht und auf die Knie gefallen. Beim Versuch, ihm wieder aufzuhelfen, war auch Ellis Rock triefnass geworden.

»Du machst dir schon wieder viel zu viele Gedanken, Elli.«

Georg streckte seine Hand nach ihrer aus. Elli griff danach, und sie fuhren Hand in Hand nebeneinanderher.

»Lass uns was singen!«, rief Georg. »Na los, wir beide zusammen. Ich hab dich noch nie singen hören.«

»Ich kann nicht gut singen«, erwiderte Elli. »Und außerdem kenn ich keine Lieder.«

»He, he, he!«, sagte Georg und drückte ihre Hand. »Was hab ich vorhin gesagt? Du sollst dich selbst nicht immer kleinmachen! Stimmt's?«

Elli nickte.

»Wie wär's, wenn du mir jetzt was beibringst? Komm schon! Irgendwas musst du doch kennen.«

»Nur das Zeug, das wir beim BDM gesungen haben. Und da hieß es immer: ›Elli singt wieder schief!‹ Dann hab ich irgendwann lieber nicht mehr mitgesungen und nur so getan, als ob.«

»Interessante Strategie!« Georg grinste. »Du weißt aber, dass man lernen kann, nicht schief zu singen, sondern die Töne zu treffen, oder?«

»Ich bestimmt nicht«, sagte Elli. Sie sah, wie er den Kopf schüttelte und seufzte. »Also gut«, gab sie nach, »aber sag nicht, ich hätte dich nicht gewarnt.«

Und ganz leise begann sie zu singen:

»Dat du min Leevsten büst,
dat du woll weest,
kumm bi de Nacht, kumm bi de Nacht,
sech wo du heest ...«

Ihre Stimme klang dünn und zittrig in ihren Ohren, sie hatte Schwierigkeiten, Luft zu bekommen, und hörte schließlich auf, ohne die letzte Zeile zu wiederholen.

»Das ist hübsch, das kenn ich gar nicht«, sagte Georg. »Gleich noch mal, und dann sing ich mit.«

Bis sie in Frieschenmoor waren, wiederholten sie das Lied immer und immer wieder. Schließlich konnte Georg nicht nur die Melodiestimme singen, sondern hatte auch noch eine Begleitstimme dazu erfunden. Aber immer, wenn er versuchte, Elli dazu zu bewegen, die Melodie alleine zu singen, konnte sie ihre Stimme nicht mehr halten und verstummte.

Irgendwann zog Georg ihre Hand, die er noch immer festhielt, an seinen Mund und küsste sie. »Welcher Dummkopf hat dir nur eingeredet, dass du nicht singen kannst?«, fragte er und lachte.

»Ich«, sagte Elli und grinste schief.

Kurz bevor sie in die Hofeinfahrt einbogen, ließ Elli plötzlich Georgs Hand los und hielt an. »Warte mal kurz!«, rief sie ihm nach.

Georg bremste ab und drehte um. Neben ihr blieb er stehen und stieg vom Rad. »Was ist denn?«, fragte er.

»Wir sollten nichts sagen. Ich meine, über uns. Wir sollten nicht sagen, dass wir …«

»Dass wir?«, fragte er.

»Du weißt, was ich meine!«

»Dass wir ein Paar sind, meinst du«, sagte er mit Nachdruck.

»Sind wir das denn?«, fragte sie und merkte selbst, wie ängstlich sie klang.

»Ach, Elli«, sagte er leise, griff über den Fahrradlenker und legte die Hand an ihre Wange. »Meine Elli.« Er lächelte, beugte sich vor und küsste sie. »Natürlich sind wir das. Und meinetwegen können das auch ruhig alle wissen.«

»Nein, um Gottes willen! Niemand darf das wissen«, rief sie.

»Aber warum denn nicht?«

»Glaubst du, meine Eltern wären einverstanden, dass ich mit sechzehn schon einen Freund habe? Noch dazu einen, der bei uns mit unterm Dach lebt? Nein! Meine Mutter hätte Angst, dass ich ihr Schande mache. Sie würde es verbieten, ganz bestimmt!«

»Aber wir tun doch gar nichts Schlimmes.«

»Nein, aber sie würde genau das denken.«

17

Der Tag nach dem Ausflug hinter den Deich war ein Sonntag, und die Sonne strahlte schon frühmorgens von einem tiefblauen, wolkenlosen Sommerhimmel.

»Ich fahre mit Georg zur Kirche«, erklärte Elli, als sie sich vom Frühstückstisch erhob.

Sie stellte ihr Brettchen und ihre Tasse in die Spüle, und noch ehe ihre Mutter etwas erwidern oder gar protestieren konnte, war sie durch die Tür und lief eilig die Treppe hinauf, um sich für den Gottesdienst umzuziehen. Aus dem gesprungenen Spiegel über der Frisierkommode warf ihr Spiegelbild ihr ein aufmunterndes Lächeln zu. Sie wollte sich schon abwenden, hielt dann aber inne und öffnete kurz entschlossen die beiden Zöpfe in ihrem Nacken. Sie schüttelte die vom Flechten gelockten Haare und fuhr energisch mit dem Kamm hindurch. Ja, so war es besser.

Unten nahm Elli ihre gute weiße Strickjacke von der Garderobe und zog sie über. Heute Morgen beim Melken auf der Weide war der Wind noch sehr kühl gewesen.

»Ich muss jetzt los. Wir sind spät dran«, rief sie über die Schulter, die Klinke der großen Flurtür schon in der Hand. »Tschüss!«

»Seid pünktlich wieder da!«, ertönte Willas Stimme aus der Küche. »Wir warten nicht mit dem Essen. Und grüßt schön!«

»Ja, sicher. Machen wir«, rief Elli erleichtert und zog die Glastür hinter sich zu.

Georg stand wartend neben den Fahrrädern auf dem Hof. Als er sie kommen sah, ging ein Leuchten über sein Gesicht. Er kam ihr entgegen und griff nach ihrem Arm, aber Elli schüttelte unmerklich den Kopf und flüsterte: »Nicht hier!«

Erst als sie auf den Fahrrädern saßen und der Hof ihrer Eltern hinter der ersten Kurve verschwunden war, traute sich Elli, Georg ihre Linke entgegenzustrecken, um Hand in Hand mit ihm nach Strückhausen zu radeln.

Seit sie am Vortag von ihrem Ausflug zurückgekommen waren, hatte Elli versucht, so zu wirken, als sei nichts vorgefallen hinter dem Deich, als sei alles wie immer. Abends beim Melken war sie Georg absichtlich aus dem Weg gegangen, hatte ihm beim Abendbrot und danach in der kleinen Stube gegenübergesessen, kein Wort zu ihm gesagt und nicht gewagt, ihn anzusehen, aus lauter Furcht, rot zu werden, sobald sich ihre Blicke trafen. Sie hatte das Gefühl, es stünde ihr mit großen Lettern auf die Stirn geschrieben: *Elli hat Georg geküsst. Elli ist verliebt.*

Wenn Bernie es schon vor dem Kuss geahnt hatte, wie leicht würden da die Raubvogelaugen ihrer Mutter sie erst durchschauen. Und was geschehen würde, wenn sie es herausbekäme, wagte Elli sich nicht einmal auszumalen. Mutter würde dem Ganzen natürlich augenblicklich ein Ende machen, sie würde verbieten, dass sie je wieder allein mit Georg wäre. Ein anständiges Mädchen tat so etwas nicht. Elli war ja noch viel zu jung, um verliebt zu sein, mit Jungs zu poussieren und gar mit einem zu gehen. So was gehörte sich nicht, was würden denn die Nachbarn dazu sagen? Nicht, dass Elli der Familie womöglich Schande machte!

Als vor ein paar Jahren eines der Mädchen aus Strückhausen heiraten musste, hatte Elli das schon zu hören bekommen: »Nicht, dass du uns irgendwann auch Schande machst!« Dabei hatte sie damals noch nicht einmal gewusst, was der Ausdruck bedeutete.

»Und dann hat sie auch noch die Unverfrorenheit, im weißen Kleid und mit Myrtenkranz im Haar in die Kirche zu gehen.« Elli hatte noch genau vor Augen, wie ihre Mutter empört den Kopf geschüttelt hatte. Ihre Lippen waren zu einem dünnen Strich zusammengepresst gewesen. »Dabei konnte man sogar schon ganz deutlich sehen, dass sie heiraten musste.« Dann war Willas Blick auf Elli gefallen, und ihre Augen waren ganz schmal geworden, als sie drohend den Zeigefinger erhoben hatte. »Wage das bloß nicht, Fräulein! Mach uns nicht solch eine Schande!«

Daran hatte Elli gestern Abend denken müssen. Noch immer diesen Blick ihrer Mutter vor Augen, war sie tief in Gedanken die Treppe zu ihrer Kammer hochgestiegen, als plötzlich aus dem dunklen Winkel hinter dem alten Kleiderschrank, der neben der Tür zur Wohnküche der Großeltern stand, ein Flüstern erklang. »Psst, Elli!«

Elli fuhr zusammen und schlug die Hände vor den Mund.

Georgs Gestalt löste sich aus dem Dunkeln, und er zog sie an sich. Seine Arme umschlangen sie und hielten sie ganz fest. »Schschsch!«, murmelte er, seine Lippen direkt neben ihrem Ohr. »Es tut mir leid, ich wollte dich nicht erschrecken!«

Sie fühlte, wie seine Hand über ihre Wange strich, drehte den Kopf ein wenig und schmiegte ihr Gesicht hinein.

»Ich wollte dir nur Gute Nacht sagen«, flüsterte er. Im Halbdunkel des Flurs sah sie direkt vor sich seine Augen glänzen. »Gute Nacht, Elli, mein Lieb!« Seine Lippen fanden ihren Mund, und er küsste sie.

Wieder raste diese merkwürdige Hitze durch ihre Adern, und bunte Flecken tanzten hinter ihren geschlossenen Lidern. Sie klammerte sich ganz fest an ihn und erwiderte den Kuss. »Gute Nacht, Georg«, hauchte sie. »Schlaf schön!«

»Elli, du bist …«

Bevor er den Satz vollenden konnte, legte sie ihm einen Finger auf die Lippen. Lächelnd nickte sie und küsste ihn erneut. »Träum was Schönes!«, flüsterte sie. »Bis morgen früh.«

Dann löste sie sich aus seiner Umarmung, drückte noch einmal seine Hand und schlüpfte in ihre Kammer, während ihr das Herz noch immer bis zum Hals schlug.

Elli hatte die ganze Nacht kaum ein Auge zugetan, aber sie

fühlte sich überhaupt nicht müde, als sie Hand in Hand mit Georg zur Kirche fuhr. Die Sonne schien von einem strahlend blauen Himmel, über den träge ein paar harmlose weiße Schäfchenwolken zogen. Der Wind hatte gedreht, blies den Duft von frisch gemähtem Gras über das Land und raschelte in den Blättern der Birken über ihnen. An den Ebereschen wurden schon die ersten Beeren sichtbar, die in einigen Wochen leuchtend rote Trauben bilden würden. Alles um sie herum war hell und wunderbar. Hier, außer Sichtweite des Hofes, war Elli so leicht ums Herz, dass sie gar nicht aufhören konnte zu lachen.

In der Kirche zog Georg sie nach dem Eingangsstück, bei dem sie wie immer neben ihm gestanden und die Noten umgeblättert hatte, zu sich auf die Orgelbank und legte seinen rechten Arm um ihre Taille. Mit der Linken ergriff er ihre Hand und hielt sie ganz fest umschlossen. Nur sein Daumen strich langsam immer wieder über ihren Handrücken.

Nach einer Weile legte Elli ihren Kopf auf seine Schulter und spürte, wie er seine Wange an ihren Scheitel lehnte. Sie atmete tief, hörte Pastor Meiners' dunkle Stimme von unten heraufschallen und verstand doch nicht ein Wort von dem, was er sagte.

Als der Pastor sie nach dem Gottesdienst auf eine Tasse Tee einlud, wollte Elli ablehnen, aber dann sah sie Georgs bittenden Blick und gab nach. So saßen sie kurz darauf nebeneinander auf Meiners' Küchensofa, hielten sich unter der Tischplatte an den Händen und tranken Tee, während eine der beiden Flüchtlingsfrauen, die in der Pastorei einquartiert worden waren, sich eifrig am Herd zu schaffen machte, um das Sonntagsessen vorzubereiten.

Pastor Meiners, der Elli und Georg gegenübersaß, lehnte sich auf seinem Stuhl zurück und verschränkte die Arme. Ein breites Lächeln flog über sein Gesicht, als er die beiden betrachtete. »Und sonst?«, fragte er. »Alles beim Alten?«

Ellis Ohren begannen zu glühen.

»Ja, sicher!«, hörte sie Georg neben sich sagen. »Alles in Ordnung!« Er lächelte dem alten Mann zu und zuckte mit den Schultern.

Elli versuchte, ihre Hand aus seiner zu ziehen, aber anstatt loszulassen, umschloss Georg ihre Rechte nur noch fester und drückte sie beruhigend.

»Na, dann ist ja gut!« Pastor Meiners lachte dröhnend, strich sich eine widerspenstige weiße Haarsträhne aus der Stirn und schob mit einer schnellen Bewegung seine stets rutschende Brille hoch. »Man kann ja nie wissen.« Über den dicken Brillenrand hinweg sah er von Georg zu Elli, und sein Lächeln wurde breiter. »Hätte ja durchaus sein können«, ergänzte er und zwinkerte ihr zu.

Nachdem sie noch eine halbe Stunde auf Meiners' Küchensofa gesessen und den neuesten Tratsch aus der Gemeinde ausgetauscht hatten, drängte Elli zum Aufbruch.

»Meinst du, der Pastor hat was gemerkt?«, fragte sie Georg, als sie Hand in Hand nach Hause radelten. »Ich meine, ob es ihm aufgefallen ist, das mit uns.«

Georg warf ihr einen amüsierten Blick zu. »Ach, Elli! Du hörst die Flöhe husten.«

»Aber …«

Im Gegensatz zu ihr schien Georg völlig unbekümmert zu sein. Er sah sie erneut von der Seite an und lachte. »Und selbst wenn. Glaub mir, er würde nichts verraten! Niemandem«, sagte er mit Bestimmtheit. »Ich weiß sowieso nicht, warum du meinst, daraus so ein Geheimnis machen zu müssen.«

Georg richtete sich auf, ließ ihre Hand los, löste auch die zweite Hand vom Lenker und breitete die Arme aus. »Meinetwegen sollen es ruhig alle wissen: Ich liebe dieses Mädchen! Hört ihr? Ich liebe Elli!«, rief er aus vollem Hals.

Ein paar Kühe, die auf einer Weide hinter dem Straßengraben

grasten, hoben den Kopf. Eine stieß ein lang gezogenes Muhen aus.

»Hörst du das?«, sagte Georg lachend. »Niemand hat etwas dagegen einzuwenden.« Er griff wieder nach Ellis Hand und drückte sie. »Niemand, außer einer einzigen dummen Kuh!«

Beim Abendbrot kündigte Anton an, dass sie am folgenden Tag die Andelwiese hinter dem Deich mähen würden. Hinnerk sei der Meinung, das warme und trockene Sommerwetter werde noch mindestens eine Woche anhalten, aber es könne ja nicht schaden, wenn Georg mal seine guten Beziehungen nach oben spielen lasse. Augenzwinkernd deutete er mit dem Finger zur Küchendecke. »Nicht, dass es doch noch zu regnen anfängt, ehe wir das Heu drinnen haben!«, fügte er hinzu. Auf Martins fragenden Blick hin erklärte der Bauer, es müsse sich doch langsam mal auszahlen, dass er Georg jeden Sonntag zum Orgelspielen in die Kirche fahren lasse.

Morgens gleich nach dem Melken machten sie sich auf den Weg. Hinnerk spannte die Stute vor den kleinen Leiterwagen und lud zusammen mit Martin die Sensen und Harken hinten auf, ehe er neben Opa Bruns auf dem Kutschbock Platz nahm. Martin schob die Stiele der Gerätschaften ein bisschen zur Seite und setzte sich dann auf die Ladefläche. Die Wunde an seinem Bein war zwar gut abgeheilt, aber die Strecke bis nach Sehestedt mit dem Rad zu fahren so wie Elli, Georg und Anton, das traute er sich noch nicht zu. Er saß auf der hinteren Kante der Ladefläche und ließ die Beine baumeln. Als er sein Gesicht mit geschlossenen Augen der Sonne zuwandte, sah es beinahe aus, als würde er lächeln.

Der Wind frischte ein wenig auf, als die Sonne höher stieg. Schwalben schossen hoch über ihnen hin und her, und auch wenn Elli wegen Anton, der vor ihnen herradelte, nicht wagte, nach Georgs Hand zu greifen, war sie doch so glücklich wie nie.

Es fühlte sich an, als würde ihr Innerstes glühen wie ein Kohleofen, wenn sie Georg nur ansah.

Auch gestern Abend hatte er auf dem dunklen Flur vor ihrer Kammer auf sie gewartet, um ihr Gute Nacht zu sagen. Wieder hatten sie sich geküsst, und wieder hatte er gesagt, sie sei wunderbar.

Jetzt drehte er sein Gesicht zu ihr, und seine Lippen bildeten die Worte: »Du bist …« So als wüsste er, woran sie gerade gedacht hatte.

Elli nickte und legte einen Zeigefinger an ihre Lippen. Georg lächelte und nickte ebenfalls.

»Du bist wunderbar!«, hieß das, und der Finger an ihrem Mund war der Kuss, der darauf folgte. Es war so etwas wie ein Geheimzeichen. Niemand, so glaubte Elli, würde erkennen, was es bedeutete. Sie hatten das heute bestimmt schon hundert Mal gemacht.

Georgs Lächeln wurde breiter, und leise begann er zu summen. Zuerst waren es nur ein paar unzusammenhängende Töne, die Elli nicht zuordnen konnte. Vielleicht war er auf der Suche nach einer bestimmten Melodie. Doch plötzlich erkannte sie, was er da von sich gab. Es war die Gegenstimme zu *Dat du min Leevsten büst*, die er auf dem Rückweg von Sehestedt erfunden hatte. Er zwinkerte ihr zu.

Anton löste eine Hand vom Lenker und drehte sich zu ihnen um. »Was ist das denn für ein komischer Kram?«, brummte er. »Wenn schon, dann sing wenigstens was, womit man was anfangen kann!«

Georg lachte. »Aber gern! Was von Mozart vielleicht?« Er richtete sich auf und holte Luft.

»Dies Bildnis ist bezaubernd schön,

Wie noch kein Auge je gesehn!«

Diesmal verschwand er nicht in seiner eigenen Welt aus Musik. Er sang für Elli, legte sein ganzes Herz in jedes Wort.

»Soll die Empfindung Liebe sein?
Ja, ja, die Liebe ist's allein.«

Zunächst hielt Elli den Blick starr nach vorn auf den Rücken ihres Vaters gerichtet. Aber nein, er drehte sich nicht zu ihnen um, wie sie befürchtet hatte. Ihm schien überhaupt nicht aufzufallen, was der Text bedeutete, den Georg sang. Er fuhr weiter gemächlich hinter dem Pferdewagen her.

»O wenn ich sie nur finden könnte!
O wenn sie doch schon vor mir stände!«

Vor ihnen trat Anton in die Pedale und fuhr neben den Kutschbock, wo er ein paar Worte mit Hinnerk wechselte. Elli konnte nicht verstehen, worum es ging, und bemühte sich, etwas näher zum Wagen aufzuschließen. Georg, der dicht neben ihr blieb, sang währenddessen unverdrossen weiter:

»Und ewig wäre sie dann mein.
Ewig, ewig wäre sie dann mein.«

Offenbar blendete Georg alles aus, was um ihn herum passierte. Im Gegensatz zu Elli schien ihm nicht aufzufallen, dass Martin vor ihnen auf dem Wagen wie gebannt an seinen Lippen hing und den jungen Sänger mit wachsendem Erstaunen musterte. Er hatte den Kopf ein wenig geneigt und hielt mit der rechten Hand die Sensen und Harken fest, um sie am Klappern zu hindern.

Mit der Sense zu mähen war eine Kunst für sich, sagte Anton immer. Das Sensenblatt musste genau im richtigen Winkel, mit der richtigen Geschwindigkeit und dem richtigen Abstand zum Erdboden durch das Gras gezogen werden. Wenn man nicht

263

aufpasste, wurde das Gras nicht sauber geschnitten, sondern abgerissen, oder aber es blieb zu viel stehen. Es konnte auch passieren, dass die Klinge im Boden landete, was sie stumpf werden ließ. Ruhig und ganz gleichmäßig mussten die Bewegungen sein, mit denen man die Klinge im Halbkreis vor sich hin und her schwenkte. Alle paar Schritte musste man stehen bleiben, um mit dem grauen Wetzstein, dem Dengel, das Sensenblatt zu schärfen. Und immer musste man die Sense ganz fest im Griff haben, denn eine einzige falsche Bewegung, ein Moment der Unachtsamkeit, und der Schnitter hatte die Klinge im Fuß oder Bein. Da hatte es schon schlimme Unfälle gegeben. Vor einigen Jahren war ein paar Dörfer weiter sogar ein Knecht an einer solchen Verletzung gestorben, weil er danach eine Blutvergiftung bekommen hatte.

Da weder Georg noch Martin je zuvor eine Sense in der Hand gehabt hatten, blieb an diesem Tag das Mähen an Anton und Hinnerk hängen. Opa Bruns war zwar eigentlich zum Helfen mitgekommen, aber ihn plagte die Gicht in den Händen, und er musste schon nach kurzer Zeit aufhören. Der Boden war uneben und das Gras hart und struppig, was das Mähen sehr anstrengend machte.

Elli versuchte sich ebenfalls mit der Sense, aber als sie zwei Mal einen Rüffel von Anton bekommen hatte, weil sie viel zu viel Gras stehen ließ, tauschte sie die Sense gegen eine Harke, um das frisch gemähte Gras auf der Wiese zum Trocknen auszubreiten.

Gegen Mittag machten sie eine Pause, setzten sich in den Schatten des Wagens, neben dem die Stute zufrieden graste, und aßen die mitgebrachten Butterbrote.

Georgs Blick wanderte sehnsüchtig zum Wasser. Aber an diesem Nachmittag war ans Schwimmengehen nicht zu denken. Als sie endlich die ganze Wiese gemäht und alles Gras ausgebreitet hatten, war es bereits später Nachmittag, und sie mussten sich beeilen, um pünktlich zur Melkzeit wieder zu Hause zu sein.

Oben auf der Deichkrone blieb Georg neben seinem Fahrrad stehen und sah auf die weite Bucht hinunter, die blau und silbern im Sonnenlicht schimmerte. Dort, wo der Wind das Wasser kräuselte, huschten graue Schatten über das Wattenmeer.

»Na, komm schon«, sagte Elli leise zu ihm. »Wir kommen in den nächsten Tagen noch öfter hierher. Bis das Heu trocken ist und wir es einfahren können, muss es noch ein paar Mal umgedreht werden.«

Georg nickte, den Blick noch immer auf das Watt gerichtet. Dann wandte er sich zu Elli um, er lächelte, und seine Lippen formten die Worte: »Du bist ...«, ehe er sich auf das alte schwarze Fahrrad schwang und den Deich hinunterrollte. Elli folgte ihm.

Ein paar Minuten später hatten sie den Pferdewagen eingeholt, der gemächlich die Deichstraße entlangschaukelte.

Martin, der wieder hinten auf der Ladefläche neben den Sensen und Harken saß, beschirmte die Augen mit der Hand und sah ihnen entgegen. »Na, ihr zwei?«, rief er mit einem Lächeln um die Mundwinkel. »Ich dachte schon, ihr kommt gar nicht mehr! Konntet ihr euch nicht vom Meer trennen?«

Er zwinkerte ihnen zu, lehnte sich mit dem Rücken an die Seite des Wagens, zog die Beine an und verschränkte die Arme vor der Brust. Zufrieden seufzend schloss er die Augen und senkte den Kopf, bis das Kinn beinahe seine Brust berührte.

»Schlaf nur nicht ein, sonst fällst du noch vom Wagen!«, rief Georg grinsend.

»Hm?«, machte Martin und öffnete die Augen einen Spaltbreit. »Nein, bestimmt nicht! Ich kann wunderbar im Sitzen schlafen.« Er richtete sich etwas auf und suchte nach einer bequemeren Sitzposition. »Aber wenn du dir solche Sorgen machst, kannst du ja was singen, um mich wach zu halten.«

Georg lachte. »Und was darf es sein? Irgendwelche besonderen Wünsche?«

Martin zuckte mit den Schultern. »Vielleicht etwas, das alle kennen? Muss ja nicht noch mal *Zauberflöte* sein. Wie wäre es denn zum Beispiel hiermit? Kennst du das?« Leise begann er zu singen:

»He, ho, spann den Wagen an,
Seht, der Wind treibt Regen übers Land.
Holt die gold'nen Garben,
holt die gold'nen Garben.«

Martins Stimme war ein ganzes Stück dunkler als Georgs, weich, warm und volltönend. Auch er war ein guter Sänger. Elli kannte die Melodie nicht, aber Georg auf dem Fahrrad neben ihr nickte und fiel mit ein.

Einmal sangen sie das Lied gemeinsam durch, dann begann Georg von vorn, während Martin etwas später einsetzte und sie im Kanon sangen.

Ellis Vater, der neben dem Kutschbock herfuhr und sich mit Hinnerk und Opa Bruns unterhielt, drehte sich auf dem Fahrrad um und sah kopfschüttelnd auf die beiden singenden Männer. »Hört bloß auf mit Regen! Beschreit es nicht!«

Die beiden lachten, wechselten aber doch das Lied.

Georg schlug *Ade, nun zur guten Nacht* vor, und als er begann, setzte Martin sofort mit einer zweiten Stimme darunter ein. Auch Hinnerk und Opa Bruns vorn auf dem Kutschbock stimmten leise mit ein, und sogar Anton brummte mit.

Elli schwieg.

Ihr Blick flog von Georg zu Martin und wieder zurück, und sie spürte, wie sich ein bitteres Gefühl von Eifersucht in ihrem Magen ausbreitete. Sie sah am Leuchten in Georgs Augen, wie viel Freude er beim Singen mit Martin hatte. Seine ganze Aufmerksamkeit galt dem Knecht, der kerzengerade auf der Ladefläche des Wagens saß und aus voller Kehle sang.

Immer wenn die zwei ein Lied beendet hatten, schlug einer von beiden ein neues vor. *Horch, was kommt von draußen rein, Zum Tanze, da geht ein Mädel, Nun ade, du mein lieb Heimatland,* und *Hab mein Wagen vollgeladen* sangen sie. Nur einmal hob Martin ablehnend die Hand. Als Georg zu singen begann:

>»Ich hatt' einen Kameraden,
>Einen bessern find'st du nicht«

»Lieber nicht!«, unterbrach ihn Martin. »Das kann ich nicht singen. Das schnürt mir die Kehle zu.«

Georg hielt inne. »Entschuldige!«

Martin schüttelte den Kopf. »Ist schon gut, Junge!«, sagte er. »Kannst du ja nicht wissen.«

Einen Moment lang schwiegen sie. Dann begann Martin zu summen, öffnete schließlich den Mund und fing erneut zu singen an:

>»Nun will der Lenz uns grüßen,
>Von Mittag weht es lau.«

Er nickte Georg aufmunternd zu, und als dieser die Oberstimme übernommen hatte, verlor sich sein Blick zwischen ihm und Elli in der Ferne. Ein Lächeln lag in seinem Gesicht, und er schien sich in Gedanken immer weiter zu entfernen, während seine dunkelblauen Augen zu glänzen begannen.

Als eine halbe Stunde später der Leiterwagen in die Einfahrt zum Brunshof einbog, beendeten Georg und Martin gerade die dritte Strophe von *Der Mond ist aufgegangen*. Elli, die ein Stückchen hinter ihnen zurückgeblieben war, sah die beiden lachen und fühlte sich so ausgeschlossen wie nie zuvor.

Die Heufahrer wurden bereits erwartet. Willa stand im Tor zur Dreschdiele und sah dem Wagen und den drei Fahrrädern entgegen. Sie trug Stallzeug, einen alten Rock, ihre dunkle Schürze und ein altes geblümtes Kopftuch über dem farblosen Haar. In der Hand hielt sie einen der Zinkeimer.

»Ihr seid aber spät dran!«, sagte sie scharf. »Ich hatte euch schon vor über einer Stunde zurückerwartet. Gerade wollte ich mit Irmchen und Ursel zum Melken losgehen.« Zwischen ihren Augenbrauen erschien wieder die steile Falte, als sie auf Anton zuging, der gerade vom Fahrrad gestiegen war. »War irgendwas?«, fragte sie ihren Mann. »Gab es Ärger? Hat sich Erwin blicken lassen?«

»Nein, alles war ruhig. Mach dir nicht immer so viele Gedanken!«

Willa schnaubte verächtlich durch die Nase. »Und du machst dir immer alles viel zu einfach!« Sie stellte den leeren Eimer, den sie noch immer in der Hand hielt, so schwungvoll auf den Boden, dass der Henkel scheppernd gegen das Metall schlug. »Hauptsache, du hast deinen Spaß!«

In den folgenden Tagen hielt sich das gute Wetter. Jeden Tag fuhren Elli und Georg nach dem Frühstück mit dem Fahrrad an den Deich, um das Heu zu wenden. Wenn sie mit der Arbeit fertig waren, breiteten sie ihre Decke aus und lagen Arm in Arm in der Sonne. Meist ging Georg schwimmen, während Elli auf den Steinen der Buhne sitzen blieb, die nackten Füße im trüben Wasser baumeln ließ und die Augen schloss. Ins Wasser traute sie sich trotz Georgs Drängen nicht noch einmal.

Nach drei Tagen war das Heu so weit durchgetrocknet, dass sie es zusammenharken und zu Haufen aufschichten konnten – *aufhocken*, wie Elli das nannte. An diesem Tag war Bernie mitgekommen, um ihnen zu helfen. Weit war es mit seiner Hilfe aber nicht her, dachte Elli und beobachtete verärgert, wie ihr kleiner Bruder Georg mit seinem Geschwätz von der Arbeit abhielt. Schlimm genug, dass sie sich wegen seiner Anwesenheit nicht einmal anzusehen wagten, aus Furcht, er könne sie bei ihrer Mutter verpetzen. Aber nun blieb auch noch die meiste Arbeit an ihr hängen. Missmutig stach sie mit der Forke ins Heu und legte es vorsichtig ganz oben auf den Hocken vor sich. Dann strich sie die Oberfläche glatt, damit das Heu vom nächtlichen Tau nicht wieder feucht werden würde und sie es am nächsten Tag so trocken wie möglich einfahren könnten.

Wieder machten sie sich morgens gleich nach dem Melken auf den Weg nach Sehestedt. Hinnerk spannte diesmal beide Pferde vor den großen Leiterwagen, bevor er zu Anton auf den Kutschbock kletterte. Hinten auf der Ladefläche saßen neben Martin auch die Flüchtlingsfrauen, Bernie und die Franke-Jungs. Georg und Elli fuhren auf ihren Fahrrädern hinterher.

Sowohl Georg als auch Martin schienen nur auf die Gelegenheit gewartet zu haben, erneut miteinander singen zu können. Die ganze Fahrt über riefen sie sich abwechselnd Vorschläge für Lieder zu und begannen dann, zweistimmig zu singen, gelegentlich von Irmchen und Ursel begleitet, während Elli schweigend neben Georg herfuhr.

Sie hatten den Wagen beinahe fertig beladen, als ein zweiter Leiterwagen auf der Deichkrone auftauchte. Anton hatte Marthas Vater gebeten, ein paar Fuhren zu übernehmen, damit sie das Heu an einem Tag unter Dach und Fach bekämen.

Neben Onkel Diers saß Martha auf dem Kutschbock und winkte. »Wir haben das Mittagessen dabei!«, rief sie. »Tante Bruns hat uns den Korb für euch mitgegeben.«

Als auch der zweite Wagen hoch beladen und auf dem Rückweg war, machten sie eine Pause, aßen die dick belegten Butterbrote und ruhten sich aus, bis Hinnerk und Onkel Diers mit den leeren Wagen wieder da waren.

»Möchtest du noch etwas trinken?«

Elli, die auf dem Boden saß und sich mit dem Rücken an einen der Heuhocken lehnte, blickte auf, blinzelte gegen die Sonne und beschirmte die Augen mit ihrer Linken. Vor ihr stand Martin, in der Hand eine der Glasflaschen mit Bügelverschluss, in denen ihnen Willa kalten Tee mitgegeben hatte.

»Gern!« Sie griff nach dem Emaillebecher, der neben ihr auf der Erde stand, nahm ihm die Flasche ab und goss sich nach.

»Darf ich?«, fragte Martin und zeigte auf den Platz neben ihr.

»Da musst du doch nicht fragen.«

Ein bisschen schwerfällig ließ er sich nieder und verzog das Gesicht, als er das rechte Bein ausstreckte.

»War wohl doch keine so gute Idee, den Stock nicht mitzunehmen«, meinte Elli und deutete auf sein Bein.

Martin zuckte mit den Schultern. »Es geht besser, als ich gedacht hätte. Und der Stock wäre mir doch nur im Weg gewesen.« Er stieß ein kurzes Lachen aus. »Allerdings habe ich die Befürchtung, dass ich morgen den Urgroßvater aller Muskelkater haben werde.«

»Da bist du sicher nicht der Einzige, das glaub mal!«

»Dass es direkt am Wasser so heiß sein kann, hätte ich nicht gedacht.« Martin wischte sich mit dem Ärmel seines Arbeitshemdes über die Stirn.

»Wir haben Südwind. Wenn der Wind über Land kommt, dann kühlt das Wasser nicht. Vielleicht solltest du eine Runde mit den Jungs schwimmen gehen. Denen scheint nicht zu warm zu sein!«

Elli deutete zum Meer hinunter. Georg, Bernie und die Franke-Jungs standen bis zu den Hüften im Wasser und machten mit großem Radau und viel Gelächter eine Wasserschlacht. Eine Weile sahen die beiden schweigend den plantschenden Jungen zu.

»Darf ich dich was fragen, Elli?«, sagte Martin schließlich, ohne den Blick vom Wasser zu wenden.

»Sicher!«

»Was heißt dieses ›Du bist …‹? Immer wenn du Georg ansiehst, sagt er lautlos: ›Du bist …‹, und du legst dann einen Finger an den Mund. Was bedeutet das?« Er drehte den Kopf ein wenig und beobachtete sie aus den Augenwinkeln.

Elli fühlte, wie ihr das Blut in die Wangen schoss und sich ihr Magen zusammenkrampfte. »Wie, was heißt das? Was soll das schon heißen? Gar nichts heißt es! Da bildest du dir irgendetwas ein«, stotterte sie. Aber selbst in ihren eigenen Ohren klang das nicht sehr überzeugend.

Martins Lächeln wurde breiter. Wieder sah er zu den Jungs im Wasser hinüber. »Er scheint ein netter Kerl zu sein, dein Georg«, sagte er und zerpflückte einen langen Halm, den er aus dem Heu hinter ihnen gezogen hatte. »Aber er passt so gar nicht hierher zu euch. Irgendwie wirkt er wie ein Kakadu im Hühnerstall. Wo kommt er her?«

Elli, die das *dein Georg* geflissentlich ignorierte, zögerte einen Moment, ehe sie antwortete. »Hat er dir das nicht erzählt?«

»Wir haben nicht darüber gesprochen«, antwortete Martin. »Außerdem ist er nicht gerade mitteilsam.«

Elli erzählte ihm die Geschichte von Hinnerks ausgebombter Cousine in Köln, die ihren Sohn bei Bruns untergebracht hatte, aber sie konnte sehen, dass Martin kein Wort von dem glaubte, was sie ihm weiszumachen versuchte. Gerade als er sich anschickte, ihr weitere Fragen zu stellen, hörte sie die Jungs rufen und drehte sich um. Oben auf dem Deich war der leere Leiterwagen von Bruns aufgetaucht.

»Hinnerk ist wieder da!« Elli stand auf und streckte Martin die Hand hin, um ihm aufzuhelfen. »Wir müssen weitermachen. Die Mittagspause ist vorbei.«

Während der nächsten Stunden ging die Arbeit gut voran. Gemächlich zogen die Pferde die Wagen von einem Hocken zum nächsten, wo die jungen Leute das Heu mit den Forken aufspießten und dann zum Wagen hochsteckten. Anton nahm es entgegen, verteilte es und trat es fest. Elli achtete darauf, möglichst viel Abstand zwischen sich und Martin zu bringen, damit er nicht auf die Idee kam, ihr noch weitere Fragen zu stellen.

Als die Melkzeit näher rückte, ließ Anton die Flüchtlingsfrauen, Bernie und die Franke-Jungs auf dem beladenen Wagen von Onkel Diers nach Hause fahren. Die letzten paar Hocken würden sie auch allein schaffen, sagte er, es sei ja nicht mehr viel. Er gab Onkel Diers die Hand und bedankte sich für die Hilfe, aber der Nachbar winkte ab.

»Passt mal so wieder!«, sagte er lachend, gab den Pferden die Zügel, und der Heuwagen mit den Helfern schaukelte den schmalen Weg zum Deich hinauf.

Anton sah dem Wagen einen Augenblick nach, seufzte und drehte sich dann zu Martin, Elli und Georg um. »So, nun lasst uns sehen, dass wir fertig werden, damit wir auch nach Hause kommen.« Er gab Hinnerk vorn auf dem Kutschbock ein Zeichen, und der Wagen rumpelte vorwärts.

Es waren nur noch wenige Heuhocken übrig, als Georg auf einmal den Kopf hob und sich suchend umsah.

»Was ist denn?«, fragte Elli.

»Hörst du das nicht? Da kommt ein Auto!«

Jetzt hörte auch Elli das leise Brummen.

Auch Anton oben auf dem Wagen richtete sich auf. »Gottverdammich!«, presste er zwischen zusammengebissenen Zähnen hervor.

Auf dem Deich erschien eine dunkle Limousine, die mit hoher Geschwindigkeit näher kam. Das Auto hielt auf Höhe der Andelwiese, die Fahrertür wurde aufgestoßen, und ein Mann in Kordhose und Tweedjacke stieg aus und kam mit energischen Schritten auf sie zu. Er war groß und hager. Das Gesicht mit der Hakennase und den hellen, kalten Augen war auffallend schmal, und unter der Prinz-Heinrich-Mütze lugte farbloses Haar hervor.

Elli hatte ihn erst ein oder zwei Mal gesehen, aber sie hätte ihn überall wiedererkannt, die Ähnlichkeit mit ihrer Mutter war nicht zu übersehen. Das war ihr Onkel, Erwin Diekmann, Willas Bruder. Was genau zwischen ihm und ihren Eltern vorgefallen war, wusste Elli nicht, und sie hätte nie gewagt, ihre Eltern danach zu fragen. Sie wusste nur, dass der Streit zwischen ihnen lange vor ihrer Geburt begonnen hatte und dass sie seitdem kein Wort miteinander wechselten.

»Verschwindet!«, rief Erwin wutschnaubend. »Auf der Stelle runter von meinem Land!«

»Ach, sieh an«, sagte Anton bissig. »Du kannst ja doch reden!«

»Werd bloß nicht witzig! Das hier ist mein Land, und ihr habt hier gar nichts verloren. Und ich will das Heu wiederhaben, das ihr hier gestohlen habt!«

»Gestohlen? Das ist ja wohl das Allerletzte! Als ob wir es nötig hätten, etwas von dir zu stehlen. Du weißt genau, dass dieses Land Willa gehört!« Anton stand noch immer oben auf dem Heuwagen und sah auf Erwin Diekmann hinunter. Er hielt die Forke, deren Zinken im Heu zu seinen Füßen steckten, mit beiden Händen fest umklammert, sein Gesicht war wutverzerrt.

»Willa gehört hier gar nichts! Mein Vater hat in seinem Testament festgelegt …«

»Lüge!«, donnerte Anton. »Das ist eine gottverdammte Lüge! Er hat sich mit ihr wieder vertragen, kurz bevor er gestorben ist. Das weißt du ganz genau! Und er hat ihr das Andelland überschrieben, wir haben eine Urkunde darüber. Also ist das hier nicht dein Land, sondern unseres.«

»Mein Vater hätte das Land lieber verschenkt, als zuzulassen, dass du es in die Finger bekommst!«, schrie Erwin außer sich vor Zorn. »So einer wie du, der jedem Rock nachläuft und Mädchen in Schwierigkeiten bringt.«

Anton zog langsam die Forke aus dem Heu. Er atmete tief ein und aus, während er langsam die geschliffenen Metallspitzen auf seinen Schwager richtete. »Verschwinde! Aber ganz schnell, ehe ich mich vergesse«, sagte er leise.

Eine Sekunde lang starrte Erwin Diekmann auf die Heugabel, die wie eine Waffe auf ihn gerichtet war. Dann wich er ein paar Schritte zurück. »Das wird ein Nachspiel haben!«, fauchte er. »Das lass ich nicht auf mir sitzen. Ich werde wiederkommen, und dann bring ich die Engländer mit. Wir werden ja sehen, wer dann Recht bekommt, du oder ich.«

Damit drehte er sich um und lief mit langen Schritten auf sein Auto zu, stieg ein und brauste mit quietschenden Reifen davon.

Erst als der Wagen hinter dem Deich außer Sichtweite war, löste sich Anton aus seiner Erstarrung und ließ die Forke sinken. Elli sah, dass sein Gesicht kalkweiß geworden war.

»Was starrt ihr mich alle so an?«, schnauzte er. »Ihr habt gehört, was Erwin gesagt hat. Wir müssen sehen, dass wir fertig werden, damit wir hier weg sind, ehe er mit den Tommys wiederkommt.«

18

Als auch zwei Wochen nach dem Zwischenfall mit Willas Bruder Erwin noch immer keine britische Patrouille auf dem Brunshof aufgetaucht war, um die strittigen Besitzverhältnisse zu klären, ließ Antons Anspannung langsam nach. Er hörte damit auf, bei jedem Motorengeräusch den Kopf zu heben und zu lauschen, ob das Auto im Begriff war, in die Hofeinfahrt einzubiegen. Vermutlich hatten die Soldaten Wichtigeres zu tun, als alte Erbstreitigkeiten zu schlichten.

Während es auf dem Land eher ruhig zuging, wurde die Lage in den umliegenden Städten immer schwieriger. Trotz des strikten Verbotes kamen immer mehr Hamsterfahrer, um ihre Habseligkeiten gegen Lebensmittel einzutauschen.

Was man jetzt noch für seine Lebensmittelkarten bekam, war zum Sterben zu viel und zum Leben zu wenig. Für alles musste man anstehen, und wenn man dann nach stundenlanger Warterei endlich dran war, ging man oft genug leer aus. Jedenfalls hatten das zwei junge Frauen erzählt, die neulich in der Küche gestanden und versucht hatten, eine versilberte Kaffeekanne gegen etwas zu essen, ganz egal was, einzutauschen. Die beiden waren aus Bremen, aber auch aus Oldenburg waren in den letzten Wochen schon Leute zum Hamstern in die Wesermarsch gekommen, wie man aus der Nachbarschaft hörte.

Willa hielt nichts von solchen Tauschgeschäften und hatte die beiden Frauen mit der Silberkanne ihrer Wege geschickt. Sie habe die Verantwortung für die Leute auf dem Hof, sagte sie, und es sei schon schwierig genug, all die hungrigen Mäuler satt zu bekommen. Den Zeitungsberichten zufolge würde das in nächster Zeit bestimmt noch schwieriger werden. Da könne sie

nicht auch noch Wildfremde mitdurchfüttern, silberne Kaffee-
kannen hin oder her!

Der August neigte sich allmählich dem Ende zu. Er verabschiedete sich mit Hochsommertagen, an denen die Sonne von
einem wolkenlosen, stahlblauen Himmel auf die Erde nieder-
brannte. Ideales Wetter zum Heufahren eigentlich, aber nach der
Trockenheit der letzten Wochen war nicht genug Gras auf den
Weiden, als dass es sich gelohnt hätte, ein drittes Mal zu mähen.
Anton wurde nicht müde zu betonen, wie knapp das Heu sei und
dass sie diesen Winter gut mit dem Futter würden haushalten
müssen. Und jedes Mal, wenn er das sagte, setzte er hinzu, was
für ein Glück es doch sei, dass sie das Heu von der Andelwiese
hätten.

An diesem Vormittag hatten Elli und ihre Mutter all die Einweckgläser mit Obst und Gemüse im Keller durchgezählt. Jedes
einzelne hatten sie von den Regalen geräumt und beim Sortieren
aufgeschrieben, wie viele Gläser von welcher Sorte noch vorrätig
waren. Als sie endlich damit fertig waren, hatte Willa sorgenvoll
den Kopf geschüttelt. »Wie soll das nur den ganzen Winter reichen, mit all den Leuten im Haus? Irgendwas werden wir uns
einfallen lassen müssen.«

Wie beinahe jeden Tag in den letzten Wochen schlichen sich
Elli und Georg nach dem Mittagessen davon. Während alle anderen sich in der drückendsten Mittagshitze für eine Stunde
zum Schlafen hinlegten, ging Elli mit einem Erntekorb in der
Hand zum Köterhof hinaus. Ihrer Mutter hatte sie erzählt, sie
wolle nachsehen, ob die Mirabellen dort schon reif wären. Was
Georg als Grund vorgeschoben hatte, wusste Elli nicht, aber er
wartete schon im Obstgarten des Köterhofs auf sie.

Hinter dem Haus, unter einem der Apfelbäume, saß er mit
dem Rücken an den Stamm gelehnt und las in einem dicken
Buch, das auf seinem Schoß lag – vermutlich immer noch *Der
Graf von Monte Christo*, das er sich von Bernie ausgeliehen hatte.

276

Seine Beine hatte er ausgestreckt, die nackten Füße überkreuzt, und die braunen Ledersandalen, die Hannes zu klein geworden waren, lagen neben ihm im hohen Gras.

Offenbar hörte er Elli nicht kommen, so vertieft war er in sein Buch. Sie blieb einen Moment lang neben der Hausecke stehen, die Hand an der sonnenwarmen Ziegelwand, unfähig, den Blick von Georg zu lösen. Er befeuchtete den rechten Zeigefinger mit der Zunge, um die Buchseiten besser umblättern zu können. Tief sog er die Luft in seine Lunge, schloss die Augen und legte den Kopf in den Nacken, das Gesicht der Sonne zugewandt.

Ein leichter Wind raschelte in den Blättern der Holunderbüsche am Rand des Gartens, als Elli schließlich über die verwilderten Gemüsebeete zu Georg hinüberging. Blinzelnd öffnete er ein Auge, sein Lächeln wurde breiter, und er sah zu ihr auf. Dann griff er nach ihrer Hand und zog sie wortlos zu sich hinunter.

Die Zeit blieb stehen, als Georg sie im tiefen Schatten des Apfelbaumes im Arm hielt und ihr sagte, wie wundervoll sie sei, während seine Fingerspitzen ihre Augenbrauen entlangfuhren.

So oft sie konnten, schlichen die beiden sich davon, trafen sich hier am alten Köterhof, um unter den Obstbäumen in der Sonne zu liegen. Wenn es regnete, saßen sie auf dem Bretterstapel im alten Schuppen, hielten sich an den Händen und sprachen leise miteinander oder sahen schweigend durch die offene Scheunentür den Schwalben zu, die im Zickzack über den Boden flogen und Fliegen jagten.

Der Köterhof stand schon lange leer. Zuletzt hatte ein Vetter von Ellis Opa hier gewohnt, ein wunderlicher alter Kauz, der nie verheiratet gewesen war und zeit seines Lebens allein mitten auf dem Moor gehaust hatte. Nachdem er gestorben war, hatte Ellis Großvater die wenigen Hektar Land und den kleinen Hof nicht wieder verpachtet. Bruns bewirtschafteten die Moorwiesen, die zum Anwesen gehörten, und in der Scheune standen ein paar

Gerätschaften, die selten benutzt wurden, aber für das Köterhaus selbst hatten sie keine Verwendung.

Auch wenn das Reetdach über dem leeren Viehstall inzwischen eingesunken und voller undichter Stellen war, durch die der Regen auf den Lehmboden fiel, waren die drei winzigen Räume im ehemaligen Wohnhaus noch in recht gutem Zustand. In der Küche stand eine Holzbank aus Eiche neben dem alten Stangenherd, in der kleinen Stube fiel das Sonnenlicht durch die blinden Scheiben auf ein paar Stühle mit zerschlissenem Binsengeflecht und ein schmales Sofa, aus dessen Polsterung die Federn hervorschauten. Im dritten Raum standen ein leerer Schrank mit schiefen Türen und ein altes Feldbett, auf dessen Matratze Hannes und Elli als Kinder gerne herumgehopst waren.

Als Elli zum ersten Mal mit ihm im Wohnhaus des Köterhofes gewesen war und ihm alles gezeigt hatte, war Georg vor dem Bett stehen geblieben, hatte das schmale Metallgestell angestarrt, sich dann wortlos umgedreht und die Kammer verlassen. Was auch immer ihm bei dem Anblick durch den Kopf gegangen war oder woran er ihn erinnert hatte, er verlor kein Wort darüber, und Elli traute sich nicht, ihn danach zu fragen.

Noch immer gab es diese blinden Flecken zwischen ihnen, an die Elli nicht zu rühren wagte. Auch wenn Georg in der Zwischenzeit deutlich offener zu sein schien, viel lachte und redete, hatte sich daran nichts geändert. Bis auf den einen zaghaften Versuch an jenem Tag hinter dem Deich, als sie sich erkundigt hatte, warum er nicht wieder nach Hause gehe, hatte Elli nie nach seinem früheren Leben gefragt. Nicht, dass sie nicht neugierig gewesen wäre, aber irgendetwas hielt sie zurück. Elli fühlte sich wie die Prinzessin in diesem Märchen, an dessen Namen sie sich nicht erinnern konnte. Sie hatte die falschen Fragen zu stellen gewagt, woraufhin sich der Zauber um sie herum mit einem Knall und einem Blitz in nichts auflöste und sie zur Strafe für ihre Neugier mit leeren Händen dastand und zur Bettlerin wurde.

278

Nein, besser schweigen und nicht an die Vergangenheit rühren, dachte Elli, während sie durch das dichte Laub des Apfelbaums zum Sommerhimmel hochsah und dem heißen Wind lauschte, der in den Blättern raschelte und die Äste über ihr zum Knarzen brachte. *Wer viel fragt, kriegt viele Antworten. Manchmal mehr, als er vertragen kann.*

Sonnenflecken tanzten über ihre halb geschlossenen Augenlider, während sie gegen ihre Müdigkeit ankämpfte. Georgs Worte vermischten sich mit dem Wind, und es bereitete ihr Mühe, ihnen zu folgen. Bilder erschienen hinter ihren Augenlidern, die nicht immer zu seinen Worten passen wollten. Er sprach von der kleinen Weide auf der anderen Straßenseite, wo die Einjährigen seit ein paar Tagen weideten, und erzählte, dass er mit Martin dort den ganzen Vormittag lang den Zaun repariert hatte.

Georgs Stimme wurde leiser. Elli sah vor sich, wie Martin und er nebeneinanderher gingen und sich leise unterhielten, dann sah sie sie am Küchentisch sitzen, wo Martin ihr aus seinen wasserblauen Augen einen scharfen Blick zuwarf.

»… in Berlin«, hörte sie Georg sagen und tauchte wieder aus dem Halbschlaf auf. »Im Orchester der Oper.«

»Was?«, murmelte sie.

»Hast du mir gar nicht zugehört, du Schlafmütze?« Georg grinste. »Ich hab gesagt, dass Martin Violinist war, bevor er eingezogen wurde, zuletzt im Deutschen Opernhaus in Berlin. Im Orchester der Oper, stell dir das vor! Er hat unten im Graben gesessen und Geige gespielt, während oben auf der Bühne Mozart, Verdi oder Wagner gesungen wurde. Was für ein Glückspilz! Wir haben uns die ganze Zeit über die Oper unterhalten, als wir den Zaun geflickt haben. Er ist wirklich ein netter Kerl. Und er hat jede Menge Ahnung von Musik.«

Vorsichtig zog Georg seinen Arm ein wenig unter Ellis Kopf hervor und drehte sich auf die Seite, um sie besser ansehen zu können. »Überleg doch mal, wie unglaublich das ist! Ausgerechnet hier bei euch auf dem Hof, in der Mitte von nirgendwo, taucht Martin genau zum richtigen Zeitpunkt auf, und dein Vater bietet ihm an, als Knecht zu arbeiten. Und dann stellt sich heraus, dass er Musiker ist. Verrückt! Das ist doch mehr als Zufall. Da steckt schon so was wie ein Plan dahinter.«

Georg griff über Elli hinweg, pflückte einen langen Grashalm und wickelte ihn gedankenverloren um seinen Finger. »Martin hat mir erzählt, dass er auch mal daran gedacht hat, Sänger zu werden. Während des Musikstudiums hat er neben Geige auch Gesang studiert, aber schließlich hat er sich dann doch für die Violine entschieden. Er sagt, als Bariton hat man es nicht leicht. Davon gibt es einfach zu viele gute. Da musst du schon brillant sein, um nicht in der Masse unterzugehen, und wer will das schon.«

»Auch?«

»Was?«

»Er hat ›auch‹ daran gedacht, Sänger zu werden? Was meinst du mit ›auch‹?«

»Nichts. Nur so ein Gedanke.« Eine Weile war Georg ganz still und betrachtete den Grashalm zwischen seinen Fingern. »Es gab mal eine Zeit, da wollte ich unbedingt Opernsänger werden. Aber das ist ewig lange her. Ich glaube, das war noch vor dem Krieg.«

»Vor dem Krieg warst du noch ein Kind.«

»Manchmal weiß man doch schon als Kind, was man werden möchte. Und dann vergisst man es wieder. Oder es kommt was dazwischen.« Seine Miene verdunkelte sich für einen Moment. »Ist ja auch egal!«

Georg warf den Grashalm in eine der verwilderten niedrigen Buchsbaumhecken, die früher als Beetbegrenzung gedient hatten. »Jedenfalls kam das Gespräch darauf, dass ich sonntags immer in der Kirche Orgel spiele, und da hab ich ihn gefragt, ob er nicht mal mitkommen möchte, um zuzuhören, jetzt, wo es seinem Bein besser geht und er wieder Rad fahren kann. Ihn hinten auf dem Gepäckträger mitzunehmen, wäre doch ziemlich mühselig geworden. Na ja, jedenfalls kommt er jetzt am Sonntag mit in die Kirche.« Den letzten Satz fügte er wie beiläufig hinzu, während er Elli eine Haarsträhne, die sich aus ihrem Zopf gelöst hatte, aus der Stirn strich.

Elli spürte plötzlich Ärger in sich hochkochen, der das letzte bisschen ihrer Schläfrigkeit verjagte. »Na prima!«, schnaubte sie, schob seine Hand weg und setzte sich auf. »Wir haben doch sowieso nur so wenig Zeit allein miteinander. Muss Martin denn ausgerechnet mit zur Kirche kommen?«

Entgeistert starrte Georg sie an, ohne etwas zu erwidern.

»Stimmt doch! Egal ob draußen im Stall oder im Haus: Wo wir auch sind, immer sind andere Leute dabei, immer müssen wir aufpassen, dass keiner etwas merkt. Außer beim Melken bin ich den lieben langen Tag im Garten oder in der Küche und helfe Mutter beim Einmachen. Alles, was im Garten wächst, soll als Vorrat in den Keller, weil sie meint, wir würden im Winter sonst alle verhungern. Und sie passt auf wie ein Luchs, dass ich mich ja nicht vor der Arbeit drücke, wie sie das nennt. Und du? Du bist mit den Männern die meiste Zeit ganz hinten auf dem Moor beim Torfstechen, damit wir auch ja genug zum Heizen haben, wenn es kalt wird. Und wenn wir es schaffen, uns wegzuschleichen, um uns hier zu treffen, sitzt mir immer die Angst im Nacken, dass Bernie uns hinterherspioniert.«

Bevor Georg etwas erwidern konnte, schnitt Elli ihm das Wort ab und redete sich weiter in Rage. »Die einzige Gelegenheit, wo wir beide wirklich nur für uns sein können, ohne dass ich Angst habe, dass Mutter dahinterkommt, ist diese eine Stunde sonntags auf dem Orgelboden.«

»Aber Elli«, sagte Georg beschwichtigend. »Nun sei doch nicht gleich böse.«

»Verstehst du das denn nicht?«, fuhr sie ihn an. »Die ganze Woche freue ich mich darauf. Und wenn du Martin fragst, ob er nicht mitkommen will, soll ich nicht böse sein? Am besten, ich bleibe am Sonntag gleich ganz zu Hause. Wenn ihr erst mal anfangt über Musik zu reden, bin ich doch sowieso abgemeldet.«

»Ach, Elli, nun hör aber auf!«

»Ist doch wahr! Ich hab nun mal keine Ahnung davon. Ich werde kein Wort von dem verstehen, was ihr redet. Die ganze Zeit werde ich mir vorkommen wie das fünfte Rad am Wagen, und dazu hab ich nun wirklich keine Lust. Und dann müsste ich auf der Bank ganz weit weg von dir sitzen, dürfte nicht mal zu dir rübergucken, damit Martin nichts merkt.«

»Nun, das kommt ja wohl ein bisschen spät«, erwiderte Georg trocken.

»Was soll das denn heißen?«

»Martin weiß das mit uns doch längst!«

»Was?« Elli war fassungslos. »Aber wie …? Hast du es ihm etwa erzählt?«

»Ich hab ihm gar nichts erzählt«, antwortete Georg. »Ich dachte, du warst das.«

»Nein. Wie kommst du denn nur auf so eine Idee? Ich würde doch niemals …« Sie brach ab und sah ihn verzweifelt an. »Oh Georg, was machen wir denn jetzt? Wenn Martin nun zu meiner Mutter geht!«

»Elli, nun hör doch endlich auf damit! Du machst dich noch ganz verrückt. Warum sollte er das denn tun? Hm?« Sein Blick suchte ihren, und er versuchte ein aufmunterndes Lächeln.

Elli antwortete nicht.

»Wahrscheinlich ist er ganz von allein darauf gekommen, dass wir ein Paar sind. Er redet ja nicht viel, aber ihm entgeht nichts von dem, was um ihn herum passiert. Er hat uns wohl einfach ausgetrickst, hat dich ein bisschen ausgefragt und mich ein bisschen und dann eins und eins zusammengezählt. Vermutlich ist es ziemlich offensichtlich, dass da etwas zwischen uns ist.« Georg rückte näher an sie heran und legte seinen Arm um ihre Schulter. »Glaubst du nicht, dass es langsam an der Zeit wäre, deinen Eltern reinen Wein einzuschenken?«

Elli starrte ihn entgeistert an. »Nein«, keuchte sie. »Nein, Georg, das geht wirklich nicht! Unter gar keinen Umständen darf meine Mutter was davon erfahren. Ich habe es dir doch erklärt. Mutter würde dafür sorgen, dass auf der Stelle Schluss ist. Du müsstest hier weg. Sofort! Die würden dich in den nächsten Zug setzen!«

Ihr Blick verschwamm, sie biss sich auf die Lippen und drehte den Kopf weg. Seine Hand lag noch immer auf ihrer Schulter. Sie spürte die Wärme auf ihrer Haut und die Bewegung seines Daumens, der über ihr Schlüsselbein strich. »Ich könnte das nicht aushalten«, flüsterte sie. »Dann lieber dieses ewige Versteckspiel und die Heimlichkeiten. Aber vielleicht kannst du das nicht verstehen. Wenn du noch nie irgendwas vor deinen Eltern verheimlichen musstest?«

Seine Hand strich über ihr Haar. Er griff nach ihrem Kinn und drehte ihr Gesicht sanft in seine Richtung. »Doch, das verstehe ich. Sogar viel besser, als du dir vorstellen kannst.«

Er beugte sich vor, küsste sie flüchtig auf den Mund und strich mit dem Zeigefinger über ihre Lippen. »Ich glaube, wir sollten langsam zurückgehen«, seufzte er. Dann stand er auf und zog Elli auf die Füße.

Langsam gingen sie nebeneinanderher den grasbewachsenen Kleiweg entlang zurück zum Hof, Georg rechts von den tiefen Wagenspuren, Elli links davon. Keiner von beiden sagte ein Wort.

Elli vermied es, ihn anzuschauen, ihr Blick schweifte stattdessen über das flache Land in Richtung des Deiches. Das Wetter war im Begriff umzuschlagen. Der Wind hatte gedreht und trieb von Westen her erste Gewittertürme über das Land. Auch das noch! Vermutlich würden sie später im Regen und bei Blitz und Donner melken müssen.

Auch wenn sie sich sicher war, im Recht zu sein, bereute Elli inzwischen, Georg so heftig angefahren zu haben. Sie hasste es, sich zu streiten. Das war schon immer so gewesen: Ihr Gegenüber brauchte sich nur ein bisschen aufzuplustern, dann gab sie sofort klein bei, zog den Kopf ein und stimmte ihm wider besseren Wissens zu. Sich mit Bernie zu zanken war eine Sache, aber sich gegen einen Erwachsenen durchzusetzen, das brachte sie nicht fertig. Ihr war ganz elend zumute, weil sie keine Ahnung hatte, wie sie den Streit mit Georg wieder aus der Welt schaffen sollte, und schalt sich gleichzeitig selbstsüchtig. Endlich hatte Georg jemanden gefunden, der ihn und seine Musik verstand, und sie war eifersüchtig auf jede Minute, die Martin und er miteinander verbrachten.

Gerade als sie all ihren Mut zusammengenommen hatte und im Begriff war, sich bei Georg zu entschuldigen, blieb dieser stehen. »Warte mal, Elli!«

Sie waren auf Höhe der Schweineweide und beinahe am Hof angekommen. Über Georgs Nasenwurzel war deutlich die dreieckige Falte zu sehen, die sich immer dann zeigte, wenn er angespannt war oder nachdachte.

»Wenn du möchtest, sag ich Martin, dass er nicht mitkommen soll. Ich denk mir irgendeine Ausrede aus. Das ist zwar ziemlich unhöflich, weil ich ihn ja darum gebeten habe, aber mir fällt bestimmt irgendetwas Plausibles ein.«

Elli schüttelte den Kopf. »Nein, ist schon in Ordnung. Er soll ruhig mitkommen.« Mit zwei großen Schritten überwand sie die tief ausgefahrene Wagenspur und blieb direkt vor Georg stehen. Sie griff nach seinen Händen und hielt sie ganz fest. »Aber vielleicht nicht gerade jeden Sonntag.«

Georg gab sich wirklich große Mühe, zu verhindern, dass Elli sich wie das fünfte Rad am Wagen vorkam, als sie am folgenden Sonntag zu dritt oben auf dem Orgelboden saßen. Zwar sprach er mit Martin auch über Musik, aber er war sorgsam darauf bedacht, Elli in das Gespräch miteinzubeziehen. Als Pastor Meiners zu seiner Predigt ansetzte, zog er sie neben sich auf die Orgelbank und nahm ihre Hand in seine. Elli spürte, wie ihre Ohrmuscheln zu glühen begannen, und versuchte, ihre Hand aus seinem Griff zu lösen, aber Georg hielt sie fest.

Martin beobachtete die beiden mit einem winzigen Lächeln, sagte aber nichts. Er lehnte sich zurück, verschränkte die Arme vor der Brust und streckte sein rechtes Bein aus, dann wandte er den Kopf und sah in den Kirchenraum hinunter.

Als Georg ihn nach dem Gottesdienst fragte, ob er nicht noch zum Teetrinken mit in die Pastorei kommen wolle, verneinte Martin und meinte, sein Verhältnis zur Kirche sei eher schwierig und es sei besser, wenn sie allein gingen. Georg sah zu, wie er sich ungelenk auf Hinnerks Rad schwang und langsam davonradelte, dann folgte er Elli zur Pastorei.

Auch an den folgenden Sonntagen begleitete Martin die zwei zur Kirche, fuhr aber jedes Mal sofort nach dem Gottesdienst wieder nach Hause. Elli gewöhnte sich rasch daran, dass er mitkam. Bald fand sie nichts mehr dabei, mit Georg Hand in Hand dazusitzen, während der Pastor predigte, obwohl Martin sie sehen konnte. Während Georg Orgel spielte, stand sie wie immer neben ihm und blätterte die Notenblätter um. Martin, der auf der anderen Seite der Bank stand, beobachtete unterdessen genau, wie Georg spielte, und korrigierte ihn gelegentlich, wenn er um Rat bat.

Im September wurde in Neustadt die Schule wieder geöffnet, und Bernie und die Franke-Jungs verstauten jeden Morgen ihre drei Schiefertafeln in Bernies ledernem Schulranzen und zogen zu Fuß über den Heideweg zu dem kleinen Schulhaus. Lehrer Claussen, dessen Frau den Unterricht während des Krieges übernommen hatte, war inzwischen von der Front zurückgekehrt, so wie immer mehr ehemalige Soldaten. Er hatte im Krieg eine Hand eingebüßt, und wehe, die Kinder wagten, in seiner Nähe zu lachen. Dann glaubte er sofort, sie machten sich über ihn lustig, griff mit der ihm verbliebenen Linken nach dem Rohrstock, der an der Wand hing, und ließ ihn über die nackten Beine seiner Schüler tanzen. Elli hatte ihn früher gern gemocht, als er als ganz junger Lehrer an die Schule gekommen war. Er war immer freundlich gewesen und hatte gern gelacht, hatte ihr Bücher geliehen und zu ihr gesagt, was für ein Jammer es doch sei, dass sie nicht auf die höhere Schule gehen könne. Aber nach dem zu urteilen, was Bernie und die Franke-Jungs erzählten, war der unbeschwerte junge Lehrer auf dem Schlachtfeld geblieben und ein harter und verbitterter Mann zurückgekehrt.

Noch immer waren die Straßen voller Flüchtlinge. Vor allem aus Schlesien und Ostpreußen kamen ganze Trecks von Vertriebenen. Manche blieben ein paar Tage und schliefen im Stroh, ehe sie weiterzogen, auf der Suche nach einer Unterkunft, in der sie den Winter über bleiben konnten.

Schon Anfang Oktober gab es den ersten Frost, und Hinnerk sagte einen langen und harten Winter voraus. Sie sollten lieber zusehen, dass sie den Torf unter Dach und Fach brächten.

Zwei ganze Tage waren die Männer damit beschäftigt, die Soden, die sie im Sommer gestochen hatten, vom Trockenplatz ganz hinten auf dem Moor zu holen und zum Hof zu bringen. Hinnerk und Gustav warfen sie vom Leiterwagen aus durch die Luke im Giebel des Schweinestalles, wo Elli, die jungen Flüchtlingsfrauen, Bernie und die Franke-Jungs sie aufstapelten. Mit einem weiteren Wagen voller Torfsoden fuhr Anton zu seiner Schwester nach Varel und brachte von dort Stroh mit, das er gegen das Brennmaterial eingetauscht hatte. Die Futterrüben, die auch noch zum Tauschgeschäft gehörten, werde er beim nächsten Mal holen, sagte er.

Eine seltsame Spannung lag in der Luft. Jeder versuchte, so viel wie möglich einzulagern und an Lebensmitteln beiseitezuschaffen. Die Zeitung, die von der britischen Besatzungsmacht herausgegeben wurde, warnte immer wieder vor Versorgungsengpässen, und schon im Sommer war dazu aufgefordert worden, jeden Meter Gartenland mit Kartoffeln und Steckrüben zu bepflanzen und Heizmaterial einzulagern, denn es stünde ein harter Winter bevor.

Besonders Willa nahm diese Warnung sehr ernst. Dort, wo früher ihr Blumengarten mit langen Reihen von Gladiolen, Dahlien und Astern gewesen war, hatte sie die Männer alles umgraben lassen und noch einmal späte Kartoffeln gesetzt. Noch eine Woche oder zwei, dann würden sie sie ernten können. Auch wenn in den Regalen im Keller schon längst kein Platz mehr für weitere Einweckgläser oder Steinguttöpfe war und die großen Kartoffelkisten schon jetzt überquollen, stand Willa doch immer wieder kopfschüttelnd mit zusammengepressten Lippen vor den Vorräten und murmelte: »Wie soll das nur reichen?«

Nachdem er ein paar Wochen lang nicht mit Elli und Georg nach Strückhausen zur Kirche gefahren war, ließ sich Martin an einem Sonntag Anfang Oktober von Georg überreden, sie wieder einmal zu begleiten. In letzter Zeit war er schweigsam und wirkte in sich gekehrt, müde und grau, zuweilen krumm wie ein alter Mann.

»Er gibt sich Mühe«, sagte Georg zu Elli. »Aber wenn er glaubt, dass niemand ihn sieht, wirkt er unendlich traurig.«

Kaum dass der Gottesdienst geendet hatte und Georg mit dem letzten Orgelstück fertig war, griff Martin nach seinem alten grauen Mantel und zog ihn über. »Ich fahr dann mal wieder zurück«, sagte er zu Georg und Elli.

»Ach, das ist aber jammerschade!«, ertönte die tiefe Stimme des Pastors von der Tür zur Treppe her. »Ich hatte gehofft, Sie würden uns heute beim Teetrinken Gesellschaft leisten. Moin, ihr beiden!« Meiners nickte Elli und Georg zu und betrat den Orgelboden. »Das ist ja unglaublich schwer, Sie mal zu fassen zu kriegen. Wie schön, dass ich diesmal Glück habe!« Er schmunzelte und streckte Martin seine Rechte entgegen.

Der Angesprochene wirkte einen Moment lang wie erstarrt, dann schien ein Ruck durch ihn zu gehen, er klemmte seine Mütze zwischen Daumen und Zeigefinger der verkrüppelten Linken und ergriff zögernd die Hand des Pastors.

»Freut mich«, dröhnte Meiners und strahlte. »Freut mich wirklich sehr, Herr Freier! Das stimmt doch, nicht wahr? Freier ist richtig?«

»Ja, Freier. Martin Freier.«

»Georg hat mir viel von Ihnen erzählt. Und weil ich nun mal ein neugieriger alter Kerl bin, wollte ich mir den Herrn Musiker doch gern mal selber ansehen.«

Eine halbe Stunde später schenkte der Pastor dem »Herrn Musiker« zum dritten Mal Tee nach und schob die Dose mit dem Zuckerzwieback noch einmal in Ellis Richtung. »Greif zu, Deern! Ich weiß doch, wie gern du die magst. Und ich weiß auch, wie grantig deine Mutter damit ist.«

Bislang hatte sich das Gespräch um den üblichen Klatsch und Tratsch aus der Bauerschaft gedreht: Wer aus der Kriegsgefangenschaft zurück war, wer neue Flüchtlinge einquartiert bekommen hatte, dass es in der Gastwirtschaft von Ovelgönne eine Schlägerei gegeben hatte und dass man in Strückhausen überlegte, einen Ernteball zu veranstalten.

Der alte Pastor griff nach dem Sahnekännchen, goss einen dünnen Strahl in seine Tasse und betrachtete wohlwollend die kleine Wolke, die sich in seinem Tee bildete, ehe er nach dem Löffel griff und umrührte. Dann lehnte er sich zurück, verschränkte die Arme vor der Brust und warf Martin, der sich bislang nicht an der Unterhaltung beteiligt hatte, über den Rand seiner Hornbrille hinweg einen neugierigen Blick zu. »Und Sie haben sich inzwischen einigermaßen eingelebt, Herr Freier?«

Martin, der gerade einen Schluck Tee getrunken hatte, nickte nur.

»Muss doch eine enorme Umstellung sein, so von der Großstadt weg mitten aufs platte Land zu den einfachen Leuten.«

»Es gibt nichts, worüber ich mich zu beklagen hätte«, erwiderte Martin und stellte seine Tasse zurück auf den Tisch. Er lächelte höflich, aber seine Augen musterten den alten Mann mit aufmerksamer Schärfe.

»Nein, im Moment sicher nicht. Nur langfristig ist das doch kein Zustand für jemanden wie Sie.«

Martin runzelte fragend die Stirn. »Ich verstehe nicht, was Sie meinen.«

»Na ja, was Sie in Zukunft machen wollen, meine ich. Es ist zwar sehr nett von Anton Bruns, dass er Sie als Knecht auf seinem Hof arbeiten lässt, aber das ist doch nichts auf Dauer.«

Elli sah, wie sich Martins Gesichtszüge verhärteten, dann hatte er sich wieder im Griff. »Die Arbeit macht mir nichts aus. Außerdem kann ich in meiner Lage nicht gerade wählerisch sein.«

»Alles richtig«, sagte der Pastor. »Aber als Stallknecht zu arbeiten, das ist doch nichts für einen Musiker wie Sie.«

»Ich war früher mal Musiker, aber damit ist es ein für alle Mal vorbei. Ich muss mich damit abfinden. Und je eher und gründlicher ich mich damit abfinde, desto besser.«

Meiners schob erneut seine Brille hoch und beugte sich ein Stück vor. »Blödsinn!«, schnaubte er. »Unfug! Der Krieg hat Sie aus der Bahn geworfen. Sie haben Ihre Familie und alles, was Ihnen am Herzen lag, verloren. Und nun sind Sie hier gelandet, wo sich Fuchs und Hase Gute Nacht sagen. Aber das ändert nichts daran, dass Sie in Ihrem Herzen Musiker sind und es immer bleiben werden. Glauben Sie mir, es wird nichts helfen, sich verbiegen zu wollen, gegen seine Natur kann man nicht an. Ich glaube fest daran, dass es einen Grund gibt, warum Sie ausgerechnet hier gestrandet sind. Möglich, dass der liebe Gott noch eine Aufgabe für Sie hat.«

Martins Augen sprühten plötzlich Funken. »Eine Aufgabe? Der liebe Gott hat also eine Aufgabe für mich? Alles, was passiert ist, war Teil eines großen Plans, wie? Und in diesem göttlichen Plan stand auch drin, dass mir eine Kugel die Hand zerfetzt, sodass ich nie wieder eine Geige halten kann?« Er räusperte sich, um seine Stimme wieder unter Kontrolle zu bekommen. »Und wie sah der Plan für meine Frau und meine Kinder aus? Hm? Meine Jüngste war erst neun Monate alt, als sie starb. Sie hat nichts vom Leben gesehen, gar nichts! War das auch Teil des Plans?« Martins Gesicht verzerrte sich. »Und kommen Sie mir bloß nicht mit ›Gottes Wege sind unergründlich‹!« Schwer atmend wandte er sein Gesicht ab und blickte starr aus dem Küchenfenster. Nichts war zu hören als das Ticken der Wanduhr über dem Küchensofa.

»Nein, das wäre zu einfach«, sagte Pastor Meiners in die Stille hinein. »Und es wäre grausam. Trotzdem glaube ich, dass es hier eine Aufgabe für Sie gibt. Und die besteht sicher nicht darin, bei Anton Bruns den Stall auszumisten.«

Elli, die wie üblich neben Georg auf dem Sofa saß, fühlte, wie seine Hand schmerzhaft ihre Finger umklammerte, aber er schien gar nicht zu bemerken, wie fest er zudrückte. Sein Blick war voller Mitleid auf Martin gerichtet, der noch immer aus dem Fenster starrte und bei den Worten des Pastors verächtlich schnaubte.

»Und was hatten Sie im Sinn? Welche Aufgabe soll das sein? Ich kann doch nichts anderes«, stieß Martin voller Bitterkeit hervor. »Und nicht einmal misten kann ich besonders gut.« Er verstummte und rieb mit dem Daumen seiner Rechten geistesabwesend über die dicke, gerötete Narbe in der linken Handfläche.

Pastor Meiners betrachtete ihn eine Weile schweigend. Schließlich zog er ein Taschentuch hervor und putzte sich geräuschvoll die Nase. Nachdem er das Tuch wieder in seiner Hosentasche verstaut hatte, goss er sich noch einmal Tee nach. »Vielleicht sollten Sie darüber nachdenken zu unterrichten«, sagte er bedächtig, während er langsam in seiner Teetasse rührte.

»Unterrichten?« Endlich wandte sich Martin vom Fenster ab und sah den alten Mann verblüfft an. »Was für eine verrückte Idee ist das denn? Wie soll ich denn unterrichten? Ohne Violine? Ohne dass ich auch nur einen einzigen Griff zeigen kann? Nein, das ist Blödsinn!«

»Wer spricht denn von Violine? Sie könnten den Kindern hier die Grundbegriffe der Musik beibringen. Und vielleicht Gesangsunterricht geben. Ich kann mir gut vorstellen, dass es nicht mehr lange dauert, bis auch an den Schulen wieder Musiklehrer gesucht werden.«

»Gesangsunterricht?«

»Ja! Georg sagte, dass Sie auch Gesang studiert haben. Und ich dachte …«

»Georg sagte?«, unterbrach ihn Martin. »Ach, so ist das.« Er drehte sich zu Georg um. »Du hast dem Pastor offenbar gleich meine ganze Lebensgeschichte erzählt, was?«

Georg schluckte schwer, erwiderte aber nichts. Elli bemerkte, dass seine Ohren und Wangen hochrot wurden. Er wich Martins Blick aus und senkte den Kopf.

»Warum auch nicht?«, fragte Meiners. »Bei mir ist sie gut aufgehoben. Außerdem haben Sie viel mit ihm gemeinsam, und ich bin überzeugt, dass er eine Menge von Ihnen lernen könnte. Und Sie von ihm.«

»Ich hab noch nie unterrichtet. Und ich glaube nicht, dass ich das könnte. Das liegt mir nicht«, wandte Martin ein.

»Ganz im Gegenteil. Ich bin davon überzeugt, dass Sie das sehr gut könnten. Vielleicht sollten Sie es einfach ausprobieren. Sie könnten ja damit anfangen, Georg Gesangsunterricht zu geben.«

Martin runzelte die Stirn und musterte Georg scharf. »Ach, daher weht der Wind! Jetzt wird mir einiges klar. Aber warum hast du mich nicht einfach selbst gefragt? Warum musst du den Pfarrer vorschicken? Du solltest lernen, für dich selber zu sprechen, Junge! Dir fehlt Rückgrat«, schnaubte er.

Georg hob den Blick und öffnete den Mund, aber ehe er etwas sagen konnte, ergriff der alte Meiners das Wort. »Nein. Georg hat nichts damit zu tun, das war ganz allein meine Idee. Wie schon gesagt, ich glaube, es würde Ihnen beiden helfen, wenn Sie ihm Unterricht gäben.«

»Nein, ich kann das nicht«, wehrte Martin ab. »Mir fehlt die Geduld, mich auf andere einzulassen.«

Der Pastor griente breit. »Sehen Sie? Und genau das können Sie von Georg lernen: Geduld und die Fähigkeit, sich auf andere einzulassen. Der Junge kann sich einfach überall einfügen. Und Sie könnten ihm zeigen, was es bedeutet, Rückgrat zu haben.«

Martins Gesichtsausdruck wurde hart, die Augen, die er unverwandt auf den alten Mann richtete, verengten sich, die Kiefer mahlten. Er beugte sich ein Stückchen vor und legte die flache Hand auf die bedruckte Tischdecke. »Wissen Sie was, zerbrechen Sie sich einfach nicht meinen Kopf!«, presste er hervor, erhob sich mühsam und schob seinen Stuhl an den Tisch. »Ich fahr jetzt besser zurück. Vielen Dank für den Tee!« Er nickte Pastor Meiners knapp zu und ging hinaus, ohne Georg und Elli auch nur eines Blickes zu würdigen.

Georg sprang auf, um ihm zu folgen, aber Pastor Meiners griff nach seinem Arm und hielt ihn auf. »Lass ihn, Junge! Er braucht einfach noch Zeit.« Der alte Mann schob seine Brille hoch, während er aus dem Küchenfenster sah. »Aber das wird. Glaub mir, das wird!«

Eilig schritt Martin den Weg zur Kirche entlang, knöpfte dabei mühsam seinen alten Mantel zu und setzte seine Mütze auf. Als er um die Hausecke verschwunden war, griff Meiners nach der Kanne auf dem Stövchen und goss ihnen noch einmal Tee nach.

In den nächsten Tagen war Martin noch einsilbiger als sonst und ging Georg und Elli so weit wie möglich aus dem Weg. Meist schloss er sich Hinnerk an, wenn dieser zu den Nachbarn fuhr, um dort zu helfen, oder auf den Weiden abseits der Straße nach dem Rechten sah. Auch beim Melken war Martin still, ignorierte Georg und wechselte mit Elli höchstens ein paar knappe Worte, wenn es sich nicht vermeiden ließ. Georg versuchte mehrfach, sich bei Martin zu entschuldigen und die Sache aus der Welt zu schaffen, aber der wandte sich jedes Mal ab und ließ ihn stehen.

Schließlich fiel sogar Anton auf, dass die beiden jungen Männer nicht mehr miteinander sprachen, und er fragte Elli, ob sie wisse, was zwischen ihnen vorgefallen sei.

Elli antwortete ausweichend, sie hätten sich wohl gestritten, worüber wisse sie nicht genau.

»Komische Leute, diese Städter! Hier würden sich die Jungs einmal ordentlich um den Misthaufen prügeln, und die Sache wäre aus der Welt«, brummte Anton. »Die sollten sich bald mal wieder einkriegen. Das ist ja kein Zustand so!«

Als Anton einige Tage später die Ladung Futterrüben, die seine Schwester ihm im Tausch gegen die Torfsoden versprochen hatte, aus Varel abholen wollte, wies er Martin an, ihn zu begleiten. Vielleicht wollte er die Gelegenheit nutzen, unter vier Augen mit ihm zu sprechen, mutmaßte Elli, denn beim Aufladen der Rüben wäre Georg bestimmt eine größere Hilfe.

»Und wenn ihr in eine Patrouille der Engländer geratet?«, fragte Willa besorgt. »Was dann?«

Anton zuckte mit den Schultern. »Wieso? Ich werde doch wohl noch von meiner Schwester ein paar wurmstichige Rüben abholen dürfen. Wer sollte denn was dagegen haben?« Damit kletterte er neben Martin auf den Kutschbock, schnalzte mit der Zunge, und die beiden Pferde setzten sich langsam in Bewegung.

»Verrückter Kerl!«, presste Willa zwischen zusammengebissenen Zähnen hervor, während sie dem Wagen nachsah. Dann drehte sie sich um und ging zurück in die Dreschdiele.

»Worauf wartest du denn noch? Bist du da draußen festgewachsen?«, hörte Elli die scharfe Stimme ihrer Mutter und beeilte sich, ihr zu folgen.

Aus dem Pferdestall holte sie zwei der großen Erntekörbe und trug sie in den Blumengarten, wo Willa inzwischen damit begonnen hatte, die letzten Kartoffeln auszugraben. Sie hatten den ersten Korb fast zur Hälfte gefüllt, als Georg um die Hausecke kam und fragte, ob er helfen könne.

Willa richtete sich auf. »Ist im Stall nichts zu tun?«

»Nein, alles fertig. Und Hinnerk ist bei Gerdes, weil da gleich der Viehhändler kommt, um die Jungbullen abzuholen.«

Einen Moment lang musterte Willa Georg mit gerunzelter Stirn, dann nickte sie. »Hol dir eine Forke, dann kannst du uns helfen.«

Zu dritt ging die Arbeit schnell von der Hand, und eine knappe Stunde später waren sie beinahe fertig. Elli beugte sich hinunter und zog sachte eine Kartoffelpflanze aus dem Boden, den Georg bereits mit der Forke gelockert hatte. Sie schüttelte die Erde von den Kartoffeln, pflückte sie vorsichtig von den Wurzeln und legte sie in den Drahtkorb.

Georg bückte sich zu ihr herunter und sammelte die abgefallenen Knollen vom Boden auf. Sein Gesicht näherte sich ihrem, und er flüsterte: »Du bist …«.

Statt auf die gewohnte Art zu antworten, warf Elli ihm einen warnenden Blick zu, ehe sie zu ihrer Mutter hinübersah, die ihnen den Rücken zugewandt hatte.

Georgs Lächeln vertiefte sich. »Du bist«, wiederholte er tonlos, »wunderbar!« Plötzlich hob er den Kopf und richtete sich auf.

»Was ist denn?«, fragte Elli erstaunt.

»Hört ihr das nicht? Da ruft doch jemand!«

Elli lauschte. Georg hatte recht, vom Hof her waren Männerstimmen zu hören. Es klang, als würde jemand »Hallo« rufen.

»Vielleicht Hamsterfahrer«, sagte sie.

»Ist eigentlich noch zu früh dafür«, wandte Willa ein. »Die kommen normal erst mit dem Zug am Nachmittag.«

»Ich geh nachsehen«, meinte Georg.

»Ich komme mit dir«, sagte Elli sofort.

»Nein, bleib besser hier! Ich mach das schon.« Entschlossen umfasste Georg den Stiel der Forke und ging an der Kälberweide vorbei auf die Seitentür zur Dreschdiele zu.

Elli sah ihm nach, bis sich die Tür hinter ihm geschlossen hatte. Sie kämpfte gegen den Wunsch an, ihm nachzulaufen. Wäre ihre Mutter nicht dabei gewesen, sie hätte sich nicht abwimmeln lassen. Aber so?

Elli seufzte, bückte sich, klaubte ein paar kleine Kartoffeln auf und warf sie in den Korb. Wieder sah sie zur Dreschdielentür hinüber. Das Bild des Soldaten, der sie im Pferdestall angegriffen hatte, stand ihr vor Augen. Beinahe hatte sie das Gefühl, seinen Atem auf ihrer Haut zu fühlen und sein heiseres Flüstern zu hören: *Dann werde ich dir wohl selbst anständige Manieren beibringen müssen.* Sie schüttelte sich vor Ekel.

Entschlossen wischte sie ihre schmutzigen Hände an der Arbeitsschürze ab. »Ich geh kurz nachgucken, wer da ist«, rief sie ihrer Mutter über die Schulter zu und lief los, ohne Willas Antwort abzuwarten.

295

In der Dreschdiele war es, verglichen mit dem strahlenden Herbstmorgen draußen, stockfinster. Ellis Augen brauchten einen Moment, um sich daran zu gewöhnen. Das Dielentor stand ein Stück offen, und Elli konnte Georg auf dem Hof erkennen, der sich offenbar mit jemandem stritt, den sie nicht sehen konnte. Sie ging zum Tor und zog es ein Stück weiter auf.

Vor Georg, der noch immer die Forke in der Hand hielt, standen zwei junge Männer, die ihr den Rücken zuwandten. Der kleinere der beiden trug eine Lederjacke, die ihm nicht richtig passte, der größere war mit einem verschlissenen grauen Uniformmantel bekleidet.

»Nein«, sagte Georg entschieden. »Der Bauer hat gesagt, ich soll niemanden auf den Hof lassen. Ganz egal, was er behauptet, wer er ist.«

Der Große lachte. »Aber das gilt ganz sicher nicht für mich.«

»Ach, ja? Und warum nicht?«

»Weil ich hier wohne, du Döskopp!« Er stemmte die Hände in die Hüften und baute sich direkt vor Georg auf, der einen halben Kopf kleiner war als er. »Und was bist du für ein Vogel? Dich hab ich hier in der Gegend jedenfalls noch nie gesehen.«

Elli riss das Dielentor auf und trat auf den Hof. Der schlaksige junge Mann im grauen Mantel schien das Quietschen des Tors gehört zu haben und drehte sich zu ihr um. Ein strahlendes Lächeln flog über sein schmales Gesicht und brachte seine hellgrauen Augen hinter der Nickelbrille zum Leuchten.

»Hallo, Elli!«, sagte er und kam langsam auf sie zu. »Na, erkennst du mich wenigstens wieder?« Er breitete die Arme aus.

Ellis Magen begann zu flattern, ihre Knie wurden weich, und sie schlug ihre Hände vor den Mund, um das Schluchzen zu unterdrücken. Das Gesicht vor ihr verschwamm.

»Aber das ist doch kein Grund zu heulen«, hörte sie ihn sagen. »Du hast mir fest versprochen, nicht zu weinen!«

Sie spürte, wie sich seine Arme um sie legten, fühlte den Stoff seiner Uniform an ihrer Wange und klammerte sich einen Moment an seinen Schultern fest.

Dann machte sie sich von ihm los und drehte sich zu Georg um, der sie verständnislos ansah. »Georg, das ist mein Bruder Hannes!«

19

Januar 1949

Alles verschwamm, floss ineinander: die Wehen und die Pausen dazwischen, Wachen, Wegdämmern, Träumen, wieder Hochschrecken, mit wirren Bildern vor Augen und flüsternden Stimmen im Ohr.

Seit Elli im Dunkeln auf der Suche nach einem Handtuch den Wecker vom Nachttisch gestoßen hatte, hatte die Zeit jedes Maß verloren. Es gab nichts mehr, was sie unterteilte, außer dem Auf und Ab des reißenden Schmerzes, der sich durch ihren Körper fraß.

Ellis Mund brannte, weil sie sich immer wieder übergab und inzwischen nur noch bittere Galle hochwürgte. Während einer Wehe hatte sie sich die Wange aufgebissen, ohne es zu bemerken, und noch immer sickerte Blut aus der Wunde. Was hätte sie darum gegeben, einen Schluck Wasser trinken zu können! Aber der Waschkrug stand unerreichbar weit weg auf der Frisierkommode. Nur einmal den Mund ausspülen, nur diesen Geschmack nach Galle und Blut loswerden!

Trotz der dicken Federdecke, unter der sie lag, fror Elli. So fest sie auch die Arme um ihre Schultern schlang, es half nichts. Die Leere verschwand nicht, egal, wie dicht sie die Arme an ihren Körper presste, und die Kälte schien von innen zu kommen.

Ein Mal noch umarmt und ganz fest gehalten zu werden, sich anzulehnen und fallen zu lassen, die Stirn müde auf eine Schulter zu legen, eine tröstende Stimme zu hören – Ellis ganze Brust zog sich vor Sehnsucht danach zusammen.

Wie konnte sie etwas so sehr vermissen, das sie doch kaum

gekannt hatte, bis Georg gekommen war? Umarmungen, Küsse, Nähe, das alles gab es in ihrer Familie nicht mehr, sobald man dem Kleinkindalter entwachsen war. Vielleicht war darum jede Umarmung für sie etwas so Einzigartiges? Vielleicht war diese Leere, die sie jetzt umgab, umso schwerer zu ertragen, weil sie Nähe und Geborgenheit erfahren hatte?

Immer wieder dachte sie an Georg. An den Tag, als der Krieg vorbei war und die Schwalben kamen, oder daran, wie er in Köln am Bahnsteig auf sie gewartet, sie hochgehoben und herumgewirbelt hatte.

Elli dachte an Hannes, den sie längst für tot gehalten hatte, und wie er auf einmal lächelnd mit seinem Freund Sigi mitten auf dem Hof gestanden hatte.

An ihren Vater dachte sie, der sie dieses eine Mal, zum ersten Mal seit ihrer Kindheit, in seinen Armen gehalten hatte, an jenem Tag im Sommer, als der furchtbare Brief aus Köln gekommen war.

Und an Martin musste sie denken, der sich mit ihr in Brake getroffen hatte, um ihr die Fotos zu geben. Ihr war plötzlich schwarz vor Augen geworden, und er hatte sie in den Arm genommen und ihr angeboten, mit ihren Eltern zu reden. Weil er längst wusste, was sie sich nicht eingestehen konnte.

Elli presste die Arme noch fester an sich und krümmte sich zusammen.

Mehr Menschen waren es nicht, die sie im Arm gehalten hatten. Das waren alle. Aber noch während sie das dachte, wusste sie, dass sie sich belog.

Strahlend blaue Augen erschienen vor ihr, eine raue Hand griff nach ihrer und hielt sie fest. Eine dunkle Stimme sagte weich, sie habe Besseres verdient, als so behandelt zu werden. Und kräftige Arme umschlangen sie und hielten sie ganz fest.

Nein, es gab noch einen weiteren.

20

Hannes.

Das da vor ihr, nur eine Armlänge entfernt, war tatsächlich ihr Bruder Hannes. Elli hatte das Gefühl, sich kneifen zu müssen. Wie oft hatte sie sich ausgemalt, wie es wohl wäre, wenn er endlich wieder nach Hause käme. Doch je länger er fort war, desto seltener hatte sie sich diese Fantastereien erlaubt. Irgendwann hatte sie sich dabei ertappt, dass sie sich mit dem Gedanken abzufinden begann, Hannes würde nicht zurückkommen. Und jetzt – wie aus heiterem Himmel – stand er direkt vor ihr in der hellen Herbstsonne, so selbstverständlich lächelnd, als sei er nur bei den Nachbarn oder in Ovelgönne gewesen.

Es war nicht zu fassen.

Gut sah er aus, ihr Bruder, nicht so ausgemergelt wie die meisten Heimkehrer. Seine Kleidung war abgetragen, aber sauber, die Schuhe alt, aber blitzblank geputzt. Sein schmales Gesicht mit den hohen Wangenknochen war leicht gebräunt, sodass seine Augen hinter den Gläsern der Nickelbrille umso heller strahlten. Da seine helle Haut leicht verbrannte, vermied er es normalerweise, sich allzu lang in der Sonne aufzuhalten. Doch in den letzten Monaten musste er oft und lange draußen gewesen sein. Selbst sein dichtes braunes Haar, das wie immer in akkuraten Wellen lag, war heller als sonst und schimmerte am Scheitel beinahe golden. Über den Ohren war es sorgfältig kurz geschnitten und im Nacken rasiert. *Wie bei Papa*, dachte Elli. *Es fehlt eigentlich nur der Bart.*

»Hier hat sich ja überhaupt nichts verändert!« Hannes trat einen Schritt zurück, sah sich um und schüttelte den Kopf. »Aber wirklich rein gar nichts!«

Den Kopf in den Nacken gelegt, schaute er zum Giebel des Gulfhauses hinauf, wo eine graue Zementplatte in die roten Klinkersteine eingelassen war, auf der *Erbaut 1876 von Bernhard Bruns – Gott schütze dieses Haus* zu lesen war. Hannes' Stirn legte sich in Falten, er schob mit einer schnellen Bewegung seine Nickelbrille hoch und fuhr sich mit der Hand durch die Haare. »Nur dass alles irgendwie ein bisschen kleiner aussieht als früher.«

Langsam drehte er sich einmal um sich selbst, sah vom Giebel zum Misthaufen, dann die Auffahrt hinunter und von dort zu den Kastanien hinter dem Wagenschuppen. Schließlich ruhte sein Blick wieder auf Elli, und ein Lächeln breitete sich auf seinem schmalen Gesicht aus. »Nur unsere Elli ist größer geworden, seit ich zuletzt hier war. Trägst du inzwischen Schuhe mit Absatz?«

»So ein Blödsinn, wo sollte ich die wohl herhaben? Du hast vielleicht Ideen!« Unter Tränen musste Elli lachen.

Das war schon immer so gewesen, schon damals, als sie noch klein waren. Egal in welcher Situation, Hannes hatte es immer geschafft, sie zum Lachen zu bringen. Und wenn sonst nichts half, dann hatte er sie durchgekitzelt, bis sie um Gnade bettelte.

Hannes' Lächeln wurde noch breiter, und seine Augen leuchteten. »Nein, ohne Witz, du bist größer und viel hübscher geworden, seit ich dich zuletzt gesehen habe. Eine richtige junge Dame!«

»Nun hör aber auf!«, rief Elli. Sie zog ihr Taschentuch aus der Schürzentasche, wischte sich hastig über die Augen und putzte sich die Nase. »Erzähl lieber mal: Wann bist du denn freigekommen? Als wir so gar nichts von dir gehört haben, dachten wir schon, du wärst …«

»Tot?« Hannes verzog das Gesicht. »Nein! Es ist zwar ein paar Mal haarscharf gewesen, aber dank Sigi hier sind wir immer davongekommen.« Er deutete auf seinen Begleiter.

Der junge Mann in der Lederjacke, der bislang kein Wort gesagt und sich verstohlen umgeschaut hatte, trat einen Schritt vor und streckte Elli seine Rechte entgegen. Er war klein und mager, bestimmt einen halben Kopf kleiner als sie. Von Weitem hätte man ihn für einen Jungen von fünfzehn oder sechzehn Jahren halten können, aber aus der Nähe war zu sehen, dass er deutlich älter war. Etwas Abschätziges lag in seinen grünen Augen, die in merkwürdigem Kontrast zu seinen rotblonden Augenbrauen und Wimpern standen. Er fixierte Elli kurz und durchdringend, ehe sein Blick unruhig weiterhuschte. Sommersprossen überzogen Wangen und Nase so dicht, dass sie an einigen Stellen zu einer einzigen Fläche verschmolzen.

Als der junge Mann zu lächeln begann, bildeten sich in seinen Wangen tiefe Grübchen. »Ich bin Sigi. Eigentlich Siegmund Lüders, aber jeder nennt mich nur Sigi. Freut mich, freut mich sehr!«, sagte er. »Du hast nicht übertrieben, Hannes, deine Schwester ist wirklich bildhübsch!«, rief er über die Schulter.

Elli ergriff seine Hand, die sich fest um ihre schloss. Sie nickte ihm zu und lächelte halbherzig. Irgendetwas an diesem jungen Mann behagte ihr nicht, aber sie konnte nicht sagen, was es war. Vielleicht war sein Lächeln ein wenig zu freundlich oder der Blick, der ihren suchte, ein bisschen zu scharf.

»Hannes hat viel von dir erzählt. Elli hier und Elli da, dauernd ging das so«, sagte Sigi. »Und er hat wirklich nicht zu viel versprochen. Du bist ja eine ganz Süße!«

Aus den Augenwinkeln sah Elli, dass Georg eine Bewegung machte, aber er blieb stehen, wo er war.

»Na, hör schon auf, du Weiberheld!« Hannes lachte. »Du übertreibst mal wieder maßlos mit dem Gesülze. Glaub ihm bloß kein Wort, Elli! Der lügt, wenn er den Mund aufmacht.«

Sigi lachte, und dieses Lachen klang echt. Er ließ Ellis Hand los und grinste.

»Lass bloß die Finger von meiner kleinen Schwester, da verstehe ich keinen Spaß!«, fügte Hannes hinzu und boxte ihm scherzhaft mit der Faust gegen den Oberarm.

Georg hustete und gab ein Räuspern von sich.

Elli ging zu ihm, griff nach seinem Arm und zog ihn zu den anderen. »Und das hier ist Georg«, stellte sie ihn vor und erklärte in wenigen Sätzen, wie er auf den Hof gekommen war.

Sichtlich reserviert gab Georg Hannes und Sigi die Hand und nickte ihnen zu. Einen Moment lang herrschte betretenes Schweigen.

»Na komm, erzähl schon! Wann seid ihr denn aus der Gefangenschaft entlassen worden?«, wiederholte Elli schließlich.

Hannes schüttelte den Kopf. »Wir waren gar nicht in Gefangenschaft«, erklärte er. »Wir haben unglaubliches Glück gehabt. Beinahe hätten die Russen uns erwischt, kurz vor Berlin. Da war der Krieg schon so gut wie vorbei.«

Als Hannes innehielt, fuhr Sigi fort zu erzählen. »Auf den allerletzten Drücker sind wir noch in den Osten verlegt worden. Berlin befreien, hieß es. Aber bis dorthin sind wir gar nicht mehr gekommen. Die letzten Tage vor Kriegsende haben wir in Brandenburg verbracht, in der Scheune von einem verlassenen Bauernhof, irgendwo, wo sich Fuchs und Hase Gute Nacht sagen. Und dann …«

»Das ist eine lange Geschichte«, unterbrach ihn Hannes. »Das können wir ein anderes Mal erzählen.« Elli entging nicht, dass ihr Bruder seinem Freund einen kurzen Blick zuwarf. »Jedenfalls sind wir von Brandenburg aus in Richtung Hamburg gelaufen. Immer durch die Wälder und querfeldein. Haben uns bei jedem Geräusch versteckt, stundenlang manchmal. Wenn wir Hunger hatten, haben wir bei den Bauern gebettelt oder geklaut. Es hat ewig gedauert, bis wir in Hamburg angekommen sind. Sigis Eltern haben da vor dem Krieg gewohnt, später nur noch die Mutter. Nur, von der war keine Spur zu finden. Da sind wir weiter nach Oldenburg, wo Sigis Oma wohnt. Von Hamburg bis

Oldenburg, immer auf den Nebenstraßen, das hat auch wieder eine ganze Weile gedauert. Es war schon fast Juli, als wir bei Sigis Oma vor der Tür standen. Die hat vielleicht geguckt, als sie uns gesehen hat, abgerissen wie die Landstreicher …«

»Juli!«, hörte Elli eine scharfe Stimme hinter sich rufen. Sie fuhr herum.

Im Tor zur Dreschdiele stand ihre Mutter. Sie rührte sich nicht, hatte die Arme fest an den Körper gepresst. Elli konnte sehen, dass ihre Hände zitterten, bis sie sie so fest zu Fäusten ballte, dass die Knöchel weiß hervortraten. Ihre Augen funkelten.

»Es war schon fast Juli?«, stieß Willa heiser hervor.

»Mutter«, hörte Elli Hannes neben sich murmeln.

Willas Raubvogelaugen wurden zu schmalen Schlitzen. »Es war schon fast Juli, als ihr in Oldenburg ankamt?« Ihre Stimme wurde schrill vor Wut. »Jetzt haben wir Oktober!«

»Aber …«

»Oktober!«, schrie Willa. »Drei Monate! Drei ganze Monate bist du in Oldenburg, nur einen Katzensprung von hier entfernt! Und du hast es nicht nötig, nach Hause zu kommen? Oder wenigstens eine Nachricht zu schicken, wo du bist und dass es dir gut geht? Hast du überhaupt eine Vorstellung davon, was wir durchgemacht haben? Hast du auch nur ein einziges Mal an uns gedacht? Was wir uns für Sorgen um dich machen! Dein Vater hat geglaubt …« Sie stockte kurz, schluckte hart. »Hast du denn überhaupt kein Herz?«

Willas Gesicht war zu einer verzerrten Maske geworden, aber nachdem sie ein paar Mal tief Luft geholt hatte, hatte sie sich wieder im Griff. Sie presste die Lippen zusammen, ging mit hocherhobenem Kopf auf Hannes zu und blieb direkt vor ihm stehen. Einen Moment sah sie ihrem Sohn bebend vor Zorn in die Augen, dann gab sie ihm eine schallende Ohrfeige. Anschließend machte sie auf dem Absatz kehrt und ging mit energischen Schritten durch das Dielentor zurück ins Haus.

Hannes stand da wie versteinert. Er hatte keine Abwehrbewegung gemacht, sich nicht einmal geduckt. Er hatte sich einfach ohrfeigen lassen, so wie früher als kleiner Junge. Erst jetzt, als seine Mutter durch die Tür verschwunden war, hob er langsam die rechte Hand und betastete mit verwundertem Gesichtsausdruck seine Wange, so als könne er nicht fassen, was gerade geschehen war.

»Verrückt«, murmelte er und wieder: »Verrückt! Wie konnte ich nur denken ...« Er drehte sich zu Sigi um. »Besser, wir verschwinden wieder von hier.«

»Was? Nein!«, rief Elli erschrocken.

Sigi schüttelte energisch den Kopf. »Nichts da!«, sagte er bestimmt. »Geh ihr nach! Du musst zusehen, dass du das wieder in Ordnung bringst, oder wir können die ganze Sache vergessen.«

Einen Augenblick lang starrte Hannes mit leeren Augen auf das Tor.

»Ja, du hast recht«, sagte er schließlich. Er bückte sich und griff nach dem kleinen Koffer, der neben ihm auf dem Boden stand. »Dann versuch ich mal, mich zu entschuldigen«, seufzte er. »Oh, ich hasse es, zu Kreuze zu kriechen!«

»Ich weiß«, meinte Sigi. »Aber du schaffst das schon!« Er klopfte ihm auf die Schulter und schob ihn auf das Haus zu. »Nur zu!«

Als Hannes in der Dreschdiele verschwunden war, rieb sich Sigi zufrieden die Hände. »So, das hätten wir«, sagte er. »Was meint ihr? Ob es hier wohl eine Tasse Tee und was Ordentliches zu essen für einen dürren Kerl wie mich gibt? Wir sind in aller Herrgottsfrühe in Oldenburg aufgebrochen. Ich sterbe vor Hunger.«

Als er Ellis und Georgs verblüffte Gesichter sah, lachte er, vergrub die Hände tief in den Hosentaschen und verschwand pfeifend in der Diele.

Erst am Nachmittag beim Melken auf der Weide fand Elli eine Gelegenheit, allein mit Georg zu sprechen. Hinnerk war bereits mit dem Karren mit den gefüllten Milchkannen auf dem Weg zurück zum Hof, um den Wagen von der Molkerei nicht zu verpassen, der immer gegen sechs Uhr die Milch abholte. Elli konnte sich nicht daran erinnern, dass sie je so spät mit dem Melken fertig geworden waren wie heute. Sie saß auf dem dreibeinigen Schemel neben der kleinen Schwarzen, der letzten Kuh, die noch gemolken werden musste.

»Ein verrückter Tag, was?«, fragte sie und sah zu ihrem Freund auf.

Georg nickte und kraulte der jungen Kuh den Rücken, während er darauf wartete, dass Elli ihm den gefüllten Eimer reichte. Die letzte Kanne Milch würden sie zu Fuß nach Hause tragen müssen.

»Du bist so still die ganze Zeit«, sagte Elli. »Hast du irgendwas?«

»Nein«, antwortete Georg. »Was sollte ich haben? Es war nur …«, er zögerte und wich ihrem Blick aus, »… wirklich ein verrückter Tag.«

Elli ließ die Antwort auf sich beruhen und lehnte für einen Augenblick die Stirn gegen den warmen Leib der Kuh. Während ihre Finger sich wie mechanisch bewegten und sie dem Rauschen der Milch lauschte, sah sie noch einmal vor sich, wie ihre Großmutter sich mühsam von ihrem Stuhl erhoben hatte, als auf einmal Hannes in der Küchentür stand. Wie die Blechschüssel mit den Kartoffelschalen von ihrem Schoß geglitten und scheppernd auf die Fliesen gefallen war. Wie sie die Arme um ihren Enkel gelegt hatte und »Min Jung, oh, min Jung!« gesagt und dabei geweint hatte.

Marie, die neben der Großmutter saß, hatte auch geweint, obwohl sie Hannes ja noch nie zuvor gesehen hatte. Alle Frauen in der Küche waren zu Tränen gerührt. Nur Mutter hatte völlig ungerührt dagestanden, die Arme verschränkt, ehe sie mit schmalen Lippen und der steilen Falte zwischen den Augenbrauen nach dem Besen gegriffen und die auf dem Boden verstreuten Kartoffelschalen aufgekehrt hatte.

Elli hatte Tee gekocht und Stuten auf den Tisch gestellt, damit die Jungs etwas zu essen hatten. Irgendwann war es Zeit für den Eintopf zum Mittagessen gewesen, und danach hatte sie noch einmal Tee gekocht. Die ganze Zeit über hatte Hannes auf seinem Stuhl gesessen und einsilbig auf die Fragen geantwortet, die ihm gestellt wurden, während sein Freund Sigi neben ihm bereitwillig erzählte und erzählte.

Von Zeit zu Zeit hatte der Blick ihres Bruders verstohlen den der Mutter gesucht, aber Willa hatte ihn nicht ein einziges Mal angesehen, kein Wort mit ihm gesprochen. Was auch immer er zu seiner Entschuldigung angeführt haben mochte, es hatte seine Wirkung offenbar verfehlt.

Elli strich sorgfältig das Euter der jungen Kuh aus, ehe sie den halb vollen Eimer an Georg weitergab. »Weißt du, ich glaube, das war das erste Mal, dass ich Mutter wirklich verstehen konnte. Ich hätte ihm am liebsten auch eine Backpfeife gegeben!«

Den Blick, mit dem Georg sie ansah, vermochte sie nicht zu deuten. Er sagte nichts.

»Ist doch wahr! Wie kann er denn drei Monate in Oldenburg sitzen, nicht mal eine Stunde Bahnfahrt entfernt, und sich nicht zu Hause melden?«

»Vielleicht hatte er ja einen Grund, nicht nach Hause zu kommen? Vielleicht hat er sich wegen irgendetwas geschämt?«

»Quatsch! Es gibt doch nichts, was so schlimm wäre, dass man nicht mehr nach Hause kommen könnte. Wir sind doch keine kleinen Kinder mehr, die sich vor Angst auf dem Heuboden verstecken, wenn sie etwas ausgefressen ...« Als Elli Georgs entsetzten Blick sah, brach sie ab. Sie hatte mit einem Mal wieder deutlich vor Augen, wie sie ihn selbst vor einem Jahr auf dem

Heuboden gefunden hatte. »Entschuldige, so habe ich das nicht gemeint!«, sagte sie hastig.

Sie stand auf, tätschelte der kleinen Schwarzen noch einmal die Flanke, dann löste sie den Strick, mit dem sie angebunden war, und gab ihr einen liebevollen Klaps. Die junge Kuh trottete ein paar Schritte davon, ehe sie zu grasen begann.

»So, das war die Letzte. Wir sind fertig«, sagte Elli.

Georg hatte den Eimer zu dem kleinen Holzverschlag getragen, in dem die Milchkannen untergebracht waren. Als Elli zu ihm kam, sah er tief in Gedanken dabei zu, wie die weiße Flüssigkeit langsam durch den Filter in eine der Kannen sickerte.

Elli legte ihm von hinten die Hand auf die Schulter und schmiegte sich an seinen Rücken. »Was ist denn heute bloß los mit dir?«, fragte sie leise. »Du hast doch irgendwas.«

Georg griff nach ihrer Hand. »Ich muss nur dauernd daran denken, dass sich hier alles ändern wird, jetzt, wo dein Bruder wieder da ist.«

»Hannes ... Sein Name ist Hannes.«

»Jetzt, wo Hannes wieder da ist.« Georg seufzte leise.

Elli drehte ihn an der Schulter zu sich herum. »Aber was soll sich denn groß ändern?«, fragte sie. »Das Haus ist sowieso schon so voll, da kommt es auf einen mehr oder weniger doch wirklich nicht an.«

»Verstehst du nicht? Aus seiner Sicht hab ich mich hier ganz schön breitgemacht. *Sein* Stuhl in der Küche, *sein* Platz auf dem Sofa, sogar ein Bett in *seinem* Zimmer und *seine* Kleidung.« Er hob den Blick und sah ihr in die Augen. »Und *seine* Schwester.«

Georg lächelte, und sein Blick war so voller Wärme, dass Elli das Herz wehtat. Sie legte die Arme um seinen Hals und küsste ihn.

Wie weich sein Mund ist, dachte sie, öffnete die Lippen und fühlte, wie seine Hände über ihren Rücken fuhren. Ihr Kopf begann zu schwirren, ihre Kehle wurde eng, Hitzewellen schossen durch ihren ganzen Körper, und von einem Punkt unterhalb ihres Bauchnabels ging ein Ziehen aus, das bis zur Brust hinaufreichte. Ohne dass sie es wollte, drängte sie sich dichter und immer dichter an Georg, klammerte sich an ihn und küsste ihn immer leidenschaftlicher.

Ihre Hände strichen über seinen Rücken und die Schultern, fuhren durch sein Haar, und noch immer hatte sie das Gefühl, ihm nicht nahe genug kommen zu können. Ihr Hals war wie zugeschnürt, und sie hörte sich selber keuchend Atem holen.

Langsam und widerstrebend löste sie sich von ihm. In seinem Gesicht, das nur Zentimeter von ihrem entfernt war, spiegelten sich Leidenschaft, Trauer, Angst, Zorn und Liebe.

»Ich hab noch nie jemanden getroffen, bei dem man alle Gefühle im Gesicht lesen kann wie in einem Buch!«, flüsterte Elli.

Die kleinen Falten neben Georgs dunklen Augen vertieften sich. »Nur du kannst das. Nur du, Elli, mein Lieb!«

Er umarmte sie erneut, zog sie dicht zu sich heran und flüsterte ihr ins Ohr: »Oh Elli, ich liebe dich so sehr, ich könnte es nicht ertragen wegzumüssen!«

Sie drückte ihn so fest an sich, als wolle sie verhindern, dass irgendetwas sich zwischen sie drängte und sie auseinanderriss. »Wenn du wirklich gehen musst, bleibe ich auch nicht hier«, sagte sie trotzig. »Dann werde ich weglaufen, hinter dir her, egal wohin, egal wie weit!«

Elli schob ihn ein kleines Stück von sich weg und suchte seinen Blick. »Hörst du? Das meine ich ernst.«

Georg nickte. Sein Lächeln war traurig. »Ja, ich weiß«, sagte er. Er nahm ihr Gesicht in seine Hände und küsste sie. »Ich weiß.«

Als sie am Brunshof ankamen, stand der mit Steckrüben beladene Leiterwagen auf dem Hof, und Ellis Vater und Hinnerk spannten gerade die Pferde aus.

»Hallo! Kommt ihr auch endlich?«, rief Anton Georg und Elli

entgegen, die die volle Milchkanne zwischen sich trugen. »Was habt ihr denn so lange gemacht? Es ist ja schon fast dunkel. Ich hatte eigentlich gedacht, wir können die Rüben noch abladen, aber …« Er musterte Ellis Gesicht. »Alles in Ordnung?«, fragte er. »Hast du geweint?« Er reichte die Zügel der Stute an Hinnerk weiter, der mit den beiden Pferden in Richtung Stall verschwand.

Elli schüttelte den Kopf. »Nein, ich hab wohl vorhin was ins Auge bekommen«, log sie. »Seitdem brennt und tränt es, aber es wird schon wieder besser.«

Anton nickte, offenbar zufrieden mit ihrer Antwort. »Na ja, jedenfalls ist es jetzt zu spät zum Abladen«, sagte er. »Egal. Die Rüben laufen uns nicht weg. Wir schieben den Wagen einfach in die Dreschdiele und machen das morgen früh. Heute wird gefeiert, das hab ich schon zu deiner Mutter gesagt. Muss der Jung nun ausgerechnet an dem einen Tag nach Hause kommen, an dem ich zu Tante Traudel fahre, um die Rüben abzuholen? Ich hab vielleicht geguckt, als er plötzlich auf dem Hof stand!« Anton schüttelte lachend den Kopf. »Ich dachte, ich fall gleich vom Kutschbock. Muss wohl richtig blass geworden sein. Martin hat meinen Arm gepackt.«

Elli sah, dass ihr Vater ein paar Mal schluckte. Er griff in seine Tasche, zog den Tabaksbeutel heraus und wollte ihn gerade öffnen, als er plötzlich innehielt und ihn zurücksteckte. »Ist ja leer«, murmelte er. »Schiet!«

Dann räusperte er sich. »Aber das ist mal wieder richtig typisch Hannes. So ein Döskopp! Da sitzt der junge Herr gesund und munter drei Monate lang in Oldenburg und verschwendet keinen Gedanken daran, dass sich hier vielleicht jemand Sorgen um ihn machen könnte. Deine Mutter ist immer noch so fünsch, die ist mit der Feuerzange nicht anzufassen. Aber sie wird sich schon wieder beruhigen. Jedenfalls hab ich ihr gesagt, dass es heute Abend was Gutes zu essen und zu trinken geben soll. Immerhin ist der Jung heil wieder da.«

Der Bauer deutete auf die Milchkanne, die Elli und Georg noch immer am Henkel hielten. »So, und nun bringt mal fix die Milch rein, und dann sagt Hinnerk und Martin Bescheid, dass wir den Wagen in die Diele schieben wollen.«

Ellis Mutter war zwar immer noch wütend auf Hannes – oder *fünsch*, wie Anton es nannte –, aber sie hatte sich, was das Fest-essen anging, alle Mühe gegeben. Sie hatte sogar ein Stück Pö-kelfleisch gekocht und einen großen Topf Rinderbrühe gemacht. Danach gab es Schmorkartoffeln mit Speck, dazu Spiegeleier und Bohnensalat. Bernie war losgeschickt worden, um frisches Brot vom Bäcker zu holen, und hatte dafür alle Brotmarken für die nächste Woche in die Hand gedrückt bekommen. Und weil er noch ein bisschen Mehl ergattert hatte, konnte Willa zum Nachtisch Duftklütje machen, mit den ersten Kochbirnen des Jahres. Als sie Hannes zum zweiten Mal von dem süßen Ku-chenteig, der auf dem Birnenkompott gargezogen war, auf den Teller tat, glaubte Elli tatsächlich, so etwas wie ein schmales Lä-cheln in Willas Gesicht zu sehen.

»Ich hätte Beestklütje gemacht, ich weiß ja, dass du den lie-ber magst als Duftklütje«, sagte sie, und es klang beinahe wie eine Entschuldigung. »Sobald die erste Kuh gekalbt hat und wir Beestmilch haben, koch ich Beestklütje.«

Hannes sah erstaunt zu ihr hinüber. »Ist schon gut so, schmeckt wunderbar, Mutter«, sagte er und aß weiter, ohne noch einmal aufzusehen.

Als sie mit dem Essen fertig waren und die Frauen Teller und Schüsseln abgeräumt hatten, stand Hannes' Freund Sigi auf und holte seinen Rucksack vom Flur. »Wenn wir schon feiern, dann auch richtig«, sagte er breit grinsend, zog eine große Flasche mit Bügelverschluss hervor, die mit einer farblosen Flüssigkeit ge-füllt war, und stellte sie mitten auf den Tisch. »Mit einem schö-nen Gruß von meiner Oma!«

Anton zog die Stirn in Falten. »Was soll das sein?«

»Schnaps natürlich! Allerbester Kartoffelschnaps aus eigener Herstellung.« Sigi lachte. »Mein Opa, Gott hab ihn selig, hat bis zu seiner Pensionierung bei der Schnapsbrennerei in Etzhorn als Brennmeister gearbeitet. Und er hat sich gern mal etwas ›Arbeit‹ mit nach Hause genommen, wie er es nannte.« Er nahm die Flasche in die Hand und ließ den Bügelverschluss aufschnappen. »Es wird zwar langsam weniger, aber so ein paar Kisten voll hat meine Oma noch für schlechte Zeiten im Keller gebunkert. Kann mal jemand ein paar Gläser holen?«

Auf Antons Nicken hin lief Elli in die kleine Stube hinüber und holte an Schnapsgläsern, was sie tragen konnte. Als Sigi die Gläser gefüllt hatte und jeder in der Küche eines in der Hand hielt, hob Anton sein Glas an die Nase und schnupperte daran.

»Keine Sorge, der ist in Ordnung«, versicherte Sigi. »Deshalb hat Opa immer Kartoffeln verwendet. Wenn man beim Kornbrand nicht aufpasst, kriegt man leicht Methanol mit in den Schnaps, hat er immer gesagt. Davon kann man blind werden. Bei Kartoffelmaische passiert das nicht so leicht.« Er hob sein Glas. »Wer einen ausgibt, der muss auch Prost sagen. Also, auf Hannes, meinen Freund und besten Kameraden, ohne den ich nicht hier wäre! Oder sagen wir besser, ohne den ich gar nicht mehr am Leben wäre.«

Mit einer schnellen Bewegung stürzte Sigi den Inhalt seines Glases hinunter. Hannes tat es ihm nach, verzog das Gesicht und bleckte die Zähne, ehe er zu lächeln begann.

Während einer nach dem anderen den Schnaps trank, nippte Elli nur an ihrem Glas. Sie hatte Schnaps noch nie leiden können, allein der Geruch verursachte ihr Übelkeit. Aber aus Höflichkeit würgte sie einen kleinen Schluck der scharfen, brennenden Flüssigkeit die Kehle hinunter und hustete.

»Ein tolles Zeug, Opas Doppelkorn! Schmeckt als Kurzer, man kann aber auch prima Aufgesetzten oder Likör daraus machen. Und er ist außerdem bestens zum Tauschen geeignet.«

Noch einmal griff Sigi in seinen Rucksack und zog einen Beutel Zigarettentabak hervor, den er vor Anton auf den Tisch legte. »Gegen Schnaps kann man alles eintauschen. Hannes erzählte, dass Sie selber drehen.«

Elli sah das Leuchten in den Augen ihres Vaters und den dankbaren Blick, den er seinem Sohn zuwarf. Hannes, der auf dem Platz saß, den seit einem Jahr Georg eingenommen hatte, nickte nach kurzem Zögern, und ein gezwungenes Lächeln flog über sein Gesicht. Das mit dem Tabak war bestimmt nicht seine Idee gewesen. Elli wusste, wie sehr Hannes das ständige Gequalme ihres Vaters verabscheute. Antons gelbe Finger, sein Husten, besonders am Morgen, und der Schleim, den er immer auf den Mist spuckte, wie oft hatte Hannes ihr gesagt, wie sehr ihn das alles anekelte. Es passte irgendwie nicht zusammen, dass ausgerechnet er Tabak für Anton mitbrachte.

Das halb volle Schnapsglas noch in der Hand, winkte Elli ab, als Sigi ihr nachschenken wollte. Sie ließ ihren Blick langsam über die Anwesenden schweifen: die Flüchtlinge, Oma und Opa, Mutter und Vater, Bernie, der wieder wie früher neben seinem großen Bruder saß, Georg, der sein frisch gefülltes Glas zwischen den Fingern drehte. Dann traf ihr Blick auf Martin. Mit verschränkten Armen saß er kerzengerade da, das Schnapsglas hatte er nicht angerührt. Sein Gesicht schien ungerührt, ein freundliches kleines Lächeln umspielte seine Lippen, aber das war nur Fassade. Seine Augenbrauen waren zusammengezogen, und sein Blick schweifte unablässig zwischen Hannes und Sigi hin und her, ohne dass er den Kopf bewegte. Als er bemerkte, dass Elli ihn beobachtete, hob er die Augenbrauen, und sein Lächeln wurde für einen Moment breiter. Er nickte ihr zu, ehe er wieder Sigi und Hannes fixierte.

Als die Flasche Schnaps so gut wie leer war, löste Anton die inzwischen geschrumpfte Runde mit dem Hinweis auf, dass sie ja morgen noch die ganzen Rüben abladen müssten. Inzwischen

war es halb elf, Bernie schlief längst, und auch die Flüchtlingsfrauen und die Franke-Jungs waren schon vor Stunden ins Bett
gegangen.

Elli und Georg blieben allein in der Küche zurück, um noch
schnell aufzuräumen und die Gläser abzuspülen. Als sie fertig
waren, hängte Elli ihre Schürze an den Handtuchhalter, griff
nach Georgs Hand und zog ihn, einen Zeigefinger auf die Lippen gelegt, durch die Tür zum Vorflur hinaus.

»Was hast du vor?«, flüsterte er.

»Ich will dir Gute Nacht sagen«, gab sie ebenso leise zurück.

»Und oben im Flur könnte Hannes uns erwischen. Keine Sorge, ich sag es ihm schon, das mit uns«, versicherte sie schnell, als
sie Georgs Gesicht sah. »Nur vielleicht nicht gleich am ersten
Tag.«

Inzwischen waren sie auf der spärlich beleuchteten Dreschdiele angekommen. Elli hielt noch immer Georgs Hand. Mit der
anderen Hand öffnete sie die Tür zum Gemüsegarten ein Stück,
dann schlüpfte sie hinaus und zog Georg hinter sich her.

Für Mitte Oktober war es eine ziemlich milde Nacht. Ein paar
dünne Schleierwolken schimmerten silbern im Schein des Halb-
mondes, der im Begriff war, hinter dem Deich unterzugehen.
Der Wind war eingeschlafen, und die Silhouetten der Bäume
hoben sich tiefschwarz vom Himmel ab, an dem zwischen den
Wolken nur wenige Sterne funkelten.

»Vielleicht sehen wir ja eine Sternschnuppe und können uns
etwas wünschen«, sagte Elli leise und zog Georg zum Holzgatter
der kleinen Kälberweide. Sie hielt sich an seinen Schultern fest
und legte den Kopf in den Nacken.

»Elli, du bist …«, flüsterte Georg, zog sie an sich und küsste
sie auf die Wange.

»Wie soll ich denn so eine Sternschnuppe sehen?«, fragte sie
leise lachend.

»Ist sowieso zu diesig für Sternschnuppen.«

Sein Gesicht näherte sich ihrem, sie konnte sein Lächeln in der Dunkelheit erahnen. Aber bevor seine Lippen ihre berührten, hielt er inne, hob den Kopf und lauschte.

»Was ist denn?«, fragte Elli flüsternd.

»Psst!«, machte er. »Hörst du das nicht?«

Jetzt hörte auch Elli die Stimmen, die sich näherten. Da war jemand hinter der Hausecke beim Blumengarten. Hastig löste sie sich aus Georgs Umarmung. Es war zu spät, um ungesehen verschwinden zu können, also blieb sie regungslos stehen.

»Nein, das wird schon klappen«, hörte sie eine Männerstimme sagen. »Du musst nur ein wenig für Gutwetter sorgen.«

Die Antwort war so leise, dass Elli sie nicht verstand.

»Natürlich kannst du das! Gib dir einfach ein bisschen Mühe! Hast du deinen alten Herrn gesehen, als ich den Tabak auf den Tisch gelegt hab? Der ist doch schon weich wie Butter.«

»Mein Vater ist nicht unbedingt das Problem«, antwortete eine leise Stimme, die Elli als die ihres Bruders erkannte.

»Ja, das hast du schon gesagt. Aber wenn er erst mal einverstanden ist, dann …« An der Hausecke wurde für einen Moment das schwache Glimmen einer Zigarette sichtbar.

»Ich hasse den Gedanken hierzubleiben!«, hörte Elli Hannes sagen. »Am liebsten würde ich morgen wieder mit dir zurückfahren.«

»Ach Blödsinn, die werden dich schon nicht fressen, das ist immerhin deine Familie!« Schritte knirschten auf dem Kiesweg. Wieder leuchtete die Glut der Zigarette auf, diesmal ein bisschen näher. »Es ist nur wichtig, dass du es dir nicht mit den Leuten verscherzt. Mach dich ein bisschen beliebt, such Verbündete, und mach dir Freunde!«

Hannes antwortete nicht.

»Hör mal, Junge, alle werden was davon haben«, redete Sigi weiter auf ihn ein. »Und hier auf dem platten Land ist das Risiko wesentlich kleiner. Wenn ich wied…« Er stockte. »Wer ist denn da?«, rief er. Offenbar hatte er Elli und Georg bemerkt, die noch immer neben dem Gatter standen.

»Ich bin's, Elli!«, gab sie zurück. »Und Georg ist bei mir.«

»Was macht ihr denn noch hier draußen?«, fragte Hannes misstrauisch.

»Das könnte ich genauso gut dich …«, fing Elli an.

»Wir wollten schauen, ob es Sternschnuppen gibt«, fiel ihr Georg ins Wort.

»Ach so! Sternschnuppen!« Sigi lachte. Die Zigarette fiel auf den Kiesweg und verschwand unter seiner Schuhsohle. »Ich verstehe. Nennt man das jetzt so?«

Elli hatte schon eine heftige Antwort auf den Lippen, da fühlte sie, wie Georg nach ihrem Unterarm griff, und verstummte.

»Ist so was wie ein Steckenpferd von mir«, hörte sie Georg neben sich sagen. »Seit Jahren schon.« Seine Stimme klang freundlich und gelassen wie immer, aber der Griff um Ellis Arm lockerte sich nicht. »Und weil man hier so einen weiten Blick hat, kann man viel mehr sehen als in der Stadt. Elli kommt oft mit, wenn ich die Sterne beobachte.«

Sigi lachte wieder. »Ist ja schon gut, du brauchst dich doch nicht vor mir zu rechtfertigen!« Er kramte in seinen Taschen, zog etwas heraus und hielt es Georg hin. »Zigarette?«, fragte er.

»Nein, danke! Ich rauche nicht.«

»Na, bravo! Noch so ein Weichei! Ich dachte, Hannes sei der einzige Gesundheitsapostel.«

Georgs Hand verkrampfte sich für den Bruchteil einer Sekunde schmerzhaft um Ellis Arm, dann ließ er sie plötzlich ganz los.

»Ich hab es mal probiert, vor einiger Zeit. Es hat mir nicht geschmeckt, darum hab ich es gelassen.« Er klang noch immer ruhig und freundlich, aber ein bisschen herablassend.

Sigis Feuerzeug flackerte auf, als er die Zigarette anzündete, die er sich zwischen die Lippen gesteckt hatte. Im Feuerschein war Georgs dünnes Lächeln zu sehen.

»Aber warum macht mich das jetzt zu einem Weichei?«, fragte Georg.

»Wer wird denn gleich so empfindlich sein! War doch nur so ein Schnack.« Die Glut von Sigis Zigarette leuchtete hell auf, als er einen tiefen Zug nahm. »Ich wollte keinem auf die Füße treten. Immerhin werden wir uns in nächster Zeit wohl noch öfter zu Gesicht kriegen.«

»Ich dachte, du fährst morgen nach Oldenburg zurück.«

»Ja. Mit dem Zug am Mittag, aber ich kann doch den alten Hannes hier nicht auf dem Land versauern lassen. Sobald ich das Auto von meinem Opa wieder flottgemacht habe, komm ich zu Besuch. Oder wir fahren mal alle zusammen nach Oldenburg. Wir könnten ins Kino gehen oder vielleicht zum Tanztee.« Wieder lachte Sigi, aber es klang ein bisschen gezwungen. »Was meinst du, Hannes, das wär doch was? Dann führen wir deine kleine Schwester zum Tanzen aus!«

Hannes schnaubte durch die Nase. Er schien eher verärgert als amüsiert. »Du hast vielleicht Ideen! Elli und tanzen gehen. So weit kommt es noch. Die ist doch noch ein halbes Kind«, sagte er mürrisch. »Na los, lasst uns reingehen! Mir wird allmählich kalt, und ich bin müde.« Er ging mit langen Schritten an den anderen vorbei auf den Lichtspalt zu, der durch die angelehnte Dielentür fiel.

In den folgenden Tagen schien Hannes sich alle Mühe zu geben, sich wieder zu Hause einzufügen. Vormittags saß er neben Oma und Opa Bruns am Küchentisch, trank seinen Tee, während Oma und Marie Kartoffeln schälten, und gab, wenn auch einsilbig, Auskunft über seine Erlebnisse an der Front. Er half freiwillig und ohne Aufforderung im Stall und kam sogar ein paar Mal mit zum Melken auf die Weide.

317

Elli war so glücklich über Hannes' Rückkehr, dass ihr zuerst gar nicht auffiel, wie sehr er sich verändert hatte. Er war stiller als früher, noch in sich gekehrter. Nicht einmal seine heiß geliebten Bücher schienen ihn mehr zu interessieren. An manchen Tagen starrte er stundenlang aus dem Fenster auf die Bäume im Garten, deren Blätter sich inzwischen gelb färbten. An anderen Tagen schwang er sich schon frühmorgens auf sein Fahrrad und verschwand, um erst Stunden später wiederzukommen. Wohin er fuhr, sagte er nicht. Als Elli ihn irgendwann darauf ansprach, antwortete er ausweichend und meinte achselzuckend, er halte es in dieser engen Bude einfach nicht aus. Elli vermutete, dass er zu Sigi fuhr, dessen Oma in Etzhorn wohnte, einem kleinen Dorf kurz vor Oldenburg. Das war eine ganz schöne Strecke, für die er mit dem Rad bestimmt über zwei Stunden brauchte.

Dass ihr Bruder nicht einmal mit ihr darüber redete, was ihn bedrückte, tat Elli weh. Dieses Gefühl von Wir-zwei-gegen-den-Rest-der-Welt, das sie früher verbunden hatte, war nicht mehr da, und sie vermisste es schmerzlich.

»Gib ihm Zeit«, sagte Georg, dem sie ihr Herz ausschüttete. »Er ist lange von zu Hause weg gewesen und hat schlimme Dinge durchgemacht, über die er mit niemandem sprechen kann, der sie nicht ebenfalls erlebt hat. Und hier ist das Leben in der Zwischenzeit doch auch weitergegangen. Kein Wunder, wenn er sich fremd fühlt und eine Weile braucht, bis er sich hier wieder zurechtfindet.«

Elli lächelte und nickte, aber das Gefühl, etwas Wichtiges unwiederbringlich verloren zu haben, blieb.

Hannes schien Georg nicht besonders zu mögen. Während sich Georg alle Mühe gab, ihm freundlich und zuvorkommend zu begegnen, war Hannes oft schroff und abweisend zu ihm. Immer wieder ließ er kleine spitze Bemerkungen fallen, die Georg, wie Elli wusste, mehr trafen, als er nach außen hin zeigte. Auch dass Bernie einen solchen Narren an Georg gefressen hatte, ging

Hannes sichtlich gegen den Strich. Jedes Mal, wenn Georg dem Jungen Klavierunterricht gab, beschwerte sich Hannes über das »furchtbare Geklimper auf dem verstimmten alten Ding«. Dass Georg auch noch die Schlafkammer mit Hannes und Bernie teilte, in der es so eng war, dass man sich kaum umdrehen konnte, machte das Zusammenleben nicht gerade einfacher.

Über Georg und Elli wusste Hannes noch immer nicht Bescheid, denn Elli hatte sich bislang nicht getraut, ihm die Wahrheit zu sagen. Sie mochte sich gar nicht ausmalen, was ihr Bruder wohl dazu sagen würde, dass sie und Georg ein Paar waren.

An einem kühlen und trüben Sonntagmorgen Anfang November radelten Elli und Georg gemächlich Hand in Hand von der Kirche nach Hause. Sie waren noch ein gutes Stück von der Kurve entfernt, hinter der die Auffahrt zum Brunshof lag, als sich von hinten ein Auto näherte, sie überholte und dabei lang anhaltend hupte. Durch die Scheiben war zu sehen, dass der Fahrer ihnen zuwinkte. Dann beschleunigte das große dunkle Fahrzeug und verschwand um die Kurve.

»Was zur … Hab ich mich vielleicht erschreckt!«, rief Elli. »Hast du erkannt, wer das war?«

»Nein! Ich wüsste niemanden hier, der so ein Auto fährt«, erwiderte Georg.

Als sie kurz darauf von der Straße abbogen, sahen sie die dunkle Limousine vor dem Dielentor auf dem Hof stehen. Neben der Autotür stand Sigi, der offenbar gerade ausgestiegen war, und tippte sich an die Mütze.

»Hallo, ihr zwei!«, rief er ihnen lachend entgegen. »Dachte ich doch, dass ich euch erkannt hab.«

Elli und Georg hielten an und stiegen von den Rädern.

Sigi gab beiden die Hand und grinste. »Schönes Wetter habt ihr euch ja nicht gerade ausgesucht für eure Fahrradtour«, meinte er augenzwinkernd.

»Wir waren in der Kirche«, erwiderte Elli. »Georg spielt im Gottesdienst die Orgel.«

Halb hatte sie erwartet, Sigi würde sich vor Lachen ausschütten oder eine hämische Bemerkung machen, aber sie hatte sich getäuscht.

»Du spielst Orgel?«, fragte er interessiert und sichtlich beeindruckt. »Das sind ja ganz seltene verborgene Talente!« Er griff in die Jackentasche, zog eine Schachtel Luckys heraus und steckte sich eine Zigarette in den Mundwinkel. »Hannes da?«, fragte er undeutlich, während er sie anzündete.

Elli nickte. »Er wird wohl drinnen sein. Es ist fast Essenszeit.«

»Dann will ich besser nicht stören«, meinte Sigi. »Ich wollte ihm nur zeigen, dass er die Wette verloren hat.«

»Welche Wette?«, fragte Georg.

Sigi grinste breit. »Hannes wollte mir nicht glauben, dass ich es schaffe, die alte Karre wieder flottzukriegen.« Liebevoll tätschelte er den Wagen, neben dem er stand. »Hat mich auch einiges an Zeit und Nerven gekostet. Und einige Flaschen von Opas Selbstgebranntem«, fügte er augenzwinkernd hinzu. »Die Ersatzteile zu beschaffen war das Schwierigste. Die gibt es nur auf dem Schwarzmarkt. Bis nach Bremen musste ich fahren. Dann haben wir zu dritt den Motor auseinandergebaut, alles sauber gemacht und wieder zusammengesetzt. Immerhin stand der Wagen seit Opas Tod vor fünf Jahren unbenutzt in der Garage und hat vor sich hin gegammelt. Aber ...«, Sigi klopfte mit der flachen Hand auf das Dach, » ... Opel Olympia ist nicht kaputt zu kriegen! Ich wäre schon eher zu Besuch gekommen, aber es hat eine Weile gedauert, bis ich eine zuverlässige Benzinquelle aufgetan habe.«

Elli nickte und entschloss sich, lieber nicht nachzufragen, woher er den Treibstoff hatte. »Soll ich Hannes herholen?«, fragte sie.

»Ach, weißt du, ich komm doch kurz mit rein. Ich hab noch was für deine Mutter mitgebracht.«

Sigi ging um das Auto herum, öffnete die Beifahrertür und nahm eine offensichtlich ziemlich schwere Holzkiste aus dem Fußraum, die er mit beiden Armen fest an den Körper drückte, als er Elli und Georg in die Dreschdiele folgte.

Willa war hellauf begeistert, als sie zehn Pfund Zucker, ein großes Honigglas und drei Tafeln amerikanische Schokolade auspackte. Sie bestand darauf, dass Sigi zum Essen blieb.

»Wo hast du das bloß her, Junge?«, fragte sie, während sie die Schätze zurück in die Kiste legte und diese in die Speisekammer trug.

»Ach, ich hab da so meine Beziehungen.« Sigi lachte. »Wenn man weiß, wen man fragen kann, und etwas zum Tauschen hat, dann kriegt man eigentlich alles.«

»Auf dem Schwarzmarkt? Ist das nicht zu gefährlich?«

Sigi zuckte mit den Schultern. »Man muss ja sehen, wo man bleibt. Und man muss wissen, wen man ein bisschen schmieren kann. Dann hält sich das Risiko eigentlich in Grenzen.«

»Jetzt werden wir doch richtig backen können zu Weihnachten, ist das nicht schön, Elli?«, sagte Willa, als alle am Tisch saßen und sie die Teller mit Graupensuppe füllte. »Und die Schokolade lege ich auch bis dahin weg. Nicht, dass einer auf die Idee kommt, danach zu schnüstern!« Willa lächelte, ihre hellen Augen strahlten, und ihre Wangen leuchteten zartrosa. Sie sah um Jahre jünger aus, beinahe wie das hübsche junge Mädchen auf dem Foto in der guten Stube, das ein paar Jahre vor ihrer Hochzeit entstanden war.

Als alle Teller gefüllt waren, setzte auch Willa sich hin und begann zu essen. »Wie schade, dass wir noch nicht geschlachtet haben, sonst könnte ich dir ein bisschen Speck und Wurst mitgeben«, sagte sie zu Sigi. »Aber von dem alten Kram aus dem letzten Winter – nein, das geht nicht! Wenn es sonst irgendwas

321

gibt, was ich dir im Gegenzug anbieten kann, dann musst du es mir sagen.«

»Nein, das ist nicht nötig, Frau Bruns. Das mach ich doch gern.« Sigi richtete sich auf dem Stuhl auf, den Willa eilig für ihn aus der kleinen Stube geholt hatte, und warf Hannes einen schnellen Blick zu. »Höchstens, wenn Sie vielleicht noch ein paar Kartoffeln hätten. Einen halben Sack oder so zum Einkellern für meine Oma. Da sind wir ein bisschen knapp.«

Nach dem Vespern machte sich Sigi auf den Heimweg. Er wolle um Gottes willen nicht in eine Patrouille der Engländer geraten, man könne ja nie wissen, wann die wo kontrollierten. Darum würde er lieber zeitig aufbrechen und über Nebenstraßen fahren, erklärte er lächelnd, als er sich von Willa verabschiedete.

Zusammen mit Hannes schleppte er einen fast vollen Jutesack mit Kartoffeln auf den Hof und verstaute ihn im Auto. Dann gab er den Männern eine Runde Zigaretten aus, und während die anderen noch draußen auf dem Hof standen, gingen Elli und Georg hinein, um mit dem Füttern anzufangen.

Als sie kurz darauf die Leiter vom Heuboden hinunterkletterten, nachdem sie Heu abgeworfen hatten, erwartete Hannes sie in der Dreschdiele. Die Arme hatte er vor der Brust verschränkt, und seine hellen Augen hinter der Nickelbrille funkelten wütend.

»Ist das wahr?«, platzte er heraus, als beide unten auf dem Lehmboden standen.

»Ist was wahr?«, fragte Georg.

»Sigi hat gesagt, ihr wärt Hand in Hand nebeneinanderher geradelt, als er euch heute Morgen überholt hat. Also? Ist das wahr?«

Elli schluckte und fühlte, wie sie rot wurde. Dann nickte sie. »Ja, es ist wahr. Wir sind …«

»Wir sind zusammen, Elli und ich«, ergänzte Georg, der Hannes ruhig in die Augen sah. »Seit dem Sommer schon.«

Hannes schnaubte durch die Nase. »Zusammen! Blödsinn! Elli ist doch noch ein halbes Kind.«

»Bin ich nicht! Ich werde bald siebzehn«, rief Elli aufgebracht.

»Umso schlimmer! Du weißt doch, wie leicht die Leute sich das Maul zerreißen.«

»Aber worüber sollen sie denn reden? Wir machen doch nichts Schlimmes.«

»Das wäre ja wohl auch noch schöner!« Hannes trat bedrohlich dicht an Georg heran. »Seit dem Sommer schon, was? Du und meine Schwester! Irgend so ein dahergelaufener Kerl aus der Stadt, von dem niemand weiß, was für einer er ist, und meine kleine Schwester!«

Georg hielt seinem Blick stand. »Ja, ganz genau, ich und deine Schwester.«

Hannes schüttelte ganz langsam den Kopf, ohne den Blick von Georgs Augen zu lösen. »Jetzt hör mir mal gut zu! Wenn du Elli in Schwierigkeiten bringst, dann breche ich dir jeden Knochen einzeln, das schwöre ich.« Seine Stimme war zu einem heiseren Flüstern geworden. »Und glaub mir, das ist keine leere Drohung! Ich schlag dich so zusammen, dass deine eigene Mutter dich nicht mehr erkennen würde.«

Georg sah Hannes ruhig in die Augen. »Ja, ich weiß. Und ich sag dir eines: Wenn ich Elli in Schwierigkeiten bringen würde, dann hätte ich auch nichts anderes verdient.« Ohne ein weiteres Wort drehte er sich um und ging in den Pferdestall.

Es dauerte beinahe eine Woche, bis die beiden jungen Männer wieder ein Wort miteinander wechselten. Sigi nahm sie bei seinem nächsten Besuch beiseite und sagte, sie sollten sich mal langsam wieder einkriegen und mit dem Affenzirkus aufhören. Beide zögerten, seiner Aufforderung, sich die Hand zu geben, nachzukommen.

Schließlich streckte Georg die Rechte aus und sah Hannes herausfordernd ins Gesicht.

Ellis Bruder presste die Lippen aufeinander, schnaubte verächtlich und ergriff dann doch die ausgestreckte Hand. »Also gut. Aber vergiss nicht, was ich dir gesagt habe!«

Georg nickte nur.

»Na also«, meinte Sigi grinsend. »Hat doch gar nicht wehgetan.« Gut gelaunt rieb er sich die Hände. »Ich hab nämlich keine Lust, mit zwei Streithammeln im Auto nach Oldenburg zu fahren. Sobald der nächste Tanztee stattfindet, nehme ich euch alle mit.«

Sigi kam von da an jede Woche mindestens einmal vorbei. Meist stand sein alter Opel Olympia irgendwann samstag- oder sonntagvormittags auf dem Hof, er aß bei Bruns zu Mittag und fuhr am Nachmittag wieder. Manchmal blieb er auch über Nacht, dann schlief er in der kleinen Stube auf dem Sofa. Ein paar Mal nahm er Hannes für ein paar Tage mit nach Oldenburg.

Willa schien einen richtigen Narren an dem jungen Mann mit dem rotblonden Haar und den blitzenden, frechen Augen gefressen zu haben. Jedes Mal, wenn Sigi kam, hatte er etwas für sie dabei: Lebensmittel, an die man sonst nur schlecht rankam, Gewürze, Tee, Tabak, Zigaretten oder auch einmal ein Stück hellen Musselins, das für eine Bluse reichen würde. Und jedes Mal nahm er im Gegenzug einen Sack Kartoffeln mit nach Oldenburg.

»Wozu braucht er nur diese ganzen Kartoffeln?«, fragte Elli, als sie zusammen mit Martin und Georg zum Melken im Stall war. »Selbst wenn sie das Haus voller Flüchtlinge haben, müsste das doch längst für den ganzen Winter reichen.«

»Kannst du dir das nicht vorstellen?«, fragte Martin und nahm ihr einen vollen Milcheimer aus der Hand. »Also wirklich, Elli!« Er schüttelte den Kopf. »Du musst doch nur eins und eins zusammenzählen.«

»Ich weiß nicht. Keine Ahnung, was du meinst.«

»Aber du kannst dir schon denken, wofür die zwei in Oldenburg so viele Kartoffeln brauchen, nicht wahr, Georg?« Martin drehte sich zu dem jungen Mann um, der anstelle einer Antwort mit den Schultern zuckte.

Martin seufzte. »Hauptsache, ihr zwei lasst euch nicht mit in Sigis krumme Geschäfte hineinziehen! Bei Schwarzhandel verstehen die Briten keinen Spaß.« Er trug den Milcheimer in Richtung Milchkammer davon. »Und schon gar nicht bei Schwarzbrennerei«, rief er über die Schulter, ehe er durch die Tür verschwand.

21

An einem Samstag Anfang Dezember sollte in der Gastwirtschaft von Etzhorn ein Tanztee stattfinden, zu dem Sigi wie versprochen auch Elli und Georg mitnehmen wollte. Er bat Willa
um Erlaubnis und erklärte, das sei doch mal eine schöne Ab-
wechslung für die beiden, sie kämen ja nie aus dem Haus. Er
werde sie am frühen Nachmittag abholen und am Abend wieder
nach Hause bringen.

Willa, die sich gerade über die Kiste mit Lebensmitteln
beugte, die Sigi mitgebracht hatte, richtete sich auf und runzelte
die Stirn. »Ein Tanztee? Mit Elli? Also, ich weiß nicht recht, sie
ist doch erst sechzehn.«

»Ist ganz harmlos! Die haben abends ein paar Musiker im Saal,
und es kann getanzt werden. Der Gasthof ist bei meiner Oma
mehr oder weniger schräg gegenüber. Außerdem sind Hannes,
Georg und ich ja auch die ganze Zeit dabei. Wir werden gut
aufpassen.«

Zu Ellis grenzenloser Überraschung nickte Willa. »Also gut.
Wenn ihr gegen zehn wieder hier seid, meinetwegen. Aber ihr
müsst noch den Bauern fragen, ob er einverstanden ist.«

Weil auch ihr Vater nichts einzuwenden hatte, saß Elli am
nächsten Samstagnachmittag, angetan mit ihrem besten Rock
und der guten weißen Bluse, neben Georg im Fond des Opel
Olympia, den Sigi auf Nebenstraßen in Richtung Oldenburg
chauffierte. Dabei versuchte er, Hannes aufzuheitern, der mit
verschlossenem Gesicht auf dem Beifahrersitz saß und seine
Fragen einsilbig beantwortete.

Pünktlich zum Teetrinken um drei Uhr kamen sie in Etzhorn
an. Sigi lenkte die dunkle Limousine in eine Nebenstraße und

bog in die Einfahrt zu einem hübschen kleinen Backsteinhaus ein. Vor dem verschlossenen Garagentor stellte er den Wagen ab.

Kaum waren sie alle aus dem Auto gestiegen, öffnete sich die Haustür und eine zierliche ältere Frau erschien auf der Treppe zum Eingang. Ihre Augen blitzten, als sie den jungen Leuten zulächelte. Die Ähnlichkeit mit ihrem Enkel war verblüffend.

»Kommt bloß schnell rein!«, rief Sigis Oma freundlich. »Der Wind ist ja eisig.«

Im Haus nahm sie ihnen die Jacken ab und hängte sie an die Garderobe im langen, dämmrigen Flur. »Jetzt aber schnell rein in die gute Stube«, sagte sie und öffnete eine der Türen, aus der ihnen ein Schwall warmer Luft entgegenkam. »Ich muss nur noch eben den Tee aus der Küche holen.«

»Soll ich Ihnen helfen?«, fragte Elli und sprang von dem Stuhl auf, auf dem sie gerade Platz genommen hatte.

Aber Sigis Großmutter winkte ab. »Nein, Mädchen, bleib nur sitzen! Ist alles schon fertig.«

Ein paar Minuten später dampfte der Tee in den Tassen, und der Teller mit Blechkuchen und Schmalzgebäck ging von Hand zu Hand.

»Hmm! Lecker! Ich hab ewig keinen Schmalzkuchen mehr gegessen.« Sigis Oma lächelte, als sie von einem der kleinen gezuckerten Gebäckstücke abbiss, die Elli in einer Dose mitgebracht hatte. Willa hatte darauf bestanden, dass sie ein Gastgeschenk mitnahmen, auch wenn Sigi meinte, das sei nun wirklich nicht nötig.

»Die mochte Opa so gern, weißt du noch, Sigi?«, sagte die alte Dame. »Die gab es bei uns früher immer zu Weihnachten. Seit Opa nicht mehr da ist, hab ich keine mehr gemacht. Nur für Sigi und mich lohnte sich der Aufwand nicht, und dann musste der Junge ja an die Front, und ich war ganz allein in dem großen Haus.« Sie seufzte und drehte nachdenklich ihren Teelöffel hin und her. »Aber zum Glück ist ja alles gut gegangen, und er ist heil wiedergekommen. Was gibt es Schöneres, als das Haus voller junger Leute zu haben?«

Wieder blitzten ihre Augen, während sie in die Runde strahlte. »Und dann noch so nette, anständige junge Leute! Glaubt nicht, dass ich das nicht zu schätzen weiß! Immer höflich und ernsthaft, wie unser Hannes. Da nimm dir mal ein Beispiel dran, Sigi, der hat nicht so viele Flausen im Kopf wie du.« Sie hob die Hand und fuhr ihrem Enkel, der neben ihr saß, liebevoll durch die Haare. »Wenn Hannes nicht gewesen wäre, dann wäre mein Sigi wohl nicht wieder nach Hause gekommen. Das hätte auch alles ganz anders ausgehen können, man darf gar nicht drüber nachdenken. Aber ihr kennt die Geschichte ja sicher.«

Nein, dachte Elli, *die kennen wir nicht. Hannes erzählt ja so gut wie nichts vom Krieg.* Aber sie traute sich nicht, Sigis Oma danach zu fragen.

Die alte Frau erhob sich, nahm die Teekanne vom Stövchen und schenkte ihnen Tee nach. »Was ist los, Hannes? Du bist heute so schweigsam, das kenn ich ja gar nicht von dir. Erzähl mir doch mal ein bisschen was über deine hübsche kleine Schwester und ihren Freund!« Sigis Oma zwinkerte Elli zu und schob den Kuchenteller zu ihr und Georg herüber.

Nachdem sie noch eine Kanne Tee geleert hatten und der Kuchen zur Neige ging, drängte Sigi zum Aufbruch. Er wolle den »Landeiern« noch ein bisschen die Stadt zeigen, und außerdem müsse er noch was ausliefern.

»Es wird nicht lange dauern, Oma«, sagte er grinsend. »Vielleicht schmierst du uns zum Abendbrot einfach ein paar Butterbrote? Die können wir schnell noch essen, ehe wir zum Patentkrug hinüberlaufen.«

»Ja, aber kommt nicht zu spät! Ihr wolltet doch noch Opas Zeug aus dem Keller räumen.«

»Das schaffen wir schon noch, Oma. Keine Sorge!«

»Ich werde erst wieder ruhig schlafen, wenn das Ding aus dem

Haus ist. Der Gestank allein schon! Ein Wunder, dass die Nachbarn sich noch nicht beschwert haben. Erst neulich hat Mutter Hinrichs – du weißt, wen ich meine: die neugierige Frau vom Schuster, der neben Köhlers an der Oldenburger Straße wohnt – zu mir gemeint, das sei ja gediegen, dass das bei uns immer so streng röche.«

Sigis Oma erging sich in der ausführlichen Schilderung dessen, was die Frau vom Schuster alles für Vermutungen in die Welt gesetzt und wem sie vermutlich schon davon erzählt hatte, aber Sigi, der die Litanei wohl schon kannte, hörte gar nicht zu. Er nickte nur abwesend und sagte ein paar Mal »Jaja«. Dann verschwand er in den Flur und öffnete die schmale Tür unter der Treppe, die offenbar in den Keller führte.

Gleich darauf kam er mit einer Holzkiste in den Händen zurück, aus der ein paar Flaschenhälse ragten. »Wir sind pünktlich um sechs wieder da, Oma. Bis später«, sagte er und drückte seiner Großmutter rasch einen flüchtigen Kuss auf die Wange, ehe er Hannes bat, schon mal nach draußen zu gehen und den Kofferraum zu öffnen, die Kiste sei ziemlich schwer.

Es dämmerte allmählich, als sie in Oldenburg über den Pferdemarkt auf die Innenstadt zufuhren. Elli war zuletzt als Kind von sieben oder acht Jahren hier gewesen, noch vor dem Krieg, und sie konnte sich nur undeutlich daran erinnern. Oma und Opa hatten sie und Hannes zur Zuchtviehauktion mitgenommen, und danach hatte es hier auf dem Pferdemarkt einen Aufmarsch der Partei gegeben. Elli wusste nicht mehr, worum es gegangen war, aber die ganze Stadt war ein einziges Fahnenmeer aus Schwarz, Weiß und Rot gewesen. Es hatte einen Fackelzug gegeben, und sie hatten mit allen anderen: »Heil! Heil!« geschrien, bis sie heiser waren.

Georg, der neben ihr auf dem Rücksitz saß und aus dem Fenster schaute, schüttelte den Kopf.

»Was ist denn?«, fragte sie leise.

»Es ist gar nichts kaputt«, antwortete er verwundert. »Wieso ist denn hier nichts kaputt?«

»Gar nichts kann man auch nicht sagen«, rief Sigi über die Schulter. »Am Bahnhof und an den Gleisstrecken ist einiges in die Luft geflogen, und auf die Kasernen und den Fliegerhorst draußen in Alexandersfeld hatten die Bomber es auch abgesehen. Aber es stimmt natürlich, verglichen mit anderen Städten hat Oldenburg nicht viel abbekommen. Ihr müsstet mal Bremen oder Hamburg sehen!«

»Oder Wilhelmshaven«, sagte Georg leise.

Elli tastete unter der Wolldecke, die zwischen ihnen auf der Rückbank lag, nach seiner Hand und hielt sie fest.

»Schade, dass es schon dunkel wird, sonst könnten wir noch durch die Altstadt oder den Schlossgarten laufen. Ist eigentlich ganz hübsch hier«, sagte Sigi nach hinten gewandt. »Aber das holen wir nach, wenn besseres Wetter ist, spätestens im Frühling.« Er deutete aus dem Fenster, wo sich vor einem Gebäude eine große Menschentraube drängte. »Schaut mal, im Kino muss gleich Vorstellung sein.« Sigi lachte. »Na, wenigstens ist es da warm!«

Auch sonst waren ziemlich viele Leute auf der Straße unterwegs, die meisten zu Fuß oder mit dem Rad, aber es gab auch einige Autos, die sich einen Weg zu bahnen versuchten.

»Und das ist das Staatstheater!« Sigi deutete auf die andere Straßenseite, aber Elli sah von ihrem Platz aus nur ein paar hellgraue Säulen und eine breite Treppe.

»Spielen die schon wieder?«, fragte Georg, der dicht an die Scheibe herangerückt war und sehnsüchtig nach draußen schaute. »Ich meine, gibt es schon wieder Opern?«

»Da fragst du den Falschen«, erwiderte Sigi lachend. »Ist nicht so meine Art von Musik!«

Elli sah wie Georg nickte. »Nein, natürlich nicht«, murmelte er.

330

Sie fuhren noch eine Weile durch die Straßen, Sigi zeigte durch die Scheiben auf Gebäude, die zu sehen sein sollten, aber weder Elli noch Georg machten sich die Mühe, seinem Arm mit dem Blick zu folgen und in der Dunkelheit nach der Lambertikirche, dem Schloss oder dem Prinzenpalais Ausschau zu halten.

Noch immer hielt Elli Georgs Hand fest. Von Zeit zu Zeit sah sie zu ihm hinüber und fragte sich, was wohl im Kopf ihres Freundes vorgehen mochte, der noch immer unverwandt ins Dunkel hinter dem Seitenfenster starrte.

Schließlich hielt der Wagen in einer unbeleuchteten, schmalen Seitenstraße. Sigi stellte den Motor ab und drehte sich zu den beiden auf der Rückbank um. »Wir sind gleich wieder da, müssen nur was tauschen. Dauert nicht lang!«

Sigi und Hannes stiegen aus, holten die Kiste aus dem Kofferraum und gingen damit zu einem der kleinen Häuser hinüber, wo sie offenbar schon erwartet wurden. Eine Tür wurde geöffnet, und im hellen Lichtschein zeichnete sich die Silhouette eines Mannes ab. Er nahm die Kiste entgegen und stellte sie auf den Boden, dann überreichte er Hannes einen Korb und einen ziemlich großen Sack. Die drei Männer gaben sich die Hände, die Tür schloss sich wieder, und Sigi und Hannes beeilten sich, mit ihrer Last wieder zum Auto zu kommen.

»Hast du eine Ahnung, was die zwei da machen?«, flüsterte Elli.

»Nein, aber ich denke, Martin liegt mit seiner Vermutung wohl nicht ganz falsch.«

Ehe Elli etwas erwidern konnte, waren Hannes und Sigi zurück, luden ihre Beute ins Auto und stiegen wieder ein.

»Sag ich doch! Wenn einer das kann, dann Eberhard. Der besorgt dir einfach alles.« Sigi lachte, und Hannes nickte zur Antwort. Jetzt schien auch bei ihm die Anspannung nachzulassen, unter der er den ganzen Tag über gestanden hatte.

Er drehte sich zu Elli und Georg um. »So. Das war die Arbeit, und jetzt kommt das Vergnügen«, sagte er gut gelaunt. »Ich hoffe, ihr habt euch in der Zwischenzeit nicht gelangweilt!«

»Davon ist ja nun nicht auszugehen. Die werden sich schon gut unterhalten haben.« Sigi knuffte Hannes in die Seite. »Aber lasst euch eines gesagt sein, da hinten: keine Knutscherei in Opas Auto! Jedenfalls nicht, wenn ich nicht daran beteiligt bin.« Er lachte dröhnend und ließ den Motor an.

Elli spürte den Zorn in ihrem Magen kochen, verkniff sich aber eine patzige Bemerkung.

»Vollidiot«, flüsterte Georg so leise, dass nur Elli es hören konnte. »Am besten gar nicht darum kümmern!« Elli spürte, wie er ihre Hand drückte.

Als sie zwanzig Minuten später wieder bei Sigis Oma eintrafen, sah die nur kopfschüttelnd zur Küchenuhr, die bereits kurz nach sechs anzeigte.

»Nun wird es aber Zeit«, sagte sie vorwurfsvoll. »Esst schnell noch was, und dann mal fix los, sonst kriegt ihr gar keinen Platz mehr. Letztes Mal war der Saal beim Tanztee rappelvoll.«

Ohne die Jacken auszuziehen, nahmen sie sich jeder eine Scheibe Wurstbrot von dem Teller, den Sigis Großmutter ihnen hinhielt.

»Du bist die Beste, Oma!«, nuschelte Sigi, während er kaute. Er nahm sich noch eine zweite Stulle und klappte sie zusammen. »Für den Weg.«

»Und was ist jetzt mit dem Keller?«, fragte seine Oma.

»Machen wir noch«, rief Sigi im Gehen und schob die anderen aus dem Haus. »Hab ich dir doch versprochen.«

Der Patentkrug war wirklich direkt um die Ecke und lag an der Landstraße, die nach Oldenburg hineinführte. Vor dem Eingang hatte sich bereits eine große Menschenmenge eingefunden, fast alles junge Leute. *Ein Gelächter und Geschnatter wie auf dem Gänsehof*, dachte Elli.

Als der Mann an der Tür Sigi erkannte, winkte er ihn heran. »Ach, Sigi und Hannes, da seid ihr ja! Wir haben schon auf euch gewartet. Wie sieht es aus, habt ihr was mitgebracht?«

Sigi schüttelte den Kopf. »Holen wir ein bisschen später rüber. Wenn nicht mehr so viel Andrang an der Tür ist. Wo ist unser Tisch?«

Der Türsteher deutete in den Saal. »Hinten durch, neben der Tanzfläche, wie beim letzten Mal.«

Sigi grinste breit und drückte ihm eine Schachtel Zigaretten in die Hand. »Besten Dank! Passt mal so wieder!«

»Du solltest nicht immer so mit unseren Zigaretten um dich schmeißen«, brummte Hannes missmutig, als sie ihren Tisch erreicht hatten. »Damit kann man weiß Gott Sinnvolleres anfangen.«

»Wieso? Ein bisschen Schmieren hält die Räder fein am Laufen. Vertrau mir!«

»Aber wenn …«

»Ach, Hannes, nun reg dich ab, und amüsier dich heute Abend einfach mal!« Sigi zog eine weitere Schachtel Zigaretten aus der Tasche, riss das Stanniolpapier auf und klopfte eine heraus. »Außerdem haben wir reichlich. Da kommt es auf eine Schachtel mehr oder weniger nicht an.«

Hannes schüttelte den Kopf. Doch ehe er etwas erwidern konnte, deutete Sigi auf die kleine Bühne auf der anderen Seite der Tanzfläche. »Guck mal, die haben neue Musiker! Besser ist es wohl, die vom letzten Mal waren wirklich furchtbar.«

Elli, die mit dem Rücken zur Tanzfläche saß, drehte sich um. Die Musiker, fünf junge Burschen und ein älterer Mann mit Rauschebart, betraten die Bühne und nahmen ihre Plätze ein.

»Zwei Geigen, Gitarre, Klarinette und Klavier«, sagte Georg kopfschüttelnd. »Komische Zusammenstellung!«

»Ist doch egal«, erwiderte Elli lachend. »Hauptsache, Musik!«

Inzwischen hatte das kleine Orchester zu spielen begonnen, und Elli tippte mit den Fingern auf dem Tisch den Takt mit.

Georg beugte sich zu ihr herüber. »Wie ist es, wollen wir tanzen?«

»Besser nicht, ich hab das nie gelernt. Vermutlich würde ich dir ständig auf die Zehen treten.«

»Ach, Blödsinn!« Georg stand auf, griff nach Ellis Hand und zog sie hoch. »Das lernst du ganz schnell.«

Ohne sich um ihren Protest zu kümmern, zog er sie mit sich auf die inzwischen ziemlich volle Tanzfläche, legte seinen Arm um ihre Taille und griff nach ihrer Rechten. »Beim Walzer in Gedanken immer bis drei zählen«, sagte er lächelnd. »Und nicht auf die Füße sehen, sondern mir in die Augen. Der linke Fuß zuerst ...«

Es war wirklich nicht so schwer, wie Elli vermutet hatte. *Ein bisschen wie Schunkeln auf den Füßen*, dachte sie. Nach wenigen Schritten stellte sie sich auf den Rhythmus der Musik ein, und Georgs Hand auf ihrer Taille hielt sie ganz fest und gab ihr Sicherheit. Elli sah Georg in die Augen, wie er es verlangt hatte, vergaß ihre Füße und die Angst, ihn zu treten, und ließ sich von ihm führen. Es war himmlisch, und sie hätte stundenlang so weitertanzen können.

»Was ist denn?«, fragte er. »Du lächelst so.«

»Ich hab mich nur gerade gefragt, wo du Tanzen gelernt hast?«

»Meine Mutter hat es mir beigebracht, als ich noch ziemlich klein war. Wir haben immer Schallplatten aufgelegt, und dann ist sie mit mir zusammen durchs Wohnzimmer getanzt. Das war bevor ...«

»Bevor?«

»Vor dem Krieg.«

Da waren sie wieder: dieser Schmerz in seinen Augen, die Trauer und die Verschlossenheit. Einen Moment lang hielt er ihrem Blick stand, dann sah er an ihr vorbei und runzelte die Stirn. »Sigi und Hannes sind weg!«

»Vielleicht sind sie an der Theke?«, erwiderte Elli, froh, das Thema wechseln zu können. »Oder sie sind draußen.«

»Möchtest du auch etwas trinken?«

»Etwas später vielleicht. Jetzt möchte ich lieber tanzen.«

Erst als das Orchester eine Stunde später eine längere Pause machte, verließen Elli und Georg die Tanzfläche. Sigi und Hannes waren immer noch nicht zurück am Tisch.

Georg bestellte für Elli ein Glas Apfelsaft, aber als er es bezahlen wollte, winkte der Kellner ab. »Nee, lass man, Junge! Das hat Sigi schon erledigt.«

Achselzuckend steckte Georg das Geld, das Anton ihm mitgegeben hatte, wieder ein.

Als die Musik nach zwanzig Minuten wieder zu spielen begann, war es Elli, die Georg auf die Tanzfläche zog.

Georg lachte. »Als hättest du nie etwas anderes gemacht! Und du hattest Angst, mir auf die Zehen zu treten.«

Als die zwei das nächste Mal an den Tisch zurückkehrten, waren Hannes und Sigi wieder da. Ein junger Mann, der offenbar mit Sigi gut bekannt war, saß bei ihnen, und die drei unterhielten sich angeregt.

»Na, Elli?«, sagte Sigi. »Du scheinst ja deinen Spaß zu haben.« Er nahm einen Schluck aus dem Glas vor sich und verzog kurz das Gesicht. Offenbar war das, was Elli für Wasser gehalten hatte, etwas Stärkeres.

»Trotzdem bin ich dafür, dass wir bald aufbrechen«, sagte Hannes. »Wir müssen vor der Sperrstunde wieder in Frieschenmoor sein. Außerdem ist es ziemlich kalt geworden, und es könnte gut sein, dass die Straßen glatt sind.«

»Hannes, der alte Miesepeter!« Sigi grinste. »Also gut! Eine halbe Stunde noch, dann fahren wir los.« Wieder nahm er einen Schluck aus seinem Glas. Nachdenklich betrachtete er die vielen tanzenden Paare. »Meine Güte, guckt euch bloß die ganzen Leute an! Der Wirt hier hat wirklich den Bogen raus. Genau so muss man es machen. Musik zum Tanzen, ordentlich was zu trinken gegen den Durst, und schon brummt der Laden. Die Leute kommen von überallher, nur um mal was anderes zu sehen als das Elend um sie herum.« Er beugte sich vor und drückte seine Zigarette in dem vollen Aschenbecher aus. »Und sie sind bereit, gut dafür zu bezahlen, mal alles vergessen zu können.«

Er griff nach einer Saftflasche, die auf dem Tisch stand, und goss in alle Gläser einen Schluck der klaren Flüssigkeit, die sie enthielt. »Darauf lasst uns anstoßen!«, sagte er augenzwinkernd. »Auf die Zukunft!«

Ein letztes Mal tanzten Georg und Elli noch miteinander, dann drängte Hannes endgültig zum Aufbruch. Eilig legten sie die wenigen Schritte bis zum Auto zurück, das vor dem Haus von Sigis Großmutter parkte.

»Sagen wir denn nicht mehr Auf Wiedersehen?«, fragte Elli.

Sigi schüttelte den Kopf. »Oma geht immer sehr zeitig ins Bett. Die schläft vermutlich schon.« Er öffnete die Beifahrertür und klappte den Sitz nach vorn. »Passt beim Einsteigen auf, da liegt lauter Zeug im Fußraum und auf der Rückbank. Ihr müsst wohl ein bisschen zusammenrücken.«

Vorsichtig kletterte Elli über die Metallröhren, die auf dem Boden lagen, und nahm neben einer Kiste Platz. Georg quetschte sich neben sie. Um mehr Platz zu haben, legte er seinen Arm um ihre Schultern. Hannes runzelte die Stirn, als er das sah, sagte aber nichts. Dann stieg auch er ein.

»Was ist denn das alles für Kram?«, fragte Elli, als Sigi auf die Landstraße eingebogen war.

»Keine Idee, Elli?« Sigi lachte. »Na dann, warte es ab! Das ist sozusagen eine Überraschung.«

»Tolle Überraschung!«, murmelte Georg bissig. Seine Hand

schloss sich um Ellis Oberarm, und er zog sie näher zu sich heran.

Elli legte müde den Kopf auf seine Schulter, und es war ihr völlig egal, was Hannes davon hielt. Es war ein langer Tag gewesen, sie hatte viel getanzt und war glücklich, aber erschlagen. Der große Schluck Doppelkorn, den sie mit den anderen getrunken hatte, hatte den Weg in ihren Kopf gefunden und ließ ihre Gedanken schwirren. Während sie zwischen ihrem Bruder und Sigi hindurch auf die beiden Lichtkegel auf der Straße starrte, in denen gelegentlich Schneeflocken tanzten, und dem Brummen des Motors lauschte, fielen ihr die Augen zu.

Elli schrak hoch, weil der Wagen mit einem Ruck stehen blieb. Wie lange sie geschlafen hatte, wusste sie nicht »Was ist denn los?«, fragte sie erschrocken.

Im Licht der Scheinwerfer war undeutlich ein Fahrzeug zu erkennen, das quer auf der Landstraße stand und sie blockierte.

»Scheiße!«, fluchte Hannes.

»Was ist denn?«, fragte Georg.

»Militärpolizei. Eine Patrouille.«

»Scheiße!«, wiederholte Georg tonlos.

Sigi sagte nichts.

»Aber was … Ich verstehe nicht. Es kann doch noch nicht Sperrstunde sein«, stammelte Elli verwirrt. »Warum regt ihr euch denn so auf? Wir sagen denen, wo wir herkommen und wo wir hinwollen, und dann lassen die uns doch fahren?«

Sigi lachte bitter. »Ganz sicher nicht! Wenn die mitbekommen, was wir im Auto haben, dann …«

»Aber was haben wir denn im Auto?«, fragte Elli.

»Die Schnapsdestille von Sigis Großvater«, sagte Georg ruhig. »Die Rohre hier gehören dazu. Stimmt doch, Sigi?«

Elli sah, dass der junge Mann am Steuer nickte. »Und im Kofferraum sind noch etwa vierzig Flaschen Doppelkorn. Wenn die Tommys den Wagen filzen, gehen wir alle in den Bau.«

»Und zwar für mehrere Jahre«, setzte Hannes trocken hinzu. »Verdammter Mist!« Er schlug mit der Faust gegen die Tür und schnaubte. »Du immer mit deinen großartigen Ideen, Sigi! ›Lass uns das Ding zu deinen Eltern bringen, da findet es keiner. Und wir können die Sache richtig groß aufziehen.‹ Ganz toll! Oh, Scheiße, jetzt kommen sie her!«

Zwei Soldaten waren aus dem Fahrzeug vor ihnen gestiegen und kamen mit Taschenlampen in den Händen auf sie zu.

»Was machen wir denn jetzt?«, fragte Hannes.

»Wir müssen sie ablenken«, sagte Elli, ohne groß nachzudenken. »Sie dürfen nicht an das Auto heran.«

In ihrem Kopf raste es, Bilderfetzen schossen durch ihr Hirn, Ideen entstanden ebenso schnell, wie sie wieder verworfen wurden. Irgendetwas musste die Engländer davon abhalten, den Wagen zu durchsuchen. Eine Täuschung! Den Soldaten ein Spektakel bieten, das glaubhaft schien und sie ablenkte. Plötzlich sah sie wieder die Milcheimer zu Boden poltern, Georg der sich hinwarf, um sich im nächsten Moment bei ihrem Vater zu entschuldigen, weil er die ganze Kälbermilch verschüttet hatte.

»Los! Alle raus aus dem Auto!«, rief sie. »Ihr müsst euch streiten. Noch besser, ihr prügelt euch. Aber richtig! Na los, schnell! Raus hier!«

»Streiten? Warum denn?« Sigi starrte sie verständnislos an. »Was soll uns das helfen?«

Aber Georg nickte. »Das könnte funktionieren. Elli, du bist wunderbar!« Hastig drückte er sie an sich und küsste sie. »Hannes, du musst einfach nur mitspielen. Na los, raus aus dem Auto!« Er stieß ihn heftig gegen die Schulter. »Mach schon!«

Hannes stieß die Autotür auf und sprang nach draußen, Georg klappte den Sitz nach vorn, um ihm zu folgen. Er griff nach Sigis Arm. »Sorg dafür, dass Elli heil nach Hause kommt! Hörst du?«

338

Sigi nickte.

»Das geht dich überhaupt nichts an, du Pfeifenaugust!«, schrie Georg, als er ausgestiegen war, und schubste Hannes in den Lichtkegel vor dem Auto. »Ob das nun deine Schwester ist oder nicht, interessiert mich überhaupt nicht. Das ist meine Freundin, verstehst du? Meine! Die behandle ich so, wie ich es für richtig halte. Und wenn ich mit ihr ins Heu gehen will, dann geh ich mit ihr ins Heu! Du wirst mich bestimmt nicht daran hindern.« Georg spuckte verächtlich auf die Straße. »Du erbärmliche Witzfigur!« Wieder versetzte er Hannes einen Stoß.

Hannes' Gesicht verzerrte sich, und er hob drohend die Fäuste. »Ich hab dir gesagt, lass es sein!«

»Ah ja? Sonst passiert was?« Georg machte einen Schritt auf Hannes zu und sah ihm herausfordernd ins Gesicht.

»Lass sie in Ruhe, oder ich schlag dich windelweich!«

»Du?« Georg lachte. »Pah! Du kannst doch nichts anderes als zu deiner Mama laufen, wenn es schwierig wird. Du Schlappschwanz! Und so was will seine Schwester verteidigen! Eine Lachnummer bist du. Hörst du? Ich lache dich aus!«

Hannes blinzelte ein paar Mal. Schwer atmend stand er mit geballten Fäusten auf der Straße und starrte Georg an, der in schallendes Gelächter ausgebrochen war. »Arschloch!«, stieß er schließlich hervor. »Du gottverdammtes, kleines Arschloch! Ich schlag dir jeden Knochen im Leib zu Brei. Dann werden wir ja sehen, wer über wen lacht.« Brüllend wie ein Stier ging er auf Georg los.

Hannes war ein Stück größer als Georg und von ähnlich schmaler Statur, aber wesentlich sehniger und kräftiger als er.

Den ersten Schlag konnte Georg parieren, unter dem zweiten tauchte er hindurch, drehte sich wieder zu Hannes um und traf ihn mit der rechten Faust am Kopf. Es gelang ihm, Hannes' Faustschlägen auszuweichen und ihm einen kräftigen Haken gegen die Schulter zu versetzen. »Das ist alles?«, höhnte er. »Mehr hast du nicht drauf, du Feigling? Ich dachte, sie hätten euch das Kämpfen beigebracht an der Front.«

Elli, die inzwischen ebenso wie Sigi aus dem Wagen gestiegen war, hörte diesen neben sich stöhnen. »Oh, oh! Jetzt geht's los«, prophezeite er. »Jetzt dreht Hannes durch.«

Sigi wollte auf die beiden Streithähne zugehen, aber Elli hielt ihn am Arm fest und schüttelte den Kopf. »Nein, lass sie! Georg tut nur so.«

Hannes' Gesicht war zu einer wutverzerrten Maske geworden. Er wirkte ganz und gar nicht, als sei sein Zorn nur gespielt. Er sprang vor, bekam Georgs Jacke am Revers zu fassen, riss ihn herum und versetzte ihm einen heftigen Schlag in die Magengrube.

Georg klappte mit einem Keuchen zusammen und fiel vor ihm auf die Knie.

»Wag das nicht!«, stieß Hannes hervor. »Halt bloß dein dummes Schandmaul! Du hast nicht das Recht, so etwas zu sagen. Du nicht! Du feige Sau!« Er griff nach Georgs Haaren, riss seinen Kopf nach hinten und rammte ihm sein Knie ins Gesicht. Sofort schoss Blut aus Georgs Nase. Als Hannes ihn losließ, fiel er auf die Seite wie ein nasser Sack. »Du machst dich über niemanden lustig, der im Krieg gewesen ist. Hörst du? Du nicht!«

Georg sagte nichts mehr. Er lag reglos am Boden.

Hannes beugte sich über ihn und trat mit aller Kraft zu. »Du nicht, du feige Sau!«

»Hannes, nein!«, schrie Elli, aber ihr Bruder schien sie nicht zu hören.

»Wieso bist du feiges Arschloch noch am Leben? He? Wieso?« Wieder und wieder traf Hannes' Stiefel Georg am Oberkörper. Der versuchte, sich auf Hände und Knie aufzurappeln, um wegzukriechen, aber Hannes trat erneut zu, und Georg brach stöhnend zusammen. »Wieso haben sie dich nicht gekriegt, und all meine Kameraden sind tot? He? Wieso konntest du dich auf

340

dem Heuboden verkriechen und dich bei mir zu Hause einnisten, während sie alle verreckt sind? Alle! Wieso?«

Wieder wollte Hannes zuschlagen, aber Sigi rannte zu ihm, griff nach seinen Armen und zerrte ihn ein Stück zurück.

»Lass mich, lass mich los!«, schrie Hannes außer sich vor Zorn und riss sich los. »Ich bring die feige Sau um!«

Aber bevor Hannes sich wieder auf Georg stürzen konnte, waren die beiden Militärpolizisten da.

»Stop it!«, donnerte der eine und stieß Hannes ein Stück zurück. »Aufhören! Nix kämpfen! Schluss! Jetzt, sofort!« Er stellte sich zwischen die beiden Kontrahenten und hob warnend eine Hand, als Hannes einen Schritt auf Georg zumachte, der noch immer am Boden lag. »Ich sag Schluss!«

Der andere Soldat, ein junger Kerl mit Helm und Armbinde, hielt Hannes fest und klopfte seine Manteltaschen nach Waffen ab. Er drehte sich zu seinem Kameraden um und schüttelte den Kopf.

»Was ist dies? Was ist los hier?«, fragte der ältere Soldat, offenbar ein Offizier, in gebrochenem Deutsch. Im Gegensatz zu seinem Begleiter trug er ein Barett. »Wer hat angefangen zu schlagen?«

Hannes schnaubte verächtlich und schüttelte den Kopf. »Ich sag gar nichts«, knurrte er.

Der Offizier drehte sich zu Georg um, der sich stöhnend aufzurichten versuchte, und ging neben ihm in die Knie. »Alles okay mit dir?«, fragte er und hielt ihm seine Hand hin, um ihm aufzuhelfen.

Georg holte tief Luft und verzerrte dabei vor Schmerz das Gesicht. Dann aber nickte er, ergriff die ausgestreckte Hand und zog sich mühsam hoch. Leicht schwankend stand er neben dem britischen Offizier und betastete mit der Rechten seinen Kiefer und die Nase. Dann drehte er sich zur Seite und spuckte einen Schwall Blut auf die Straße. »Ist nur die Lippe«, nuschelte er.

341

»Halb so schlimm. Die Zähne scheinen noch alle da zu sein.«
Stöhnend wischte er sich mit dem Ärmel das Blut aus dem Gesicht.

»Also, was war das hier? Warum habt ihr euch geschlagen? Was ist der Grund?«

Weder Hannes noch Georg antworteten.

»Was tut ihr überhaupt hier auf den Straße in der Mitte der Nacht? Sperrstunde ist doch schon bald.«

Immer noch keine Antwort.

»Also? Ich warte.« Der Offizier runzelte die Stirn und sah von einem zum anderen.

Elli rang die Hände. Warum sagten sie denn nichts? Standen einfach auf der Straße wie bockige Kinder, denen man das Spielzeug weggenommen hatte. Hannes hatte die Arme vor der Brust verschränkt, und Georg drückte noch immer den Ärmel seiner Jacke auf Mund und Nase.

»Ich bin schuld!«, brach es aus ihr heraus. »Es ist meine Schuld, dass sie sich gestritten haben.« Sie ging ein paar Schritte auf die Soldaten zu.

Der Offizier, ein großer, dünner Mann mit einem albernen, viel zu großen Schnauzbart im hageren Gesicht, sah sie verblüfft, aber nicht unfreundlich an. »Deine Schuld? Wieso ist dies deine Schuld?«

»Es ist so: Das hier ist mein großer Bruder, und der andere ist mein Freund. Und mein Bruder will nicht, dass ich einen Freund habe.« Jetzt, wo sie einmal angefangen hatte zu reden, sprudelten die Worte nur so aus ihr heraus. »Wir waren heute zusammen in Oldenburg. Zuerst bei einer Verwandten und dann noch auf einem Tanztee. Und wir haben miteinander getanzt, mein Freund und ich. Meinem Bruder passte das nicht, und da …«

Elli redete und redete, kam vom Hundertsten ins Tausendste, erfand immer neue Einzelheiten und log schließlich das Blaue vom Himmel herunter.

»… und als er gesehen hat, dass mein Freund mich hinten im Auto küsst, hat er gebrüllt, wir sollen sofort aufhören. Dann fingen die beiden an, sich im Auto anzuschreien, und schließlich hat Sigi angehalten, und sie sind raus auf die Straße und haben begonnen, sich zu prügeln. Es ist alles meine Schuld! Hören Sie, ganz allein meine. Und jetzt werden wir zu Hause furchtbaren Ärger bekommen, weil mein Bruder doch versprochen hat, auf mich aufzupassen und mich pünktlich wieder nach Hause zu bringen.« Sie hatte sich so in ihre Geschichte hineingesteigert, dass ihr die Tränen kamen.

Einen Moment lang betrachtete der Offizier Elli schweigend. Dann schüttelte er den Kopf und murmelte etwas auf Englisch. »Wie alt bist du, Mädchen?«, fragte er.

»Beinahe siebzehn.«

»Mit siebzehn gehörst du nicht auf das Rücksitz eines Autos und küssen. Das ist nicht …«, er suchte einen Moment nach dem richtigen Wort, »… appropriate«, sagte er.

»Angemessen«, übersetzte Georg, der neben Elli getreten war.

»Oh, du sprichst Englisch?«

»Nein, nicht wirklich. Ich hab nur in der Schule ein paar Jahre Englischunterricht gehabt.«

Der Blick des Offiziers wanderte zwischen Hannes und Georg hin und her, während er auf Englisch etwas zu seinem Kameraden sagte. »Anyway, was soll ich nun anfangen mit euch Streithähne? Eigentlich sollte ich euch beiden mitnehmen und euch in ein Arrestzelle stecken über Nacht, dass ihr lernt, wie man sich benimmt.« Er schürzte die Lippen, dass sein Bart sich sträubte wie eine Bürste, und schnaubte.

Elli fühlte die plötzliche Angst wie einen Schlag in den Magen. »Was?«, stieß sie tonlos hervor. »Aber …«

Der Brite warf ihr einen schnellen Blick zu. »Aber dann, wem wird das nützen? Gestraft seid ihr beide mit blauen Flecken und Schmerzen genug, denke ich. So, gebt die Hand und vertragt euch. Jetzt, hier. Sofort.« Er winkte Hannes zu sich heran. »Kein Widerstand, sonst überlege ich anders. Los jetzt!«

Nach kurzem Zögern streckte Hannes, der seine Wut nur mühsam zu unterdrücken schien, seine Hand aus. Georg wischte seine blutverschmierte Rechte umständlich an der Hose ab, schlug ein, ließ Hannes' Hand aber sofort wieder los und funkelte ihn böse an.

Der Offizier seufzte kopfschüttelnd. »Also gut. Und jetzt bringt ihr die Mädchen zurück nach Hause nach ihren Eltern!« Er hob die Taschenlampe, und der suchende Lichtstrahl fand Sigis erschrockenes Gesicht. Er war zum Auto zurückgegangen und offenbar im Begriff einzusteigen. »He, du! Komm hierher!«

»Ich?«

»Ja, komm her!«

Als Sigi keine Anstalten machte, Folge zu leisten, wiederholte er die Aufforderung. »Na los!«

Halbherzig machte Sigi ein paar Schritte auf die anderen zu, dabei senkte er den Kopf und vermied es, den Briten anzusehen.

»Gehört dem Auto dir, Junge?«, fragte der Offizier.

Sigi nickte nur.

»Was ist los, kannst du nicht den Mund aufmachen und mir Antwort geben?«

Sigi räusperte sich. »Ja. Oder genauer, er gehörte meinem Großvater«, antwortete er heiser.

Der Offizier zog die Augenbrauen zusammen. »Sag mal, erkenne ich dich nicht?«, fragte er und musterte Sigi, der seinem Blick auswich, scharf. »Ich glaube, dich hab ich gesehen schon einmal.« Er hob die Taschenlampe und leuchtete Sigi direkt in die Augen. »Doch, ich kenne deine Gesicht.« Er rief dem zweiten Militärpolizisten, der neben Hannes stand, auf Englisch etwas zu, woraufhin dieser Hannes und Georg stehen ließ und zu ihm hinüberlief.

344

Auf einmal ging alles rasend schnell.

»Wie hast du mich eben genannt?«, hörte Elli Georg hinter sich brüllen. »Warte, du …«

Elli fuhr herum und sah gerade noch, wie er auf Hannes zuschoss und ihn in den Schwitzkasten nahm. Beide gingen eng umklammert zu Boden und wälzten sich im Dreck.

»Hey, I said stop it!«, donnerte der Offizier, der Sigi jetzt unbeachtet stehen ließ und, gefolgt von dem zweiten Soldaten, zu den sich prügelnden jungen Männern zurückrannte. Er riss Georg ohne Mühe am Kragen hoch, packte seinen rechten Arm und verdrehte ihn auf seinen Rücken.

Georg schrie auf, krümmte sich vor Schmerz nach hinten und blieb keuchend stehen.

»Hast du nicht gehört? Ich hab gesagt, hör auf mit Kämpfen! Ich denk, du verstehst Englisch. No more fighting! Got it?«

Der andere Soldat hatte inzwischen Hannes fest im Griff.

»Okay, jetzt wollen wir sehen, ob ihr nach eine Nacht im Arrestzelle immer noch zusammen prügeln wollt. Let's go!« Ohne seinen verdrehten Arm loszulassen, packte der Offizier Georg am Kragen.

Für den Bruchteil einer Sekunde trafen sich Ellis und Georgs Blick. Elli konnte kaum glauben, was sie sah: Georg lächelte. Blutverschmiert, mit aufgeplatzter Lippe und geschwollener Nase lächelte er und nickte ihr unmerklich zu, während er abgeführt wurde.

Elli begriff.

Georg hatte von vorn bis hinten alles nur gespielt, die ganze Zeit über hatte er versucht, von dem Auto mit der Schnapsdestille und seinem Fahrer abzulenken.

Der Offizier blieb noch einmal stehen, während der jüngere Soldat Hannes in den britischen Jeep zwang, und sah sich über die Schulter nach Sigi um, der noch immer wie vom Donner gerührt neben dem Auto stand. »Und du bringst die Mädchen nach

345

Hause, hörst du? Jetzt gleich! Aber wenn ich dich das nächstes Mal sehe, dann werden wir zusammen sprechen.«

Damit drehte er sich um und verfrachtete Georg zu Hannes in den Geländewagen. Der Motor wurde angelassen, Scheinwerfer flammten auf, dann brauste der Wagen davon, und die roten Rücklichter wurden immer kleiner.

Elli starrte ihnen noch nach, als sie schon längst von der Dunkelheit verschluckt worden waren. Wie sollte sie nur zu Hause erklären, was passiert war? Mutter würde sagen, es sei ihre Schuld, dass Hannes und Georg festgenommen worden waren, wegen ihrer verrückten Idee mit der Prügelei auf der Straße. Sie habe ja gleich geahnt, dass so etwas passieren würde, weil man sich auf Elli nicht verlassen könne. Bestimmt würde Mutter sie zur Strafe nie wieder irgendwohin zum Tanzen gehen lassen. Und Papa? Papa würde furchtbar enttäuscht von ihr sein.

Eine Hand legte sich auf ihre Schulter.

»Elli?« Sigi stand neben ihr. Sein Lächeln war freundschaftlich, warm und herzlich. »Na komm, Elli! Komm ins Auto, sonst wirst du dir noch den Tod holen.«

Sie wischte sich mit einer hastigen Bewegung die Tränen von den Wangen und nickte. »Ja, lass uns nach Hause fahren«, sagte sie fest.

22

Elli starrte schon eine ganze Weile durch die Windschutzscheibe auf die Schneeflocken, die im Scheinwerferlicht wirbelten. Es dürfte eigentlich nicht mehr weit bis nach Hause sein, aber Elli konnte nicht erkennen, wo sie gerade waren. Sie zog ihren Mantel enger um sich, doch es half nicht gegen die Kälte. Ob nun vor Müdigkeit oder weil sie so lange auf der Straße gestanden hatte, sie zitterte und hatte das Gefühl, ihre Füße wären zu Eisklumpen gefroren. Seit sie zu Sigi ins Auto gestiegen war, hatten sie kein Wort miteinander gewechselt.

»Ich hab ihn gleich erkannt, den mit der Mütze«, sagte Sigi schließlich in die Stille hinein. »Der hat mich mal in Bremen fast erwischt. In letzter Sekunde konnte ich noch abhauen, sonst wäre ich auf dem Schwarzmarkt verhaftet worden. Ich hatte ja keine Ahnung, dass der Kerl jetzt hier in der Gegend ist.« Sigis Hände kneteten das Lenkrad. »Das war haarscharf. Aber wirklich!« Von seiner üblichen Großspurigkeit war nichts mehr zu spüren.

Elli lachte bitter. »Und du hast es ganz allein Georg zu verdanken, dass du nicht aufgeflogen bist. Ich hoffe, das weißt du. Er hat sich für dich fast totprügeln lassen.«

»Du darfst es Hannes nicht übel nehmen.«

»Nicht übel nehmen? Was redest du denn da! Er hätte Georg umgebracht, wenn ihn niemand aufgehalten hätte. Ich verstehe das einfach nicht. Was ist denn bloß los mit Hannes? So war er doch früher nicht.«

»Nein. So war er früher bestimmt nicht. Georg konnte es nicht wissen, aber er hat genau das Falsche gesagt.«

Sigi stockte und schien zu überlegen, wie er fortfahren sollte.

»Es ist das Wort Feigling«, meinte er schließlich. »Wenn jemand Feigling zu ihm sagt, dann dreht Hannes einfach durch. Und wenn du die ganze Geschichte kennen würdest, dann wüsstest du auch, dass das kein Wunder ist.«

Elli sah zu ihm hinüber. Sigi hielt das Lenkrad fest umklammert und starrte in die Dunkelheit. Normalerweise wirkte er viel jünger, als er eigentlich war, aber jetzt sah er aus wie ein alter Mann.

»Hannes und ich kamen in eine Einheit, als die Wehrmacht aus Belgien abgezogen wurde. Weil wir ja aus der gleichen Ecke stammten, haben wir uns angefreundet und waren von da an immer zusammen. Immer wir beiden Landeier gegen den Rest der Welt, und wir zwei hatten immer Glück. Immer! Um uns herum starben die Kameraden wie die Fliegen, und wir bekamen nicht einen einzigen Kratzer ab. Es war wie ein Wunder. So als könnte uns einfach gar nichts passieren. Zuerst kamen wir nach Aachen, dann nach Süddeutschland, und schließlich hieß es, wir sollten nach Berlin. Mit einem Trupp Hitlerjungs haben sie uns zusammengesteckt, die waren zum Teil gerade mal sechzehn. Halbe Kinder noch, aber wild entschlossen, ›das Ruder noch mal rumzureißen‹, wie sie sagten. Lauter kleine Arschlöcher.«

Sigi lachte, aber es klang mehr wie ein Schluchzen. »Hannes war der Älteste von uns, und irgendwie ergab es sich ganz von selbst, dass er unser Anführer wurde. Sofort hat er die Hitlerjungs unter seine Fittiche genommen, du weißt ja, wie er ist. Hat ihnen gesagt, es würde alles gut werden, er würde schon dafür sorgen. Alle würden wir wieder nach Hause kommen. Und dann kam diese Nacht …«

Sigi holte ein paar Mal tief Luft, starrte durch die Windschutzscheibe ins Schneetreiben und schluckte. »Wir hatten in einem verlassenen Bauernhof Deckung genommen, die Offiziere im Haus, wir in der Scheune, dicht am Waldrand. Plötzlich waren überall Russen und haben uns beschossen. Der Hof, in dem die Offiziere waren, ging in Flammen auf, da ist keiner rausgekommen. Es hat eine Ewigkeit gedauert, bis das Schreien aufgehört hat. Wir saßen in der Scheune fest. Haben uns ganz hinten versteckt, mucksmäuschenstill. Ein paar von den Jungs sagten, sie wollten kämpfen, lieber fürs Vaterland sterben, als sich feige verkriechen. Aber Hannes sagte: ›Ihr seid verrückt, wenn ihr das versucht!‹ Mitten in der Nacht, als es ganz still war, haben wir ein paar Bretter aus der hinteren Scheunenwand gelöst und sind rausgeklettert. Hannes immer vorneweg, die vier Hitlerjungs hinterher, ich als Letzter. Es waren nur ein paar Meter bis zum Waldrand.«

Sigi biss auf seine Unterlippe und zog die Nase hoch. Noch immer blickte er starr auf die Straße, aber Elli hatte das Gefühl, er nahm sie schon längst nicht mehr wahr. »Aber wir hatten wohl unser Glück aufgebraucht, Hannes und ich. Die Russen warteten draußen schon auf uns. Drei der Jungs wurden gleich hinter der Scheune erschossen, der vierte bekam eine Kugel in die Lunge. Ich hab gesagt, wir müssen ihn zurücklassen, aber Hannes wollte nichts davon wissen. Er sagte, das kann man nicht machen, einen Kameraden im Stich lassen. Also haben wir ihn untergehakt und abwechselnd getragen und hinter uns hergeschleppt. Irgendwann konnte er nicht mehr weiter, fing an, wirres Zeug zu reden und zu stöhnen und schließlich zu wimmern. Wir haben uns in einem Brombeergebüsch versteckt, und Hannes hat ihn stundenlang im Arm gehalten, bis er endlich tot war. Und bis zum Schluss hat Hannes ihm immer wieder gesagt, er würde es nach Hause schaffen. Hauptsächlich, um ihn ruhig zu halten, damit die Russen sein Gestöhne nicht hörten.«

Sigi machte eine Pause, schüttelte den Kopf und zog noch einmal die Nase hoch. »Der Name des Jungen war Gerhard. Er kam aus einem Kaff in der Nähe von Frankfurt und war sechzehn. Ich sehe ihn immer noch da liegen, in diesem Brombeergestrüpp, wo er verblutet ist und wir ihn zurückgelassen haben.«

Das Auto wurde langsamer und hielt schließlich am Straßenrand an. Im Licht der Autoscheinwerfer sah Elli einen Wegweiser vor sich, auf dem *Brake, Ovelgönne* und, in die andere Richtung, *Schwei* stand. Sie waren an der Einmündung zur Straße nach Frieschenmoor, nicht einmal mehr fünf Minuten von zu Hause entfernt.

Sigi drehte sich zu ihr um und sah sie an. »Verstehst du, Elli? Hannes hat sich die Schuld daran gegeben. Er hat sich eingeredet, er hätte irgendwie verhindern können, dass die Jungs sterben. Wenn wir in der Scheune geblieben wären und uns ergeben hätten, vielleicht wären wir dann in Kriegsgefangenschaft gekommen und die Jungs wären noch am Leben.«

Seine Hände umklammerten das Lenkrad, und er starrte wieder mit blinden Augen durch die Frontscheibe. »Oder wenn wir gekämpft hätten, wären wir wenigstens alle tot. Aber so? Hannes hat sich eingebildet, er hätte die Verantwortung für sie gehabt und versagt. Fast einen ganzen Tag lang hat er neben Gerhards Leiche gesessen und den Jungen angestarrt. Ich hab versucht, mit ihm zu reden, ihm zu sagen, dass er keinen Fehler gemacht hat, dass es nicht seine Schuld war, aber ohne Erfolg. Ich weiß nicht einmal, ob er mir zugehört hat.«

Elli brachte kein Wort heraus, ihre Kehle war wie zugeschnürt. Einen Augenblick lang glaubte sie, Sigi würde weinen, aber dann sah sie, dass sie sich irrte.

Wieder zog er die Nase hoch und schüttelte den Kopf. »Und dann sagt dieser Vollidiot von Georg, Hannes sei wohl zu feige zum Kämpfen. Ausgerechnet er, der Deserteur, der sich aus dem Staub gemacht und sich verkrochen hat. Kein Wunder, dass Hannes durchgedreht ist!«

»Woher weißt du das mit Georg?«, fragte Elli bestürzt.

»Hannes hat es von deinem Vater, und der hat es mir erzählt.« Sigi zuckte mit den Schultern. »Gibt nicht viel, was Hannes mir nicht erzählt.«

Elli nickte. Ihr Blick hielt sich am Wegweiser vor ihr fest. *Brake, Ovelgönne, Schwei, Brake, Ovelgönne, Schwei*, las sie und dachte an Georg. Daran, wie oft sie schon mit ihm zusammen auf dem Weg zur Kirche an diesem Wegweiser vorbeigefahren war. Und daran, wie wenig sie über ihn wusste.

»So ist das wohl bei besten Freunden«, sagte sie leise.

Schon von der Straße aus konnte Elli sehen, dass im Wohnhaus und in der Dreschdiele noch Licht brannte, als sie kurz darauf in die Einfahrt einbogen.

Sigi stellte den Motor ab und stieg aus dem Wagen. »Besser, ich komme noch mit rein und erkläre alles«, sagte er.

Ellis Eltern saßen schweigend am Küchentisch und warteten. Beide hatten eine leere Teetasse vor sich, die Kanne stand auf dem Stövchen.

Als Elli und Sigi eintraten, richtete Willa sich auf und warf einen kurzen Blick auf die Küchenuhr, die inzwischen halb elf zeigte. »Was fällt euch eigentlich ein, jetzt erst zu kommen!«, schimpfte sie. »Ihr hattet fest versprochen, bis spätestens zehn Uhr …« Sie brach ab und runzelte die Stirn. »Wo sind Hannes und Georg? Elli, was hat das zu bedeuten?«

Elli schluckte. Ehe sie etwas antworten konnte, ergriff Sigi das Wort. »Wir hatten unterwegs Ärger mit einer britischen Patrouille«, sagte er und begann zu erzählen.

Elli wunderte sich, wie ruhig und sachlich er schilderte, was vorgefallen war. Er ließ nichts aus und erfand nichts hinzu. Allerdings betonte er, dass die Idee mit der Schlägerei, um die Engländer abzulenken, von Elli gekommen war und wie geistesgegenwärtig Georg darauf reagiert hatte.

Willa und Anton hörten schweigend zu, bis Sigi seinen Bericht beendet hatte.

»Und? Haben sie das Ding im Auto gefunden?«, fragte Anton.

Sigi schüttelte den Kopf. »Nein. Weder den Destillierapparat noch den Schnaps. Die Engländer sind gar nicht am Auto gewesen.«

»Sehr gut! Wenigstens habt ihr alles heil hierherbekommen. Vermutlich werden die beiden Jungs wegen der Prügelei nur eine Nacht lang eingesperrt und dann wieder auf freien Fuß gesetzt.«

Er stand auf, ging zu Elli, die noch immer im Mantel neben dem Herd stand, und tätschelte ihr die Schulter. »Das hast du gut gemacht, Muschen, wirklich gut! Hannes kann sich bei dir bedanken – und bei Georg natürlich auch. Du bleibst heute Nacht hier, Sigi, jetzt ist sowieso schon längst Sperrstunde. Die Frauen können dir ein Bett in der kleinen Stube machen. Morgen früh laden wir zuallererst das Auto aus. Den ganzen Kram werden wir zum Köterhof rausbringen. Da wird niemand suchen.«

»Ja, Herr Bruns! Und vielen Dank noch mal!«

Anton nickte knapp. »Nichts zu danken. Aber nun Marsch ins Bett mit euch, die Nacht wird kurz. Morgen müssen wir alle früh wieder raus. Gute Nacht!«

Elli stand wie vom Donner gerührt da und starrte ihren Vater an. Kein Schimpfen, kein Vorwurf, kein böses Wort, nichts. Nichts von dem, was sie befürchtet hatte, war eingetroffen.

Ihre Mutter hatte sich vom Stuhl erhoben. »Na komm, Elli, lass uns schnell das Bett für Sigi fertig machen«, sagte sie.

»Ihr habt es gewusst!«, platzte es aus Elli heraus. »Ihr habt gewusst, was Georg und Sigi im Auto hatten, oder? Dass sie die Schnapsdestille aus Oldenburg mitbringen wollten?«

Willa musterte sie missbilligend mit zusammengezogenen Augenbrauen, zwischen denen sich die steile Falte bildete. »Nicht so laut, Fräulein! Hier schlafen Leute«, sagte sie mit gedämpfter Stimme und eisigem Tonfall. »Ja, es war mit uns abgesprochen, dass Sigi den Destillierapparat hierherbringt. Seine Großmutter wollte das Ding aus dem Haus haben, und Hannes hat mich gefragt, ob wir es hier unterstellen könnten.«

»Schnaps zu brennen stinkt ziemlich, und meine Oma hatte

Angst, dass die Nachbarn uns verpfeifen.« Sigi zuckte mit den Schultern. »Du hast sie ja gehört. Sie war früher schon nicht begeistert, wenn Opa gebrannt hat, aber der hat natürlich nie die Mengen hergestellt, die Hannes und ich so im Sinn haben.«

»Aber wofür braucht ihr denn den Schnaps?«

Sigi grinste, und in seinen Wangen bildeten sich tiefe Grübchen, aber seine grünen Augen funkelten gefährlich. »Die Zeiten sind schlecht, und jeder muss irgendwie sehen, wo er bleibt. Aber wie ich neulich schon mal sagte, Elli, für Schnaps und Zigaretten kannst du alles kriegen, auch wenn es eigentlich gar nichts gibt. Das ist wie Geld. Nein, besser als Geld. Es öffnet dir alle Türen. Du kannst damit handeln, Leute bezahlen und es gegen Sachen eintauschen, die ihren Wert nie verlieren. Wenn du es geschickt anstellst, kannst du richtig reich werden. Denn du machst dir dein Geld ja selbst, und wenn man das kann, dann ist man König.«

Sigi brach am nächsten Morgen in aller Herrgottsfrühe auf, weil seine Oma sich sicher schon Sorgen machte. Noch vor dem Melken hatte er mit Martin und Elli die vielen Metallröhren und -spiralen, die beiden Kessel und die Kisten mit den Schnapsflaschen aus dem Auto ausgeladen. Willa hatte den Kartoffelschnaps an sich genommen und in den Vorratskeller gebracht, dessen Schlüssel sie immer bei sich trug.

Den sperrigen Destillierapparat verfrachteten Elli und Martin nach dem Frühstück auf den großen Handkarren, mit dem im Sommer die Milchkannen von der Weide geholt wurden. Sie legten ein paar alte Pferdedecken darüber und zogen den Karren zum Köterhof hinaus.

Ein kalter Nordwind wehte tiefhängende, bleigraue Wolken von der See heran, und trotz des dicken Mantels und der gestrickten, langen Strümpfe unter dem Wollrock fror Elli erbärmlich, als sie und Martin den Wagen an der Handdeichsel über den aufgeweichten Moorweg zerrten.

»Wohin damit?«, fragte Martin knapp, als sie endlich am Köterhof waren. »In den Schuppen?«

»Nein, am besten, wir bringen das Ding gleich ins Wohnhaus.
In der Küche steht noch ein alter Stangenherd.«

»Dachte ich's mir doch! Darauf läuft es also hinaus«, murmelte
Martin, schüttelte den Kopf und zog den Karren über die Diele
mit dem eingesunkenen Reetdach bis vor die Tür zum Wohn-
trakt.

Nachdem sie alles abgeladen hatten, blieb er nachdenklich vor
den vielen Kupferröhren stehen, presste die Lippen zusammen
und schnaubte, während er sich geistesabwesend die Narbe in
der linken Handfläche rieb.

»Was ist denn?«, fragte Elli.

»Wegen diesem Ding verpasst Georg zum allerersten Mal, seit
ich ihn kenne, seinen Dienst an der Orgel«, sagte Martin finster.
»Wer hätte das gedacht?«

»O Gott, stimmt! Es ist ja Sonntag«, rief Elli erschrocken. »Ich
fahr gleich zur Pastorei und sage Pastor Meiners Bescheid, dass
Georg heute nicht kommt.«

»Ich komme mit. Ich muss was mit ihm bereden«, sagte Martin und fügte, als Elli ihn verblüfft ansah, rasch hinzu: »Also nur,
wenn du nichts dagegen hast.«

»Nein, natürlich nicht«, beeilte sie sich zu versichern. »Ich
wundere mich nur, weil …« Seit seinem Streit mit dem alten
Meiners vor ein paar Wochen hatte Martin sie und Georg nicht
mehr zur Kirche begleitet.

»Ja?«

»Ist egal«, sagte sie, als sie Martins verschlossenes Gesicht sah.
»Lass uns zusehen, dass wir schnell zurück zum Hof kommen!«

Pastor Meiners saß noch am Frühstückstisch, als Martin und
Elli eine halbe Stunde später in der Pastorei ankamen. Er holte
zwei weitere Tassen aus dem Schrank und goss ihnen Tee ein.

»So, Elli, und nun erzähl mal! Was ist los?«, sagte er.

354

Während sie ausführlich von den Vorfällen der letzten Nacht berichtete und erklärte, warum Georg nicht kommen konnte, schmierte der Pastor sich noch ein Marmeladenbrot und verzehrte es in aller Seelenruhe.

Als Elli fertig war, goss er ihnen noch einmal Tee nach und lauschte einem Moment dem Knistern des Zuckerkristalls in seiner Tasse, ehe er ihr zunickte. »Dein Vater wird wohl recht haben, Elli. Die zwei sind vermutlich nur in die Ausnüchterungszelle gekommen und werden nach einer gehörigen Standpauke wieder freigelassen. Durchaus möglich, dass sie schon wieder auf dem Weg nach Hause sind.«

Er schob seine Brille hoch, verschränkte die Arme vor der Brust und wandte sich an Martin. »Wie wär's, Herr Freier, kann ich Sie vielleicht überreden, für Georg einzuspringen und wenigstens die drei Lieder im Gottesdienst zu begleiten? Nur die Melodiestimme, nichts Schwieriges. Es ist so viel einfacher für die Gemeinde, wenn die Töne von der Orgel kommen.«

Martin, der Ellis Bericht sehr aufmerksam verfolgt, aber kein Wort dazu gesagt hatte, zögerte kurz und nickte dann. »Also gut, aber erwarten Sie nicht zu viel!«

Der alte Meiners griente. »Wunderbar! Und hinterher werden wir uns unterhalten.« Er stand von seinem Stuhl auf und warf einen Blick auf die Küchenuhr. »Nun wird es aber auch höchste Zeit für mich, zur Kirche hinüberzugehen. Elli, es wäre wohl das Beste, wenn du wieder nach Hause fährst. Und sollten die beiden Jungs bis … sagen wir mal, bis nach dem Melken heute Abend nicht wieder zurück sein, dann kommst du noch mal vorbei, und ich versuche, ein gutes Wort für die beiden einzulegen.« Er zwinkerte ihr zu. »Ich kenne da ein, zwei Leute, die ich anrufen kann. Mach dir mal nicht zu viele Gedanken, Deern! Und nun fahr fix nach Hause und hilf deiner Mutter beim Essenmachen! Auch wenn sie es nicht zeigt, die wird sich tüchtig Sorgen machen.«

Elli hatte das protestierende Aber schon auf den Lippen, als sie den bittenden Blick des Pastors sah. Er wollte allein mit Martin reden, so viel war klar. Also schloss sie den Mund wieder und verabschiedete sich.

Draußen schwang sie sich lustlos auf ihr Fahrrad und fuhr langsam nach Hause, nicht eben erpicht darauf, ihrer Mutter beim Kochen zu helfen. Sie fragte sich, was Pastor Meiners wohl mit Martin zu besprechen hatte.

Schon im Vorflur vernahm Elli die lauten Stimmen aus der Küche. Als sie Georgs hohes, glucksendes Lachen und Hannes' tiefen Bass erkannte, spürte sie, wie ihr Herz vor Erleichterung schneller zu schlagen begann.

Sie waren wieder da!

»Gott sei Dank«, murmelte sie, riss die Küchentür auf und blieb vor Schreck wie angewurzelt in der offenen Tür stehen.

Die zwei jungen Männer saßen nebeneinander auf den Stühlen unter dem Fenster, Hannes auf seinem angestammten Platz und Georg daneben, wo sonst Bernies Platz war.

Georg beugte sich etwas vor, um sich von einem Teller auf der anderen Seite des Tisches eine Scheibe Stuten zu nehmen und verzog beim Ausstrecken des Arms gequält das Gesicht. Oder vielmehr das, was von seinem Gesicht noch übrig war, korrigierte sich Elli in Gedanken. Seine Nase war blaurot verfärbt und beinahe auf das Doppelte angeschwollen. Der Bluterguss hatte sich über das halbe Gesicht ausgebreitet, und beide Augen waren von violetten Veilchen gezeichnet. Seine Unterlippe war ebenfalls dick angeschwollen. Das Hemd, das er seit dem Vortag trug, war voller dunkelroter, eingetrockneter Blutflecken.

Trotz allem schien Georg bester Laune zu sein und lachte über eine Bemerkung von Hannes, wenn auch darauf bedacht, den Mund nicht allzu sehr zu verziehen.

Auch Hannes hatte bei der Schlägerei einiges abbekommen. Eine dicke bläuliche Beule zog sich von seinem Kiefer bis zum linken Auge hoch, das bis auf einen schmalen Spalt zugeschwollen war. Seine Nickelbrille war verbogen und saß schief auf seiner Nase, und am Kinn hatte er eine große rote Schürfwunde. »Das ist wahr«, sagte Hannes gerade, biss heißhungrig in seinen Stuten und kaute grinsend. »Gut, dass der alte Onkel Frerichs uns mitgenommen hat! Sonst wären wir erst heute Nachmittag wieder hier gewesen.« Erst jetzt bemerkte er seine Schwester. »Ach, hallo, Elli! Du bist ja schnell wieder zurück. Und? Was hat der neugierige alte Kerl dazu gesagt, dass sein bester Mann heute nicht kommt?«

Elli starrte immer noch von einem zum anderen. »Um Gottes willen, wie seht ihr zwei denn aus?«

Zu ihrer Verblüffung brachen Hannes und Georg in schallendes Gelächter aus. Selbst Willa, die an der Spüle lehnte, lächelte.

»Was ist denn? Was ist so komisch?«

»Nichts eigentlich«, rief Georg, der sich die Lippe hielt. »Nur dass deine Mutter genau dasselbe gesagt hat, als wir vorhin reingekommen sind.«

»Und zwar in genau demselben Tonfall«, fügte Hannes hinzu und lachte aus vollem Hals. »Und ich hab gemeint: ›Warte bis Elli heimkommt, die wird genau dasselbe sagen.‹«

»Ich weiß wirklich nicht, was daran so komisch sein soll!«, schnaubte Elli verärgert.

»Ach, komm schon, Elli«, sagte Hannes. »Nun sei nicht so ein Miesepeter! Es ist doch alles gut ausgegangen. Die paar blauen Flecken sind schnell verheilt, und die eine Nacht in der Arrestzelle war gar nicht so schlimm, stimmt's?«

Georg nickte. »Und glaub mir, Elli, ich hab schon viel schlimmer ausgesehen«, sagte er mit einem schiefen Grinsen, das ihr einen Stich ins Herz versetzte.

Abwechselnd erzählten die beiden jungen Männer, wie sie von der Militärpolizei nach Brake gebracht worden waren. Dort hätten sie eigentlich getrennt untergebracht werden sollen, aber es gab nur noch eine einzige freie Zelle. Der Offizier hatte daraufhin zu ihnen gesagt, er würde ihnen die Chance geben, ihren Streit friedlich beizulegen, und sie zusammen in die Zelle stecken. Wenn sie es schaffen würden, die Nacht über nicht in Streit zu geraten, könnten sie am nächsten Morgen gehen. Wenn nicht, würde er sie vor einen Richter stellen lassen.

»Das half natürlich«, sagte Hannes. »Erst haben wir uns noch ein bisschen angegiftet – sehr leise, versteht sich –, dann haben wir uns lange unterhalten. Und wir haben festgestellt, dass wir eigentlich eine ganze Menge gemeinsam haben.« Er schlug Georg auf den Rücken, was dieser mit einem Stöhnen beantwortete.

»Au, sei doch vorsichtig!«

»Schade, dass Sigi nicht mehr hier ist, sonst hätte ich ihm sagen können, dass wir seit heute einen Kompagnon haben«, meinte Hannes. »Georg ist unser dritter Mann. Er hat ein paar wirklich gute Ideen, wie man hier Sigis Schnaps unters Volk bringen kann.«

Elli sah das Lächeln in Georgs Gesicht, das Leuchten in seinen Augen, mit dem er ihren Bruder ansah, aber sie war sich noch nicht sicher, ob sie sich über dieses neue Einverständnis zwischen den beiden freuen sollte oder nicht.

»Über diese andere Sache haben wir uns auch lange unterhalten, Georg und ich«, fuhr Hannes fort und nickte Elli lächelnd zu. »Und jetzt, wo ich weiß, wie ernst es ihm ist, hab ich nichts mehr dagegen, dass er mit dir zusammen ist.«

»Was?« Ellis Magen krampfte sich schmerzhaft zusammen und versuchte, seinen Inhalt nach oben zu pressen. Sie schluckte und fühlte, wie ihre Wangen taub wurden. Ihre Augen suchten Georgs, in denen sie das gleiche blanke Entsetzen las, das sie selbst empfand.

»Wie war das?«, hörte sie durch das plötzliche Rauschen in ihren Ohren hinweg die scharfe Stimme ihrer Mutter. »Ich hab mich wohl verhört!«

Ellis Kopf fuhr herum. Sie sah die steile Falte zwischen Willas farblosen Augenbrauen und brachte nicht mehr als ein Stammeln hervor. »Ich … wir …«

»Du bist sechzehn Jahre alt, Fräulein! Das ist doch wohl die Höhe! Wie kannst du …«

»Ach, Mutter«, unterbrach Hannes sie. »Das ist alles ganz harmlos.«

Willa zog die Augenbrauen hoch. Ihre Augen funkelten. »Ach, ganz harmlos ist das, wie? Ganz harmlos fängt es an, aber dann? Was kommt dann? Man kennt das doch!«

»Bei Georg musst du dir da keine Gedanken machen, der würde nie ein Mädchen in Schwierigkeiten bringen. Der hat Prinzipien.«

»Bei Georg mache ich mir auch keine Gedanken. Aber bei Elli!« Willa zeigte anklagend auf ihre Tochter und trat einen Schritt auf sie zu. »Was, wenn du uns Schande machst, Fräulein?«

Elli schluckte. Beinahe körperlich konnte sie den Zorn und den plötzlichen Hass ihrer Mutter fühlen. Er umgab sie wie eine Wolke, die ihr die Luft zum Atmen nahm.

»Mutter, jetzt hör aber auf!« Hannes war aufgesprungen. »Du hast kein Recht, so was zu sagen! Die beiden machen nichts Verbotenes. Sie sind gute Freunde, vielleicht ein bisschen mehr. Aber es passiert nichts zwischen ihnen, was irgendjemandem Schande machen würde, wie du es nennst. Hörst du?«

Langsam richteten sich Willas Raubvogelaugen auf Hannes und ließen Elli los.

Hannes stand kerzengerade da und hielt dem Blick seiner Mutter stand. »Gerade du hast kein Recht dazu, so etwas zu sagen. Hörst du, Mutter? Du nicht! *Du nicht!*« Er wandte sich um und tippte Georg, der noch immer mit fassungslosem Gesicht auf dem Stuhl saß, auf die Schulter. »Komm, Georg, wir haben einiges zu bereden.«

Gefolgt von Georg ging Hannes in Richtung Vorflur, blieb in

der Tür stehen und drehte sich noch einmal um. »Elli? Kommst du auch mit?«

Elli nickte nur.

Bloß raus hier, raus aus der Küche, weg von dem Gefühl, keine Luft mehr zu bekommen! Doch als sie an ihrer Mutter vorbeiging, fühlte sie, wie sich deren Hand um ihren Arm schloss wie ein Schraubstock.

»Wage es ja nicht, uns Schande zu machen!«, zischte Willa. »Sonst hast du hier im Haus keinen Platz mehr! Hast du mich verstanden?«

Elli starrte ihrer Mutter in die Augen und sah, wie bitterernst ihr das war. Sie konnte nicht antworten, ihre Kehle war wie zugeschnürt. Alles, was sie fertigbrachte, war, hastig zu nicken. Dann entwand sie ihren Arm dem eisernen Griff und stürzte aus der Küche.

Hannes und Georg brauchten fast eine Stunde, um Elli wieder halbwegs zu beruhigen. Sie saßen zu dritt auf der alten Futterkiste im Pferdestall. Die beiden jungen Männer hatten Elli in die Mitte genommen, und Georg hielt ihre Hand ganz fest in seiner.

»Aber was, wenn sie ...«, begann Elli zum hundertsten Mal.

»Nun hör schon auf, Elli!«, sagte Hannes eindringlich. »Was soll sie denn machen? Gar nichts wird sie tun. Sie muss sich nur an den Gedanken erst mal gewöhnen, dass du langsam erwachsen wirst. Haltet euch in ihrer Gegenwart einfach ein bisschen zurück, und gebt ihr keinen Anlass, sich aufzuregen.«

»Aber was, wenn sie es Papa erzählt?«

Hannes rückte etwas von ihr ab und drehte sich halb zu ihr um. »Und wenn schon! Soll sie doch! Papa mag Georg und hält große Stücke auf ihn, das steht fest. Und du warst schon immer Papas Liebling. Seine Deern, sein Muschen! Glaub mir, er wird auf deiner Seite sein, wenn es wirklich Ärger mit Mutter geben sollte. Und er ist immer noch der Bauer. Was er sagt, gilt. Vermutlich ahnt er es längst. Immerhin hat er Erfahrung mit heimlichen Liebschaften.«

Hannes lachte, aber es klang merkwürdig gezwungen. Ehe Elli nachfragen konnte, was er damit meinte, sprang ihr Bruder von der Futterkiste und verschwand durch die Tür zur Dreschdiele.

Hannes behielt recht. Solange Elli und Georg alles vermieden, was darauf hindeutete, dass sie ein Paar waren, tat Willa, als sei alles wie immer. Allerdings versuchte sie ständig, zu verhindern, dass die zwei mehr als nur ein paar Minuten allein waren. Als sie schließlich sogar Bernie anstiften wollte, sonntags mit ihnen zur Kirche zu fahren, platzte Anton der Kragen.

»Ich bitte dich! Zur Kirche!«, rief er. »Da sind sie doch sonst auch allein hingefahren. Was soll denn der Tünkram?«

Willa wurde blass. »Würdest du mal kurz mitkommen, Anton? Wir müssen was besprechen«, sagte sie steif und verließ die Küche, in der sich gerade alle zum Abendessen an den Tisch gesetzt hatten.

Anton seufzte, ließ sein Messer fallen und stand auf. Er folgte seiner Frau in den Wohnflur hinaus.

Erst als sie die Tür des Elternschlafzimmers hatte zufallen hören, wagte Elli, Georg und Hannes einen Blick zuzuwerfen. Vereinzelt drangen Wortfetzen durch die geschlossenen Türen. Was Ellis Eltern sagten, war nicht zu verstehen, aber der Streit schien immer heftiger zu werden. Schließlich knallte eine Tür, und Elli zuckte zusammen.

»Dann glaub doch, was du willst!«, schrie Anton auf dem Flur. »Dir ist doch sowieso ganz egal, was ich sage!«

Elli schloss die Augen und presste die Lippen zusammen. Wieder wurde eine Tür zugeschlagen, diesmal schepperten die Glasscheiben der großen Flurtür. Kurz hörte sie ihren Vater auf dem Vorflur schimpfen und fluchen, dann war wieder alles still.

Elli schob ihren Stuhl zurück und wollte gerade aufstehen, als sie eine Hand auf ihrem Arm fühlte.

»Lass gut sein, Deern!«, sagte Tilly, die neben ihr saß, leise. »Lass ihn mal eben in Ruhe, dann beruhigt er sich wieder.« Sie schüttelte den Kopf und seufzte. »Versprecht mir, dass ihr euch später besser vertragt!«

Verblüfft starrte Elli ihre Großmutter an, die ihr traurig zu-lächelte.

Einige Minuten später kam Anton zurück in die Küche, setzte sich wortlos auf seinen Platz und schmierte das Brot, das noch auf seinem Teller lag, zu Ende. Nach ein paar Bissen legte er die Scheibe zurück auf den Teller, lehnte sich zurück und sah allen, die am langen Küchentisch saßen, nacheinander ins Gesicht.

»Bernie, du musst nicht mit Elli und Georg in die Kirche fah-ren. Das haben die zwei bisher allein gekonnt, und das können die auch weiterhin allein. Sind ja keine Kinder mehr.« Antons durchdringender Blick wanderte von Elli zu Georg und wieder zurück. »Ich verlass mich drauf, dass ihr keinen Blödsinn macht.«

Elli nickte und sah aus den Augenwinkeln, dass Georg ihrem Beispiel folgte.

Der Blick ihres Vaters hielt sich einen Moment an ihrem fest, wurde weich und dann wieder hart. »Du weißt, was sonst pas-siert.« Es war keine Drohung, sondern eine Feststellung.

Elli nickte erneut. »Ja, Papa«, sagte sie tonlos.

Anton nahm sein Brot vom Teller und biss erneut hinein. »Dann ist es ja gut.«

Wegen des nasskalten Wetters war vorerst nicht daran zu den-ken, im Köterhof Schnaps zu brennen, denn der Weg ins Moor war so aufgeweicht, dass man selbst zu Fuß kaum hinkommen konnte.

Gut, dass sie es wenigstens geschafft hätten, die Destille recht-zeitig dorthin zu bringen, meinte Sigi bei einem seiner Besuche.

Jetzt habe auch seine Großmutter das ganze Haus voller Flüchtlinge. Oldenburg platze inzwischen aus allen Nähten. Kein
Wunder, das nehme ja kein Ende mit den Vertriebenen aus den
Ostgebieten, und die müssten im Winter schließlich irgendwo
unterkommen.

Während sich Schnee und Eis an den Küsten noch in Grenzen
hielten, war es weiter im Süden bitterkalt, wie in der Zeitung zu
lesen stand, und die Lage in den Trümmerstädten wurde immer
verzweifelter. Sie könnten sich glücklich schätzen, ein Dach über
dem Kopf zu haben und immer genug zu essen, wurde Willa
nicht müde zu wiederholen, besonders, wenn Bernie wegen der
ewigen Graupensuppe zu maulen begann. Andere Leute wären
froh, wenn sie so gute Suppe hätten.

Als das kalte Wetter etwas nachließ, sah man immer mehr
Hamsterfahrer, die von Hof zu Hof zogen, um Lebensmittel einzutauschen oder zu erbetteln. Sie kamen von immer weiter her.
Waren sie früher meist aus Oldenburg oder Bremen gekommen,
so waren inzwischen auch Leute aus Hannover, Hamburg und
sogar aus dem Ruhrgebiet darunter.

Willa war immer noch nicht begeistert von der Idee, Lebensmittel zu tauschen, immerhin war es streng verboten, und diejenigen, die dabei erwischt wurden, hatten mit hohen Strafen zu
rechnen. »Außerdem haben wir gerade mal so viel, dass es just
für uns selbst reicht. Wir haben nichts übrig, was wir an fremde
Leute verschenken könnten«, sagte sie bestimmt.

»Von Verschenken kann ja keine Rede sein«, antwortete Sigi,
der gerade zu Besuch war. »Man muss natürlich sehen, dass
sich das Risiko auch lohnt. Hannes und ich würden das Handeln gern für Sie übernehmen. Wir haben da inzwischen Erfahrung.«

Willa gab nach und überließ es fortan den beiden jungen Männern, mit den Hamsterfahrern zu verhandeln und festzulegen,
was sie für Wurst, Eier, Milch und Butter einzutauschen hatten.

Im Gegenzug verwahrte sie das eingenommene Geld und die eingetauschten Wertsachen und trug alles sorgfältig in ein Heft ein, das sie in der Besteckschublade der Anrichte aufbewahrte.

Wenn Sigi nicht da war, gingen Georg oder Martin mit Hannes hinaus zu den Hamsterfahrern. Seit bekannt geworden war, dass es anderswo schon zu Übergriffen gekommen war, bestand Anton darauf, dass sie wenigstens zu zweit sein mussten. Außerdem schaffte er zwei junge Schäferhunde als Ersatz für den alten Flocki an. So war es leichter, die Bittsteller im Blick und unter Kontrolle zu behalten, denn von Zeit zu Zeit kam es vor, dass diejenigen, die durch die Vordertür hinausgingen, heimlich durch die Hintertür zurückkamen und alles zu stehlen versuchten, was nicht niet- und nagelfest war. Verdenken konnte man es ihnen nicht, dachte Elli, wenn sie die mageren, abgerissenen Menschen sah, die stundenlang unterwegs gewesen waren, um ihre letzten Wertsachen gegen etwas Essbares einzutauschen.

Als der Frühling vor der Tür stand und der Kleiweg endlich wieder befahrbar war, brachten sie karrenweise Torfsoden und Kartoffeln zum Köterhof. Jetzt machte sich bezahlt, dass Willa im letzten Sommer alles mit Kartoffeln bepflanzt hatte. Hinnerk und Anton halfen dabei, den Stangenherd in der alten Küche wieder in Gang zu setzen, aber erst als Sigi auf das Reetdach geklettert war und ein Dohlennest aus dem Schornstein geholt hatte, zog der Ofen und hörte auf zu qualmen.

Sigi hatte das »Rezeptbuch« seines Großvaters mitgebracht, eine alte schwarze Kladde mit eng beschriebenen Seiten, in der dieser alles notiert hatte, was er über das Schnapsbrennen wusste.

Sigi seufzte wehmütig. »Schon als kleiner Pöks hab ich immer meinem Opa geholfen, wenn er Kartoffelschnaps oder Köm gebrannt hat. Stundenlang haben wir zusammen im Keller gesessen. Opa hat sich immer gewünscht, dass ich in seine Fußstapfen trete und in der Brennerei in Etzhorn eine Lehre anfange. Wenn er gewusst hätte, dass ich das, was ich damals bei ihm gelernt hab, so gut gebrauchen kann, wäre er wohl mächtig stolz.«

Er nahm die Kladde in die Hand und strich liebevoll über das schwarz glänzende Papier des Einbandes, als wäre sie in edles Leder gebunden. Dann schlug er sie auf und legte sie auf den Küchentisch, an dem Elli, Georg, Hannes und er selbst seit Stunden saßen und Unmengen von Kartoffeln für die Maische schälten.

Auf dem Herd, in dem ein Torffeuer brannte, stand Willas größter Kochtopf, randvoll mit Kartoffeln, die sie so lange kochen ließen, bis sie zerfielen. Dann wurden sie gestampft und mit Hefe vermischt, bevor die Maische ein paar Tage warm gehalten wurde, bis sich der Alkohol entwickelt hatte. Hannes wäre am liebsten die ganze Zeit über im Köterhof geblieben, damit das Feuer im Ofen nicht ausging, aber Anton bestand darauf, dass er über Nacht nach Hause kam.

Als sie endlich destilliert hatten und Sigi den fertigen Schnaps probierte, ging ein Lächeln über sein Gesicht. »Beinahe noch besser als Opas Doppelbrand! Damit können wir losziehen, ohne uns zu schämen.«

In den ersten Frühlingswochen fuhren Hannes und Sigi von Gasthof zu Gasthof und versuchten, ihren Schnaps an den Mann zu bringen. Etliche Wirte zeigten Interesse, und sie verkauften über dreißig Flaschen, aber Sigi war nicht zufrieden. Das war noch längst nicht das, was er sich erhofft hatte.

»Wir müssen das größer aufziehen«, sagte er immer wieder. »Wenn wir einen Saal hätten und Musik zum Tanzen, dann würden die Leute von überallher kommen. Wie damals in Etzhorn. Erinnert ihr euch, was da los war?«

Schließlich fragte er Georg, ob er nicht vielleicht Tanzmusik machen könne.

»Du bist witzig!«, erwiderte Georg. »So was hab ich noch nie

365

gemacht. Außerdem kann ich nichts als Singen und ein bisschen Klavierspielen. Ich fürchte, das wird nicht ausreichen, um einen Saal vollzukriegen.«

Auch wenn Sigi noch eine Weile auf ihn einredete, musste er doch schließlich zugeben, dass Georg recht hatte. Mit einem Klavierspieler allein war es nicht getan.

Anfang April hatten sie so viel mit dem Schnapsbrennen zu tun, dass Sigi für ein paar Tage in Frieschenmoor blieb. Hannes und er hatten doch noch Antons Zustimmung erhalten, Matratzen und Bettzeug zum Köterhof hinauszuschaffen und dort zu übernachten. Inzwischen hatte sich bei den Bauern in der Gegend herumgesprochen, dass die Bruns-Jungs ordentlichen Selbstgebrannten besorgen konnten, den man mit amerikanischen Zigaretten, aber auch mit eingetauschtem Goldschmuck bezahlen konnte.

Zudem hatte Willa sich mit Gastwirt Meyer, der ihr früher schon zu besonderen Gelegenheiten Kaffeebohnen besorgt hatte, in Verbindung gesetzt und ihm Kartoffelschnaps angeboten. Er hatte fünfundzwanzig Flaschen für den Maiball bestellt, den er in seinem Saal veranstalten wollte. Einen richtigen Ball, so wie früher vor dem Krieg, mit einem geschmückten Maibaum vor der Tür, mit einer Kapelle, die Tanzmusik spielte, und vermutlich mit einer ordentlichen Schlägerei zu vorgerückter Stunde. Nur dass der Ball in diesem Jahr schon gegen halb zwölf zu Ende sein würde, damit alle Besucher vor der Sperrstunde zu Hause sein konnten.

Hannes, Sigi, Georg und Elli waren gleich nach dem sonntäglichen Mittagessen, bei dem Willa von Meyers Bestellung berichtet hatte, zum Köterhof aufgebrochen, um neue Maische anzusetzen. Sie hatten gerade mit der Arbeit begonnen, als es an der Küchentür klopfte und Martin eintrat. Es war das erste Mal, dass er zum Köterhof kam, seit er zusammen mit Elli den Destillierapparat dorthin gebracht hatte.

»Ihr habt es euch hier ja nett gemacht!« Martin ließ seine Augen über die alten Küchenmöbel von Ellis Großeltern schweifen, die Elli Tilly abgeschwatzt hatte, und nickte anerkennend. »Aber bullig warm ist es hier drin.«

»Das muss so sein«, erklärte Hannes. »Die Maische muss gären.«

Martin verzog das Gesicht und nickte. »Ah ja! Deshalb riecht es auch so …« Er nahm seine Tweedmütze ab und drehte sie einen Moment in den Händen, als überlege er, wie er sein Anliegen vorbringen sollte. »Georg hat mir erzählt, ihr wollt eine Tanzkapelle aufziehen«, sagte er schließlich. »Und ihr wisst nicht, wie ihr es anstellen sollt.«

Sigi nickte, während Hannes von Martin zu Georg schaute, der mit verschränkten Armen auf seinem Stuhl saß und zufrieden grinste wie ein Kater im Milchladen.

»Ich denke, ich könnte euch helfen. Als ich in Hamburg studiert habe, hab ich eine ganze Weile nebenher in einer Tanzkapelle gespielt und die Arrangements gemacht. Hauptsächlich Schlager und Swing mit deutschen Texten, das wollten die Leute hören, und es gab gutes Geld dafür. Ich kann euch helfen, Musiker auszusuchen, die was taugen.« Er holte tief Luft, richtete sich auf und sah Sigi herausfordernd an. »Aber ich hab zwei Bedingungen, ohne die nichts aus der ganzen Sache wird: Ich selber werde auch bei der Kapelle dabei sein. Und Georg bekommt von mir Gesangsunterricht, ehe er auftritt, sonst ist seine Stimme schneller kaputt, als er gucken kann.«

»Ja, klar! Wenn du meinst, dass das nötig ist?« Sigi nickte.

»Glaub mir, das ist nötig!«, sagte Martin bestimmt. »Du besorgst uns Instrumente und Noten, und ich helfe dir, die richtigen Musiker zu finden.«

In den Flüchtlingslagern in Oldenburg verbreitete sich die Nachricht, dass die beiden jungen Männer mit dem Opel Olympia Musiker suchten und bereit waren, gut zu bezahlen, wie ein Lauffeuer. Nachdem Sigi, Hannes und Martin mit einer ganzen Reihe von Musikern gesprochen hatten, entschied sich Martin für zwei Orchestermusiker – einen aus Königsberg, einen aus Leipzig –, mit denen er zu proben beginnen wollte. Beide hatten schon Tanzmusik gemacht und spielten mehrere Instrumente. Zufälligerweise hörten beide auf den Namen Erwin.

Die Proben fanden immer samstags oder sonntags statt. Sigi holte die zwei Erwins morgens von ihrem Quartier ab und fuhr mit ihnen nach Frieschenmoor. Nach einer Tasse Tee in der Küche gingen Martin, Georg und die beiden Erwins zum Klavier im Wohnflur hinüber und begannen zu proben.

Es war, wie Sigi erzählte, gar kein Problem gewesen, Instrumente auf dem Schwarzmarkt zu besorgen. Er hätte die freie Auswahl gehabt und mehrere Orchester ausstatten können, wenn er gewollt hätte. So brachte er nach und nach ein kleines Schlagzeug, eine Klarinette, ein Saxofon, ein Akkordeon sowie zwei Gitarren mit, und sogar einen Kontrabass, der an der Wand neben Willas Wäscheschrank lehnte, wenn keine Probe war.

»Sieht ja hier aus wie in einem Musikaliengeschäft«, brummte Opa Gustav, doch Oma Tilly lachte nur. »Oller Krittkopp!«

Bei jeder Probe rückte sie ihren Sessel in die Nähe der Küchentür, die weit offen stand, damit der Ofen auch den Wohnflur mit beheizte, nahm den kleinen Erich auf ihren Schoß und genoss die Musik, die vom Flur herüberschallte. Besonders liebte sie es, wenn gesungen wurde. Dann wiegte sie den Kopf hin und her und summte leise mit, wenn sie die Melodie erkannte.

Noten hatten die vier Musiker nicht, die waren offenbar deutlich schwerer zu besorgen als die Instrumente. Sie spielten, so gut es ging, die aktuellen Schlager aus dem Radio nach und Lieder, die jeder kannte und hören wollte. *Lilli Marleen* war dabei und *La Paloma*, aber ebenso *Der Mai ist gekommen* und der *Schneewalzer*. Meistens sang Georg, manchmal auch Martin, und gele-

368

gentlich probierten die beiden es zweistimmig. Dann hörten die Frauen, die in der Küche saßen, strickten oder Kartoffeln schälten, zu tuscheln auf und lauschten.

»Das klingt doch schon ganz ordentlich!«, meinte Sigi nach einer der ersten Proben und schlug vor nachzufragen, ob sie vielleicht schon beim Maiball in Varel auftreten könnten.

Aber Martin schüttelte entschieden den Kopf. Dafür sei es noch viel zu früh. Im Sommer vielleicht, besser erst im Herbst oder Winter. Noch hätten sie kaum Repertoire, und das bisschen, was sie hätten, sei noch längst nicht aufführungsreif. Egal, wie sehr Sigi auch bettelte, Martin ließ sich nicht erweichen.

Bei einer der nächsten Proben schleppten Sigi und die beiden Erwins ein paar Kartons in den Flur und stellten sie neben dem Klavier ab. Selbst der große Erwin, der mit seinen knapp zwei Metern und seinem breiten Kreuz eher wie ein Gewichtheber als wie ein Musiker wirkte, schien an den Paketen schwer zu tragen zu haben. Sigi öffnete einen der Kartons und fragte grinsend, ob Martin damit etwas anfangen könne. Der holte ein großes, in grünes Leinen gebundenes Buch heraus und begann darin zu blättern. Dann lachte er, legte das Buch zur Seite und zog das nächste hervor.

»Wo, in Gottes Namen, hast du das denn her?«, fragte er Sigi.

»Vom Schwarzmarkt natürlich«, erwiderte dieser grinsend. »Woher sonst? Hat mich fünf Schachteln Luckys gekostet, der ganze Ramsch.«

Martin drehte sich zu Georg um. »Weißt du, was das ist?« Er lachte, klappte das Buch wieder zu und tippte mit dem Zeigefinger darauf. »Weißt du, was das hier ist!?«, wiederholte er.

Georg sah ihn verständnislos an. »Nein! Was denn?«

»Das sind Klavierauszüge. Lauter Opern! Schau! Es ist alles da!« Er beugte sich über den Karton und kramte darin. »*La Traviata, Don Carlo, Tosca, La Bohème, Carmen, Der Freischütz, Martha!*«

Er holte einen Band nach dem anderen aus dem Karton und legte sie auf oben auf das Klavier. Dann öffnete er einen zweiten Karton.

»Ich fasse es nicht: *Fidelio, Die Zauberflöte, Don Giovanni.* Jede Menge Wagner: *Lohengrin, Die Meistersinger* und *Das Rheingold.* Und ganz unten noch Stücke von Schubert und Mozart.« Er lachte wieder, während er sich bis zum Boden des Kartons durchwühlte. »Und jetzt werden wir uns mal einen richtigen Spaß erlauben, Junge. Kennst du *Don Carlo?*«

»Ja, hab ich in Köln gesehen. Das ist aber schon Ewigkeiten her.«

»Egal! Das wird dir Spaß machen! Erwin, wärst du so nett? Ab da.« Martin stellte den Klavierauszug auf den Notenständer und zeigte dem kleinen Erwin die Stelle, wo er beginnen sollte.

Erwin, der bislang mit verschränkten Armen neben ihnen gestanden hatte, nickte und setzte sich auf den Küchenstuhl, der ihnen als Klavierhocker diente. Er schlug einen einzelnen Akkord an, und Martin begann zu singen:

> »Dio, che nell'alma infondere
> Amor volesti e speme
> Desio nel cure accendere
> Tu dei di libertà.
> Giuriamo insiem di vivere
> E di morire insieme;
> In terra, in ciel congiungere
> Ci può la tua bontà.«

Er winkte ab und drehte sich zu Georg um. »So, das war der Rodrigo. Und du singst jetzt den Carlo dazu! Schau, einfach eine Terz darüber anfangen! Du kannst es auch gern zuerst mal auf Deutsch versuchen, aber du wirst sowieso nicht darum herumkommen, Italienisch zu lernen.«

»Italienisch?«

»Ja, natürlich! Als Opernsänger wirst du das brauchen.«

Georg zog zweifelnd die Augenbrauen hoch. »Du meinst, ich bin gut genug?«

Martin schürzte die Lippen und begann dann, breit zu grinsen. »Daran hab ich nie gezweifelt«, antwortete er und schlug ihm auf die Schulter. »Nicht eine Sekunde!«

Der Maiball in Varel war die erste von vielen Tanzveranstaltungen in diesem Sommer, zu denen sie alle zusammen gingen. Martin saß meist den ganzen Abend auf seinem Stuhl, ein kleines Notizbuch in der Hand, und schrieb genau auf, was und wie die Musiker spielten. Man müsse ja das Rad nicht neu erfinden, sagte er, und so könne er am besten sehen, was den Leuten gefalle und was sie auf die Tanzflächen ziehe.

Solange Martin mit dabei war, hatte Anton Bruns nichts dagegen, dass Elli mit Georg zum Tanzen ging. Im Gegenteil, er drückte Georg meist noch etwas Geld in die Hand, bevor sie losfuhren, und meinte, sie sollten sich gut amüsieren. Willas Augen wurden schmal, wenn sie das sah, aber sie sagte nichts.

Hannes und Sigi ließen keine Gelegenheit aus, ihre Geschäftsbeziehungen auszubauen, wie sie es nannten. Bei jedem Ball und jeder Feier fühlten sie beim Wirt vorsichtig vor, ob er Interesse an selbst gebranntem Kartoffelschnaps habe und ob es die Möglichkeit gebe, irgendwann mit einer eigenen Kapelle einen Tanztee zu veranstalten.

Anfangs war Elli immer das einzige Mädchen an ihrem Tisch. Doch dann, im Frühsommer, stand auf dem Ball der Schweiburger Klootschießer auf einmal Martha Diers vor ihr, die Elli in den letzten Monaten kaum zu Gesicht bekommen hatte. Martha zog sich einen Stuhl heran, und die Mädchen lachten und klönten stundenlang. Als Georg sie zum Tanzen aufforderte, wollte Elli zunächst gar nicht mitgehen, aber Martha lachte.

»Nun verschwindet schon! Sonst hab ich ja gar keine Gelegenheit, mich mal mit den netten Jungs hier zu unterhalten.« Damit drehte sie sich zu Sigi um, der neben ihr saß, und schenkte ihm ihr süßestes Lächeln.

Den ganzen Abend lang tanzten Martha und Sigi miteinander, dann waren sie plötzlich verschwunden. Als Martin, der dafür sorgen sollte, dass alle pünktlich zu Hause waren, Sigi suchte, fand er ihn und Martha an der Kirchhofsmauer, wo sie sich eng umschlungen küssten. Er hielt Sigi auf der Rückfahrt eine Standpauke, dass er es sich um Gottes willen nicht mit den Leuten hier verderben und vorsichtig sein solle, mit wem er was anfing.

Sigi hörte sich den Vortrag an und meinte achselzuckend, Martin solle sich sein blödes Offiziersgehabe endlich mal abgewöhnen, er werde ohnehin tun und lassen, was er für richtig halte. Und auf gar keinen Fall werde er sich vorschreiben lassen, wer seine Freundin sein dürfe und wer nicht.

Seit diesem Abend waren Martha und Sigi unzertrennlich. Schon bald war Martha aus ihrer Gruppe nicht mehr wegzudenken und verbrachte jede freie Minute auf dem Brunshof.

Diesmal fiel die Heuernte besser aus als im Jahr zuvor, und die jungen Leute waren so eingespannt, dass für die Proben nur noch wenig Zeit blieb. Dennoch verbrachten Martin und Georg jede freie Minute am Klavier, das gar nicht mehr so schief klang, seit der kleine Erwin es gestimmt hatte. Immer wieder ließ Martin Georg Tonleitern hinauf- und hinuntersingen, von ganz tief bis ganz hoch, korrigierte seinen Klang und die Lautstärke, sprach von Kopf- und Bruststimme, von Zwerchfell und Nebenhöhlen, und immer wieder von Stütze und Haltung.

Ein paar Mal hatte sich Elli dazugesetzt und versucht, dem Unterricht zu folgen, aber sie wurde das Gefühl nicht los, eigentlich nur zu stören. Darum ging sie lieber zu ihrer Großmutter in die Küche, trank mit ihr Tee und hörte von dort aus zu, während sie ab und zu ein paar Worte mit Oma Tilly wechselte.

»Das wird immer besser mit Georgs Singerei«, sagte Tilly, die mit geneigtem Kopf lauschte. »Hör mal, wie schön das jetzt klingt, wenn er tief singt. Das war früher alles viel dünner.«

Erstaunt sah Elli zu ihr hinüber und fragte sich, wieso ihre Großmutter den Unterschied hören konnte, sie selbst aber erst darauf aufmerksam gemacht werden musste. Oma hatte recht, Georgs Stimme hatte sich verändert. In den wenigen Monaten, seit er von Martin unterrichtet wurde, war sie voller und runder geworden.

»Wie spät ist es?«, rief Martin vom Flur her.

»Gleich halb vier«, gab Elli nach einem Blick auf die Uhr zurück.

»Dann haben wir ja noch ein paar Minuten, ehe die anderen zum Vespern kommen. Irgendeinen Wunsch?«

Am Ende des Unterrichts durften die Frauen in der Küche sich immer aussuchen, was Martin und Georg singen sollten. Meist waren es Schlager oder ein Stück aus einer der Operetten, die sie aus dem Radio kannten. Aber seit Martin angefangen hatte, mit Georg die Schubert-Lieder durchzunehmen, hatte Tilly Bruns nur noch einen Wunsch.

»Ist noch Zeit für das *Wiegenlied*?«, rief sie.

Elli hörte, wie Georg lachte. »Sicher! So viel Zeit ist immer.«

Dann setzte das Klavier ein, und Georg begann mit weicher, zarter Stimme Tillys Lieblingslied zu singen. Elli saß neben ihr, sah, wie ihre Großmutter die Augen schloss, und lächelte, während Georg die leise, einlullende Stimme des Baches nachahmte:

»Gute Ruh, gute Ruh,
Tu die Augen zu.«

Er sang für den armen Müllersburschen, der in seinem Liebeskummer ins Wasser gegangen war. Das Lied hatte viele Strophen, nicht immer sang Georg sie alle, aber die letzte fehlte nie:

»Gute Nacht, gute Nacht,
Bis alles wacht,
Schlaf aus deine Freude,
Schlaf aus dein Leid.
Der Vollmond steigt,
Der Nebel weicht,
Und der Himmel da droben,
Wie ist er so weit.«

So viel unerfüllte Sehnsucht lag darin, dass Elli einen dicken Kloß im Hals fühlte und sie die Hand ihrer Großmutter ganz fest drückte.

Mitte Juli, als der erste Heuschnitt eingefahren war, gab Martin schließlich Sigis Drängen nach und stimmte einem ersten Auftritt der Kapelle zu. Am Nachmittag spielten die vier Musiker im Wohnflur noch einmal einen Teil der Lieder an, die sie bei der Silberhochzeit aufführen wollten, für die sie engagiert worden waren.

Als sich Martin und Georg danach zum Melken umziehen wollten, winkte Anton ab. »Wir schaffen das heute auch ohne euch«, brummte er. »Georg ist so aufgedreht, der macht mir nur die Kühe verrückt!«

Die Musiker waren schon zur Gastwirtschaft in Mentzhausen aufgebrochen, als Elli von der Kuhweide zurückkam. Sie hätte Gott weiß was dafür gegeben, sie begleiten zu können, aber Anton hatte Nein gesagt. Die Familie, auf deren Silberhochzeit sie auftraten, gehörte weder zur gleichen Nachbarschaft noch zur Verwandtschaft der Bruns. Niemand von ihnen war eingeladen, und Hannes war nur mitgefahren, um mit dem Wirt, dem alten Mönnich, die Möglichkeit zu besprechen, in seinem Saal Tanztees zu veranstalten.

Es war schon fast Mitternacht, als Hannes, Martin und Georg von ihrem ersten Auftritt zurückkamen. Der Abend war ein voller Erfolg gewesen, wie Georg stolz berichtete. Bis auf ein paar kleine Patzer und Texthänger hatte alles geklappt. Die Leute hatten sich gut amüsiert, viel getanzt, geschunkelt und mitgesungen. Offenbar hatte Martins Auswahl genau den Geschmack der Gäste getroffen.

Auch Martins Idee, als letztes Stück etwas Klassisches zum Besten zu geben – als »Rausschmeißer« sozusagen –, war sehr gut angekommen. Nach Georgs Darbietung von *Dein ist mein ganzes Herz* hätten die Hochzeitsgäste sogar noch eine Zugabe hören wollen, und sie hatten sich mit *Martha, Martha, du entschwandest und mit dir mein Portemonnaie* von ihrem jubelnden Publikum verabschiedet.

Der Auftritt der Musiker bei dieser Silberhochzeit sprach sich schnell in der ganzen Gegend herum und sorgte dafür, dass sie immer häufiger Anfragen für Familienfeiern, Vereinsbälle und schließlich auch für die Erntebälle der Umgebung bekamen. Auch das Geschäft mit dem selbst gebrannten Schnaps brummte. Jede Minute, die sie erübrigen konnten, verbrachten Hannes und Sigi in der Küche des Köterhofes, um das Torffeuer in Gang zu halten. Kartoffeln hatten sie inzwischen durch Tausch und eine ordentliche Ernte reichlich, aber an Flaschen zu kommen stellte ein großes Problem dar. Erst als sie einen Preis von einer vollen Flasche Schnaps für zwanzig leere aussetzten, herrschte daran kein Mangel mehr.

Bis in den November hinein waren sie jedes Wochenende unterwegs, lieferten Schnaps bei den Gastwirten ab, machten Musik oder gingen tanzen. Immer alle zusammen: Hannes, Elli und

Georg, Sigi und Martha, häufig auch noch Martin. Dann war es im Auto so eng, dass man sich kaum noch rühren konnte.

Eines Tages kam Sigi mit einem uralten Pritschenwagen auf den Hof gefahren, den er irgendwo organisiert hatte.

»Der kann hierbleiben«, erklärte er gut gelaunt. »Ist sowieso praktischer zum Transportieren als der Olympia. Und wenn wir viel auszuliefern haben, kann Hannes das auch erledigen, wenn ich in Oldenburg bin. So können wir den ganzen Winter über weitermachen.«

Doch der Winter in diesem Jahr machte Sigi einen gehörigen Strich durch die Rechnung. Schon Mitte Dezember begann es derart heftig zu frieren, dass die Scheiben in der Viehdiele mit einer dicken Eisschicht bedeckt waren, die bis zum März nicht wieder abtaute. Hannes sagte immer wieder, was für ein Glück es doch sei, dass sie die Kartoffeln gerade noch rechtzeitig vom Köterhof geholt hätten, ehe sie alle erfroren wären. Zu schade, dass sie nicht auch die Schnapsdestille mitgebracht hatten, denn jetzt hätten sie bestimmt noch etliche Flaschen unter die Leute bringen können.

Auch im Stall war in diesem Winter nicht so viel Arbeit wie in den Jahren zuvor. Es gab keine Jungbullen, und von den Zweijährigen hatte Anton mehr als die Hälfte beim Schlachter abliefern müssen. In den Städten verhungerten die Menschen, und den Bauern wurde das Vieh von den Höfen geholt, um die Not zu lindern.

Georg und Martin nutzten die Zeit, die ihnen zur Verfügung stand, probten neue Lieder für das Quartett, studierten die Opernpartituren und feilten an Georgs Stimme.

23

Am ersten Samstag im Mai sollte bei Gastwirt Mönnich in Mentzhausen der erste eigene Tanztee des Quartetts stattfinden. Der Abend versprach warm zu werden, und ein Hauch von Sommer lag in der Luft, als Elli und Martha am späten Nachmittag nebeneinander über die Neustädter Straße nach Mentzhausen radelten. Georg war gleich nach dem Melken vorgefahren, weil er den anderen beim Aufbau helfen wollte. Als die beiden Mädchen gegen sieben Uhr bei der Gaststätte ankamen, standen die Instrumente schon auf der Bühne, und der Schnaps war im Keller des Wirtshauses verstaut.

Kurz vor acht hatte sich eine lange Schlange vor dem Saal gebildet. Aus allen umliegenden Bauerschaften waren die jungen Leute gekommen, die Mädchen in ihren besten Kleidern, die jungen Männer meist in Hemd und Hose. Ein paar von ihnen hatten sogar einen Schlips um.

Elli saß zusammen mit Martha an der Eingangstür und kassierte den Eintritt, der von manchen Gästen auch in Zigaretten entrichtet wurde.

»Jetzt sag nicht, dass ich bei dir bezahlen muss, Elli!«, hörte sie eine dunkle Stimme sagen. »Immerhin sind wir zusammen zur Schule gegangen.«

Elli sah hoch. Vor ihr stand ein junger Mann in ihrem Alter, braun gebrannt, groß und breitschultrig, mit rotgoldenem Haar, das bereits schütter zu werden begann. Er musterte sie wohlwollend und schenkte ihr dann ein strahlendes Lächeln, während das dunkelhaarige, hübsche Mädchen, das sich bei ihm untergehakt hatte, ihn hemmungslos anhimmelte.

»Ach, schau mal an! Richard Fohrmann«, sagte Elli und grinste.

»Sieht man dich auch mal wieder! Wenn es danach ginge, mit wem ich zusammen in der Schule war, dann käme hier ungefähr die Hälfte der Leute umsonst rein. Wovon sollten wir denn dann die Musiker bezahlen?«

Richard lachte, zog ein paar Münzen aus seiner Tasche und warf sie auf den Tisch vor ihr, dann drehte er sich um und verschwand mit seinem Mädchen im Schlepptau im Saal.

»Was war denn das für ein Idiot?« Georg war hinter sie getreten und starrte Richard mit gerunzelter Stirn finster hinterher.

»Das war der liebe Richard Fohrmann aus Strückhausen, wie er leibt und lebt. Ein ausgewachsener Vollidiot!« Elli stand auf und gab Georg einen flüchtigen Kuss auf die Wange. »Gar nicht drum kümmern! Das lohnt sich nicht.«

Als sie nach Georgs Arm griff, um sich unterzuhaken, sah sie, dass sein Blick über die Menschenmenge vor ihnen schweifte. Sein ganzer Körper spannte sich an, als sie ihn berührte.

»Hast du was?«, fragte sie leise, ohne ihn loszulassen.

Jetzt erst sah er sie an. »Nein, was soll ich denn haben? Ich muss nur gleich singen.« Er strich flüchtig über ihre Hand, die auf seinem Arm lag, drehte sich um und verschwand in Richtung Bühne.

Während der ersten Pause, die die Musiker gegen neun Uhr machten, fand Elli Georg zusammen mit Martin und den beiden Erwins draußen vor der Gastwirtschaft in der Dämmerung unter den großen Birken an der Straße. Er hatte die Hände tief in den Hosentaschen vergraben und sah zu, wie Sigi den Musikern eine Runde Luckys ausgab. Aber Georg war merkwürdig in sich gekehrt an diesem Abend, gab nur einsilbige Antworten und ging Martin ganz offensichtlich aus dem Weg. Als die Flasche mit dem Selbstgebrannten herumgereicht wurde, nahm er einen großen Schluck, ehe er sie weitergab.

Martin zog die Augenbrauen zusammen und musterte ihn. »Alles in Ordnung, Georg?«

»Sicher!«, schnappte der. »Alles in schönster Ordnung. Was soll denn schon los sein?« Damit drehte er sich um und ging zur Saaltür zurück. »Wir sollten nur langsam mal weitermachen. Das Volk will tanzen.«

Als er die Tür aufzog, schallten Gelächter und Gläserklirren zu den anderen auf die Straße hinaus.

»Hat er irgendwas zu dir gesagt?«, fragte Martin und reichte die Flasche an Elli weiter.

»Nein«, erwiderte sie, nippte am Schnaps und verzog das Gesicht, als sie das Brennen des Alkohols auf der Zunge spürte. »Was sollte er denn zu mir gesagt haben? Ist irgendwas?«

Martin schüttelte den Kopf und winkte ab. »Nein, nein. Das soll er dir selber erzählen.«

»Vielleicht ist er müde? Kommt vielleicht nicht genug zum Schlafen.« Sigi grinste und stieß Elli mit dem Ellenbogen in die Seite.

Elli spürte, wie ihr das Blut in den Kopf schoss. »Was soll das denn heißen?«, fragte sie scharf.

»Gar nichts!« Sigis Grinsen wurde noch breiter. »Das soll gar nichts heißen, Elli. Was du auch immer gleich denkst!« Mit einer lässigen Bewegung schnippte er seine Zigarette auf die Straße und trat sie aus. Dann zog er Martha, der er den Arm um die Schultern gelegt hatte, näher an sich heran und küsste sie. »Aber Georg hat recht, wir sollten wirklich allmählich wieder Musik machen. Je mehr getanzt wird, desto mehr wird auch getrunken.«

Elli hielt Martin am Arm zurück, während Sigi, Martha und die beiden Erwins in den Saal gingen.

»Was ist denn los mit Georg?« Sie sah Martin fragend ins Gesicht. »Er ist so merkwürdig. Habt ihr euch gestritten?«

»Nein, gestritten nicht. Wir haben uns nur eine ganze Weile unterhalten, und jetzt hat er eine Menge, worüber er nachdenken muss, und das macht ihm wohl zu schaffen.« Martin griff nach Ellis Hand, die noch immer auf seinem Arm lag. »Vermutlich mache ich mir mal wieder viel zu viele Sorgen. Hab bitte ein Auge auf ihn, sei so gut!«

Elli sah ihm in die müden blauen Augen. »Du tust mal wieder, als wärst du mindestens hundert. Dabei bist du gerade mal – wie viel? – zehn Jahre älter als wir?«

»Alter wird nicht nach Jahren, sondern nach gemachten Erfahrungen gemessen. Das wirst du noch merken, mein Mädchen!« Er nahm ihre Hand in seine und drückte sie. Das Lächeln um seinen Mund erreichte seine müden Augen nicht. »Na, komm schon! Wir wollen mal lieber nicht anfangen, Trübsal zu blasen, was? Lass uns reingehen, es wird langsam kalt.«

Einen Moment lang schloss Martin die Augen, legte den Kopf in den Nacken und sog die salzige Luft tief in seine Lunge. »Eine wunderschöne Nacht ist das.« Er sah zum Horizont, wo sich aus dem Dunst über den Wipfeln der Bäume blassgolden der Mond erhob. »Schau, heute ist Vollmond.«

Leise begann er zu singen:

»Der Vollmond steigt,
Der Nebel weicht,
Und der Himmel da droben,
Wie ist er so weit!«

Dann wandte Martin Elli sein Gesicht zu, und sie sah seine Augen im Halbdunkel schimmern. »Ich glaube, genau so eine Nacht hatte Schubert im Sinn, als er das geschrieben hat.«

Es wurde ein wirklich schöner Abend. Alle hatten ihren Spaß, es wurde viel getanzt und gesungen und noch mehr getrunken.

Ein paar junge Männer aus Kötermoor wollten mit den Jungs aus Reitland eine Prügelei anfangen, wurden aber von den Klootschießern aus Strückhausen, angeführt von Richard Fohrmann, daran gehindert und vor die Tür gesetzt. Sigi stellte den Klootschießern zum Dank eine Extraflasche Kartoffelschnaps auf den Tisch.

Elli tanzte ein paar Mal mit Hannes und Sigi. Später am Abend verließ auch Georg für ein paar Minuten die Bühne, um wenigstens ein Mal mit ihr zu tanzen. Er zog sie ganz eng an sich und vergrub sein Gesicht in ihrem Haar, während Martin mit viel Schmelz in der Stimme sang: »Ich weiß, es wird einmal ein Wunder gescheh'n«.

Dass das Lied eigentlich nicht gerade für eine Baritonstimme geschrieben war, störte die Anwesenden ebenso wenig wie die Tatsache, dass die vier Musiker irgendwann mit ihrem Musikrepertoire durch waren und wieder von vorn beginnen mussten. Schlimmer war da schon, dass gegen elf der Selbstgebrannte zur Neige ging und Sigi zusammen mit Martha und Hannes noch mal zum Köterhof fahren musste.

Elli, die zuvor bei ihnen am Tisch gesessen hatte, blieb allein zurück, drehte ihr Glas in den Händen und wartete darauf, dass die Musiker zum letzten Tanz und zum »Rausschmeißer« kamen. Sie wollte auf jeden Fall pünktlich um Mitternacht zu Hause sein.

»Willst du tanzen?« Richard Fohrmann stand plötzlich vor ihr, eine selbst gedrehte Zigarette zwischen den Fingern.

Elli sah auf und musterte ihn abschätzig von oben bis unten. »Mit dir?« Sie lachte. »Ganz sicher nicht! Außerdem bin ich nicht allein hier.«

»Und wo ist der große Unbekannte?«

Elli zeigte auf die Bühne.

»Der alte Krüppel oder eine von den Witzfiguren?«

Elli spürte, wie Ärger in ihr aufstieg. »Weißt du was? Verschwinde einfach!«, zischte sie und drehte sich weg.

Richard ignorierte ihre Aufforderung. Er holte sich einen Stuhl vom Nebentisch, setzte sich und schlug lässig die Beine übereinander. Mit spitzen Fingern führte er seinen Zigarettenstummel zum Mund, nahm einen tiefen Zug und drückte ihn dann in dem überquellenden Aschenbecher auf dem Tisch aus. »Ach, weißt du, ich glaube, ich leiste dir lieber noch etwas Gesellschaft«, sagte er. »Ist doch blöde, wenn man so einsam am Tisch sitzt.«

»Und was wird deine Freundin dazu sagen?«

»Ist nicht meine Freundin. Außerdem ist sie schon nach Hause gegangen.«

»Ach, daher weht der Wind!«

Richard lehnte sich zurück. »Ich dachte, wenn wir schon beide allein hier sind, dann können wir ja auch zusammen noch was trinken.«

»Sag mal, bist du taub, oder tust du nur so? Ich hab doch gesagt, ich bin nicht allein hier. Und vor allem will ich nichts mit dir trinken. Jetzt verschwinde endlich!«

Die Musik hatte aufgehört. Martin trat nach vorn und rief, dass dies ihr letztes Stück gewesen sei. Protest erhob sich. Ein paar der jungen Männer pfiffen auf den Fingern.

Martin winkte ab. »Nein, Leute, lasst gut sein! Wir sind fertig für heute. Der Abend war lang genug, und morgen ist Sonntag. Da muss Georg sich wieder hinter die Orgel klemmen.«

Richard lachte lauthals. »Das ist doch jetzt nicht wahr, oder? Die Schmalzlocke orgelt in der Kirche?«, fragte er Elli. Aber die ignorierte ihn.

»Jetzt gibt es noch unsere Zugabe, und dann ist Schluss!«, rief Martin. »Und da Martha diesmal tatsächlich entschwunden zu sein scheint ...« Ein paar der Anwesenden, die die Darbietung von *Martha, Martha du entschwandest* anscheinend schon von anderer Gelegenheit kannten, lachten. »Heute mal was anderes: Erwin ... *Don Carlo*, bitte!«

Der kleine Erwin löste Georg am Klavier ab, und dieser trat neben Martin an den Rand der Bühne. Wie jedes Mal, wenn er im Begriff war, etwas Klassisches zu singen, ging eine sichtbare

Veränderung in Georgs Auftreten vor sich. Er schien ein ganzes Stück größer zu werden, sein Blick ging über das Publikum hinweg, seine ganze Haltung strahlte ungeheures Selbstbewusstsein aus.

Ein einzelner Klavierakkord erklang, dann begannen die beiden zu singen:

»Gott, der entflammt aller Liebe
Heiße Glut in jedem Herzen
Senke auch tief in jede Brust
Der Freiheit hellen Drang,
Dass jene erglühe zu loderndem Glanz,
Zur Freiheit heiligem Drang …«

Es dauerte keine zwei Takte, und der ganze Saal war so still, dass man eine Stecknadel hätte fallen hören können. Die Akustik war nicht die beste, aber die beiden Stimmen harmonierten perfekt und füllten den Saal bis in den letzten Winkel aus. Als sie schließlich verstummten, dauerte es ein paar Sekunden, bis tosender Beifall aufbrandete.

Während alle anderen klatschten, holte Richard seinen Tabak aus der Hosentasche und drehte sich in aller Seelenruhe eine Zigarette, die er mit seinem alten Benzinfeuerzeug anzündete. Dann beugte er sich zu Elli hinüber und legte seine Hand auf ihre. »Kerle, die zusammen singen, haben irgendwie was Merkwürdiges an sich, meinst du nicht?« Er lächelte boshaft. »Irgendwie krank!«

Elli sah zur Bühne hinauf. Georg stand einfach nur da, den Blick auf sie und Richard gerichtet. Seine Lippen waren zusammengepresst, die Hände zu Fäusten geballt, in seiner Wange zuckte ein Muskel. Dann drehte er sich auf dem Absatz um, sprang von der Bühne und rannte zur Tür hinaus.

»Oh, verdammt!« Elli riss ihre Hand aus Richards Griff und

383

sprang auf. Sein verblüfftes »Was ist denn los?« hörte sie kaum noch, während sie versuchte, sich so schnell wie möglich durch die Menschenmenge zu quetschen, die sich vor dem Ausgang drängte.

Als sie die Saaltür aufstieß, schlug ihr die kalte Nachtluft entgegen. Auch die Straße war bereits voller junger Leute, die sich auf den Heimweg machten, aber Georg konnte sie nirgends entdecken. Vielleicht wollte er in seiner Wut so schnell wie möglich nach Hause fahren, sagte sie sich und lief zum Eingang der Kneipe hinüber, wo sie die Fahrräder abgestellt hatten. Doch auch dort war keine Spur von ihm. Das alte Fahrrad, mit dem er gekommen war, lehnte an der Mauer. Er musste also noch irgendwo hier sein.

»Georg?«, rief sie und wieder: »Georg!«

Keine Antwort.

Gerade als Elli überlegte, auf ihr Fahrrad zu steigen und die Straße abzufahren, hörte sie helles Gelächter hinter sich. Als sie sich umdrehte, sah sie ein eng umschlungenes Pärchen näher kommen und erkannte im Licht des Vollmonds Sigi und Martha.

Elli lief ihnen entgegen. »Habt ihr Georg irgendwo gesehen?«

»Nein! Was ist denn los?«, fragte Sigi.

Mit wenigen Worten schilderte Elli, was passiert war. »Wir wollten zusammen nach Hause fahren«, schloss sie. »Es ist schon fast halb zwölf, wir kommen doch jetzt schon zu spät!«

»Merkwürdig«, sagte Sigi. »Ich hätte nicht gedacht, dass Georg so eifersüchtig ist. Sieht ihm irgendwie gar nicht ähnlich.«

»Ich hab keine Ahnung, ob er eifersüchtig ist«, rief Elli aufgelöst. »Er war heute die ganze Zeit schon so seltsam.«

Martha löste sich aus Sigis Umarmung, kam zu ihr und tätschelte ihren Arm. »Hast du Hannes schon gefragt? Der sitzt mit dem alten Mönnich in der Gaststube, um abzurechnen. Vielleicht hat er ihn gesehen.«

Hannes schien nicht besonders erfreut, dass Elli ihn bei der

Abrechnung mit dem alten Gastwirt unterbrach. »Georg taucht schon wieder auf, wenn er sich beruhigt hat«, sagte er ungeduldig und rückte seine Brille zurecht.

»Meint ihr euren einen Sänger? Den Lockenkopf?«, fragte der alte Mönnich, der Hannes gegenübersaß, und lachte. »Ich glaube, der fährt nirgends mehr hin. Kam hier rein mit einer halb vollen Flasche Schnaps in der Hand und hat sie in einem Zug leer gemacht. Jetzt liegt er dahinten auf dem Sofa, voll wie tausend Russen!«

Als der Pritschenwagen auf die Auffahrt zum Brunshof einbog, schien der Mond so hell, dass die Birken lange Schatten über die Straße warfen. Elli saß zwischen Hannes, der leise vor sich hin schimpfte, während er versuchte, den Schlaglöchern auf dem ausgefahrenen Weg auszuweichen, und Georg, dessen Kopf schwer auf ihrer Schulter lag. Die Fahrräder hatten sie hinten auf den Wagen geladen. Elli hatte ihren Arm um Georgs Brustkorb gelegt und hielt ihn fest, damit er nicht vornübersackte.

Georg stöhnte leise. »Alles dreht sich«, murmelte er.

»Na prima! Das fehlte mir gerade noch, dass du hier ins Auto kotzt«, knurrte Hannes. »Sieh zu, dass du ihn ins Bett schaffst, ohne dass jemand etwas mitbekommt!«, sagte er zu Elli. »Ich fahr gleich zurück und hole Martin und die restlichen Sachen ab. Sag Mutter, dass ich im Köterhof schlafe, wenn sie fragt.«

Er stieg aus, ging um den Wagen herum, öffnete die Beifahrertür und half Elli, Georg aus dem Wagen zu ziehen. »Komm schon, du Held!«, sagte er. »Wach mal langsam wieder auf. Elli kann dich nicht allein schleppen. Du musst ein bisschen mithelfen. So, jetzt hakt sie dich unter, und dann musst du laufen.«

Elli legte sich Georgs linken Arm um die Schultern und packte mit der Rechten seinen Gürtel.

»Und stell ihm bloß eine Schüssel vors Bett!«, rief Hannes ihr noch zu, ehe er wieder in den Wagen stieg.

»Keine Sorge, ich weiß schon, was ich machen muss«, antwortete Elli und zog Georg langsam über den Hof und in die Dreschdiele.

»Mir ist schlecht!«, stöhnte Georg nach ein paar Metern.

»Oh nein, Georg, bloß nicht hier! Da vorn ist die Seitentür, dann gehen wir in den Garten. Da merkt keiner was. Na, komm schon!«

Sie zog ihn mühsam am Leiterwagen vorbei. Bei jedem Schritt schien er schwerer und schwerer zu werden. Elli gelang es schließlich irgendwie, die Tür zum Gemüsegarten aufzuziehen und Georg, der sich inzwischen die Rechte vor den Mund presste, hinauszubugsieren. Kaum waren sie draußen, riss er sich von ihr los, lief zwei Schritte, fiel auf Knie und Hände und erbrach sich in hohem Bogen in die langen Grasbüschel neben dem Zaun zur Kälberweide. Er hustete, krümmte sich und übergab sich gleich noch einmal.

Elli seufzte. Sie ging zu ihm, beugte sich hinunter und hielt ihm die Stirn, während er keuchte und würgte.

Als der Anfall vorüber war, griff Georg nach ihrer Hand, die noch immer auf seiner Stirn lag, und schob sie weg. »Nicht. Bitte«, nuschelte er und drehte den Kopf weg. »Lass mich!«

»Was ist denn?« Elli ließ sich neben ihm auf die Knie nieder.

»Ich will das nicht!«

»Was willst du nicht?«

»Dass du mich so siehst.«

»Ach, Georg! Was soll denn der Blödsinn?« Behutsam strich sie ihm die Haare aus der Stirn und suchte seinen Blick, aber er drehte sich weg. Da griff Elli nach seiner Hand und hielt sie fest. »Du würdest dich wundern, was ich schon alles gesehen habe. Was glaubst du, wer das Zimmer sauber gemacht hat, als Hannes auf seinem ersten Schützenfest in Strückhausen versackt ist? Gegen ihn und die Sauerei, die er angerichtet hat, bist du der reinste Waisenknabe. Und damals war er erst sechzehn.« Elli sah im hellen Mondlicht, dass Georgs Schultern zuckten, und dachte, er würde lachen. »Siehst du, alles halb so wild! Und jetzt sehen wir zu, dass wir dich ins Bett schaffen.«

Georg hielt noch immer den Kopf gesenkt. Er atmete schwer und schluckte mehrmals. Dann zog er seine Hand aus ihrem Griff. »Ich bin so ein Versager!«, stieß er hervor. »Ein Feigling, nichts als ein Feigling! Eine Memme!« Er krümmte sich zusammen und würgte erneut, aber es kam nichts mehr. »Er hat recht gehabt. Er hat ja immer recht gehabt.«

Georg kauerte auf Knien und Ellenbogen im Gras und schlug mit der Faust auf den Boden ein. »Ein Feigling, ein Schlappschwanz! Nehm Reißaus, sobald es schwierig wird. Kann nichts richtig machen. Dumm wie Bohnenstroh! So dumm, dass selbst Prügeln nicht dagegen hilft!« Ein heiseres Ächzen entrang sich seiner Kehle. »Nichts kann ich richtig machen, nicht mal saufen. Ein Jammerlappen, eine Witzfigur!«

»Schhhh!«, machte Elli. »Leise! Du weckst sonst noch alle auf.« Sie streckte ihre Hand nach ihm aus, aber er zuckte zurück, als hätte er sich verbrannt, und schlug nach ihrem Arm.

»Und jetzt heul ich auch noch«, keuchte er.

»So beruhig dich doch! Ich hab keine Ahnung, wovon du redest. Wer hat immer recht gehabt?«

»Mein Vater! Der große Kriegsheld Doktor Armin Weber.« Georg spuckte den Namen förmlich aus. »Doktor Armin Weber, der alles kann und alles weiß. Doktor Weber, die Stütze der Gemeinde. Doktor Weber, der aus seinen Söhnen richtige Kerle macht. Der ihnen Zucht und Ordnung einbläut. Der mit dem Gürtel das Weiche aus ihnen herausprügelt, damit sie was Anständiges werden.«

Georg richtete sich auf. Sein tränennasses Gesicht war wutverzerrt und grau. »Oh, ich hab ihn gehasst! Ich hab ihn so abgrundtief gehasst! Nie konnte ich es ihm recht machen, nie war ihm etwas gut genug.« Er wischte sich mit dem Handrücken über die Augen. »Vorher hat er mich ja meistens noch in Ruhe gelassen, aber als Armin gefallen ist ...« Er brach ab. Senkte den Kopf. Verstummte.

»Armin?«, fragte Elli leise, als sein Schweigen unerträglich zu werden begann.

»Armin war sechs Jahre älter als ich. Mein Bruder.«

»Du hast nie ...«

»Nein«, unterbrach er sie. »Ich hab nie von ihm erzählt.« Er stöhnte und verbarg das Gesicht in den Händen. »Mir ist immer noch schlecht!«

Elli sagte nichts. Ihr wurde bewusst, dass Georg in den letzten paar Minuten mehr über sich und seine Familie preisgegeben hatte, als in den zweieinhalb Jahren, die er schon bei ihnen war. Eigentlich wusste sie so gut wie gar nichts über ihn.

»Meinst du, du musst noch mal spucken?«, fragte sie ihn schließlich.

»Glaub nicht«, erwiderte er. »Kann eigentlich nichts mehr drin sein.«

»Wieso hast du dich denn bloß so volllaufen lassen?«

»So viel war es gar nicht. Ich hatte nur nichts gegessen.«

»Und dann das Teufelszeug, das Hannes und Sigi brennen! Kein Wunder ...«

»Es tut mir leid, Elli, es tut mir so leid!« Georgs Wut schien so plötzlich verraucht zu sein, wie sie aufgeflammt war. Er streckte ihr seine Hand entgegen, sie ergriff sie, erhob sich und zog ihn auf die Füße. Er schwankte noch immer etwas, schien jetzt aber deutlich nüchterner zu sein.

»Na, komm, Georg, lass uns reingehen! Aber ganz leise, damit wir niemanden aufwecken.« Elli wollte ihn mit sich ziehen, aber er hielt sie am Arm fest.

»Elli ...«

»Was ist denn?«

»Oh Elli! Mein Lieb.« Georg schlang seine Arme um sie und drückte sie fest an sich. »Meine Elli!«

Säuerlicher Geruch nach Erbrochenem stieg ihr in die Nase. Elli verzog das Gesicht. »Du musst dich erst mal umziehen. Komm schon!«

Sie schlichen über den Vorflur in die Küche, Elli ging voraus und zog Georg an der Hand hinter sich her. Licht zu machen traute sie sich nicht, sondern ertastete sich im Dunkeln ihren Weg in den Wohnflur, an der Garderobe und dem Klavier vorbei bis zur Treppe. Alles war still.

Gerade als sie die Treppe erreicht hatten, flammte das elektrische Licht im Flur auf. In der Tür zum Elternschlafzimmer stand Ellis Vater, bekleidet mit einem Schlafanzug. Er zog die Tür hinter sich zu, damit kein Licht in den Raum fiel.

»Wo kommt ihr denn jetzt her?«, fragte er streng. »Hast du eigentlich eine Ahnung, wie spät es ist, Muschen?«

Elli nickte nur. Schuldbewusst schlug sie die Augen nieder.

»Ich sollte dich eigentlich …« Ihr Vater hob die Rechte.

Elli fühlte, wie Georg seine Hand aus ihrem Griff löste und zurückwich. Sekundenlang herrschte Stille.

Schließlich seufzte Anton und schüttelte den Kopf. »Seht bloß zu, dass ihr in eure Betten kommt, ihr zwei, aber ganz fix! Und seid vor allem leise, damit deine Mutter nichts von alledem mitkriegt.«

»Ja, Papa.« Elli betrat die unterste Treppenstufe.

»Und, Elli?«

»Ja?«

»Kannst morgen früh ausschlafen. Du brauchst nicht zum Melken kommen.« Er drohte ihr mit dem Zeigefinger. »Aber dass mir das nicht noch einmal vorkommt!«

»Das kommt nicht wieder vor. Ganz bestimmt nicht, versprochen! Danke, Papa!«

»Schlaf gut, Muschen!« Anton lächelte. »Du auch, Georg«,

fügte er hinzu, drehte sich wieder zur Schlafzimmertür, zog sie vorsichtig ein Stück auf und zwängte sich durch den Spalt ins Zimmer.

Georg starrte ihm nach.

»Komm, lass uns nach oben gehen«, flüsterte Elli und griff nach seiner Hand. »Gott, du siehst ja aus, als hättest du ein Gespenst gesehen«, fügte sie hinzu, als sie den Ausdruck in seinem Gesicht bemerkte.

Einen Moment dachte sie, er wolle etwas erwidern, aber dann schluckte er, schüttelte den Kopf und ging an ihr vorbei die Treppe hinauf.

Am oberen Treppenabsatz hatte sie ihn eingeholt und hielt ihn am Arm fest. »Am besten, du kommst mit in mein Zimmer und wäschst dich da«, flüsterte sie. »Sonst wacht womöglich Bernie auf, und der wird uns bestimmt verpetzen.«

Ohne auf seine Antwort zu warten, zog sie ihn mit sich in ihre winzige Kammer. Sie schloss die Tür hinter ihm und schaltete die Nachttischlampe an.

Georg blieb an der Tür stehen und sah sich um. »Ich war noch nie hier drin.«

»Wozu auch? Ist ja nur eine Schlafkammer. Was gibt es hier schon zu sehen, außer ein paar alten Möbeln?« Sie zeigte auf die Frisierkommode. »Da ist die Waschschüssel. Und in dem Guss ist frisches Wasser.«

Elli ging zu ihrem Bett, schlug die Daunendecke zurück und zog ihr Nachthemd unter dem Kopfkissen hervor. »Worauf wartest du denn?«, fragte sie, als sie bemerkte, dass er sich nicht gerührt hatte.

»Einen Augenblick lang dachte ich wirklich, er würde dich schlagen«, murmelte Georg.

»Papa?« Elli lächelte und faltete das weiße Baumwollhemd auseinander. »Nein, Papa hat mich noch nie geschlagen. Nicht ein einziges Mal. Mutter sagt immer, er sei nicht streng genug zu uns Kindern.« Sie verzog das Gesicht. »Mutter ist da anders.«

Sie ging zur Frisierkommode und goss Wasser aus dem großen Krug in die Porzellanschüssel. Dann zog sie Georg vor die Kommode und reichte ihm einen Waschlappen.

Georg sah das Stück Stoff in seiner Hand einen Moment lang verständnislos an, dann drehte er sich zur Frisierkommode um, tauchte es ins Wasser, wrang es aus und wischte sich damit über das Gesicht, erst zögernd, dann immer entschlossener.

»Die Hose lass am besten gleich hier, die ist voller Grasflecken. Die schmuggle ich morgen mit runter und kümmere mich darum«, sagte Elli, ehe sie ihm den Rücken zuwandte, ihre Bluse aufknöpfte und den Rock abstreifte. Bevor sie auch noch den Unterrock fallen ließ, zögerte sie und warf einen schnellen Blick über die Schulter. Sie bemerkte, dass Georg sie im Spiegel beobachtete. »He! Nicht gucken!«

»Entschuldige!« Georg wurde rot und drehte sich weg.

Elli zog sich ganz aus und streifte dann eilig ihr Nachthemd über den Kopf. »So, jetzt hab ich wieder was an«, sagte sie, setzte sich aufs Bett, stapelte die beiden Kopfkissen und das dicke Zierkissen aufeinander, lehnte sich dagegen und streckte die Hand nach ihm aus. »Na, komm. Lass uns reden!«

Zögernd stand Georg mitten im Raum und sah Elli minutenlang nur an, während sich Trauer, Reue und Hilflosigkeit in seinem Gesicht spiegelten. Schließlich gab er sich einen Ruck, kam langsam zu ihrem Bett herüber und berührte ihre Hand mit den Fingerspitzen. Langsam und stockend begann er zu erzählen.

Von seiner jungen, schönen Mutter sprach er, von der er die Liebe zur Musik geerbt hatte. Die mit ihm ins Konzert gegangen war und in die Oper. Seine Eltern hatten ein Abonnement für die Kölner Oper, aber als Arzt hatte der Vater oft keine Zeit, die Mutter zu begleiten. Vielleicht war das aber auch nur vorgeschoben, denn aus seiner Abneigung gegen die Musik machte der Vater nie einen Hehl. Zu Anfang war Georgs Bruder Armin mitgegangen, aber sobald Georg alt genug war, begleitete immer er die Mutter. Und jeden Sonntag ging er mit ihr in die Kirche. Immer nur sie beide. Immer nebeneinander auf der Kirchenbank oder auf den weichen, samtbezogenen Sesseln, seine Hand in ihrer. Jahrelang immer nur zu zweit. Erst als seine kleine Schwester Lisa geboren wurde, war es damit vorbei.

Auch von seinem Vater erzählte Georg, dem Internisten, der so stolz war, endlich eine eigene Praxis zu bekommen, als der jüdische Arzt aus ihrer Straße verschwunden war. Eine schöne große Praxis in der Kölner Innenstadt, mit einer eigenen Wohnung darüber. Die habe er sich auch redlich verdient, sagte der Vater immer. Schließlich habe er im Weltkrieg gekämpft. Tapfer gekämpft und immer seinen Mann gestanden. Nie habe er wie ein Mädchen geflennt, und nie sei er feige gewesen.

Und von seinem Bruder Armin, der nach dem Vater benannt war, in dessen Fußstapfen er treten sollte, erzählte Georg. Immer musste er der Klassenbeste sein. Studieren sollte er und die Praxis übernehmen. Wehe, wenn nicht, dann setzte es was! Aber dann war Armin gleich zu Beginn des Krieges gefallen. 1939. Dreizehn war Georg damals. Und furchtbar schlecht in der Schule. In allen Fächern, nur in Musik nicht. Immer hatte er im Chor gesungen, zuerst im Kinderchor der Kirche, später im Schulchor und im Kinderchor der Kölner Oper, dank einer Empfehlung seines alten Musiklehrers, der gute Kontakte hatte. *Carmen* und *Tosca*. Einmal trat er sogar als Zweitbesetzung für einen der Knaben in der *Zauberflöte* auf. Und das alles musste er nach Armins Tod aufgeben. Diesen Musikquatsch, den Weiberkram, wie sein Vater es nannte. Er sollte lernen: Physik, Latein, Mathe. Und Sport machen, viel Sport, dann würde auch endlich ein richtiger Kerl aus ihm. Und natürlich musste er in die Hitlerjugend und dort mindestens Scharführer werden. Damit er es mal einfacher hätte an der Universität, die Partei könne da viele Wege öffnen!

Aber erst mal musste er Klassenbester werden. Denn er sollte ja Medizin studieren wie der Vater und die Praxis übernehmen. Eigentlich sei er ja kein Dummkopf, habe nur immer diese Flausen im Kopf. Diesen Quatsch, diesen Weiberkram. Den wollte der Vater ihm austreiben. Mit dem Stock oder mit dem Gürtel. Und wenn es ganz schlimm kam, drehte er den Gürtel um und schlug mit dem Ende, an dem die Schnalle saß, zu. Aber immer nur dahin, wo man es nicht sah, auf die Hüften, auf den Hintern, auf die Beine. Manchmal bis ihm das Blut in die Schuhe lief.

Sein Musiklehrer wollte dem Vater gut zureden, Georg doch singen zu lassen. Das könne er doch auch neben der Schule machen, er sei doch so talentiert. Aber der Lehrer wurde hochkant hinausgeworfen. Dann versuchte es der Pfarrer. Den setzte der Vater zwar nicht vor die Tür, aber auch er konnte nichts erreichen. Also ging Georg heimlich zu den Chorproben, und sein Musiklehrer gab ihm Klavier- und Gesangsunterricht, wann immer es ging. Als das durch einen dummen Zufall herauskam, drehte sein Vater durch. Er verprügelte Georg so lange, bis der irgendwann bewusstlos wurde. Eine Woche lang konnte er nicht zur Schule gehen. Der Vater schrieb ihm eine Entschuldigung, dass er Windpocken gehabt habe. Bei dieser Ausrede war es geblieben. Immer wenn ihn jemand nach den Narben fragte, sagte Georg, er habe Windpocken gehabt.

In der Hitlerjugend war es furchtbar. Die anderen Jungs nahmen Georg sofort aufs Korn, weil er so viel in der Kirche war. Er sei wohl ein Betbruder, ein ganz Heiliger! Immer wieder wurde er grün und blau geschlagen. Bei der Hitlerjugend und zu Hause. Aber etwas anderes als eine feige Heulsuse, ein Jammerlappen war aus ihm trotz all der Prügel nicht geworden.

Weil sein Vater im letzten Krieg so gern zur Marine gegangen wäre, meldete er Georg schließlich als »freiwilligen« Marinehelfer. Wenn er erst mal von Mutters Rockzipfel weg wäre, würden die aus ihm wohl endlich einen ganzen Kerl machen. So kam er nach Wilhelmshaven.

»Den Rest der Geschichte kennst du ja«, schloss Georg. Dann verfiel er in Schweigen. Er saß mit dem Rücken an das hölzerne Fußteil gelehnt auf Ellis Bett, seine nackten Beine steckten unter ihrer Decke, die sie fürsorglich über sie beide gebreitet hatte.

Georg hob den Blick und sah sie an. »Ich kann nicht wieder zurück, Elli. Ich kann nie wieder nach Hause«, sagte er leise. Sein Blick wanderte ins Leere, während seine Fingernägel unablässig an den Schwielen in seinen Handflächen zupften und rissen.

»Also stimmt das mit dem Bombenangriff, bei dem alle gestorben sind, gar nicht?«

»Nein. Oder besser gesagt, ich weiß es nicht. Angeblich ist in Köln bei den Luftangriffen kaum ein Stein auf dem anderen geblieben. Es kann durchaus sein, dass alle tot sind. Das wäre vermutlich das Beste. Mein Vater würde mich totschlagen, wenn er je herausbekommen sollte, dass ich Fahnenflucht begangen habe.«

»Aber wenn sie erfahren, dass du noch lebst …«

»Besser einen toten Helden zum Sohn, als mit der Schande leben, einen Feigling großgezogen zu haben!«, unterbrach Georg sie. »Das hat er oft genug gesagt. Nein, Elli, ich kann nicht mehr zurück. Nie mehr.« Tränen schwammen in seinen dunklen Augen. »Bitte, Elli! Bitte, schick mich nicht weg! Lass mich heute hier bei dir bleiben. Es wird nichts passieren, ich verspreche es. Ich könnte es nur nicht ertragen, jetzt allein zu sein.«

Elli wachte genau so auf, wie sie eingeschlafen war, halb sitzend, den Rücken an all ihre Kissen gelehnt, den Kopf zur Seite geneigt. Die Nachttischlampe brannte noch immer und warf ihr warmes Licht auf das Bett.

Georg schlief neben ihr, auf der linken Seite liegend, eng an sie geschmiegt. Sein Kopf und sein rechter Arm lagen auf ihrem

Bauch, während ihre Rechte auf seiner Schulter ruhte. Sein Brustkorb hob und senkte sich langsam und regelmäßig. Im gesprungenen Spiegel auf der Frisierkommode konnte sie sein Gesicht sehen. Sein Mund war leicht geöffnet, und es sah aus, als lächele er.

Wie schön er ist, dachte sie, *wie wunderschön!*

Die Zweige der Kastanie vor dem Fenster, aus deren Knospen sich Blätter und winzige Kerzen schoben, zeichneten sich schwarz gegen den allmählich heller werdenden Himmel ab. Der Tag brach an, begrüßt von den Amseln, die in den Bäumen im Garten sangen.

Elli hob die rechte Hand und berührte vorsichtig, um ihn nicht zu wecken, Georgs Haar. Es war feucht und strähnig, an den Schläfen ganz nass. Auf seiner glatten Stirn standen kleine Schweißperlen, die Augenbraue fühlte sich unter ihren Fingern wie Seide an. Ihre Hand glitt zu seiner Wange und verharrte dort.

Ellis Blick kehrte zum Spiegel zurück. Georg hatte die Augen geöffnet und betrachtete sie. Seine Augen fanden ihre und hielten sich einen endlosen Augenblick daran fest. Ohne den Blick zu lösen, hob er seine Hand, griff nach ihrer und zog sie hinunter zu seinen Lippen. Sein Kuss in ihre Handfläche schnürte ihr die Brust ein, und sie schloss die Augen. Lichtpunkte tanzten hinter ihren Augenlidern. In ihrer Kehle saß ein Knoten, der das Atmen schwer machte. Tief holte sie Luft und spürte, wie Georg sich neben ihr bewegte.

Er hatte ihre Hand losgelassen, stützte sich auf den Ellenbogen und schob sich zu ihr hoch. Sein Gesicht war ernst, als seine Augen die ihren suchten. Er lächelte nicht, als seine Finger ihre Lippen nachzeichneten, seine Hand ihre Haare zurückstrich und in ihren Nacken glitt, als er ihren Kopf anhob und sein Mund den ihren fand.

Sie hatten sich schon oft geküsst, seit sie ein Paar waren. Aber das hier war anders: ernster, sehnsüchtiger, tiefer. Ein verzweifelter Versuch, einander näher und immer näher zu kommen. Das war kein Kinderkuss mehr.

Ellis Hände glitten unter sein Hemd, strichen über seine Hüften, den Rücken hinunter und wieder hinauf zu seinen Schultern. Sie löste sich von ihm und schob ihn ein Stück von sich. Dann setzte sie sich auf, zog sich mit einer entschlossenen Bewegung das Nachthemd aus und ließ es neben das Bett fallen. Nackt saß sie vor ihm, den Blick zum Spiegel gewandt, die Hände auf ihren Oberschenkeln. Sie drehte den Kopf und sah ihn an. Lächelte.

Georg holte tief Luft. »Du bist …« Er stockte.

Elli legte ihm den rechten Zeigefinger auf die Lippen und schüttelte den Kopf. Dann beugte sie sich vor, nahm sein Gesicht in ihre Hände und küsste ihn erneut. Mit zitternden Fingern zerrte er an seinem Hemd, gab endlich den Versuch auf, die Knöpfe zu öffnen, und zog es über den Kopf. Elli nahm ihn in die Arme und zog ihn an sich.

Ein kurzer scharfer Schmerz, ein Stechen. Elli fühlte ihn in ihrem Innersten. Er bewegte sich ruckartig, zwei Mal, drei Mal. Sie spürte, wie der Schweiß ihm über den Rücken lief. Aus seiner Kehle, die an ihrem Hals lag, drang ein tiefes, rasselndes Stöhnen, dann ein leises Wimmern. Jeder Muskel seines Körpers schien sich zu verkrampfen, er begann zu zittern. Ein Seufzen, ein letztes Zucken, dann war es vorbei, und er sank in sich zusammen. Unendlich schwer lag er auf ihr, verströmte sich in ihr. Die Zeit blieb stehen, während sie ihn fest umklammerte, jeden seiner Atemzüge spürte und eine kleine Ewigkeit lang die ganze Welt in ihren Armen hielt.

Später lagen sie nebeneinander, Stirn an Stirn, die Augen fest vor dem anbrechenden Tag geschlossen, und hielten sich aneinander fest. Elli hatte die Decke über sie gebreitet, es war kühl im Zimmer.

»Es tut mir so leid«, sagte Georg leise. »Ich wollte nicht ... Das wollte ich nicht.«

»Aber ich«, flüsterte sie. »Ich hab es gewollt. Ich hab es schon so lange gewollt!«

24

Mit einem leisen metallischen Klicken wurde die Tür zugezogen, dann war Elli allein in ihrer Kammer. Sie sah, wie sich die Türklinke langsam nach oben bewegte und schließlich waagerecht stehen blieb, auf dem Flur knarrte eine Diele protestierend, danach war alles still.

Hauptsache, Bernie wacht nicht auf, wenn Georg sich in die Jungskammer schleicht, dachte Elli und sah auf ihren Wecker. Eine Stunde noch, dann würden alle aufstehen. Jedenfalls alle, die zum Melken auf die Weide mussten.

Sie zog ihre Bettdecke bis zu den Ohren hoch, umfasste ihre angezogenen Knie mit dem rechten Arm und schloss die Augen. So schlief sie immer am besten ein, aber obwohl sie eigentlich todmüde sein müsste, wollte sich die Schwere in den Gliedmaßen, die den Schlaf ankündigte, nicht einstellen. Schließlich griff sie nach dem dicken Zierkissen, auf dem Georg gelegen hatte, umarmte es ganz fest und vergrub ihr Gesicht in dem weißen Leinenstoff. Es roch nach Kernseife und nach seiner sonnenwarmen Haut. Tief sog sie den Duft ein und stellte sich vor, er wäre noch immer bei ihr, läge noch immer in ihren Armen.

So also fühlte sich das »erste Mal« wirklich an.

Elli musste an das Getuschel ihrer Mitschülerinnen in der Hauswirtschaftsschule denken. In der Umkleidekabine vor dem Turnunterricht oder wenn sie zu dritt oder viert untergehakt auf dem Schulhof ihre Runden gedreht hatten, immer wieder war dieses Gesprächsthema aufgekommen. Lauter Halbwahrheiten und Gerüchte, die die Mädchen hinter vorgehaltener Hand über diesen *Frauenkram* und das *erste Mal* ausgetauscht hatten.

Eines der Mädchen aus Brake, Berta war ihr Name, hatte sich

dabei immer mit besonders wilden Schilderungen hervorgetan. Sie hatte angeblich schon einen festen Freund, prahlte mit ihrer Erfahrung und wurde von den anderen Schülerinnen mit einer Mischung aus Abscheu und Bewunderung betrachtet, wenn sie ihr Wissen im Brustton der Überzeugung weitergab.

Dass es furchtbar wehtue und man hinterher so wund sei, dass man kaum noch sitzen könne, hatte Berta gesagt. Und dass man beim ersten Mal bluten würde wie ein abgestochenes Schwein. Die Männer seien alle, ohne Ausnahme, furchtbar versessen darauf, aber wenn sie dann fertig seien, würden sie das Mädchen wie Luft behandeln. Und überhaupt, eigentlich sei diese ganze Sache doch wirklich ekelhaft, wenn man bedenke, wofür die Männer ihr »Ding« sonst noch benutzten.

Martha Diers hatte zu denen gehört, die jedes Wort für bare Münze nahmen. Elli sah noch genau vor sich, wie ihre Freundin an Bertas Lippen gehangen und heiser gefragt hatte: »Und wenn sie das machen, dann kriegt man ein Kind, oder?«

»Nein, beim ersten Mal normalerweise nicht«, war Bertas Antwort gewesen. »Dann läuft das Zeug ja zusammen mit dem Blut wieder aus dir raus. Später musst du dich hinterher immer gründlich da unten waschen, dann passiert auch so leicht nichts.« Mit einer vagen Handbewegung hatte sie angedeutet, wo man sich gründlich säubern müsse.

Ellis Mund wurde taub.

Und wenn sie das machen, dann kriegt man ein Kind, oder?, hörte sie wieder Marthas Stimme.

Was, wenn die letzte Nacht nicht ohne Folgen geblieben war? Was, wenn sie jetzt ein Kind bekäme? Was sollte dann nur werden?

Wage es bloß nicht, uns Schande zu machen!, schnarrte Willas scharfe Stimme in ihren Ohren. *Sonst hast du hier im Haus keinen Platz mehr!*

Elli fühlte, wie die Angst nach ihrem Magen griff und ihn

399

schmerzhaft zusammenpresste. Einen Moment lang umklammerte sie das Kissen in ihren Armen, dann streckte sie die Hand aus und schaltete die Nachttischlampe ein. Sie schlug die Bettdecke zurück, richtete sich auf und zog ihr Nachthemd hoch. Auf dem Laken war ein kleiner, länglicher Blutfleck. Das war alles. Nichts, was auch nur im Entferntesten an ein »abgestochenes Schwein« erinnert hätte.

Mit der Rechten tastete Elli vorsichtig ihren Schoß ab und fühlte eine warme, klebrige Flüssigkeit. Im Licht der Nachttischlampe sah sie, dass es kein Blut war, sondern eine weißliche Flüssigkeit, die zwischen ihren Fingern Fäden zog. Angeekelt sprang Elli aus dem Bett.

Sie goss Wasser in die Waschschüssel, spülte ihre Hände ab, griff nach einem Waschlappen und begann, sich zwischen den Beinen gründlich zu waschen. Wieder und wieder wechselte sie das Wasser, und als sie endlich glaubte, alles gründlich entfernt zu haben, war es draußen hell geworden. Auch wenn ihr Vater ihr erlaubt hatte, im Bett zu bleiben, war an Schlaf nicht mehr zu denken. Sie musste mit Georg sprechen. Hastig zog sie sich an und ging nach unten in die Küche.

Georg kam als Letzter herein. Mit einem leisen, verwaschenen »Guten Morgen!« zog er seinen Stuhl zurück und setzte sich Elli gegenüber an den Tisch. Für den Bruchteil einer Sekunde trafen sich ihre Blicke. Elli schlug sofort die Augen nieder, weil sie fühlte, wie ihr das Blut ins Gesicht schoss. Sie hoffte, dass es niemand bemerkt hatte, aber Georg schien an diesem Morgen viel mehr Aufmerksamkeit auf sich zu ziehen.

»Na, du siehst ja großartig aus!«, sagte Martin kopfschüttelnd. »Man sollte das Trinken wirklich bleiben lassen, wenn man es nicht verträgt.«

Martin hatte recht, Georg sah furchtbar aus. Er war so blass, dass sein Gesicht beinahe grün wirkte, die Augen waren verquollen und rot gerändert, tiefe Schatten lagen darunter. Einen

Moment lang schien Georg nach einer Antwort zu suchen, dann aber zuckte er nur mit den Schultern und schwieg.

»Wer saufen kann, der kann auch arbeiten! Gegen einen dicken Kopf hilft am besten Bewegung an der frischen Luft«, brummte Anton, beugte sich vor und griff nach einer Scheibe Graubrot, die er Georg auf den Teller warf. »Hier! Iss was, dann wird es besser.«

Anton nahm eine weitere Scheibe aus dem Brotkorb und begann, sich eine Stulle zu schmieren. »Und du, gieß dem Jung mal endlich Tee ein, Elli«, fügte er hinzu. »Du bist wohl mit dem Kopf noch im Bett, was?«

Elli konnte nicht verhindern, dass ihr Kopf herumschoss. Sie starrte ihren Vater mit offenem Mund an, doch der klappte nur seine Brotscheibe zusammen und biss hinein, ohne aufzusehen.

Nur Martin, der neben Anton saß, zog die Augenbrauen zusammen und musterte Elli scharf. Sie fühlte, wie ihre Ohren zu glühen begannen. Hastig stand sie auf und tat, was ihr Vater ihr aufgetragen hatte.

Während des Melkens hatte Elli kaum Gelegenheit, mehr als zwei oder drei Sätze mit Georg zu wechseln.

»Wie geht es dir?«, fragte sie flüsternd, als sie ihm einen Eimer Milch reichte, den er zu den Kannen tragen sollte.

»Ganz gut, eigentlich. Ich bin nur sehr müde«, gab er ebenso zurück. »Und sehr glücklich.«

Er nahm ihr den Eimer ab, und als sich ihre Hände am Henkel berührten, strich sein Zeigefinger über ihren Handrücken. »Und du?«

So viele Gedanken schossen durch ihren Kopf, dass sie es nicht fertigbrachte, einen einzelnen herauszugreifen und zu einer Antwort zu formen.

»Ich …«, begann sie und verstummte, als sie Hinnerk sah, der mit einem Melkschemel in der Hand an ihnen vorbeiging.

»Wir müssen was bereden«, flüsterte Elli. »Unbedingt. Aber nicht hier.«

Georg nickte. »Ja, lieber später in der Kirche.«

Sie fühlte die Angst wie einen dicken Kloß in ihrem Hals sitzen und versuchte zu lächeln.

Georg stellte den Eimer ab und ging neben dem Melkschemel, auf dem sie saß, in die Knie. »He, Elli, was ist denn?«

Sie schüttelte nur den Kopf.

Er griff nach ihrer Hand, die auf ihrem Knie lag. »Alles ist gut. Hörst du?«

»Nicht, bitte, sonst muss ich heulen.« Sie blinzelte gegen die aufsteigenden Tränen an. »Lass uns in der Kirche darüber reden.«

Georg nickte, lächelte ihr zu und drückte noch einmal ihre Hand. Dann erhob er sich, nahm den Eimer und ging damit zum Melkwagen, um ihn in die Milchkanne zu leeren.

Den ganzen Morgen über dachte Elli fieberhaft darüber nach, wie sie Georg von ihrer Befürchtung, ein Kind zu bekommen, erzählen sollte. Sätze und Formulierungen schossen ihr durch den Kopf, aber sie verwarf sie alle wieder. Der Gedanke allein war schon so ungeheuerlich, dass sie nicht wusste, wie sie ihn über die Lippen bekommen sollte.

Schweigend radelte sie neben Georg her zur Kirche, sah, dass er ihr aus den Augenwinkeln immer wieder fragende Blicke zuwarf. Als er ihr seine Hand entgegenstreckte, hielt sie sich daran fest wie eine Ertrinkende.

Während des Eingangsstücks stand Elli wie jeden Sonntag neben der Orgelbank und blätterte die Noten um, wenn Georg nickte. Dann endlich hörte er auf zu spielen, griff nach ihren Händen und zog sie neben sich. Ganz fest hielt er sie im Arm und küsste sie, während von unten die tiefe Stimme des Pastors heraufschallte.

»Also?«, fragte Georg leise, als sich ihre Lippen wieder voneinander gelöst hatten.

»Also was?«

»Du wolltest über irgendetwas mit mir reden.«

Elli schluckte. Sie sah ihm in die dunklen Augen, verlor sich einen Augenblick darin, ehe sie tief Atem holte und nickte. »Wie soll es denn jetzt weitergehen?«, flüsterte sie. »Jetzt, wo wir …« Wieder suchte sie nach Worten. »Ich meine, was ist, wenn ich jetzt …« Sie brach ab.

»Wenn du jetzt was, mein Lieb?«

»Wenn ich ein Kind kriege«, stieß sie hervor. Jetzt war es heraus. Elli löste sich ein wenig aus Georgs Umarmung und drehte das Gesicht von ihm weg.

»Ach, Elli!«, hörte sie ihn flüstern. »Elli, mein Lieb.« Sie fühlte, wie er sie zurück in seine Arme zog. Ihr rechter Arm klammerte sich um seine Taille, das Gesicht presste sie an seine Schulter, während er seine Wange an ihr Haar lehnte. »Ach, das ist es.«

Georg seufzte, drehte den Kopf ein wenig, und sie spürte, wie seine Lippen ihre Stirn streiften. »Meine Elli«, flüsterte er, und sie fühlte seine Hand über ihren Arm streicheln. Von unten drangen noch immer Wortfetzen herauf. Pastor Meiners hielt seine Predigt, aber Elli gab sich heute keinerlei Mühe, seinen Worten zu folgen. »Hast du Angst?«

Elli nickte. »Ja, ganz furchtbare Angst.« Sie schluckte ein paar Mal, um den Kloß in ihrem Hals loszuwerden, aber es half nichts.

»Ja, ich auch«, sagte Georg leise. »Ich hab auch Angst.« Elli spürte seinen Atem kühl über ihre Stirn streichen, als er seufzte. »Eigentlich verrückt. Das ist doch nichts, wovor man Angst haben muss. Wenn du jetzt wirklich ein Kind bekommst, dann sollte das so sein. Dann ist es ein Geschenk vom lieben Gott, und er hat uns die Entscheidung über unsere Zukunft aus der Hand genommen. Wir werden dann eben einfach ein bisschen früher heiraten, als wir gedacht hatten.«

Wieder fühlte sie Georgs Lippen auf ihrer Stirn. Er griff nach ihrem Kinn und hob es an, sodass sie ihn ansehen musste. »Das heißt natürlich, wenn du mich überhaupt heiraten willst.«

Sein Gesicht verschwamm vor Ellis Augen. Sie brachte kein Wort heraus, nickte nur stumm.

Georg verzog das Gesicht zu einem schiefen Grinsen. »Sei mal lieber nicht so schnell mit einem Ja bei der Hand! Du solltest es dir gut überlegen, denn du hättest wirklich was Besseres verdient als einen Versager wie mich. Mein Vater hat schon ganz recht gehabt, ich tauge zu nichts. Das Einzige, was ich kann, ist singen. Sogar als Bauer bin ich eine ziemliche Niete, das weißt du ja. Es wird bestimmt nicht einfach werden, viel werde ich dir nicht bieten können. Aber eines verspreche ich dir: Ich werde immer bei dir bleiben und dich nie im Stich lassen. Ich werde immer für dich da sein!«

Mit den Fingerspitzen folgte er der Spur der Tränen auf ihren Wangen und strich über ihre Lippen, ehe er sie behutsam küsste. »Immer, solange ich lebe«, flüsterte er. Dann sah er sie ernst an. »Elvira Anneke Bruns, willst du mich heiraten?«

Und während Pastor Meiners unten in der Kirche die Sonntagspredigt mit einem *Amen* schloss, nickte Elli lachend und weinend zugleich, legte ihre Arme um ihren Verlobten und küsste ihn.

»Was war denn vorhin los bei euch da oben?«, fragte Pastor Meiners, als er Georgs Teetasse füllte. »Bist du an der Orgel eingeschlafen?«

Sorgsam wählte er einen Zuckerzwieback aus der bemalten Porzellanschale auf dem Tisch aus, steckte ihn sofort in den Mund und ließ sich wieder auf seinem Stuhl nieder. Er grinste jungenhaft und zwinkerte ihnen zu, während er kaute. »Das ist mir auch noch nicht untergekommen, dass ich zur Orgel hochrufen musste, die Gemeinde würde jetzt gern singen.«

Georg murmelte eine Entschuldigung, aber Meiners winkte ab. »Ach, mach dir nichts draus, Jung! Kann passieren. Ich hab schon gehört, dass es gestern beim alten Mönnich in Mentzhausen hoch hergegangen ist.« Sein Grinsen wurde breiter. »Soll ja rappelvoll gewesen sein. Beste Stimmung, viel Musik und jede Menge Schnaps. Und am Ende musste wohl einer der Musiker besoffen nach Hause gebracht werden.«

»Woher …«, begann Elli.

»Woher ich das weiß?« Meiners rührte seelenruhig in seinem Tee. »Ich hab überall meine Spitzel.«

Als er Ellis verblüfften Gesichtsausdruck sah, lachte er. »Nein, so schlimm ist es noch nicht, aber es wird eben viel getratscht vor der Kirche. Ich hab das von Mutter Fohrmann aus Strückhausen gehört. Mit dem Sohn bist du doch zusammen konfirmiert worden. Richard, so ein großer Blonder. Der war gestern Abend da und hat es seiner Mutter erzählt.«

Meiners schob seine Hornbrille hoch und verschränkte die Arme vor der Brust. »Was war denn los, Georg? Gab es Ärger? Ist doch sonst nicht deine Art, dich zu betrinken. Habt ihr zwei euch gestritten?«

»Wer? Wir?« Georg schüttelte den Kopf und griff nach Ellis Hand. »Nein, das war es nicht.«

»Was war es denn dann?«

»Nichts von Bedeutung«, antwortete Georg ausweichend. »Andere haben sich doch auch schon mal bei der Schnapsmenge verschätzt und sind abgestürzt. Kann doch passieren!«

»Sicher kann das passieren! Aber du warst ja nicht zum Feiern da, darum frag ich. Und eigentlich sollte Martin ja ein Auge auf die ganze Sache haben, damit alles in geordneten Bahnen abläuft.«

Georg runzelte die Stirn und beugte sich vor, als habe er nicht richtig verstanden. Seine Augen funkelten. »Was sollte Martin?«

405

»Hat er das nicht gesagt?« Ungerührt lächelnd musterte ihn der Pastor und griff nach einem weiteren Zwieback. »Martin und ich haben eine Abmachung: Er macht bei eurer Tanzkapelle mit, damit bei den Schwarzmarktgeschichten von Ellis Bruder und seinem Freund keiner auf die schiefe Bahn gerät. Besonders nicht du, mein Junge.«

»Ich glaube nicht, dass ich ein Kindermädchen brauche. Ich kann inzwischen ganz gut auf mich selbst aufpassen.«

Skeptisch wiegte der alte Mann den Kopf. »Das schon. Aber, sagen wir mal, Martin Freier und ich, wir haben beide so etwas wie ein berufliches Interesse an dir. Darum wollten wir sicherstellen, dass du nicht in Schwierigkeiten kommst.«

»Berufliches Interesse? Was denn für ein berufliches Interesse?«

»Wenn einem der liebe Gott in die Kehle gespuckt hat, dann wirft man das Talent nicht einfach weg!«

»Jetzt fangen Sie nicht auch noch damit an! Ich weiß ganz gut, was für mich das Beste ist. Ich brauche niemanden, der mir sagt, was ich zu tun und zu lassen habe. Die Zeiten sind endgültig vorbei. Und außerdem ist das jetzt sowieso alles egal. Jetzt, wo …«

Georg verstummte mitten im Satz. Elli, die das Streitgespräch mit wachsender Bestürzung verfolgt hatte, sah, wie in seinen Wangen die Muskeln arbeiteten, als er sich auf die Lippen biss. Sein Blick ruhte auf ihren Händen, die zwischen ihnen auf dem Küchensofa lagen. Er drückte Ellis Hand kurz, dann machte er sich los und stand auf.

»Vielen Dank für den Tee! Ich werde jetzt besser gehen, ehe ich etwas sage, was ich später bereue. Kommst du, Elli?« Georg sah zu ihr herunter. Wieder hatte sie das Gefühl, in seinem Gesicht lesen zu können wie in einem Buch.

Sie nickte. »Ich komme sofort. Geh schon vor zu den Rädern, ich zieh nur noch meinen Mantel an.« Elli stand auf und sah zu, wie Georg dem Pastor knapp zunickte und dann mit langen Schritten die Küche verließ.

Auch der alte Meiners hatte sich von seinem Stuhl erhoben. »Ich hab längst nicht alles verstanden, was hier vor sich geht, Elli, aber ich werde das Gefühl nicht los, dass bei Georg gerade alles aus dem Ruder läuft. Wenn dir was einfällt, wie wir ihm helfen können, dann sollten wir uns mal ganz dringend unter vier Augen unterhalten.« Er streckte ihr die Hand entgegen. »Und jetzt mach, dass du fix hinter ihm herkommst, Deern!«

Elli nickte und lief los.

Georg wartete an der Kirchenmauer auf sie, an der ihre Fahrräder lehnten. Er hatte die Hände tief in den Hosentaschen vergraben und zog mit der Stiefelspitze Rillen in den Kies. »War noch was?«

»Nein«, log sie und griff nach dem Lenker ihres Fahrrades, um es zur Straße zu schieben. »Pastor Meiners scheint sich aber wirklich Sorgen um dich zu machen.«

»Die sollen endlich alle damit aufhören, sich meinen Kopf zu zerbrechen!« Georg rieb sich mit einer hilflosen Geste die Stirn und zuckte mit den Schultern. »Na ja, ist ja jetzt vielleicht sowieso alles egal.« Noch immer stand er an der Kirchenmauer und machte keine Anstalten, auf sein Fahrrad zu steigen. »Ich habe jetzt ganz andere Sorgen.«

Elli war versucht, ihn zu fragen, was los sei und warum er am Abend zuvor wirklich so viel getrunken habe, aber sie wollte ihn nicht verärgern. Sie würde es schon herausbekommen, sie musste nur Geduld haben.

Sie lehnte ihr Fahrrad wieder an die Mauer und ging zu ihm. Behutsam nahm sie sein Gesicht in ihre Hände und sah ihn an, musterte ihn so genau, als wolle sie sich jede Einzelheit einprägen. »*Wir*«, flüsterte sie mit Nachdruck. »Hörst du? *Wir* haben andere Sorgen. Von jetzt an immer *wir*.«

Ein Lächeln huschte über sein Gesicht. Er sah ihr tief in die

Augen, und sein Blick schnürte ihr das Herz in der Brust zusammen. »Du hast recht. Von nun an immer *wir*! Elli, du bist wunderbar!«

Als er sie in die Arme nahm, war es Elli ganz egal, ob der Pastor sie sehen konnte und was die Leute davon halten mochten, dass Elli mit dem jungen Knecht ihres Vaters mitten auf der Straße herumknutschte. Alles, was zählte, waren nur sie beide.

»Was möchtest du lieber, einen Jungen oder ein Mädchen?«, fragte Georg leise.

Er saß neben Elli auf dem Bretterstapel in der Scheune des Köterhofes und starrte durch das halb geöffnete Tor hinaus in den Platzregen. Auf dem kleinen, geklinkerten Hof bildeten sich Pfützen, in denen die dicken Tropfen aus der blaugrauen Gewitterwolke Ringe bildeten.

Elli und Georg waren beim Kälberfüttern vom Regen überrascht worden und Hand in Hand zum Köterhof hinübergelaufen, um sich unterzustellen. Nun saßen sie schon eine ganze Weile eng umschlungen auf den Brettern und sahen schweigend dem Regen zu.

In den letzten zwei Tagen, seit sie von der Kirche zurückgekommen waren, war Georg kaum von Ellis Seite gewichen. Ob sie mit dem Rad zum Bäcker nach Neustadt gefahren war, Unkraut gehackt oder die Kälber gefüttert hatte, immer hatte er sich erboten, sie zu begleiten oder ihr zu helfen. Jede freie Minute hatten sie zusammen verbracht, und als Martin ihn fragte, ob er am Nachmittag singen wolle, hatte Georg ihm eine ziemlich schroffe Abfuhr erteilt. Er meinte, danach stünde ihm jetzt gar nicht der Sinn. Martin hatte ihn zwar überrascht angesehen, aber nichts dazu gesagt, als Georg sich einfach umgedreht und ihn stehen gelassen hatte.

Sobald Elli mit ihm allein war, begann Georg zu reden, als sei plötzlich ein Damm gebrochen. Alles, was sich in ihm aufgestaut hatte, brach sich Bahn und musste heraus. Stundenlang sprach er von früher, von seiner Kindheit in Köln. Nur heute war er bislang sehr still gewesen, hatte schweigend die Arme um Elli gelegt, während er nachdenklich nach draußen schaute.

»Ich weiß nicht, darüber hab ich mir noch nie Gedanken gemacht«, antwortete Elli auf seine Frage. Es war das erste Mal seit Sonntag, dass sie darüber sprachen, dass Elli vielleicht schwanger war.

»Ich glaube, ich hätte gern ein Mädchen. Das hätte dann deine Augen und deine Haare.«

Elli stieß ein kurzes Lachen aus. »Wünsch dir das lieber nicht! Als Säugling hatte ich eine Glatze. Ich war schon fast zwei, als ich endlich so viele Haare auf dem Kopf hatte, dass Mutter eine Schleife hineinbinden konnte. Außerdem hatte ich furchtbar abstehende Ohren.«

»Du warst ganz sicher wunderhübsch.« Er küsste sie auf die Stirn.

»Nein, gar nicht. Es gibt ein Foto von mir und Hannes, da sieht er aus, als wollte er beißen, und ich, als würde ich jeden Moment losheulen. Da muss ich ungefähr ein Jahr alt gewesen sein. Dann lieber einen Jungen, der aussieht wie du.«

Schlagartig wurde Georg ernst. »Von mir gibt es kaum Babyfotos. Vielleicht dachte mein Vater, es lohnt den Aufwand nicht. Er hat wohl nicht geglaubt, dass ich durchkomme. Ich bin zu früh geboren worden, war immer sehr klein und schmächtig und oft krank. So gar nicht der Sohn, den er sich gewünscht hätte. Armin war da anders, der kam ganz nach ihm: groß, schlank und drahtig, mit dunkelblonden Locken und braunen Augen. Bis auf die Augen sah er genau aus wie mein Vater.«

»Habt ihr euch gut verstanden, dein Bruder und du?«

»Du meinst, so wie Hannes und du?« Georg schüttelte den Kopf. »Nein. Wir standen uns nicht besonders nahe. Armin war ja viel älter als ich und hat nie mit mir gespielt. Immerzu musste er lernen oder zum Sport oder zur Hitlerjugend. Damals hab ich es nicht verstanden, aber Vater hat ihm wohl keine freie Minute gelassen. Alles hatte er genau durchgeplant, damit Armin eines Tages die Praxis übernehmen konnte. Das war meinem Vater wichtig, sonst nichts. Ob Armin das je gewollt hat? Ich glaube nicht, dass er auch nur ein einziges Mal gefragt worden ist.« Georg zuckte mit den Schultern. »Vielleicht war es ihm recht. Vielleicht hat er nie etwas anderes gewollt, als Vaters Wünsche zu erfüllen. Kaum hatte er sein Abitur in der Tasche – als Jahrgangsbester natürlich –, hat er sich freiwillig zur Wehrmacht gemeldet. Kurz bevor er einrücken musste, wurde Lisa getauft, und bei dieser Gelegenheit hat mein Vater das Foto machen lassen, das danach in einem goldenen Rahmen über dem Sofa im Wohnzimmer hing, das einzige, auf dem wir alle zu sehen sind. Die perfekte Familie Weber: Mein Vater auf der einen Seite, das Parteiabzeichen im Knopfloch, auf der anderen Seite seine hübsche junge Frau Annelie, das Baby im Spitzentaufkleid auf dem Arm. Die beiden Söhne dahinter, Armin, groß und stolz in seiner Wehrmachtsuniform, und neben ihm der kleine Georg in der Pimpfuniform, die seinem Bruder gehört hat und ihm viel zu groß ist, der Einzige, der in die Kamera schaut.« Georg schüttelte den Kopf. »Und alles nichts als Fassade.«

Elli hielt seine Hand ganz fest in ihrer und wusste nichts zu sagen.

»Zwei Monate später ist Armin gefallen, im September 1939, gleich zu Beginn des Polenfeldzugs. Wie ein einziger Brief doch alles verändern kann! Meine Eltern waren wie versteinert. Sie haben nicht mehr geredet, nicht mit mir, nicht miteinander und vor allem nicht über Armin. Jeden Morgen ist mein Vater ganz früh in die Praxis hinuntergegangen und erst spätabends wieder zurückgekommen. Die Wochenenden hat er im Krankenhaus verbracht und dort gearbeitet. Ich glaube, er hat es zu Hause nicht mehr ausgehalten. Sobald er aus der Wohnung war, nahm Mama die kleine Lisa, ging mit ihr ins Schlafzimmer, schloss die Tür ab und kam nicht mehr heraus. Über Wochen ging das so, jeden Morgen. Erst wenn sie abends seinen Schlüssel in der Tür hörte, kam meine Mutter wieder heraus. So ungern ich morgens in die Schule ging, noch mehr hab ich mich davor gefürchtet, wieder nach Hause zu müssen. Sobald ich meine Hausaufgaben gemacht hatte, bin ich in die Kirche hinübergelaufen. St. Georg war nur ein paar Straßen von unserer Wohnung entfernt. Dort war ich Messdiener, hab im Chor gesungen und hatte Orgelunterricht beim Kantor. Also kannten mich da alle, und zuerst hat sich niemand etwas dabei gedacht, dass ich jeden Nachmittag kam. Nur dem Pfarrer ist irgendwann aufgefallen, dass ich wohl nicht nach Hause wollte, und er hat mich gefragt, was los sei. Ich hab ihm mein Herz ausgeschüttet, und er hat gemeint, ich dürfe meine Mutter nicht im Stich lassen. Also bin ich nach Hause gegangen, hab an die Schlafzimmertür geklopft und sie angefleht, aufzumachen und mich reinzulassen. Aber sie hat mich weggeschickt. Sie hat gesagt, ich sei jetzt ein großer Junge und solle tapfer sein und nicht weinen. Ich solle daran denken, wie sehr Vater es hasst, wenn Jungs weinen. Sie hat gewusst, was kommen würde.«

Ein paar Mal atmete Georg tief ein und aus, schluckte und starrte mit blinden Augen in den Regen hinaus. Schließlich drehte er den Kopf und sah Elli an. »Du musst das verstehen, Elli. Vorher hatten meine Eltern ihre Söhne unter sich aufgeteilt. Armin war der Kronprinz, der von unserem Vater darauf vorbereitet wurde, in seine Fußstapfen zu treten. Und ich, ich war das Muttersöhnchen, verwöhnt und verweichlicht, in Vaters Augen ein halbes Mädchen. Er hat nie verstanden, was Mama und mich verbunden hat. Sie war nicht nur meine Mutter, sie war meine Verbündete. Wir haben uns ohne ein Wort verstanden, brauchten uns nur anzusehen und wussten, was der andere dachte. Ich hab ihr alles erzählt, auch dass ich Sänger werden wollte. Seit ich zum ersten Mal mit ihr in der Oper war, wollte ich nichts anderes. Sie hat mich nicht ausgelacht, das hat sie nie getan. Sie hat wohl gespürt, wie ernst es mir war. Meinem Vater hat sie erzählt, dass ich Nachhilfe in Mathematik bekomme, wenn ich zu meinen Klavierstunden und später zum Gesangsunterricht gegangen bin. Das war unser Geheimnis. Eines von vielen. Aber damit war nun Schluss, denn jetzt war ich der Sohn, der in Vaters Fußstapfen treten sollte. Meine Mutter hatte ja noch die kleine Lisa, um die sie sich kümmern konnte, ihre kleine Prinzessin. Und um meine Erziehung kümmerte sich von da an mein Vater.«

Georg lachte bitter, ehe er fortfuhr: »Zu Anfang hab ich mich so bemüht, es ihm recht zu machen. Ich hab wirklich alles versucht, um so zu sein wie Armin, ein guter Schüler, ein richtiger Kerl. Aber ich hab es nicht geschafft. Wie auch? Gegen einen toten Helden konnte ich nur verlieren. Und so wurde aus mir ein Versager.«

Georg senkte den Kopf und verstummte. Das Mitleid mit ihm zerriss Elli fast das Herz, aber bei seinem letzten Satz fühlte sie eine ungeheure Wut in sich aufsteigen. »Du sollst das nicht immer sagen! Du bist kein Versager!«

Er starrte weiter aus dem Scheunentor hinaus auf die Pfütze. Dicke Blasen entstanden dort, wo die Regentropfen auf die Wasseroberfläche trafen, und zerplatzten gleich darauf wieder. Allmählich wurde es heller, und der Regen ließ nach. Georg gab keine Antwort. Vielleicht hatte er ihr auch gar nicht zugehört.

Elli griff nach seinen Schultern und drehte ihn zu sich herum, sodass er sie ansehen musste. »Hörst du, Georg, hier bei uns hält dich niemand für einen Versager. Pastor Meiners nicht, Martin nicht und meine Eltern nicht, Hannes und Sigi auch nicht. Niemand tut das.« Sie sah an seinem Blick, dass er ihr nicht glaubte. »Niemand. Nur du!«

Elli zitterte vor Wut und spürte gleichzeitig, wie ihr Tränen in die Augen traten. »Du redest dir das ein, weil dein Vater dir eingebläut hat, dass du nichts kannst und nichts wert bist, solange, bis du es selbst geglaubt hast. Aber du bist doch kein Versager, nur weil du deinem Vater den toten Sohn nicht ersetzen konntest! Er hätte das nie von dir erwarten dürfen. Und deine Mutter hätte nicht zulassen dürfen, dass er dich verprügelt.«

»Sie hat keine Schuld«, sagte er tonlos. Er war ganz grau im Gesicht. »Sie konnte sich nicht wehren, das hat sie nie gekonnt. Gegen Vater konnte man nicht ankommen. Wir hatten alle Angst vor ihm, Mama vielleicht sogar am meisten.« Georgs Augen waren weit geöffnet und schienen durch Elli hindurchzusehen. Sein Kehlkopf wanderte auf und ab, während er zitternd ausatmete.

»Du hast immer noch Angst vor ihm, nicht wahr?«, fragte sie. Georg nickte.

Mit einer entschlossenen Handbewegung wischte sich Elli die Tränen aus dem Gesicht. »Ich wollte, er könnte dich jetzt sehen. Dann würde er erkennen, dass du kein Versager bist, dass du Freunde hast, denen du wichtig bist. Ich wünschte, er würde sehen, wie du mit den Jungs auf der Bühne stehst und singst.« Sie nahm sein Gesicht in ihre Hände und zog es dicht zu sich heran. »Hörst du? Alles Verprügeln hat nichts geholfen. Du stehst trotzdem auf einer Bühne und singst. Es ist vielleicht keine Oper, aber immerhin ist das ein Anfang. Ich wollte, dein Vater könnte sehen, wie gut du bist, wie die Leute klatschen, wenn du singst. Nein, du bist kein Versager, für mich nicht! Für mich bedeutest du alles, einfach alles. Die ganze Welt!«

Georg lehnte seine Stirn an ihre und schloss die Augen. Schweigend saß er da und hielt sich einfach nur an ihr fest.

Das Rauschen des Regens wurde leiser und hörte schließlich auf. Nur noch das Zwitschern und Schnarren der Schwalben, die auf der Jagd nach Insekten dicht über den Boden schossen, war zu hören.

»Wir sollten zurückgehen«, sagte Elli leise. »Die werden uns sicher schon vermissen.«

Georg nickte. »Und dann kommt deine Mutter vielleicht wieder auf komische Gedanken. Wir haben es schon nicht leicht mit unseren Eltern, was?« Sein Versuch zu lächeln misslang.

»Nein. Wirklich nicht!« Elli zog ihr Taschentuch aus der Schürzentasche, wischte sich über die Augen und putzte sich die Nase. »Aber weißt du was? Wir werden es besser machen als sie. Egal ob für ein kleines glatzköpfiges Mädchen oder einen schmächtigen kleinen Jungen mit Locken. Wir werden es viel besser machen als sie, du und ich.«

Als Elli am nächsten Morgen aufwachte, verriet ihr das vertraute Ziehen im Bauch, dass sie »Besuch von Tante Rosa« bekommen hatte. Noch war die Blutung nicht stark, aber sie hatte einen weiteren Fleck auf dem Laken. Während Elli rasch ihr Bett neu bezog, musste sie wieder an Berta aus der Haushaltsschule denken.

»Wenn du Besuch von Tante Rosa bekommst, dann ist alles in Ordnung«, hatte die auf dem Schulhof verkündet. »Dann ist nichts passiert, und du kriegst kein Kind! Das ist ein ganz sicheres Zeichen.«

Kein Kind. In Ellis Erleichterung darüber, doch nicht schwanger zu sein, mischte sich zu ihrem Erstaunen auch ein klein wenig Wehmut. Aber dann schüttelte sie über sich selbst den Kopf. Allein der Gedanke, dass sie es den Eltern hätten beichten müssen, trieb ihr den Angstschweiß auf die Stirn. Sie war gerade erst achtzehn geworden, eigentlich noch zu jung für eine Hochzeit. Die ganze Nachbarschaft hätte bestimmt getratscht und sich das Maul darüber zerrissen, dass Bruns' Tochter heiraten müsse. Willa hätte vor Wut geschäumt.

Nein, es war schon besser so. Besser nichts überstürzen.

Mit Georgs Reaktion, als sie ihm sagte, dass sie doch kein Kind erwarte, hatte Elli nicht gerechnet. Er schien so enttäuscht, dass sie das Gefühl hatte, ihn trösten zu müssen. Sie saßen auf der alten Holzbank bei den Himbeerbüschen im Garten, wo damals Elli und ihre Mutter die Wertsachen vergraben hatten.

»Nun guck doch nicht so traurig«, tröstete sie ihn. »Das läuft uns doch nicht weg. Ich möchte furchtbar gern Kinder mit dir haben, aber lieber erst in ein paar Jahren, wenn die Zeiten wieder etwas besser sind und das Haus nicht mehr so voll ist.«

»Du hast ja recht. Aber trotzdem, ich hatte mich schon auf eine kahlköpfige Tochter mit abstehenden Ohren gefreut.« Er zwinkerte ihr zu, aber Elli sah den Schmerz in seinen Augen. »Also alles wieder zurück auf Anfang, die Zeit zurückdrehen, so als hätte es diese Nacht nie gegeben?«

Elli schüttelte den Kopf. »Nein. Das geht nicht. Und das will ich auch nicht. Aber wir sollten vorsichtig sein. Vielleicht sollten wir lieber nicht wieder …«

Er hob ihre Hand an die Lippen und küsste sie lange in die Handfläche. Kleine Hitzewellen liefen Elli über den Rücken.

»Nein, vielleicht lieber nicht. Auch wenn das nicht leicht wird«, sagte er leise, zog sie an sich und küsste sie.

25

Der Tee in ihrer Tasse war längst kalt geworden, als Elli verstummte, so lange hatte sie geredet. Der alte Pastor hatte sie nicht unterbrochen, nicht ein einziges Mal. Die Arme vor der Brust verschränkt, hatte er ihr schweigend gegenübergesessen und einfach nur zugehört.

Das langsame, gleichmäßige Ticken der Wanduhr über dem Küchensofa wurde übertönt vom Schnarren ihres Schlagwerks, gefolgt von einem dumpfen, scheppernden Gong.

»Halb vier schon!«, rief Elli erschrocken. »Ich muss gleich los, sonst wundern die sich, wo ich bleibe. Wir fangen gegen vier an zu melken, und dann bin ich normalerweise immer wieder zu Hause.«

Pastor Meiners blickte auf und sah ihr in die Augen. »Hast du nicht erzählt, wo du bist?«

»Nein. Ich hab gesagt, ich fahre zu Martha, die hätte noch Stoff für einen Rock und wir wollten nähen. Keiner weiß, dass ich hier bin, auch Georg nicht.« Sie schaute zum Küchenfenster hinaus auf die Ulmen an der Kirchenallee, deren frisches Grün in der Maisonne leuchtete. »Eigentlich komisch, nicht wahr? Ich will ihm ja nur helfen, aber trotzdem komme ich mir jetzt vor wie eine Verräterin. Vielleicht hätte ich nichts von alledem erzählen sollen.«

Pastor Meiners lehnte sich zurück und betrachtete sie mit geschürzten Lippen. »Ob du es glaubst oder nicht, den größten Teil der Geschichte kannte ich schon«, sagte er schließlich in die Stille hinein. Er nahm die Porzellankanne vom Stövchen und goss sich noch einmal Tee nach. »Erinnerst du dich daran, dass Georg am Tag nach seinem allerersten Gottesdienst zu mir kam, um die Noten abzuholen? Damals hat er hier auf dem Sofa gesessen, genau da, wo du jetzt sitzt, und mir alles gebeichtet. Dass er desertiert ist und auch dass er euch erzählt hat, seine Familie wäre umgekommen, obwohl das gar nicht stimmte. Und er hat von seinem Vater gesprochen, der versucht hat, ihm die Musik aus dem Leib zu prügeln. Zwei Stunden hat der Junge hier gesessen und erzählt und erzählt. Am Schluss hat er mich gebeten, ihn von seiner Sünde freizusprechen: Er hätte das vierte Gebot gebrochen, sagte er. Statt seinen Vater zu lieben und zu ehren, hätte er sich immer wieder gewünscht, er wäre tot.«

Meiners nahm seine dicke Hornbrille ab und rieb mit Daumen und Zeigefinger über die roten Druckstellen an seiner Nasenwurzel. Er schüttelte den Kopf und seufzte. »Aber sosehr der Junge mir auch leidgetan hat, das konnte ich nicht. Vergeben kann nur Gott.« Er rührte seinen Tee um, hob die Tasse zum Mund und blies über die Oberfläche, um ihn abzukühlen. Vorsichtig nahm er einen Schluck, ehe er die Tasse zurückstellte.

»Ich frage mich nur, wieso er ausgerechnet Ihnen das alles erzählt hat«, sagte Elli leise. »Damals kannte er Sie doch noch gar nicht.«

»Den meisten Menschen fällt es viel leichter, einem Fremden ihr Herz auszuschütten als jemandem, den sie gut kennen. Georg hat nur dieses eine Mal darüber gesprochen, und ich hab ihn später nie wieder danach gefragt. Ich habe immer gehofft, dass er eines Tages jemanden findet, dem er so sehr vertraut, dass er sich ihm anvertrauen kann. Auch wenn er wohl alles versucht hat, seine Vergangenheit zu vergessen, ich hab gewusst, dass sie ihn weiter quälen wird. Der Junge ist einfach zu weich.«

Bevor Elli den Mund aufmachen und widersprechen konnte, hob Meiners beschwichtigend die Hände. »Versteh mich nicht falsch, Elli! Dieses Weiche, Gefühlvolle ist das, was Georg ausmacht, und er braucht es für seine Musik. Aber gleichzeitig macht es ihn eben verletzlich. Das Verrückte ist ja, dass Georg sich selbst die Schuld gibt. Wenn er als Sohn nicht so eine Enttäuschung gewesen wäre, dann hätte sein Vater keinen Grund gehabt, ihn zu schlagen. Ich hab ihm gesagt, dass man nicht gegen seine Natur kann. Niemand kann das. Und vor allem kann man niemanden zwingen, sein Wesen zu ändern.«

Umständlich putzte der alte Mann seine Brille und setzte sie wieder auf. »Weißt du, Elli, ich glaube, der liebe Gott stellt jedem Menschen eine Aufgabe, die seinem Leben den Sinn gibt. Und er schenkt jedem die Fähigkeiten, die er für seine Aufgabe braucht. Manche müssen lange suchen, bis sie ihre Aufgabe gefunden haben, bei anderen scheint sie von vornherein klar zu sein. Vielleicht ist es Georgs Aufgabe, mit seinem Gesang die Menschen zu berühren. Und vielleicht ist es deine, ihm dabei zu helfen, Elli. Georg braucht den Mut, zu singen und seine Träume zu verfolgen, und dazu muss er über die Geschichte mit seinem Vater hinwegkommen. Die frisst an ihm wie ein Krebsgeschwür.«

»Ja, das stimmt.« Nachdenklich schwieg Elli einen Moment. »Aber es ist nicht nur das. Ich glaube, dass er seine Mutter sehr vermisst. Er hat es nicht so deutlich gesagt, aber so, wie er von ihr gesprochen hat, glaube ich, er würde alles darum geben, sie wiederzusehen. Wenn er nur nicht so furchtbare Angst vor seinem Vater hätte! Er traut sich ja nicht einmal, ihnen ein Lebenszeichen zu schicken. Da redet er sich lieber ein, dass sie vermutlich sowieso alle längst tot sind.« Elli starrte auf einen kleinen braunen Teefleck auf der Tischdecke, ohne ihn wirklich zu sehen. »Es ist falsch und grausam, seiner Mutter nicht Bescheid zu geben, dass er noch am Leben ist. Sie kann doch nichts dafür. Einen Sohn hat sie schon verloren, und von Georg muss sie annehmen, dass er ebenfalls tot ist. Als meine Mutter dachte, dass Hannes …«

Elli brach ab. Deutlich hatte sie das Bild ihrer Mutter vor Augen, wie sie in der Küche stand und schrie und schrie. Ein kalter Schauer lief ihr über den Rücken. »Wenn man Georgs Mutter eine Nachricht schicken könnte, ohne dass sein Vater das erfährt …«, überlegte sie laut.

Meiners hob die Augenbrauen. »Zuallererst müsste man wohl herausbekommen, ob Georgs Familie noch am Leben ist und, wenn ja, wo sie wohnt. Vermutlich wäre es das Beste, wenn Georg einen Antrag beim Suchdienst vom Roten Kreuz stellt.«

»Das wird er nicht machen. Nie im Leben!« Elli schüttelte energisch den Kopf. »Nein, das Rote Kreuz würde sich doch bestimmt bei seinen Vater melden. Das geht nicht. Aber vielleicht, wenn …« Elli hob den Blick und sah dem Pastor in die Augen. »Wenn Sie vielleicht …«

»Ich? Wie stellst du dir das vor, Elli? Ich bin kein Verwandter, ich kann nicht so einfach einen Suchantrag stellen.«

»Nein, das meine ich nicht. Nicht über das Rote Kreuz.« In Ellis Kopf nahm die Idee allmählich Form an. »Sie könnten doch an Georgs Gemeindepfarrer einen Brief schreiben und sich erkundigen, was aus der Familie von Doktor Armin Weber geworden ist.«

»Aber Elli, das ist doch Tünkram! Wie soll denn das gehen? Weißt du, wie groß Köln ist und wie viele Kirchen es dort gibt? Wie soll ich denn da die richtige finden? Und …«

»St. Georg«, unterbrach ihn Elli. »Ich bin ganz sicher, die Kirche heißt St. Georg. Ich hab mir den Namen gemerkt, weil die Kirche genauso heißt wie er. Jeder kennt ihn da, weil er Orgelunterricht hatte und im Chor gesungen hat. Und seine Mutter ist immer mit ihm zusammen zum Gottesdienst gegangen, also wird man auch sie dort kennen und vielleicht wissen, was aus ihr geworden ist.«

Der alte Meiners runzelte die Stirn und schüttelte den Kopf. »Ich weiß nicht, das ist sehr dünnes Eis. Eigentlich ist so was nicht meine Aufgabe. Es wäre besser, wenn Georg selber einen Brief an seine Eltern schreiben würde. Was wird er dazu sagen, wenn ich mich einmische?«

»Er braucht es ja nicht gleich zu erfahren«, sagte Elli. »Erst mal geht es doch nur darum herauszufinden, ob seine Eltern überhaupt noch leben. Wenn wir das wissen, ist es immer noch früh genug, mit Georg zu reden und zu versuchen, ihn dazu zu bringen, sich bei seiner Mutter zu melden.«

Erneut schnarrte die Uhr, und der unmelodische Gong ertönte vier Mal.

»Jetzt muss ich aber wirklich los«, rief Elli und sprang auf. »Bitte, Pastor Meiners, bitte schreiben Sie diesen Brief!« Sie griff nach der Rechten des alten Mannes und drückte sie mit beiden Händen »Versprechen Sie es mir. Bitte! Für Georg. Sie haben selbst gesagt, wenn mir was einfällt, wie man ihm helfen könnte, dann soll ich es sagen.«

Einen Moment lang sah der Pastor Elli skeptisch ins Gesicht, dann nickte er. »Also gut, Elli. Ich schreibe einen Brief.« Er zog seine Hand aus ihrer Umklammerung und hob mahnend den Zeigefinger. »Aber mach dir bitte nicht allzu viele Hoffnungen, dass da was bei rauskommt.«

Erst zwei Wochen später fand Elli die Gelegenheit, den Pastor zu fragen, ob er schon etwas aus Köln gehört habe.

»Wo denkst du hin, Deern!«, antwortete Meiners. »Ich habe den Brief ja gerade erst abgeschickt. So schnell schießen die Preußen nicht. Du musst schon etwas Geduld haben. Sobald ich etwas höre, sag ich dir sofort Bescheid, das verspreche ich dir.«

Der Mai verging, dann der halbe Juni, und schließlich meinte Pastor Meiners, dass wohl nicht mehr mit einer Antwort aus Köln zu rechnen sei. Elli nickte und erwiderte traurig, einen Versuch sei es doch immerhin wert gewesen.

Es wurde ein heißer, sehr trockener Sommer. Schon Ende Mai war es einige Tage lang über dreißig Grad gewesen, und sie hatten den ersten Heuschnitt noch unter Dach und Fach bringen können, bevor die Schafskälte pünktlich Anfang Juni für etwas kühlere Luft und ein paar Regenschauer sorgte. Dann drehte der Wind wieder auf Osten, und die Sonne, die von morgens bis abends vom wolkenlosen, fahlen Himmel brannte, trocknete die Erde aus und ließ das Gras verdorren. Selbst in den tiefen Gräben standen nur noch wenige schlammige Pfützen, sodass die durstigen Tiere kaum noch etwas zu trinken fanden. Schließlich mussten Georg und Martin mehrmals am Tag Milchkannen voller Wasser aus der großen Zisterne zu den Kühen auf die Weide bringen. Wenn sie nichts zu saufen hätten, dann würden sie aufhören, Milch zu geben, erklärte Hinnerk und fügte hinzu, dass er so ein verrücktes Wetter noch nie erlebt habe. Der zweite Heuschnitt würde hoffentlich nicht ganz ausfallen müssen. Bei der Trockenheit könne ja nichts nachwachsen.

Kopfschüttelnd schaute der alte Knecht zum Himmel. »Es müsste mal ein richtig ordentliches Gewitter geben. Selbst die große Zisterne ist beinahe leer und das Wasser schon ganz brackig. Das ist ja alles kein Zustand so.«

Als hätte der Himmel ein Einsehen gehabt und Hinnerks Wunsch erfüllen wollen, gab es drei Tage später einen Gewittersturm mit Hagelkörnern so groß wie Taubeneier. Heftige Sturmböen knickten die Bäume um wie Streichhölzer, der Regen prasselte so dicht herunter, dass man vom Dielentor aus die Kastanien hinter der Remise nicht mehr sehen konnte. An den gelb verfärbten Wolkenrändern zuckten Blitze entlang, bildeten leuchtende Spinnennetze und zerrissen, wenn sie die Erde erreichten, die bleigraue Dämmerung mit grellem Licht, gefolgt vom Grummeln und Rollen des Donners.

Ein weiterer gleißender Blitz erhellte das Dunkel, und ein ohrenbetäubender Donner ließ Elli zusammenfahren. Sie hielt sich die Ohren zu und kniff die Augen fest zusammen. Eigentlich wäre sie lieber ins Wohnhaus gegangen, aber sie blieb in Georgs Arm geschmiegt in der Dreschdiele stehen.

Georg hingegen lachte. Seine Augen glänzten vor Begeisterung, während er nach draußen in das unwirkliche Zwielicht spähte. »Merkst du, wie die Luft kribbelt? Als ob die ganze Welt unter Strom stünde.«

Er hielt Elli so fest umklammert, dass sie kaum Luft holen konnte. Sein Mund streifte ihre Haare, die Augen, suchte ihre Lippen, die sich bei seiner Berührung bereitwillig öffneten und seinen Kuss mit wachsender Leidenschaft erwiderten.

Elli wurden die Knie weich. Sie hörte Georg schwer Atem holen, spürte seine Hände über ihren Rücken und die Schultern streichen. Kleine Feuerfunken flogen hinter ihren geschlossenen Augenlidern hin und her, während ihre zitternden Hände unter seinem Hemd verschwanden.

»Elli«, flüsterte er mit heiserer Stimme. »Ich möchte ... Ich würde so gern ...«

»Ja, ich auch. Ich möchte auch. Wenn wir jetzt die Leiter hochklettern und ins Heu verschwinden, würde niemand etwas davon mitbekommen. Alle sind drin. Mutter kommt niemals raus, wenn es gewittert.«

Wieder blitzte es, und Georgs Züge traten für eine Sekunde deutlich aus den Schatten hervor. Hinter den feucht schimmernden Lippen waren die weißen, leicht schiefen Zähne zu erkennen, auf seiner Oberlippe standen winzige Schweißperlen, die Nasenflügel bebten, seine Augen waren halb geschlossen und glänzten fiebrig. Elli sah ihn tief Atem holen, dann wurde es wieder dunkel, und der Donner rollte.

Dort wo seine Lippen ihren Hals berührten, setzten sie die Haut in Flammen, ihr Brustkorb schien zu eng für das pochende Herz. Das ziehende Gefühl in ihrer Brust strahlte bis in ihren Unterleib, zwischen die Beine und von dort bis in die Oberschenkel aus. Seine Hand lag in ihrem Nacken, die andere bewegte sich vom Rücken zu ihrer Brust, blieb dort liegen und streichelte darüber. Sein Mund fand ihr Ohr und bedeckte es mit Küssen.

»Komm«, flüsterte Georg.

Elli nickte. Mit beiden Händen fuhr sie durch sein Haar, ließ seine dunklen Locken durch ihre Finger gleiten und schob seinen Kopf ein Stück von sich, aber es war zu dunkel, um mehr sehen zu können als das Funkeln seiner Augen. Sie küsste ihn gierig, dann griff sie nach seiner Hand.

Es war beinahe stockdunkel oben auf dem Heuboden, der Regen prasselte auf die Dachziegel und an die hohen Giebelfenster. Nur wenn es blitzte, konnte man hinter den Scheiben undeutlich die tief hängenden Wolkensäume dicht über den Baumwipfeln erkennen.

Georg führte Elli ganz nach hinten in die Dunkelheit unter dem Dach, wo das frische Heu vom Frühling aufgeschichtet lag, ließ sich hineinsinken und zog sie neben sich in das hohe, duftende Bett.

Diesmal war es anders als in jener Nacht nach dem ersten Tanztee. Nein, verbesserte sich Elli, Georg war anders. Von Zögern oder Unsicherheit war nichts mehr zu spüren. Diesmal wollte er es wirklich.

Mit fahrigen Händen zog er die Schleife ihrer Schürze auf, öffnete die Knöpfe an ihrem Kittelkleid und schob den Stoff auseinander. Dann richtete er sich auf, zog sein Hemd zusammen mit dem Unterhemd über den Kopf und ließ sich mit nacktem Oberkörper neben Elli sinken. Begierig küsste er sie, während seine Hand unter ihrem Kleid nach ihrer Brust tastete.

Elli ließ sich von seiner Leidenschaft mitreißen. Alles begann sich vor ihren Augen zu drehen. Sie hatte das Gefühl, einen dunklen Tunnel hinunterzustürzen, in dem die Luft warm und zäh war und sie nur mit Mühe ein- oder ausatmen konnte. Seine Hände glühten auf ihrer Haut, strichen von der Brust über die Taille, blieben auf ihrem Bauch liegen. Sein Mund folgte der Spur der Hände, den Hals hinunter zur Brust, von da aus zu ihrem Bauch. Elli stöhnte leise und schloss die Augen. Langsam schob Georg sich wieder zu ihr hoch, sie spürte den rauen Stoff seiner Hose an den Innenseiten ihrer Schenkel wie einen elektrischen Schlag.

Plötzlich war Elli wieder nüchtern. Sie griff nach seinem Kopf, der auf ihrer Brust lag, und zwang ihn, zu ihr hochzusehen. »Wir müssen vorsichtig sein, Georg, ganz vorsichtig. Einmal haben wir Glück gehabt, aber …« Mühsam holte sie Luft.

Er antwortete nicht, sein Gesicht war in der Dunkelheit kaum zu erkennen.

»Wir dürfen uns nicht darauf verlassen«, flüsterte sie. »Vielleicht sollten wir doch besser nicht …«

Noch immer rührte er sich nicht. Ellis Hand fuhr durch sein Haar, strich über sein Gesicht, tastete nach seinem Mund. Seine Lippen waren kalt.

»Ich hab's dir doch versprochen! Dass ich bei dir bleibe, egal, was kommt. Glaubst du, das sag ich nur so?«

»Darum geht es doch nicht, Georg. Lass uns einfach noch etwas warten. Wir haben doch alle Zeit der Welt!«

Er ließ sich neben ihr ins Heu gleiten und blieb dort auf dem Rücken liegen. »Alle Zeit der Welt«, murmelte er und lachte bitter. Dann richtete er sich auf und wandte das Gesicht zum Fenster, hinter dem es allmählich wieder heller wurde.

Noch ein paar Mal grollte entfernt leiser Donner. Das Prasseln des Regens auf den Dachziegeln über ihnen wurde leiser und hörte schließlich auf.

»Bist du böse?«, fragte Elli leise, drehte sich auf die Seite und legte ihre Hand auf Georgs nackte Schulter.

Er griff danach und hielt sie fest, drehte sich aber nicht zu Elli um. »Nein, ich bin nicht böse, und schon gar nicht auf dich!«, sagte er leise. »Du hast ja recht. Es wäre dumm und unvernünftig gewesen.«

»Unvernünftig vielleicht, aber nicht dumm.« Sie ließ ihre Hand weitergleiten, strich behutsam über seine Wange und drehte schließlich sein Gesicht in ihre Richtung. »Was ist dumm daran, dass wir zusammen sein wollen?«

Sie konnte den Ausdruck in seinem Gesicht nur erahnen. Er seufzte tief, drehte sich zu ihr herum, zog sie fest an sich und küsste sie. »Ach, Elli«, flüsterte er. »Ich wollte, das Leben wäre nicht so schwierig!«

Am Abend nach dem Gewitter klarte es wieder auf, die Sonne ging in den letzten Wolkenschleiern unter und färbte den Himmel über dem Deich blutrot. Die Erde dampfte, und über den Gräben bildeten sich dünne Nebelschwaden, aus denen die Rücken der Kühe wie dunkle Inseln herausragten.

Doch schon am folgenden Morgen war der Himmel wieder blau, die Sonne brannte die letzten Pfützen weg, und das heiße, trockene Sommerwetter ging weiter, als hätte es den Gewittertag nie gegeben. Alles war wie immer.

Die Arbeit auf dem Hof ging ihren gewohnten Trott von Füttern und Melken. Der zweite Heuschnitt fiel wie erwartet sehr mager aus. Das wenige Gras war von Sonne und Wind innerhalb weniger Stunden ausgedörrt, sodass Elli, Georg und Martin es schon am nächsten Tag zu Hocken zusammenharken und auf dem Leiterwagen zum Hof bringen konnten.

Im Garten hörte für die Frauen die Arbeit nie auf. Jeden Tag wurde gegossen und gejätet, geerntet und die Gemüseäcker wieder neu bepflanzt. Und wenn sie geerntet hatten, saßen die Frauen alle zusammen um den großen Küchentisch, schälten, pulten, schrabbten und schnippelten und weckten die Vorräte schließlich ein. Dabei machten Geschichten die Runde, Tratsch wurde ausgetauscht und Lieder gesungen. Und wenn Georg mit Bernie am Klavier übte oder Martin Georg Gesangsunterricht gab, stand die Küchentür offen und alle hörten zu.

Das Kraut der Pulbohnen, Erbsen und Linsen hing zum Trocknen in der Sonne, aus den roten und schwarzen Johannisbeeren wurde Saft eingekocht und in Bügelflaschen abgefüllt. Vieles von dem, was sie herstellten, war zum Tausch bestimmt, denn noch immer kamen jeden Tag Hamsterfahrer mit vollen Taschen und leeren Mägen über die Landstraße. Die Lage in den Städten hatte sich trotz der Care-Pakete aus Amerika kaum verbessert.

Alles wie immer, dachte Elli.

Die Nachfrage nach Sigis Kartoffelschnaps war unverändert groß, und er und Hannes kamen mit dem Brennen kaum hinterher. Jede Gastwirtschaft mit einem Saal veranstaltete Bälle, Tanztees und Vereinsfeste. Auch Familienfeiern wurden wieder groß mit Tanz und Musik gefeiert. Es schien, als sei die ganze Landbevölkerung darauf versessen, sich zu vergnügen und all das nachzuholen, was sie in den Kriegsjahren versäumt hatte. Die Ausgangssperre war zwar nicht aufgehoben, aber nach hinten verschoben worden und wurde jetzt vom Dorfpolizisten aus Ovelgönne kontrolliert. Und irgendwie wussten Hannes und Sigi immer, zu welcher Zeit er welche Gaststätte auf seiner Route hatte.

Martin, Georg und die zwei Erwins waren an jedem Wochenende mindestens an einem, meist an zwei Abenden unterwegs, um Musik zu machen. Wenn sie nicht gerade auf Familienfesten spielten, begleitete Elli sie. Dann saß sie zusammen mit Sigi, Hannes und Martha am Tisch, hörte der Musik zu und wartete auf Georg, der sie von der Bühne aus nicht aus den Augen ließ. Denn auf fast jeder Feier tauchte irgendwann auch Richard Fohrmann mit seinen lärmenden Freunden aus Strückhausen auf, immer mit einem anderen Mädchen im Arm. Im Laufe des Abends holte er sich dann einen Stuhl und setzte sich unaufgefordert zu ihnen an den Tisch, um einen Klönschnack zu halten. Und jedes Mal aufs Neue versuchte er, Elli dazu zu bewegen, mit ihm zu tanzen. Offenbar hatte er sich in den Kopf gesetzt, sie der Liste seiner Eroberungen hinzuzufügen, und ließ sich auch durch ihre deutliche Ablehnung nicht von diesem Vorhaben abbringen.

Wirklich, alles war wie immer, und wäre es nach Elli gegangen, es hätte für immer so weitergehen können.

»Wir sollten schwimmen gehen«, murmelte Georg schläfrig.

»Viel zu heiß. Mich kriegst du jedenfalls nicht aufs Rad!«, brummte Martha, die bäuchlings neben dem leise schnarchenden Sigi auf einer Pferdedecke lag. Sie drehte einen langen Grashalm zwischen ihren Fingern hin und her. »Außerdem ist hinter dem Deich überhaupt kein Schatten. Da ist es bei der Hitze nicht auszuhalten. Ich kriege doch sofort überall Sonnenbrand mit meiner hellen Haut, und wenn ich keinen Hut aufsetze, hab ich hinterher das ganze Gesicht voller Sommersprossen. Nee, lass mal! Lieber nicht!«

»Wenn wir nächste Woche die Andelweide hinter dem Deich mähen, habt ihr noch genug Gelegenheit, schwimmen zu gehen«, fügte Elli hinzu, die, den Kopf auf den Arm gestützt, neben Georg lag. »Jetzt ist es sowieso schon zu spät. Bis wir in Sehestedt sind, müssten wir schon wieder umkehren, um pünktlich zum Melken wieder hier zu sein.«

Der Juli war weit fortgeschritten, und noch immer hielt die trockene Hitze an. Den ganzen Samstagvormittag hatten sie damit zugebracht, neue Kartoffelmaische anzusetzen, bevor sie vor der schlimmsten Mittagshitze in den Garten des Köterhofs geflüchtet waren. Sie hatten die alten Pferdedecken aus dem Stall stibitzt und in den Schatten der dichten Holunderbüsche gelegt und machten eine Pause, während drinnen die Kartoffeln auf dem Herd gar zogen.

»Außerdem muss gleich noch jemand losfahren und die beiden Erwins vom Bahnhof abholen.« Hannes reckte sich, richtete sich halb auf und knuffte Sigi in die Seite. »Du bist dran! Ich hab sie letzte Woche gefahren.«

Sigi gab ein protestierendes Grunzen von sich. »He, spinnst du? Ich hab gerade so schön geträumt.« Er reckte sich und gähnte, dass die Kiefergelenke knackten. »Jaja, ich weiß, ich bin dran. Aber ein bisschen dauert es ja noch, bis sie in Ovelgönne sind.« Seufzend setzte er sich auf. »Wird wirklich höchste Zeit, dass Georg auch lernt, Auto zu fahren. Wenn ich erst mal allein für alles zuständig bin …«

Elli fiel der scharfe Blick auf, den ihr Bruder seinem Freund zuwarf und der Sigi sofort zum Schweigen brachte. »Allein?«, fragte sie. »Wieso solltest du allein für alles zuständig sein?«

Sigi hustete und sah über seine Schulter hinweg zum Acker hinüber. »Den Kartoffeln ist auch viel zu warm, seht ihr? Das Laub wird schon ganz gelb«, sagte er leichthin. »Dieses Jahr werden wir nicht so viel ernten wie im letzten. Aber wir könnten ja welche eintauschen. Oder wir nehmen beim nächsten Tanztee einfach von jedem einen Eimer Kartoffeln als Eintritt.« Er lachte.

»Nun lenk mal nicht ab!«, sagte Elli mit gerunzelter Stirn. »Was meinst du mit ›allein zuständig sein‹?«

Sigi zuckte nur mit den Schultern.

»Hannes? Was meint er damit?«, fragte Elli scharf.

Ihr Bruder seufzte. »Er meint, dass ich im Herbst nach Tübingen gehe, um zu studieren, wenn alles klappt. Ich wollte es eigentlich erst erzählen, wenn ich das Abitur in der Tasche habe, aber der Vollidiot hat sich ja verplappert.«

»Aber wie kannst du denn Abitur machen? Du warst doch gar nicht auf der Oberschule.«

Sigi grinste breit. »Wenn man die richtigen Leute ein bisschen schmiert, dann lässt sich so ein Reifevermerk ziemlich leicht beschaffen. Du weißt schon, der Wisch, den die Hitlerjungen damals alle bekommen haben, die vom Gymnasium aus zur Flak gegangen sind. Und mit dem kann man sich zum schriftlichen Abitur anmelden. Gar kein Ding!«

»Ich hab mir die Bücher zusammengeliehen und in jeder freien Minute gelernt. Und in zwei Wochen mach ich am Alten Gymnasium in Oldenburg die Prüfung. In Tübingen verlangen sie nämlich ein richtiges Abitur, wenn man sich zum Chemiestudium einschreiben will.«

»Aber warum willst du denn nach Tübingen, das ist doch irgendwo in Süddeutschland? Warum denn so weit weg?«

»Ach Elli, weißt du nicht mehr? Ich wollte schon immer weg vom Moor, als kleiner Junge schon. Alles, bloß nicht Bauer werden. Auch nicht irgendwo in einer Bank in Brake sitzen, wie Papa das für mich im Sinn hatte. Und warum Tübingen? Weil das eine der besten Universitäten ist, wo man Chemie studieren kann.«

»Und wenn sie draufkommen, dass du gar kein Reifezeugnis hattest? Hast du denn gar keine Angst davor?«

»Wenn ich das Abitur gemacht habe, wird mich nie wieder jemand nach dem blöden Zettel fragen. Glaub mir!«

»Aber … aber …«, stammelte Elli, der die Argumente auszugehen drohten. »Wissen Papa und Mutter davon? Wenn sie dir das nun verbieten?«

»Ich bin über einundzwanzig und kann tun und lassen, was ich will. Sie können mir nichts mehr verbieten. Und durch den Schnapshandel bin ich auch nicht mehr von ihrem Geld abhängig. Was deine Frage angeht, nein, sie wissen es noch nicht. Ich wollte es euch allen erzählen, wenn ich die Prüfung bestanden habe. Die Einzigen, die ich eingeweiht habe, sind Sigi, Georg und Martin.«

Ellis Kopf fuhr herum. Mit offenem Mund starrte sie Georg an, doch der wich ihrem Blick aus. »Du hast das gewusst? Du hast gewusst, dass Hannes von hier wegwill, und hast mir kein Wort gesagt?«

»Hannes hat mich darum gebeten.«

»Hannes hat dich also gebeten, mir nichts zu sagen, wie? Gibt

429

es sonst noch irgendwelche Geheimnisse, von denen ich nichts weiß?«, schnaubte sie wütend.

Sigi hob beschwichtigend die Hände. »Elli, nun reg dich nicht so auf! Du tust ja gerade so, als hätte Georg dich angelogen. Dabei ging es doch nur darum, so lange zu warten, bis Hannes das Abitur in der Tasche hat.«

»Aber vielleicht hätte ich es ihm noch ausreden können!« Ellis Stimme wurde schrill.

»Wenn es aber nun mal das ist, was Hannes schon immer wollte, wenn dieses Studium sein großer Traum ist, wäre es dann nicht ziemlich selbstsüchtig von dir, es ihm ausreden zu wollen?«, fragte Georg.

Eine Sekunde lang starrte sie in seine dunklen Augen, dann riss sie sich los. »Selbstsüchtig?«, rief sie aufgebracht. »Jetzt bin ich also selbstsüchtig! Nur weil ich nicht davon begeistert bin, dass mein Bruder nach Süddeutschland ziehen will und ich ihn vermutlich nie im Leben wiedersehen werde.«

»Nun hör aber auf, Elli! Tübingen ist nicht am anderen Ende der Welt!«, rief Hannes. »Und wer weiß denn, wohin es dich noch mal verschlägt. Sei mal ehrlich, du kannst doch nicht im Ernst geglaubt haben, dass hier immer alles so weitergeht, oder? Alles verändert sich, immerzu. Das ist das einzig Beständige im Leben.«

»Aber ich will das nicht! Ich will nicht, dass sich was ändert. Ich will nicht, dass du weggehst, Hannes!« Sie sprang auf die Füße und ballte in ohnmächtiger Wut die Fäuste.

»Siehst du, und genau darum wollte ich nichts sagen, ehe nicht alles in trockenen Tüchern ist.« Hannes zog die Augenbrauen über den hell funkelnden Augen zusammen, dass sich eine steile Falte bildete. »Weil ich genau wusste, was du für einen Zirkus machen würdest.«

Auch Hannes stand auf, vergrub die Hände in den Hosentaschen und kam auf sie zu. Ein selbstgefälliges Lächeln umspielte seine Lippen. »Du solltest endlich zusehen, dass du erwachsen wirst, Schwesterherz. Die Welt dreht sich nicht nur um dich!«

Die Wut explodierte in Ellis Magen und musste irgendwie hinaus. Mit aller Kraft schlug sie zu und traf Hannes mit der flachen Hand mitten in sein überhebliches Grinsen. Dann machte sie auf dem Absatz kehrt und rannte davon.

Sie hörte Georg ihren Namen rufen, aber sie ignorierte ihn. Sollte er doch versuchen, sie einzuholen, wenn er etwas mit ihr zu besprechen hatte.

Der Zorn trieb sie an, gab ihren Schritten Richtung und Tempo. Um die Hausecke, am Schuppen vorbei, den Moorweg entlang. Immer weiter und weiter, nur weg von Hannes. Ihr Herzschlag dröhnte ihr in den Ohren, aber Hannes' letzten Satz konnte er nicht übertönen. *Die Welt dreht sich nicht nur um dich!*

Schneller und schneller rannte sie, bis ihr das Atmen schwerfiel. Die flirrend heiße Luft wollte ihr brennendes Gesicht nicht kühlen. Als sie auf der Höhe der Schweineweide war, hatte sie plötzlich das Gefühl, ein glühendes Messer würde sich von der Seite in ihre Lunge bohren. Nach Luft japsend blieb sie stehen, beugte sich nach vorn und stützte sich mit den Händen auf den Oberschenkeln ab. Ihre Wut war einem bleiernen Gefühl von Müdigkeit und Trauer gewichen.

Hannes wollte weggehen. Nur noch ein paar Monate, dann würde er seine Siebensachen packen, in einen Zug steigen und aus ihrem Leben verschwinden. Vielleicht würde er ja mal zu Besuch nach Hause kommen, aber das wäre nicht dasselbe wie jetzt. Es würde wieder so sein wie damals, kurz vor Kriegsende. Die Lücke, die Hannes hinterlassen würde, würde sich ganz allmählich schließen. Georg säße wieder auf dem Platz neben Bernie, auf Hannes' Bett läge die Tagesdecke, bis Willa irgendwann sagen würde, es sei an der Zeit, es abzubauen und auf den Dachboden zu schaffen.

Elli hob den Blick und sah über die Schulter zurück zum Köterhof. Georg war ihr nicht gefolgt. Vermutlich hatte Hannes ihn aufgehalten. *Lass sie mal, die beruhigt sich schon wieder! Sie muss sich nur erst an den Gedanken gewöhnen.* Sie konnte Hannes' Stimme mit dem spöttischen Unterton beinahe hören.

Das Seitenstechen ließ etwas nach. Elli holte vorsichtig Luft und richtete sich auf, die Hände in die schmerzenden Seiten gestemmt. Langsam setzte sie sich wieder in Bewegung und ging zum Hof weiter.

Die Mittagsstunde schien inzwischen vorbei zu sein. Martin war gerade damit beschäftigt, den Hof zu fegen, und sah erstaunt auf, als er Elli allein zurückkommen sah. Er stützte sich auf den Reisigbesen in seinen Händen. »Nanu, was machst du denn schon hier? Seid ihr mit der Maische schon fertig? Kommen die anderen auch?«

Elli schüttelte den Kopf und wollte an ihm vorbeigehen.

Neugierig musterte er sie. »He, was ist denn los, Mädchen?«

»Nichts, was soll los sein?«

»Na komm, erzähl mir nichts! Du hast doch irgendwas. Hast du geweint?«

»Nein, hab ich nicht.« Wie zum Beweis hob sie den Blick und sah ihn an.

Martin runzelte die Stirn. »Aber irgendwas ist nicht in Ordnung«, stellte er fest. »Habt ihr euch gestritten, Georg und du?«

»Ist doch egal!« Sie wollte an ihm vorbei, aber er hielt sie am Arm fest.

»Es stimmt also. Ihr habt euch gestritten.«

Plötzlich erinnerte sich Elli daran, dass Hannes vorhin erwähnt hatte, Sigi, Georg und Martin seien in seine Pläne eingeweiht gewesen. Sie drehte sich zu Martin um und funkelte ihn an. »Warum habt ihr mir denn nichts gesagt? Ich meine, dass er weggehen wird.«

»Ach, das ist es.« Martin seufzte. »Ich hab ihm gesagt, er soll das mit dir besprechen. Seit Monaten lieg ich ihm damit in den

Ohren. Er soll dir erklären, warum es nötig ist, hab ich gesagt, und dass du sicherlich Verständnis dafür haben wirst. Es geht ja immerhin auch um dich.«

»Um mich?«

»Ja, sicher. Natürlich sollte er nichts überstürzen oder über deinen Kopf hinweg entscheiden. Er hat mir ziemlich deutlich zu verstehen gegeben, wie ernst ihm die Sache mit dir ist. Selbstverständlich hast du da ein Wort mitzureden.«

Elli fühlte, wie sich in ihrem Magen ein kalter Klumpen bildete. »Sag mal, wovon redest du eigentlich gerade?« Verwirrt starrte sie Martin an, sah, wie das aufmunternde Lächeln aus seinem Gesicht verschwand.

»Oh! Georg hat also gar nicht mit dir geredet.« Er rieb sich mit der Rechten über den Mund, dann holte er tief Luft. »Jetzt versteh ich. Verfluchter Mist!«

»Aber ich verstehe kein Wort. Was sollte Georg mit mir besprechen?«

»Es ist sicher besser, wenn er dir das selber sagt«, antwortete Martin ausweichend. »Ich hab schon viel zu viel verraten.« Er griff nach dem Besen und ging zum Dielentor hinüber, um ihn dort an der Mauer auszuschlagen, aber jetzt war es Elli, die ihn aufhielt.

»Nein! Was auch immer es ist, ich will es wissen. Jetzt und hier! Du hast eben selbst gesagt, dass es auch um mich geht.«

Martin hielt inne, betrachtete sie eine Weile, dann nickte er. »Also gut. Wer weiß, wann Georg den Mut aufbringt, mit dir zu sprechen.« Er zuckte mit den Schultern und seufzte. »Oder ob er ihn überhaupt jemals aufbringt.« Er lehnte den Reisigbesen an die Mauer und drehte sich dann wieder zu ihr um. »Lass uns ein paar Schritte gehen. Muss ja nicht gleich jeder alles mitbekommen.«

Eine Weile gingen die beiden schweigend nebeneinander den Moorweg entlang, bis Martin sich schließlich räusperte. Offenbar hatte er bis hierher gebraucht, um sich die passenden Worte zurechtzulegen.

»Weißt du, Elli, Georg hat ein Riesentalent. Das hab ich gleich gemerkt, als ich ihn zum ersten Mal singen gehört habe. So eine Stimme, wie er sie hat, gibt es nur ganz selten. Und wenn er richtig ausgebildet wird, dann kann er Karriere machen. Mit ein bisschen Glück sogar weltweit. Georg bringt alles mit, was man dafür braucht, das Stimmmaterial, den Ausdruck, die Leidenschaft, den Fleiß. Wie Pastor Meiners es mal ausgedrückt hat: Der liebe Gott hat ihm in die Kehle gespuckt. Daran mag man nun glauben oder nicht, aber es ist was Wahres dran.«

Martin warf Elli einen kurzen Blick aus den Augenwinkeln zu, dann sah er wieder den grasbewachsenen Weg vor ihnen entlang. »Ich hab ihm schon vor ein paar Monaten gesagt, dass es Zeit für ihn wird, von hier wegzugehen, in eine der großen Städte, wo es richtige Gesangslehrer gibt. Nach Hamburg vielleicht oder nach Berlin oder München.«

»Aber …«

»Ich kann ihm nichts mehr beibringen, Elli«, unterbrach er sie. »Wenn er hierbleibt, kommt er nicht weiter. Dieses Talent, das er hat, ist ein Geschenk, und das wirft er weg, wenn er hierbleibt, um weiter als Knecht für deinen Vater zu arbeiten.« Martin blieb stehen und sah ihr in die Augen. »Elli, er bleibt deinetwegen. Hauptsächlich jedenfalls. Er will dich nicht alleinlassen. Und vielleicht hat er auch ein bisschen Angst, dass ich seine Fähigkeiten überschätze und er doch nicht so gut ist, wie ich ihm immer einreden will.« Martins Lächeln wurde breiter. »Ihm fehlt die unerschütterliche Selbstsicherheit deines Bruders. Von Hannes könnte er sich in dieser Hinsicht mal eine Scheibe abschneiden.«

Elli starrte Martin an. »Und was erwartest du jetzt von mir? Soll ich ihn etwa wegschicken? Soll ich mit ihm Schluss machen? Ist es das, was du von mir willst?« Bei den letzten Worten kippte ihre Stimme bedrohlich.

Martins Gesicht wurde ernst, und einen Augenblick lang befürchtete Elli, er könnte nicken. Aber er sah sie nur aus seinen müden dunkelblauen Augen an und seufzte. Zögernd hob er seine Rechte und berührte ihre Wange mit den rauen Fingerkuppen.

»Mag sein, dass ich das früher mal von dir verlangt hätte, Elli. Aber jetzt nicht mehr. Jetzt nicht mehr! Ich weiß, wie wichtig du für Georg bist.« Er ließ die Hand wieder sinken. »Alles, worum ich dich bitte, ist, ihm gut zuzureden und ihm Mut zu machen. Georg hat mal zu mir gesagt, er habe schon als kleiner Junge Sänger werden wollen, und nun ist er so kurz davor, es zu schaffen.« Mit Daumen und Zeigefinger zeigte Martin an, wie wenig Georg von seinem Traum trennte. »Und jetzt auf einmal zögert er. Sagt, er will lieber hierbleiben. Du musst mir helfen, Elli! Du musst ihm sagen, dass er weitermachen soll. Es ist ja nicht für lange. Ein Jahr mit dem richtigen Lehrer, vielleicht zwei, dann sollte er so weit sein, dass er es an einer Bühne versuchen kann.«

»Zwei Jahre«, murmelte Elli.

»Wenn es überhaupt so lange dauert. Georg ist schon ziemlich weit. Ihm fehlt nur noch etwas Feinschliff und natürlich die Routine. Es wäre so ein Jammer, wenn er das jetzt alles wegwirft!«

Zwei Jahre …

Die Worte hallten in Ellis Ohren nach. Sie starrte Martin an, sah, wie er den Mund bewegte und gestikulierte, aber von dem, was er sagte, drang kaum etwas an diesen zwei Worten vorbei.

» … im Handumdrehen vorbei. Ihr seid so jung und habt noch so viel Zeit. Aber wenn Georg hierbleibt und es nicht wenigstens versucht, was glaubst du, wie lange es dauert, bis er anfängt, das zu bereuen? Bis er sich fragt, ob er es nicht vielleicht doch hätte schaffen können? Sicherlich nicht gleich, aber irgendwann wird er dieser vertanen Chance hinterhertrauern. Irgendwann wird es ihm nicht mehr reichen, als Knecht zu arbeiten, für die Dorfjugend Tanzmusik zu machen und sonntags beim alten Meiners die Orgel zu spielen. Und dann wird er hier kreuzunglücklich sein.«

Elli antwortete nicht.

Martin hob ihr Kinn an, bis sie ihm in die Augen sah. »Du weißt, dass ich recht habe, nicht wahr?«

Sie sah das Mitgefühl in seinen Augen. Plötzlich musste sie daran denken, was Georg vorhin gesagt hatte. Dass es selbstsüchtig von ihr sei, Hannes das Studium ausreden zu wollen. Langsam nickte sie.

»Es ist nicht leicht, seine Wunschträume aufzugeben«, sagte Martin leise. »Es fällt schon schwer, wenn es keinen anderen Ausweg gibt. Wirst du mir helfen? Wirst du Georg zureden, von hier wegzugehen?«

»Aber ich …«

»Du kannst das, Elli, ich weiß es. Auf dich wird er hören. Versprich mir, dass du es versuchst!«

Ohne eine Antwort abzuwarten, fuhr er fort. Er sprach von wichtigen Leuten, die er in Berlin an der Oper kenne, und davon, dass er nur ein paar Briefe schreiben müsse, um alte Kontakte wiederaufzunehmen. Oder vielleicht doch lieber Hamburg? Da gebe es ein paar ehemalige Studienkollegen, von denen er zwar lange nichts gehört habe, aber …

Elli sah das Leuchten in Martins Augen, als er weiter und immer weiter redete. Aber alles, was sie hören konnte, war eine gehässige kleine Stimme in ihrem Hinterkopf, die flüsterte: *Erst geht Hannes weg und dann auch noch Georg. Erst Hannes, dann Georg, erst Hannes, dann Georg.* Sie spürte, wie ihr die Knie bei diesem Gedanken weich wurden.

»Elli? Elli!«

Der Klang der hohen Kinderstimme, die ihren Namen rief, riss sie aus ihren Gedanken. Sie drehte sich um und sah Bernie, der auf sie und Martin zurannte.

»Elli! Ach, hier bist du! Warte mal!«

Wenige Augenblicke später hatte er sie erreicht und blieb schwer atmend stehen. »Hast du eine Ahnung, wo Sigi und Hannes sind?«, keuchte er. »Mutter sucht sie.«

»Die werden noch beim Köterhof sein, denke ich. Was ist denn los?«

»Einer von beiden soll schnell mit dem Auto losfahren und Doktor Jakobs aus Schwei holen.«

»Den Arzt?«, fragte Martin. »Warum denn das? Ist jemand krank?«

»Oma geht es gar nicht gut, sie kann nicht mehr aufstehen. Du sollst auch nach Hause kommen, Elli. Mutter sagt, sie will bei Oma und Opa noch schnell die Betten neu beziehen, ehe der Doktor kommt. Du sollst ihr helfen.«

Ohne eine Antwort abzuwarten, drehte Bernie sich um und rannte weiter den Moorweg hinunter.

26

Als Doktor Jakobs zwei Stunden später die Küche betrat, um sich die Hände zu waschen, war seine Miene angespannt. Sorgfältig schrubbte er seine Fingernägel mit der Bürste, die Willa ihm reichte, spülte das Seifenwasser unter dem Wasserhahn ab und griff nach dem gebügelten Handtuch, das Elli für ihn aus dem Wäscheschrank im Wohnflur geholt hatte.

Der junge Landarzt bedankte sich und nickte ihr freundlich zu. Elli kannte ihn kaum. Er hatte die Praxis kurz vor dem Krieg übernommen und war erst vor ein paar Monaten aus der Gefangenschaft zurückgekommen.

Nachdem er sich die Hände abgetrocknet hatte, hängte er das benutzte Handtuch über die Lehne eines Küchenstuhls und drehte sich zu Willa um. »Vielleicht wäre es gut, wenn wir uns mit Ihrem Mann und Ihrem Schwiegervater noch kurz zusammensetzen könnten. Es gibt doch einiges, was besprochen werden müsste.«

Willa nickte und wies Elli an, Tee zu kochen und in der kleinen Stube Tassen auf den Tisch zu stellen. Bernie wurde in die Viehdiele geschickt, um Anton und Gustav zu holen.

Über eine Stunde saßen die Erwachsenen hinter der verschlossenen Stubentür zusammen. Als Elli mit der Teekanne in der Hand den Raum betrat, um nachzuschenken, verstummte das Gespräch am Tisch sofort. Ihre Mutter nahm ihr die Kanne aus der Hand und murmelte ein knappes Danke, ehe sie sie wieder hinausschickte. Elli fiel auf, wie blass das Gesicht ihres Großvaters war.

Zurück in der Küche, setzte sie sich auf den Stuhl ihrer Mutter und starrte auf die Küchenuhr, deren Zeiger sich trotz des lauten Tickens nicht zu bewegen schienen. Vergeblich versuchte sie, Ordnung in ihre Gedanken zu bringen, die wild zwischen Oma Tilly, Hannes und Georg hin und her schossen.

Marie kam aus dem Garten, einen Eimer frisch gepflückter Brechbohnen in der Hand. Froh über die Ablenkung begann Elli, zusammen mit der jungen Flüchtlingsfrau die Bohnen für den Eintopf am nächsten Tag zu putzen und in Stücke zu brechen. Sie waren beinahe fertig, als Hinnerk den Kopf zur Tür hereinsteckte und fragte, ob es denn heute gar kein Vesper gebe. Es sei doch schon längst Melkzeit. Eilig räumten Elli und Marie den Tisch frei, kochten noch einmal Tee und deckten den Tisch. Kaum hatten sie Platz genommen, öffnete sich die Stubentür. Die Besprechung war offenbar zu Ende.

»Also, wie gesagt, ich komme dann übermorgen wieder vorbei, es sei denn, es ändert sich etwas und es geht ihr viel schlechter. Dann schicken Sie mir jemanden herum, der Bescheid sagt.« Doktor Jakobs gab Ellis Eltern und Opa Bruns die Hand und nickte der Runde am Tisch einen Gruß zu, ehe er zur Haustür ging.

Anton sah ihm mit gerunzelter Stirn nach, zog seinen Stuhl zurück und setzte sich. Er nahm sich eine Scheibe Graubrot, bestrich sie mit Butter, biss ein großes Stück ab und kaute sorgfältig, bevor er den Blick hob und in die Runde sah.

Dann nickte er Elli zu. »Ist wohl besser, du bleibst von jetzt an drin und hilfst deiner Mutter, statt mit zum Melken zu gehen«, brummte er. »Und in nächster Zeit wirst du auch nicht mitfahren, wenn die Jungs Musik machen. Da würden sich die Leute nur das Maul zerreißen, dass sich das ja wohl nicht gehört, wenn jemand aus der Familie sterbenskrank zu Hause liegt.«

Er schluckte schwer, warf das angebissene Brot auf seinen Teller, stand auf und verließ ohne ein weiteres Wort die Küche.

Es sei Krebs, hatte der Arzt gesagt. Tillys Körper sei so voller Geschwüre, dass man sie überall ertasten könne. In der Lunge säßen wohl auch schon welche, daher bekäme sie so schlecht Luft. Es sei nur noch eine Frage von Tagen, im besten Fall Wochen, bis Tilly erlöst würde.

»Dass sie aber auch so gar nichts gesagt hat!«, seufzte Willa zum wiederholten Mal.

Sie schüttelte den Kopf, nahm frisches Bettzeug aus dem Wäscheschrank und ging energischen Schrittes die Treppe hinauf. Elli folgte ihr langsam, sie trug die mit warmem Wasser gefüllte Waschschüssel in beiden Händen und achtete darauf, nichts zu verschütten.

Seit über zwei Wochen ging das nun schon so. Das ganze Leben auf dem Hof schien sich nur noch um die sterbende alte Frau zu drehen, die oben in ihrer Schlafkammer vor sich hin dämmerte. Alles andere hatte dahinter zurückzutreten oder wurde auf später verschoben. Dass Hannes vor zwei Tagen sein Abitur bestanden hatte, hatte er nur Elli und Georg erzählt und gemeint, es sei jetzt nicht der richtige Zeitpunkt, mit den Eltern über sein Studium zu sprechen. Und dass sie Martin sozusagen versprochen hatte, mit Georg zu reden, darüber mochte Elli im Moment nicht einmal nachdenken.

Immer war in Omas und Opas Schlafkammer das Rollo heruntergelassen, was das kleine Zimmer in ein unwirklich gelbes Licht tauchte. Die Augen mussten sich erst an das Halbdunkel gewöhnen, ehe sie die schmächtige Gestalt zwischen den aufgeschüttelten Kissen erkennen konnten.

Meist schlief die alte Frau noch halb, wenn Willa und Elli morgens nach dem Frühstück heraufkamen, um sie zu waschen und das Bett neu zu beziehen. Doch kaum hörte Tilly die beiden kommen, drehte sie ihren Kopf zur Tür, die Augen hinter der Nickelbrille suchten den Blick der Enkeltochter, und sie begann zu lächeln.

Daran, dass sie aufstand, während Elli und Willa das Bett machten, war inzwischen gar nicht mehr zu denken. Seit über einer Woche schon mochte sie nichts mehr essen, und auch das Trinken fiel ihr zunehmend schwer.

Man sollte sie nicht zwingen, etwas zu sich zu nehmen, hatte Doktor Jakobs bei seinem letzten Besuch gesagt. Das sei nur Quälerei, und es sollte doch darum gehen, Tilly Bruns die letzten Tage so leicht wie möglich zu machen. Was für eine Gottesgnade, dass sie kaum Schmerzen habe, andere in ihrer Lage seien nicht so gut dran. Schmerzmittel seien kaum zu bekommen, und an so etwas wie Morphium käme man noch nicht einmal auf dem Schwarzmarkt heran. Er hatte geseufzt und den Kopf geschüttelt. Es seien schlimme Zeiten. Dann hatte er von Willa das Paket mit Speck und Wurst entgegengenommen, das sie für ihn vorbereitet hatte, und war gegangen.

Manchmal ging Anton mit hinauf, wenn Elli und Willa Oma Tilly versorgten. Dann hob er seine Mutter ohne Mühe aus dem Bett, hielt sie wie ein Kind in seinen Armen, und es war deutlich zu sehen, wie dünn und kraftlos sie inzwischen war. Ihr Kinn ruhte auf ihrer Brust, den Kopf legte sie an die Schulter ihres Sohnes, die Augen hielt sie geschlossen, als würde ihr schwindlig von der Höhe, in der er sie hielt. Elli beeilte sich dann besonders, das Betttuch glatt zu ziehen und umzuschlagen, während Willa Kissen und Bettdecke neu bezog. Anton redete nie, nicht ein einziges Wort, während er seine Mutter in den Armen hielt. Schweigend legte er sie zurück auf ihr Lager, zog behutsam seine Arme unter ihren Schultern und Knien hervor und strich mit den Fingerspitzen über ihre Wange, ehe er sie fragte, ob sie so gut liegen könne.

»Ja, min Jung. Vielen Dank!«, lautete ihre immer gleiche Antwort. Dann nickte sie und lächelte zu ihm hoch. Und Elli sah, wie sehr Anton darum kämpfte, ihr Lächeln zu erwidern, ehe er sich umdrehte und hinausging.

Niemand hätte Willa den Vorwurf machen können, sie würde es bei der Pflege der ungeliebten Schwiegermutter an irgendetwas mangeln lassen. Sie tat alles, was erwartet werden konnte, nur schien sie distanziert und mit dem Herzen nicht bei der Sache zu sein. Sie wäre niemals auf den Gedanken gekommen, sich den Lehnstuhl, der in der Ecke der Schlafkammer stand, heranzuziehen, um der alten Frau ein wenig Gesellschaft zu leisten, vielleicht gar ein paar Worte mit ihr zu wechseln, bis sie wieder eingeschlafen war. Solche Zeitverschwendung überließ sie Elli, und so saß diese jeden Tag stundenlang auf dem alten Lehnstuhl, strickte oder las, wenn Oma schlief, und unterhielt sich leise mit ihr, wenn sie wach war.

An diesem Vormittag war Tilly Bruns nach dem morgendlichen Waschen so erschöpft, dass sie sofort einschlief. Sie hatte den Kopf ein wenig zur Seite geneigt, die Hände ruhten auf der Bettdecke über dem vom Krebs aufgeblähten Leib, ihr Atem ging langsam und gleichmäßig.

Unten vom Flur her ertönte leises Klaviergeklimper, dann verstummte es, Männerstimmen murmelten, und schließlich hörte Elli, wie Georg begann, sich einzusingen. Martin gab ihm Unterricht, und Elli erkannte eines der Schubertlieder, die ihre Großmutter so sehr liebte.

»Das muss doch nicht gerade jetzt sein«, flüsterte sie und erhob sich, um unten Bescheid zu geben, dass Oma eingenickt war.

»Nein, lass sie ruhig!«, hörte Elli eine leise Stimme vom Bett her. Oma Tilly hatte sich nicht bewegt, ihre Augen waren noch immer geschlossen. »Du weißt doch, wie gern ich den Jungen singen höre.«

»Wenn es dich nicht stört«, flüsterte Elli und setzte sich wieder. Sie griff nach ihrem Buch, aber Georgs Stimme, die leise durch die geschlossene Tür drang, schlug sie in ihren Bann.

Schon seit Monaten probierten Georg und Martin an den

Schubertliedern herum, aber diesmal war es anders als sonst. Martin unterbrach Georg nicht ein einziges Mal, korrigierte nicht, ließ ihn nichts wiederholen. Ein Lied folgte auf das andere. Elli brauchte eine Weile, bis sie erkannte, dass es all die Stücke waren, die Oma Tilly sich gewünscht hatte, wenn Georg die Frauen gefragt hatte, was er zum Abschluss seines Unterrichts singen sollte.

Einen Moment lang war es still unten, dann setzte das Klavier erneut ein, und Georg begann ganz leise zu singen:

»Gute Ruh, gute Ruh,
Tu die Augen zu.
Wand'rer, du Müder,
Du bist zu Haus.«

Es war das *Wiegenlied*, wie Oma Tilly es immer genannt hatte, das Lied, nach dem sie am häufigsten gefragt hatte. Nein, dies war keine Gesangsstunde wie all die anderen, heute musizierten die zwei jungen Männer nur für die sterbende alte Frau.

Oma Tilly öffnete ihre Augen und lächelte, als das Lied zu Ende war. »Das war schön, dass ich das noch mal hören konnte. Kannst du den beiden Danke von mir sagen?«

Elli nickte. »Ja, das werde ich ausrichten.« Sie erhob sich, ging zur Tür hinüber und legte die Hand auf die Klinke. »Ich geh jetzt mal runter und frage Mutter, ob sie in der Küche noch Hilfe braucht. Soll ich dir eine Tasse Tee mitbringen, wenn ich wiederkomme?«

»Deine Mutter kommt sicherlich auch mal eine Weile ohne dich aus. Komm her, min Deern, und setz dich zu mir!« Oma klopfte mit der Hand auf die Bettkante neben sich. »Ich möchte gern was mit dir besprechen.«

Zögernd trat Elli näher und nahm vorsichtig auf dem Rand des Bettes Platz.

Ihre Großmutter seufzte. »Weißt du, es ist so ein Jammer, dass ich deine Hochzeit nicht mehr erlebe, min Deern.«

»Aber Oma, was sagst du denn? Bald bist du wieder gesund, und wenn ich dann irgendwann heirate, wirst du auf meiner Hochzeit tanzen.«

Die alte Frau schüttelte den Kopf. »Mach dir nichts vor, Elli. Das wird nicht wieder werden mit mir, ich weiß es gut.« Lächelnd sah sie ihrer Enkelin in die Augen. »Aber das ist nicht schlimm. Ich habe ein langes, gutes Leben gehabt, und dann gibt es nichts zu bedauern, wenn es zu Ende geht. Sicher, es war nicht immer einfach für uns, für deinen Opa und mich, aber wir haben zusammengehalten und uns nie gegenseitig das Leben schwer gemacht, egal was kam.«

Elli brachte kein Wort hervor, biss die Lippen zusammen und sah zu Boden. Oma sollte ihre Tränen nicht sehen.

»Musst nicht weinen, min Deern.« Die ausgemergelte Hand mit den Altersflecken legte sich kühl auf ihre und drückte sie. »Du hast ihn sehr lieb, deinen Georg, nicht?«

Elli nickte.

»Ja, das merkt man. Und man merkt, dass er dich auch lieb hat. Aber das wird vielleicht nicht reichen. Das reicht nicht immer. Ihr beide werdet es schwer haben, weil ihr so unterschiedlich seid. Du wirst immer diejenige sein, die nachgeben muss, wenn einer nach links und der andere nach rechts will. Und immer wirst du aufpassen müssen, dass du dich dabei nicht zu sehr verbiegst. Davon wird man krumm und krüppelig. Hier.« Sie hob ihre Hand und legte sie auf ihr Herz. »Und dann wird man bitter – so wie deine Mutter. Und so sollst du nicht werden, Elli. Denn, glaub mir, du wirst ganz oft zurückstecken und nachgeben müssen. Für Georg wird seine Musik immer das Wichtigste sein, und du kommst erst an zweiter Stelle, damit musst du dich abfinden. Und noch schlimmer, du musst ihm sogar noch gut zureden, damit es so bleibt, denn mit der Musik wird er dich und deine Kinder durchbringen. Als Bauer taugt er nicht, und das weißt du auch. Aber ob du in die Stadt passt, da hab ich auch meine Zweifel. Es spricht so viel dagegen, dass ihr beide heiratet. Vielleicht wäre es sogar das Beste, wenn du der Sache ein Ende machst. Aber dazu hast du ihn viel zu lieb, nicht wahr? Na, komm mal her, min Deern, guck mich mal an! Musst nicht weinen! Ich wollte, ich wäre noch länger da, um dir zu helfen.«

Und sie zog ihre Enkelin in ihre Arme wie früher, als Elli noch ein kleines Mädchen gewesen war und zu Oma lief, wenn die ganze Welt ungerecht und böse war. Tillys Hand strich über ihr Haar, während Elli weinte und weinte, und ihre Großmutter schon jetzt so sehr vermisste.

Zwei Tage später verschlechterte sich Tillys Zustand zusehends. Sie fiel in einen Dämmerschlaf, aus dem sie nur gelegentlich für wenige klare Minuten aufwachte. Meist lag sie halb auf der Seite, die Augenlider einen Spaltbreit geöffnet, und atmete immer langsamer und flacher. Nur manchmal wurde sie unruhig, so als störten Träume ihre Ruhe. Dann murmelte sie leise vor sich hin, manchmal nur Namen, manchmal ganze Sätze. Ihr Gesicht spiegelte wider, was sie im Traum empfand.

Bei seinem nächsten Besuch meinte der Doktor, es sei nur noch eine Frage von ein paar Tagen, dann habe sie ausgelitten.

Anton schickte Hannes mit dem Auto zu seinen vier Schwestern, um ihnen auszurichten, dass sie sich mit ihrem Besuch beeilen müssten, wenn sie ihre Mutter noch einmal lebend sehen wollten. Alle vier kamen am Tag darauf, standen eine Weile um das Bett der alten Frau herum und gingen dann in die kleine Stube hinunter. Sie tranken Tee, holten den Karton mit den alten Fotos heraus und kramten in Erinnerungen.

Jetzt blieb immer jemand bei der sterbenden alten Frau. Elli und Marie wechselten sich tagsüber ab, stets eine Schüssel mit Wasser und einen Waschlappen bei sich, um Tilly die Lippen zu benetzen. Wenn er wusste, dass Elli allein bei ihrer Oma war, schlich sich manchmal auch Georg ins Zimmer, quetschte sich zu ihr in den Sessel und hielt sie fest im Arm, während er Tilly ansah und leise die Melodie des *Wiegenliedes* summte. Auch Anton kam gelegentlich herein, setzte sich einen Moment auf die Bettkante und tätschelte unbeholfen die Hand seiner Mutter, ehe er wieder ging. Hannes dagegen schüttelte nur den Kopf, als Elli ihn fragte, ob er nicht auch helfen könne, und meinte, er halte das nicht aus. Und auch Willa blieb nicht ein einziges Mal bei ihrer Schwiegermutter, um über ihren Schlaf zu wachen.

Jeden Abend legte sich Opa Bruns in das Bett neben dem seiner Frau. Er habe seit bald fünfzig Jahren jede Nacht neben ihr geschlafen und hätte nicht vor, sie jetzt allein zu lassen, sagte er entrüstet, als Anton vorschlug, ihm in der kleinen Stube ein Bett zu machen.

Tilly Bruns starb an einem Donnerstagabend im August, kurz nach Sonnenuntergang, als die Ebbe den tiefsten Punkt erreicht hatte. Nachdem sie seit Stunden langsamer und langsamer geatmet hatte, holte sie noch einmal tief Luft, öffnete weit die Augen, den blinden Blick an die Decke gerichtet, und lächelte. Ihre Lippen bewegten sich, als wollten sie etwas sagen, aber kein Ton war zu hören. Mit einem leisen Seufzen strömte der letzte Atem aus ihrem Körper, dann war es vorüber.

Anton erhob sich von seinem Platz an der Seite seines Vaters, trat ans Bett, legte die Hände der Toten übereinander und schloss ihre Augen, die noch immer zur Decke blickten. Dann richtete er sich auf und nickte seiner Tochter zu, die am Fußende des Bettes stand.

Elli nahm das weiße Laken, das auf der Frisierkommode bereitlag, faltete es auseinander und hängte es über den Spiegel. Dann ging sie zum Fenster hinüber, ließ das Rollo hochschnellen und stieß die Fensterflügel weit auf.

Die untergehende Sonne hatte die dünnen Schleierwolken

über dem Deich dunkelrot gefärbt. Im tiefen Blau des Himmels zeigten sich die ersten Sterne, und über dem Horizont hing hell strahlend der Abendstern.

Die Nacht trägt schwarze Seide und all ihre Diamanten, hörte Elli Georgs Stimme flüstern. Das hatte er damals Weihnachten 1944 gesagt, als sie draußen gestanden und nach Sternschnuppen Ausschau gehalten hatten, um sich etwas zu wünschen.

Elli wischte sich die Tränen ab, während sie den Abendstern betrachtete. »Tschüss, Oma!«, flüsterte sie.

Ein leichter Wind kam auf, streichelte kühl ihr Gesicht und bauschte die Vorhänge an den Fenstern auf. Ein Nachtfalter, der auf dem Stoff gesessen hatte, wurde aufgeschreckt, flog lautlos taumelnd an Elli vorbei zum Fenster hinaus und verschwand in der Dämmerung.

Die kleine Strückhauser Kirche war bis zum letzten Platz gefüllt. Elli wagte kaum, den Blick von Hannes' Rücken vor sich abzuwenden oder gar den Kopf zu drehen, als sie neben Bernie langsam durch den Mittelgang nach vorn schritt. Es gehörte sich nicht, sich neugierig umzuschauen, das hatte Willa Bernie noch einmal eingeschärft. Auch er sah starr nach vorn, wie Elli aus den Augenwinkeln feststellte.

Die nächsten Angehörigen betraten die Kirche immer als Letzte und nahmen auf den vordersten Bänken Platz. Gustav, Anton und Willa sowie die Tanten mit ihren Männern setzten sich links in die vorderen beiden Reihen, Ellis Cousinen, ihre Vettern, ihre Brüder und sie selbst gingen nach rechts. Alle blieben mit gesenktem Kopf und gefalteten Händen einen Augenblick stehen, ehe sie sich setzten.

Ellis Platz war ganz vorn, direkt am Gang. Sie fühlte, wie sich die Blicke der Trauergemeinde in ihren Rücken bohrten, und begann in ihrer dunkelblauen Wolljacke mit dem Trauerflor am Ärmel zu schwitzen.

Strahlend hell schien die Sonne durch die hohen Kirchenfenster auf den schlichten Sarg, der vor dem Altar stand und mit einem großen Strauß Gladiolen geschmückt war. Was für ein eigenartiger Gedanke, dass darin Oma liegen sollte. Dabei hatte Elli selbst gesehen, wie sie in der kleinen Stube aufgebahrt worden war, mit ihrem guten schwarzen Sonntagskleid bekleidet. Ganz fremd hatte sie ausgesehen, zerbrechlich, schmal und furchtbar fremd, so ohne ihre Nickelbrille. Ihre Hände hatten gefaltet auf der Brust gelegen und einen kleinen Strauß blutroter Kletterrosen gehalten, die von Marthas Mutter stammten. Die weiße Decke über ihren Beinen war mit Gladiolen bedeckt gewesen. Die alte Tante Frerichs hatte sie vorbeigebracht und erzählt, dass sie früher den ganzen Blumengarten voller Gladiolen gehabt habe. Nun sei nur noch eine einzige Reihe hinter dem Kartoffelacker übrig. Aber weil das doch Tillys Lieblingsblumen gewesen seien, habe sie sie mitgebracht.

Jetzt steht da vermutlich keine einzige Blume mehr, dachte Elli, während sie den Blick über die großen Bodenvasen hinter Omas Sarg schweifen ließ. Drei große Vasen voller Gladiolen standen dort, die trichterförmigen Blüten an den langen grünen Stängeln leuchteten in Rot und Gelb und strahlendem Weiß.

Auch die anderen Nachbarn hatten ihre Gärten geplündert: Tiefblauer Rittersporn stand neben Margeriten, frühe Dahlien in Rot und Weiß prangten neben zartlila Sommerastern und gelben Chrysanthemen. Der Boden hinter dem Sarg glich einer Blumenwiese, und Elli wusste, wie sehr ihrer Großmutter das gefallen hätte. Gedankenverloren drehte sie die Kletterrose, von deren Stiel sie heute Morgen sorgfältig alle Dornen abgeschabt hatte, in den Fingern. Nachher würde sie sie in das offene Grab fallen lassen und dann eine Schaufel Sand hinterherwerfen. Alle Frauen der Familie hatten so eine Rose in der Hand, Ellis Mutter, die Tanten, die Cousinen, sogar die kleine Frieda, und die war erst sechs.

Noch immer war alles still, nur vereinzelt hustete jemand im Kirchenraum. Die große Glocke im Turm nebenan war verklungen. Dann setzte die Orgel ein. Elli kannte das Stück nicht, vermutlich hatte Georg es extra für diesen Tag einstudiert. Getragen und langsam, voller Traurigkeit und Sehnsucht erklang die Melodie, die immer wieder abgewandelt wurde. Vermutlich ein Teil eines Kirchenliedes, das Elli nicht erkannte.

Heute saß Georg allein dort oben auf der Bank vor den beiden Manualen, die schweren Stiefel ordentlich neben sich auf dem Boden abgestellt, zog gelegentlich an den Registern und spielte hochkonzentriert. Sie sah ihn förmlich vor sich, wie er mit ernstem Gesicht auf die Noten blickte, von Zeit zu Zeit die Stirn runzelte, wenn eine schwierige Stelle vor ihm lag, und knapp mit dem Kopf nickte, damit Martin für ihn die Noten umblätterte.

Elli musste daran denken, wie Georg in der Nacht nach Omas Tod in ihre Kammer geschlichen war, um sie zu trösten. Er hatte sich zu ihr gelegt, sie fest in seine Arme genommen, ihr übers Haar gestreichelt und gesagt, dass auch er Oma Tilly vermissen werde. Dann hatte er sie weinen lassen, bis sie irgendwann vor Trauer und Erschöpfung eingeschlafen war. Mehr war nicht passiert.

Irgendwie ist das alles nicht richtig, dachte Elli. Das Blumenmeer in den großen Vasen vor dem Altar, die leuchtenden Gladiolen auf dem Sargdeckel, die breiten Lichtstreifen, in denen der Staub nach oben tanzte. Elli fühlte sich fehl am Platz auf der Bank ganz vorn, direkt vor dem Sarg. Am liebsten wäre sie fortgelaufen und hätte sich irgendwo verkrochen. Was hätte sie dafür gegeben, jetzt oben auf dem Orgelboden neben Georg zu sitzen, um wie immer für ihn die Noten umzublättern. Wenn sie sich doch nur einmal umdrehen und zu ihm hinaufsehen könnte … Aber sie kniff die Lippen zusammen, senkte den Kopf und starrte blind auf die Rose in ihrer Hand.

Das Orgelstück verklang. Elli hob den Blick und sah, dass Pastor Meiners vor dem Sarg stehen geblieben war, sich verbeugte und einen Moment im Gebet verharrte. Dann drehte er sich zu seiner Gemeinde um, ein kurzes, wohlwollendes Lächeln flog über sein Gesicht, bevor er die Arme zum Segen hob.

»Im Namen des Vaters und des Sohnes und des Heiligen Geistes«, rief er, und der Gottesdienst begann.

Die Gemeinde schleppte bei *Befiehl du deine Wege* und *So nimm denn meine Hände* immer einen Ton hinter der Orgel her. Elli stellte sich vor, wie Georg da oben saß und den Kopf schüttelte, weil er es hasste, das Tempo zu drosseln, bis die Gemeinde die Orgel wieder eingeholt hatte.

Dann kam die Predigt, und der Pastor erzählte aus Tilly Bruns' Leben. Am Tag nach ihrem Tod war er lange auf dem Brunshof gewesen, hatte Stunden mit Opa und Papa am Küchentisch gesessen und ihnen zugehört, während er sich mit seinem kurzen Bleistift krakelige Notizen gemacht hatte.

Meiners sprach von Tillys Kindheit und Jugend in einem behüteten Elternhaus mit vielen Brüdern, die sie alle überlebt hatte, von der langen glücklichen Ehe mit Gustav Bruns und der Geburt der Kinder und Enkel, vom Verlust ihres jüngsten Sohnes Johannes, der im Krieg gefallen war, und von ihrer schweren Krankheit, die sie so schnell dahingerafft hatte.

Dass Mathilde Bruns, die alle immer nur Tilly genannt hatten, die gute Seele des Hauses gewesen sei, alle in ihr Herz geschlossen und für jeden ein gutes Wort gehabt habe, sagte Meiners. Elli wagte nicht, zur anderen Seite hinüberzusehen, aber sie wusste, dass sich über den Raubvogelaugen ihrer Mutter die steile Falte gebildet hatte.

Zuletzt habe Tilly sich um die Flüchtlinge im Haus gekümmert, fuhr der alte Pastor fort, habe ihnen das Gefühl gegeben, willkommen zu sein, und ganz besonders die Kinder in ihr Herz geschlossen.

Hinter sich hörte Elli ein unterdrücktes Schluchzen, dem ein lautes Naseputzen folgte. Das musste Marie sein, die den kleinen Erich in die Kirche mitgenommen hatte, obwohl Willa der Meinung war, ein so kleines Kind habe im Gottesdienst nichts verloren und schon gar nicht bei einer Beerdigung. Aber Marie hatte Ellis Mutter einfach stehen lassen, hatte die Hand ihres Sohnes fest in ihre genommen und war erhobenen Hauptes vor ihnen in die Kirche marschiert. Gleich hinter den freien Plätzen für die Angehörigen hatte sie sich in eine Bank gedrängt und den Jungen auf ihren Schoß genommen.

Und Tilly habe es immer so sehr genossen, wenn die jungen Leute im Haus Musik gemacht hätten, fuhr der Pastor fort. Davon hatten Opa und Papa sicher nichts gesagt, das musste er von Georg haben, schoss es Elli durch den Kopf. In diesem Moment richtete der Pastor den Blick nach oben zum Orgelboden und nickte.

Ein leises Vorspiel wie von gedämpften Flöten setzte ein, eine schlichte, eingängige Melodie, beinahe wie ein Kinderlied. Elli war sich sicher, dieses Stück noch nie zuvor gehört zu haben.

Martin begann zu singen:

»Bist du bei mir, geh ich mit Freuden
Zum Sterben und zu meiner Ruh,
Zum Sterben und zu meiner Ruh.«

Seine Stimme hüllte Elli ein wie eine Decke aus Samt, weich und dunkel. Er sang nicht laut, doch der Klang schien in ihren Ohren zu hallen und zu vibrieren, und all die kleinen Härchen auf ihren Armen richteten sich auf. Eine tiefe, unstillbare Sehnsucht lag in diesen Worten, in die Martin seine ganze Seele legte. Einsamkeit, Trauer und Verzweiflung waren so deutlich zu hören, dass Ellis Herz sich zusammenkrampfte und schmerzte, als hätte man ein Stück davon herausgerissen. Elli war sich ganz sicher, Martin dachte in diesem Moment an seine Frau und die beiden kleinen Mädchen, die im Dresdner Feuersturm verbrannt waren, während er irgendwo in Ostpreußen im Lazarett gelegen hatte.

Dann setzte zu Ellis Überraschung Georg ein und wiederholte die Melodie, die Martin vorgegeben hatte. Seine Stimme war heller, kraftvoller und lebendiger, als Elli sie je gehört hatte.

»Bist du bei mir …«

Sein Blick ruhte auf ihr, sie konnte ihn förmlich in ihrem Nacken fühlen. Bestimmt stand er oben an der Brüstung, die Hände locker auf das Geländer gelegt, so wie damals bei seinem ersten Weihnachtsgottesdienst in dieser Kirche.

» … geh ich mit Freuden …«

Bei Georg klang das Lied völlig anders. Was er sang, war eine Liebeserklärung: Immer zusammenbleiben und selbst den Tod nicht fürchten, solange man den anderen an seiner Seite hatte. Elli wusste, dass Georg für sie sang.

Ihr Blick verschwamm. Sie schluckte, griff in ihre Jackentasche und zog das gute Spitzentaschentuch heraus, das sie von Oma zur Konfirmation bekommen hatte. Viel zu schade, um es zu benutzen, hatte sie damals gesagt, aber Oma hatte gelacht und gemeint, es sei kein Taschentuch, um die Nase zu putzen, sondern eines, um Freudentränen abzuwischen. Elli hielt es einen Moment fest umklammert und starrte es an, ehe sie sich über die Augen wischte. Dann gab sie sich einen Ruck und drehte sich zum Orgelboden um. Sollten die Leute doch reden.

Die beiden jungen Männer standen nebeneinander vorn an der Brüstung, genau wie Elli vermutet hatte. Während Martin beim Singen die Augen auf einen Punkt im oberen Teil des Kirchenschiffs gerichtet hielt, schaute Georg tatsächlich zu ihr herunter, und seine Augen leuchteten auf, als sich ihre Blicke begegneten.

Zweistimmig sangen die beiden weiter, wiederholten den ersten Teil noch einmal, ehe ein neuer Text folgte.

»Ach, wie vergnügt wär dann mein Ende,
Es drückten deine lieben Hände
Mir die getreuen Augen zu.«

Eine friedliche Gelassenheit und Abgeklärtheit lag in diesen
Versen, keine Verzweiflung, kein Aufbegehren. Nur das Glück,
in den Armen eines geliebten Menschen in Frieden gehen zu
können. Dass Georg und Martin schon seit Langem zusammen
sangen, war nicht zu überhören. Ihre Stimmen ergänzten sich,
rundeten sich ab und bildeten eine Einheit.

Elli wagte einen verstohlenen Blick auf die Trauergemeinde.
Kaum ein Kopf, der nicht zu den beiden Sängern nach oben gerichtet war. Nur ihre Mutter blickte noch immer starr nach vorn
zum Sarg mit den Gladiolen, die Lippen zu einem schmalen
Strich zusammengepresst.

In der vollbesetzten Kirche war kein Husten mehr zu hören
und kein Räuspern, bis Martin und Georg schließlich zum Ende
kamen. Die Orgel wiederholte die zarte, einfache Melodie noch
ein letztes Mal und verstummte dann ebenfalls.

Gerade als Elli die Frage durch den Sinn ging, wer wohl die
Orgel gespielt haben mochte, trat der Pastor wieder vor den
Sarg und betete mit gesenktem Haupt, ehe er sich zu seiner Ge-
meinde umdrehte.

»Nachdem es unserem Herrn gefallen hat, unsere Schwester
Mathilde Bruns zu sich zu rufen, wollen wir ihre sterbliche Hülle
jetzt hinausbringen, um sie in Gottes Acker zu betten«, sagte
er. Er machte eine auffordernde Handbewegung, die Gemeinde
erhob sich von ihren Plätzen, und die Orgel setzte wieder ein.

Die Sargträger traten vor, verbeugten sich und hoben den Sarg
an den Messinggriffen von dem kleinen Sockel vor dem Altar.
Langsam trugen sie ihn an der Trauergemeinde vorbei durch
den Mittelgang zur Tür, die der Küster geöffnet hatte. Zuerst
folgte Pastor Meiners, dann schlossen Opa Bruns, Ellis Eltern,

453

die Tanten und ihre Männer sich an. Die Bänke mit den Angehörigen leerten sich zusehends.

»Na, komm schon!«, flüsterte Hannes Elli zu. »Du bist dran.« Er stupste sie an, als sie keine Anstalten machte, ihren Platz zu verlassen und dem Sarg zu folgen. Auf dem Weg nach draußen bot er ihr seinen Arm an. »Hak dich mal besser ein. Du bist weiß wie die Wand!«

Dankbar nahm Elli sein Angebot an, während sie zwischen den Nachbarn und Bekannten hindurchging, die sich hinter ihnen dem Trauerzug anschlossen. Sie warf einen schnellen Blick zum Orgelboden hinauf und sah Georg an der Brüstung stehen. Seine Augen waren voller Mitgefühl. Er nickte ihr zu, sein Mund formte lautlos: »Du bist ...«, und er legte den Zeigefinger auf die Lippen.

Draußen vor der Kirche brannte die Augustsonne vom wolkenlosen Himmel auf die dunkel gekleidete Trauergemeinde nieder. Auch der Wind, der in den Blättern der Friedhofsbäume raschelte, brachte kaum Abkühlung.

Der Trauerzug folgte den Trägern zum frisch ausgehobenen Grab an der Südseite der Kirche. Dort wurde der Sarg auf zwei Balken abgestellt, die über der Grube lagen, und vier der Männer griffen nach den Enden der Seile, während die beiden anderen die Balken entfernten.

Wie merkwürdig, dass es nicht regnet, ging es Elli durch den Kopf, während sie zusah, wie der Sarg langsam im Grab verschwand. *Sollte es nicht eigentlich bei Beerdigungen regnen? Wäre das nicht viel passender?* Der warme Südwind streichelte über ihr Gesicht und spielte mit ihren Haaren.

Ach, min Deern, was erzählst du für einen Tünkram! Als ob es immer regnen würde, wenn jemand beerdigt wird, hätte ihre Oma gesagt. Elli konnte sogar ihr Lachen hören. *So schönes Wetter! Viel zu schade, um es hier zu verschwenden. Die sollten heute lieber Heu fahren.*

Pastor Meiners stand vor dem offenen Grab, sprach Segens-worte und betete, begleitet vom Gemurmel der Gemeinde, das Vaterunser. Er machte über dem Sarg das Kreuzzeichen, nahm eine kleine Schaufel voll Sand aus einem Eimer, der auf der aus-gehobenen Erde stand, und ließ ihn ins Grab fallen. Dann drehte er sich um und machte Platz für die Angehörigen.

Elli sah ihren Großvater vortreten. Ganz krumm wirkte er, wie er da so alleine stand, die Sandschaufel ergriff und dann doch wieder unschlüssig in den Eimer zurücksteckte. Ellis Eltern tra-ten neben ihn, Willa ließ mit steifen Fingern die Rose fallen, die sie in der Hand gehalten hatte, dann hakte sie ihren Schwieger-vater unter, und alle drei entfernten sich ein paar Schritte vom Grab.

Nacheinander traten Ellis Tanten vor. Die jüngste von ihnen, Tante Meti, schluchzte in ihr Taschentuch, als sie ihre Rose ins Grab warf. Sie klammerte sich fest an den Arm ihres Mannes, der sie zu ihren Geschwistern hinüberführte. Nebeneinander aufgereiht standen Tillys Kinder mit ihren Ehepartnern neben Gustav Bruns und warteten darauf, dass die endlose Reihe derer, die ihr Beileid bekunden wollten, an ihnen vorbeizog.

Hannes, der Elli noch immer untergehakt hielt, zog sie mit sich nach vorn und bedeutete Bernie, ebenfalls mit ihnen ans Grab zu treten. Dicht vor dem Rand blieben sie stehen und blickten hinunter.

Der Sarg war weit unten und wirkte ganz klein. Etwas Sand und ein paar Rosen lagen darauf. Ein leichtes Schwindelgefühl erfasste Elli, und einen Moment lang hatte sie das Gefühl, ihre Knie würden nachgeben. Sie griff nach Hannes' Jackenärmel und hielt sich daran fest.

»Ich werde dich so vermissen, Oma«, flüsterte sie, während der Sarg vor ihrem Blick zu verschwimmen begann. Sie hörte den Sand auf den Deckel rieseln, den Hannes hatte fallen lassen, sah undeutlich, dass er die kleine Schaufel an Bernie weitergab, und

455

hielt noch immer die Rose fest in ihrer Hand. Eine Windböe strich über ihr Haar und berührte die tränennassen Wangen wie eine kühle Hand.

Musst nicht traurig sein, min Deern!, glaubte sie die Stimme ihrer Großmutter zu hören. *Ich werde doch hier sein.*

Das lange zurückgehaltene Schluchzen brach sich Bahn, Hannes griff nach ihrer Hand, die auf seinem Arm lag, und drückte sie.

»Na komm, Elli«, sagte er leise. »Die anderen wollen auch.«

Elli nickte, öffnete die Hand mit der Rose und sah zu, wie die Blume nach unten fiel. Zitternd holte sie Luft, bevor sie mit ihren Brüdern zu den anderen Angehörigen hinüberging.

Willa winkte sie verstohlen zu sich, griff nach ihrem Ärmel und zog sie dicht an sich heran. »Lauf schon mal zur Gastwirtschaft und guck nach, ob die mit der Kaffeetafel fertig sind! Das wird bestimmt gleich voll werden«, flüsterte sie in Ellis Ohr. »Vor allem pass auf, dass die die Teller nicht zu voll machen, sonst kommen wir mit dem Butterkuchen nicht hin.«

Anton schnaubte missbilligend, aber Elli nickte. Sie war froh darüber, nicht wie die anderen all die Hände schütteln und in die vielen Gesichter mit den aufgesetzten Trauermienen schauen zu müssen und auf jedes »Herzliche Beileid« oder »Aufrichtige Anteilnahme« mit einem leisen »Vielen Dank« zu antworten.

Eilig lief sie über den schmalen Rasenstreifen zwischen den Grabeinfassungen auf die Bäume zu, um die Trauergemeinde in weitem Bogen zu umgehen. Über die Schulter hinweg sah sie, dass sich bereits eine lange Schlange von Kondolierenden vor Opa, ihren Eltern und den Tanten gebildet hatte, und war froh, nicht dort sein zu müssen.

Sie lief an den großen Wacholderbüschen vorbei, die direkt an der Kirchenmauer wuchsen, durch das Tor auf die Straße. Dort blieb sie einen Moment stehen, genoss die Sonne auf ihrem Gesicht und die Tatsache, dass sie wieder frei atmen konnte.

Die Gastwirtschaft war nur ein paar Meter von der Kirche entfernt. Hier fanden immer die Kaffeetafeln nach den Beerdigungen statt, und von Zeit zu Zeit feierte auch mal jemand seine Hochzeit oder Silberhochzeit in dem kleinen Saal. Auch eine Kneipe gehörte dazu, aber da war nie viel los. Nur die alten Männer aus der Gegend tranken dort ihr Bier und klagten über die schlechten Zeiten.

Jetzt war im Saal zur Kaffeetafel eingedeckt worden, auf jedem Tisch standen zwei Teller voll Butterkuchen und je einer mit Wurstbroten und mit gebuttertem Rosinenstuten. Der Geruch von frisch aufgebrühtem Kaffee hing in der Luft. Elli blieb stehen und sog den Duft tief in die Lunge.

Eine der beiden Kellnerinnen kam aus der Gaststätte herüber, drehte sich nach hinten um und lachte, während sie die Tür für den jungen Mann aufhielt, der ihr folgte.

Es war Sigi. Er trug eine Kiste mit Flaschen in den Händen und hatte sich offenbar gerade angeregt mit der Kellnerin unterhalten. Nachdem er die Kiste neben dem Tresen abgestellt hatte, kam er auf Elli zu, um sie zu begrüßen.

»Ist der Gottesdienst schon zu Ende?«, fragte er. »Dann dauert es ja nicht mehr lange, bis die anderen kommen.«

»Nein, ein bisschen Zeit ist noch«, erwiderte Elli. »Vielleicht eine Viertelstunde oder so. Mutter hat mich vorgeschickt. Ich soll nachgucken, wie weit der Saal ist.«

»Wir sind hier so gut wie fertig. Der große Erwin holt grade den restlichen Schnaps aus dem Auto. Der Kaffee ist auch schon aufgesetzt.« Sigi schüttelte besorgt den Kopf. »Ich hab allerdings so meine Zweifel, ob vier Pfund reichen werden.«

»Vier Pfund!«, rief Elli. »Wo hast du denn vier ganze Pfund Kaffee her?«

Sigi grinste. »Ich hab meine Beziehungen. Weißt du doch. Aber mehr als vier Pfund vom guten Belgischen waren ums Verrecken nicht aufzutreiben. Meine Oma hat ihn geröstet, ich hoffe mal, er ist nicht zu scharf geworden. Sie hat nicht so das Händchen dafür.«

»Mutter wird selig sein, dass es richtigen Kaffee gibt. Es riecht wunderbar!«

Jetzt strahlte Sigi übers ganze Gesicht. »Ja, nicht? Komm mit!« Er zog sie mit in die Küche, goss aus einer der großen Kannen eine Tasse Kaffee ein und drückte sie ihr in die Hand. »Hier, probier mal! Das ist schon was anderes als der ewige Muckefuck.«

Elli trank einen kleinen Schluck, an dem sie sich prompt die Zunge verbrannte. Trotzdem nickte sie.

»Hat denn alles geklappt?«, fragte Sigi.

Elli pustete über die dampfende Flüssigkeit. »Was meinst du?«

»Du hättest den kleinen Erwin mal hören müssen! Die ganze Fahrt über hat er geschimpft. Dass er die Orgel nicht kennt und sich erst darauf einspielen muss und dass sie gar nicht zusammen geprobt hätten. Und überhaupt, er hätte ewig nicht mehr Orgel gespielt und werde sich vermutlich bis auf die Knochen blamieren. Und wenn es nicht für Martin wäre, dann hätte er nie im Leben Ja gesagt.«

»Nein, er hat sich bestimmt nicht blamiert, es war wunderschön!«, sagte Elli. »Besonders, als Georg und Martin gesungen haben. Ich glaube, es hat allen gefallen.«

Sigi nickte zufrieden und nahm einen großen Schluck aus seiner Kaffeetasse. »Dann hat sich der Aufwand ja gelohnt.«

»Es ist so nett von euch, dass ihr heute extra zur Beerdigung hergekommen seid, du und die beiden Erwins. Ich meine, so gut kanntet ihr meine Oma doch gar nicht.«

»Wir sind nicht extra wegen der Beerdigung gekommen. Deswegen sind wir früher losgefahren, ja, aber wir hätten doch sowieso herkommen müssen. Die große Silberhochzeit in Schweiburg. Weißt du nicht mehr? Wir haben heute Abend einen Auftritt.«

Elli starrte ihn verblüfft an. Seit Wochen hatte sich ihr ganzes

Leben nur um die sterbende alte Frau gedreht. Was die anderen in der Zeit gemacht hatten, davon hatte sie nur wenig mitbekommen. Und dass die Jungs ausgerechnet heute Abend noch Tanzmusik machen würden, hatte sie nicht im Traum gedacht.

»Hättet ihr nicht vielleicht …?«, begann sie.

»Das ist doch schon seit April verabredet. Das konnten wir unmöglich jetzt noch absagen. Beerdigung hin oder her, das Leben geht weiter, Elli! Außerdem war es für deine Großmutter doch wirklich eine Erlösung.« Sigi trank seine Tasse aus und stellte sie auf den Tisch. »Hörst du das? Ich glaube, die ersten Gäste kommen vom Friedhof herüber. Trink mal schnell aus, und dann lass uns in den Saal rübergehen.«

Kurz vor der Vesperzeit begann sich die Trauergesellschaft langsam aufzulösen. Der Kaffee war alle, die Kuchen- und Stutenteller so gut wie leer, auf den Tischen standen Schnapsgläser und Sigis Doppeltgebrannter, mit dem auf das Leben der Verstorbenen angestoßen worden war. Es war schon bald Zeit zum Melken, und diejenigen, die noch einen weiten Weg vor sich hatten, brachen auf. Kaum hatten sich die Ersten von ihren Stühlen erhoben, folgten andere ihrem Beispiel, und vor dem Tisch der engsten Angehörigen bildete sich eine Traube von Gästen, die sich verabschieden wollten.

Elli, die mit ihren Brüdern, Vettern und Cousinen am Nebentisch saß, sah, wie ihre Mutter kerzengerade dastand, Hände schüttelte und selbstzufrieden lächelte, während sie das Lob für die gelungene Trauerfeier entgegennahm.

»Nee, was war das für eine schöne Beerdigung!«, rief gerade die alte Tante Petershagen aus Varel, die ein wenig schwerhörig war. Obwohl sie nur weitläufig verwandt mit ihnen war, tauchte sie bei allen Trauerfeiern auf und saß bei jeder Kaffeetafel dabei, wo sie so große Mengen Butterkuchen verdrückte, als hätte sie vorher tagelang gefastet. »So eine schöne Predigt! Und die

459

Musik! Und dass es auch noch richtigen Kaffee gab! Oh, was hätte sich Tilly gefreut! Das hast du wirklich gut gemacht, min Deern.«

Willas Wangen glühten vor Stolz, während sie Tante Petershagen die Hand schüttelte.

Elli spürte Ärger in sich aufsteigen. »Als ob das nun Mutters Verdienst gewesen wäre«, zischte sie Hannes zu, der neben ihr saß. »Die Predigt nicht, der Kaffee nicht und schon gar nicht die Musik. Aber sie steht da und heimst die Lorbeeren dafür ein. Und Tante Petershagen brüllt es quer durch den ganzen Saal.«

»Na, komm schon, gönn Mutter den Triumph! Sie hat es in letzter Zeit wirklich nicht leicht gehabt.«

»Nicht leicht gehabt? Was meinst du denn damit, sie hat es nicht leicht gehabt? Sie hat doch ...« Bevor Elli den Satz beenden konnte, legte sich eine schwere Hand auf ihre Schulter.

»Sag mal, Deern, ist Georg schon nach Hause?« Pastor Meiners stand hinter den Geschwistern und sah sich suchend im Saal um. »Der hat doch vorhin dahinten bei Hinnerk, Martin und den Flüchtlingsfrauen am Tisch gesessen.«

Elli reckte den Hals. Es stimmte, außer Hinnerk und dem Knecht von Frerichs, die sich angeregt unterhielten, war der Tisch leer.

»Ich glaub nicht, dass die schon vorgefahren sind«, sagte Hannes. »Solange Hinnerk noch da ist, wird sowieso nicht mit dem Melken angefangen, und der hat noch die Ruhe weg.«

Meiners nickte. »Vermutlich hast du recht, Jung. Wird wohl irgendwo draußen sein.« Er tippte mit dem Finger auf Ellis Schulter. »Könntest du mir den Gefallen tun und ihn fix suchen? Und dann kommt bitte mal eben zu mir in die Pastorei. Ich hab noch was, was ich ihm geben möchte.«

Ohne ihre Antwort abzuwarten, drehte der alte Geistliche sich um und ging zum Nachbartisch hinüber.

Elli brauchte eine Weile, um aus dem Saal zu kommen. Vor

der Garderobe, wo die dunklen Mäntel dicht an dicht hingen, hatte sich eine große Menschentraube gebildet. So eine Beerdigung war immer eine willkommene Gelegenheit, mit Bekannten und Verwandten, die man sonst nicht häufig zu Gesicht bekam, einen Klönschnack zu halten. Elli musste etliche Hände schütteln und höflich auf Fragen antworten: wie es denn zu Hause so liefe, wie alt sie denn inzwischen sei und ob sie noch zur Schule gehe. Endlich schaffte sie es, sich loszumachen und durch die Tür nach draußen zu schlüpfen.

Auch vor dem Saal war alles voller Menschen. Suchend schaute sie sich um, aber Georg war nirgends zu sehen. Ein Stückchen abseits, bei den Autos, stand ihr Vater. Er hatte den kleinen Erich auf dem Arm und sprach mit Marie, deren Augen noch immer rot geweint waren. In den Händen drehte und knetete sie ein Taschentuch. Jetzt hob Anton die Hand und tätschelte Maries Arm. Elli wollte ihn fragen, ob er Georg gesehen habe, aber irgendetwas hielt sie zurück. Nein, besser nicht stören, wenn er Marie tröstete. Elli drehte sich um und ging weiter.

Kurz vor der Kirche kamen ihr Georg und Martin entgegen, die noch ihre Noten vom Orgelboden geholt hatten, und sie liefen zu dritt in Richtung Pastorei, nachdem Elli erzählt hatte, dass Pastor Meiners Georg gesucht habe.

»Weißt du, was er will?«, fragte Georg.

»Keine Ahnung.« Elli zuckte mit den Schultern. »Er hat nur gesagt, er will dir was geben.«

»Kommst du mit?«, fragte Georg Martin, aber der winkte ab.

»Geht ihr nur allein, ich geh schon mal zu den Fahrrädern vor.«

Georg nickte. »Bis gleich! Wird nicht lange dauern.« Er griff nach Ellis Hand und hielt sie ganz fest in seiner, während sie zur Pastorei hinübergingen.

Der alte Meiners hatte sie wohl durchs Küchenfenster kommen sehen und öffnete die Tür, noch ehe sie am Klingelzug gezogen hatten. Im Gegensatz zu seiner sonstigen Gewohnheit bat er Elli und Georg nicht in die Küche, sondern blieb im Flur stehen. In der Hand hielt er einen Briefumschlag.

Er holte tief Luft und drehte den Umschlag einen Moment in den Händen. »Ich hab mir den Kopf zerbrochen, wie ich dir das jetzt am besten beibringen soll. Seit drei Tagen grüble ich schon darüber nach. Seit der Brief gekommen ist. Aber mir ist nichts eingefallen. Ich hab nur gedacht, wenigstens die Beerdigung musst du abwarten. Hier, mein Junge!«

Zögernd nahm Georg den Brief entgegen, den ihm der alte Mann hinhielt. Er las die Adresse auf dem Umschlag und schüttelte verständnislos den Kopf. »Aber der ist nicht für mich.«

»Lies ihn einfach, dann verstehst du es.«

Georg zog ein paar zusammengefaltete, eng mit Maschine beschriebene Briefbogen heraus. Als er sie auffaltete, fiel eine Ansichtskarte heraus, die zwischen den Blättern gesteckt hatte. Elli bückte sich und hob sie vom Fußboden auf.

Es war die Fotografie einer großen Kirche, darunter stand in geschnörkelten Buchstaben: *Gruß aus Köln.*

In Ellis Magen bildete sich ein dicker Knoten. Das Herz schlug ihr bis zum Hals, als sie die Karte an Georg weitergab. Sie sah, dass alle Farbe aus seinem Gesicht wich, als er sie mit zitternden Fingern entgegennahm und umdrehte.

Sein Gesicht verzerrte sich plötzlich, ein trockener Schluchzer entwich seiner Kehle, bevor seine Augen sich mit Tränen füllten, die ihm übers Gesicht liefen und auf die Postkarte in seiner Hand tropften.

Georg sah auf, suchte Ellis Blick, hielt sich daran fest, ehe er ihr wortlos die Karte reichte. Nur zwei Zeilen standen darauf:

Georg, mein Junge, komm nach Hause.
In Liebe, Deine Mama

27

»... Aber um auf Ihre Frage zurückzukommen: Ich erinnere mich gut an Doktor Weber und seine Familie. Leider war es mir nicht vergönnt, auch den ältesten Sohn kennenzulernen, aber besonders Georg ist mir lebhaft im Gedächtnis geblieben. Er war einige Jahre Ministrant und hat sehr eifrig im Kirchenchor gesungen. Der Kantor unserer Gemeinde war des Lobes voll und sagte ihm sogar eine große Zukunft voraus. Ein paar Jahre lang ist Georg sozusagen in der Kirche ein und aus gegangen.

Leider muss ich gestehen, dass ich die Familie Weber in den Wirren der letzten Kriegsmonate aus den Augen verloren habe. Gerade in dem Stadtviertel, in dem die Webers damals wohnten, ist bei den Bombenangriffen kaum ein Stein auf dem anderen geblieben, und die meisten dort ansässigen Familien haben Köln verlassen. Ich habe nur gehört, dass Georg als Flakhelfer eingesetzt war, aber mir ist entgangen, dass er als vermisst oder gefallen gilt.

Als ich Ihren Brief erhielt, habe ich natürlich versucht, etwas über den Verbleib der Webers in Erfahrung zu bringen, aber das stellte sich als äußerst schwierig heraus. Wie schon gesagt, viele Familien sind fortgezogen, bei Verwandten oder in Notunterkünften untergekommen. Hinzu kommt, dass der Name Weber nicht so außergewöhnlich ist, dass er sich jedem gleich einprägt, und inzwischen sind ja auch schon drei Jahre ins Land gegangen.

Gerade als ich aufgeben und Ihnen in einem Brief mein Bedauern darüber ausdrücken wollte, Ihnen nicht weiterhelfen zu können, kam mir der Zufall zu Hilfe. Ich traf den Pfarrer von St. Bruno, einer Kirche ein Stückchen außerhalb der Innenstadt. Ich weiß gar nicht mehr, wie wir darauf kamen, jedenfalls erzählte ich von Ihrem Brief und der Frage nach dem Verbleib der Familie Weber.

Pfarrer Böttcher erzählte mir, dass er seit zwei Jahren eine Haus-
hälterin namens Weber habe. Ihre beiden Söhne seien im Krieg ge-
fallen, und ihr Mann habe sich in den letzten Kriegstagen dem
Volkssturm angeschlossen und sei beim Häuserkampf von den Ame-
rikanern erschossen worden. Sie selbst sei tagelang verzweifelt mit
ihrer kleinen sechsjährigen Tochter an der Hand in den Trümmern
umhergeirrt und habe nach ihrem Mann gesucht, bis sie schließlich,
halb verdurstet, verhungert und völlig durcheinander, in St. Bruno
Unterschlupf gefunden habe.

Ich fragte Pfarrer Böttcher nach dem Vornamen seiner Haushäl-
terin, und als er mir sagte, sie hieße Amalie, werde aber lieber
Annelie gerufen, war ich mir meiner Sache schon ziemlich sicher.
Gewissheit erhielt ich, als ich wenige Tage darauf das Pfarrhaus
von St. Bruno aufsuchte und in der Haushälterin tatsächlich Ge-
orgs Mutter erkannte.

Sie können sich vorstellen, lieber Pastor Meiners, wie unendlich
groß ihre Freude war, als sie von mir hörte, dass der tot geglaubte
Georg noch am Leben und wohlauf ist. Einen kurzen Gruß der
Mutter an den Sohn habe ich beigelegt, in dem sie auszudrücken
versucht, wie sehr sie sich danach sehnt, ihn so bald wie möglich
wieder in ihre Arme schließen zu können. Die Freudentränen in
den Augen dieser vom Leid schwer geprüften Mutter haben mir
gezeigt, wie der Herr in all dem Schmerz, den der Krieg verursacht
hat, doch auch immer wieder Wunder geschehen lässt.

Hochachtungsvoll verbleibe ich
Ihr Thomas Nieland
Gemeindepfarrer, St. Georg zu Köln«

Nachdem Georg den Brief zu Ende vorgelesen hatte, faltete er
die inzwischen vom vielen Lesen schon ganz zerknitterten Blätter sorgfältig zusammen und steckte sie in die Tasche seiner Arbeitsjacke zurück.

Eine Weile war es still.

»Ich hab keine Ahnung, wie ich ihr unter die Augen treten soll.« Georg riss einen langen Grashalm aus, zerpflückte ihn in kleine Stücke und warf sie in den Graben, an dessen Rand er mit Elli und Martin saß. »Immerhin habe ich sie drei Jahre im Glauben gelassen, dass ich tot bin. Vielleicht sollte ich doch besser einen Brief schreiben.«

Martin, der Georg aufmerksam zugehört hatte, seufzte. »Leicht wird das sicher nicht, aber ich denke, es ist besser, direkt mit ihr zu sprechen, anstatt nur zu schreiben.«

»Und sie möchte, dass du nach Hause kommst. Denk an ihre Karte.« Elli, die zwischen den beiden saß, legte ihre Hand auf Georgs Arm. »Sie ist doch deine Mutter. Und du hast immer erzählt, wie nahe ihr euch standet.«

Georg zuckte mit den Schultern und senkte den Kopf. »In der letzten Zeit nicht mehr. Nur als sie mich zum Zug nach Wilhelmshaven gebracht hat, da …« Er räusperte sich. »Sie hat mich umarmt und geküsst, mir die Haare aus der Stirn gestrichen, so wie früher. Dabei hat sie gesagt, dass wir nicht weinen dürften, weil mein Vater es verboten hat. Es war beinahe so wie damals, als wir unsere Geheimnisse vor ihm hatten. Wir fühlten uns wieder wie Verschwörer. Aber es war nur dieser eine kurze Moment, dann ist sie wieder in ihrem Kokon verschwunden, der sie vor der Trauer schützte. Ich glaube, sie wusste, dass sie auch mich verlieren würde, dass dieser Moment auf dem Bahnhof unser Abschied war.«

Martin beugte sich vor und sah ihm in die Augen. »Aber du bist nicht tot. Und das weiß deine Mutter jetzt. Also bist du ihr eine Erklärung schuldig, warum du dich nicht gemeldet hast.«

»Ich weiß ja, aber …« Er hob hilflos die Schultern.

»Du schämst dich, nicht wahr?«, fragte Martin leise.

Georg nickte. »Ja, ganz furchtbar. Ich hatte so viel Angst vor meinem Vater, dass ich meine Mutter darüber ganz vergessen habe. Und diese Lüge, sie wären alle tot, die hab ich so oft erzählt, dass ich sie zuletzt fast selbst geglaubt habe. Ich habe Ewigkeiten nicht mal an meine Mutter gedacht. Keine Ahnung, wie ich ihr das erklären soll, wenn ich ihr gegenüberstehe.«

Martin lächelte. »Ich denke, wenn du erst mal da bist, musst du gar nicht viel reden. Das ergibt sich schon von allein.«

»Wenn du möchtest, komme ich mit dir nach Köln«, sagte Elli. Sie griff nach Georgs Hand und verschränkte ihre Finger mit seinen. »Dann bist du nicht allein.«

Martin schüttelte den Kopf. »Ich glaube, die Tatsache, dass aus dem Jungen, den seine Mutter vor Jahren am Bahnhof verabschiedet hat, inzwischen ein erwachsener Mann geworden ist, ist schon schwer genug zu verdauen. Dass dieser junge Mann auch schon so etwas wie eine Verlobte hat, wäre für den Anfang wohl etwas zu viel des Guten. Das sollte man ihr vielleicht etwas später schonend beibringen und nicht ausgerechnet gleich beim ersten Besuch.« Er lächelte, als er Ellis enttäuschtes Gesicht sah. »Sei nicht traurig, mein Mädchen! Bei einem der nächsten Male fährst du mit nach Köln. Aber diesmal ist es vielleicht besser, wenn ich Georg begleite.«

Georg teilte seiner Mutter in einem kurzen Brief mit, dass er sie Anfang Oktober besuchen werde. An den wenigen Zeilen schrieb er zwei Tage und verbrauchte beinahe einen halben Block Briefpapier, ehe er einigermaßen mit dem Ergebnis zufrieden war. Erst während der Herbstferien könne er nach Köln kommen, schrieb er, vorher gebe es zu viel Arbeit auf dem Hof, auf dem er untergekommen sei.

Anton Bruns zeigte sich nicht gerade begeistert darüber, dass beide Knechte für mehrere Tage wegfahren wollten, aber als Georg ihm die ganze Geschichte erzählt hatte, nickte er.

»Das geht natürlich vor«, brummte er. »Obwohl ich nicht verstehe, warum du uns damals nicht gleich die Wahrheit gesagt hast. Als ob wir nun solche Unmenschen wären und dich unter diesen Umständen nach Hause zurückgeschickt hätten.«

Bernie und die großen Flüchtlingsjungen, die in den sogenannten Kartoffelferien morgens zu Hause waren, sollten Georgs und Martins Arbeit für die drei Tage übernehmen, die die beiden in Köln bleiben wollten. Für diese kurze Zeit werde das schon gehen, sagte Ellis Vater.

Doch dann rückte Martin mit der Neuigkeit heraus, dass er nach den Herbstferien an der Oberschule in Nordenham zu arbeiten beginnen würde. Pastor Meiners hatte seine Beziehungen spielen lassen, um ihm eine Stelle als Musiklehrer zu beschaffen, und ihm auch schon ein möbliertes Zimmer besorgt. Alles, woran es jetzt noch hing, war der Persilschein, die Unbedenklichkeitsbescheinigung der Militärregierung, und da wollte der alte Meiners als Leumundszeuge ein gutes Wort für ihn einlegen.

»Nur mit Hinnerk und Georg, das wird schwierig. Da werden wir wohl noch einen zusätzlichen Knecht einstellen müssen«, meinte Anton und beauftragte Hinnerk, sich doch nach einem geeigneten jungen Mann umzusehen.

Der September schien nur so vorüberzufliegen, und schon standen mehrere Abschiede bevor. Als Hannes Ende des Monats nach Tübingen aufbrach, nahm sich Elli am Bahnsteig noch zusammen, gab ihm nur die Hand und wünschte ihm ziemlich steif eine gute Reise. Aber als eine Woche später Georg und Martin in den Zug stiegen, war es mit ihrer Selbstbeherrschung vorbei. Auch wenn sie sich fest vorgenommen hatte, nicht zu weinen, konnte sie nicht verhindern, dass ihr die Tränen kamen, als Georg sie umarmte und zum Abschied küsste.

»Ach, Elli, mein Lieb! Wein doch nicht, bitte! Ich werde dir schreiben. Jeden Tag. Und vermutlich bin ich vor dem ersten Brief, den ich in Köln einwerfe, schon wieder hier.« Georg legte seine Stirn an ihre und strich ihr über die Wange. »Du bist ...«, flüsterte er.

467

Elli legte einen Finger auf die Lippen und nickte.

Georg küsste sie noch einmal und drückte sie dabei so fest an sich, dass sie das Gefühl hatte, keine Luft mehr zu bekommen. Mit einem Ruck machte er sich los, griff nach dem kleinen Pappkoffer, der neben ihm stand, und stieg hinter Martin in den Waggon ein.

Elli stand auf dem Bahnsteig, hörte den Schaffner pfeifen, sah, wie der Zug sich langsam in Bewegung setzte, schneller wurde und schließlich hinter den Bäumen verschwand. Dann war Georg fort.

»Es sind doch nur drei Tage«, sagte sie zu sich selbst. »In drei Tagen ist er wieder da. Ist doch kein Grund zu heulen. Nun stell dich nicht an wie eine dumme Pute! Nur morgen und übermorgen und überübermorgen.«

Entschlossen wischte sie sich die Tränen aus dem Gesicht und sah der Dampfwolke aus der Lokomotive hinterher, bevor sie sich umdrehte und zu ihrem Fahrrad ging.

Elli hatte erwartet, dass sie Georg sehr vermissen würde, aber sie hatte nicht geahnt, wie sehr Sehnsucht wehtun kann. Wenn sie nur an ihn dachte, hatte sie das Gefühl, alles in ihrem Inneren zöge sich schmerzhaft zusammen. Abends wälzte sie sich stundenlang hin und her, ehe sie einschlief, nachts schreckte sie immer wieder aus wirren Träumen hoch, und morgens fühlte sie sich wie gerädert. Mehr als ein paar Bissen brachte sie bei den Mahlzeiten nicht herunter, ohne das Gefühl zu haben, ihr würde sich der Magen umdrehen. Besonders wenn sie bei den Frauen in der Küche war und beim Einmachen half, schienen sich die Stunden endlos zu dehnen, und sie sehnte sich danach, dass es Zeit zum Füttern und Melken wurde. Die Arbeit im Freien war das Einzige, was sie ablenken konnte.

Am zweiten Morgen von Georgs Abwesenheit, als sie mit dem Melken fast fertig waren, saß sie auf dem Melkschemel, lehnte die Stirn an das Fell der Kuh und ließ ihre Gedanken schweifen, während ihre Hände mechanisch die Arbeit verrichteten.

»Hallo, Elli!«

Sie schrak so heftig zusammen, dass sie fast den Milcheimer umgeworfen hätte.

Hinter der kleinen Schwarzen stand Richard Fohrmann. Er trug Kordhosen und einen Arbeitskittel, hatte eine verschossene, alte Schiebermütze auf dem rotblonden Haar und grinste breit zu ihr herunter.

»Richard! Gott, hast du mich erschreckt! Was willst du denn hier?« Ärgerlich schüttelte Elli den Kopf. »Mach mir nur nicht die Kühe scheu! Die kennen das nicht, dass jemand Fremdes auf der Weide ist, während sie gemolken werden.«

»Ach was! Die Lütte hier ist doch ganz umgänglich.« Richard kraulte die kleine Schwarze an der Schwanzwurzel und schubberte mit den Fingernägeln über die dicke Sehne neben dem Hüftknochen. Die Kuh drückte wohlig das Kreuz durch und drinste leise. »Siehst du? Die kann mich gut leiden!« Er zwinkerte Elli zu. »Schönes Tier! Und scheint noch ordentlich Milch zu geben, auch wenn sie bald trockengestellt werden muss.« Anerkennend nickend deutete er auf die Milch in Ellis Eimer. »Das sind doch bestimmt fast fünf Liter.«

»Drei Liter gibt sie eigentlich immer. Und bis zum Trockenstellen hat sie noch ein paar Wochen Zeit. Sie kalbt erst um Weihnachten rum.«

Sorgfältig strich Elli das Euter aus, ehe sie vom Schemel aufstand und nach dem Milcheimer griff. Richard streckte die Hand aus und nahm ihr den Eimer ab. Nebeneinander gingen sie zum Melkwagen, wo die Milchkannen standen.

»Also?«, fragte Elli.

»Also, was?«

»Warum bist du hier?«

»Ich hab gehört, dass ihr einen Knecht sucht, und dein Vater sagte, ich soll mal ein paar Tage zur Probe herkommen, um zu gucken, wie ich mich so anstelle.«

Elli blieb stehen und sah ihn entgeistert an. »Du? Du willst bei uns Knecht werden?«

»Ja. Warum nicht?«

»Ich weiß nicht, ich dachte irgendwie …« Elli zuckte mit den Schultern. »Keine Ahnung, ich hätte nicht gedacht, dass ausgerechnet du als Knecht irgendwo arbeiten würdest.«

»Das kann ich mir leider nicht aussuchen. Ich bin der Älteste bei uns zu Hause, hab noch vier Schwestern und einen Bruder. Der ist gerade elf geworden und wird später den Hof übernehmen. Wenn ich selber irgendwann einen pachten oder vielleicht sogar kaufen will, dann muss ich eben als Knecht arbeiten und das Geld, das ich verdiene, beiseitelegen.« Richard warf ihr aus den Augenwinkeln einen kurzen Blick zu. »Ist doch keine Schande.«

»Nein, natürlich nicht. So hab ich es auch nicht gemeint.« Verlegen sah Elli zu Boden. Von dem Stinkstiebel Richard Fohrmann, der immer die größte Klappe hatte, keiner Prügelei aus dem Weg ging und die Mädchen reihenweise abschleppte, war hier und jetzt gar nichts zu spüren.

Sie hatten den Melkwagen erreicht, und Richard goss die Milch aus dem Eimer vorsichtig in den Filter auf der Milchkanne.

»Jedenfalls kommt mir diese Arbeit hier gut zupass, weil ich ja auch noch zu Hause helfen muss. Dein Vater meinte, ich soll hauptsächlich zum Füttern und Melken kommen und könnte zu Hause schlafen.«

Richard stellte den leeren Eimer auf den Boden und sah lächelnd zu Elli. »Und? Was meinst du, wirst du es mit mir aushalten können?« Er streckte ihr die Rechte entgegen, als ob sie es wäre, die ihn einstellte.

Elli sah einen Moment in seine strahlend blauen Augen, dann

ergriff sie seine ausgestreckte Hand und nickte. »Lassen wir es auf den Versuch ankommen«, erwiderte sie und lächelte ebenfalls.

Am nächsten Nachmittag war Elli schon eine halbe Stunde, bevor der Zug mit Georg und Martin in Ovelgönne eintreffen sollte, am Bahnhof. Ganz pünktlich waren die Züge nie, aber Elli wollte auf alle Fälle auf dem Bahnsteig stehen, wenn Georg ausstieg.

Der Zug war voller Hamsterfahrer, und es dauerte eine Weile, bis Elli in dem Gewimmel Martin ausmachen konnte. Er schien sie schon entdeckt zu haben und kam auf sie zu. Georg war nicht bei ihm.

Wieder einmal reichte das Lächeln nicht bis zu seinen Augen, als er vor ihr stehen blieb und ihr die Hand gab. »Hallo, mein Mädchen!«

»Wo ist Georg?«, fragte sie, ohne seinen Gruß zu erwidern.

Martin holte tief Luft. »Elli, Georg ist in Köln geblieben.«

»Was? Aber warum?«

»Nun reg dich nicht auf, Elli!«, versuchte Martin sie zu beschwichtigen. »Er hat es nicht übers Herz gebracht, seiner Mutter zu sagen, dass er gleich wieder fahren will. Sie hatte schon ein kleines Zimmer im Pfarrhaus für ihn eingerichtet, ihm Kleidung besorgt und sich sogar nach Arbeit für ihn erkundigt. Als wir ankamen, war die Kaffeetafel gedeckt, der Pfarrer von St. Georg war auch da. Und, Elli, du hättest es sehen müssen: Georgs Mutter hat sich so gefreut, sie hat so bitterlich geweint. Georg hat sie einfach nur fest an sich gedrückt. Dann kam seine kleine Schwester dazu, und sie lagen sich zu dritt in den Armen. Danach hat seine Mutter ihn an die Hand genommen, ihn mit in sein Zimmer gezogen und ihm alles gezeigt. Er hat es einfach nicht über sich gebracht, ihr zu sagen, dass er wieder zurückwill.«

Elli spürte ihre Knie weich werden. »Wann kommt er denn

wieder? Will er jetzt ganz in Köln bleiben, oder …« Ihre Stimme versagte.

»Nein. Erst mal nur ein paar Wochen. Er will seiner Mutter alles nach und nach schonend beibringen. Und das ist sicher auch richtig so. Sie ist ein zartes, zierliches Persönchen, und sie hat eine Menge mitgemacht. Es wäre einfach nicht richtig, sie allein zu lassen. Gönn den beiden ein bisschen Zeit miteinander, Elli.« Martin griff nach ihrem Arm und tätschelte ihn. »Ich hab einen Brief von Georg für dich dabei. Darin wollte er dir alles erklären.« Er kramte in seiner Manteltasche. »Ach je, der ist im Koffer. Ich geb ihn dir, wenn wir zu Hause sind.«

Sie befestigten den kleinen Koffer auf Ellis Gepäckträger und gingen schweigend nebeneinanderher, während Elli das Fahrrad schob.

»Vielleicht ist es gar nicht so schlecht, wenn Georg eine Weile in Köln bleibt«, meinte Martin nach einer Weile.

»Warum? Was soll daran gut sein?«

»Erinnerst du dich noch an das Gespräch, das wir vor einer Weile geführt haben? Als ich zu dir sagte, Georg müsse in eine große Stadt, wo es richtige, gute Gesangslehrer gibt?«

Elli nickte nur.

»Nun ja, Köln hat auch eine Oper. Das Gebäude ist zwar ausgebombt, aber sie spielen in der Aula der Universität. Die ist gar nicht weit vom Pfarrhaus von St. Bruno entfernt. Ich hab zu Georg gesagt, er soll mal dort vorbeischauen. Vielleicht trifft er noch Bekannte von früher. Möglicherweise kann er ja …«

Elli hörte schon gar nicht mehr zu. Sie nickte von Zeit zu Zeit, bekam aber von dem, was Martin von sich gab, nur noch Bruchstücke und einzelne Worte mit.

Da war sie wieder, diese böse kleine Stimme in ihrem Ohr, die ihr gehässig zuflüsterte: *Er kommt nicht zurück. Wenn er erst mal wieder in Köln ist, dann kommt er nicht zu dir zurück. Was soll er denn schon an dir finden? An einem einfachen Bauerntram-*

pel wie dir, der nichts weiter kann als Kühe melken und Kälber füttern?

In ihrem Magen bildete sich vor Angst ein kalter Klumpen, der immer größer wurde, je mehr sie dieser Stimme Glauben schenkte.

Anton schien nicht überrascht, dass Georg noch in Köln geblieben war. Er habe sich so was schon gedacht, sagte er zu Martin. Wäre auch verwunderlich gewesen, wenn er nicht noch etwas zu Hause bei seiner Mutter geblieben wäre. »Was für ein Glück, dass wir mit dem Fohrmann-Jungen jetzt reelle Hilfe im Stall haben.« Der Bauer machte eine Kopfbewegung in Richtung Richard, der gerade dabei war, den Handwagen mit den Milchkannen zur Straße zu ziehen. »Der ackert für zwei und kommt noch nicht mal ins Schwitzen dabei.«

Georgs Brief, den Martin ihr nach dem Abendbrot gab, nahm Elli ungeöffnet mit nach oben in ihre Kammer. Sie schaltete die Nachttischlampe ein, setzte sich auf ihr Bett und drehte den weißen Umschlag, auf dem nur ihr Vorname stand, unschlüssig in den Händen. Schließlich überwand sie die merkwürdige Scheu, riss den Brief auf und begann zu lesen.

Elli, mein Lieb!, stand da in Georgs unregelmäßiger Handschrift. Ellis Finger strichen über diese erste Zeile, als würden sie über sein Gesicht streicheln.

Elli, mein Lieb!

Bitte, bitte, sei mir nicht böse, dass ich in Köln geblieben bin! Du musst das verstehen. Meine Mutter war so felsenfest davon überzeugt, dass ich endgültig zurückgekommen bin. Ich hab es einfach nicht fertiggebracht, ihr zu sagen, dass ich eigentlich vorhatte, nach ein paar Tagen schon wieder zurückzufahren.

Weißt du, mein Lieb, mir ist während der ganzen Fahrt nach Köln

473

speiübel gewesen, so eine Angst hatte ich davor, meiner Mutter unter die Augen zu treten. Das war das schlechte Gewissen ihr gegenüber. Und als wir vor der Tür des Pfarrhauses standen, wäre ich bestimmt unverrichteter Dinge wieder umgekehrt, wenn nicht Martin dabei gewesen wäre. Er hat mir zugenickt, gelächelt und gesagt: »Denk dran: Kopf hoch, Schultern unten lassen, auf festen Stand achten und tief Luft holen!« Wie beim Gesangsunterricht. Dann ist er vorgetreten und hat geklingelt. Es schien ewig zu dauern, bis jemand kam, doch schließlich ging die Tür auf – und da war sie: meine Mutter.

Sie sah so fremd aus, viel kleiner und schmaler in ihrem schwarzen Kleid und viel älter. Früher hatte sie dunkle, beinahe schwarze Haare, und jetzt ist sie an den Schläfen schon ganz weiß.

Ich kann mich nicht erinnern, was sie sagte oder was ich sagte. Alles, was ich weiß, ist, dass wir uns umarmt und beide furchtbar geweint haben. Martin hatte recht: Ich hätte gar nicht so schreckliche Angst haben müssen, dass ich nicht die passenden Worte finde, um ihr alles zu erklären. Es war gar keine Erklärung nötig. Nur diese Umarmung, die sagte, alles ist wieder gut.

Natürlich werde ich ihr noch genau erzählen müssen, was passiert ist, was ich erlebt habe, seit ich aus Köln weggegangen bin. Aber dieser erste Schritt, vor dem ich die größte Angst hatte, der ist gemacht.

Meine allerliebste Elli, ich weiß noch nicht, wann ich wieder zurück zu dir komme. Ein paar Tage, vermutlich eher ein paar Wochen, wirst du noch Geduld haben müssen, bis wir uns wiedersehen. Aber ich werde dir schreiben, wie ich es dir am Bahnhof versprochen habe: jeden Tag einen Brief! Du sollst ganz genau wissen, was ich hier in Köln mache, so genau, als wenn du hier bei mir wärst. In meinen Gedanken bist du das nämlich. Ich denke immerzu an dich, sehe dein liebes Gesicht vor mir und hab furchtbare Sehnsucht nach dir!

Glaub mir, Elli, mein Lieb, diese Tage und Wochen gehen schnell

*vorbei, und bald sehen wir uns wieder. Bis dahin küsse und um-
arme ich dich in Gedanken!*

*In Liebe
Dein Georg*

PS: Elli, du bist wunderbar.

Georg hielt Wort. Jeden Tag kam ein Brief für Elli. Manchmal
waren es nur ein paar Zeilen auf der Rückseite einer Postkarte,
manchmal mehrere Seiten. Sie alle begannen mit *Elli, mein Lieb!*,
und alle endeten mit dem Satz *Elli, du bist wunderbar.*
Elli nahm die Briefe mit nach oben in ihre Kammer und legte
sie in die Schublade des alten Sekretärs mit dem abgeplatzten
Furnier. Wenn ihre Sehnsucht zu groß wurde, ging sie hinauf,
holte alle Briefe wieder hervor und las, was er geschrieben hatte:

*... Ich wollte, du wärst hier, mein Lieb! Ich würde dir so gern den
Dom zeigen. Es ist wie ein Wunder! Ringsherum ist kein Stein
auf dem anderen geblieben, aber der Dom steht noch. Er ist zwar
auch nicht heil geblieben, im Dach ist ein großes Loch, aber er steht
noch ...*

*... Es ist für mich alles so ungewohnt hier in Köln, kannst du dir
das vorstellen? Ich bin hier aufgewachsen, und jetzt beklage ich
mich, dass es mir in der Stadt zu laut und zu voll ist ...*

*... Ich vermisse dich so sehr, meine Elli, und wenn es ganz schlimm
wird, geh ich in die Kirche hinüber und fange an, auf der Orgel
zu üben. Dann stelle ich mir vor, wie du hinter mir stehst, mir
zuhörst und darauf wartest, dass ich dir ein Zeichen gebe, damit
du die Noten umblätterst. Neulich hab ich mich dabei ertappt, dass
ich tatsächlich genickt habe ...*

Jeden Morgen erwartete Elli den Postboten auf dem Hof, nahm den Brief aus Köln entgegen und gab ihm einen für Georg mit.

Elli schrieb ihm alles, was auf dem Brunshof und in der Nachbarschaft so passierte. Sie stellte sich einfach vor, Georg wäre bei ihr, säße ihr gegenüber am Küchentisch, während sie den Brief an ihn verfasste. Die Augen fest auf das Papier vor sich gerichtet, schrieb sie auf, was sie ihm sagen wollte, malte sich genau aus, wie er lächeln und was er antworten würde. Und solange sie den Blick nicht vom Bleistift hob, der über das Papier glitt, gelang es ihr, sich einzureden, Georg wäre wirklich bei ihr.

... Gestern haben wir im Garten vom Köterhof die Kartoffeln ausgekriegt. Es waren längst nicht so viele wie voriges Jahr, aber immerhin. Martha und ich waren den halben Tag mit Ausgraben und Aufsammeln beschäftigt, und Sigi ist ganz zufrieden mit der Ernte. Er kommt jetzt jedes Wochenende her, setzt Maische an und hält den Destillierapparat in Gang. Und abends geht er mit Martha zum Tanzen und liefert dabei den Schnaps aus. Das Geschäft brummt nach wie vor, aber Sigi ist nicht mehr richtig mit dem Herzen bei der Sache. Ohne Hannes und dich macht das alles keinen Spaß mehr, sagt er ...

... Am letzten Sonnabend war noch einmal Tanztee, sozusagen der Abschied für Martin, bevor er in Nordenham als Lehrer anfängt. Es war wirklich schön. Der Saal beim alten Mönnich war brechend voll und richtig Stimmung in der Bude. Aber alle haben gesagt, dass du bei der Kapelle fehlst und dass es nicht mehr so schön ist wie früher. Ich soll Grüße bestellen, und etliche haben gefragt, wann du denn wiederkommst ...

Elli scheute davor zurück, ihm diese Frage ganz offen zu stellen, und auf ihre vorsichtigen Andeutungen reagierte er nicht.

Sie hatte mehr und mehr das Gefühl, dass auch die täglichen

Briefe nicht verhindern konnten, dass sie sich immer weiter voneinander entfernten. Die blinden Flecken zwischen ihnen wurden immer größer. Nicht nur, dass Georg kein Wort darüber verlor, wann er endlich zurückkommen wollte, auch seine Mutter und die kleine Schwester erwähnte er so gut wie nie. Elli wurde das Gefühl nicht los, dass irgendetwas nicht stimmte und dass er es ihr verheimlichte, damit sie sich keine Sorgen machte.

Aber auch Elli schrieb Georg nicht alles. Dass Richard Fohrmann jetzt als Knecht auf dem Brunshof arbeitete, verschwieg sie. Und dass sie beim letzten Tanztee zwei Mal mit ihm getanzt hatte, verheimlichte sie ebenso. Sie wusste, wie eifersüchtig Georg sein konnte, wozu ihn also aufregen?

Die Tage wurden kürzer, der November brachte feuchtkaltes Wetter, und auf allen Höfen der Nachbarschaft waren die Tiere inzwischen im Stall.

Jeden Morgen pünktlich um halb sechs betrat Richard fröhlich pfeifend die Dreschdiele, alberte einen Moment mit den beiden Hunden herum, die ihn stürmisch begrüßten, ehe er seinen abgetragenen Wintermantel auszog und mit der Arbeit begann. Nach einem knappen Nicken für Anton und Hinnerk und einem augenzwinkernden Grinsen für Elli griff er sich einen der Zinkeimer und begann zu melken.

Elli musste zugeben, es machte richtig Spaß, mit Richard im Stall zusammenzuarbeiten. Man musste ihm nichts zeigen, nichts erklären. Er sah die Arbeit, die getan werden musste, und erledigte sie ohne Aufforderung, wortlos und zuverlässig. Nach zwei Tagen kannte er alle Kühe, wusste, welche beim Melken lammfromm stehen blieb und welcher die Hinterbeine zusammengebunden werden mussten, weil sie gern mal nach dem Melker trat. Auch mit den beiden Pferden verstand er umzugehen. Wenn er die Stute am Halfter hielt, wagte sie keine ihrer üblichen Mätzchen, sondern tat brav, was er von ihr wollte.

Auch wenn ihr Vater es nicht offen sagte, Georg fehlte nicht im Stall. Richard ersetzte sowohl ihn wie auch Martin mühelos. Anton würde also nicht darauf drängen, dass Georg aus Köln zurückkommen sollte.

Ein Brief von Georg, der Ende November eintraf, ließ Ellis letzte kleine Hoffnung, er werde bald wiederkommen, wie eine Seifenblase zerplatzen.

Elli, mein Lieb!

Großartige Neuigkeiten! Stell dir vor, ich werde im Opernchor singen! Vor ein paar Tagen habe ich mir Fidelio *angesehen und bin hinterher noch zur Bühnentür gegangen. Dort hab ich den Chorleiter, Herrn Schmidt, getroffen. Der ist schon ewig an der Oper, hat früher den Kinderchor geleitet, als ich dort gesungen habe, und er hat mich doch tatsächlich wiedererkannt. Wir haben uns eine Weile unterhalten, und als ich ihm erzählte, dass ich in der Zwischenzeit Gesangsunterricht hatte, war er interessiert, mich singen zu hören. Ich musste heute zum Vorsingen, aber weil sie händeringend Tenöre suchen, schien das beinahe nur eine Formsache zu sein. Jedenfalls hat Schmidt gesagt, wenn ich nebenher weiter Gesangsunterricht nehme, dann könnte man auch darüber nachdenken, dass ich zweite Besetzungen für die Solisten übernehme oder mal einen kleinen Solopart, so etwas wie einen Diener oder einen Knappen. Einen guten Gesangslehrer hat er mir auch schon empfohlen …*

Opernchor, zweite Besetzung, Solopart.
Die Worte tanzten vor Ellis Augen. Die Angst, Georg nicht wiederzusehen, lag kalt und schwer in ihrem Magen, als sie den Briefblock aus der Schublade des Küchentisches nahm und hastig zu schreiben begann. Aber nach wenigen Sätzen hielt sie inne, las die bitteren Vorwürfe, dass er sie im Stich lasse, und ihre flehentliche Bitte, er möge endlich zurückkommen. Elli nahm

das Blatt und zerriss es in kleine Fetzen. Sie dachte daran, was Oma Tilly zu ihr gesagt hatte, kurz bevor sie gestorben war.

Dass Elli immer diejenige sein werde, die nachgeben müsse. Dass für Georg immer die Musik das Wichtigste sein werde und sie selbst erst an zweiter Stelle komme. Und dass sie ihm sogar noch gut zureden müsse, weil er sie und ihre Kinder nur mit seiner Musik durchbringen könne.

Elli schluckte schwer.

Sie nahm ein weiteres Blatt, schrieb einen neuen Brief und log Georg darin vor, wie großartig sie das alles fände und wie sehr sie sich für ihn freue. Und während sie Zeile um Zeile schrieb, achtete sie darauf, dass keine ihrer Tränen auf das Briefpapier fiel und sie verriet.

Eine Woche vor Weihnachten kam Hannes nach Hause. Er hatte einen ganzen Stapel Bücher dabei und saß tagsüber meist in der kleinen Stube, um für seine Prüfungen im Januar zu lernen.

»Ein richtiger Langweiler bist du geworden«, stellte Sigi fest, als er wie üblich am Samstag vorbeikam. Er schüttelte den Kopf. »Es wird höchste Zeit, dass du wieder mal unter Leute kommst!«

Hannes brummte zwar etwas von »zu viel zu tun«, aber er ließ sich schließlich doch breitschlagen, mit Sigi und Martha nach Varel zum Tanzen zu fahren. »Willst du nicht auch mitkommen, Elli?«, fragte er, aber sie winkte ab.

»Nein, ohne Georg hab ich keine Lust, zum Tanzen zu gehen. Ich fände es auch gemein ihm gegenüber.«

»Ach, Blödsinn! Du versauerst hier sonst noch.«

Aber Elli ließ sich nicht überreden, wünschte den dreien einen schönen Abend und blieb zu Hause.

»Weißt du was? Sigi hatte eine prima Idee«, sagte Hannes am nächsten Morgen zu ihr. »Er meinte, wir sollten uns dringend mal wieder alle treffen. Am besten bald, am Samstag zwischen Weihnachten und Neujahr. Sigi sagt den beiden Erwins Bescheid, ich schicke Martin eine Karte, und du schreibst Georg, dass er auch kommen soll.«

»Ich weiß nicht …«, sagte Elli ausweichend.

»Was weißt du nicht?« Hannes runzelte die Stirn und sah sie prüfend an. »He, alles im Lot bei euch?«

»Ja, sicher«, beeilte sie sich zu versichern. Sie wich Hannes' Blick aus, stand auf und begann den Frühstückstisch abzuräumen. »Georg hat nur so viel zu tun in Köln.«

»Aber er wird sich doch wohl ein Wochenende Zeit nehmen können.«

Elli antwortete nicht. Sie trug die Teller zur Spüle hinüber und ließ Wasser darüber laufen.

»Elli?«

Sie drehte sich zu Hannes um und sah in sein fragendes Gesicht. »Ich, ich …« Hilflos hob sie die Hände. »Ich weiß es nicht. Ich werde ihm schreiben und ihn fragen.«

Hannes legte den Kopf ein wenig schief und musterte sie. »Ist wirklich alles gut?«, fragte er leise.

Einen Moment lang war Elli versucht, ihm ihr Herz auszuschütten. Aber wie sollte Hannes ihr helfen? Er würde ja Anfang Januar auch wieder wegfahren.

Sie richtete sich auf, schluckte den Kloß in ihrem Hals hinunter und zwang sich ein Lächeln ab. »Doch, ja, alles in Ordnung.« Langsam drehte sie sich wieder zum Ausguss um. »Alles in schönster Ordnung«, murmelte sie.

Georgs Antwort kam am Tag vor Heiligabend.

… Wenn ich das nur ein paar Wochen eher gewusst hätte! Zu blöd! Just an dem Samstag hab ich einen Auftritt mit dem Opernchor. Die Zauberflöte – zum ersten Mal ganz offiziell als Mitglied des Chors. So kurzfristig kann ich da einfach nicht absagen, bitte versteh das, mein Lieb. Wenn ich so meinen Kalender ansehe, wird es wohl noch eine ganze Weile dauern, bis ich mir hier für ein paar

Tage freinehmen kann. Auftritte, Proben, Gesangsstunden und dann noch die Chorpartien der Repertoire-Stücke. Ich hab den Eindruck, ich komm zu nichts anderem mehr als zum Singen. Meine Mutter hat schon mit mir geschimpft. Aber vielleicht wäre es ja möglich, dass du mich mal hier in Köln besuchen kommst. Du müsstest allerdings zwischendurch immer für ein paar Stunden auf mich verzichten, oder du setzt dich mit in die Proben und hörst zu. Wie wäre das? Ach, Elli, mein Lieb, ich vermisse dich so ...

Aber nicht so sehr, dass du alles stehen und liegen lassen würdest, um zu mir zu kommen, dachte Elli, als sie Georgs Brief zu den anderen in ihrer Schublade legte.

Weihnachten kam und ging. Als Hannes sie fragte, ob er sie zur Kirche fahren solle, lehnte Elli ab. Es war schon so schwer genug, Weihnachten ohne Georg zu überstehen. Am Morgen des Vierundzwanzigsten hatte der Postbote statt des üblichen Briefes ein kleines Päckchen für sie dabeigehabt, das sie abends unter dem Weihnachtsbaum öffnete. Es war eine zarte Silberkette mit einem herzförmigen Anhänger.

Georgs erstes Weihnachtsgeschenk, dachte Elli, als sie sich im Garderobenspiegel betrachtete, den Anhänger in den Fingern drehte und nachdenklich an der Kette hin und her schob. Dann hob sie die Hände zum Nacken, öffnete den Verschluss, nahm die Kette wieder ab und ließ sie zurück in die kleine Schachtel gleiten, die auf der Ablage vor dem Spiegel stand. »Viel zu dünn, um sie jeden Tag zu tragen. Die würde ich im Stall nur verlieren«, murmelte sie.

»Ich frag mich wirklich, wo sie bleiben.« Hannes sah inzwischen bestimmt schon zum zehnten Mal auf die Uhr. »Um drei Uhr hatten wir gesagt. Pünktlich um drei Uhr hier bei uns zum Tee. Die Idee stammte doch sogar von Sigi, dass wir uns vorher noch zum Tee treffen und dann von hier aus nach Seefeld fahren. Und wer jetzt nicht da ist, sind Sigi und Martha!« Er schüttelte verärgert den Kopf. »Jetzt ist es schon nach vier! Und er braucht sich nicht damit herauszureden, dass er auf die beiden Erwins warten musste.«

Kurz vor Weihnachten war ein Brief von den beiden gekommen, in dem sie ein frohes Fest wünschten und das Treffen absagten. Sie hatten bereits zugesagt, an diesem Samstag auf einem bunten Abend in Oldenburg zu spielen.

»Nun reg dich nicht auf, Hannes! Wer weiß, was Sigi dazwischengekommen ist. Vielleicht ist er mit dem Wagen liegen geblieben. Die werden schon noch kommen.« Martin nahm sich noch ein Stück mit Butter beschmierten Rosinenstuten vom Kuchenteller. »Außerdem bleibt dann mehr für uns.« Er biss in den Stuten und zwinkerte Elli zu, die ihm gegenübersaß.

»Es ist nur ein bisschen gemein Papa und den anderen gegenüber. Wenn ich gewusst hätte, dass Sigi und Martha so spät kommen, dann hätte ich noch mit in den Stall gehen können«, sagte Elli.

»Ach, lass mal, ich glaube, die schaffen das auch ganz gut ohne dich!« Martin lächelte. »So haben wir wenigstens Gelegenheit, uns ein bisschen zu unterhalten.« Er klopfte sich ein paar Krümel vom Revers seiner abgetragenen Anzugjacke. »Was schreibt Georg denn so? Was gibt es Neues in Köln?«

»Nicht viel. Dass er viel zu tun hat. Gesangsstunden und Rollenlernen hauptsächlich.«

»Und sonst?«

»Sonst nichts.« Elli zuckte mit den Schultern und wich Martins prüfendem Blick aus. »Ich sag doch, die Singerei kostet eine Menge Zeit.«

Martin nickte kauend und lächelte ihr zu. »Da ist viel Wahres dran! Aber wenigstens scheint sich die Arbeit ja zu lohnen, was singt er heute? *Die Zauberflöte?*«

Elli nickte. *Als ob du das nicht wüsstest!*, war sie einen Moment lang versucht zu sagen, aber sie schluckte die spitze Bemerkung hinunter. Martin und seine kleinen Spielchen, um immer noch ein bisschen mehr zu erfahren, als er sowieso schon wusste.

Jetzt hob er lauschend den Kopf. »Ah, da kommen sie ja endlich!«

Draußen im Wohnflur wurde die große Tür zugeknallt, dass die Glaseinsätze nur so schepperten, und eine aufgeregte Mädchenstimme rief: »Hallo? Wo seid ihr denn alle?«

Noch ehe sich jemand in der kleinen Stube vom Tisch erheben konnte, wurde die Tür aufgerissen, und Martha stürzte herein. Sie schien völlig aufgelöst. Ihr Mantel stand offen, der Rock ihres Kleides war voller Dreckspritzer, ihre dunkelrote Mähne stand wild von ihrem Kopf ab, und ihr hübsches Gesicht war tränenüberströmt.

»Sigi ist verhaftet worden! In Oldenburg. Heute Morgen auf dem Schwarzmarkt. O mein Gott, was soll denn jetzt bloß werden?« Sie schlug die Hände vors Gesicht und begann zu schluchzen.

Eine Sekunde lang war Elli wie vor den Kopf geschlagen. Dann sprang sie auf, umarmte ihre weinende Freundin und drückte sie ganz fest an sich.

Nachdem sich Martha ein wenig beruhigt hatte, bugsierte Elli sie auf den Stuhl neben sich und drückte ihr ein Taschentuch in die Hand. Martha wischte sich die Augen und putzte sich die Nase.

»So, jetzt erzähl mal in aller Ruhe und der Reihe nach. Was ist passiert?«, fragte Martin, der Marthas theatralischen Auftritt mit verschränkten Armen und hochgezogener Augenbraue beobachtet hatte.

»Sigi wollte mich abholen. Um spätestens zwei Uhr wollte er bei uns sein, aber er kam und kam nicht. Irgendwann fing ich an, mir Sorgen zu machen. Und als er um halb vier immer noch nicht da war, sagte mein Papa, ich sollte doch versuchen, Sigis

Großmutter anzurufen. Ich hab aber nur die Nummer von den Nachbarn, und es dauerte eine Ewigkeit, bis ich endlich seine Oma am Telefon hatte. Sie war ganz aufgelöst und weinte. Sigi sei festgenommen worden, sagte sie. Er ist heute Morgen nach Oldenburg gefahren, um noch schnell ein halbes Pfund Kaffee zu besorgen. Und da haben sie ihn geschnappt.« Martha knetete ihr Taschentuch. »Ich meine, wie blödsinnig ist denn das? Er ist doch ständig auf dem Schwarzmarkt unterwegs, hat alles Mögliche dort besorgt und seinen Schnaps verschoben. Nie ist was passiert. Und jetzt? Mit einem halben Pfund Kaffee in der Hand lässt er sich schnappen. Ausgerechnet jetzt!« Wieder begannen ihre Augen zu schwimmen. Dann verstummte sie und schlug sich die Hände vors Gesicht.

Elli legte ihr die Hand auf den Arm und tätschelte ihn unbeholfen. »Ach, Martha, es wird schon nicht so schlimm werden.«

Martin lehnte sich zurück. »Ich denke, Elli hat recht. Bei Ersttätern sind die Gerichte inzwischen meistens ziemlich milde. Da kommt man mit ein paar Wochen Gefängnis davon. Spätestens in zwei bis drei Monaten hast du deinen Sigi wieder.«

»Drei Monate?«, keuchte Martha. Ihre Augen waren vor Entsetzen weit aufgerissen. »Meinst du wirklich so lange? Drei Monate Gefängnis? Oh, du lieber Gott, bloß das nicht!«

Laut schluchzend sprang Martha auf und lief auf den Flur hinaus. Martin schürzte die Lippen und sah ihr nach.

»Was hat sie denn bloß?«, rief Hannes verdutzt. »Drei Monate für Schwarzmarkthandel ist doch nun wirklich ein Klacks!«

Ein winziges Lächeln umspielte Martins Mundwinkel. Er zuckte mit den Schultern. »Drei Monate früher oder später können einen ganz gewaltigen Unterschied machen, wenn man heiraten muss.« Er beugte sich vor und nahm sich noch ein Stück Rosinenstuten.

Elli brauchte einen Moment, ehe sie begriff, was Martin gerade angedeutet hatte. »Wenn man heiraten muss? Meinst du etwa, Martha bekommt ein Kind?«

»Ich bin mir ziemlich sicher. Dritter, Anfang vierter Monat würde ich schätzen. Und wenn Sigi erst in drei Monaten aus dem Gefängnis kommt, dann wird man das Malheur wohl schon deutlich sehen können.«

»Aber wie kommst du denn darauf?«, fragte Elli entgeistert.

»Ich weiß nicht, ich hab irgendwie einen Blick dafür. Außerdem sprach Marthas Reaktion eben Bände. Geh ihr besser nach, Elli! Wenn ich recht habe, dann kann sie jetzt eine Freundin brauchen.«

Als Elli den Wohnflur betrat, saß Martha auf der Treppe und schluchzte leise. Elli legte den Finger auf die Lippen, nahm sie an die Hand und zog sie hinter sich her die Treppe hinauf bis in ihre Kammer, froh darüber, dass ihre Mutter in der Küche nichts von dem ganzen Tumult mitbekommen zu haben schien.

Als die beiden Mädchen allein waren, schüttete Martha Elli ihr Herz aus. Ja, es stimmte, was Martin vermutet hatte, Martha bekam wirklich ein Kind.

»Berta, diese dumme Kuh, mit ihren klugen Ratschlägen! Du musst dich da unten nur gründlich genug waschen, dann passiert schon nichts!« Mit einer hilflosen Geste hob Martha die Arme und ließ sie zurück in den Schoß fallen. »Ich hab das wirklich geglaubt, weißt du? Das hab ich jetzt von meiner Blödheit. Ach, Elli, was soll denn jetzt bloß werden?«

Die beiden Mädchen saßen nebeneinander auf Ellis Bett. Elli legte den Arm um Marthas Schultern, zog ihre verzweifelte Freundin hilflos ein bisschen näher an sich heran und schwieg.

»Zuerst wollte ich es nicht wahrhaben«, fuhr Martha fort. »Es konnte ja eigentlich nicht sein! Und dann hatte ich schreckliche Angst, es Sigi zu erzählen. Ich dachte, er würde mich vielleicht sitzen lassen. Aber da habe ich mich gründlich in ihm getäuscht. Er ist zwar nicht gerade vor Freude in die Luft gesprungen, aber er hat sofort gesagt, dass wir so schnell wie möglich heiraten würden, gar keine Frage. Eigentlich wollte er heute Nachmittag mit Papa reden und um meine Hand anhalten.«

Martha zog ihr Taschentuch heraus und putzte sich geräuschvoll die Nase. »Und was ist, wenn Papa Nein sagt? Ich meine, er war doch noch nie begeistert von ihm. Sigi ist nun mal kein Bauer, er hat nie einen Hehl daraus gemacht, dass er keine Lust hat, den Hof zu übernehmen. Ein Stadtmensch eben. Und jetzt sitzt er auch noch im Gefängnis. Wie sieht denn das aus? Und wenn erst mal rauskommt, dass sein Vater damals auch im Gefängnis gesessen hat? Der war strammer Sozi. Ist mitten in der Nacht von der Gestapo abgeholt worden, als Sigi noch klein war, und nie wiedergekommen. Die Nachbarn werden sich das Maul zerreißen und sagen, der Apfel fällt nicht weit vom Stamm. Wie soll Sigi hier jemals einen Fuß auf die Erde kriegen? Du kennst doch die Leute!« Martha schniefte und sah Elli aus rot geränderten Augen an. »Dabei ist Sigi wirklich ein guter Kerl.«

Elli nickte. Eine Weile war es ganz still in dem kleinen Zimmer.

Schließlich räusperte Elli sich. »Du solltest mit deiner Mutter reden, Martha! So schnell wie möglich, am besten noch heute. Die ist immer so lieb, die wird dir schon nicht den Kopf abreißen. Und dein Vater? Der konnte dir doch noch nie was abschlagen, worum du ihn gebeten hast.« Sie versuchte ein aufmunterndes Lächeln. »Er wird bestimmt nicht Nein sagen, wenn du ihm beichtest, was los ist. Ich glaube eher, dass er froh ist, dass Sigi zu dir stehen will und dich nicht im Stich lässt. Und dann heiratet ihr zwei eben, sobald Sigi wieder draußen ist. Und wenn sich die Nachbarn das Maul zerreißen, sollen sie doch! Die Hauptsache ist, deine Eltern halten zu dir. Und deine Freunde.«

Martha sah sie einen Augenblick lang an, dann schlang sie die Arme um ihren Nacken. »Du hast recht, Elli«, schluchzte sie. »Es wird schon alles gut werden. Es muss einfach!«

Elli drückte Martha ganz fest an sich und schämte sich dafür, wie neidisch sie auf ihre Freundin war.

Am nächsten Vormittag kam Martha kurz vorbei, um Elli im Flüsterton und immer darauf bedacht, dass niemand sie belauschte, von dem Gespräch mit ihren Eltern zu berichten.

»Natürlich waren die beiden böse, das kann man sich ja vorstellen. Aber du hattest recht, Elli, so groß war das Donnerwetter dann doch nicht. Meine Mama hat mich umarmt und getröstet. Hat gemeint, dass es auch ganz anderen schon so gegangen ist, und mich gefragt, warum ich ihr nichts gesagt und das so lange allein mit mir rumgeschleppt hätte. Und mein Papa hat gebrummt, er werde sich Sigi mal ernsthaft vorknöpfen, sobald er wieder auf freiem Fuß ist. Mit seinen halbseidenen Geschäften muss jetzt ein für alle Mal Schluss sein, sonst wird nichts aus der Hochzeit. Dann gibt Papa seine Einwilligung dazu nicht, und die brauch ich, weil ich ja noch nicht volljährig bin. Solange Papa noch nicht mit Sigi gesprochen hat, soll keiner wissen, dass wir heiraten müssen.«

Aber natürlich ließ es sich nicht lange geheim halten. Auch wenn Elli ihrer Freundin versprochen hatte, zu niemandem ein Sterbenswörtchen zu sagen, dauerte es nicht lange, bis die örtliche Gerüchteküche zu brodeln anfing.

»Sag mal, stimmt es wirklich, dass Martha Diers heiraten muss?«, fragte Richard eines Morgens Ende Januar, während er zusammen mit Elli das Heu vor den Jungrindern verteilte.

»Wer erzählt denn so was?«, erwiderte Elli verärgert, vermied es aber, dem jungen Mann direkt in die Augen zu sehen.

»Hab ich jetzt schon von verschiedenen Seiten gehört.« Richard stach mit der Forke in den Heuhaufen, der unter der Bodenluke lag, und hob ihn geschickt an, um ihn zu den hungrigen Jungbullen zu tragen. »Und ihr Freund Sigi soll in Oldenburg im Militärgefängnis sitzen. Für mindestens drei Jahre.«

»Da siehst du mal, was die Leute für einen Blödsinn erzählen! Sigi hat drei Monate bekommen, wegen Schwarzmarkthandels. Er kommt im März wieder raus.«

»Und heiraten die beiden dann?«

Elli stützte sich auf ihre Forke und funkelte Richard böse an. »Woher soll ich das denn wissen?«

»Ich dachte, weil ihr Freundinnen seid, du und die Diers-Deern, wüsstest du das vielleicht.«

»Geht mich doch nichts an, ob und wann die beiden heiraten. Meine Güte, es sind ja nicht alle so neugierig wie du!«

Ein breites Grinsen brachte Richards blaue Augen zum Strahlen. »Ich bin nicht neugierig, ich muss nur immer alles ganz genau wissen.«

»Wenn du es genau wissen willst, dann frag Martha am besten selbst.«

»Das werd ich tun, wenn ich sie das nächste Mal zu Gesicht bekomme.« Richard lachte. »Aber sie geht ja in letzter Zeit nicht mehr zum Tanzen. Jedenfalls hab ich sie lange nicht gesehen.«

Richard verteilte das Heu und sah zu, wie die hungrigen Tiere ihre Köpfe in das duftende Futter gruben. Dann drehte er sich zu Elli um. Seine Mine war ernst. »Dich hab ich auch lange nicht mehr beim Tanzen gesehen, Elli. Und was dich und deinen Freund angeht, da gibt es auch Gerüchte.«

»Ach ja? Und was für welche?«, fragte sie beiläufig. »Krieg ich etwa auch ein Kind und muss heiraten?«

»Nein. Jedenfalls hab ich das schon lange nicht mehr gehört. Es wird rumerzählt, dass dein Freund dich hat sitzen lassen und dass zwischen euch Schluss ist. Er soll in Köln eine andere haben.«

Elli schnaubte ein wütendes Lachen durch die Nase. »Ich sag doch, die Leute erzählen Blödsinn! Georg ist in Köln, um Sänger zu werden. Er singt im Opernchor und kann deshalb nicht so oft hier sein, wie er möchte, aber Ende Februar wird er für ein paar

Tage kommen. Außerdem schreiben wir uns jeden Tag.« Sie hob den Kopf und sah Richard herausfordernd ins Gesicht. »Nein, es ist nicht Schluss zwischen Georg und mir, da mach dir mal keine falschen Hoffnungen! Wir haben uns das nicht ausgesucht, dass er in Köln ist und ich hierbleiben muss, aber im Moment geht es nun mal nicht anders. Wir zwei werden es schon schaffen, auch wenn wir so lange voneinander getrennt sind. Und wenn dir wieder jemand Lügengeschichten und Gerüchte aufzutischen versucht, dann bestell ihm einen schönen Gruß von mir, und verpass ihm einen Satz warmer Ohren!«

Richard war beileibe nicht der Einzige, der das Gerücht verbreitete, Martha sei in anderen Umständen. Auch unter den Frauen der Nachbarschaft machten hinter der Hand getuschelte Spekulationen die Runde. Ellis Mutter gehörte zu denen, die sich am meisten darüber ereiferten.

»Die armen Eltern! Die werden sich doch in Grund und Boden schämen, wenn die Tochter mit dickem Bauch in die Kirche gehen muss und die Leute mit Fingern auf sie zeigen«, sagte Willa und fügte mit unheilschwangerer Miene hinzu: »Wenn es überhaupt dazu kommt, dass sie heiraten. Man kennt ja diese jungen Burschen heutzutage!«

Bisher hatte sie immer große Stücke auf Sigi gehalten, aber jetzt erzählte sie jedem, sie habe ja immer gewusst, dass er ein Windhund sei, ein Bruder Leichtfuß. »Der wird sich drücken, du sollst es sehen. Der wird sie sitzen lassen. Aber sie ist ja selber schuld. Was lässt sie sich auch mit so einem ein, von dem man nicht weiß, wo er hin- und hergehört? Und überhaupt: Einer der Mädchen in Schwierigkeiten bringt, der taugt einfach nichts!«

An dieser Stelle fiel immer der eisige Blick aus den Raubvogelaugen auf Elli, und Willas Zeigefinger hob sich drohend in ihre Richtung. »Pass bloß auf, dass dir das nicht so geht, Fräulein! Lass dir bloß kein Kind andrehen, sonst …«

Sie musste den Satz nicht beenden, Elli wusste auch so, was gemeint war, und senkte den Kopf.

Der Januar ging vorbei, und der Februar brachte Sturm, Regen und klirrenden Frost mit. Richard hatte Eiszapfen an seinem Schal, den er sich beim Fahrradfahren vor den Mund zog, wenn er morgens zum Melken angeradelt kam. Aber er lachte und rieb sich die klammen Finger. »Wenn es noch eine Weile so weiterfriert, dann trägt das Sieltief und wir können auf Schlittschuhen bis nach Brake laufen.«

Elli zählte die Tage am Küchenkalender ab. Noch drei Wochen, noch vierzehn Tage, schließlich nur noch acht Tage, dann würde Georg zu Besuch kommen. Eine ganze Woche wollte er bleiben, wenigstens aber von Freitag bis Dienstag.

Die Sehnsucht nach ihm war nicht kleiner geworden, aber Elli hatte begonnen, sich an das Gefühl zu gewöhnen. Ihre Gedanken kreisten nicht mehr immerzu um ihn, und wenn sie an ihn dachte, zog sich ihr Innerstes nicht mehr schmerzhaft zusammen. Noch immer wartete sie jeden Morgen auf den Postboten, der seinen Brief brachte, und gab ihm einen für Georg mit, aber sie riss die Briefe nicht mehr sofort auf, sondern steckte sie ungelesen in ihre Schürzentasche. Erst in der Mittagsstunde ging sie in ihre kleine Kammer hinauf, zog sich in dem ungeheizten Raum ihre Wolljacke über und setzte sich an den Sekretär. Sorgfältig und langsam las sie Wort für Wort, was Georg ihr geschrieben hatte, blickte eine Weile auf die Eisblumen am Fenster und zog dann den Block hervor, um ihm zu antworten.

Vier Tage bevor Georg eintreffen sollte, kam der Brief mit seiner Absage.

... Ach, Elli, mein Lieb, die Hauptprobe vom Holländer *ist verlegt worden. Ich könnte höchstens für zwei Tage kommen, und das*

lohnt sich doch vorn und hinten nicht. Außerdem hatte ich ganz vergessen, dass Pfarrer Böttcher am Wochenende darauf seinen sechzigsten Geburtstag feiern wird. Meine Mutter hat mich schon fest eingeplant. Es tut mir wirklich unendlich leid, Elli, aber ich komme hier unmöglich weg ...

Als ob sie es nicht geahnt hätte!

Er kommt nicht zurück, er kommt nicht zurück! Da war sie wieder, diese leise, böse Stimme in ihrem Ohr, die gehässig darüber lachte, dass Elli noch immer glauben wollte, sie wäre in Georgs Leben das Wichtigste. Das war längst vorbei. Alles andere schien wichtiger zu sein: die Hauptprobe, seine Mutter, sogar der Pfarrer mit seiner blöden Geburtstagsfeier.

Ellis Augen brannten vor Enttäuschung, aber sie wollte nicht weinen, sie war viel zu wütend auf sich selbst, weil sie sich wirklich eingebildet hatte, Georg würde ihretwegen alles stehen und liegen lassen und sie würde ihn endlich wiedersehen. Sie stand auf und ging zur Frisierkommode hinüber, stützte sich mit den Händen auf der Marmorplatte ab und betrachtete ihr Gesicht in dem gesprungenen Spiegel.

»Du solltest endlich aufhören, dich so furchtbar wichtig zu nehmen, Elli Bruns!«, murmelte sie. »Das steht dir nicht zu.«

An einem Sonntagvormittag im März fuhr plötzlich der alte Opel Olympia auf den Hof. Sigi, ein bisschen schmaler und blasser als sonst, stieg aus und öffnete die Beifahrertür für Martha, die inzwischen einen deutlichen Bauch vor sich her trug.

Elli ließ den Besen fallen, mit dem sie gerade die Dreschdiele fegte, lief hinaus und umarmte erst Martha und dann Sigi. »Sieht man dich auch mal wieder?«, fragte sie ihn grinsend.

Ein bisschen verlegen drehte Sigi seine Mütze in den Händen. »Ich bin vorgestern erst rausgekommen.«

»Und da hat er sich heute gleich ins Auto gesetzt, um mit Papa

zu sprechen und um meine Hand anzuhalten«, platzte es aus
Martha heraus. Sie konnte es offenbar nicht abwarten, die große
Neuigkeit loszuwerden. Aufgeregt wippte sie auf den Zehen,
griff nach Ellis Händen und drückte sie. »Es ist alles in Ordnung!
Papa ist mit allem einverstanden und hat seine Zustimmung gegeben. Sigi und ich werden Anfang Mai heiraten. Die Feier wird
nicht ganz so groß, du weißt schon wegen …« Sie blickte an sich
herunter und lachte verlegen. »Aber die Verwandtschaft und die
Nachbarschaft sollen auf alle Fälle kommen. Das gehört sich so,
sagen meine Eltern. Und ich krieg auch ein Brautkleid, sogar ein
weißes, auch wenn ich wohl keinen Myrtenkranz zum Schleier
tragen kann. Mama sagt, das wäre dann doch zu viel des Guten.
Egal, sollen die Leute ruhig hinterher lästern. Das schert uns
dann nicht mehr, nicht wahr, Sigi? Wir sind dann in Oldenburg
und hören es nicht mehr.«

Sigi, dem der begeisterte Wortschwall seiner Verlobten offenbar peinlich war, stöhnte leise.

»Oldenburg?«, fragte Elli. »Wieso denn Oldenburg?«

»Weil wir nach Oldenburg ziehen werden, zu Sigis Großmutter. Stell dir vor, wir kriegen zwei Zimmer in ihrem Haus!«
Martha grinste über das ganze Gesicht. »Mein Papa hätte sich
gar nicht so viele Gedanken machen müssen. Sigi hat noch im
Gefängnis seiner Oma fest versprechen müssen, dass auf der
Stelle Schluss mit dem Schwarzmarkt und der Schwarzbrennerei ist. Dann ist seine Oma zum Chef der Kornbrennerei gegangen, in der Sigis Opa bis zur Rente gearbeitet hat, und den hat sie
an die alten Zeiten erinnert und daran, was für ein guter Mann
Sigis Opa war und wie viel die Firma ihm zu verdanken hat. Sie
hat so lange auf den Mann eingeredet, bis er nachgegeben und
Sigi als Lehrling in der Brennerei angenommen hat.« Martha
griff nach Sigis Hand, legte sie sich um die Taille und schmiegte
sich an ihn. »Auch wenn Sigi im Gefängnis gewesen ist, er hat
jetzt gute Arbeit. Und sobald er mit der Lehre fertig ist, kann er

mich und das Kind davon ernähren. Du hattest recht, Elli, es ist wirklich alles gut geworden.«

Marthas Augen begannen verdächtig zu schimmern, sie schniefte und holte ein Taschentuch aus ihrer Manteltasche. Sigi zog sie dichter an sich heran und rieb tröstend ihren Arm.

»Na ja, jedenfalls wollten wir schon mal wegen der Hochzeit Bescheid geben«, sagte er. »Wir möchten nämlich gern, dass ihr beide, Georg und du, bei uns Beistand steht. Und die Hochzeitskrone sollt ihr auch kriegen.«

Martha putzte sich die Nase und wischte sich eine Träne aus dem Augenwinkel. »Immerhin werdet ihr ja wohl die Nächsten sein, die heiraten. Dann soll das auch ruhig die ganze Nachbarschaft mitbekommen.« Sie lächelte und legte Elli eine Hand auf die Schulter. »Jetzt musst du nur noch Georg schreiben, dass er Anfang Mai für ein paar Tage herkommen muss.«

Elli senkte den Kopf. »Falls er dann Zeit hat«, murmelte sie.

»Was soll das heißen, falls er Zeit hat? Da wird er gar nicht großartig gefragt. Er muss einfach kommen!«

»Das ist nicht so einfach!« Elli hob in einer hilflosen Geste die Hände. »Er hat eine Menge um die Ohren, und das ist wohl wichtiger.« Es klang viel bitterer, als sie beabsichtigt hatte.

»Was ist denn wichtiger, als auf unserer Hochzeit zu feiern und allen zu zeigen, dass ihr die Nächsten seid?«

Elli biss sich auf die Lippen und schwieg.

Das Lächeln verschwand aus Marthas Gesicht, als sie Elli fest in die Augen sah. »Elli, was hast du denn? Ist alles in Ordnung mit euch beiden?«

Ja, sicher! Natürlich!, wollte Elli sagen, aber sie brachte die Worte nicht über die Lippen. Stattdessen zog sie die Schultern hoch und sagte leise: »Ich weiß es nicht, ich hab keine Ahnung. Er kommt ja nicht her, hat angeblich immer zu viel an der Oper zu tun. Ich hab ihn bald ein halbes Jahr nicht gesehen, wie soll ich denn wissen, ob noch alles in Ordnung ist?«

»Ach, Elli!« Martha legte ihren Arm um Ellis Schultern und zog sie zu sich und Sigi heran.

Eine Weile lang standen die drei ganz dicht beieinander. Elli spürte Marthas Arm um ihre Schultern und Sigis Hand, die auf ihrem Arm lag, und fühlte sich so geborgen wie lange nicht mehr.

Schließlich griff Sigi nach ihrem Kinn und hob es an, sodass sie ihm ins Gesicht sehen musste. Er lächelte und zwinkerte ihr zu. »Eigentlich ist es doch ganz einfach, Elli. Wenn Georg nicht herkommt, dann musst du eben zu ihm fahren. Setz dich einfach in den Zug, und besuch ihn in Köln! Dann weißt du genau, ob mit euch noch alles in Ordnung ist.«

28

Es war später Nachmittag, als der Zug langsam über die Rheinbrücke rumpelte. Elli hatte ihr Abteil bereits verlassen und stand auf dem Gang. Sie versuchte, durch die fast blinden Scheiben einen Blick auf den Dom zu erhaschen, aber sosehr sie den Hals auch reckte, sie konnte keine riesige Kirche sehen, auf die Georgs Beschreibung gepasst hätte. Ein strahlender Frühlingshimmel mit ein paar weißen Schäfchenwolken wölbte sich über der Stadt. Es war ungewöhnlich mild für die Jahreszeit, und im überfüllten Zug war es furchtbar stickig.

Die Frau, die vor Elli im Gang stand, drehte sich zu ihr um und lächelte freundlich. »Na, Fräuleinchen, dann haben Sie es ja gleich geschafft, was?«

In Münster hatte die einfach gekleidete Frau mit dem Kopftuch Ellis Abteil betreten und sich neben sie gesetzt. In ihrem schweren schlesischen Akzent hatte sie begonnen, sich mit Elli zu unterhalten und sie auszufragen.

Elli, die sonst schüchtern und zurückhaltend war, war selbst erstaunt gewesen, wie leicht sie dieser völlig Fremden alles Mögliche erzählte: Dass sie auf dem Weg nach Köln war, um ihren Verlobten zu besuchen, den sie seit einem halben Jahr nicht gesehen hatte. Dass sie sehr aufgeregt war, weil sie zum ersten Mal allein so weit von zu Hause weg war. Dass ihre Eltern von der Idee, sie nach Köln fahren zu lassen, gar nicht begeistert gewesen waren. Sogar, dass ihre Mutter es ihr hatte verbieten wollen, ihr Vater ihr aber Geld zugesteckt und sie zum Zug gebracht hatte.

»Da vorn ist schon der Bahnhof. Werden Sie denn abgeholt?«

»Ja, mein Verlobter wollte zum Bahnsteig kommen. Ich hoffe, er ist wirklich da. Ich kenn mich doch überhaupt nicht aus.«

»Wird schon, Fräuleinchen, wird schon. Sollen Sie sehen, der hat genauso Sehnsucht nach Ihnen wie Sie nach ihm. Und er ist bestimmt genauso aufgeregt!« Die alte Frau griff nach Ellis Hand und drückte sie. »Ich wünsch Ihnen jedenfalls alles Gute!«

Der Zug bremste und schaukelte hin und her, als er in den Bahnhof einfuhr. Elli hielt sich am Fenstergriff fest, bis der Zug zum Stehen gekommen war, dann bückte sie sich, griff mit ihrer schweißnassen Hand nach dem kleinen Koffer, der neben ihr stand, und hob ihn hoch.

Durch das Fenster sah sie die Menschentraube, die vor der Waggontür darauf wartete, einsteigen zu können, und den Schaffner, der die Tür öffnete. Einen Augenblick lang befürchtete sie, nicht schnell genug aus dem Zug herauszukommen, ehe er sich wieder in Bewegung setzen und weiterfahren würde. Doch sie wurde von hinten weitergeschoben, und ehe sie sichs versah, war sie an der Tür, kletterte die steilen Stufen hinunter und stand auf dem Bahnsteig. Sie nickte ihrer Reisebegleitung einen Gruß zu und schaute sich suchend um.

»He, nicht einfach im Weg stehen bleiben, junge Frau!« Der Mann hinter ihr schüttelte missbilligend den Kopf und brummte noch etwas Unverständliches, als er sich an ihr vorbeidrängte.

Hastig lief Elli ein paar Schritte weiter und stellte sich auf die Zehenspitzen, um nach Georg Ausschau zu halten, aber er war nirgends zu sehen. Panik stieg in ihr auf, und die kalte leise Stimme in ihrem Ohr flüsterte, dass sie sich ja hätte denken können, dass er nicht kommen würde.

Es war sehr voll auf dem Bahnsteig. Direkt vor dem Zug, mit dem Elli gekommen war, drängten sich die Menschen, die einsteigen wollten. Um sie herum wurden viele der Reisenden, die gerade angekommen waren, von Freunden und Verwandten in Empfang genommen. Menschen umarmten sich, Küsse wurden ausgetauscht, Kinder hochgehoben und gedrückt. Doch allmählich leerte es sich, und Elli konnte mehr als nur ein paar Meter des Bahnsteiges überblicken.

Und dann endlich sah sie ihn. Hinter all den Menschen, beinahe am anderen Ende des Bahnsteiges, stand Georg. Er hatte die Arme vor der Brust verschränkt und blickte angestrengt den Bahnsteig entlang, hatte sie aber offenbar noch nicht entdeckt.

Ellis Herz machte einen Hüpfer. Sie widerstand der Versuchung, seinen Namen zu rufen oder zu winken. Lächelnd ging sie ihm entgegen und wartete darauf, dass er sie entdeckte.

Gut sah er aus, aber verändert. Er schien dünner geworden zu sein, aber das mochte auch an dem dunklen Mantel liegen, dessen Kragen er gegen die Zugluft hochgeschlagen hatte. Und er trug seine Haare viel kürzer. Von den Locken, die ihm sonst bis auf den Kragen gefallen waren, war nicht viel mehr als ein kurzer welliger Schopf geblieben, durch den er sich jetzt mit der Rechten fuhr, während er mit den Augen den Bahnsteig absuchte.

Endlich hatte er sie gesehen. Als ihre Blicke sich trafen, durchfuhr es Elli wie ein elektrischer Schlag. Ein kurzer Hitzestoß, der ihr die Luft nahm und ihr Gesicht aufglühen ließ.

Sie sah, wie Georg zu strahlen begann, und konnte genau erkennen, dass sein Mund die wohlbekannten Worte formte: »Du bist ...«

Elli lachte und weinte zugleich, als sie ihren Finger auf die Lippen legte.

Und dann war er bei ihr, zog sie in seine Arme, hielt sie ganz fest, küsste sie. »Oh Elli, meine Elli, ich hab dich so vermisst!«

Seine Arme um ihre Taille. Seine Hand, die ihre Wange streichelte. Seine Augen so nah und so vertraut. Sein Lächeln und die winzigen Fältchen in den Augenwinkeln. Der leichte Duft von Kernseife, der ihn umgab. Elli saugte alles in sich auf, war ganz erfüllt davon. Es gab nur noch ihn und sie, keinen Bahnsteig mehr und keine anderen Reisenden. In diesem Moment war alles vergessen und vergeben, alles sicher und ganz klar.

Georg drückte sie ganz fest an sich, hob sie hoch und wirbelte sie herum. »Elli, mein Lieb, du bist wunderbar!«

Arm in Arm schlenderten sie durch das schwer beschädigte Bahnhofsgebäude und hinaus in die Sonne, die lange Schatten über den Platz vor dem Dom warf.

Elli blieb stehen und legte den Kopf in den Nacken.

Georg lachte. »Das ist schon was anderes als die Kirche in Strückhausen, was?« Er beschirmte die Augen mit der Hand und folgte ihrem Blick zu den Turmspitzen des Doms hinauf. »Du musst ihn mal von innen sehen! Aber nicht heute, dafür ist auch an einem der nächsten Tage noch Zeit. Du musst doch von der Fahrt völlig erledigt sein.«

Elli schüttelte den Kopf. »Eigentlich gar nicht. Im Moment bin ich einfach nur glücklich, dass ich hier bin. Hier bei dir.«

»Ich kann noch gar nicht richtig glauben, dass du wirklich hier bist. Ich hab mich so auf deinen Besuch gefreut, dass ich mich auf nichts mehr konzentrieren konnte. Bei den letzten Proben hab ich alle völlig verrückt gemacht, weil ich immerzu nur von dir erzählt habe. Letzte Nacht konnte ich nicht schlafen, und heute Morgen hab ich meine Mutter und Pfarrer Böttcher gelöchert, ob auch alles fertig ist, wenn du kommst. Ich bin seit zwei Stunden am Bahnhof, damit ich auch ja nicht zu spät komme und dich verpasse.«

»Aber jetzt bin ich ja da!«

Georg lachte. »Ja, jetzt bist du hier bei mir!« Er zog sie zu sich heran und küsste sie auf die Wange. »Und es muss ein ganz schöner Kampf gewesen sein, dass du herkommen konntest.«

Elli nickte. »Mutter war strikt dagegen, dass ich dich besuche. Meinte, das ginge gar nicht, dass ich ganz allein nach Köln fahre. Immerhin sei ich ja gerade mal neunzehn Jahre alt, wer weiß, was da alles passieren könne. Und dann bei wildfremden Leuten im Haus! Außerdem sei ja im Garten und im Stall so viel zu tun im Moment. Die Kartoffeln müssten in die Erde, und die Kühe kämen auch bald auf die Weide. Und überhaupt, du würdest ja in ein paar Wochen wegen der Hochzeit von Martha und Sigi sowieso kommen. Also sei es doch eigentlich rausgeschmissenes Geld, wenn ich jetzt nach Köln fahren würde.«

»Ich kann mir lebhaft vorstellen, wie sie dich angesehen hat, als sie das zu dir gesagt hat«, meinte Georg und lachte. »Und wie kommt es, dass du trotzdem fahren durftest?«

»Papa hat mir das Geld gegeben. Hat es mir heimlich zugesteckt und gesagt, ich soll Mutter nichts davon verraten. Und heute Morgen hat er mich zum Zug gebracht und mir zum Abschied gesagt, er findet es richtig, dass wir ein bisschen Zeit für uns haben wollen, und er würde es Mutter schon erklären.«

»Dein Vater ist ein wirklich feiner Kerl!«

Elli nickte.

Eine Weile gingen sie schweigend nebeneinanderher, am Dom vorbei über einen leer geräumten Platz, auf dem nur noch ein paar Mauerreste daran erinnerten, dass hier einmal Häuser gestanden hatten. Im Boden waren Schienen eingelassen, und laut klingelnd fuhr eine Straßenbahn an ihnen vorbei.

»Wir müssen auf die andere Straßenseite«, sagte Georg.

Aber Elli hatte den Blick zum Himmel gerichtet und hörte ihm kaum zu. »Hier sind ja schon die Schwalben zurück!«, rief sie, zeigte nach oben und folgte mit den Augen den Silhouetten der flinken, dunklen Vögel, die sich scharf gegen den hellblauen Himmelsstreifen zwischen den Häusern abhoben.

Georg lachte. »Keine Schwalben, das sind Mauersegler! Hörst du sie? Die klingen ganz anders, viel höher und schriller. Mauersegler sind überhaupt nicht mit Schwalben verwandt, obwohl sie ihnen sehr ähnlich sehen. Hier in der Stadt, zwischen den Häusern, gibt es fast nur Mauersegler. Schwalben kommen eher da vor, wo es Wiesen gibt. Am Stadtrand sieht man manchmal welche, dann teilen sie sich mit den Mauerseglern den Himmel.«

Die Fahrt in der überfüllten Straßenbahn, in der die Menschen dicht an dicht standen, dauerte zum Glück nur ein paar Minuten. Elli war heilfroh, den stickigen Waggon verlassen zu können und wieder an der frischen Luft zu sein.

»Jetzt ist es nicht mehr weit«, sagte Georg. »Nur noch diese Straße entlang und dahinten um die Ecke, dann sind wir beim Pfarrhaus«.

Er nahm Ellis Koffer in die Linke und griff mit der Rechten nach ihrer Hand. Langsam schlenderten sie die Straße entlang, vorbei an einer alten Häuserzeile, in der sich immer wieder Lücken auftaten, wo Gebäude eingestürzt oder abgerissen worden waren. Auf einigen der leeren Grundstücke standen selbst gezimmerte Baracken, die alle bewohnt zu sein schienen. Trümmer waren keine mehr zu sehen, die waren inzwischen fast überall weggeräumt worden, wie Georg erzählte. »Und die Steine, die noch zu verwenden sind, werden gleich wieder verbaut. Schau!«

Er deutete auf eine Baustelle auf der anderen Straßenseite, wo offenbar ein neues Wohnhaus hochgezogen wurde. Überall auf dem Gerüst standen große Kübel mit unterschiedlichen Steinen, aus denen die Maurer sich bedienten.

»Es wird in der ganzen Stadt gebaut wie verrückt. Kein Wunder! Versuch mal, hier in Köln ein Zimmer, geschweige denn eine Wohnung, zu finden. Aussichtslos! Wir haben so ein Glück, dass wir im Pfarrhaus untergekommen sind.«

An der Straßenecke blieb Georg plötzlich stehen. Er holte tief Luft und räusperte sich. »Du, Elli?«

Elli sah zu ihm hinüber. Er hatte den Kopf gesenkt, starrte auf den Boden vor sich und suchte offensichtlich nach den richtigen Worten.

»Wenn wir gleich im Pfarrhaus sind ... Bitte wundere dich nicht, wenn ich ein bisschen Abstand von dir halte. Es weiß keiner was von uns. Ich meine, dass wir beide ... Du weißt schon ...« Er brach ab.

500

»Ich dachte, du wolltest es deiner Mutter erzählen!«

»Glaub nicht, dass ich es nicht versucht hab! Ich hab bestimmt hundert Mal Anlauf genommen, es ihr zu sagen, aber irgendwie war nie die richtige Gelegenheit. Es ist nicht so einfach, mit ihr zu reden. Sie hat ihre festen Vorstellungen, und wenn etwas nicht in ihr Weltbild passt, dann hört sie einfach nicht mehr zu, dreht sich um und geht weg.«

»Aber sie weiß doch, dass ich komme?«

Georg drückte ihre Hand, die in seiner lag. »Ja, sicher. Und sie weiß auch, dass du es warst, die mich gefunden und gerettet hat. Darum freut sie sich auch so darauf, dich kennenzulernen. Aber sie glaubt, wir sind nur gute Bekannte, nicht mehr. Und sie wäre sicher nicht einverstanden gewesen, dass du zu Besuch ins Pfarrhaus kommst, wenn sie wüsste, dass wir ein Paar sind. Sie würde sagen, so was schickt sich nicht und was sollen denn die Leute denken.«

»Irgendwie genauso wie früher bei uns zu Hause, ein einziges Versteckspiel. Nur dass du damals immer derjenige warst, der sagte, wir sollten dazu stehen, dass wir zusammen sind.«

Georg seufzte. »Ich werde es ihr schon noch sagen, ganz bestimmt. Versprochen! Nur nicht gerade jetzt. Wir wollen uns die Tage, die du in Köln bist, nicht davon verderben lassen. Wir werden sowieso nicht viel im Pfarrhaus sein. Morgen früh will ich dir die Stadt und vor allem den Dom zeigen, und nachmittags hab ich Durchlaufprobe von der *Traviata*. Also sind wir den ganzen Tag unterwegs.« Er zog ihre Hand, die er noch immer in seiner hielt, an seine Lippen und küsste sie. »Sei mir bitte nicht böse, mein Lieb!«

»Ich bin dir nicht böse«, erwiderte Elli, und in Gedanken fügte sie hinzu: *Nur ein bisschen enttäuscht.*

Georg ließ ihre Hand los und deutete auf einen Hauseingang, ein Stückchen weiter die Straße hinunter. »Das ist das Pfarrhaus.«

Er ging vor ihr her, stieg die Treppenstufen hinauf, öffnete die Haustür und ließ Elli eintreten. »Wir sind da! Mama?«, rief er in den Flur, von dem zahlreiche Türen abgingen. »Hörst du? Wir sind da!«

Eine der Türen, offenbar die zur Küche, öffnete sich, und eine zierliche, kleine Frau in einem schwarzen Witwenkleid trat heraus und kam mit einem strahlenden Lächeln im Gesicht auf Elli zu.

Die Ähnlichkeit mit ihrem Sohn war verblüffend. Ihre dunklen Locken waren von grauen Strähnen durchzogen, beim Lächeln bildeten sich ebenso wie bei Georg kleine Fältchen in den Augenwinkeln, und ihre Augen waren ebenso dunkel wie die ihres Sohnes. Trotz ihrer grauen Haare wirkte sie noch jung, jedenfalls jünger als Willa Bruns.

»Na, das hat aber gedauert«, sagte Georgs Mutter. »Hatte der Zug denn so viel Verspätung? Du bist doch schon vor einer halben Ewigkeit zum Bahnhof aufgebrochen, Georg. Nun ist der Herr Pfarrer zur Andacht in die Kirche hinübergegangen, dabei hat er so lange darauf gewartet, unseren Gast kennenzulernen.«

»Aber Mama, Elli ist doch hier, um uns zu besuchen und nicht den Herrn Pfarrer.«

»Ja, ich weiß, aber er ist nun einmal der Hausherr. Jetzt muss ich wohl die Begrüßung übernehmen.« Sie ergriff Ellis Rechte mit beiden Händen und schüttelte sie. »Herzlich willkommen in Köln, Fräulein Bruns! Ich freue mich so, Sie endlich kennenzulernen.«

»Nicht so förmlich, Mama! Ihr Name ist Elli.«

»Aber ich kann doch nicht einfach so Elli zu ihr sagen. Das schickt sich nicht, immerhin ist sie eine junge Dame.«

»Ich würde mich freuen, wenn Sie mich Elli nennen, Frau Weber! Ich bin es gar nicht gewohnt, dass jemand mich beim Nachnamen ruft.«

»Also gut, wenn Sie es möchten? Elli!« Georgs Mutter drückte noch einmal ihre Hand und zwinkerte ihr zu. »Und jetzt kommen Sie herein in meine gute Stube!« Damit öffnete sie die Küchentür und bat Elli hinein.

Im Gegensatz zum Flur war die Küche ein heller, freundlicher Raum, in den durch ein hohes Fenster die Abendsonne fiel. Vor einem altmodischen roten Plüschsofa mit Troddeln an den Polstern stand ein runder Tisch, auf dem für eine kleine Kaffeetafel eingedeckt war. Ein paar der Tassen waren beiseitegeschoben worden, um Platz für eine Schiefertafel zu schaffen, auf der ein dunkelhaariges Mädchen von etwa acht Jahren etwas zusammenrechnete. Als sie Elli und Georg hereinkommen sah, sprang sie auf und lief ihnen entgegen.

»Nichts da, Engel, du wirst schön deine Hausaufgaben fertig machen. Erst die Pflicht, dann das Vergnügen, sagte dein Vater immer.« Damit schob Frau Weber ihre Tochter wieder zum Tisch zurück, nachdem diese Elli die Hand gegeben hatte.

»Sie drückt sich gern«, flüsterte Georgs Mutter Elli hinter vorgehaltener Hand zu. »Dabei ist Lisa wirklich gut im Rechnen, eine der besten ihres Jahrgangs. Es fliegt ihr einfach so zu. Nicht so wie bei Georg.«

Elli nickte nur.

»So nehmen Sie doch Platz, Elli, und greifen Sie tüchtig zu! Es ist zwar nur trockener Blechkuchen, aber für etwas anderes bekommt man im Moment einfach die Zutaten nicht. Und Georg, du bringst in der Zwischenzeit bitte Ellis Koffer in dein Zimmer, sei so lieb, mein Junge!«

Georg nickte, nahm Ellis Koffer und ging damit hinaus.

»Er wird für die paar Tage hier in der Küche auf dem Sofa schlafen und Ihnen sein Zimmer abtreten. Es ist so ein Jammer, dass es hier so furchtbar beengt ist und wir kein Gästezimmer haben. Aber wir müssen ja froh sein, dass wir so gut untergekommen sind, nachdem wir alles verloren hatten. Alles, was ich aus unserer Wohnung retten konnte, ist das da.«

Georgs Mutter zeigte auf ein Foto in einem Goldrahmen, das über dem roten Sofa hing. Auch wenn Elli es noch nie gesehen hatte, sie kannte es aus Georgs Beschreibungen. Seine Mutter nahm es von der Wand und reichte es ihr, damit sie es näher betrachten konnte.

»Das einzige Bild, das mir von meinen Lieben geblieben ist«, sagte sie und tippte mit dem Zeigefinger auf den jungen Soldaten mit dem entschlossenen Gesichtsausdruck. »Das ist Georgs älterer Bruder Armin. Er ist in Polen gefallen, ganz zu Anfang des Krieges. Ich weiß nicht, ob Georg Ihnen das erzählt hat. Er spricht nicht oft von ihm, aber die beiden haben sehr aneinander gehangen.«

Ihr Zeigefinger fuhr ein Stück weiter. »Da ist Georg, ganz stolz, weil er gerade die Uniform bekommen hat.« Ein lächelnder kleiner Junge in Pimpfkluft mit Schulterriemen und Fahrtenmesser sah Elli aus dem Bild heraus an.

»Und das hier ist mein Mann, Doktor Weber.« Ihr Finger strich liebevoll über das strenge Gesicht des älteren Mannes mit der Parteiehrennadel im Knopfloch. »Er war Arzt, hat Georg das erzählt? Internist. Hat sich alles selbst erarbeitet. Mit nichts hat er angefangen und es bis zum Oberarzt gebracht. Von morgens bis abends hat er nur seine Arbeit gekannt und hat immer gut für uns gesorgt, für mich und die Kinder. Als die Amerikaner vor Köln standen, sah er es als seine Pflicht an, sich dem Volkssturm anzuschließen, und ist bei der Verteidigung der Stadt gefallen. Sein größter Wunsch war, dass einer seiner Söhne ihm nachfolgt und auch Medizin studiert.«

Frau Weber nahm das Bild wieder an sich und hängte es an seinen Platz zurück. »Nun ja, vielleicht geht sein Wunsch ja noch in Erfüllung.« Sie lächelte Elli zu. »Ich hoffe sehr, dass Georg sich zum Herbst an der Universität einschreibt, um Medizin zu studieren.«

»Aber er singt doch an der Oper.«

»Schon, aber das ist doch nichts als Liebhaberei. Mit dem, was er da verdient, kann er ja noch nicht einmal seinen Gesangslehrer bezahlen. Aber, psst!« Sie legte den Finger auf die Lippen. »Georg hört es nicht gern, wenn ich davon anfange. Vielleicht, wenn Sie ihm auch gut zureden würden, so als gute Freundin?«

Ehe Elli etwas erwidern konnte, kam Georg zurück. Seine Mutter schenkte ihnen Muckefuck ein, und das Gespräch drehte sich von nun an um Belanglosigkeiten.

Eine halbe Stunde später öffnete sich die Küchentür einen Spaltbreit, und ein älterer Mann im schwarzen Anzug mit Priesterkragen steckte den kahlen Kopf herein.

»Ihr Kaffee duftet verführerisch, Frau Weber«, sagte er mit hoher, näselnder Stimme. »Ob ich wohl noch ein Tässchen bekommen könnte, um ihn mit an meinen Schreibtisch zu nehmen, ehe wir zu Abend essen?«

Georgs Mutter sprang auf die Füße. »Aber natürlich, selbstverständlich gern, Hochwürden! Aber es ist leider nur Muckefuck, kein Kaffee.«

Sie füllte eine der Tassen und reichte sie dem Pfarrer, der inzwischen an den Tisch getreten war. »Bitte sehr, Hochwürden!« Ihre Augen strahlten, und ein rosiger Hauch lag auf ihren Wangen.

»Ach, und Sie müssen der Besuch sein, auf den Georg so sehnsüchtig gewartet hat.« Pfarrer Böttcher stellte die Tasse auf den Tisch zurück und streckte Elli, die neben Georg auf dem Sofa saß, die Rechte entgegen. »Das tapfere Mädchen, das so mutig war, ihn zu verstecken, und das ihm damit das Leben gerettet hat. Sie sehen, mein liebes Kind, er hat viel von Ihnen erzählt.«

Elli spürte, wie ihre Ohren glühten, als sie die weiche, kühle Hand des Pfarrers ergriff und sein aufgesetzt gütiges Lächeln erwiderte. Irgendetwas an diesem Geistlichen war ihr zutiefst unsympathisch.

»So nehmen Sie doch einen Moment Platz, Hochwürden!«
Georgs Mutter zog einen der Stühle zurück.

»Würde ich gern, liebe Frau Weber, würde ich gern, aber die
Pflicht ruft. Ich muss an meinen Schreibtisch, es hilft nichts.
Aber wir haben ja gewiss beim Abendbrot noch ausgiebig Zeit,
uns zu unterhalten.« Er nickte allen Anwesenden freundlich
zu und tätschelte Lisa, die inzwischen mit ihren Hausaufgaben
fertig war, den Kopf. Dann nahm er seine Kaffeetasse und ging
damit hinaus.

»Was für ein reizender Mensch, dass er extra noch gekommen
ist, um den Besuch zu begrüßen.« Georgs Mutter warf einen
Blick zur Uhr. »Schon bald sieben! Ich werde mich beeilen müssen, das Abendessen noch pünktlich auf den Tisch zu bringen.«

»Kann ich bei irgendetwas helfen?«, fragte Elli, aber Georgs
Mutter hob abwehrend die Hände.

»Aber nein, Sie sind Gast in diesem Haus. Kommt ja gar nicht
infrage.«

»Komm, ich zeig dir, wo du schläfst!« Lisa nahm Ellis Hand
und zog sie mit sich aus der Küche und zu einer schmalen Tür
am Ende des Ganges. Georg folgte langsam nach. »Er hat gestern den ganzen Tag aufgeräumt, damit auch ja alles ordentlich
ist, wenn du kommst.«

»Du bist eine Petze!« Georg lachte.

»Aber es stimmt doch!« Lisa zuckte mit den Schultern und
sah zu Elli hoch. »Hast du eigentlich auch eine Schwester?«

»Nein. Ich hab zwei Brüder.«

»Der jüngere petzt auch gern mal«, ergänzte Georg grinsend.

Lisa verzog das Gesicht zu einer Grimasse und streckte ihm
die Zunge heraus. Sie öffnete die Tür und zog Elli in ein winziges Zimmer, in dem außer einem Bett und einem schmalen
Schrank nur noch ein alter Küchenstuhl Platz fand. Ellis Koffer
stand vor dem Bett.

»Nicht sehr beeindruckend, ich weiß, aber besser als damals

bei Hinnerk und Victor in der Knechtekammer«, sagte Georg, der im Türrahmen stehen geblieben war. »Oder mit Bernie und Hannes oben in der Jungskammer. Immerhin hab ich hier meine Ruhe.«

»Meine Kammer zu Hause ist auch nicht viel größer«, sagte Elli. Sie sah, dass Georg ihr einen liebevollen Blick zuwarf. »Du bist …«, formte sein Mund, als Lisa zur anderen Seite sah. Elli lächelte und senkte den Kopf.

Das Abendessen verlief ereignislos, außer dass Elli wie gewohnt schon nach dem Brot greifen wollte, als alle um sie herum die Köpfe senkten und Pfarrer Böttcher mit seiner näselnden, eintönigen Stimme ein Gebet zu sprechen begann, das kein Ende zu nehmen schien. Er dankte dem Herrn für seine Güte und Barmherzigkeit, für das Essen auf dem Tisch und für den Gast, der es mit ihnen teilte.

»Amen«, schloss er nach einer halben Ewigkeit, hob den Kopf und lächelte Elli milde und ein bisschen mitleidig zu. »Sie sind es sicher nicht gewohnt, dass bei Tisch gebetet wird, nicht wahr, mein Kind?«

Elli fühlte, wie sie rot wurde, und murmelte eine Entschuldigung.

»Nein, das ist bei Bruns zu Hause nicht üblich. Trotzdem führen sie ein sehr christliches Haus.« Auch wenn Georg freundlich lächelte, war eine leichte Schärfe in seiner Stimme nicht zu leugnen, und Elli entging nicht, dass seine Mutter ihm einen bösen Blick zuwarf, ehe sie seinen Teller mit Suppe füllte und ihn ermahnte, vorsichtig zu sein, die Suppe sei noch sehr heiß.

Wie bei einem kleinen Jungen, dachte Elli. *Fehlt nur noch, dass sie für ihn pustet, um die Suppe abzukühlen.*

Sie vermied es, irgendjemanden anzusehen, und kaute lustlos den Bissen Brot in ihrem Mund, der immer größer zu werden schien. Während sich das Abendessen dahinschleppte und nur

Georgs Mutter und Pfarrer Böttcher sich angeregt unterhielten, spürte Elli eine bleierne Müdigkeit in sich aufsteigen. Es fiel ihr immer schwerer, dem Gespräch zu folgen, und sie unterdrückte mit Mühe ein Gähnen.

»Ach, herrje, wie unhöflich von uns! Wir reden und reden, und Sie sind nach der langen Fahrt bestimmt todmüde, Elli«, sagte Georgs Mutter freundlich. »Und Georg hat sich für morgen so viel vorgenommen, was er Ihnen alles zeigen will. Es wird wirklich das Beste sein, wenn wir die Runde jetzt auflösen und zu Bett gehen. Für Lisa wird es sowieso höchste Zeit. Immerhin ist morgen früh wieder Schule, Engel.«

Lisa verzog zwar das Gesicht, stand aber auf, wünschte eine Gute Nacht und ging hinaus.

»Und während ich Elli zeige, wo das Badezimmer ist, kannst du dir ja schon hier dein Bett zurechtmachen, nicht wahr, Junge?« Damit schob Frau Weber Elli aus der Küche, ohne ihr Gelegenheit zu geben, Georg Gute Nacht zu sagen.

Am nächsten Morgen wachte Elli zu ihrer gewohnten Zeit auf. Alles war noch ganz still, nur vor dem Haus zwitscherten die ersten Vögel in den Bäumen. Sie drehte sich um, umarmte das Kopfkissen ganz fest und vergrub ihr Gesicht darin, aber die frisch gewaschene und gebügelte Wäsche roch nur nach Kleiderschrank und Mottenkugeln, nicht nach Georg. Trotzdem seufzte sie, schloss die Augen wieder und schlief noch einmal ein. Als sie erneut aufwachte, lachte die Sonne bereits von einem strahlenden Frühlingshimmel, und der Wecker auf dem Nachttisch zeigte halb neun. Rasch sprang sie aus dem Bett und zog sich an.

Sie wollte gerade die Küchentür öffnen, als sie von drinnen Stimmen hörte und innehielt.

»Ich bitte dich, Mama! Das haben wir doch nun oft genug besprochen.«

»Ich meine ja nur. Der Herr Pfarrer hat auch gesagt, dass der Opernchor wirklich keine Perspektive für dich ist. Und er hat gesagt, dass du weiter hier im Pfarrhaus wohnen kannst, solange du die Universität besuchst. Er würde dir auch gern bei Latein und Griechisch helfen, das hat er schon so oft angeboten.«

»Nur weil ich jetzt im Chor singe, heißt das doch nicht, dass es dabei bleiben wird. Herr Schmidt hat gesagt …«

»Herr Schmidt setzt dir doch nur Flausen in den Kopf! Der möchte dich bei der Stange halten, weil ihm Tenöre fehlen. Wenn du dich darauf verlässt, was er sagt, wird er immer neue Ausreden erfinden, warum du doch keine Solorollen bekommst.«

Von Georg kam keine Antwort.

»Überleg es dir noch einmal in Ruhe, mein Junge! Es ist noch nicht zu spät, dich einzuschreiben. Außerdem ist es ja nicht so, dass du dann gar nicht mehr singen kannst. Es gibt doch so viele Chöre.«

»Aber es wäre nicht dasselbe wie an der Oper.«

»Nein, das wohl nicht, aber denk doch bitte auch mal an deine Zukunft. Als Arzt kannst du immer …«

»Ich will aber kein Arzt werden!«, unterbrach Georg seine Mutter. »Ich wollte das nie. Das wollte immer nur er!«

»Ich sag ja nur, du sollst es dir überlegen. Dein Besuch hat auch gesagt, dass es eine gute Idee wäre.«

»Elli? Elli hat das gesagt?«

»Ja, gestern! Als ich ihr erzählt habe, dass du überlegst, Medizin zu studieren, hat sie gemeint, das sei eine sehr gute und vernünftige Idee.«

Elli holte tief Luft, bemühte sich um ein strahlendes Lächeln und öffnete die Tür. »Guten Morgen!«, rief sie fröhlich. »Entschuldigung, dass ich jetzt erst komme.«

»Guten Morgen, du Schlafmütze!«, erwiderte Georg, der mit verschränkten Armen an die Fensterbank gelehnt stand, lächelnd. »Meine Mutter hat vorhin schon nachgeschaut, wo du bleibst, da hast du noch tief und fest geschlafen, und sie wollte dich nicht wecken. Und? Wollen wir los?«

»Ja, gern!«

»Kommt ja gar nicht infrage, dass ihr ohne Frühstück das Haus verlasst«, entrüstete sich Georgs Mutter.

»Wir können auch in der Stadt etwas essen, Mama. Wenn wir noch ein bisschen was sehen wollen, müssen wir jetzt aufbrechen. Um halb zwei muss ich schon wieder auf der Probebühne sein.«

»Aber dein Besuch …«

»Ich bin sowieso nicht sehr hungrig, Frau Weber«, beeilte sich Elli zu sagen. »Und wenn Georg nicht so viel Zeit hat …«

»Genau, dann sollten wir jetzt aufbrechen.« Georg gab seiner Mutter einen flüchtigen Kuss auf die Wange. »Bis später. Wartet nicht mit dem Essen auf uns, es kann spät werden. Möglicherweise gehen Elli und ich heute Abend noch in die Vorstellung.«

»Meinst du nicht, dass das etwas viel für sie ist? Eine ganze Opernvorstellung, wenn sie schon die ganze Zeit in der Probe gesessen hat? Ich meine, sie ist doch vom Land, sie kennt so was doch gar nicht.«

Georgs Gesicht blieb freundlich, aber über seiner Nasenwurzel erschien die dreieckige Falte, die Elli so gut kannte. »Wenn ihr meine Singerei zu viel werden sollte, wird sie es mir sicher sagen, Mama.«

Den ganzen Vormittag waren die beiden in der Altstadt unterwegs, besichtigten den Dom und stiegen die Stufen zu einem der Türme hinauf, von wo aus der Rhein unter ihnen wie ein breites silbernes Band aussah, das sich in der Ferne im bläulichen Schimmer des Horizonts verlor.

»Schön!«, sagte Elli leise, hielt sich mit beiden Händen am Geländer fest und genoss es, Georgs Arm um ihre Schultern zu fühlen.

»Ja, sehr schön!« Georg sog die frische, klare Luft tief in seine

Lunge ein. »Dass ich hier oben war, ist eine Ewigkeit her. Es ist genauso wie bei euch mit dem Meer. Man muss es erst durch die Augen eines anderen sehen, um zu erkennen, wie schön es ist.«

Elli nickte. »Ich hab übrigens nicht zu deiner Mutter gesagt, dass ich es für eine gute Idee halte, wenn du Medizin studierst. Kein Wort davon ist wahr.«

»Das hab ich auch nicht geglaubt. Aber das ist genau das, was ich gestern meinte. Meine Mutter biegt sich die Wirklichkeit so zurecht, wie sie sie braucht. Es fällt ihr nicht einmal auf, weil sie selber glaubt, was sie erzählt.« Georg seufzte. »Und Pfarrer Böttcher, dieser unmusikalische Klotz, schlägt genau in die gleiche Kerbe. Salbadert immerzu davon, dass ich mir das mit der Oper gut überlegen und doch lieber studieren soll. Im Angedenken an meinen lieben Herrn Vater, Gott hab ihn selig, und weil meine Mutter es sich so sehr wünscht. Außerdem sei es doch viel vernünftiger als das Lotterleben als Sänger. Und was der Herr Pfarrer sagt, ist ja sowieso Gesetz. Jedenfalls in den Ohren meiner Mutter.«

Er drehte sich zu Elli und zog sie ganz fest in seine Arme. Seine Lippen streiften ihre Augenbraue. »Es ist alles nicht so einfach«, flüsterte er.

Elli fuhr mit den Fingern durch sein Haar, nahm sein Gesicht in beide Hände und schob es ein wenig zurück, sodass er sie ansehen musste. »Wann ist es bei uns beiden schon mal einfach, hm?« Sie lächelte und küsste ihn.

Gegen Mittag machten sie sich auf den Weg zur Probebühne. Georg hatte vorgeschlagen, in der Kantine zu essen. Die Bratkartoffeln dort seien fast so gut wie die bei Bruns zu Hause.

Kurz darauf verließen sie mit ihren gut gefüllten Tellern die Baracke, in der die Kantine der Oper untergebracht war, und setzten sich an einem der langen Holztische in die Sonne. Am gleichen Tisch hatten schon ein paar Männer Platz genommen, die Georg als Mitglieder des Opernchors vorstellte. Elli schüttelte Hände, versuchte sich die Namen zu merken, gab aber schnell auf.

»Das ist also die kleine Freundin, die du dir in Norddeutschland angelacht hast, was?«, sagte der bärbeißige ältere Mann, der direkt neben Georg auf der Bank saß, und lachte dröhnend. »Geschmack hast du ja, mein Junge!« Und an Elli gewandt fügte er hinzu: »Sie müssen schon verstehen, dass wir neugierig sind, Fräulein. Der Junge hat die letzten Tage von nichts anderem mehr gesprochen als davon, dass Sie ihn besuchen kommen und dass er Sie heute mitbringen wird.« Er schlug Georg auf die Schulter. »Und, Jung? Alles gut bei dir? Stimme sitzt? Das kann heute ein langer Tag werden. Zweite Hälfte zweiter Akt. Das ist 'ne Menge zu singen für den Chor.«

Georg nickte kauend und grinste. »Klar, Hermann! Stimme sitzt!«

»Dann is ja jot!«

Sie hatten noch nicht ganz aufgegessen, als ein Mann um die Ecke der Baracke kam, der seinen Blick suchend über die Köpfe der inzwischen zahlreichen Kantinengäste schweifen ließ. Er mochte Mitte vierzig sein, war groß und schlank und trug eine graue Anzugjacke über einem schwarzen Rollkragenpullover. Offenbar war er nicht fündig geworden, denn er schob seine dunkle Hornbrille die Nase hoch und kratzte sich an der sorgfältig rasierten Glatze.

»Ist Georg Weber schon da? Hat den heute schon jemand gesehen?«, rief er.

Georg reckte sich und hob die Hand. »Ich bin hier, Herr Bechthold!«

Ein erleichtertes Lächeln flog über das Gesicht des Mannes. »Gott sei's getrommelt und gepfiffen! Komm doch bitte mal mit!«

»Soll ich hier warten?«, flüsterte Elli, aber Georg schüttelte den Kopf, griff nach ihrer Hand und zog sie mit sich.

Der Mann, den Georg Herr Bechthold genannt hatte, ging so schnell vor ihnen her, dass Elli Mühe hatte, Schritt zu halten. Vor der Tür zur Probebühne, einer großen Halle, blieb er stehen und drehte sich um.

»Tut mir leid, ich bin unhöflich und hab mich gar nicht vorgestellt. Mein Name ist Ludger Bechthold, ich bin der Spielleiter.« Damit gab er Elli die Hand. »Und Sie sind?«

»Das ist meine Verlobte, Elli Bruns«, antwortete Georg, ehe Elli etwas sagen konnte. »Ich hatte gefragt, ob was dagegenspricht, wenn sie heute bei der Probe dabei ist.«

»Ach, das war heute. Stimmt ja.« Bechthold kramte in seiner Jacketttasche, zog eine Schachtel Luckys heraus und steckte sich eine Zigarette an. »Nein, eigentlich spricht nichts dagegen. Sie setzen sich einfach hinten zu mir, da stören Sie keinen.« Er schenkte Elli ein breites Lächeln, dann wurde seine Miene wieder ernst, und er wandte sich an Georg. »Wir haben ein Riesenproblem, Georg. Ohlmann ist krank, liegt mit Magen-Darm-Grippe im Bett. Und um jetzt noch die Zweitbesetzung herzuschaffen, ist es schon zu spät. Traust du dir zu, im zweiten und dritten Akt den Alfredo zu singen?«

Georg zuckte mit den Schultern und nickte. »Ich denke schon, dass ich das kann.«

»Muss nicht perfekt sein, ist ja nur Probe, und wenn du einen Texthänger hast, singst du einfach mit ›Lalala‹ weiter. Nur, ganz ohne Alfredo können wir vom dritten Akt nur die Hälfte richtig proben. Du würdest mir einen großen Gefallen tun.«

»Soll ich denn die Chorstellen im zweiten Akt auch singen?«

Bechthold winkte ab. »Nein, muss nicht sein. Ich weiß ja, dass du die kannst. Sing dich lieber ordentlich ein.« Er schnippte seine Zigarette auf den Boden und trat sie aus. »Und deine hübsche Verlobte kommt schon mal mit mir mit!«

Er hielt Elli die Tür zur Halle auf und deutete auf einen Schreibtisch, der an der Wand gegenüber der Bühne stand. »Da drüben sitzen wir, ich hol nur noch einen Stuhl für Sie.«

Als Elli auf einem alten Küchenstuhl neben ihm Platz genommen hatte, holte er erneut seine Zigaretten aus der Tasche und warf die Packung vor sich auf den Tisch. »Da kriegen Sie aber heute richtig was geboten, Fräulein Bruns. Bruns war doch der Name, nicht wahr?«

Elli nickte.

»Er wird das schon hinbekommen! Georg ist mit jeder Faser ein Bühnenmensch. Einer der richtig aufblüht, sobald der Vorhang aufgeht. Er kriecht förmlich in seine Rolle hinein, füllt sie mit Leben und wird wirklich zu der Person, die er darstellt. Glauben Sie mir, so viel Leidenschaft sieht man nicht alle Tage! Er kann nicht nur singen, er kann auch noch richtig gut schauspielern. Sich hinzustellen und schöne Töne abzuliefern ist ein Ding, aber Georg kann viel, viel mehr. Der reißt einen einfach mit, und man glaubt ihm jedes Wort, das er singt.« Bechthold sah auf die Uhr und griff nach seinen Zigaretten. »Ein paar Minuten Zeit haben wir noch«, sagte er und zündete sich eine weitere Lucky an. »Kennen Sie *La Traviata*?«

»Nein, aber Georg hat mir ein bisschen was darüber erzählt.«

»Sie sind nicht vom Fach?«

»Nein, bin ich nicht. Mein Vater hat einen Bauernhof, und bevor ich Georg kannte, hab ich mir nicht viel aus Musik gemacht.«

»Oh!« Bechthold nahm einen tiefen Zug von seiner Zigarette und blies den Rauch in Richtung Decke.

Einen Augenblick schwieg er, dann hustete er und fuhr sich mit der Hand über seinen kahl rasierten Schädel, was ein trockenes Raspeln erzeugte. Schließlich streifte er die Asche seiner Zigarette am Rand des übervollen Aschenbechers ab.

»Violetta ist eine Lebedame und der Mittelpunkt der Pariser Gesellschaft«, erklärte Bechthold. »Sie hat alles: einen reichen Liebhaber, Geld, Bewunderer. Aber sie ist todkrank, und sie weiß, dass sie bald an der Schwindsucht sterben wird. Also will sie das Leben genießen, solange sie es kann. Und dann ist da Alfredo, ein etwas naiver junger Mann vom Land, der Violetta schon seit Langem aus der Ferne bewundert. Er gesteht ihr seine Liebe, und sie ist hin- und hergerissen zwischen ihren Gefühlen für ihn und dem Wunsch, weiterhin ein freies Leben zu führen. Im ersten Teil des zweiten Aktes leben die beiden glücklich auf dem Land, doch dann holt Violettas Vergangenheit sie ein. Alfredos Vater verlangt, dass Violetta seinen Sohn aufgibt, sonst würde die Hochzeit seiner Tochter platzen. Schweren Herzens willigt sie ein und schreibt Alfredo einen Brief, in dem sie ihm vorlügt, dass sie zu ihrem flatterhaften Leben in Paris zurückkehrt. Wutentbrannt fährt er ihr nach, um sie zur Rede zu stellen. Und genau hier fangen wir jetzt an.«

Bechthold stand auf, klatschte ein paar Mal in die Hände und rief: »So, meine Damen und Herren, wollen wir dann mal langsam?«

Am Klavier neben der Bühne nahm ein schmächtiger junger Mann Platz, stellte seine Noten auf den Notenständer, sah zum Spielleiter hinüber und begann auf dessen Nicken hin zu spielen. Auch wenn es kein Orchester gab und niemand Kostüme trug, nahmen die Musik und die Handlung auf der Probebühne Elli sofort gefangen.

Ein Maskenball wurde gefeiert, der Chor sang von Zigeunern und Stierkämpfern, und alle tranken und amüsierten sich. Dann trat Georg als Alfredo auf, bebend vor ohnmächtiger Wut, weil er Violetta am Arm ihres ehemaligen Liebhabers sah. Seine Augen blitzten, er spuckte ihr die Worte ins Gesicht und verhöhnte sie. Er wolle ihr nichts schuldig bleiben, rief er und bewarf sie mit dem gerade am Spieltisch gewonnenen Geld. Violetta, dargestellt von einer zierlichen blonden Sopranistin, fiel in den Armen der

Chordamen in Ohnmacht, während Alfredos Vater auftrat und seinen Sohn scharf zurechtwies, der daraufhin in Zerknirschung zerfloss. Dann erklang Violettas reine Stimme und schwebte wie die eines vergebenden Engels über der Szene.

Mit dem Schluss war Bechthold nicht zufrieden und ließ ihn noch einmal wiederholen. Dann nickte er, verabschiedete den Chor und schickte diejenigen, die im dritten Akt erneut auftraten, für eine Viertelstunde in die Pause.

Von Georg bekam Elli in der Pause nichts zu sehen, aber der Spielleiter lobte seine Leistung ausdrücklich.

»Ich sag doch, er wird das prima hinkriegen!« Er zwinkerte Elli lächelnd zu, verschränkte die Arme hinter dem Kopf und streckte das Kreuz durch. Dann nahm er die letzte Zigarette aus der Packung, knüllte diese zusammen und warf sie in den Papierkorb neben dem Tisch.

»Der Bursche wird es noch weit bringen! Der ist jetzt schon fast so gut wie der Ohlmann. Noch ist seine Stimme nicht gefestigt genug für große Rollen. Kommt aber. Dauert gar nicht mehr lange.«

Der dritte Akt begann damit, dass Violetta in einem alten Feldbett lag und über die Grausamkeit des Schicksals klagte. Jetzt, wo alles gut werden könnte und Alfredo im Begriff war, zu ihr zurückzukehren, lag sie im Sterben. Alles schien verloren. Und während sie noch weinte, stand plötzlich Alfredo in der Tür, eilte zu ihr, nahm sie in die Arme und wiegte sie wie ein kleines Kind. Seine Hand strich über ihr Haar, sein Mund lag an ihrer Wange, und ganz zart und leise begann er singend ein Traumbild für sie zu spinnen. Sie würden weggehen aus Paris, weg aus der Stadt, zurück aufs Land, wo sie so glücklich gewesen waren, und ihre Liebe würde dafür sorgen, dass Violettas Kraft zurückkehren und sie wieder gesund werden würde.

Bechthold hatte recht: Man glaubte Georg jedes Wort, das er sang. Die vergebliche Hoffnung, seine abgrundtiefe Verzweiflung, die Trauer, als Violetta schließlich in seinen Armen starb, nichts wirkte unecht oder aufgesetzt. Georg war Alfredo mit seinem ganzen Herzen und seiner ganzen Seele.

Die Erkenntnis traf Elli wie ein Schlag. Das hier war Georgs Welt. Hier passte er hin, hier war er glücklich, hier hatte er alles, was er wollte und brauchte. Und Elli war in seiner Welt nichts weiter als ein Fremdkörper. Wenn er hier in Köln blieb und sie wieder nach Hause fuhr, würden sie sich immer weiter voneinander entfernen, bis zum Schluss nichts mehr von ihrer Freundschaft und ihrer Liebe übrig wäre.

Sie musste etwas tun. Auf keinen Fall wollte sie zulassen, dass alles einfach so auseinanderdriftete. Sie wollte nicht kampflos aufgeben und zusehen, wie sie Georg verlor, aber ihr wollte einfach nichts einfallen, was sie tun könnte, um das zu verhindern.

Als die Probe endlich beendet war, wurde es bereits dunkel. Ludger Bechthold schüttelte Georg die Hand, bedankte sich und lobte ihn noch einmal ausdrücklich vor allen Anwesenden. Elli war sicher, dass er das hauptsächlich deshalb tat, weil sie dabei war, aber sie konnte sehen, dass Georg vor Stolz beinahe platzte.

Auch von ihr verabschiedete sich der Spielleiter freundlich und wünschte ihr noch einen schönen Aufenthalt in Köln. »Und wenn Sie zur nächsten Probe noch hier sind, kommen Sie gern noch einmal mit. Es hat mir viel Spaß gemacht, Ihnen alles zu erklären.«

Als Georg sie fragte, ob sie noch zusammen in die Abendvorstellung gehen wollten, schüttelte Elli den Kopf. »Viel lieber würde ich mit dir einfach ein Stück spazieren gehen. Es ist so ein schöner Abend.«

»Ist mir eigentlich sogar ganz recht. Nach dem Singen bin ich immer furchtbar aufgekratzt, ehe ich dann merke, wie erledigt ich in Wahrheit bin. Das war doch ganz schön anstrengend heute. Wenn ich mich in die Abendvorstellung setze, schlafe ich vermutlich irgendwann einfach ein.« Lächelnd bot er ihr seinen Arm an, und Elli hakte sich unter.

»Wir können von hier aus bis zum Pfarrhaus gehen«, schlug Georg vor. »Das ist aber eine ganz schöne Strecke. Bist du gut zu Fuß?«

»Ja, sicher. Das weißt du doch! Laufen macht mir nichts aus.«

»Und dir wird auch nicht zu kalt?«

»Hör mal, ich bin doch nicht aus Zucker!«

»Nein, wahrhaftig, das bist du nicht!« Georg lachte und zog sie dichter zu sich heran. »Und ich werde dich warm halten.«

Eine Weile lang gingen sie schweigend nebeneinanderher. Georg hatte den Arm um Elli gelegt und summte leise vor sich hin.

»Hat dir die Probe gefallen?«, fragte er schließlich.

»Ja, sehr. Herr Bechthold war so nett und hat mir genau erklärt, worum es ging. Und er hat dich sehr gelobt.«

»Wirklich?«

Elli nickte. »Er meinte, du könntest nicht nur singen, sondern würdest richtig in die Rollen hineinkriechen und die Zuschauer mitreißen.«

Georg antwortete nicht, aber Elli sah, wie glücklich ihn das Lob machte.

»Es sah so echt aus, wie du Violetta angehimmelt hast«, sagte sie leise. »Richtig verliebt.«

»In dem Moment war ich das auch. Versteh mich nicht falsch, Elli«, fügte er rasch hinzu, als er ihr entsetztes Gesicht sah. »Das Gefühl muss echt sein, wenn der Funke überspringen soll. Ich muss diese Liebe empfinden, damit mir die Leute glauben. Aber ich denke dabei nicht an Anneliese. In dem Moment ist sie Violetta, und ich bin Alfredo. Und das Gefühl, das ich mir in Erinnerung rufe, ist das, was ich für dich empfinde.« Er drehte den Kopf und sah sie an. »Wirklich, Elli, du musst dir keine Sorgen machen. Auch wenn ich Anneliese auf der Bühne verliebt ansehe und sie küsse, das hat nichts zu bedeuten. Ich liebe dich! Sehr sogar.«

»Ja, ich weiß.« Elli seufzte. »Eigentlich weiß ich das doch. Ich würde mir nur wünschen, wir könnten uns öfter sehen. Ich glaube, dann wäre es einfacher, es zu glauben. Aber wenn wir so lange getrennt sind, dann kommen die Zweifel.«

»Ich möchte ja auch gern, dass wir uns öfter sehen. Aber ich komme hier so schlecht weg. Zwei bis drei Mal in der Woche Aufführungen, dazu die Proben und der Gesangsunterricht. Aber nun hast du es ja schon einmal bis nach Köln geschafft, und ich hoffe, du kommst bald wieder her! Außerdem sind es nicht einmal mehr vier Wochen, bis ich wegen der Hochzeit von Martha und Sigi zu euch an die Küste fahre. Das ist nun wirklich nicht mehr lange hin.«

»Nein!« Elli lachte. »Das werde ich wohl aushalten können. Kommst du über den Hund, kommst du auch über seinen Steert, sagte Oma Tilly immer.«

Den Rest des Weges bis zum Pfarrhaus von St. Bruno unterhielten sie sich über die Hochzeit, kamen vom Hundertsten ins Tausendste, und Elli hatte das Gefühl, dass alles wieder so war wie früher, als sie sich seiner Liebe ganz sicher gewesen war.

Vor der Treppe des Pfarrhauses blieb sie stehen, griff nach seinen Händen und hielt sie fest. »Heute gehe ich aber nicht wieder ohne Gutenachtkuss ins Bett!«

Sie legte die Arme um seinen Hals, zog ihn an sich und wollte ihn küssen, aber Georg zögerte. »Hier? Ich weiß nicht, ob das so eine gute Idee ist.«

»Ach was, wer soll uns denn sehen? Es ist ja schon fast dunkel. Und im Haus brennt schon kein Licht mehr.«

Georgs Augen schimmerten im Halbdunkel direkt vor ihr, und sie hörte ihn tief Atem holen. »Oh Elli, ich hab dich so vermisst! So sehr …«

Seine Arme schlangen sich fest um ihren Körper, er zog sie so eng an sich, dass sie kaum noch Luft bekam. Sein Mund fand ihren, ihre Lippen öffneten sich, kleine Feuerpunkte tanzten hinter ihren geschlossenen Lidern, während ihr das Herz bis zum Hals schlug. Ein leichter Schwindel erfasste sie, und das wohlbekannte Ziehen, das seinen Ursprung unterhalb des Bauchnabels hatte, durchlief ihren ganzen Körper.

Georg atmete schwer, als sich ihre Lippen voneinander lösten. Er lehnte seine Stirn gegen ihre. »Und das hier hab ich auch vermisst.«

»Oh ja, ich auch!« Elli lachte leise. »Du glaubst gar nicht, wie sehr!«

Georg küsste sie auf die Wange und flüsterte in ihr Ohr: »Ich liebe dich, Elli Bruns, und ich möchte dich heiraten, so schnell es geht.« Er griff nach ihren Händen und zog sie an seine Lippen. »Du bist wunderbar! Und jetzt sollten wir uns ganz leise hineinschleichen, ehe uns doch noch jemand sieht.«

Beinahe lautlos schloss er die Haustür auf und öffnete sie vorsichtig. Kaum hatten die beiden den dunklen Flur betreten, flammte das Licht auf. Vor ihnen stand Georgs Mutter und funkelte sie wutentbrannt an.

»In die Küche, aber sofort!«, fauchte sie.

Sobald sie alle in der Küche waren, löschte sie das Licht auf dem Flur wieder und schloss die Küchentür.

»Als hätte ich es nicht die ganze Zeit über geahnt! Das also steckt dahinter. Du solltest dich in Grund und Boden schämen, Georg Weber!« Ihre Stimme bebte vor unterdrücktem Zorn, aber sie war bemüht, leise zu sprechen.

»Schämen?«

»Jawohl, schämen! Ich hab euch vor dem Haus beobachtet, hab gesehen, wie sie dich in aller Öffentlichkeit geküsst hat. Direkt unter der Straßenlaterne, wo jeder es hätte sehen können! Und dann ziehst du sie hinter dir her ins Haus. Das ist ein

Pfarrhaus, Junge, hier wohnt ein Diener Gottes! Der dich wohl- gemerkt aus purer Güte unter seinem Dach aufgenommen hat. Und du bringst ein Flittchen mit her. Ein billiges Flittchen!« Sie hob drohend den Zeigefinger in Ellis Richtung.

Elli stand da wie vom Donner gerührt.

»Mama!«, stieß Georg hervor.

»Es stimmt doch. Und sie ist sicher nicht erst seit heute deine Liebschaft! Das geht doch bestimmt schon seit Jahren so. Ver- mutlich schon seit dem Krieg. Und sie hat dich auch davon ab- gehalten, wieder nach Hause zu kommen, nicht wahr?«

»Jetzt hör aber auf! Elli war es, die Pastor Meiners überredet hat, den Brief zu schreiben. Wäre sie nicht gewesen, wäre ich überhaupt nicht wiedergekommen.«

Aber seine Mutter hörte ihm gar nicht zu, redete sich immer weiter in Rage. »Sie will, dass du bei ihr bleibst, siehst du das nicht? Sie will, dass du sie heiratest. Vermutlich hat sie schon versucht, dir ein Kind anzudrehen, und jetzt ist sie hergekom- men, um es wieder zu versuchen. Um für vollendete Tatsachen zu sorgen. Wenn du sie heiraten musst, verbaust du dir deine ganze Zukunft! Wenn du sie und das Balg erst mal durchfüttern musst, kannst du nicht mehr Medizin studieren. Und das war doch der letzte Wunsch deines Vaters.«

»Jetzt reicht es!«, rief Georg.

»Psst, Georg, nicht so laut! Pfarrer Böttcher ist schon ins Bett gegangen. Wenn er jetzt hört, was hier vor sich geht?«

»Soll er doch kommen und zuhören! Dann würde er vermut- lich einiges hören, was er noch gar nicht wusste. Was für ein fei- ner und ehrenwerter Mensch mein Vater war, zum Beispiel. Dass er mich so lange mit dem Gürtel geprügelt hat, bis mir das Blut die Beine runter bis in die Schuhe gelaufen ist und ich eine Wo- che lang im Bett bleiben musste. Und warum? Weil ich heimlich zur Chorprobe gegangen bin. Und du? Du hast dich mit Lisa im Schlafzimmer verkrochen, während ich nach dir geschrien habe.

›Hilf mir, Mama, hilf mir doch, sonst schlägt er mich tot!‹ Aber du bist nicht gekommen. Nein, ich hab es nicht vergessen.«

»Aber er wollte doch nur dein Bestes. Er hat nie etwas anderes gewollt als dein Bestes!«

»Mein Bestes? Nein! Um mich ging es nie. Es ging immer nur um ihn! Darum, wie er in den Augen der anderen dastand. Was sie wohl von Herrn Doktor Weber denken mochten und ob sie ihn auch genügend respektierten. Aber das weiß ich erst jetzt. Früher hatte ich immer nur Angst vor ihm, so viel Angst, dass ich mich nicht nach Hause getraut habe.« Georg holte tief Luft. »Bei den Bruns habe ich eine neue Familie gefunden, ich durfte so sein, wie ich bin. Und ja, Elli und ich sind ein Paar, seit über zwei Jahren schon!«

Seine Mutter sah ihn fassungslos an. »Was kann dir so ein Bauerntrampel schon zu bieten haben? Du darfst dich doch an so eine nicht wegwerfen. Man kennt das doch: Diese jungen Dinger ohne Gottesfurcht wälzen sich mit jedem im Heu!«

»Nimm das sofort zurück!«

»Gar nichts werde ich zurücknehmen! Und ich werde diese Dirne nicht eine Minute länger unter diesem Dach dulden!« Bei diesen Worten funkelte sie Elli wütend an. »Verschwinden Sie von hier! Und zwar sofort!«

»Kommt gar nicht infrage! Elli ist mein Gast, und ich lasse nicht zu, dass sie beleidigt oder rausgeworfen wird. Wenn sie das Haus verlassen muss, dann gehe ich mit ihr.«

Endlich fiel die Erstarrung, mit der Elli den immer heftiger werdenden Streit zwischen Mutter und Sohn verfolgt hatte, von ihr ab. »Nein, Georg, das ist nicht nötig. Es ist das Beste, wenn ich einfach gehe.«

»Aber du weißt doch überhaupt nicht, wohin.«

»Ich werde zum Bahnhof laufen und dort auf den nächsten Zug warten.«

»Auf gar keinen Fall! Du kennst den Weg zum Bahnhof doch

gar nicht. Außerdem fährt jetzt kein Zug mehr, erst morgen früh wieder. So lange bleibst du auf alle Fälle hier.« Er warf seiner Mutter einen bitterbösen Blick zu. »Es wäre sehr unchristlich von dir, ein junges Mädchen nachts in einer fremden Stadt aus dem Haus zu jagen und zuzulassen, dass sie unter Gott weiß was für Gesindel gerät.«

»Also gut, meinetwegen! Dann soll sie in Gottes Namen heute Nacht noch hierbleiben, aber du sorgst dafür, dass sie morgen in aller Frühe verschwindet. Ich will nicht, dass diese Bauerndirne mir oder gar dem Herrn Pfarrer noch einmal unter die Augen tritt.«

»Keine Sorge, das werde ich nicht, das werde ich ganz bestimmt nicht!« Elli schlug die Hände vor den Mund, um das Schluchzen in ihrer Kehle zurückzuhalten, rannte aus der Küche und stolperte bis in Georgs Zimmer, wo sie sich auf sein Bett warf und hemmungslos zu weinen begann.

Alles ist aus, aus und vorbei! Und du bist selber dran schuld!, flüsterte die bösartige Stimme in ihrem Ohr. *Warum musstest du ihn auch unbedingt auf offener Straße küssen, wo jeder euch sehen konnte? Du hast es ja geradezu darauf angelegt, dass ihr erwischt werdet. Das hast du jetzt davon! Jetzt kannst du ihn nicht mehr hier in Köln besuchen, weil du hier nicht mehr willkommen bist. Du musst warten, bis Georg nach Frieschenmoor kommen kann. Aber dazu hat er keine Zeit. Und wenn ihr euch nicht mehr seht, dann wird er dich vergessen, ganz bestimmt! Er wird hier eine andere finden: eine von der Oper, eine, die ihn und seine Musik besser versteht als du. Es stimmt ja, was seine Mutter sagt: Was hat so ein Bauerntrampel wie du ihm schon zu bieten? Eine dumme Gans vom Land, die von nichts eine Ahnung hat!*

Elli hielt sich die Ohren zu, aber es half nichts, sie hörte noch immer, wie die Stimme sie höhnisch auslachte. Sie vergrub das Gesicht in Georgs Kissen, umklammerte es fest mit beiden Armen und weinte, bis sie das Gefühl hatte, keine Tränen mehr zu haben. Eine taube Müdigkeit begann sich in ihren Armen und Beinen auszubreiten, und nur noch selten mischte sich ein zitternder Schluchzer unter ihre Atemzüge.

Endlich verstummte die böse Stimme, und Elli konnte nachdenken. Nein, sie würde sich nicht einfach wegschicken lassen wie ein ungezogenes Kind. Es musste eine Lösung geben, irgendetwas, das verhinderte, dass sie Georg verlor. Sie musste mit ihm sprechen, gemeinsam würde ihnen etwas einfallen.

Der Wecker auf Georgs Nachttisch zeigte beinahe Mitternacht, vermutlich schliefen inzwischen alle. Rasch zog Elli ihr Nachthemd über, schlüpfte barfuß aus dem Zimmer und öffnete, so leise sie konnte, die Küchentür.

Der Mond warf einen breiten Lichtstreifen durch das Fenster über den Küchentisch und die schwarzen und weißen Fliesen am Boden. Georg lag auf dem altmodischen Sofa mit den Troddeln und schien tief und fest zu schlafen. Er sah so friedlich aus, wie er da auf der Seite lag, die Bettdecke bis zur Nasenspitze hochgezogen. Jedes Mal, wenn er ausatmete, gab er ein leises Schnarchen von sich.

Elli berührte ihn sanft an der Schulter, und er schrak sofort hoch.

»O Gott, Elli!«

Sie legte einen Zeigefinger auf ihre Lippen und schüttelte den Kopf. »Leise! Sonst hört sie dich noch.«

Georgs Gesicht verzerrte sich. »Es tut mir leid! O Gott, Elli, es tut mir so unendlich leid, was sie alles gesagt hat! Es war gemein und ungerecht und ...«

»Schschsch!«, machte Elli. »Nicht! Das ist jetzt nicht wichtig. Nichts ist wichtig, nur wir beide.«

Er setzte sich auf, streckte seine Arme nach ihr aus und zog sie an sich. »Nur wir beide.«

Elli nickte, schlüpfte zu ihm unter die Decke, klammerte sich an ihn und küsste ihn. »Wir lassen uns nicht auseinanderbringen.

Nicht von meiner Mutter und auch nicht von deiner. Hörst du? Es muss einen Weg geben, dass wir zusammen sein können. Es muss einfach!«

Sie spürte, wie sich ihre brennenden Augen erneut mit Tränen füllten, und blinzelte. Georgs Stirn lag an ihrer, und sie fühlte, wie er zitterte. Auch er weinte. Elli hielt ihn ganz fest und küsste seine geschlossenen Augenlider.

Seine Finger tasteten nach ihrem Gesicht und wischten ihre Tränen weg, fuhren über ihre Augenbrauen, den Haaransatz, den Rand der Ohrmuscheln und den Hals entlang. »Wie schön du bist, Elli!«

Sein Mund folgte der Spur seiner Finger, setzte ihre Haut in Brand. »Ich liebe dich so sehr«, flüsterte er in ihr Ohr. Dann strichen seine Lippen über ihren Hals bis zur Schulter hinunter.

Elli musste tief Luft holen, in ihrem Kopf begann sich alles zu drehen, das schmerzhafte Ziehen durchlief ihren ganzen Körper, es pochte in ihren Lippen, in den Brüsten und ihrem Schoß. Für den Bruchteil einer Sekunde war sie versucht, Georgs Hand festzuhalten, die inzwischen auf ihrer Brust lag, um ihn zur Vernunft zu bringen. Doch dann entschied sie sich anders und ließ ihn gewähren. Es hatten ja sowieso schon alle eine so schlechte Meinung von ihr, warum sollten sie sich dann zurückhalten? Es machte doch sowieso keinen Unterschied mehr.

Deutlich hörte sie die Stimme von Georgs Mutter: *Vermutlich hat sie schon versucht, dir ein Kind anzudrehen, und jetzt ist sie hergekommen, um es wieder zu versuchen.* Und die ihrer eigenen Mutter: *Wage es ja nicht, uns Schande zu machen!* Wenn Elli nach dieser Nacht ein Kind bekommen sollte, dann war das eben so. Sie würde den Ärger, den sie bekam, gern in Kauf nehmen. Denn es würde bedeuten, dass Georg und sie heiraten müssten, egal, ob ihre Mutter das als Schande empfinden würde, und egal, ob Georgs Mutter die Schwiegertochter nun passte oder nicht.

Elli schob ihr Nachthemd ein Stück hoch, richtete sich auf

und zog es sich über den Kopf. Nackt schmiegte sie sich an Georg, ihre zitternden Hände fuhren unter sein Hemd und strichen über die warme Haut, als sie ihn an sich zog.

Es war ein schweigendes Einverständnis, ein stilles Geben und Nehmen, eine stumme Leidenschaft. Dann ein verzweifeltes Ringen darum, einander immer näher zu kommen, sich in den Augen des anderen zu spiegeln, ohne ein Geräusch zu machen, das sie verraten könnte.

Heller Mondschein fiel auf Georgs Gesicht, Ellis Kopf lag an seiner Schulter. »Ich liebe dich, Georg Weber, ich liebe dich so sehr! Und ich möchte dich heiraten, so schnell es geht.« Lächelnd sah er sie an, seine Lippen streiften ihre Stirn. »Vielleicht sollte ich mit dir zurückfahren. Vielleicht wäre das das Beste.«

Ja, oh ja! Bitte komm mit mir!, lag Elli auf der Zunge. Aber sie dachte an Ludger Bechthold, der glaubte, Georg sei fast so weit, Solorollen zu übernehmen, an Martin, der gesagt hatte, irgendwann würde Georg es bereuen, wenn er es an der Oper nicht wenigstens versucht hätte, und an ihre Oma Tilly, die ihr erklärt hatte, das Singen sei das Einzige, mit dem Georg sie und ihre Kinder durchbringen könnte. Als Bauer tauge er nichts.

»Nein«, flüsterte sie, »du musst hierbleiben. Du hast dir hier schon so viel aufgebaut an der Oper. Es wäre ein Jammer, das alles aufzugeben, nur weil deine Mutter …« Elli brach ab. Sie brachte es nicht über sich, die Beleidigung, die Georgs Mutter ihr an den Kopf geworfen hatte, zu wiederholen.

Sie schmiegte sich eng an ihn, sein Geruch nach Wärme und Kernseife hüllte sie ein wie eine tröstende Decke. »Es wäre bestimmt das Beste, wenn du hier so schnell wie möglich ausziehst«, fuhr sie fort. »Vielleicht kannst du ein kleines Zimmer zur Untermiete nehmen, was meinst du? Ich weiß, es ist nicht einfach, was zu bekommen, aber du kannst dich ja mal umsehen. Und was das Geld angeht: Wenn hier so viel gebaut wird, kannst du doch vielleicht als Handlanger auf dem Bau aushelfen, um ein bisschen was dazuzuverdienen. Und wenn es nur ein paar Stunden sind, zwischen den Proben.«

»Vermutlich hast du recht, Elli. Ich sollte mir eine andere Bleibe suchen. Es ist nicht gut, wenn ich hier wohne, weder für mich noch für meine Mutter. Sie muss endlich begreifen, dass ich nicht mehr der kleine Junge von früher bin. Ich hätte schon längst hier ausziehen sollen, aber ich wollte ihr nicht wehtun.« Er lächelte schief. »Und außerdem war es so bequem hier im Pfarrhaus.« Georg küsste sie flüchtig. »Aber mit der Bequemlichkeit hat es jetzt ein Ende. Und das mit der Arbeit auf dem Bau ist eine prima Idee, das werde ich versuchen. Außerdem hab ich auch noch ein bisschen Geld von den Auftritten mit Martin und den beiden Erwins. Es wird alles gut werden, glaub mir, mein Lieb! Wir müssen nur Geduld haben.«

29

»Was für ein Glück, dass es bis zur Hochzeit nur noch acht Tage sind! Das wird ja so schon knapp mit dem Kleid. Sieh mich doch mal an!« Martha, die auf einem Hocker stand, sah an sich herunter und zog den schweren Satinstoff des Brautkleides mit beiden Händen straff, sodass er über dem gewölbten Bauch spannte.

»Hör auf zu wackeln, und halt still, sonst krieg ich den Saum nie abgesteckt.« Elli, die vor Martha auf dem Boden kniete, richtete sich auf und streckte das steife Kreuz durch. Vorsichtig nahm sie die restlichen Stecknadeln aus dem Mund und sah zu Martha hoch. »Stimmt. In drei Wochen hättest du das Kleid vermutlich nicht mehr zubekommen. Ist schon ein Glück, dass das Brautkleid deiner Mama noch da ist und dir einigermaßen passt. Und dass es so weit geschnitten ist«, fügte sie hinzu und grinste.

Martha strahlte sie an. »Ja, nicht? Wen kümmert es schon, dass es ein bisschen altmodisch ist? Mama meinte übrigens, wenn das mal nicht Zwillinge sind, so rund wie ich geworden bin, aber die Hebamme sagt, es ist nur ein Herzschlag zu hören.« Sie zupfte den Stoff des Kleides zurecht und zuckte mit den Schultern. »Mir soll es egal sein. Hauptsache es ist gesund! Und wenn es geht, ein Mädchen. Ich würde so gern ein Mädchen haben – keine Ahnung, warum. Sigi hätte lieber einen Jungen, aber das kann ich mir irgendwie gar nicht vorstellen.«

Elli beugte sich wieder hinunter, ließ Marthas Redeschwall an sich abperlen und steckte sorgfältig den Saum des langen weißen Kleides um, das auch nach dem Waschen noch ein klein wenig nach Schrank und Mottenkugeln roch.

Wenn Martha nur endlich mit dem Gerede über das Kind aufhören würde! Es fiel Elli schwer, zu nicken und zu lächeln und so zu tun, als interessiere es sie, dass der oder die Kleine immerzu Purzelbäume schlug und Martha in den Magen trat, sobald sie sich zum Schlafen hinlegte.

Sie selbst hatte vor ein paar Tagen »Besuch von Tante Rosa« bekommen. Die Blutung war schwach gewesen und hatte auch nur zwei Tage gedauert, aber sie zeigte unmissverständlich: kein Kind für Elli, kein Heiraten-Müssen. Alles beim Alten, alles wie zuvor.

»Jetzt ist die Lütte gerade putzmunter!« Martha strich mit der Hand über ihren Bauch. »Passt ihr vermutlich nicht, dass ich hier so lange herumstehe. Da wird sie ganz zappelig. Willst du mal fühlen, Elli?«

»Ich möchte lieber schnell fertig werden. Schließlich muss ich zum Melken wieder zu Hause sein.«

»Ach was! Die sollen heute mal sehen, dass sie allein klarkommen.« Martha griff nach Ellis Hand und legte sie sich auf den Bauch. »Hier! Nein – warte – hier! Kannst du es fühlen?«

Aber Elli schüttelte den Kopf. Alles, was sie spüren konnte, war Marthas straff gespannter Kugelbauch, der unter dem leichten Druck ihrer Hand nicht nachgab.

Martha lachte. »Wieder mal typisch! Wenn ich es zeigen will, dann ist sie ganz still und rührt sich nicht mehr.«

Mit Ellis Hilfe stieg sie vom Hocker herunter und ließ sich schwer auf das Stubensofa fallen, wo sie die Beine undamenhaft von sich streckte. »Aber mal im Ernst. Die kommen doch gut auch mal ohne dich zurecht. Sind doch genug Leute da. Ich hab gedacht, du bleibst bis zum Abendbrot hier bei uns. Dein Kleid müssen wir doch auch noch fertig machen.«

Elli runzelte die Stirn. »Mein Kleid?«

»Ja, sicher! Hat Mama eigentlich für mich eingetauscht. Ein Sommerkleid, himmelblauer Chiffon, Vorkriegsware. Getragen, aber so gut wie neu. Wäre mir wohl auch ohne meinen Bauch viel zu eng gewesen, aber dir müsste es eigentlich genau passen!«

Martha wuchtete sich vom Sofa hoch, raffte das Brautkleid ein Stück hoch, um nicht auf die Nadeln zu treten, und verschwand im Schlafzimmer ihrer Eltern, das neben der Wohnstube lag.

Als sie zurückkam, präsentierte sie triumphierend einen Kleiderbügel, auf dem ein hellblaues Kleid mit langen, halb durchsichtigen Ärmeln hing.

»Oh Martha, das kann ich unmöglich annehmen!«

»Blödsinn! Sieh es mal so: Ich kann es nicht tragen, und ich möchte, dass meine Brautjungfer an meinem Ehrentag ein bildhübsches Kleid anhat.« Vorsichtig legte Martha es über die Rückenlehne des Sessels. Ihr Gesicht wurde ernst. »Außerdem werde ich dir nie vergessen, wie lieb du zu mir warst, als ich vor Angst fast verrückt geworden bin, damals, gleich nach Weihnachten« Sie griff nach Ellis Händen und drückte sie. »So, jetzt müssen wir aber aufhören, sonst fang ich noch an zu heulen! Ich hab im Moment so furchtbar dicht am Wasser gebaut. Reden wir lieber von was Schönem, ja? Wann kommt Georg?«

»So wie es aussieht, wohl am Montagnachmittag. Am Sonntag hat er noch eine Vorstellung, und am nächsten Morgen nimmt er den ersten Zug um sechs. Er bleibt dann eine Woche und fährt am Montag drauf wieder zurück nach Köln.« Elli verzog das Gesicht. »Jedenfalls hat er das geschrieben.«

»Eine ganze Woche! Das ist doch toll!«

Elli nickte nur und bedeutete Martha, wieder auf den Hocker zu klettern. Martha sah nachdenklich zum Fenster hinaus, während ihre Freundin die letzten Nadeln am Saum ihres Kleides befestigte.

»So, fertig«, sagte Elli schließlich. »Jetzt musst du es nur ganz vorsichtig ausziehen, dann können wir heften und umsäumen. Soll ich dir beim Ausziehen helfen?«

»Nein, das geht schon. Du probierst jetzt dein Kleid an, ja?«

Elli musste lachen, obwohl ihr eigentlich gar nicht danach zumute war. »Also gut! Sonst gibst du ja doch keine Ruhe.«

Martha grinste wie eine Katze im Milchladen. »Stimmt!«

Die beiden Mädchen gingen in das Elternschlafzimmer hinüber. Während Martha vorsichtig ihr Kleid zu Boden gleiten ließ und im Unterrock über den weißen Stoffring um ihre Füße stieg, zog Elli Bluse und Rock aus und streifte sich das blaue Sommerkleid über.

»Siehst du? Ich hab es doch gleich gesagt. Passt wie angegossen! Guck dich nur mal an, das steht dir wirklich gut.« Martha strahlte über das ganze Gesicht und schob Elli an den Schultern vor die Frisierkommode ihrer Mutter. »Du wirst mich bei meiner eigenen Hochzeit noch ausstechen. Bildhübsch bist du darin!«

Nachdenklich betrachtete Elli ihr Spiegelbild, das ihr neben dem freudestrahlenden Gesicht ihrer Freundin besonders blass und ernst erschien.

»Und das Allerbeste ist, dass wir an dem Kleid gar nichts ändern müssen! Es sitzt wie für dich geschneidert. Hoffen wir mal, dass Georg einen ordentlichen schwarzen Anzug mitbringt, damit er neben dir bestehen kann, wenn ihr hinter Sigi und mir in die Kirche geht. Ach, ich freu mich schon so!«

Elli griff nach Marthas Rechter, die auf ihrer Schulter lag, und drückte sie kurz. »So, nun lass uns aber zusehen, dass wir dein Kleid umsäumen, damit du auf dem Weg in die Kirche nicht drüber stolperst.«

Eine halbe Stunde später saßen sie nebeneinander auf dem Sofa und nähten vorsichtig den Saum des Brautkleides um, das zwischen ihnen lag.

»Du, Elli, darf ich dich mal was fragen?«

»Sicher«, erwiderte Elli, ohne hochzuschauen.

»Sag mal, warum bist du eigentlich so schnell aus Köln wiedergekommen? Du wolltest doch eigentlich eine Woche dort bleiben, oder?«

Elli zögerte. Die Hand mit der Nadel, die sich bisher wie von selbst auf und ab bewegt hatte, blieb in der Luft hängen. Einen Moment lang war sie versucht, Martha dieselbe Lüge aufzutischen, die sie ihren Eltern erzählt hatte: Dass Georg zusätzliche Proben aufgebrummt bekommen hätte und sie seiner Mutter nicht so lange zur Last hätte fallen wollen. Aber dann dachte sie an das Bild der beiden guten Freundinnen, die sie vorhin aus dem Spiegel angesehen hatten. Nein, das hatte Martha nicht verdient.

Elli holte tief Luft. »Es hat Streit gegeben. Schlimmen Streit. Seine Mutter hat mich rausgeworfen.«

»Was?« Martha ließ den Stoff in ihren Schoß sinken und starrte sie erschrocken an. »Aber was ist denn um Gottes willen passiert? Was hast du angestellt, dass sie dich vor die Tür gesetzt hat?«

Stockend und leise erzählte Elli, was in Köln passiert war. Vom Gutenachtkuss auf der Straße vor dem Haus, vom Streit in der Küche des Pfarrhauses. Davon, dass Georgs Mutter sie ein Flittchen und eine Dirne genannt hatte, die Georg nur ein Kind anhängen wolle, damit er sie heiraten würde. Dass Georg sie in aller Herrgottsfrühe zum Bahnhof begleitet hatte, wie schwer ihnen beiden der Abschied gefallen war und dass sie die ganze Heimfahrt über geweint hatte.

Nur dass sie in der Nacht zuvor zu Georg ins Bett geschlichen war, das erzählte Elli nicht.

Als sie schließlich verstummte, schüttelte Martha entgeistert den Kopf. »Was gibt es nur für Leute!«

»Georg meint, sie hat im Krieg so viel mitgemacht, dass sie sich jetzt die Welt um sie herum so zurechtbiegt, wie es ihr passt.«

»Ach, er nimmt seine Mutter auch noch in Schutz?«

»Nein, so kann man das nicht sagen. Er hat geschrieben, dass er hinterher noch ein paar Mal versucht hat, mit ihr über mich zu sprechen. Da ist sie einfach aus dem Zimmer gegangen und hat den Rest des Tages nicht mehr mit ihm geredet. Und jetzt tut sie so, als wäre ich nie dort gewesen. So als gäbe es mich gar nicht.« Elli kramte in ihrer Rocktasche nach ihrem Taschentuch und putzte sich die Nase.

»Ach, Elli, nicht! Die ist es nicht wert, dass du ihretwegen weinst. Wirklich nicht. So eine dumme Kuh!« Marthas Hand tätschelte ihren Arm. »Die Hauptsache ist, dass ihr beide euch einig seid, Georg und du. Und das seid ihr doch, oder?«

Elli nickte.

»Siehst du! Wenn ihr beide zusammenhaltet, dann kann euch der Rest der Welt gestohlen bleiben. Jetzt kommt Georg erst mal für eine ganze Woche her. Am Mittwoch wird der Kranz gebunden, Donnerstag ist Polterabend und Sonnabend die Hochzeit. Da werdet ihr den ganzen Abend tanzen und feiern und miteinander glücklich sein. Und wenn ihr erst mal unsere Brautkrone bekommen habt, ist zumindest hier allen klar, dass ihr beide zusammengehört und heiraten werdet.« Sie lächelte und nickte Elli aufmunternd zu. »Es wird schon alles gut werden. Du musst nur daran glauben, Elli!«

»Ja, alles wird gut werden, wenn ich nur fest genug daran glaube«, murmelte Elli, spannte den weißen Stoff über die Finger der linken Hand und fuhr fort, den Saum vorsichtig umzunähen.

Am Montagnachmittag ging ein heftiger Gewitterschauer nieder, als Elli gerade mit dem Fahrrad losfahren wollte, um Georg abzuholen. Hannes, der schon seit ein paar Tagen zu Hause war, bot ihr an, sie mit dem alten Pritschenwagen zum Bahnhof zu fahren. »Sonst holt ihr euch noch was weg und liegt flach, wenn Sigi und Martha heiraten.«

So fiel die Begrüßung am Bahnsteig diesmal sehr kurz aus. Statt der Umarmung und des Begrüßungskusses schnappte sich Hannes Georgs Koffer, und die drei rannten durch den strömenden Regen zum Wagen, der vor dem Bahnhof parkte.

Auf der Rückfahrt griff Elli nach Georgs Hand und hielt sie fest in ihrer. Sie sah, dass er lächelte, aber ihr entging auch nicht, dass er nur mit Mühe ein Gähnen unterdrücken konnte. »So müde?«

»Entschuldige, Elli!« Georg rieb sich mit Daumen und Zeigefinger die Augen. »Es war eine lange, anstrengende Woche. Gestern die *Traviata*-Aufführung, und heute Morgen bin ich um fünf aufgestanden, damit ich den ersten Zug nicht verpasse. Und zu allem Überfluss musste ich beinahe die ganze Fahrt über auf dem Gang stehen. Ich bin so kaputt, ich glaube, ich könnte im Stehen einschlafen!«

Doch ans Ausruhen war erst mal nicht zu denken. Auf dem Brunshof freuten sich alle sehr, Georg wiederzusehen. Besonders Bernie grinste wie ein Honigkuchenpferd, als er ihm die Hand gab, und begann sofort, ihn mit Fragen zu löchern. Anton ließ sich genau erklären, was Georg denn jetzt da an der Oper so mache und was er dafür bezahlt bekäme. Und Willa, die zum Abendessen extra für Georg eine Hühnersuppe gekocht hatte, zog die Augenbrauen zusammen, musterte ihn mit durchdringendem Blick und stellte kopfschüttelnd fest, dass er aber furchtbar dünn geworden sei. Er bekomme wohl in der Stadt nichts Ordentliches zu essen.

In den folgenden Tagen hatten Georg und Elli keine Gelegenheit, mehr als nur ein paar Augenblicke allein miteinander zu sein. Am Dienstag halfen sie den ganzen Tag dabei, die Kühe und Jungbullen auf andere Weiden zu treiben. Am Mittwochmorgen gingen sie mit Bernie und Hannes zum Köterhof hinaus und schnitten säckeweise Buchsbaumzweige von den verwilderten Beeteinfassungen, aus denen die Nachbarsfrauen am Abend Girlanden für die Türen und die große Brautkrone binden wollten.

Es war schon beinahe Mitternacht, als die Nachbarinnen sich verabschiedeten und Willa die letzte fertige Girlande vorsichtig in eine der Wäschewannen legte. Elli holte den Besen und fegte die kleinen Buchsbaumblätter auf dem Fußboden zusammen, während Georg die Gläser zum Spülstein trug.

»Sollen wir noch schnell abwaschen?«, fragte er, aber Willa winkte ab.

»Nein, nein, lass mal! Das mache ich morgen früh. Immerhin bist du jetzt hier zu Besuch, Georg.« Sie wünschte den beiden eine gute Nacht und schob sie aus der Küche.

Langsam stiegen sie die Treppe hinauf. Vor Ellis Kammer warteten sie, bis Willa im Elternschlafzimmer verschwunden war. Dann zog Georg Elli in seine Arme und küsste sie.

»Gute Nacht, mein Lieb!«, flüsterte er ihr ins Ohr, nahm ihr Gesicht in beide Hände und legte seine Stirn an ihre. »Ob das an der Luft hier an der Küste liegt? Ich bin immer so furchtbar müde, ich kann die Augen kaum noch aufhalten. Sei mir bitte nicht böse, aber ich muss jetzt wirklich schlafen.«

»Ich bin dir nicht böse. Ich kann gar nicht böse sein. Und schon gar nicht auf dich.«

»Weißt du, was ich morgen gerne machen würde, Elli? Lass uns bitte nach Sehestedt fahren und über den Deich gucken. Nur du und ich! Und dann können wir reden.«

»Ja, das wäre gut.« Sie hob die rechte Hand und legte sie an seine Wange.

Georg griff danach, zog sie an seinen Mund und küsste sie sanft in die Handfläche. »Schlaf gut, Elli, mein Lieb! Du bist wunderbar.«

Seine Lippen berührten ihre Wange, seine Hände strichen über ihre Oberarme. Dann drehte er sich um und verschwand in der Jungskammer.

Am nächsten Morgen brachen die beiden gleich nach dem Frühstück auf. Es versprach ein warmer Frühsommertag zu werden, die Blätter der Kastanien leuchteten in frischem Grün, und man konnte schon erahnen, dass in Kürze die Kerzen in voller Blüte stehen würden. Ein kühler Wind schob Wolkentürme über den tiefblauen Himmel, an dem die Schwalben hin und her schossen.

»Gott, wie hab ich das vermisst!« Georg löste die Hände vom Lenker des alten Fahrrades, richtete sich im Sattel auf und breitete die Arme so weit aus, als wollte er die ganze Welt umarmen.

Elli lachte laut, trat in die Pedale, um ihn einzuholen, griff nach seiner Hand und hielt sie fest.

Sie hatten Schweiburg bereits vor einer Weile hinter sich gelassen und radelten die Deichstraße entlang. Das Gatter, das sonst den steilen Weg auf den Deich versperrte, stand heute weit offen, sodass sie nicht absteigen mussten. In den Pedalen stehend kämpften sie sich nach oben auf die Deichkrone.

Oben angekommen stieg Georg vom Rad und sah sich um. »Egal, wie oft man es sieht …«, sagte er leise.

»Ja, es ist immer wieder wunderschön!« Elli blickte auf die Bucht hinunter und lachte. »Und zur Feier des Tages, weil du endlich wieder hier bist, ist diesmal sogar Wasser im Jadebusen! Wollen wir runterfahren?«

»Nein, lass uns hier oben bleiben. Ich liebe es, über das Wasser zu schauen.«

»Wie du möchtest.« Elli legte ihr Fahrrad in das von den Deichschafen kurz gehaltene Gras. »Jetzt müssen wir nur noch einen Fleck finden, wo die Schafe nicht hingeköttelt haben.«

Georg legte sein Fahrrad neben ihres, und Arm in Arm gingen sie ein Stückchen weiter, ehe Georg vor sich auf den Boden zeigte.

»Hier müsste es gehen.« Er ließ sich nieder und griff nach Ellis Hand, um sie neben sich zu ziehen. »Wie friedlich es hier ist«, sagte er seufzend.

»War es so schlimm in Köln?

»Na ja, wie man es nimmt. Ich gehe meiner Mutter aus dem Weg, um zu verhindern, dass es schlimm wird. Dauernd liegt sie mir mit dem Medizinstudium in den Ohren, und ich versuche, mich zusammenzureißen, um nicht mit ihr in Streit zu geraten. Eigentlich bin ich mehr oder weniger nur noch zum Schlafen im Pfarrhaus.«

Georg zog die Beine an und umfasste die Knie mit den Armen. Eine Weile sah er zu, wie der Wind das Wasser in der Bucht kräuselte und ein silbergraues Glitzern über die Oberfläche trieb. »Proben, Vorstellungen, noch mehr Proben, Unterricht, Rollenstudium. Ich hab das Gefühl, ich bin fast rund um die Uhr in der Oper. Und wenn ich frei habe, dann arbeite ich auf einer Baustelle ein paar Straßen weiter. Schleppe Steinbottiche und Mörtelsäcke das Gerüst hinauf. Irgendwie kein Wunder, dass ich nicht gerade an Gewicht zugelegt habe, was?«

Georg wandte Elli sein schmales Gesicht zu und lächelte. »Aber ich weiß ja, wofür ich das alles mache.« Er griff nach Ellis Hand. »Für uns. Ich mach das alles für uns, damit wir beide zusammen sein können. Weit weg von Pfarrer Böttcher, der alles besser weiß, und meiner Mutter, die immer noch glaubt, es meinem Vater recht machen zu müssen. Dafür ackere und schufte ich gern!«

Elli wusste nichts zu sagen. Sie rückte ganz dicht an Georg heran, schmiegte sich an ihn und legte ihren Kopf auf seine Schulter.

»An der Oper läuft es gut im Moment. Ich soll schon mal ein paar kleinere Rollen lernen, damit ich als Zweitbesetzung einspringen kann. Die erste ist der Jaquino in *Fidelio*. Keine Hauptrolle, aber immerhin einiges zu singen. Ein paar Duette und Ensemblestücke, eine richtige Anfängerrolle eben. Eigentlich hätte ich gar nicht herkommen dürfen, weil ich für Samstag schon als Zweitbesetzung auf dem Plan stehe. Der Generalmusikdirektor war nicht gerade glücklich, dass ich so weit weg bin. Aber es kommt wirklich selten vor, dass die Zweitbesetzung gebraucht wird, darum hat er mich schließlich doch fahren lassen. Allerdings nur unter der Voraussetzung, dass ich eine Telefonnummer hinterlasse, unter der ich zu erreichen bin. Da hab ich die von der Pastorei angegeben.«

Georg legte seinen Arm um Ellis Schultern und küsste sie auf die Stirn. »Wann geht eigentlich heute Abend der Polterabend bei Diers los?«

»Gegen sieben, denke ich. Wenn alle mit dem Melken fertig sind. Wieso fragst du?«

»Ich glaube, dann fahre ich nachher noch kurz zum alten Meiners nach Strückhausen. Nur kurz mal guten Tag sagen und fragen, ob die Oper angerufen hat.«

»Aber du hast doch gesagt …«

»Nur zur Sicherheit«, unterbrach er sie. »Die haben sich bestimmt nicht gemeldet.« Sein Blick glitt wieder über das Wasser, und er kniff die Augen gegen das gleißende Licht zusammen. Über seiner Nasenwurzel bildete sich die dreieckige Falte, als er die Stirn runzelte. »Bestimmt nicht …«, flüsterte er.

Kurz vor der Melkzeit schwang Georg sich wieder aufs Fahrrad, drehte sich an der Straße noch einmal zu Elli um und winkte.

Sie sah ihm nachdenklich hinterher. Den ganzen Tag über war er in sich gekehrt gewesen. Aber auf ihre Frage, was er denn habe, hatte er nur mit einem achselzuckenden »Nichts, bin nur ein bisschen müde« geantwortet.

Als Georg hinter der Kurve verschwunden war, zog Elli ihr Kopftuch aus der Schürzentasche, band es sich um die Zöpfe, nahm den Melkeimer und folgte Anton und Hinnerk auf die Kuhweide.

Georg war noch nicht wieder da, als sie kurz vor sechs vom Melken zurückkamen. Und auch als Elli sich gewaschen und umgezogen hatte und zusammen mit Hannes die Wäschewannen mit den Buchsbaumgirlanden auf den Pritschenwagen lud, war von ihm noch nichts zu sehen.

»Wo bleibt er denn nur?«, schimpfte Elli. »Er hat gesagt, er braucht nicht lange. Wir müssen doch gleich los.«

»Nun reg dich nicht auf, Elli! Georg hat sich bestimmt nur verklönt. Du kennst den alten Meiners doch. Wenn der erst mal anfängt zu reden, hört der so schnell nicht wieder auf.«

»Könnte ja auch sein, dass was passiert ist!«, schnappte sie.

»Was soll denn passiert sein?«

»Woher soll ich das wissen? Vielleicht ein Unfall? Vielleicht ist Georg mit dem Rad hingefallen und hat sich was gebrochen.«

Hannes rollte mit den Augen. »Du hast vielleicht Ideen, Schwesterherz! Georg kommt sicher gleich.« Er griff nach der letzten Wanne und hob sie auf die Ladefläche. »Willst du bei mir mitfahren?«

Elli schüttelte den Kopf. »Nein, ich fahr mit den anderen zusammen mit dem Rad.«

»Ganz wie du willst!« Damit stieg Hannes ein, startete den Motor und fuhr knatternd vom Hof.

Elli folgte mit ihren Eltern und Bernie ein paar Minuten später. Immer wieder sah sie über ihre Schulter nach hinten, aber von Georg war nichts zu sehen.

Vor dem weißen Holztor an Diers' Hofeinfahrt hatte sich bereits die gesamte Nachbarschaft versammelt. Der alte Onkel Frerichs schnallte gerade sein Schifferklavier um, begann zu spielen und sang mit seiner brüchigen Stimme:

»Wir winden dir den Jungfernkranz,

Aus veilchenblauer Seide.

Oh du schöner, wunderschöner Jungfernkranz …«

Nach und nach fielen alle Anwesenden mit ein. Onkel Frerichs setzte sich in Bewegung und ging langsam auf den Hof zu. Ihm folgten zwei der Gerdes-Mädchen, die die Hochzeitskrone an einem Besenstiel auf den Schultern trugen. Dahinter reihten sich die Nachbarn ein, die Girlanden und Kisten mit angeschlagenem Porzellan in den Händen hatten. Singend näherten sie sich dem Hof, wo das Brautpaar bereits auf die Gäste wartete.

Martha und Sigi reichten ein Tablett voller Schnapsgläser herum und stießen mit allen an.

»Prost!«, rief Sigi grinsend. »Da geht er hin, der letzte Selbstgebrannte! Aber für den Polterabend und die Hochzeit ist noch mehr als genug da. Keiner muss Angst haben, auf dem Trockenen zu sitzen.« Er füllte die Gläser noch einmal nach und hob sein eigenes in die Höhe. »Und nun, weg mit Schaden!«

»Stimmt! Weg mit Schaden!«, wiederholte Hannes lachend und warf mit Schwung zwei Suppenteller gegen die Wand der Viehdiele. »Wollt ihr alle nicht? Ist doch schließlich Polterabend!«

Ein paar der Umstehenden lachten, alle griffen nach dem mitgebrachten Porzellan, und von überall flogen Teller, Tassen und Schüsseln gegen die Wand, wo sie in tausend Scherben zerbarsten.

Elli hatte einen alten Milchkrug ohne Henkel, einen Steinguttopf und eine hässliche Vase mit einem Sprung dabei. Gerade war sie im Begriff, die Vase gegen die Wand zu schleudern, als ihr jemand auf die Schulter tippte. Sie schrak zusammen und hätte das geblümte Ungetüm um ein Haar fallen lassen.

»Hast du für mich auch noch was zum Werfen?« Georg stand neben ihr und grinste.

»Gott, hast du mich erschreckt! Mir wäre fast das Herz stehen geblieben.«

»Entschuldige, das wollte ich nicht! Darf ich?« Er streckte die Hand nach dem Gefäß aus.

Elli starrte ihn einen Moment lang verblüfft an, dann reichte sie ihm die Vase. Georg wog sie kurz in der Hand, um sie danach mit so viel Kraft gegen die Ziegelmauer zu schmettern, dass die Splitter nur so flogen. Er nickte zufrieden, drehte sich um und machte Platz für die nächsten Werfer.

Elli zog ihn ein paar Schritte von den anderen Gästen weg. »Sag mal, wo warst du denn so lange? Ich hab mir schon Sorgen gemacht.«

»Bin in der Pastorei aufgehalten worden. Tut mir leid!«

»Aber du wusstest doch, wann es hier losgehen sollte. Wieso …«

»Ich erklär dir später alles«, unterbrach Georg sie, »wenn wir etwas Ruhe haben, ja?« Er griff nach ihren Fingerspitzen und drückte sie leicht. »Nicht gerade jetzt und hier.« Er lächelte, die Fältchen in seinen Augenwinkeln vertieften sich, aber die Falte über der Nasenwurzel verschwand nicht. »Schau, jetzt müssen die beiden fegen!«

Martha hatte einen struppigen Reisigbesen in der Hand und Sigi eine Mistschaufel. Unter dem Gelächter der Gäste mühten sich die beiden ab, die Scherben in einen alten Eimer zu bugsieren, der aber immer wieder von einem der Umstehenden umgetreten wurde. Und jedes Mal, wenn der Eimer umfiel, musste Sigi eine Runde Schnaps für alle ausgeben.

Elli stürzte ein weiteres Glas Schnaps hinunter und verzog das Gesicht, während Georg ablehnend die Hand hob. »Nein, nicht für mich. Ich hab es heute irgendwie mit dem Magen. Da sollte ich wohl lieber die Finger von dem Zeug lassen.«

Ehe Elli nachfragen konnte, ging er zum Dreschdielentor hinüber, wo Ellis Vater auf einer Leiter stand und Nägel in die Wand schlug. »Kann ich vielleicht helfen, Bauer?«, rief er zu Anton hinauf.

»Du kannst mir mal eben die lange Girlande da anreichen, Jung!« Anton deutete mit dem Finger auf eine der Wäschewannen. »Dann brauch ich nicht immer rauf und runter zu steigen.«

Zu zweit hatten sie die Girlande schnell aufgehängt und die Papierblumen, Schleifen und das Schild mit der Aufschrift *Herzlich willkommen!* befestigt. Einen Moment lang betrachteten sie zufrieden ihr Werk.

»Das klappt ja gut mit dir!« Anton lachte und schlug Georg auf die Schulter. »Dann lass uns mal gleich drinnen weitermachen, was?« Er nahm die Leiter von der Wand und trug sie zusammen mit Georg in die Diele.

»Siehst du? Hast dir wieder mal ganz umsonst Sorgen gemacht, Elli.« Hannes, der neben sie getreten war, sah seinem Vater und Ellis Freund hinterher. »Jetzt ist er doch da, dein Georg!«

»Ja. Jetzt ist er da, mein Georg«, brummte Elli.

Dennoch wurde sie den ganzen Abend über den Eindruck nicht los, dass Georg ihr aus dem Weg ging. Nein, eigentlich stimmte das nicht, er vermied es vielmehr, allein mit ihr zu sein. Immer sorgte er dafür, dass sie von so vielen Leuten umgeben waren, dass sie kaum ein Wort miteinander wechseln konnten. Vermutlich wollte er ihrer Frage, was ihn in der Pastorei so lange aufgehalten hatte, ausweichen.

Nachdem alle Girlanden aufgehängt waren, setzten sich die Gäste zum Essen an die langen Tische, die in der Dreschdiele aufgebaut worden waren und auf denen Teller mit Butterkuchen, Stuten und belegten Broten zwischen Gläsern und zahlreichen Schnaps- und Bierflaschen bereitstanden.

Georg und Elli saßen neben Martha und Sigi am Brauttisch. Georg lachte mit Hannes und Sigi und schien bester Laune zu sein. Doch Elli wurde das Gefühl nicht los, dass seine Fröhlichkeit nur gespielt war. Irgendetwas bedrückte ihn. Sie kannte ihn viel zu lange und viel zu gut, um das nicht zu bemerken.

Auch ohne Musik war die Stimmung ausgelassen, aber Elli fiel es schwer, sich zu amüsieren. Irgendwann hielt sie es nicht mehr aus, fasste sie sich ein Herz und zog Georg mit sich hinaus in die kühle Nacht. Schweigend gingen sie Hand in Hand die lange Hofeinfahrt entlang. Erst als sie die Fahrräder am weißen Holztor ein Stück hinter sich gelassen hatten, blieb Elli stehen und sah Georg an.

»Also?«, fragte sie.

»Also, was?«

»Ich möchte wissen, was los ist, Georg. Irgendwas hast du doch.«

»Ich …«, begann er, stockte dann und seufzte. Er griff nach Ellis Händen. »Ich weiß gar nicht, wie ich es dir sagen soll.«

»Wie du mir was sagen sollst?«

Er betrachtete Ellis Hände im Licht des beinahe vollen Mondes und schwieg einen Moment, als würde er nach den richtigen Worten suchen. »Dass ich morgen zurück nach Köln fahren muss. So, jetzt ist es raus!«

Elli fühlte, wie ihr Gesicht ganz taub wurde. Die Worte klangen in ihren Ohren nach, aber sie brauchte eine Weile, bis sie die Bedeutung erfasste. »Was?«

»Gestern hat jemand von der Oper angerufen. Ich muss am Samstag als Jaquino einspringen. Elli, es tut mir leid, aber ich muss morgen früh schon wieder fahren.«

»Aber …«

»Ich hab von der Pastorei aus bei der Oper angerufen. Darum hat es auch so lange gedauert, bis ich hier war. Ich musste Herrn Bechthold ans Telefon kriegen. Es geht leider nicht anders, die verlassen sich auf mich. Extra für mich wird Samstag früh noch eine Sonderprobe angesetzt. Glaub mir, ich hab wirklich alles versucht, um das zu verhindern.«

»Aber du kannst nicht fahren! Das geht nicht! Die Hochzeit ist doch am Sonnabend!«

»Ich kann nicht mit zur Hochzeit, Elli. Du wirst allein gehen müssen.«

Elli riss ihre Hände aus seinem Griff und wich einen Schritt zurück. »Allein? Aber ich kann doch nicht allein Beistand stehen! Und was ist mit der Brautkrone? Wer soll die dann bekommen? Nein, das geht nicht, das ist völlig unmöglich, du kannst nicht wegfahren! Das darfst du nicht!«

Georg biss sich auf die Lippen. »Ich wollte es dir morgen früh erst sagen, damit ich dir nicht auch noch den Polterabend verderbe.«

»Der Polterabend ist mir doch völlig egal! Es geht um die Hochzeit! Verstehst du nicht? Mit dir zusammen in die Kirche zu gehen, als Beistandspaar, und die Krone zu kriegen. Darum geht es! Damit alle sehen, dass wir zusammen sind. Alle Nachbarn sollen wissen, dass wir die Nächsten sind, die heiraten. Damit ein für alle Mal Schluss ist mit dem Versteckspiel. Selbst meine Mutter könnte dann nichts mehr dagegen sagen. Tu mir das nicht an, Georg! Bitte, bitte, tu mir das nicht an!«

»Elli, es geht nicht anders. Ich muss fahren.«

Plötzlich keimte ein böser Verdacht in Elli auf. »Du hast es gewusst!«, stieß sie hervor. »Du hast die ganze Zeit gewusst, dass du nicht bis zur Hochzeit hierbleiben kannst. Das stimmt doch, nicht wahr? Du wusstest es die ganze Zeit!«

»Nein. Ich wusste es nicht!«, rief er verärgert, hatte sich aber gleich wieder im Griff. »Jedenfalls nicht sicher. Als ich Walter am Sonntag gesehen habe, hatte er nur ein bisschen Husten und meinte, dass ich auf alle Fälle fahren könne. Bis zum Wochenende sei er bestimmt wieder auf dem Damm. Zur Not würde er sonst mit Ansage singen. Aber dann ist es wohl immer schlimmer geworden, und jetzt hat er eine schwere Kehlkopfentzündung und kriegt keinen Ton mehr raus. Ach, Elli, es hilft einfach nichts, ich muss nach Köln und singen. Es geht nicht anders, ich kann doch die anderen nicht im Stich lassen. Das ist sehr wichtig für mich! «

Als er versuchte, sie in den Arm zu nehmen, riss Elli sich los. »Das hier ist auch wichtig, verstehst du? Wichtig für mich! Und wenn du nach Köln fährst, dann lässt du *mich* im Stich.« Mit einer wütenden Handbewegung fegte sie die Tränen von ihren Wangen. »Aber seit wann bin ich denn schon wichtig? Alles andere ist ja so viel wichtiger! Deine Musik, deine Mutter, die Oper, deine Singerei – alles! Und ich muss immer brav den Mund halten und zu allem Ja und Amen sagen.«

»Aber Elli!«

»Ist doch wahr! Immer muss ich mit allem einverstanden sein. Bin ja nur die dumme Gans vom Land. Aber diese Hochzeit, die ist mir wichtig, weil da meine Leute sind. Das ist mir so wichtig wie vorher noch nie irgendwas! Ich bin Marthas Brautjungfer, und sie hat mir ein Kleid geschenkt. Sie hat gesagt, ich sei so hübsch darin, dass ich noch die Braut ausstechen werde. Das darfst du mir nicht kaputt machen, Georg! Das würde ich dir nie verzeihen!«

Georgs Hände ballten sich zu Fäusten. »Was glaubst du eigentlich, für wen ich das alles mache, Elli?«, rief er aufgebracht. »Was glaubst du, warum ich versuche, mich an der Oper unentbehrlich zu machen? Warum ich anbiete, als Zweitbesetzung zur Verfügung zu stehen? Weil ich auf genau so eine Chance warte! Im Chor falle ich nicht auf, da muss ich mich einfügen. Nur als Solist kann ich beweisen, was ich wirklich kann. Nur dann werden sie auf mich aufmerksam. Und dann werden sie mir hoffentlich ein festes Engagement und ein gutes Gehalt anbieten! Versteh doch, Elli, ich darf diese Gelegenheit nicht verpassen. Wer weiß, wann sich so was noch mal ergibt!« Geräuschvoll stieß er die Luft aus. »Sonst dauert es vielleicht noch ewig, bis ich endlich aus dem Pfarrhaus rauskomme und mir nicht mehr anhören muss, wie dankbar ich zu sein habe, dass Hochwürden mich dort aus reiner Güte wohnen lässt. Mit der Gage vom Chor und dem bisschen, was ich auf dem Bau verdiene, kann ich im besten Fall ein winziges Zimmer bezahlen, aber niemals eine Wohnung. Eine Wohnung für dich und für mich, hörst du? Dafür mache ich mich krumm, dafür schleppe ich Steine, dafür trage ich Mörtelsäcke aufs Baugerüst, auch wenn ich am Abend zuvor bis zehn Uhr auf der Bühne gestanden habe und so müde bin, dass ich kaum noch die Augen aufhalten kann. Wenn ich erst mal So-

list bin, muss ich wenigstens nicht mehr auf dem Bau schuften.«
Er stockte und senkte den Kopf. »Entschuldige, ich wollte dich
nicht anschreien.«

Elli schwieg und wusste nicht, was sie sagen sollte. Alles, was
sie denken konnte, war, dass sie nicht zulassen durfte, dass Georg
wegfuhr. Nicht diesmal.

»Aber«, begann sie zögernd, »wenn du noch mal mit der Oper
telefonierst und denen sagst, wie wichtig es ist, dass du am Sonnabend hier bist, vielleicht …«

»Elli, ich hab schon zugesagt, dass ich komme. Da gibt es
nichts mehr dran zu rütteln.«

»Ohne, dass du das mit mir besprochen hast? Ohne mich auch
nur zu fragen?«

»Es tut mir leid, aber als Herr Bechthold mich am Telefon
gefragt hat, ob ich komme, hab ich nicht eine Sekunde darüber
nachgedacht, was du sagen würdest. Und ganz ehrlich, ich hatte
keine Ahnung, wie wichtig dir diese Hochzeit ist.«

»Aber jetzt weißt du es! Ruf an und sag, dass du auch krank
bist und nicht singen kannst. Es kommt bestimmt bald wieder
eine Gelegenheit, wo du einspringen kannst. Nur nicht an diesem Sonnabend! Bitte!« Elli griff nach seiner Hand und zog ihn
an sich, aber er machte sich los und trat einen Schritt zurück.

»Versteh doch, Elli, ich kann nicht! Das ist zu wichtig für
mich. Das ist meine Chance, allen an der Oper zu zeigen, was
ich kann. Morgen früh werde ich nach Köln fahren.«

»Und wenn ich dich bitte hierzubleiben?«

»Auch dann werde ich fahren, Elli. Ich hab es versprochen.«

»Ja, aber mir hast du es auch versprochen«, schluchzte sie. »Mir
auch! Aber ich bin ja nicht wichtig. Wenn deine blöde Oper an-
ruft, dann springst du sofort. Und wenn ich dich ein einziges
Mal um etwas bitte, dann ist dir das egal. Bei der Hochzeit werde
ich dastehen wie die letzte Idiotin. Ich kann ihre mitleidigen Blicke schon sehen, wie sie mich anglotzen werden, wenn ich allein

hinter dem Brautpaar herlaufe. Aber Hauptsache, du kannst auf der Bühne stehen und singen! Das kommt natürlich an erster Stelle. Das ist ja so viel wichtiger. Oh, ich hab das so satt!«

»Elli, nun hör schon auf! Ich hab doch versucht, dir zu erklären …«

»Was gibt es da denn noch groß zu erklären?«, schnaubte sie. »Es geht doch immer nur darum, was dir wichtig ist, und da steh ich nun mal ganz unten auf der Liste. Vielleicht hast du ja in Köln längst eine andere. Eine, die singen kann und deine Musik versteht, nicht so eine dumme unmusikalische Kuh wie ich. Vielleicht ist das ja der Grund, warum du es so eilig hast, hier wegzukommen.«

Kaum waren diese Worte aus Elli herausgeplatzt, wusste sie, dass sie in ihrer Rage zu weit gegangen war.

Georg wich einen Schritt zurück und starrte sie an. Ein paar Mal holte er tief Luft. »Wenn du das glaubst, wenn du mir wirklich so wenig vertraust, dann wäre es vielleicht besser, wir …« Er räusperte sich, um seine Kehle freizubekommen, aber seine Stimme blieb rau und kratzig. »Ich werde jetzt besser zurückfahren, sonst sag ich noch etwas, was ich später bereue.«

Schon halb im Gehen drehte sich Georg noch einmal zu ihr um. Er sah sie an wie ein Hund, der gar nicht begriff, weshalb er geprügelt worden war. »Ich hätte nie gedacht, dass du mir so etwas zutraust. Du solltest mich wirklich besser kennen, Elli!«

Wie betäubt stand sie da, unfähig, auch nur einen Muskel zu rühren. Sie sah zu, wie er zum Tor hinüberging, sein Fahrrad nahm und davonfuhr. Im grauen Licht des Mondes folgte sie seinem Umriss mit den Augen, bis er hinter der Straßenbiegung verschwunden war. Dann fiel die Erstarrung von ihr ab. Sie schlug die Hände vors Gesicht und begann zu schluchzen. Er war tatsächlich weggefahren! *Das hast du ja wirklich prima hinbekommen*, hörte sie die gehässige Stimme in ihrem Inneren flüstern. *Wenn er jetzt mal nicht mit dir Schluss macht!*

Elli schluckte schwer, zog die Nase hoch und wischte sich die Tränen aus dem Gesicht. Allein bei dem Gedanken, Georg nicht mehr zu haben, zog sich ihr Herz schmerzhaft zusammen. Nein, das war es nicht wert. Nichts war das wert.

Die Nachtluft war kühl, und Elli fror so sehr in ihrer dünnen Bluse, dass ihre Zähne aufeinanderschlugen. Ihr Mantel lag noch in der Dreschdiele, von wo lautes Gelächter zu ihr herausschallte, aber sie konnte ihn jetzt nicht holen. Sie wollte nicht aufgehalten werden, wollte niemandem erklären müssen, warum sie so verheult aussah, wo Georg war und warum sie jetzt schon nach Hause fuhr.

Es dauerte eine Weile, bis sie zwischen den vielen abgestellten Fahrrädern ihr eigenes fand. Obwohl sie in die Pedale trat, so fest sie konnte, gelang es ihr nicht, Georg noch auf der Straße einzuholen. Doch als sie zu Hause in die Dreschdiele fuhr, lehnte sein altes schwarzes Fahrrad an der Wand. Beinahe hätte sie vor Erleichterung geweint.

Hastig stellte sie ihr eigenes Rad ab und lief ins Wohnhaus. Sie schlich die Treppe hinauf und klopfte zaghaft an die verschlossene Tür der Jungskammer.

»Georg, bist du da?«, flüsterte sie, den Kopf an das Holz der Tür gelehnt. »Ich bin's! Können wir kurz reden?«

Es dauerte einen Moment, bis sie Georgs Stimme hinter der Tür hörte. »Elli?«

Die Tür wurde einen schmalen Spalt aufgezogen. Alles, was Elli von Georg sehen konnte, war ein dunkles Auge, das sie ausdruckslos musterte. »Bernie schläft schon. Vielleicht sollten wir das Reden lieber auf morgen verschieben.«

»Bitte, Georg, nur ganz kurz! Ich will mich nicht mit dir streiten, ich möchte mich entschuldigen. Ich hätte das nicht sagen dürfen.«

Elli sah, dass Georg den Kopf senkte. Er nickte, zog vorsichtig die Tür noch ein Stück weiter auf und schlüpfte zu ihr auf den

Flur hinaus. Mit verschränkten Armen blieb er vor ihr stehen und musterte sie schweigend.

»Ich hätte das nicht sagen dürfen«, wiederholte sie. »Das war gemein. Aber ich war so furchtbar wütend, und dann ist es mir einfach herausgerutscht.« Sie trat einen Schritt auf Georg zu und berührte ihn am Arm. »Es tut mir leid, furchtbar leid! Glaub mir, ich hab es nicht so gemeint.«

Georg betrachtete ihre Hand, die auf seinem Arm lag, machte aber keine Anstalten, ihre Berührung zu erwidern. »Doch, du hast es so gemeint. Genau so. Das hab ich ganz deutlich gespürt. Und es hat wehgetan.« Er seufzte leise und sah auf. »Weißt du, Elli, es wird vermutlich noch öfter vorkommen, dass ich alles stehen und liegen lassen muss, um zu singen. Dann kann ich keine Rücksicht auf dich nehmen oder darauf, was du möchtest. Und ich werde immer wieder andere Frauen auf der Bühne küssen und verliebt ansehen müssen. Das ist nun mal so, das bringt dieser Beruf mit sich. Aber Singen ist das Einzige, was ich wirklich kann. Du musst dir ganz genau überlegen, ob du damit zurechtkommst.« Sein Blick suchte ihren, er griff nach ihrer Hand und hielt sie fest. »Und wenn nicht …«

Elli zog ihn an sich. »Sag so was nicht, bitte! Es ist doch nur, weil wir uns so selten sehen. Weißt du, wenn ich hier sitze und nur Briefe von dir lesen kann, dann fang ich an, zu grübeln und mir alles Mögliche auszumalen. Und dann kommst du endlich aus Köln her und musst gleich wieder weg. Es stimmt, mir liegt eine Menge an Sigis und Marthas Hochzeitsfeier, und ich habe mich unglaublich darauf gefreut. Deshalb kam ich mir so darum betrogen vor. Aber es tut mir wirklich leid, dass ich dich so angefahren habe!«

Sie schmiegte ihr Gesicht an seine Schulter und streifte mit den Lippen seine warme Haut. Sie spürte, dass er tief Atem holte. »Kommst du noch mit in meine Kammer?«, fragte sie leise. »Bitte.«

Georgs Wange legte sich an ihre. Seine kurzen Bartstoppeln kratzten über ihre Haut, als er den Kopf schüttelte. »Das wäre keine gute Idee, glaub mir. Es ist bestimmt besser, wenn wir jeder in unser eigenes Bett gehen und versuchen zu schlafen.«

Dann nahm er Ellis Gesicht in seine Hände, küsste sie auf die Stirn und sehr vorsichtig auf den Mund. Ein kleines Lächeln spielte um seine Mundwinkel, aber es reichte nicht bis zu seinen rot geränderten Augen hinauf. »Gute Nacht, Elli, mein Lieb! Schlaf gut! Morgen früh, wenn Gott will ...«

Er ließ sie los, legte einen Finger auf die Lippen, öffnete behutsam die Tür zur Jungskammer und stahl sich auf Zehenspitzen hinein.

»Gute Nacht, Georg«, flüsterte Elli und riss sich vom Anblick der verschlossenen Tür los.

Sie ging in ihre Kammer hinüber und ließ sich auf ihr Bett fallen. Der zerbrochene Spiegel der Frisierkommode warf ihr verzerrtes Spiegelbild zurück. An Schlaf war nicht zu denken, und so setzte sie sich an den Sekretär, holte ihren Briefblock heraus und begann, Georg einen Brief zu schreiben.

Als Elli am nächsten Morgen vom Melken zurückkam, war Georg bereits aufgebrochen. Hannes hatte ihn mit dem Pritschenwagen zum Bahnhof gefahren. Jetzt saß ihr Bruder in der Küche, trank Tee und aß eine Wurststulle dazu.

»Sag mal, was ist denn das für eine merkwürdige Geschichte?«, fragte er mit vollem Mund. »Erst seid ihr beiden gestern auf einen Schlag verschwunden, dann fragt mich Georg mitten in der Nacht, ob ich ihn in aller Herrgottsfrühe zum Bahnhof fahren kann. Und als ich wissen will, warum, brummt er nur, dass ich dich danach fragen soll. Habt ihr euch gestritten?«

»Georg hat gestern erfahren, dass er am Sonnabend als Zweitbesetzung an der Oper einspringen muss. Und, ja, wir haben uns deswegen gestritten«, fügte Elli müde hinzu. »Ich war böse, weil

550

er nicht mit mir zu Sigis und Marthas Hochzeit geht und ich nicht Beistand stehen kann.«

»Wieso kannst du nicht Beistand stehen? So ein Blödsinn! Zur Not geh ich mit dir in die Kirche. Daran soll es ja nun nicht scheitern.« Er nahm einen großen Schluck aus seiner Teetasse. »Und Georg singt eine richtige Rolle? Respekt! Das sind doch mal tolle Neuigkeiten! Dann müssen die dort wohl eine Menge von ihm halten. Er ist doch erst seit ein paar Monaten an der Oper. Du solltest lieber stolz auf deinen Georg sein, statt die beleidigte Leberwurst zu spielen, weil er nicht mit dir zur Hochzeit geht!«

Den Ärger, der wegen der »beleidigten Leberwurst« kurz in ihr hochkochte, schluckte Elli hinunter. »Es wäre so was wie unsere Verlobung gewesen, wenn wir die Hochzeitskrone bekommen hätten«, sagte sie stattdessen traurig.

»Und warum kannst du sie nicht für euch beide bekommen?«, fragte Hannes achselzuckend. »Bloß weil man das früher nicht gemacht hat, wenn nicht beide da waren? Sind doch jetzt ganz andere Zeiten!« Er stopfte sich den Rest seines Brotes in den Mund und spülte ihn mit dem letzten Schluck Tee hinunter. »Das kriegen wir schon hin, Schwesterherz, lass mich nur machen! Ich fahr gleich mal rüber zu Sigi und Martha und berede das mit ihnen. Das wäre doch gelacht! Du wirst sehen, das wird die beste Hochzeitsfeier, die in Frieschenmoor und Strückhausen je gefeiert worden ist.« Hannes grinste ihr aufmunternd zu, klopfte sich ein paar Brotkrümel vom Hemd und stand vom Tisch auf. »Und dich will ich auf jedem Foto, das bei der Hochzeit gemacht wird, fröhlich lachen sehen, Elli!«

Es wurde wirklich eine sehr schöne Hochzeit. Die Sonne strahlte von einem tiefblauen Himmel, über den träge ein paar Schönwetterwolken zogen, als das Brautpaar die Kirche betrat. Die Braut strahlte über das ganze Gesicht, der Bräutigam griff immer wieder nervös nach seinem Kragen und versuchte, die weiße Fliege zu lockern, die ihm offenbar das Atmen schwer machte. Es war so warm geworden, dass Elli sogar in ihrem dünnen blauen Kleid schwitzte, in dem sie am Arm ihres Bruders hinter dem Brautpaar durch den Mittelgang der Kirche schritt.

Als sie an ihren Eltern vorbeigingen, zwinkerte Anton ihr stolz lächelnd zu, während Willa abschätzig das Kleid der Braut musterte, das sich über dem Bauch deutlich spannte. Ganz vorne, wo Elli bei Oma Tillys Beerdigung gesessen hatte, sah sie Marthas Mutter und Sigis Oma nach ihren Taschentüchern greifen, als die Brautleute einzogen, während Marthas Vater zufrieden lächelnd die Lippen schürzte.

Während der Zeremonie schweiften Ellis Gedanken immer wieder ab. Sie musste an die letzte Kriegsweihnacht denken, als Georg hier in dieser Kirche gesungen hatte, an die vielen Gottesdienste, die sie neben ihm auf dem Orgelboden verbracht hatte. Und wie er dort oben um ihre Hand angehalten und ihr versprochen hatte, immer für sie da zu sein. Sie war so in der Vergangenheit gefangen, dass Hannes sie anstupsen musste, als sie Martha für den Ringtausch den Strauß abnehmen sollte.

»Was war denn mit dir los?«, fragte Hannes nach dem Gottesdienst, als sie sich vor der Kirche für den Fotografen aufstellten. »Hast du geträumt?«

Elli schüttelte nur den Kopf.

»Denk dran, was wir abgemacht haben: Ich will dich auf allen Fotos lachen sehen!«

»Wenn mir aber nicht nach Lachen zumute ist?«

»Dann erst recht«, grinste Hannes.

Die Kaffeetafel nach der Trauung fand bei Diers zu Hause statt. Nur die engsten Verwandten und das Beistandspaar waren dazu eingeladen. Die Bauern der Nachbarschaft gingen in der Zwischenzeit zum Melken nach Hause.

Erst gegen Abend traf man sich zur eigentlichen Hochzeitsfeier im Saal des alten Mönnich wieder, dort, wo damals ihr erster Tanztee stattgefunden hatte. Es gab reichlich zu essen: Hoch-
zeitssuppe, zwei Sorten Braten mit Kartoffeln und Gemüse und
zum Nachtisch eingekochte Birnen mit Sahne. Niemand würde
Bauer Diers nachsagen können, er hätte sich bei der Hochzeit
seiner einzigen Tochter lumpen lassen.

Nachdem der Nachtisch abgetragen worden war, hielt Marthas Vater eine kurze Rede, in der er betonte, wie stolz er auf
seine hübsche Tochter sei, was für einen fleißigen und anstän-
digen jungen Mann er als Schwiegersohn bekommen habe und
dass er den beiden alles Glück der Welt für ihr neues Leben in
Oldenburg wünsche.

Martha wischte sich ein paar Tränen aus den Augenwinkeln,
stand auf und umarmte ihren Vater stürmisch, während Elli den
Kopf senkte und sich dabei ertappte, dass sie nach Georgs Hand
greifen wollte, ehe ihr bewusst wurde, dass ja ihr Bruder neben
ihr saß.

Auf der Bühne begannen die Musiker, einen Walzer zu spielen, die ganze Hochzeitsgesellschaft erhob sich und nahm Auf-
stellung, und das Brautpaar betrat die Tanzfläche. Alle klatschten
im Takt, als Sigi Martha in den Arm nahm und über die Tanzfläche führte.

»Den Schnee-, Schnee-, Schnee-, Schneewalzer tanzen wir,
ich mit dir und du mit mir …«, begann eine dunkle Stimme zu
singen.

Elli drehte sich um. Der Sänger war Martin. Er stand neben
den beiden Erwins und zwei weiteren Musikern, die sie nicht
kannte, auf der Bühne. Ohne sich ablenken zu lassen, nickte
Martin ihr augenzwinkernd zu, ehe er seinen Blick wieder über
die Hochzeitsgesellschaft schweifen ließ.

»Na, komm schon, wir sind dran«, flüsterte Hannes und zog
Elli mit sich auf die Tanzfläche, wo neben dem Brautpaar inzwi-

schen auch Marthas Eltern tanzten. Nach wenigen Takten gab Martin mit einer Handbewegung die Tanzfläche frei, die sich daraufhin sofort füllte.

Elli tanzte mit Hannes, mit Sigi und mit Onkel Diers. Ihr Vater forderte sie auf, und schließlich stand auch Martin vor ihr und deutete eine Verbeugung an. »Hallo, Elli, mein Mädchen! Würdest du einem alten Mann die Ehre erweisen?«

Er streckte ihr seine Rechte entgegen, sie erhob sich von ihrem Stuhl und ergriff sie.

»Alter Mann! So ein Blödsinn!« Sie hakte sich bei ihm unter und ließ sich über die Tanzfläche führen.

»Meine Güte, wie lange haben wir uns nicht mehr gesehen? Es muss Monate her sein.«

»Ungefähr ein halbes Jahr.«

»Stimmt. Das kommt hin. Eigentlich wollte ich zum Polterabend kommen, aber tags darauf hatte ich gleich in der ersten Stunde Unterricht. Außerdem hätte mich niemand nach Nordenham mit zurücknehmen können. So bin ich schweren Herzens doch zu Hause geblieben. Schade, jetzt hab ich Georg verpasst. Eigentlich hatten er und ich verabredet, heute Abend noch mal die alten Zeiten aufleben zu lassen und zusammen zu singen. Aber seine allererste Solorolle geht natürlich vor.« Unauffällig sah Martin auf seine Armbanduhr. »Kurz nach neun. Jetzt müsste die Oper in Köln bald zu Ende sein. Letztes Bild im zweiten Akt: Der Minister ist gekommen, der Mord an dem armen Don Florestan wurde vereitelt, und Leonore, die als Mann verkleidet ihren Ehemann gerettet hat, wird von allen gefeiert. Und mittendrin dein Georg als Jaquino. Hoffentlich ist er nicht nervös, aber eigentlich mach ich mir da keine großen Sorgen. Er neigt ja nicht zu Lampenfieber, der Glückspilz. Ich bin sicher, er wird das gut machen und einen Riesenapplaus bekommen. So ein junger, hübscher Kerl mit so einer tollen Stimme? Da wird das Publikum ganz sicher toben. Du musst

554

sehr stolz auf ihn sein, was?« Seine dunkelblauen Augen suchten ihre.

»Doch ja, sehr stolz.« Es hatte fröhlich klingen sollen, aber ihre Bitterkeit war wohl nicht zu überhören.

»Alles in Ordnung, Elli?«

Sie wich Martins forschendem Blick aus. »Sicher. Was soll denn nicht in Ordnung sein?«

»Ich weiß nicht, du bist so furchtbar blass heute. Geht es dir nicht gut?«

»Doch, es geht schon, nur ein klein bisschen schwindlig. Vielleicht brüte ich eine Erkältung aus. Besser, ich setze mich einen Moment wieder an den Tisch.«

Martin nickte. »Ich muss ohnehin gleich wieder auf die Bühne. So ist das mit den Künstlern. Nie haben sie Zeit.« Er brachte sie an den leeren Brauttisch zurück, rückte ihr einen Stuhl zurecht und goss ihr ein Glas Sprudel ein. »Trink erst mal was, dann wird es bestimmt gleich besser. Oder soll ich Hannes suchen, damit er dich nach Hause bringt?«

»Nein, lass nur, Martin. Ich will auf alle Fälle noch bis zum Tanz unter der Hochzeitskrone hierbleiben. Georg und ich sollen sie haben, weißt du? Weil wir die Nächsten sind, die heiraten.«

»Ja, das hat Georg mir geschrieben. Aber ihr könnt auch als Nächste heiraten, ohne dass ihr diese Krone bekommt. Das ist doch gar nicht so wichtig.«

Elli bemühte sich um ein Lächeln. »Nein, ist es nicht«, log sie. »Eigentlich gar nicht. Ich glaube, du solltest jetzt zurückgehen, die Erwins winken dir schon zu.« Sie deutete zur Bühne hinüber.

»Bist du sicher, dass ich dich allein lassen kann?«, fragte Martin besorgt.

»Ganz sicher. Hannes und die anderen sind bestimmt gleich wieder da. Na los, geh nur!«

»Also gut, bis später!« Er lächelte und tätschelte ihre Schulter, ehe er zurück auf die Bühne ging.

Elli drehte ihr leeres Sprudelglas zwischen den Fingern hin und her, während sie den Paaren auf der Tanzfläche zusah. Noch zwei Lieder, ehe die Musik eine kurze Pause machen würde. Die Herren würden ihre Damen an die Tische zurückbegleiten, nachdem man an der Theke zusammen noch einen Kurzen getrunken hatte.

Ellis Blick fiel auf eine Flasche von Sigis Doppelbrand, die vor ihr auf dem Tisch stand. Ohne lange zu überlegen, griff sie danach, goss einen großen Schluck in ihr Sprudelglas und stürzte den Schnaps hinunter. Die scharfe Flüssigkeit brannte wie Feuer in ihrer Kehle und in ihrem Magen, von wo aus sie Hitzewellen durch ihren ganzen Körper schickte.

»Nanu? Haben dich alle im Stich gelassen, dass du schon ganz allein mit dir anstoßen musst?«

Elli war so tief in Gedanken versunken, dass sie Richard nicht an den Tisch hatte treten sehen. Einen Moment lang stand er breit grinsend vor ihr, dann zog er die Hände aus den Taschen seiner Anzughose, griff nach einem Stuhl und setzte sich neben sie. Lässig krempelte er die Hemdsärmel ein Stück hoch, zog ein Päckchen Zigaretten aus der Tasche, zündete sich eine an, inhalierte tief und stieß den Rauch zufrieden seufzend wieder aus.

»Ich hab dich ganz allein hier sitzen sehen und dachte, ich leiste dir mal einen Moment Gesellschaft. Und außerdem wollte ich dir sagen, wie gut du heute aussiehst. Das ist nämlich ein sehr hübsches Kleid. Steht dir wirklich prima!« Seine blauen Augen funkelten, als sein Lächeln sich vertiefte. »Wie sieht es aus? Tanzt du mit mir, oder müssen wir beide uns erst noch Mut antrinken?«

Richard griff nach der Flasche und zwei Schnapsgläsern, goss ein und schob eines der Gläser zu Elli herüber. »Auf dein Wohl, Elli!« Er hob sein Glas, wartete, bis sie ihren Schnaps hinuntergestürzt hatte, und trank dann selbst. Angeekelt verzog er das

Gesicht zu einer Grimasse und hustete. »Junge, das ist aber auch ein Teufelszeug!«

Elli musste lachen. »Da magst du wohl recht haben!«

»Und? Wollen wir? Oder ist es dir zu peinlich, mit eurem Knecht zu tanzen?«

»Warum sollte mir das peinlich sein?« Elli erhob sich und griff nach Richards Arm. »Wir sind doch hier auf einer Hochzeit und nicht im Stall. Und außerdem ist es nicht das erste Mal, dass ich mit dir tanze.«

»Stimmt!« Richard grinste. »Ist aber schon eine ganze Weile her! Mal gucken, ob du es noch kannst.« Er zog Elli zu sich heran und begann, sie im Walzertakt herumzuwirbeln.

Als die Musik nach den nächsten drei Liedern wieder eine kurze Pause machte, führte Richard Elli an die Theke. Der Andrang war so groß, dass er sich allein vordrängelte, während Elli auf ihn wartete. Kurz darauf kam er mit zwei gefüllten Schnapsgläsern zurück und drückte ihr eines in die Hand.

»Prost!«, rief er. »Weg mit Schaden!«

Diesmal brannte der Schnaps schon nicht einmal mehr, als Elli ihn hinunterkippte. Ihr war sonderbar leicht und warm zumute. Als Richard vorschlug, noch eine Runde zu tanzen, bat sie ihn, lieber einmal auszusetzen.

»Dann komm doch mit an unseren Tisch«, schlug Richard vor. »Wir sind ein ganz lustiger Haufen. Guck mal, der Brauttisch ist immer noch leer.«

Er hakte Elli unter und führte sie zu einem der Tische in der Nähe der Saaltür. Hier saßen neben ein paar jungen Leuten aus Strückhausen, die Elli alle aus der Schule kannte, auch Richards Eltern und seine ältere Schwester. Sie begrüßten Elli freundlich und luden sie ein, sich zu ihnen zu setzen. Richard hatte recht, es war eine fröhliche Runde.

Elli kannte Richards Eltern nur flüchtig, aber sie schienen sehr nett zu sein und verstanden es zu feiern. Immer wieder füllte

Richards Vater die Schnapsgläser nach, und es wurde angestoßen: auf das Brautpaar, auf das Wetter, auf die Tatsache, dass morgen Sonntag war, und darauf, dass man so jung nicht mehr zusammenkommen würde. Schließlich übertrumpften Richard und sein Vater sich gegenseitig im Witze-Erzählen, während Richards Mutter sich vor Lachen immer wieder die Tränen aus den Augen wischen musste. Elli konnte nicht anders, sie ließ sich von der guten Laune anstecken und trank, feierte und lachte mit.

Als ihr langsam schwindlig wurde, hielt sie ihr Glas mit der Hand zu, um zu verhindern, dass noch mal nachgeschenkt wurde, aber Richards Vater wollte nichts davon wissen. »Ist doch umsonst heute! Das muss man ausnutzen!«

»Komm, Elli, lass uns lieber noch mal tanzen«, sagte Richard und griff nach ihrer Hand.

Dankbar lächelte sie ihm zu, stand auf und ließ sich von ihm auf die Tanzfläche führen.

»Irgendwie hätte ich dich eher auf dem Polterabend erwartet, nicht unbedingt auf der Hochzeit. Ihr gehört doch gar nicht mehr zur Nachbarschaft«, sagte Elli, während sie sich zum langsamen Walzer drehten.

»Nein, das nicht, aber meine Mutter und Marthas Mutter sind Cousinen. Und weil die Familien nebeneinander gewohnt haben, sind die beiden wie Schwestern aufgewachsen. Darum sind wir eingeladen. Zum Polterabend wäre ich auch gern gekommen, aber da hat eine von unseren Färsen gekalbt, und ich konnte nicht weg. Hat sich ewig hingezogen, und als das Kalb dann endlich da war, war schon fast Mitternacht. Hätte sich nicht mehr gelohnt, sich aufs Rad zu setzen. Hab ich was verpasst?«

Elli zuckte mit den Schultern. »Ich bin auch nicht so lang geblieben.«

Richard sah sie einen Moment lang fragend an, schien zu überlegen, ob er nach dem Grund fragen sollte, entschied sich aber dagegen. Er drückte kurz ihre Hand, die in seiner Linken lag, und zog sie mit der Rechten etwas näher an sich heran.

»Der Brauttisch ist immer noch leer«, sagte Elli, um das Thema zu wechseln. »Ich wüsste zu gern, wo mein Bruder steckt. Muss doch schon langsam auf Mitternacht zugehen, und er hat mir versprochen, mit mir den Ehrentanz unter der Krone zu tanzen.«

»Hast du das gar nicht mitbekommen? Hannes ist mit dieser hübschen blonden Freundin von Martha abgezwitschert. Der ist schon seit über einer Stunde verschwunden.« Richard grinste. »So schnell kommt der bestimmt nicht wieder.«

Mitten im Takt blieb Elli stehen und ließ Richards Hand los. »Was? Aber er kann doch nicht einfach so verschwinden und mich hier allein lassen! Wie soll ich denn jetzt ...?« Sie fühlte, wie sich ihr Magen zusammenkrampfte. »Ich meine, ich kann doch nicht allein unter der Krone tanzen.«

Aus und vorbei. Keine Krone. Alles umsonst. Erst war Georg verschwunden und dann auch noch Hannes. Wie sollte Elli jetzt allen zeigen, dass sie beide die Nächsten waren, die heirateten?

Das kommt davon, wenn du dich auf eine Sache zu sehr freust, sagte die hohe, gehässige Stimme in ihrem Ohr. *Das hast du jetzt davon, dass du es allen zeigen willst. Jetzt werden alle über dich lachen. Selbst schuld! Hochmut kommt vor dem Fall.*

Der letzte Satz klang so sehr nach der Stimme ihrer Mutter, dass Elli das Gefühl hatte, Willa stünde direkt hinter ihr. Ein kalter Schauder lief ihr über den Rücken.

»Was ist denn los, Elli? Du bist auf einmal kreidebleich.« Richard sah sie fragend an.

»Meinst du, wir können Hannes finden?«, erwiderte sie. »Er muss doch mit mir unter der Krone tanzen.«

»Ach so, darum geht es.« Richard zuckte mit den Schultern. »Wo willst du denn anfangen zu suchen? Die beiden können überall und nirgends sein.« Er sah auf seine Armbanduhr. »Und es ist schon Viertel vor zwölf.«

Elli senkte den Kopf. Ihre Augen brannten wie Feuer, aber Richard durfte nicht sehen, dass sie kurz davor war, vor Enttäuschung loszuheulen. Also biss sie die Zähne zusammen, griff nach seiner Linken und begann wieder, sich im Takt der Musik zu bewegen. »Schon gut, Richard. War ja nur so eine Idee. Sollte dann wohl nicht sein mit der Hochzeitskrone«, sagte sie leichthin und hoffte, dass er nicht hörte, wie nah sie den Tränen war.

Richard räusperte sich. »Wenn es dir nichts ausmacht … Ich meine … Wenn du möchtest, könnte ich mit dir unter der Krone tanzen. Ist zwar ein bisschen blöd, weil ich ja nicht der Bräutigam bin, aber …«

Erstaunt sah Elli auf. In seinen Augen sah sie keine Spur von Spott. Er meinte das wirklich ernst.

Ihr Blick verschwamm kurz, und sie musste den Kloß in ihrem Hals hinunterschlucken, ehe sie antworten konnte. »Das wäre wirklich sehr nett von dir. Aber nur, wenn es dir nichts ausmacht. Ich meine, du kennst doch die Leute. Die werden sich sicherlich über dich lustig machen, wenn du ausgerechnet für Georg die Krone annimmst. Ich meine, weil du ihn doch nicht besonders gut leiden kannst.«

»Ich mach das nicht für ihn. Ich mach das für dich!«

Wieder verschwamm Ellis Blick, aber sie lächelte. »Danke, Richard! Das werde ich dir nie vergessen. Und eines Tages mach ich es wieder gut. Das verspreche ich dir.«

Richards Augen verengten sich. »Das sollte mal lieber dein Georg wiedergutmachen«, knurrte er.

Nach diesem Tanz winkte Martha Elli zu sich. Zusammen gingen sie in die Gaststube hinüber, wo Elli Martha den langen Schleier abnahm, ihn auf dem Boden ausbreitete und mit einer Schere Schlitze hineinschnitt.

»Ist doch eigentlich ein Jammer, ihn kaputt zu machen«, sagte Elli. »Man hätte auch ein altes Stück Gardine nehmen können. Dann hättest du den Schleier noch aufbehalten können.«

»Nein, besser nicht, das soll Unglück bringen! Außerdem würden sie mir den Schleier sonst vom Kopf reißen und zerfetzen. Ich bin vor Jahren mal auf einer Hochzeit gewesen, wo sie der Braut beim Schleiertanz ein großes Büschel Haare ausgerissen haben. Für die war die Hochzeit zu Ende, und mit so einer großen kahlen Stelle mitten auf dem Kopf waren die Flitterwochen bestimmt auch kein Vergnügen. Nein, das muss ich wirklich nicht haben!« Martha lachte. Dann wurde ihr Gesicht wieder ernst, und sie sah ihrer Freundin forschend ins Gesicht. »Und du, Elli? Amüsierst du dich wenigstens ein kleines bisschen?«

Elli rang sich ein Lächeln ab. »Doch, sicher! Es ist eine schöne Hochzeit, und ich hab schon viel Spaß gehabt.« Sie faltete den Schleier zusammen und legte ihn sich über den Arm. »Den Tanz unter der Krone mach ich jetzt übrigens mit Richard Fohrmann. Hannes scheint ja was Besseres zu tun zu haben.«

»Mit Richard? Ja, warum eigentlich nicht? Hauptsache, die Leute sehen, dass du die Krone bekommst. Alles andere ist doch egal. Und jetzt komm!« Damit nahm Martha Elli an die Hand und zog sie zurück in den Saal.

Als Martin sie von der Bühne aus hereinkommen sah, ließ er die Musiker einen Tusch spielen. »Liebe Gäste, es ist schon Mitternacht«, rief er laut. »Und damit Zeit, den Brautschleier zu zerreißen. Darf ich jetzt das Brautpaar zum Ehrentanz auf die Tanzfläche bitten?«

Hand in Hand betraten Sigi und Martha das Parkett und begannen, einen Walzer zu tanzen. Elli winkte Richard und zwei Mädchen vom Rand der Tanzfläche zu sich und drückte jedem eine Ecke des Schleiers in die Hand. Sie zogen den Stoff vorsichtig auseinander und hielten ihn wie einen Baldachin hoch über ihre Köpfe, während sie langsam zu den tanzenden Brautleuten hinübergingen, bis diese sich unter dem ausgebreiteten Schleier drehten. Die Gäste, die klatschend am Rand der Tanzfläche gestanden hatten, rückten allmählich zur Mitte vor.

»So, Leute, ich zähle jetzt bis drei, und dann geht es los. Und bitte lasst Braut und Bräutigam heil, die werden noch gebraucht!«, rief Martin laut von der Bühne. »Eins, zwei … DREI!«

Alle Nachbarn, Freunde und Verwandten stürzten auf den Schleier zu und versuchten, ein Stück davon zu ergattern. Es wurde geschubst und gedrängelt, Elli bekam einen heftigen Stoß in den Rücken und ließ ihren Zipfel des Schleiers los. Diejenigen, die ein Stück des Gazestoffes abbekommen hatten, hielten es lachend in die Höhe wie eine Trophäe, denn ein Stück Brautschleier brachte Glück. Binnen Sekunden war der ganze Schleier zerfetzt und der Spuk vorbei.

Jetzt wurden zwei Stühle auf die Tanzfläche gestellt, auf denen Sigi und Martha Platz nahmen. Ein paar der Männer hoben Marthas Stuhl mit Leichtigkeit hoch und ließen sie unter Gejohle bis zur Buchsbaumkrone, die mitten im Saal von der Decke hing, hochleben.

»Vorsichtig! Nicht so wild!«, rief Marthas Vater. »Nicht, dass sie noch runterfällt!«

Martha hielt sich zwar krampfhaft an den Armlehnen fest, aber sie lachte und juchzte.

Die Frauen, die Sigi hochleben lassen mussten, taten sich erheblich schwerer. Der Stuhl hing kurz bedenklich schief in der Luft, ehe sie es schafften, auch ihn bis zur Krone hochzuheben.

Die Hochzeitsgesellschaft trug die Stühle mit dem Brautpaar hinüber zur Theke, auf der sie sie nebeneinander abstellten. Der alte Mönnich reichte Schnapsgläser herum, und Sigi gab Martha unter dem Beifall der Gäste einen Kuss.

»Ich hab noch nie in meinem Leben so eine gottserbärmliche Angst gehabt wie gerade eben. Prost Mahlzeit!«, rief er und stürzte den Schnaps hinunter, während die Umstehenden lachten. »Und jetzt schenkt gleich noch mal nach, damit wir auf das Paar anstoßen können, das als Nächstes heiratet: auf Georg und Elli!«

Alle, die bisher zur Theke gesehen hatten, drehten sich zu Elli um, und sie spürte, wie sie bis zum Haaransatz puterrot wurde.

»Auf Georg und Elli!«, murmelten einige, ehe sie die Gläser leerten. Aber Elli entgingen weder ihre geflüsterten Fragen nach Georg noch die missbilligenden Blicke.

Eine Hand griff nach ihrer und drückte sie. »Na komm, Elli«, hörte sie eine dunkle, warme Stimme sagen. »Lass uns tanzen!«

Richard zog sie an sich und begann sich langsam mit ihr im Takt des Walzers zu drehen. Elli fühlte die Wärme seiner Hand auf ihrem Rücken, den festen Griff, mit dem er ihre Rechte hielt, und schaute zu ihm hoch. Richard sagte kein einziges Wort. Er sah Elli nicht an, er lächelte nicht, hielt sie einfach nur ganz fest in seinem Arm und gab ihr Halt, während sie tanzten.

Als die Musik endete, blieb er stehen und drückte noch einmal kurz ihre Hand, ehe er sie losließ und zurücktrat. Ganz langsam senkte sich die Krone von der Decke herab, bis sie neben Elli auf dem Boden stand. Richard löste das Seil und trug sie zusammen mit Elli unter dem Applaus der Anwesenden zur Saaltür hinaus.

»Und was soll ich jetzt damit anfangen?«, fragte sie draußen. »Ich krieg das Ding doch gar nicht nach Hause.«

»Wir packen es bei Hannes hinten auf den Wagen«, schlug Richard vor. »Soll er sich darum kümmern, dass es zu euch kommt. Geschieht ihm recht! Was lässt er dich auch so im Stich?«

Sie trugen die Krone zum Pritschenwagen, der an der Straße parkte, und legten sie auf die Ladefläche. Einen Moment lang blieb Elli stehen und betrachtete nachdenklich das kuppelförmige Gebilde, das im Mondlicht grau und struppig wirkte.

»Und dafür so ein Aufstand! Ich glaube, ich sollte jetzt einfach aufs Rad steigen und nach Hause fahren. Ich hab mich sowieso schon bis auf die Knochen blamiert. Hast du ihre Blicke gesehen?«

»Ja und? Lass die Leute doch reden! Ist doch völlig egal, wenn sie sich das Maul zerreißen. Am besten du kommst wieder mit rein und feierst tüchtig weiter, damit sie mal so richtig was zu tratschen haben.«

Obwohl ihr eigentlich eher zum Weinen zumute war, musste Elli lachen. »Du bist wirklich ein feiner Kerl, Richard!«

Der junge Mann grinste. »Wird ja auch hohe Zeit, dass du das einsiehst!« Er bot Elli seinen Arm an, ohne die Hand aus der Hosentasche zu nehmen. »Und nun komm wieder mit rein, du holst dir noch den Tod hier in der Kälte.«

Kurz bevor sie den Saal erreichten, öffnete sich die Tür, und Ellis Eltern kamen heraus.

»Ach, hier bist du!« Willa funkelte Elli wütend an. »Da hast du dir ja einen schönen Auftritt geleistet! Was meinst du, wie viele der Nachbarn mich schon gefragt haben, was das denn nun sollte, die Krone anzunehmen, wenn der Bräutigam nicht dabei ist. Und dann auch noch mit einem anderen unter der Krone zu tanzen! Was hast du dir bloß dabei gedacht?« Die Raubvogelaugen waren zu schmalen Schlitzen geworden. »Wir fahren jetzt nach Hause, dein Vater und ich. Und du kommst mit, Fräulein! Keine Widerrede!«

»Aber …«, begann Elli

»Elli hat mir versprochen, noch einmal mit mir zu tanzen und sich von meinen Eltern zu verabschieden, Bäuerin. Sie hat die ganze Zeit mit bei uns am Tisch gesessen, seit Hannes sie allein sitzen lassen hat.« Richards ruhiger Ton war so bestimmt, dass Willa die rechte Augenbraue hob und ihn musterte.

»Und wie soll sie dann nach Hause kommen?«, fragte Willa. »Sie kann ja wohl nicht gut mitten in der Nacht ganz allein mit dem Rad fahren.«

»Ich fahr mit ihr mit! Wenn ich darf, kann ich ja heute Nacht im Heu schlafen, dann spar ich mir morgen früh den Weg von Strückhausen.«

»Kommt gar nicht infrage, dass …«, begann Willa, aber Anton unterbrach sie.

»Nun, lass sie doch, Willa! Lass Elli noch ein bisschen hierbleiben. Denk mal dran, wie gern du selber früher gefeiert hast, und gönn den jungen Leuten ihren Spaß!«

Willa öffnete den Mund, schluckte die Bemerkung, die ihr offenbar auf der Zunge gelegen hatte, aber hinunter. Sie zog ihren Mantel fester um sich und ging ohne ein weiteres Wort zu den Fahrrädern hinüber.

Anton seufzte. »Aber kommt nicht so spät! Morgen früh muss die Milch pünktlich an der Straße stehen, Hochzeitsfeier hin oder her. Eine Stunde noch, dann fahrt ihr hier los.«

Richard lächelte breit. »Versprochen, Bauer! Eine Stunde.«

Die Zeit verging wie im Flug. Elli und Richard tanzten noch zwei Mal miteinander und saßen die restliche Zeit mit Richards Eltern und den jungen Leuten aus Strückhausen am Tisch. Elli fühlte sich so wohl wie seit Ewigkeiten nicht mehr.

Als Richard schließlich auf die Uhr sah und meinte, sie sollten jetzt allmählich aufbrechen, sonst würde Ellis Vater böse werden, zog sie eine Grimasse, seufzte aber und stand auf. Sie verabschiedete sich von Richards Eltern, holte ihren Mantel und trat mit Richard in die kühle Nacht hinaus.

Die ganze Strecke bis nach Frieschenmoor radelten sie schweigend nebeneinanderher. Allmählich ließ das leichte Schwindelgefühl nach, und als sie die Fahrräder in die Dreschdiele schoben, fühlte Elli sich wieder nüchtern. Die Bitterkeit und die Enttäuschung, die sie fast schon vergessen hatte, kehrten zurück, und ihre gute Laune war verflogen.

Sie lehnte ihr Fahrrad an die Wand und drehte sich zu Richard um. »Danke fürs Nach-Hause-Bringen! Gute Nacht, Richard!«

Sie lächelte ihm zu, wandte sich ab und war im Begriff, ins Wohnhaus zu gehen, als sie hinter sich seine Stimme hörte. »Elli, darf ich dich was fragen?«

Elli blieb stehen und sah ihn an. Im Licht der schwachen Glühbirne sah sie die Sorge in seinem Gesicht.

»Was ist da los, zwischen Georg und dir?«, fragte er. »Ich meine, was soll das? Warum ist er nicht hier? Warum ist er nicht mit dir zusammen auf der Hochzeit gewesen?«

Wäre es nicht so spät, der Tag nicht so anstrengend und Elli nicht so müde und traurig gewesen, sie hätte ihm wohl einfach die schnippische Antwort gegeben, dass ihn das nichts angehe. Dann hätte sie sich umgedreht und wäre ins Wohnhaus gegangen. Aber Richard war den ganzen Abend über für sie da gewesen, als alle anderen sie im Stich gelassen hatten.

»Er ist nach Köln zurückgefahren. Er musste heute in der Oper singen«, antwortete sie müde.

Richards Augen wurden schmal. »So ein Arschloch!«

»Was?«

»So ein Riesenarschloch! Das ist wichtiger? Seine Singerei? Das blöde Geträller ist ihm wichtiger als du?«

»Aber so kannst du das nicht …«

»Doch, genau so kann ich das sagen! So ein Riesenarschloch! Der hat dich überhaupt nicht verdient. Der weiß gar nicht, was er an dir hat! Lässt dich hier monatelang allein sitzen und amüsiert sich in der Weltgeschichte. Dann kommt er für ein paar Tage her, und ich hab dir angesehen, wie sehr du dich darüber gefreut hast, weil du auf der Hochzeit allen zeigen wolltest, dass ihr beide zusammengehört. Und dann haut er ab, weil er singen will? Und da soll ich ihn nicht so nennen?«

Der Zorn in Richards Gesicht verblüffte Elli. Der Kloß in ihrem Hals war so groß, dass sie kein Wort herausbrachte.

»Ist doch wahr! Der hat dich nicht verdient! Du solltest ihn in den Wind schießen. Wie kann er dich an einem solchen Tag ganz allein lassen?« Langsam kam Richard näher, blieb direkt vor ihr stehen. »Niemand sollte sich so behandeln lassen. Schon gar nicht du, Elli! Das hast du nicht verdient.«

Ellis Augen füllten sich mit Tränen. Sie schlug die Rechte vor den Mund, um das Schluchzen zurückzuhalten.

»Ich hätte das nicht gemacht«, fuhr Richard fort. »Nie im Leben. Wenn du meine Freundin wärst, wäre ich hiergeblieben. Keine zehn Pferde hätten mich weggebracht.« Seine Hand legte sich auf ihren Arm. »Dann wärest du für mich das Wichtigste. Wenn du meine Freundin wärst …«

Seine Fingerspitzen strichen sanft über ihre Wangen, sein Gesicht mit den strahlend blauen Augen war ihrem ganz nah, als er sich zu ihr herunterbeugte. »Komm her«, flüsterte er. »Du …«

In dem Moment, als seine Lippen ihre berührten, war sie zu erschrocken, um sich zu wehren. Eine Sekunde später war es zu spät. Als er sie fest in seine Arme zog, gaben ihre Lippen unter seinen nach und öffneten sich. Elli fühlte ihre Knie weich werden, ein leichter Schwindel ergriff sie, und sie begann zu zittern. Er drückte seine Hüften gegen ihre, seine Lippen streiften ihre Wangen, ihre Augen, die Stirn und fanden die empfindliche Stelle unter dem Ohr.

Ellis Lippen kribbelten und brannten. Wieder lief das merkwürdige Ziehen durch ihren Körper. Keuchend klammerte sie sich an Richards Schultern, öffnete die Augen und sah ihn an.

Er lächelte. In seinem Blick lag kein Spott, keine Überheblichkeit, nichts mehr von dem großkotzigen Stinkstiebel von früher. Alles, was sie sehen konnte, war ehrliche Zuneigung, ein bisschen Mitleid und eine Begierde, die sie so noch nie wahrgenommen hatte.

Wieder fanden sich ihre Lippen. Dieser Kuss war leidenschaftlicher und hungriger als der erste. Richard hielt sie fest, streichelte über ihren Rücken bis hinunter zu den Oberschenkeln. Ellis Kopf begann sich zu drehen. Sie schnappte nach Luft, und alles Denken hatte ein Ende.

Richards Mund streifte ihr Ohr, und sie hörte ihn flüstern: »Komm mit mir!«

Wie sie die Leiter zum Heuboden hinaufgekommen war, wusste Elli später nicht mehr zu sagen, vieles von dieser Nacht verschwand im Nebel. Zurück blieben verschwommene Bilder und das Gefühl, sich selber nicht mehr im Griff zu haben.

Ihr Kleid, das ins Heu fiel. Seine Hand, die den Träger ihres Unterhemdes über ihre Schulter schob. Finger, die sanft über ihre Brüste strichen, über ihre Beine glitten, bis zu den Knien hinunter, um dann unter dem Saum des Unterrockes zu verschwinden, den dünnen Stoff hochzuschieben und ihre Haut in Brand zu setzen. Ihre eigenen Hände, die an seinem Hemd zerrten, bis sie endlich seine Haut spürten. Sein Lachen, ganz tief und kehlig, als er sie mit sich ins Heu zog. Sein zärtlicher Blick, ehe er sie küsste, ehe seine Hände über ihren Körper strichen – trotz der harten, schwieligen Haut an seinen Fingerspitzen so sanft und vorsichtig wie die Berührung einer Feder. Seine Hand, die immer tiefer glitt, über ihren Bauch und die Leisten, und schließlich streichelnd ihren Schoß erreichte.

In Ellis Kopf drehte sich alles, Feuerfunken flogen hinter den geschlossenen Augenlidern auf sie zu. Ihr Körper schien abzuheben und zu schweben, als sie sich der liebkosenden Hand entgegenstreckte. Weit öffnete sie die Augen, suchte seinen Blick und rang um Atem. »Was machst du nur, mein Gott, was machst du denn nur mit mir?«

»Schsch!« Richard legte seinen Zeigefinger auf ihre Lippen und verschloss sie mit einem langen Kuss. »Nicht reden!«

Als er sich schließlich auf sie legte, klammerte sie sich an seine Schultern. Weit öffnete sie ihre Schenkel und nahm ihn in sich auf. Ihre Hüften begannen, ein Eigenleben zu führen, während sie das Gefühl hatte, durch einen warmen Tunnel zu fallen, dessen Ende sie nicht sehen konnte und dessen Wände mit Sternen besetzt waren. Tief in ihrer Kehle bildete sich ein Wimmern, das sich zu einem stöhnenden Klagelaut steigerte, als Richard sich in ihr bewegte, immer schneller und schneller wurde.

Schließlich sank er zusammen, schlang seine Arme um sie und seufzte. »Du glaubst gar nicht, wie lange ich das gewollt habe!«, flüsterte er in ihr Ohr, ließ sich neben ihr ins Heu gleiten und küsste ihre Stirn.

Sanft streichelte er ihre Wange, ihren Hals, ihre Brust, dann blieb die Hand still liegen, und sein ruhiger, tiefer Atem verriet, dass er eingeschlafen war.

Vorsichtig löste Elli sich aus seiner Umarmung. Durch die Fensterscheiben drang das erste graue Licht des Morgens.

So leise sie konnte, stand Elli auf, bückte sich nach ihren Kleidern, die verstreut auf dem Boden lagen, und zog sich an. Im Dämmerlicht betrachtete sie den nackten jungen Mann, der friedlich vor ihr im Heu schlief. »O mein Gott, Georg, was hab ich nur angestellt?«, flüsterte sie.

30

Januar 1949

Selber schuld! An allem bist ganz allein du schuld, und das weißt du genau. Versuch erst gar nicht, jemand anderem die Schuld in die Schuhe zu schieben!, zischte die gehässige Stimme, die Elli so vertraut war, als die Wehe abebbte und sie wieder atmen konnte.

Die ganze Kammer war voller Stimmen. Sie wisperten zwischen den Möbeln und hinter den Vorhängen, unverständlich und leise. Nur wenn Elli vor Erschöpfung die Augen zufielen, wurden sie so deutlich, dass sie verstehen konnte, was sie ihr zuraunten. Aber keine von ihnen war so klar wie die gehässige, hohe Stimme, mit der ihr schlechtes Gewissen zu ihr sprach und die genau klang wie die ihrer Mutter, wenn sie ihr Vorwürfe machte.

Alles Unglück hat mit dir angefangen. Weil du Georg mitten auf der Straße geküsst hast, hat seine Mutter dich eine Dirne genannt und dich hinausgeworfen. Deinetwegen wollte Georg aus dem Pfarrhaus weg. Es war deine Idee, dass er sich ein Zimmer suchen soll, und du hast vorgeschlagen, dass er sich auf dem Bau was dazuverdienen kann. Wenn du nur mehr Geduld gehabt hättest, dann …

Elli hielt sich die Ohren zu und begann vor Verzweiflung zu wimmern, aber die Stimme hörte nicht auf, sie zu malträtieren.

Und das Schlimmste ist, dass du Georg auf Marthas Polterabend vorgeworfen hast, in Köln eine andere zu haben. Und einen Tag später gehst du mit Richard Fohrmann ins Heu. Ausgerechnet mit Richard Fohrmann, der sich immer über Georg lustig gemacht hat! Der jedem Rock hintersteigt und jedes Mädchen zwischen Ovelgönne und Schweiburg rumzukriegen versucht. Pfui, du ekelst mich

570

an! Georgs Mutter hatte recht: Du bist wirklich nichts weiter als eine schmutzige kleine Dirne!

Elli schluchzte und presste sich die Hände noch fester auf die Ohren. »Bitte, hör auf damit! Ich weiß es doch. Ich kann es nicht mehr aushalten, das immer und immer wieder zu hören. Lass mich in Ruhe! Bitte, geh einfach weg und lass mich in Ruhe!«

Fast wünschte Elli sich die nächste Wehe herbei, um diese Stimme nicht mehr hören zu müssen.

Bald ist es vorbei. Bald ist alles vorbei, Elli, hörte sie da eine zweite Stimme murmeln. *Dann hast du für alles gebüßt, was du falsch gemacht hast. Dann ist alles wieder gut! Und jetzt schlaf, min Deern! Schlaf, und hol dir Kraft!*

31

»Was willst du denn unbedingt jetzt sofort mit mir besprechen?«, fragte Richard unwirsch.

Elli lief an ihm vorbei durch den leeren Pferdestall, zog die Tür zum Kuhstall ein Stück auf und warf einen Blick hinein, ehe sie die Tür sorgfältig wieder zuzog.

Richard betrachtete sie kopfschüttelnd. »Was soll denn der Blödsinn? Du hast doch gesehen, dass die anderen schon alle zum Frühstücken reingegangen sind. Außer uns beiden ist kein Mensch mehr hier.« Er verschränkte die Arme vor der Brust. »Also? Was hast du auf dem Herzen?«

Elli holte tief Luft und schluckte trocken. »Hör mir ganz genau zu, Richard! Nichts ist gestern passiert. Gar nichts! Verstehst du? Überhaupt nichts! Du hast mich nach Hause gebracht, wir haben uns Gute Nacht gesagt, ich bin ins Haus gegangen, und du hast hier im Heu geschlafen. Das war alles! Keine Umarmung, kein Kuss, kein ...« Die Worte blieben ihr im Hals stecken. Während des Melkens hatte sie sich genau zurechtgelegt, was sie zu ihm sagen wollte, aber jetzt war alles weg, wie ausradiert.

Aus dem Blick, mit dem Richard sie musterte, wurde sie nicht schlau. Seine Stirn war gerunzelt, die Lippen zusammengepresst. War das Überheblichkeit? Machte er sich lustig über sie und ihre Angst? Er zog die Nase hoch und starrte sie weiter an, sagte aber noch immer kein Wort.

»Ich weiß doch selbst nicht, wie das passieren konnte«, fuhr Elli fort. »Ich hab viel zu viel getrunken und war so schrecklich enttäuscht, sonst wäre es bestimmt nicht so weit gekommen. Aber ich bin fest mit Georg zusammen, seit drei Jahren schon. Es wird nicht mehr lange dauern, bis er mich zu sich nach Köln holt und wir heiraten. Verstehst du, Richard? Wir sind verlobt. Das ist wirklich ernst mit uns, und das lass ich mir von niemandem kaputt machen!«

Die Angst ließ das Blut in Ellis Ohren pochen, und ihre Stimme wurde so schrill, dass sie sich beinahe überschlug. »Hörst du? Von niemandem! Wenn du irgendjemandem auch nur ein Sterbenswörtchen darüber erzählst, was heute Nacht passiert ist, dann wird dir das leidtun! Ich werde alles abstreiten. Ich werde jedem erzählen, dass du nur ein Aufschneider bist. Ein Lügner, der nur auf dicke Hose machen will. Nichts als ein Wichtigtuer!«

Noch immer keine Antwort. Richards Augen wurden schmal. Er nahm die Arme nicht herunter, aber Elli konnte sehen, dass die Fingerknöchel weiß hervortraten.

»Ich werde meinem Vater sagen, dass kein Wort von dem wahr ist, was du erzählst. Dass du nur eifersüchtig bist und Georg und mich auseinanderbringen willst. Er wird dich ganz sicher rauswerfen, und er wird dafür sorgen, dass du hier in der Gegend nie wieder eine Stellung als Knecht bekommst. Nirgends!«

Schwer atmend hielt Elli inne. Ihre Hände zitterten wie verrückt. Sie ballte sie zu Fäusten und versteckte sie in den Taschen ihrer Schürze. Einen endlosen Moment lang starrten sie sich unverwandt in die Augen, bis Elli es nicht mehr aushielt und den Blick senkte.

Wieder zog Richard die Nase hoch. »Du hast ja wirklich eine prima Meinung von mir!«, knurrte er, ließ die Arme sinken und kam langsam auf sie zu. Er beugte sich so weit herunter, bis sein Gesicht auf einer Höhe mit ihrem war. Ohne zu blinzeln, fixierte er sie und sagte leise: »Weißt du was, Elli Bruns? Du kannst mich mal!« Damit drehte er sich um und ging hinaus.

Zwei Tage sprachen Elli und Richard nicht ein einziges Wort miteinander und gingen sich bei der Arbeit, so gut es ging, aus dem Weg. Als Anton seine Tochter fragte, ob etwas zwischen ihnen vorgefallen sei, erwiderte Elli achselzuckend, sie seien wegen einer Kleinigkeit aneinandergeraten und hätten sich tüchtig gestritten.

»Dann seht mal zu, dass ihr euch wieder vertragt!«, brummte Anton. »Ist ja kein Zustand so. Nicht, dass du mir den Jungen noch vergraulst. So einen guten Knecht findest du nicht alle Tage. Die wachsen nicht auf Bäumen.«

Von da an riss sich Elli zusammen, arbeitete wieder Seite an Seite mit Richard, aber sie sprachen weiterhin nur das Nötigste miteinander.

Am Dienstag nach der Hochzeit kam ein langer Brief von Georg. Voller Begeisterung schilderte er seinen ersten richtigen Soloauftritt an der Kölner Oper.

… Es war einfach unglaublich! Nachdem ich auf der Rückfahrt nach Köln noch mal den Klavierauszug durchgegangen bin, war ich bei der Sonderprobe fürchterlich nervös. Immer wieder hatte ich Texthänger, hab Einsätze verpasst und einmal völlig falsch angefangen. Ich dachte schon, der Dirigent würde zu mir sagen: »Junge, wir lassen es doch lieber bleiben!«, aber er hat mir auf den Rücken geklopft und gesagt: »Mach dich bloß nicht verrückt! Von denen, die da unten sitzen, bemerken sowieso nur zehn Prozent deine Fehler, und das sind die, die sich auskennen und Nachsicht mit einem Anfänger haben! Du schaffst das schon!«

Und dann war es so weit. Der Vorhang ging auf, und ich musste mit Lina – der Marzelline – das erste Duett singen. Meine Knie haben geschlottert, und ich dachte, ich muss mich gleich übergeben, aber kaum war der erste Ton draußen, lief alles wie am Schnürchen. Alles klappte, kein Texthänger, kein falscher Einsatz, nichts, gar nichts. Es war einfach grandios!

Oh Elli, mein Lieb, dieses Gefühl, von der Musik getragen zu werden, jeden Ton zu spüren, bevor er deine Kehle verlässt, und

*schon vorher zu wissen, dass er genau sitzt, dass er genau richtig ist
und dass du die Menschen da unten erreichen kannst. Das ist das
schönste Gefühl auf der ganzen Welt, davon werde ich nie genug
bekommen. Ich könnte regelrecht süchtig danach werden!*

*Und dann war die Oper vorbei, der Vorhang schloss sich, und ich
hörte, wie draußen das Publikum applaudierte und »Bravo!« rief.
Als der Vorhang wieder aufging, bin ich allein auf die Bühne getreten, und all das Toben und das Bravo war nur für mich. Ich konnte
kaum glauben, dass die wirklich mich meinten! Danach haben mich
alle Kollegen umarmt und mir gratuliert und gesagt, wie gut ich
gewesen sei. Zu guter Letzt der Dirigent, der mir auf die Schulter
schlug und sagte: »Siehste, hab ich doch gleich gesagt, Junge. Das
hast du gut gemacht! Auf dich kann man sich wirklich verlassen.
Genau so was brauchen wir hier! Gute Leute wie dich.«*

*Meine liebe Elli, es tut mir so unendlich leid, dass ich nicht mit dir
zur Hochzeit gehen konnte, aber, ganz ehrlich, ich glaube, es hat
sich gelohnt, zurück nach Köln zu fahren. Heute früh hab ich den
Dirigenten auf der Probebühne getroffen. Er hat mir die Hand
geschüttelt und gemeint, ich solle mich schon mal darauf gefasst machen, bald sehr viel mehr zu tun zu bekommen. Morgen hab ich ein
Gespräch mit ihm. Drück mir bloß ganz fest die Daumen, mein
Lieb! Wenn es wirklich so ist, wie ich denke und hoffe, dann wird
sich hier bald viel ändern. Mag sein, dass ich dir nicht mehr ganz
so lang und oft schreiben kann, aber wenn wir uns stattdessen bald
öfter sehen können, ist das doch ein guter Ausgleich, oder?*

Auf die Entschuldigung, die Elli ihm in der Nacht nach dem
Polterabend geschrieben hatte, ging Georg mit keinem Wort
ein. Aber sein ganzer Brief klang so glücklich und hoffnungsvoll,
dass sie sich keine Sorgen mehr machte. Das war nun mal Georgs Art: Wenn eine Sache für ihn erledigt war, dann sprach er
nicht mehr darüber. Ganz offensichtlich war der Streit zwischen
ihnen für Georg aus der Welt.

Mit dem Zeigefinger strich Elli zärtlich über die letzten Worte und seine Unterschrift.

Ich schließe meine Augen, und in Gedanken halte ich dich ganz fest in meinem Arm, drücke dich an mich und küsse dich. Elli, du bist wunderbar!

In Liebe
Dein Georg

Wie Georg angekündigt hatte, kamen seine Briefe in den nächsten Wochen nicht mehr so regelmäßig, und sie wurden kürzer. Meist schrieb er nur ein paar Zeilen, in denen er sich beklagte, dass er ständig auf dem Sprung sein müsse, um alles unter einen Hut zu bekommen: die vielen Proben für die Zweitbesetzungen, die Aufführungen mit dem Opernchor und seine Arbeit als Handlanger auf dem Bau. Zumindest Letztere sei aber zum Glück bald zu Ende. Nicht mehr lange, dann komme der Dachstuhl auf den Rohbau, und er habe dem Polier schon gesagt, dass er dann aufhören wolle. Ende Mai, spätestens Mitte Juni, wenn das Gerüst abgebaut werde, sei Schluss. Aber bis dahin müsse er noch richtig ranklotzen.

Elli war froh, wenn sie sich mit Arbeit im Freien von Gedanken an Georg ablenken konnte. So kam es ihr gerade recht, dass ihr Vater beschloss, den ersten Heuschnitt vorzuziehen.

»Das Gras ist einfach zu schnell hochgeschossen und viel zu weich. Wenn es jetzt windig wird oder tüchtig regnet, dann knickt es um und bleibt platt auf der Erde liegen«, erklärte Anton, als er nach seinem Abendrundgang ans Gatter der Kälberweide gelehnt eine Selbstgedrehte rauchte. »Dann könnten wir das Heufahren vergessen. Hoffen wir mal, dass das Wetter ein paar Tage lang hält!«

Hinnerk warf einen prüfenden Blick auf den rotgoldenen

Abendhimmel, schob seine Mütze in den Nacken und fuhr sich durch die grauen Haare. »Doch, das hält sich, Bauer. Eine Woche mindestens.« Er nahm seine Pfeife aus dem Mund und klopfte sie am Stiefel aus. »Wenn der Fohrmann-Junge mitkommt und wir zu dritt mähen können, kriegen wir alles trocken unter Dach und Fach, da wette ich drum. Zum Wenden und Aufladen sind ja genug Leute da.«

Anton nickte, warf den Stummel seiner Zigarette auf den Kiesweg und trat ihn sorgfältig aus. Er zwinkerte Elli, die neben ihm am Gatter stand, lächelnd zu. »Dann lauf mal rein, Muschen, und sag deiner Mutter, dass wir morgen anfangen zu mähen. Nicht, dass wir nachher nichts zu essen und zu trinken kriegen, wenn wir den ganzen Tag auf der Weide waren!«

Am nächsten Morgen fühlte Elli ein leichtes Ziehen im Unterleib und seufzte erleichtert. »Tante Rosa« hatte schon auf sich warten lassen. Elli hatte sich jeden Gedanken daran, dass die Nacht mit Richard Folgen gehabt haben könnte, streng verboten. Aber jetzt war ja zum Glück alles gut. Auch wenn die Blutung diesmal noch schwächer war als im letzten Monat und am gleichen Abend schon so gut wie wieder vorbei war, hätte Elli vor Erleichterung heulen können.

Die ganzen nächsten Tage verbrachte sie mit den Schnittern auf den Weiden, breitete das frisch gemähte Gras zum Trocknen aus und brachte es sogar wieder fertig, über Richards Witze zu lachen.

Sie hatten so viel mit dem Heuen zu tun, dass Elli zunächst gar nicht auffiel, dass Georgs Briefe ausblieben. Erst als über eine Woche vergangen war, ohne dass Post aus Köln gekommen war, wurde sie stutzig, setzte sich hin und schrieb Georg einen Brief, obwohl sie gar nicht an der Reihe war.

Wieder verging eine Woche, ohne dass eine Antwort kam, nicht einmal eine Postkarte. Langsam begann Elli, sich Sorgen zu machen.

In ihrem nächsten Brief fragte sie Georg, was denn nur los sei, und bat ihn inständig, sich doch bitte wenigstens ganz kurz bei ihr zu melden.

Als nach weiteren fünf Tagen noch immer keine Nachricht von ihm gekommen war, fasste sie sich ein Herz und erzählte ihrem Vater davon. »Was meinst du, soll ich vielleicht nach Köln fahren, um zu gucken, was los ist?«, fragte sie.

Anton wiegte den Kopf. »Schwer zu sagen. Wenn er schreibt, dass er im Moment so viel um die Ohren hat, ist es vielleicht besser, du lässt ihn gewähren. Auf der anderen Seite, wenn er sonst immer geschrieben hat und jetzt gar nicht mehr? Das klingt eigentlich nicht nach Georg. Aber mach dir mal keine Sorgen, Muschen! Wird schon nichts passiert sein. Schlechte Nachrichten verbreiten sich immer am schnellsten. Lass ihm einfach noch eine Woche Zeit, und wenn er sich bis dahin nicht gemeldet hat, kannst du immer noch hinfahren und nach dem Rechten sehen.«

Als am nächsten Tag der Postbote kam, war Elli gerade im Garten.

»Da ist ein ganz dicker Brief für dich aus Köln gekommen«, rief ihr Vater. Breit lächelnd stand er in der Seitentür zur Dreschdiele und wedelte mit einem großen braunen Papierumschlag. »Dein Georg muss aber ein rabenschwarzes Gewissen haben, wenn er dir jetzt so viel zu schreiben hat.«

Elli drehte das monströse Ding einen Moment in den Händen, dann lief sie in die Küche und riss das Papier auf. Der ganze Umschlag war vollgestopft mit kleinen grünen Briefumschlägen.

Elli fühlte, wie eine eisige Faust nach ihrem Magen griff. »Oh nein«, flüsterte sie. »Oh nein, oh nein, oh nein!«

Sie sah zu ihrem Vater, der ihr in die Küche gefolgt war. »Das sind meine Briefe, all meine Briefe an Georg. O lieber Gott, nein, bitte nicht!«

Sie drehte den Umschlag um und schüttete den Inhalt auf den

Tisch. »All meine Briefe. Es ist alles aus. Georg macht Schluss mit mir.« Sie schlug sich die Hände vor den Mund.

Ihr Vater nahm einen Stapel grüner Umschläge in die Hand und fächerte sie auf. Dazwischen zog er ein einzelnes graues Blatt hervor.

Es war ein Zeitungsausschnitt.

Anton überflog ihn und ließ sich dann schwer auf einen der Küchenstühle fallen. »O Gott, Elli …«, sagte er heiser und streckte ihr die Hand mit dem Zeitungspapier entgegen.

Langsam trat sie an den Tisch heran, wischte sich mechanisch die Hände an der Schürze ab und nahm dann den Zeitungsausschnitt entgegen.

Buchstaben tanzten vor ihren Augen. Weigerten sich, sinnvolle Worte zu bilden.

Durch einen tragischen Unfall, stand da. Und *verloren wir heute*. Und *in tiefem Schmerz*.

Darunter waren in dicken schwarzen Buchstaben Georgs Name und sein Geburtsdatum abgedruckt. Und ein Datum Ende Mai.

Ein Datum mit einem Kreuz davor.

Ellis Mund wurde taub. Sie sah alles ganz deutlich vor sich: Die schwarz geränderte Anzeige in ihrer Hand, den Tisch voller Briefumschläge mit Georgs Namen und der Kölner Adresse darauf, die Sonne, die von einem grotesk blauen Himmel durch die Küchenfenster auf den Tisch schien, die Uhr an der Wand, deren Zeiger sich gleichmäßig bewegten, und die Fliegen, die um die Lampe über dem Tisch summten. Aber nichts von dem, was sie sah, ergab einen Sinn. Nicht das Stück Papier, das sie in der Hand hielt, nicht die Briefumschläge auf dem Tisch, nicht der mitfühlende Blick ihres Vaters.

»Aber wieso macht er denn Schluss mit mir?«, fragte sie. »Wir haben uns doch wieder vertragen nach dem Streit. Wieso macht Georg denn jetzt Schluss mit mir, Papa?«

»Elli«, sagte Anton leise. »Muschen, so hör doch!«

»Aber das kann er doch nicht …«

Ihr Vater stand auf und legte ihr seine warmen Hände auf die Schultern. Sein Blick suchte ihren. »Er macht nicht Schluss mit dir, Muschen. Georg ist … Er ist tot.«

»Nein!«, keuchte sie. »Nein. Wie kannst du denn nur so was sagen? Wie kann er denn tot sein?«

Elli versuchte, sich loszureißen, aber Antons Hände hielten sie fest, seine Arme legten sich um sie, drückten sie fest an seinen Körper. Immer und immer wieder hörte sie ihren Kosenamen. Ihr Kopf sackte gegen seine Schulter.

Georg, Georg, Georg!

Georg auf dem Heuboden kniend, die Hände erhoben. Neben ihr auf dem Fahrrad, ihre Hand in seiner. Georg, der sie umarmte und festhielt, als der Panzer über die Straße gefahren war.

Georg, Georg, Georg!

Seine Stirn an ihrer. Sein Mund an ihrem Ohr. Seine geflüsterten Worte: *Elli, du bist wunderbar!*

Georg neben ihr im Bett, auf ihr, in ihr, zitternd und stöhnend. Sein Blick im Spiegel der Frisierkommode. Sein Blick, als er in der Kirche um ihre Hand anhielt. Sein Lachen. Die dreieckige Falte über der Nasenwurzel.

Georg, Georg, Georg!

Die dunklen Locken, die warmen Augen, der Duft nach Sonne und Kernseife. Seine Lippen auf ihren, wie Seide so weich.

Und seine Stimme. *Morgenlich leuchtend – Dat du mien Leevsten büst – Ich steh an deiner Krippen hier – Morgen früh, wenn Gott will – Und der Himmel dort droben, wie ist er so weit.*

Aber sie müsste doch weinen. Sie müsste doch Trauer empfinden oder Schmerz oder wenigstens irgendetwas. Aber da war nichts, nichts als eine fahle Leere. Ihre Augen brannten und brannten und waren so trocken, dass sie sich nicht mehr schließen ließen.

An die folgenden Tage hatte Elli später nur noch vage Erinnerungen. Tage und Nächte verschwammen ineinander, versanken in einem dichten weißen Nebel, der Elli vom Rest der Welt abschnitt. Worte drangen nur dumpf und undeutlich zu ihr durch, und es war nicht auszumachen, wer sie gesprochen hatte. Elli aß nichts und schlief kaum. Tagsüber war sie todmüde, nachts fand sie keine Ruhe, weil sie immer wieder aus Träumen hochschreckte, die ihr realer erschienen als die Wirklichkeit um sie herum.

Georg war darin allgegenwärtig. Egal, wie der Traum auch begann, irgendwann tauchte Georg auf. Er trat durch eine Tür und stand neben ihr, oder irgendjemand anders verwandelte sich ganz plötzlich in ihn.

Er wirkte so lebendig, jedes Detail war ihr vertraut: die winzigen Fältchen in seinen Augenwinkeln, wenn er lachte, der kleine Knick in seiner Nase, die Schneidezähne, die ein wenig übereinandergeschoben waren, die braun gebrannte Hand, die die Locken aus seiner Stirn strich.

»Aber wie kannst du hier sein?«, fragte sie ihn jedes Mal. »Du bist doch tot! Ist das alles nur ein Irrtum? Ein böser Traum, aus dem ich nicht mehr aufwachen kann?«

Und dann lächelte er. »Hauptsache, ich bin hier bei dir.«

Doch kurz bevor sie ihm sagen konnte, wie leid ihr alles tat, was geschehen war, schrak sie jedes Mal mit einem Schluchzen in der Kehle und einem tränennassen Gesicht aus dem Traum hoch.

Weil Elli es nicht fertigbrachte, Freunden und Verwandten zu schreiben, setzte sich Anton irgendwann an den Küchentisch und teilte ihnen in seiner ungelenken Handschrift mit, was geschehen war. Auf der Baustelle, wo Georg als Handlanger gearbeitet hatte, hatte es einen Unfall gegeben. Das Gerüst hatte sich von der Mauer gelöst, war eingestürzt und hatte Georg und zwei weitere Arbeiter mit in die Tiefe gerissen. Georg war auf der Stelle tot gewesen, er hatte nicht gelitten. Das jedenfalls hatte in dem kurzen Brief von Georgs Mutter gestanden, den Anton zwischen all den grünen Umschlägen gefunden hatte.

Ein paar Tage später kamen die ersten Briefe für Elli, auch ein paar Trauerkarten waren dabei.

Die sechs Seiten, die Hannes mit seiner winzigen Schrift gefüllt hatte, versuchte Elli noch zu lesen. Wie sehr er Georg vermissen werde und wie sehr er seinen Tod bedaure, schrieb er. Und wie unendlich leid sie, Elli, ihm tue.

Elli faltete den Brief mit zitternden Fingern zusammen, steckte ihn in den Umschlag zurück, ohne ihn zu Ende zu lesen, und legte ihn in den Sekretär. Den Brief von Sigi und Martha und alles, was danach an Post für sie kam, öffnete sie nicht einmal mehr, sondern stapelte die Umschläge oben auf Hannes' Brief im Sekretär.

Sie konnte das nicht. Sie konnte die Trauer der anderen nicht aushalten. Gewiss, sie meinten es nur gut, wollten ihr helfen. Aber sie konnte das Mitgefühl nicht ertragen, weil sie glaubte, es nicht verdient zu haben. Nicht nach dem, was sie Georg angetan hatte. Sie hatte ihn betrogen.

So langsam müsse sie doch wieder zu Verstand kommen, sagte ihre Mutter immer wieder. In jeder Familie sei im Krieg jemand gefallen, und keine der Kriegswitwen lasse sich so gehen wie Elli. Das Leben müsse doch weitergehen.

Auch der besorgte Blick ihres Vaters ruhte immer häufiger auf Elli, er aber sagte nichts.

Als die Postkarte von Martin kam, war es schon fast September. Seine Nachricht war nur kurz. Er schrieb, er habe noch etwas von Georg, das er Elli gern geben würde, und fragte, ob sie sich nicht in ein paar Tagen in Brake treffen wollten.

Ohne lange zu überlegen, schrieb Elli zurück und sagte zu.

Ein tiefblauer Himmel mit ein paar weißen Schönwetterwolken wölbte sich über ihr, als sie in Brake aus dem Zug stieg.

Martin wartete vor dem Bahnhof auf sie. Er saß auf einer Bank und hatte sein Gesicht mit halb geschlossenen Augen der Sonne zugewandt. Der Mantel, den er trug, war ihm eine Nummer zu groß, und er versank geradezu darin. Schmal war er geworden, und er wirkte noch krummer und grauer als früher. Erst als Elli direkt vor ihm stand und sich räusperte, öffnete er die Augen.

»Hallo Martin!« Lächelnd streckte sie ihm ihre Hand entgegen.

»Hallo Elli, mein Mädchen!« Martin stand auf, zog sie in seine Arme und drückte sie einen Moment fest an sich. Dann schob er sie auf Armeslänge von sich und musterte sie von oben bis unten. »Tut gut, dich zu seh'n.«

Elli nickte nur und blinzelte gegen das Brennen in ihren Augen an.

»Na komm, lass uns ein Eis essen gehen!«, schlug Martin vor. »Ich lade dich ein!«

Bis zum einzigen Eiscafé des Städtchens waren es nur ein paar Schritte, und kurze Zeit später saßen sie in dem kleinen Lokal, an dessen Wand in schwungvollen Buchstaben zu lesen war:

Oh wie lecker, oh wie süß
schmeckt das Eis bei Walter Gries!

Trotz des strahlenden Wetters an diesem Nachmittag war das Eiscafé bis auf ein paar kichernde Mädchen in einer Ecke leer. Martin bestellte bei der mürrisch dreinblickenden Bedienung ein Eis für Elli und einen Kaffee für sich selbst.

Elli aß ohne großen Appetit, während sie Martin zuhörte.

Eigentlich habe er ja nie wirklich Lehrer werden wollen, aber inzwischen mache ihm das Unterrichten an der Oberschule in Nordenham richtig Spaß, erzählte er, während er in seinem Kaffee rührte. Er habe sogar schon überlegt, einen Schulchor zu gründen. Ein paar seiner Schüler hätten ganz ordentliche Stimmen.

Martin seufzte. Es sei ja so ein Jammer, dass sie alle so verteilt seien. Sigi und Martha in Oldenburg, Hannes in Tübingen, der große Erwin in Berlin. Der kleine Erwin sei inzwischen in Oldenburg am Staatstheater, ob sie das schon wisse.

Elli gab sich den Anschein, ihm aufmerksam zuzuhören, obwohl sie immer mehr den Faden verlor. Sie lächelte und nickte an den Stellen, an denen sie es für angemessen hielt, und fragte sich dabei, warum sie nur zu diesem Treffen gefahren war, das doch nur die Wunden wieder aufriss, die noch nicht einmal begonnen hatten zu verheilen.

Dann hörte sie Martin Georgs Namen sagen.

»Er hat mir oft geschrieben. Zuletzt ein paar Tage, bevor …« Martin räusperte sich und schluckte. »Ich habe eine ganze Zeit lang überlegt, ob ich dir sagen soll, was in seinem letzten Brief stand. Es ändert ja nichts mehr, aber dann dachte ich, du solltest es wissen. Hier!« Er zog einen Briefumschlag aus der Innentasche seiner Jacke und reichte ihn Elli.

Einen Augenblick lang hielt sie den Brief zögernd in der Hand. Erst als Martin ihr zunickte, zog sie den Brief aus dem Umschlag und begann zu lesen.

Lieber Martin!

Ich bin noch immer ganz durcheinander. Du wirst nicht glauben, was passiert ist: Die haben mir hier in Köln wirklich und wahrhaftig einen Vertrag angeboten! Gestern hatte ich ein Gespräch mit Herrn Wand, unserem Generalmusikdirektor, der den Fidelio *dirigiert hat. Ab der kommenden Spielzeit soll ich fest hier singen. Und nicht im Chor! Nein, ich bin als Tenor engagiert worden!*

Meine erste richtige Rolle wird der Jaquino im Fidelio. *Und in der* Zauberflöte, *die im Herbst wieder ins Programm genommen wird, bin ich der Erste Geharnischte und soll zusätzlich den Tamino lernen. Zunächst als Zweitbesetzung, aber vielleicht in der nächsten oder der darauffolgenden Spielzeit auch regulär. Und* dann sind da noch einige weitere Rollen, die ich übernehmen soll. Hauptsächlich natürlich die ganzen kleinen Partien: Gaston in der Traviata, den Hirten und den Seemann im Tristan und die üblichen Diener und Boten … Aber wie du immer sagst: »Man muss klein anfangen, um groß werden zu können!« Und so gefragt, wie Tenöre im Moment überall sind, habe ich gute Chancen, bald auch an größere Rollen zu kommen.

Große Reichtümer bieten sie mir zwar nicht an der Oper, aber es wird für Elli und mich zum Leben reichen. Falls du sie zufällig siehst, verrate ihr bitte noch nichts! Das soll eine Überraschung werden. Im Sommer, wenn die Oper geschlossen hat, fahre ich an die Küste hoch und halte mit allen Schikanen, also mit Ring und Niederknien vor der ganzen Familie Bruns, um Ellis Hand an.

Als ich zuletzt da war, haben wir uns ziemlich heftig gestritten, Elli und ich. Sie wollte unbedingt, dass ich bei der Hochzeit von Martha und Sigi dabei bin, ich wollte unbedingt nach Köln, um zu singen. Na ja, ein Wort gab das andere, und wir haben beide Sachen gesagt, die wir nicht so gemeint haben.

Ich kann sie ja verstehen, es ist wirklich nicht leicht für Elli! Ich bin hier in Köln, und sie sitzt da oben in dem Kuhkaff und malt sich alles Mögliche aus, weil sie mich die Traviata hat proben sehen. Kein Wunder, dass sie auf dumme Gedanken kommt. Wenn wir erst mal verheiratet sind und in Köln wohnen, wird es ganz normal sein, dass ich zum Arbeiten an die Oper gehe und dort den Sopranistinnen schöne Augen mache. Nach der Vorstellung werde ich brav zu Frau und später auch mal zu Frau und Kind nach Hause kommen, und ihre Eifersucht wird sich hoffentlich geben.

Ich möchte nicht mehr warten! Ich möchte endlich weg aus dem Pfarrhaus und auf eigenen Füßen stehen. Wenn der alte Anton Bruns einverstanden ist, nehme ich Elli noch im Sommer zur Frau, und sie kommt mit nach Köln. Dann wird eben nicht groß Hochzeit gefeiert! Na und?

Meine Mutter war zuerst strikt gegen all das. Sie meinte, ich solle mich doch nicht wegwerfen und lieber studieren, statt mich von der Oper für einen Hungerlohn ausnutzen zu lassen. Und wieso ich unbedingt jetzt heiraten wolle, wo die Zeiten so unsicher seien. Sie findet, wir sollten noch ein oder zwei Jahre warten, besser noch fünf oder sechs. Und überhaupt, wenn schon heiraten, dann doch nicht so einen Bauerntrampel. Elli passe doch gar nicht zu mir!

Da ist mir der Kragen geplatzt. Richtig laut bin ich meiner Mutter gegenüber geworden, habe sie angeschrien und Türen geknallt. Am Schluss hatten wir beide Tränen in den Augen, aber sie hat nachgegeben, nicht ich. Auf einmal geht es. Jetzt endlich hab ich gelernt, meinen Schädel durchzusetzen. Verrückt ist das!

Ich schreibe dir rechtzeitig, wann der große Tag sein wird. Denn ich möchte gern, dass du, mein lieber Martin, mein Trauzeuge wirst. Ich hoffe, du schlägst mir diese Bitte nicht ab. Ich melde mich, sobald ich mehr weiß.

Liebe Grüße, auch an die Erwins, falls du sie siehst,
Dein Freund Georg

PS: Für die erste Aufführung des Fidelio *kriegst du natürlich Karten! Vorderes Parkett, damit du sehen kannst, was die Violinisten alles falsch machen. Das arrangiere ich!*

Der Nebel war wieder da, hüllte Elli sanft in immer dickere Schichten. Geräusche drangen nur noch dumpf an ihr Ohr und schienen aus immer weiterer Ferne zu kommen, während leuchtende Funken auf ihre Augen zuschossen. Plötzlich war ihr speiübel. Das Blatt Papier, das sie noch immer in der Hand hielt, war nur noch ein großer weißer Fleck.

»Meine Güte, Mädchen! Du bist ja kalkweiß im Gesicht! Komm, wir gehen schnell an die frische Luft! Nicht, dass du hier noch umkippst!«. Martin zog sie auf die Füße und hakte sie unter, während er mit der Linken die Bedienung herbeiwinkte und ihr ein paar Münzen in die Hand drückte.

»Geht's wieder?«

Elli erkannte Martins dunkle Stimme und öffnete widerstrebend die Augen. Sie brauchte einen Moment, bis sie wieder wusste, wo sie war. Sie saß neben Martin auf einer Bank in der Sonne. Ihr Kopf lehnte an seiner Schulter, und sie fühlte den Wollstoff seines Mantels an ihrer Wange. Martin hatte seinen rechten Arm um ihre Schultern gelegt und hielt sie fest. Elli fühlte sich warm und geborgen, fast so wie früher in Georgs Arm. Sie schloss die Augen wieder und genoss dieses Gefühl.

»Ich fürchte, du warst einen Moment lang ohnmächtig. Dir muss wohl der Kreislauf weggesackt sein«, hörte sie Martins Stimme dicht an ihrem Ohr. »Tut mir leid«, fügte er leise hinzu. »Das wollte ich nicht. Ich wusste nicht, wie nah dir das geht. Ich dachte, jetzt, wo Georg schon ein paar Monate… Ich hätte dir den Brief nicht zeigen sollen. Es hat alles nur noch schlimmer gemacht.«

Ohne den Kopf zu heben, schüttelte Elli den Kopf. »Nein«, flüsterte sie. »Nein, Martin, der Brief hat es nicht schlimmer gemacht. Im Gegenteil! Ich weiß jetzt, dass Georg mich heiraten und mit nach Köln nehmen wollte. Es hätte alles gut werden können.«

Martin schwieg einen Moment. Seine Hand lag noch immer auf ihrer Schulter, sein Daumen strich langsam über den Stoff ihres Mantels. Auf und ab und wieder auf und ab. Schließlich seufzte er, kramte mit der Linken in der Innentasche seines zu großen Mantels, zog einen weiteren Umschlag heraus und reichte ihn ihr. »Hier! Das ist das, was ich dir geben wollte.«

Elli nahm den Umschlag entgegen und sah hinein. Er enthielt lauter Fotos.

»Ich habe jeden gefragt, von dem ich wusste, dass er bei unseren Auftritten fotografiert hat. Und als die Leute hörten, was passiert ist, hab ich von allen Fotos bekommen.«

Elli löste sich aus Martins Umarmung, zog einen ganzen Stapel Bilder aus dem Umschlag und blätterte sie langsam durch.

Georg und Martin. Georg allein. Georg am Klavier. Georg mit einem Glas in der Hand. Georg mit hochgekrempelten Ärmeln neben den beiden Erwins, Hannes und Sigi vor dem Pritschenwagen. Georg mit Elli. Georg, der Elli küsste. Georg, der Elli untergehakt hatte. Georg, der Elli im Arm hielt. Georg, der lachte. Georg mit Sigi und Martha. Georg mit Martin und den beiden Erwins auf der Bühne. Georg, der sang.

»Er hat dich sehr geliebt, weißt du das?«, sagte Martin leise. Sein Blick war starr auf den Horizont gerichtet. »Er hat es mir gesagt, mehr als einmal. Und man konnte es sehen, wenn ihr zusammen wart.«

»Mag sein. Möglich. Aber seine Musik hat er immer etwas mehr geliebt als mich.« Elli konnte nicht verhindern, dass ihre Stimme bitter klang. Sie betrachtete eines der Fotos in ihrer Hand, sah wie Georgs Augen beim Singen strahlten, und strich liebkosend mit dem Zeigefinger über sein Gesicht. Das war auf dem Bürgerball in Seefeld gewesen, im vorletzten Sommer.

»Ja«, gab Martin nachdenklich zu. »Vermutlich hast du recht. Zuerst kam die Musik. Sein Gesang stand für Georg immer an erster Stelle. Er hatte alles, was man braucht, um ein großer Sänger zu sein: die Stimme, die Leidenschaft, den Fleiß und den Willen, sich durchzusetzen. Er ging ganz in seinen Rollen auf, ohne sich je darin zu verlieren. Georg hätte groß werden können. Nein, er war schon groß«, korrigierte er sich. »Und er hat immer gesagt, er wolle zu Gott singen. Aus Dankbarkeit.« Martin stieß ein bitteres Lachen aus. »Aus Dankbarkeit für das Glück, das er beim Singen empfand. Wie eifersüchtig und eigennützig muss dieser Gott sein … wollte ihn ganz für sich.« Seine Stimme brach.

»Bitte«, flüsterte Elli. »Bitte, Martin, hör auf!«

»Weißt du, was das Schlimmste ist? Es bleibt nichts von ihm. Gar nichts! Hätte er gemalt, gäbe es Bilder. Wenn er geschrieben hätte, wären seine Bücher noch da. Aber Musik? Musik ist nur für den Moment gemacht, in dem du sie hörst. Selbst eine Schallplatte ist nur ein schwaches Abbild. Und von Georgs Stimme gibt es nicht mal eine einzige Aufnahme.«

Martin wischte sich mit einer schnellen Handbewegung über die Augen, griff in seine Jackentasche und zog ein Taschentuch heraus, mit dem er sich die Nase putzte. Er hustete und räusperte sich, dann hatte er sich wieder im Griff. »Merkwürdig, dass sein Tod mich so mitnimmt. Eigentlich sollte man doch annehmen, dass ich schon Schlimmeres überstanden habe. Aber mit Georg zusammenzuarbeiten, ihm das Singen beizubringen, zu sehen, wie er besser und besser wurde, das hat mich damals aus einem tiefen Loch geholt. Ich war so allein, und ich verdanke ihm so viel. Sein Tod ist so … so sinnlos.«

Martin drehte das Taschentuch in seinen Händen und steckte es schließlich wieder in seine Jackentasche. Dann griff er nach Ellis Hand und drückte sie. »Aber ich sollte nicht ausgerechnet dir etwas vorjammern, Elli«, sagte er und versuchte sich an einem aufmunternden Lächeln. Es misslang. »Erzähl mal, wie geht es dir? Wie kommst du zurecht, mein Mädchen?«

»Ganz gut, eigentlich«, log sie und wich seinem Blick aus. »Ich bin von morgens bis abends auf der Weide, im Garten oder in der Küche beschäftigt. Wie früher auch immer. Dabei komme ich nicht viel zum Nachdenken.«

»Und was sagen deine Eltern?«

»Wieso? Was sollen sie sagen? Was meinst du?«

»Na ja, dazu!« Martin wies mit einer vagen Handbewegung auf Ellis Körper. »Dazu, dass du ein Kind bekommst.«

»Was? Nein!« Mit einem Ruck richtete Elli sich auf und rückte ein Stück von ihm ab. Fassungslos starrte sie ihn an.

»Elli …«

»Wie kommst du denn nur darauf?«, unterbrach sie ihn. »Wie kannst du denn so was behaupten?«

»Aber es stimmt doch, nicht wahr?«

»Nein! Nein, es stimmt nicht!« Ellis Stimme überschlug sich. »Ich kriege kein K…« Das letzte Wort blieb ihr im Hals stecken.

Martin griff nach ihren Händen, hielt sie fest in seinen und suchte ihren Blick. »Elli, hör mir zu! Man sieht es schon«, sagte er sehr leise und eindringlich. »Wenn man dich längere Zeit nicht gesehen hat, fällt es einem auf, vor allem an deinem Gesicht. Oder zumindest ist es mir aufgefallen, ich hab wohl irgendwie ein Auge dafür. Und bald wird es jeder sehen können.«

»Aber ich kriege kein Kind, ganz sicher nicht!«, stammelte Elli. »Ich hab doch geblutet, nachdem …« Sie entriss ihm ihre Hände und schlug sie sich vor den Mund, als wolle sie die Worte aufhalten.

»Das gibt es manchmal«, erwiderte Martin leise. »Greta hatte das auch bei beiden Kindern. Zu Beginn hatte sie noch leichte Blutungen. Ein, zwei Mal, dann nicht mehr.«

Ellis Hände sanken in ihren Schoß, wo sie kraftlos liegen blieben. »Dann nicht mehr …«

»Nein, dann nicht mehr. Und bei dir war es genauso, oder?«

Ellis Gesicht verzerrte sich. Sie biss sich auf die Lippen und antwortete nicht.

»Oh Elli! Mädchen!«, flüsterte Martin, griff erneut nach ihren Händen und drückte sie ganz fest. »Und jetzt? Was soll jetzt werden?«

Elli schüttelte langsam den Kopf. »Ich kriege kein Kind, ich darf einfach keines bekommen! Das geht nicht! Ich hab doch keinen Vater dafür.«

»Aber darum geht es doch nicht. Du kannst doch nichts dafür, dass Georg tot ist. Ihr hättet doch geheiratet. Und das kleine Würmchen kann erst recht nichts dafür.«

»Es geht einfach nicht. Ich kann es nicht kriegen.« Elli wollte aufspringen, aber Martin hielt sie zurück.

»Elli, jetzt hör aber auf mit dem Blödsinn! Du weißt ja gar nicht, was du da sagst. Und du meinst es auch nicht so. Du hast Georg viel zu sehr geliebt, um … Nein! Denk nicht einmal daran!«, sagte er harsch.

Er blickte auf ihre Hände hinab, die noch immer in seinen lagen. Mit den Daumen strich er ein paar Mal über ihre Fingerknöchel. Dann sah er ihr fest in die Augen. »Elli, hör mir gut zu! Du wirst es zu Hause erzählen müssen.«

Sie riss entsetzt die Augen auf. »Was? Nein!«

»Elli, du musst! Das kannst du unmöglich allein schaffen.«

»Versteh doch, Martin, ich kann es nicht erzählen. Niemandem! Meine Mutter setzt mich vor die Tür! Sie wirft mich raus, ganz sicher. Sie hat es selbst gesagt, immer und immer wieder: ›Wage es ja nicht, uns Schande zu machen, sonst hast du hier im Haus keinen Platz mehr!‹«

»Willa wollte dir sicher nur Angst machen, damit du vorsichtig bist. Das hat sie doch nicht ernst gemeint! Ich bin überzeugt, wenn sie erst mal …«

»Doch, das hat sie ernst gemeint!«, fiel Elli ihm ins Wort. »Todernst hat sie das gemeint. Die werden mich vor die Tür setzen! Und dann? Wie soll das gehen, allein mit einem unehelichen Kind? Wie soll ich es großziehen, wovon sollen wir leben? Ich hab doch nichts gelernt, gar nichts kann ich! Höchstens irgendwo als Magd arbeiten. Aber wenn ich mit einem Kind ankomme, stellt mich bestimmt niemand ein. Ich darf kein Kind kriegen. Es geht einfach nicht!«

»Elli, bitte! Beruhige dich doch! Komm zur Vernunft! Soll ich vielleicht versuchen, mit deinen Eltern zu reden?«

»Nein. Nein, bloß nicht! Das würde alles nur noch viel schlimmer machen.« Elli schüttelte entschieden den Kopf. Auf Martins fragenden Blick hin versuchte sie, es in Worte zu fassen: »Martin, du weißt nicht, wie es hier ist. Georg konnte das auch nie verstehen. Aber wenn es hier Schwierigkeiten gibt, werden die immer innerhalb der Familie geregelt. Dabei hat kein Außenstehender was verloren. Niemand sonst darf in so etwas mit hineingezogen werden, das wäre wie Verrat. Wenn du mit Mutter sprechen würdest, dann würde sie das nur noch mehr gegen mich aufbringen.«

»Und was ist mit deinem Vater? Ich hab immer gedacht, mit ihm könntest du über alles reden. Ihr habt doch ein ganz besonderes Verhältnis zueinander. Wenn du ihm die Wahrheit sagst?«

»Wenn ich ihm die Wahrheit sage«, murmelte Elli. »Die Wahrheit …« Sie brach ab.

Deutlich hatte sie das schmale Gesicht ihres Vaters vor Augen. Sein Lächeln, das einfrieren würde, die Enttäuschung in seinen grauen Augen, seinen Widerwillen, der sich bis zur Abscheu steigern würde, wenn sie ihm beichtete, wer der Vater ihres Kindes war. Wenn sie zugeben würde, dass sie ihren Verlobten betrogen und sich mit dem Knecht im Heu gewälzt hatte wie eine Straßendirne. Dann wäre sie nicht mehr sein Muschen. Das wäre ein für alle Mal vorbei. Papa wäre ganz sicher auf Mutters Seite und würde die Tochter, die ihm solche Schande gemacht hatte, ebenso vom Hof jagen wie sie.

Elli schluckte gegen die aufsteigende Übelkeit an. Nein, Papa die Wahrheit zu erzählen war unmöglich. Sie konnte niemanden ins Vertrauen ziehen. Und vielleicht war es ja auch gar nicht wahr! Vielleicht irrte sich Martin, und sie war gar nicht schwanger.

Das glaubst du ja selber nicht! Wann hat sich Martin denn mal geirrt? Die hohe, gehässige Stimme in ihrem Kopf lachte. *Er hat noch jedes Mal recht behalten. Wenn er sagt, dass du ein Kind kriegst, dann stimmt das auch. So sicher wie das Amen in der Kirche. Finde dich damit ab! Das hast du davon, dass du dich mit Richard Fohrmann eingelassen hast. In Schimpf und Schande wirst du vom Hof gejagt werden!*

Elli wollte nur noch weg. Laufen. Rennen. Immer weiter und weiter, solange die Beine sie trugen, ganz egal, wohin. Sie wollte nichts mehr hören als das Brausen des Windes in ihren Ohren, das lauter war als alle Vorwürfe, die sie sich selber machte. Sie wollte sich irgendwo verkriechen und an nichts mehr denken müssen.

Martins warme, dunkle Stimme holte sie in die Wirklichkeit zurück. »Ja, die Wahrheit. Dein Vater hat dich so lieb, er wird dir nicht den Kopf abreißen.«

Elli holte tief Luft und zwang sich, ihn anzusehen. »Mag sein. Ja, vielleicht rede ich mit meinem Vater«, hörte sie sich selber lügen. »Ich muss nur den richtigen Zeitpunkt erwischen.«

Martin nickte. »Und wenn du das geschafft hast, dann schreibst du mir. Versprochen?«

»Ja, versprochen.« Elli drückte seine Hände und rang sich ein Lächeln ab. »Sag mal, wie spät ist es eigentlich?«

Martin sah auf seine Uhr. »Gerade drei Uhr durch.«

»Wenn ich mich beeile, krieg ich den Zug nach Hause noch. Ich hab gesagt, dass ich zum Melken wieder zurück bin.« Sie sprang auf.

»Aber ...«

»Es ist sicher besser, wenn ich in nächster Zeit immer alles richtig mache.« Elli streckte ihm die Hand hin. »Tschüss, Martin!«

Martin erhob sich, griff nach ihrer Hand und zog sie fest in seine Arme. »Auf Wiedersehen, Elli«, sagte er leise. »Pass bitte gut auf dich auf, mein Mädchen!« Als er sie losließ, strich er liebevoll mit dem Finger über ihre Wange. »Und vergiss nicht, mir zu schreiben. Du hast es versprochen!«

»Nein, das vergess ich nicht. Bestimmt nicht! Aber jetzt muss ich wirklich flitzen, damit ich den Zug noch erwische.«

Sie nickte Martin noch einmal zu und lief dann wie gehetzt in Richtung Bahnhof. An der Kreuzung, an der sie abbiegen musste, blieb sie aus einem plötzlichen Impuls heraus stehen und sah zurück. Martin, der noch immer neben der Bank stand und ihr hinterherschaute, hob seine Rechte und winkte.

Elli schrieb Martin nicht, weder in der nächsten Woche noch in einer der darauffolgenden. Es gab auch nichts, was sie ihm hätte schreiben können, denn sie sagte ihrem Vater kein Wort. Eine Weile lang versuchte sie zu verdrängen, dass ihre Röcke sich einer nach dem anderen nicht mehr schließen ließen. Sie nahm dann ein Stück Wollfaden und machte eine Schlaufe zwischen Knopf und Knopfloch. Immerzu trug sie eine alte, völlig verschossene Strickjacke, die so lang und weit war, dass man den Bauch, der langsam größer wurde, nicht sehen konnte. Selbst wenn sie in der kleinen Stube dicht neben dem Ofen saß, zog sie die Jacke nicht aus, sondern vergrub sich darin und behauptete, ihr wäre kalt.

»Geh doch mal gerade, Fräulein!«, wies Willa sie immer wieder zurecht, wenn Elli mit rundem Rücken durch die Küche schlurfte, die Hände in den Taschen der Strickjacke vergraben. »Was machst du nur immer so einen Buckel? Kann man ja nicht mitansehen! Das hast du doch früher nicht gemacht.«

Elli senkte dann den Kopf, richtete für einen Moment ein wenig die Schultern auf und sackte gleich darauf wieder in sich zusammen.

Fast den ganzen Tag verbrachte sie draußen. Während Willa sonst immer darauf gedrängt hatte, dass sie ihr in der Küche half, ließ sie sie jetzt gewähren. Sie sagte auch nichts dazu, dass ihre Tochter abends so früh nach oben in ihre Kammer ging. Häufig genug setzte Elli sich nicht einmal mehr zu den anderen in die kleine Stube, um Radio zu hören, sondern ging gleich nach dem Abendbrot ins Bett.

Anton war der Einzige, der Elli immer wieder besorgt fragte, was denn nur mit ihr los sei, doch jedes Mal zuckte sie nur müde mit den Schultern und sagte: »Nichts. Was soll denn schon sein?«

Anfang Oktober schien der Sommer noch einmal für ein paar Tage zurückkommen zu wollen. Elli lief der Schweiß von der Stirn, als sie, die Ärmel ihrer alten Strickjacke bis über die Ellenbogen hochgeschoben, in der Milchkammer über einem Zuber mit warmem Wasser stand und mit einer Wurzelbürste die Milchkannen schrubbte.

»Hallo, Elli!«

Sie schrak zusammen und fuhr herum. Die Milchkanne rutschte ihr aus der Hand und fiel scheppernd zu Boden. »Mein Gott, Richard! Hast du mich erschreckt!«

Sie bückte sich schwerfällig, um die Kanne wieder aufzuheben, aber Richard war schneller. Er griff nach dem Henkel und reichte sie ihr.

Elli bedankte sich, fasste sich an den Rücken und verzog das Gesicht, während sie sich aufrichtete. »Ich muss mich wohl verhoben haben. Irgendwie bin ich ganz steif.«

Richard nickte. »Kommt bestimmt von der krummen Steherei beim Kannenwaschen. Gib mal her, ich häng die für dich auf.« Er trug die sauberen Milchkannen zu einem Holzgestell an der Wand und hängte sie dort kopfüber zum Trocknen auf.

»Was machst du denn noch hier?«, fragte Elli. »Ich dachte, du bist schon längst zu Hause.«

»War ich auch schon. Ich bin noch mal wiedergekommen, weil ich den Bauern was fragen wollte. Und dich auch.« Schwungvoll hängte er die letzte Kanne auf und drehte sich zu ihr um.

»Mich?«

»Ja, dich.«

Elli hob mühevoll den Zuber hoch und wollte ihn zum Ausguss tragen.

»Nun lass dir doch helfen!«, schimpfte Richard, griff nach den

Henkeln und nahm ihr die schwere Waschwanne ab. »Wo du es doch sowieso schon im Rücken hast.« Vorsichtig kippte er das schmutzige Wasser weg und spülte die Wanne noch einmal aus, ehe er auch sie zum Trocknen umdrehte.

Elli wischte sich die Hände an ihrer Arbeitsschürze ab. »Und was wolltest du mich fragen?«

»Ich fahre am Wochenende mit ein paar Leuten aus Strückhausen nach Oldenburg zum Kramermarkt. Und ich wollte dich fragen, ob du nicht Lust hast mitzukommen.«

»Ich? Nein. Bestimmt nicht.«

»Ach, Elli, komm schon! Ich hab deinen Vater gefragt, wir dürfen den Pritschenwagen nehmen, da haben wir alle hinten Platz drauf. Wir sind ein ziemlich lustiger Haufen. Die meisten kennst du ja von Marthas Hochzeit.«

Elli seufzte, nahm die Wurzelbürste und wusch sie unter dem Wasserhahn aus, während Richard weiter auf sie einredete. »Wir werden nur einmal über den Markt gehen, einen Berliner essen und vielleicht einen Kurzen trinken. Da ist doch nichts dabei!«

»Sag mal, Richard, welchen Teil von Nein hast du nicht verstanden?« Schwungvoll ließ sie die Bürste in den Spülstein fallen.

»Wir gehen nicht tanzen. Versprochen!« Richard kam auf sie zu, blieb direkt vor ihr stehen und sah sie durchdringend an. »Nur über den Markt spazieren und einen Berliner essen. Bitte!«

»Ich …«

»Du musst doch hier mal raus! Du wirst ja noch ganz trübsinnig, wenn du immer nur hier in der Bude hockst und grübelst. Dein Vater meinte auch schon …«

»Ach, Papa meinte das auch«, unterbrach Elli ihn. »Daher weht der Wind.«

»Er macht sich Sorgen um dich. Und ich mach mir auch Sorgen. Es kann nicht gut sein, wenn du dich so vergräbst.«

»Wenn mir aber einfach nicht danach ist wegzugehen?«

Richard seufzte. »Ich kann dich ja verstehen. Aber vielleicht musst du dich einfach zwingen, wieder unter Leute zu gehen. Es tut mir wirklich leid, dass dein Georg zu Tode gekommen ist, aber wenn du dich hier vergräbst, machst du ihn damit auch nicht wieder lebendig.«

»Nein, nichts kann ihn wieder lebendig machen. Gar nichts! Wir wären jetzt verheiratet, wenn er nicht verunglückt wäre. Und ich wäre bei ihm in Köln. Aber ich habe alles verloren, und jeder sagt zu mir: ›Stell dich nicht so an, ihr wart ja nicht mal richtig verlobt.‹ Und jetzt, wo er gerade mal vier Monate tot ist, kommst du und willst mit mir ausgehen? Ausgerechnet du? Was hast du dir denn gedacht? Jetzt, wo er tot und aus dem Weg ist, hast du endlich freie Bahn bei mir, und ich fall dir sofort um den Hals? Was glaubst du denn?« Ellis Stimme überschlug sich. Sie holte ein paar Mal tief Luft, um sich wieder zu beruhigen. In ihrem Bauch zog sich etwas schmerzhaft zusammen, und sie widerstand der Versuchung, die Hand auf die Stelle zu pressen.

»Es tut mir leid. Entschuldige!«, sagte sie schließlich leise. »Ich wollte dich nicht anblaffen. Es ist nur einfach noch zu früh. Lasst mich am besten alle in Ruhe.« Sie sah zu Richard und suchte seinen Blick. »Und bitte, frag mich nicht wieder!« Ohne seine Antwort abzuwarten, ließ sie ihn stehen und zog die Tür der Milchkammer hinter sich zu.

Richard tat, worum Elli ihn gebeten hatte. Er fragte sie nicht noch einmal, ob sie mit ihm ausgehen wolle. Überhaupt sprach er in den darauffolgenden Wochen immer weniger mit ihr. Ob er böse auf sie war, wusste Elli nicht, und es kümmerte sie auch nicht. Ihr war es ganz recht so. Einer weniger, dem sie etwas vorspielen und für den sie sich verstellen musste.

Immerzu kämpfte Elli mit einer bleiernen Müdigkeit, die sie nicht mehr loswurde. Egal, wie früh sie ins Bett ging, morgens wachte sie wie gerädert auf, quälte sich mühsam aus dem Bett und schlich die Treppe hinunter, um möglichst ungesehen im

Stall verschwinden zu können. Schon vor Monaten hatte sie aufgehört, vor dem Melken noch etwas zu essen, morgens bekam sie einfach nichts hinunter, und schon gar nicht unter den Raubvogelaugen ihrer Mutter, deren Blick ihr die Kehle zuschnürte. Schlimm genug, dass Elli, egal, wo sie war, immer diese hohe, scharfe Stimme im Ohr hatte, die ihr zuraunte, dass sie selbst an allem schuld sei und dass sie nichts anderes verdient habe, als das, was ihr unweigerlich bevorstand.

Als im November die Tage nicht mehr richtig hell wurden und ein zäher Nebel die Erde wie ein Leichentuch bedeckte, unter dem die Bäume ihre nackten Äste nach ihr auszustrecken schienen, hatte Elli das Gefühl, es einfach nicht mehr aushalten zu können.

An einem besonders grauen Morgen stahl sie sich nach dem Melken hinaus, setzte sich auf ihr Fahrrad und fuhr nach Sehestedt. Der dichte Nebel schirmte sie gegen alle Blicke ab, niemand begegnete ihr, um sie herum war alles still. Die einzigen Geräusche waren das Sirren der Reifen auf den Klinkersteinen und das leise Platschen der Wassertropfen, die sich von Zeit zu Zeit von den Ästen über ihr lösten und auf den Boden fielen. Die Welt bestand nur noch aus einem kleinen Stück Straße unter den Reifen ihres Fahrrads, das hinter ihr im fahlen Grau verschwand.

Schließlich tauchte schemenhaft der Deich vor Elli auf, kam langsam auf sie zu und blieb an ihrer Seite, während sie weiter und weiter fuhr. Das Gatter an der Straße über den Deich stand offen. Mühsam schob Elli ihr Rad zur Krone hinauf und sah sich um.

Über dem Wasser schien der Nebel noch dichter zu sein. Himmel und Erde flossen ineinander, eine Grenze gab es nicht mehr. Der Weg zur Bucht hinunter wurde aufgesogen vom fahlen Weiß, das auch das struppige Gras verschluckte.

Bilder stiegen vor Elli auf, farbig und leuchtend. Georg, der neben seinem Fahrrad stand und mit strahlenden Augen die Schönheit des Meeres in sich aufnahm. Georg und sie Arm in Arm auf einer Decke in der Sonne. Der strahlende Sommertag kurz nach Kriegsende, als Georg sie zum ersten Mal geküsst hatte.

Hier hatte es damals angefangen, und hier würde es heute enden. Sie würde jetzt bis zum Watt hinuntergehen und immer weiter hinauslaufen, bis dorthin, wo das Wasser so hoch war, dass es sie mit sich ziehen würde.

Sie hatte lange darüber nachgedacht und sich ausgemalt, wie sie hierherfahren würde, um allem ein Ende zu machen. Dass sie noch ein letztes Mal – wie damals mit Georg – über die Bucht schauen und dann hinaus ins Wasser gehen würde.

Aber jetzt hatte Elli Angst. Die kalte, feuchte Luft kroch unter ihren Mantel und ließ sie zittern. Sie dachte daran, wie glatt und schleimig das Watt unter ihren Füßen sein würde, wie sehr sie das Wasser fürchtete, wie eklig es sein würde, wenn Mund und Nase sich mit dieser trüben, eisigen Brühe füllten. Wie es sich wohl anfühlte, wenn die Lunge volllief, und ob sie doch noch zu kämpfen beginnen würde, um wenigstens noch ein paar Minuten zu leben? Wie es wohl war, wenn die Panik immer größer werden und sie um sich schlagen würde, ehe sie am Ende die Kraft verließe und sie erstickte?

Ist es wirklich das, was du willst? Ins Wasser gehen?, fragte eine leise Stimme in ihrem Kopf. Sie klang nicht gehässig, sondern warm und mitfühlend. *Wäre das nicht feige? Du bist niemals davongelaufen. Du hast zwar manchmal den Kopf eingezogen, wenn es schwierig wurde, aber du bist nie davongelaufen. Warum willst du jetzt damit anfangen?*

»Ich halte es nicht mehr aus. Ich kann einfach nicht mehr«, flüsterte Elli.

Oh doch, du kannst noch! Du hast die Kraft, und eigentlich willst du das hier gar nicht tun. Denn wenn das, was auf deinem Gewissen lastet, wirklich so schlimm ist, dann darfst du dich nicht vor der Strafe drücken, oder?

Da vorn irgendwo war das Meer. Elli konnte es nicht sehen, nur der schwache Geruch nach Salzwasser lag in der Luft.

Elli holte tief Luft und starrte in den Nebel, der sie von der Welt um sie herum abschnitt, bis sie glaubte, schemenhafte Gestalten zu sehen, die langsam näher kamen und sie umringten. Ellis Finger, die noch immer den Fahrradlenker umfassten, wurden taub vor Kälte. Ihre Füße spürte sie schon längst nicht mehr.

Ganz plötzlich begann das Kind, das sich bisher kaum geregt hatte, heftig in ihr zu strampeln und sie zu treten, sodass Elli scharf die Luft einziehen musste. Sie richtete sich auf, umfasste den Fahrradlenker mit festem Griff, stieg auf ihr Fahrrad und setzte sich langsam in Bewegung.

32

JANUAR 1949

Es hatte etwas von Ertrinken.

Sich gegen die Schmerzen zu wehren war zwecklos. Sie begruben Elli unter sich wie brechende Wogen, wenn der Blanke Hans über die See ging und das Wasser vor sich her trieb. Elli ging unter, kam wieder hoch, rang nach Luft, während der Schmerz an ihr riss und zerrte, in ihren Eingeweiden brannte und sich in ihren Rücken bohrte. Ihre weit aufgerissenen Augen quollen aus den Höhlen, und um das Stöhnen und die Schreie zu ersticken, die sich in ihrer Kehle bildeten, stopfte sie sich die Faust in den Mund. Nur nicht schreien, nur keinen Laut von sich geben. Niemand sollte etwas bemerken, niemand sollte herkommen.

Die Wellen, durch die Elli trieb, stiegen steil an, bis zu einem unerträglichen Höhepunkt, und flauten dann langsam wieder ab. Jede war etwas höher und länger als die vorausgegangene. Und wenn sie endlich im Tal angekommen war, wenn die Wehe nachließ und sie wieder Luft holen konnte, fielen Elli vor Erschöpfung die Augen zu. Für ein paar Minuten schlief sie ein, ehe eine neue Wehe sie wieder aus der gnädigen Welt voller schemenhafter Traumbilder und flüsternder Stimmen herausriss.

Wie lange das schon so ging, wusste Elli nicht. Zeit hatte jede Bedeutung verloren, löste sich im immerwährenden Kreislauf aus Qual, Vergessen und neuer Qual auf. Die Grenzen verwischten schließlich. Die Schmerzen krochen in ihre Träume, und die Stimmen und Bilder aus den Träumen waren auch noch da, wenn die Wehen sie schüttelten und sie die Augen aufriss.

So deutlich, wie man Blicke im Nacken spürt, wenn jemand

hinter einem steht, fühlte Elli, dass sie nicht mehr allein war. Zwischen Schlafen und Wachen glaubte sie, schattenhaft die Umrisse der Menschen zu sehen, deren Stimmen sie hörte, sobald sie die Augen schloss.

Sie waren hierhergekommen, um sie abzuholen. Ihr Großvater, der alte Diekmann, der gestorben war, als sie noch ein kleines Mädchen war, und Onkel Johann, der im Krieg gefallen war, waren nur vage Schatten, die sich kaum von den Möbeln abhoben. Oma Tilly, die jetzt viel jünger aussah, als Elli sie in Erinnerung hatte, konnte sie deutlicher erkennen. Sie stand neben der alten Frisierkommode mit dem gesprungenen Spiegel, wie immer in ihrem dunklen Kleid und der Schürze. Und dicht neben ihr stand Georg, den sie immer so gern hatte singen hören. Georg mit seinen dunklen Locken, die ihm in die Stirn fielen, sah Elli mit diesem sanften Lächeln an, das seine Augen erstrahlen ließ. Ihn nahm sie am deutlichsten wahr, er stand ganz nah an ihrem Bett. Sie alle waren hier, um sie zu begleiten.

Jetzt wird es nicht mehr lange dauern, dachte Elli. Der Schmerz hätte bald ein Ende, und die Reue und die Scham würden mit ihm verschwinden. Nur das hier musste sie noch durchstehen. Bis zum Ende, bis alles vorbei war, bis alles ganz still und ruhig würde.

Als die nächste Wehe sie mit sich riss, war Ellis Angst verschwunden. Sie war nicht mehr allein, sie hörte die Stimmen, die ihren Namen flüsterten, über das Tosen des Schmerzes hinweg. Sie fühlte sich geborgen in Armen, die sie hielten, bis der Krampf vorbei war.

»Elli, meine Elli«, sagte Georg, seine Augen ganz dicht vor ihren, die Hand auf ihrer Wange.

Elli wusste, dass sie träumte, dass er nicht hier bei ihr war, aber es schien alles so wirklich. Sie konnte seine Hand fühlen, seinen Daumen, der über ihre Wange strich. So wie früher.

»Ich ...«

»Schschsch!« Er schüttelte leicht den Kopf. »Ruh dich aus. Ruh dich einfach aus, mein Lieb!« Ganz leise begann er zu summen. Sie kannte das Lied, aber sie wusste nicht mehr, wie es hieß.

Georgs Bild verschwamm, nur seine Stimme blieb bei ihr, und das Gefühl seiner Hand auf ihrer Wange, seines Armes um ihre Schultern. Er war es, der sie hielt, durch die nächste Wehe und die nächste und die nächste.

Der Schmerz wanderte. Er saß jetzt ganz tief im Rücken. Elli ertrug es nicht mehr, auf der Seite zu liegen, und versuchte, sich auf den Rücken zu drehen, aber sofort wurde ihr schwarz vor Augen.

»Versuch es noch einmal!«, hörte sie die Stimme ihrer Großmutter. »Du schaffst das!«

»Ich kann nicht mehr.«

»Doch, das kannst du, min Deern! Versuch es!« Ihre Großmutter hielt ihre Hand fest umschlossen und streichelte sie. »Ist schon gut, min Deern. Hast es bald geschafft.«

Hast es bald geschafft.

Als würde sie aus diesen Worten neue Kraft schöpfen, kämpfte sich Elli auf den Rücken und lehnte sich gegen das hölzerne Kopfteil des Bettes. Sie schaffte es noch, die Beine anzuziehen, bevor die nächste Wehe über sie hinwegrollte, schlimmer als alle vorherigen. Elli konnte nicht verhindern, dass sich tief in ihrer Kehle ein heiseres Ächzen bildete, als sie sich über ihrem gewölbten Leib zusammenkrümmte.

Nicht mehr lang, nicht mehr lang …

Wieder stopfte Elli sich die Faust in den Mund und biss darauf, bis der Schmerz abebbte. Aber ihr blieben nur ein paar Atemzüge, bis die nächste Welle sie mit sich riss.

»Du musst mithelfen, Elli!«, hörte sie Oma Tilly sagen. »Du musst ein bisschen mehr mithelfen. Dann hast du es bald hinter dir!«

»Ich kann aber nicht mehr. Nicht noch mal. Bitte, mach, dass es aufhört! Bitte, lass es doch endlich vorbei sein! Kann ich denn nicht endlich mit euch gehen?«

»Elli, meine Elli.« Ganz dicht an ihrem Ohr hörte sie Georgs Flüstern. »Mein Lieb, du bist ...«

Die nächste Wehe erstickte seine Worte. Der Druck in ihrem Becken wurde immer stärker. Etwas schien festzustecken wie ein Korken in einer Flasche. Der Schmerz war schier unerträglich, fuhr ihr in die Beine, in den Bauch, in den Rücken. Sie hörte ein hohes Jammern und brauchte einen Moment, um zu begreifen, dass sie selbst es war, die wimmerte.

Dann noch eine Welle, ein letztes Aufbäumen. Sie spürte, wie etwas riss und sich löste und dann in einem Schwall aus ihr herausglitt.

Elli rang nach Luft. Der Schmerz war ganz plötzlich vorbei, wie abgerissen. Sie hörte ein kurzes, maunzendes Geräusch, das an eine schreiende Katze erinnerte, dann war alles still.

Und Elli war nicht tot, wie sie erwartet, ja gehofft hatte. Nach alldem, was sie in dieser Nacht durchgemacht hatte, war sie immer noch am Leben und konnte es nicht begreifen. Fassungslos begann sie zu weinen. Ihre ganze Trauer, ihre Verzweiflung, die Angst und die Scham der letzten Monate brachen sich Bahn in einer Flut von Tränen.

»Ach, Elli, nicht!« Georgs Stimme war immer noch da, genau wie das Gefühl, dass er dicht bei ihr war.

»Aber ich dachte, jetzt wäre es vorbei! Ich habe mir doch so gewünscht, dass jetzt alles vorbei ist!«

»Ja, ich weiß.«

»Ich will nicht hierbleiben. Ich kann das nicht aushalten, ganz allein, ohne dich!«

Sie fühlte Georgs Arm um ihre Schultern und schloss die Augen. Einen Moment lang war es so wie früher auf dem Heuwagen, als er für sie gesungen hatte, seine Lippen auf ihrem Haar.

»Morgen früh, wenn Gott will ...« Sie roch das Heu, spürte den

604

heißen Wind auf ihrem Gesicht, und die Sonne malte Flecken auf ihre geschlossenen Augenlider.

»Bitte! Bitte, lass mich doch bei dir bleiben«, flehte Elli.

Georg antwortete nicht, aber der Arm um ihre Schultern hielt sie fest und warm, während sie weinte und weinte.

Da war es wieder, dieses merkwürdige maunzende Wimmern, und Elli spürte, wie sich zwischen ihren Beinen etwas bewegte. Sie öffnete die Augen und richtete sich etwas auf.

In einer Lache aus Fruchtwasser und Blut, die langsam im Laken und in der Matratze versickerte, bedeckt von einer weißlichen Fettschicht, sah Elli das Kind liegen, das sie geboren hatte. Es sah ein bisschen aus wie die Babypuppe, die sie mit sieben oder acht Jahren zu Weihnachten bekommen hatte, mit aufgemalten dunklen Haaren, starren blauen Augen und einem maskenhaften Lächeln, das zwei kleine weiße Zähne zeigte. Sie hatte dieses Lächeln gefürchtet und die Puppe abgrundtief gehasst. Gleich nach Weihnachten hatte sie sie auf dem Heuboden versteckt, wo niemand sie suchen würde, und ihrer Mutter erzählt, sie hätte sie verloren. Willa hatte sie geohrfeigt, weil sie nicht besser darauf aufgepasst hatte.

Elli drehte den Kopf und sah zum Fenster, wo die kahlen Zweige der Kastanie sich vom dunklen Himmel abzeichneten. Sie konnte dem Kind nicht ins Gesicht sehen. Sie wollte nicht in die kalten blauen Augen starren, nicht wissen, ob …

»Elli«, hörte sie Georg flüstern. »Willst du dich denn nicht um das Kind kümmern?«

Elli schüttelte den Kopf, ohne den Blick vom Fenster abzuwenden. »Ich kann nicht. Bitte … Bitte, das nicht. Es geht nicht.«

»Weißt du nicht mehr, wie du mir gezeigt hast, was man machen muss? Was du zu mir gesagt hast? ›Schau, ob es atmet, hol den Schleim aus der Nase, und dann mach es sauber.‹ Genau so, wie du es bei einem Kalb machen würdest. Du hast mich damals ausgelacht und gesagt, ich wäre zimperlich.«

»Nein, ich kann nicht, Georg. Ich kann das nicht.«

»Aber warum nicht, Elli?«

»Ich kann das Kind nicht ansehen. Verstehst du? Ich kann nicht. Es geht einfach nicht.« Weil es nicht von Georg war. Weil sie ihn betrogen hatte und weil sie nicht einmal jetzt den Mut aufbrachte, es ihm zu sagen. »Warum lebt es denn?«, flüsterte sie. »Es wäre so viel leichter, wenn es tot wäre. Ich werde einfach warten, bis es aufhört zu atmen.«

Warum nicht ein Kissen nehmen und das kleine Gesicht damit bedecken? Sie würde das Kind nicht einmal ansehen müssen. Neben ihr lag das große Zierkissen mit dem gehäkelten Einsatz, durch den man das rote Inlett sehen konnte. Es wäre so einfach. Elli legte die Hand auf den weißen Baumwollstoff und fühlte das glatte Gewebe unter ihren Fingern. Sie schloss die Augen.

Es wäre so wie bei den jungen Katzen, die man erschlug, solange sie noch die Augen geschlossen und noch nichts von der Welt gesehen hatten, oder wie bei Flocki, ihrem alten Hofhund, der nicht mehr hatte laufen können und dem Hinnerk mit einem schnellen Ruck das Genick gebrochen hatte. Ein Akt der Gnade, der ihnen weiteres Leiden ersparte.

Ellis Hand lag schwer auf dem Kissen, rührte sich nicht, wollte ihr nicht gehorchen. »Oh Elli, sieh es doch bitte nur ein Mal an!« Immer noch war Georgs Stimme ganz dicht bei ihr. Sie spürte, wie seine Hand ihre Wange streichelte und langsam ihren Kopf drehte. »Mach die Augen auf, mein Lieb, und sieh es an!«, hörte sie ihn sagen. »Bitte! Tu es für mich!«

Für Georg.

Ihr Gesicht verzerrte sich, Tränen quollen hinter den geschlossenen Lidern hervor, liefen über ihre Wangen und tropften auf ihr Nachthemd. Mit einem zitternden Schluchzen holte sie Luft, nickte und öffnete langsam die Augen. Die Tränen nahmen ihr die Sicht, sie musste sie wegwischen, bevor sie etwas erkennen konnte.

Der kleine Junge lag ganz still vor ihr, halb auf der Seite, zwischen ihren angewinkelten Unterschenkeln. Er weinte nicht mehr und schien ganz ruhig zu atmen. Nur seine Hände öffneten und schlossen sich und griffen ins Leere. Elli hatte bisher nur wenige Neugeborene gesehen, doch ihr Sohn schien im Vergleich zu ihnen ziemlich klein zu sein, nur seine Gliedmaßen waren lang und schmal. Dichtes schwarzes Haar, in dem an einigen Stellen noch Blut klebte, fiel in feuchten Strähnen in die Stirn des Kleinen und drehte sich dort, wo es zu trocknen begann, schon zu Wellen. Wo die weißliche Fettschicht verwischt war, schien die Haut dunkel, fast olivfarben. Die Nase hatte so gar nichts von einer Kinderstubsnase, sie war lang und gerade, die Lippen darunter sanft geschwungen.

Jetzt öffnete der Kleine die Augen, die wie bei allen Neugeborenen noch von unbestimmtem, aber sehr dunklem Blau waren, und es sah aus, als suchte er etwas. Schließlich blieb sein Blick an einem Punkt neben Ellis Kopf hängen. Er holte tief Luft und gab ein leises Seufzen von sich.

Kleine Kinder können Engel sehen, hatte Oma Tilly immer gesagt. Wenn sie ganz still werden und unverwandt in eine Richtung sehen, dann ist einer im Zimmer.

Elli schlug sich die Hand vor den Mund. »Oh Georg!«

»Er ist wunderschön, nicht wahr? Unser Sohn.«

Elli nickte nur.

Das hier war nicht Richard Fohrmanns Kind. Der Säugling war Georg wie aus dem Gesicht geschnitten.

Sie beugte sich vor, streckte die Hand nach ihm aus und legte sie um das Köpfchen. Sofort öffnete sich der Mund, und der Kleine drehte den Kopf suchend in ihre Richtung. »Ja«, flüsterte Elli. »Wunderschön ist er, unser Sohn.«

Einen Moment lang schloss sie die Augen und lauschte dem Klang dieser Worte. *Unser Sohn. Mein Sohn. Georgs Sohn.* Ihre Kehle wurde eng, aber sie schluckte die Tränen hinunter.

Es gelang Elli, ihr Unterhemd von dem Kleiderstapel auf dem Stuhl neben dem Bett zu ziehen. Sie versuchte, ihren Sohn damit etwas sauber zu machen, gab aber schnell auf, vor lauter Sorge, ihm wehzutun. Vorsichtig wickelte sie das Kind in den weichen Stoff und nahm es in den Arm. Die Bettdecke, die sie unter den Wehen zur Seite gestrampelt hatte, zog sie hoch und breitete sie über sich und ihren Sohn.

Er weinte nicht, sondern lag ganz still in ihrer Armbeuge. Elli streichelte sein Gesicht, die dunklen Haare und die Hände mit den langen, schmalen Fingern, die Georgs so sehr glichen. Seine Augen waren geöffnet, und sein Blick hielt sich an ihrem fest.

Mein Sohn. Georgs Sohn.

Ellis Blick fiel auf ihr Spiegelbild, und sie dachte daran, wie sie Georg in diesem gesprungenen Spiegel beobachtet hatte, als er in ihren Armen schlief, den Arm auf ihrem Bauch, während ihre Hand auf seinem Rücken lag und sich langsam im Rhythmus seines Atems hob und senkte. Sie erinnerte sich daran, wie warm und weich seine Haut unter ihren Fingerspitzen gewesen war und wie sich seine Locken um ihre Finger gewickelt hatten, als sie ihm durchs Haar fuhr.

Georg. Georg. Georg.

»Ich vermisse dich so sehr«, sagte sie leise. Noch immer fühlte es sich an, als hätte jemand ein Stück aus ihrem Herzen herausgerissen. Das Atmen tat weh, und Tränen fielen auf ihr Nachthemd, die Bettdecke und das Gesicht des Kindes. »Ich weiß nicht, wie ich das aushalten soll, ein ganzes Leben ohne dich.«

»Oh, Elli, meine Elli!« Wieder fühlte sie seine Hand auf ihrer Wange. »Erinnerst du dich nicht mehr? Damals in der Kirche hab ich dir etwas versprochen. Als wir nebeneinander auf der Orgelbank saßen und uns gefragt haben, was werden soll, wenn du ein Kind bekommst. Ich hab gesagt, dass ich dich nie allein lassen werde. Komme, was wolle, ich werde immer bei dir sein. Immer hier bei dir.«

Wieder schloss sie für einen Moment die Augen und stellte sich vor, wie Georg neben ihr saß, den Arm um ihre Schultern gelegt, und auf das Kind hinuntersah, das in ihren Armen lag.

»Er ist wunderbar«, flüsterte Georg, »genau wie du, mein Lieb!«

Martin hatte sich getäuscht. Etwas war von Georg geblieben. Etwas, das Elli mit niemandem teilen musste wie seine Stimme, etwas, das bei ihr bleiben, das sie im Arm halten und lieben würde. Etwas, das ganz ihr gehörte.

Elli lächelte. Sie kannte dieses Gefühl. Einen endlosen Augenblick lang hielt sie die ganze Welt im Arm. »Ja, er ist wunderbar, unser Sohn«, flüsterte sie.

Unser Sohn. Mein Sohn. Georgs Sohn.

Jede Kleinigkeit wollte sie sich einprägen. Wie ihr Sohn die Augen schloss und ein allererstes Lächeln über sein Gesicht huschte, während sie sein Köpfchen in ihrer Hand hielt. Wie warm und weich seine Haut sich anfühlte, als sie mit dem Daumen über seine Wange strich. Wie ihm die Augen zufielen und er in ihren Armen einschlief.

Der Schmerz und die Trauer waren noch immer da, und Elli wusste, sie würden sie noch lange begleiten. Aber während sie auf ihren Sohn hinuntersah, spürte sie, dass die Hoffnungslosigkeit und die Leere in ihrem Inneren verschwunden waren. Sie war nicht mehr allein und würde es nie mehr sein. Sie hatte das hier durchgestanden, jetzt gab es nichts mehr, wovor sie Angst haben musste. Sie konnte alles schaffen, das fühlte sie. Für ihren Sohn würde sie alles auf sich nehmen und alles ertragen.

Ellis Blick wanderte zum Fenster. Der Raureif, der die Knospen der Kastanie vor dem Fenster überzog, glitzerte im ersten Licht des Tages. Nicht nur die Nacht konnte Juwelen tragen.

»Elli. Mein Lieb, du bist wunderbar!«, flüsterte Georg neben ihr.

Ihren Sohn im Arm, die Stimme ihres Geliebten im Ohr, schloss sie die Augen.

33

Die Stimme ihrer Mutter, die unten im Wohnflur nach ihr rief, drang nur langsam bis zu Elli vor. »Sag mal, Fräulein, willst du heute gar nicht aufstehen? Es ist schon fast halb zehn! Was ist denn los mit dir, bist du krank?«

Es kostete Elli ein wenig Mühe, sich aus ihren Träumen zu lösen und in die Wirklichkeit zurückzukehren. Ihre Augenlider waren bleischwer und sträubten sich einen Moment dagegen, sich öffnen zu lassen. Elli lag noch immer genauso da, wie sie eingeschlafen war, mit dem Rücken an das Kopfende des Bettes gelehnt, die Daunendecke bis über die Ellenbogen hochgezogen, das Kind fest im Arm.

Jetzt regte sich ihr Sohn im Schlaf. Seine Augen bewegten sich hinter den geschlossenen Lidern, während ein flüchtiges Lächeln über sein Gesicht huschte und sich die Hände zu winzigen Fäusten ballten. Willas Absätze klackerten auf der Holztreppe und näherten sich über den Flur ihrer Zimmertür. »Elli?«

Sie drehte den Kopf und sah zur Tür. Sie war ganz ruhig und wunderte sich selbst darüber. Was hatte sie immer für eine Angst vor diesem Moment gehabt! Aber jetzt, wo er gekommen war, war von ihrer Furcht nichts mehr übrig. *Vielleicht bin ich einfach darüber hinaus, noch Angst zu haben*, dachte sie, während sie zusah, wie die Klinke heruntergedrückt wurde und die Tür sich öffnete.

»Du könntest wenigstens antworten, wenn ich mit dir rede, Mädchen!«, sagte Willa im Hereinkommen. »Das ist doch wohl nicht zu viel verl…« Mitten im Wort und in der Bewegung erstarrte sie. Ihr Unterkiefer klappte herunter. Keuchend stieß sie die Luft aus, was beinahe wie ein trockener Husten klang. »Was um Himmels willen hat das zu bedeuten?«, ächzte sie.

Elli antwortete nicht.

Willas Blick flog durch die Kammer, erfasste die Handtücher, die blut- und wassergetränkt auf dem Boden vor dem Bett lagen, Ellis durchweichte Kleidung, die blutverschmierten Hände und das kleine Bündel, das in ein fleckiges Unterhemd gewickelt in den Armen ihrer Tochter lag.

»Elli? Was ist passiert?« Willas Stimme überschlug sich. »Was hast du getan?«

Ellis Sohn bewegte sich bei dem Klang. Er gab ein leises Wimmern von sich und hob die Hände zum Gesicht. Kaum hatte eine der Fäuste seinen Mund berührt, begann er gierig daran zu saugen.

Willa starrte das Kind an und schluckte schwer. Ihre Hand umklammerte so fest die Türklinke, dass die Knöchel weiß hervortraten.

»Nein«, stieß sie schließlich hervor und schüttelte heftig den Kopf. »Das ist nicht wahr! Das kann doch gar nicht wahr sein! Anton? ANTON!« Dann machte sie auf dem Absatz kehrt und verschwand, ohne die Tür zu schließen.

Elli hörte ihre Mutter die Treppe hinunterlaufen und gellend den Namen ihres Vaters durch das Haus rufen, bis nach dem dritten oder vierten Mal die Küchentür zugeschlagen wurde und sie undeutlich die Stimme ihres Vaters vernahm.

»Jetzt werden sie gleich hier sein«, flüsterte Elli ihrem Sohn zu und streichelte seine winzigen Hände, die Wange, die Haare. »Hab keine Angst!«

Nur ein paar Augenblicke dauerte es, bis wieder das schnelle Klackern von Willas Absätzen auf der Treppe zu hören war.

»Hast du es gewusst, Anton?«, schnappte Willa. »Versuch bloß nicht, mir weismachen zu wollen, dass du von nichts gewusst hast! Natürlich hat sie es dir gesagt! Dir hat sie doch immer alles erzählt! Du und dein Muschen, zwei aus einem Holz! Oder sollte ich lieber sagen, der Apfel fällt nicht weit vom Stamm?«

Was Anton antwortete, konnte Elli nicht verstehen. Er sprach leise und ruhig, aber das schien seine Frau nicht zu beeindrucken. Ihre Stimme wurde immer schriller, je näher sie Ellis Kammer kam.

»Es stimmt doch! Sie ist genau wie du. Wahrscheinlich weiß sie noch nicht mal, von wem das Kind ist, weil sie mit jedem ins Bett gesprungen ist. Das hier, das ist genau das, was ich immer verhindern wollte, davor hatte ich Angst. Dass sie mir eines Tages Schande macht.«

»Schande?« Jetzt waren ihre Eltern so nah, dass Elli auch ihren Vater deutlich verstehen konnte.

»Ja, natürlich! Schande! Wie soll ich den Leuten jemals wieder in die Augen gucken können? Ich dachte, ich hätte ihr Angst genug gemacht, dass sie die Finger von den Kerlen lässt, aber ganz offensichtlich hat es nichts genutzt. Deine Tochter musste natürlich für diesen Jungen aus der Stadt die Beine breit machen. Und jetzt? Was soll denn jetzt werden? Diese fürchterliche Schande! Mit dem Bankert wird sie doch niemand heiraten. Niemand nimmt ein Mädchen, das ein Kind von einem anderen mitbringt. Schon gar nicht jetzt, wo so viele junge Männer im Krieg geblieben sind und die anderen an jedem Finger fünf haben könnten. Und so eine Schönheit ist Elli ja nun auch nicht, dass ihr die Kerle reihenweise nachlaufen würden. Nein, Elli wird mit ihrem Balg immer hier auf dem Hof bleiben müssen. Zuerst bei uns und später, wenn er den Hof übernommen hat, bei Bernie. Die unverheiratete Tante, die im Haushalt hilft und dafür mit am Tisch sitzen darf. Und hinter vorgehaltener Hand werden alle tuscheln und sich das Maul zerreißen. Jeden Tag werden wir an die Schande erinnert werden, die sie uns gemacht hat.«

»Willa!«

»Als ob ich nicht wüsste, wie das ist! Wie es sich anfühlt, wenn sie mit dem Finger auf dich zeigen und über dich lästern. Ich hätte was Besseres haben können als dich. Reich auf einen großen Hof einheiraten. Mein Vater hatte schon alles in die Wege geleitet. Aber dann wurde nichts daraus, weil ich dich ja heiraten musste. Dich! Weil ich so dumm war, mich beschwatzen zu lassen und mit dir ins Heu zu gehen. Und was hab ich da für einen sauberen Ehemann bekommen!« Willa lachte bitter, aber Elli hörte, dass sie dabei weinte. »Glaub doch ja nicht, dass ich nicht mitbekommen hätte, dass du immer wieder was mit anderen Frauen hattest! Hältst du mich für dumm? Nein, von jeder hab ich gewusst. Von jeder Einzelnen, mit der du im Bett warst! Von Käthi Gerdes und von der Kellnerin aus Strückhausen und von der Büsing-Deern aus Schweiburg und von jeder anderen in all den Jahren. Und ich weiß auch, dass du es jetzt mit Marie Bornbach treibst. Natürlich weiß ich das! Ihr gebt euch ja nicht mal Mühe, es zu verheimlichen. Zum Gespött hast du mich gemacht. Die ganze Bauerschaft lacht über mich. Aber Elli wollte ich das ersparen. Dass sie so jemanden heiraten muss und für immer an ihn gekettet ist. Und jetzt das!«

»Elli kann jedes Wort hören, weißt du das eigentlich?«, erwiderte Anton, aber seine Worte schienen gar nicht bis zu Willa vorzudringen.

»Sagt kein Wort und liegt morgens einfach mit einem Kind im Bett, für das sie keinen Vater hat. Wie sollen wir denn das den Nachbarn erklären? Wie soll ich denen denn je wieder unter die Augen treten?« Ellis Mutter schluchzte.

»Willa! Es reicht! Hör auf!«

»Und es ist alles ganz allein deine Schuld! Wenn du nicht ...«

»Halt doch endlich den Mund, Frau!«, fuhr Anton sie an. »Wenn du ihr nicht immer so eine Angst gemacht hättest, dann hätte sie sich vielleicht getraut, jemandem zu erzählen, was los ist. Dann hätte sie das nicht ganz allein durchmachen müssen!«

»Oh, jetzt bin ich also schuld!«, keifte Willa.

»Wenn du so willst, ja!« Jetzt wurde auch Anton laut. »Ja, du bist schuld daran, dass deine eigene Tochter so viel Angst vor dir hat, dass sie lieber mutterseelenallein ein Kind zur Welt bringt, als zu beichten, dass sie schwanger ist. Was bist du nur für ein kaltherziges, grausames Miststück!«

Elli hörte ein schallendes Klatschen, dann das Aufschluchzen ihrer Mutter und schnelle Schritte, die sich auf der Treppe entfernten.

Die Tür öffnete sich, und Anton erschien im Türrahmen. Einen Moment lang blieb er stehen und sah sich in der kleinen Kammer um. Seit Jahren war er nicht mehr in diesem Raum gewesen. Nicht mehr, seit Elli als Kind einmal hohes Fieber gehabt hatte und nicht schlafen wollte, ehe er ihr Gute Nacht gesagt hatte. Als sein Blick auf das Bündel aus nassen, blutverschmierten Handtüchern fiel, verzerrte sich sein Gesicht kurz, dann hatte er sich wieder im Griff.

Mit dem Fuß schob er die Handtücher ein Stück zur Seite, um ganz nah an Ellis Bett treten zu können. In einer hilflosen Geste streckte er die Hand aus und strich mit der Rückseite seiner Finger über ihre Wange. »Ach, Muschen …« Seine Stimme versagte.

Elli schmiegte ihre Wange an seine Hand und schloss für einen Moment die Augen.

»Muschen, warum hast du denn nichts gesagt?«

Elli antwortete nicht. Sie genoss das ungewohnte Gefühl von Geborgenheit, das von der Berührung seiner Hand ausging. Das Kind in ihrem Arm war wieder eingeschlafen. Halb unter der Bettdecke verborgen nahm es einen tiefen Atemzug, seufzte und schlief dann ruhig weiter.

Antons Hand glitt von Ellis Gesicht hinunter zum Kopf des Neugeborenen und berührte das dichte schwarze Haar, das sich bereits zu Locken drehte. »Ist alles in …«

»Mir geht es gut«, sagte Elli leise. »Und ihm auch.«

»Ein Junge.«

»Ja, ein Junge.«

Anton zog den Stuhl heran, auf dem Ellis Kleider lagen, legte sie auf die Kommode und setzte sich neben das Bett. Schweigend sah er seine Tochter und seinen Enkel an.

»Es tut mir leid, Papa. Ich wollte euch keine Schande machen, ganz bestimmt nicht! Das wollte ich nie. Und jetzt ist es doch passiert«, sagte Elli schließlich in die Stille hinein.

Anton schüttelte den Kopf. »Deine Mutter und ihre verrückten Hirngespinste. Von wegen Schande!« Das letzte Wort spuckte er förmlich aus. »Du hättest es mir sagen sollen«, fügte er leise hinzu.

Beide betrachteten das schlafende Kind in Ellis Arm.

»Aber sie hat recht«, flüsterte Elli. »Mutter hat recht, und das weißt du ganz genau. Niemand wird mich noch heiraten wollen. Ich werde hier auf dem Hof bleiben müssen. Immer hier bei dir – und bei Mutter. Mein Lebtag lang werde ich von ihr zu hören bekommen, dass ich keinen Vater für mein Kind habe, dass der Kleine eine Schande ist. Eine Schande …«

Das Kind bewegte sich, öffnete die geballte Faust und streckte die Finger aus.

Anton berührte die winzige Handfläche mit seinem Daumen, den das Kind sofort fest umklammerte. »Elli, nicht! Bitte nicht! Mach dir keine Gedanken! Wir finden einen Weg.«

»Nein, da gibt es keinen Weg. Du kennst doch die Leute, Papa, wie sie tuscheln und reden, wie gemein und böse sie sind. Und wie grausam die Kinder in der Schule sein werden zu dem kleinen Bastard, der keinen Vater hat.« Elli lachte bitter. »Komisch nicht? Vor ein paar Stunden wollte ich nichts weiter, als dass das Kind tot ist und endlich alles ein Ende hat.«

»Wir müssen Georgs Mutter schreiben, dass …«, sagte Anton.

»Nein«, unterbrach Elli ihn schroff. »Sie braucht nichts davon zu wissen!«

»Was? Aber …« Anton brach ab.

Nachdenklich sah Elli auf das Kind hinunter. »Vielleicht gibt es doch einen Weg«, sagte sie schließlich. »Der Kleine darf nur nicht Georgs Sohn sein.«

»Aber …«

»Versteh doch, Papa! Niemand darf wissen, von wem der Kleine wirklich ist. Wir werden sagen, dass er von Richard ist. Von Richard Fohrmann.«

»Aber Elli!«

»Bitte, Papa, das ist die einzige Lösung! Mein Kind ist von Richard Fohrmann. Richard ist kein schlechter Kerl, das weißt du. Er ist fleißig, und er wird gut für mich und den Kleinen sorgen. Und er mag mich. Wenn ich wenigstens eine kleine Mitgift bekomme, wird er mich heiraten, ohne viele Fragen zu stellen. Er ist der älteste Sohn im Haus und wird nichts erben. Am besten fährst du gleich zu Fohrmanns hinüber und holst ihn her, damit wir das besprechen.«

»Aber wer soll denn glauben, dass der Kleine sein Sohn ist?«, fragte Anton skeptisch.

»Richard wird es glauben. Ganz sicher!«

Anton schwieg. Fassungslos sah er seiner Tochter in die Augen. Dann nickte er.

»Verstehst du jetzt, Papa? Es stimmt, was Mutter sagt: Ich habe euch wirklich Schande gemacht!«

34

Graupelkörner prasselten an die Fensterscheiben. Der Wind hatte über Nacht gedreht und war zum Sturm angewachsen, der dunkelgraue Wolken über das Land trieb.

Wie sehr sich die Bäume dem Sturm beugen, dachte Elli. *Alle sind ganz krumm.* Sie sah aus dem Fenster in das trostlose Wetter hinaus, auf die letzten schmutzigen Schneereste, auf den Blumengarten, in dem Mutter jetzt schon seit Jahren Kartoffeln zog, auf die kahlen, windschiefen Bäume am Rand der Graft und auf das Gatter der Schweineweide auf der anderen Seite des Moorwegs, das schief in den Angeln hing.

»Siehst du, Elli, manchmal geht doch alles gut aus, was?« Die Stimme des Pastors riss sie aus ihren Gedanken. »Auch wenn man gar nicht mehr dran glauben mag.«

Pastor Meiners beugte sich vor, nahm sich ein Kluntje aus dem Zuckertopf und ließ es in seine Teetasse fallen. Dann schob er die rutschende Hornbrille hoch, verschränkte die Arme, lehnte sich auf seinem Stuhl zurück und lächelte zufrieden in die Runde.

Sie saßen alle zusammen in Bruns' kleiner Stube: Elli und Richard nebeneinander auf dem roten Sofa, Richards Eltern vor dem Fenster und Ellis Eltern ihnen gegenüber. Der große Richard, wie Richards Vater genannt wurde, obwohl er einen halben Kopf kleiner war als sein Sohn, trug ebenso wie seine Frau Marga seinen Sonntagsstaat. Marga, ein freundliches Lachen im Gesicht, hob die Hand, um zu fühlen, ob der Haarknoten in ihrem Nacken noch da saß, wo er hingehörte.

Fohrmanns waren keine sehr wohlhabende Familie, wie Elli wusste. Richard hatte noch mindestens drei Schwestern und einen jüngeren Bruder, der den kleinen Hof erben würde. Außerdem wohnten noch eine altjüngferliche Schwester von Marga und die Tochter einer Cousine mit im Haus. Undurchsichtige Verhältnisse, wie Willa so etwas nannte. Aber Marga hatte die gleichen strahlend blauen Augen wie ihr Sohn, und beim Hereinkommen hatte sie Elli umarmt und an sich gedrückt. Dann hatte sie sich tief über den Wäschekorb gebeugt, in dem Ellis Kind schlief, gekleidet in eine weiße Ausgehgarnitur, die Bernie zuletzt getragen hatte.

»Ist das aber ein hübscher kleiner Bursche!«, hatte Marga geflüstert und das dicke Kissen ein Stück zurückgedrückt, um ihn besser sehen zu können. »Und so viele dunkle Haare! Richard hatte auch so viele Haare, als er auf die Welt kam. Aber die hat er alle nach ein paar Tagen verloren.« Ihr Finger strich über die Wange des Kleinen, der das Gesicht verzog, seufzend Luft holte und leise knöternd weiterschlief. »Nimm ihn doch auf einem Kissen mit, wenn der Pastor kommt. Er gehört doch auch dazu!«

Und so kam es, dass Ellis Sohn, auf sein dickes Paradekissen gebettet, friedlich auf dem Schoß seiner Mutter lag und schlief, während Pastor Meiners mit den Anwesenden die Modalitäten der anstehenden Hochzeit besprach.

Er rührte bedächtig in seinem Tee und nahm einen großen Schluck aus seiner Tasse. »Manchmal nimmt das Glück ein paar Umwege und verläuft sich ein bisschen. Glaubt mir, ihr zwei seid nicht die Ersten, bei denen das Kind schon da ist, wenn sie heiraten, und ihr werdet wahrscheinlich auch nicht die Letzten sein!« Der alte Mann lachte.

Das Lächeln in den Gesichtern der Anwesenden wirkte gezwungen. Willas Lippen waren nur noch ein schmaler Strich, ihr Gesicht war eisig. Sie strich über die gestärkte Tischdecke und schob ihre Untertasse über die geflickte Stelle, wo einmal ein Zigarettenbrandloch gewesen war. Anton drehte eine Schachtel Overstolz in der Hand. Immer wieder glitt seine Hand über das Zellophan von oben nach unten, dann hob er die Zigarettenschachtel an, ließ sie kippen, setzte sie wieder auf, und die Hand glitt erneut nach unten. Weder er noch Willa sagten etwas. Seit ihrem Streit vor Ellis Kammer hatten sie kaum ein Wort miteinander gewechselt.

Pastor Meiners schien es nicht zu bemerken. »Und Anfang März soll die Hochzeit sein? Doch, das kriegen wir wohl hin«, sagte er. »Wenn ihr zwei das wollt, können wir den Lütten dann auch gleich taufen. Dann haben wir alles in einem Aufwasch erledigt.« Er hob seine Teetasse an den Mund und trank sie aus. »Wie soll der Kleine denn heißen? Habt ihr euch das schon überlegt? Auch wieder Richard? Die ältesten Söhne heißen doch bei den Fohrmanns immer Richard, nicht wahr?«

Elli nickte. Sie sah auf das schlafende Kind hinunter, auf die langen schwarzen Haare, die unter der weißen Haube hervorlugten, die geschwungenen Lippen und die lange, gerade Nase. Sie schluckte und nickte erneut. *Alles Lüge*, dachte sie. *Alles nichts als eine große Lüge. Aber es muss sein, es geht nicht anders.*

Plötzlich umfasste eine Hand ihre Rechte, die auf dem Kissen lag, auf dem ihr Sohn schlief, und drückte sie.

»Nein«, sagte Richard mit Nachdruck. »Elli und ich haben uns was anderes überlegt.«

Elli wandte ihm ihr Gesicht zu und sah in seine strahlend blauen Augen. Sie fühlte den festen Druck seiner Finger, die ihre Hand noch immer festhielten.

Richard nickte ihr zu und lächelte. »Elli und ich, wir beide haben beschlossen, unser Junge soll Georg heißen.«

Über Gulfhäuser und Gropengänge –
ein kurzer Abriss

Ich bin selbst auf einem Bauernhof in Sichtweite des Deiches am Jadebusen aufgewachsen und habe meine Kindheitserinnerungen und Erzählungen meiner Mutter über die Nachkriegszeit in dieses Buch einfließen lassen. Einige der Begriffe, die ich verwendet habe, sind für Leser, die mit der Landwirtschaft nicht vertraut sind, sicher erklärungsbedürftig. Dem will ich mit diesem kurzen Abriss Rechnung tragen.

Der Hof, den meine Eltern in den Sechzigern in der Wesermarsch bewirtschafteten und der in vielem Vorbild für den Brunshof war, war ein sogenanntes Gulfhaus. Die Bauform des Gulfhauses kam im 16. und 17. Jahrhundert auf und war vor allem in Ostfriesland und den daran angrenzenden Gebieten an der Nordseeküste sehr verbreitet.

Ebenso wie beim weitläufig bekannteren niederdeutschen Hallenhaus befinden sich auch beim Gulfhaus Wohn- und Stalltrakt unter einem Dach. Typisch für das Gulfhaus ist, dass das Wohnhaus etwas schmaler ist als das Stallgebäude. Meist sind Stallgebäude und Wohnhaus durch einen sogenannten Vorflur verbunden.

Steht man vor der Giebelwand des Stallgebäudes, so fällt auf, dass es zwei unterschiedlich große Dielentore gibt. Das größere der beiden führt in die Dreschdiele, eine lang gezogene Tenne mit Lehmboden, die groß genug ist, um einen beladenen Erntewagen hineinzuschieben und dort zu leeren.

Das kleinere Tor führt in die Viehdiele, wo links und rechts eines Futterganges die Kühe und die halbwüchsigen Rinder stehen. Die beiden Dielen sind an der Giebelseite des Gebäudes durch den Pferdestall, auf der Wohnhausseite durch den Kälberstall verbunden.

In meiner Kindheit war es noch üblich, dass die Kühe den Sommer über auf die Weide getrieben und auch dort gemolken wurden. Den Winter über wurden sie aufgestallt, das heißt, sie wurden mit Seilen zwischen den Balken angebunden und verließen ihren Platz erst im Frühling wieder. Direkt hinter den Kühen befanden sich eine gemauerte Vertiefung, in die der Mist fiel, die sogenannte Grope, sowie ein schmaler Gang, über den man hinter die Kühe gelangen konnte, um auszumisten oder zu melken, der sogenannte Gropengang. In der heutigen Zeit ist diese Form von Rinderhaltung nicht mehr üblich. Inzwischen gibt es Laufställe mit Spaltenböden, Entmistungsanlagen und Melkroboter.

In der Mitte des Stalltrakts, zwischen Viehdiele und Dreschdiele, befindet sich bei dieser Hausform der sogenannte Gulf, eine große ebenerdige Lagerfläche für Heu oder anderes Erntegut. Aufgrund seiner Funktion wird der Gulf auch als Heufach bezeichnet, so wie in diesem Roman. War das Heufach leer, wurde es häufig genutzt, um gerade nicht benötigtes Gerät abzustellen.

Im Gegensatz zur Dreschdiele, die nach oben zum Giebel hin offen ist, sind alle Ställe mit einer hölzernen Decke versehen, sodass darüber noch weiteres Heu gelagert werden kann. So findet die erste Begegnung zwischen Elli und Georg auf dem Heuboden über dem Pferdestall statt.

Wer sich gern einmal ein Gulfhaus ansehen möchte, dem sei ein Besuch des Museumsdorfes Cloppenburg sehr ans Herz gelegt.

Danke

Die Geschichte, wie sie hier erzählt wird, ist in dieser Form nie wirklich passiert, sondern meiner Fantasie entsprungen, das möchte ich deutlich betonen. Elli und Georg, Richard, Martin, Hannes, Sigi, Anton und Willa: Keine der Figuren hat wirklich gelebt, aber alle sind inspiriert vom Aussehen und vom Charakter realer Persönlichkeiten, so wie auch die Geschichte in ihren Grundzügen auf den Erinnerungen meiner Mutter beruht, die viel und gern von ihrer Jugend in der Nachkriegszeit erzählte.

Mein Dank gilt allen, die sich bereit erklärt haben, jeden Stand, wie überarbeitungswürdig er auch sei, vorab zu lesen und wohlwollend und kritisch zu beurteilen. Besonders denke ich hier an meine Freundin Dagmar, die mir stets den Rücken gestärkt und mir Mut zugesprochen hat weiterzumachen, wenn es mal klemmte. Ohne sie als »Plotpartnerin« wäre das Manuskript sicher jetzt noch nicht fertig! Dank auch an Olaf und Elke für die Hilfe bei der Erstellung des Exposés und für die vielen »Vorleserunden«. Ein herzlicher Dank geht auch an meine Lektorin Lena Schäfer für die stets freundliche und konstruktive Zusammenarbeit und ihr Lob.

Ich danke meinem Mann und meiner Familie, die mich, wenn auch gelegentlich murrend, während des Schreibens ertragen haben.

Dankbar gedenke ich meines ersten Musiklehrers und Chorleiters Gottfried Borngräber, dessen Enthusiasmus und Liebe zur Musik für Martin Pate standen.

Ich danke meiner Mutter, die Elli ihr großherziges Wesen, meiner großen Tochter Hanna, die Elli ihr Lachen, und meiner kleinen Tochter Clara, die Elli ihre Stärke schenkte.

Und last, but not least dem Tenor Jonas Kaufmann, der, ganz ohne es zu wissen, Georg seine Stimme gab.

Oldenburg, im Frühjahr 2016
Marlies Folkens

Ein kleines Fischerdorf, eine heimatlose Familie und ein mutiger Neuanfang

Marlies Folkens
INSELTOCHTER
Roman
352 Seiten
ISBN 978-3-404-17571-0

Nordseeküste, 1946: Aus ihrer Abneigung gegenüber den Flüchtlingen von der Insel Helgoland machen die Einheimischen keinen Hehl. Dennoch können Wiebke Hansen und ihre Familie sich glücklich schätzen, im Fischerdorf Fedderwardersiel eine neue Bleibe gefunden zu haben. Denn Helgoland liegt nach einem britischen Bombenangriff in Schutt und Asche. Wiebke tut alles, um ihre Familie irgendwie durchzubringen. Doch besonders der mürrische Fischer Freerk Cordes, der im Krieg ein Bein verloren hat, macht ihr das Leben schwer ...

Bastei Lübbe